Fritz Reuter

Gesammelte Werke und Briefe

Konrad Reich Verlag Rostock

Band VI

Dörchläuchting
(Olle Kamellen VI)

De meckelnbörgschen
Montecchi un Capuletti
oder
De Reis' nah Konstantinopel
(Olle Kamellen VII)

Bearbeiter: Heinrich Ehlers

Dörchläuchting

NE VÖRRED,

dormit dat mi nahsten kein Nahred' dröppt.

Wenn ick mi vermeten dauh, in dit Bauk ut de kümmer-
lichen Tiden nah den Säbenjöhrigen Krig 'ne Geschicht ut
de gaude Vörderstadt Nigenbramborg tau vertellen, so darw
keiner sick inbilden, dat ick mi vel mit vörneme Lüd', mit
Grawen un Gräwinnen bemengen ward – natürlich, as dat
all de Titel beseggt, Dörchläuchten utbenamen – oder dat
ick mit Gold un Gesmeid' un sidene Kleder rümmer spill-
lunken ward – natürlich ok hir wedder Dörchläuchten ut-
benamen – oder dat ick vele klauke un gelihrte Lüd' up den
Band trecken un sei vör de Ogen von mine Lesers up un
dal danzen laten ward – hir äwer vör allen Dörchläuchten
wedder utbenamen –; ne! dat all nich! – Grawen un Grä-
winnen gaww dat dunntaumalen in Nigenbramborg nich un
giwwt dat ok hüt noch nich; mit Gold, Gesmeid' un sidene
Kleder hett sick dat frilich up Stun'ns bet upsmeten, dunnt-
aumalen was dat äwer dormit Essig, un mit klauke un ge-
lihrte Lüd' hett sick dat frilich ok hellschen upbetert, indem
dat ick mit Plesier en por Dutz von jede Ort uptellen kann,
dunntaumalen was – Dörchläuchten utbenamen, un de was't
ok man dörch sinen Hofpoeten – kein einzigste gelihrte

un besonders klauke Mann in Nigenbramborg; einer hadd denn tau de irste Sort den Herrn Konrekter un Kanter Äpinus un tau de tweite den Herrn Hofrat Altmann reken müßt. – Ok mit annum un datum is dat in mine Geschicht sihr swack bestellt, un ick ward mi woll häuden, doräwer Hals tau gewen, denn wenn so'n richtigen kronischen oder kronologischen Klüsterkopp doräwer herfallen süll, denn künn hei mi Perfesser Kohlrauschen sine Tabellen unner de Näs' hollen un mi fragen: wo stimmt dit? un wo stimmt dat? un mi in de gaude Meinung von mine Lesers gründlich verrungenieren. Ick ward dat also maken as de Schriftstellers, de sick up Stun'ns mit de geschichtlichen Romanen befaten, wo vel von Roman de Red' is un wenig von Geschicht, ward allens schön dörchenanner mölen un nah ehre Ort so anfangen:

»In der letzten Hälfte des achtzehnten Jahrhunderts, als Kolumbus grade Amerika entdeckt hatte, ritt an einem finstern Novembertage ein eisenbepanzerter Ritter durch die blühende Landschaft und erquickte sich an dem Dufte des Flieders und Jasmins. Sein Macintosh schützte ihn und die Rüstung, und als er in die Herberge zur goldenen Kugel in Neubrandenburg einritt, hatte er das Glück, mehrere Weinreisende aus Lübeck, Hamburg und Rostock zu treffen, auch einen Zigarrenhändler aus Bremen. – Man verstand sich bald, und als sich ihnen der Chirurgus erster Klasse, Herr Doktor Bernhard Keller, freundlichst zugesellt hatte, sangen die fröhlichen Reisenden die Neubrandenburger Nationalhymne aus dem Jahre 1849: ‚O Holzenburg, o Holzenburg, du Segen für Neubrandenburg!‘, was ihnen aber mit Recht schlecht bekommen mußte, denn sie wurden von Jakob Bendschneider abgefaßt und nach einem ehrwürdigen Gesetze aus dem Jahre 1543 verurteilt, welches anhebt: ‚So reisige Knechte in einer Herberge singen, usw. – Auch der Herr Doktor Bernhard Keller wurde, weil er verschiedene Doktorreisen auf das Land gemacht zu haben dem Gerichte bewußt geworden war, als reisiger Knecht ange-

sehen und diesem gemäß rechtens verurteilt . . .« – Na, so
geiht dat doch woll nich, will'n man wedder anners üm!
Mit de hochdütsche Sprak un den erhabenen Stil un den
grotorigen Stoff ward ick in minen ollen Dagen woll ebenso
wenig farig as in minen jungen, ick will man wedder so an
tau fläuten fangen, as ick vördem fläut't heww. Also . . .

KAPITEL 1

Wo dat tau Nigenstrelitz up den Sloß späuken ward. – Wat 'ne Rodump is. –
Wo Dörchläuchten mit sine Christelswester dörch sine Staaten reis't. – Wo Sacht-
leben sin Wallach inspannt ward un de Kammerdeiner Rand Dörchläuchten tau 'ne
Bellmandür anstift. – Dörchläuchten set't mit *einen* Blick ut dat *eine* Og' 'ne
Staatsakschon in't Wark. – Tau Nigenbramborg sall 'ne nige Paleh bugt warden,
un sei ward ok bugt. – Wer Dörchläuchting eigentlich was.

In dat Johr 1700 un so un so vel satt an einen Maidag gegen
Taubeddgahnstid Dörchläuchten von Mecklenborg-Strelitz,
Adolf Fridrich, de Virte sines Namens, mit sine leiwe Swe-
ster, de Prinzeß Christel, up sinen Sloß tau Nigenstrelitz
tausam un vertellte sick mit ehr wohrhaftige Späukgeschich-
ten, dulle Ding', de kein Minsch glöwen würd, wenn sei nich
würklich passiert wiren; un sei seten dor un grugten sick,
Dörchläuchten Adolf Fridrich am düllsten.
Dunn kamm dörch den stillen Frühjohrsabend äwer den
Zierker See en Ton heräwer, en gruglichen Ton, so'n Ton,
as blot dat niderträchtigste Späuk sick utdenken kann,
wenn't de armen Minschen bet in de grawe Grund verfiren
will. Lang un dump treckte sick de Ton von widen her äwer
ganz Nigenstrelitz, un de beiden hogen Herrschaften wüß-
ten't nich, kamm hei baben ut de Luft oder unnen ut den
Irdbodden. 't was ok ganz egal, denn't was glik gruglich. –
Dörchläuchten, Adolf Fridrich IV., bewerte an Hän'n un
Fäuten, un de Prinzeß Christel, de en hellsch resolviertes
Frugenstimmer was, hadd noch so vele Besinnung, dat sei 'ne
sülwerne Klingel tau faten kreg un Storm lüden würd. –

10

Worüm sei dat ded, wüßt sei sülwst ok nich, äwer't kemen doch Minschen tau Hülp. – Kammerdeiner Rand un Kammerjunker von Knüppelsdörp stört'ten in de Dör un frogen woso? un woans? – Dat wüßten de beiden hogen Herrschaften äwerst ok nich, denn't was jo en Späuk, un wer weit wat von en Späuk? Prinzeß Christel hadd äwerst noch so vele Besinnung, dat sei de beiden up en Staul dalwinken ded, un so seten sei denn ehre vir un keken sick stillswigend an, un keiner wüßt, wat eigentlich los wesen ded, blot dat sei Dörchläuchten bewern segen. – Mit einmal äwerst kamm de Ton wedder, un as hei so lang un dump äwer Nigenstrelitz verklingen würd, höll sick Adolf Fridrich IV. de beiden dörchläuchtigsten Uhren tau un rep: »Dor is't wedder!« – Kammerjunker von Knüppelsdörp namm den Kammerdeiner Rand dat Wurd vör den Mun'n weg, wegen de mekkelnbörgsche Rangordnung, un säd: »Dörchläuchten, das sein die Rodump.« – Un de Prinzeß Christel hadd noch so vele Besinnung, dat sei frog, wat dat wedder för 'ne nige Ort Späuk wir. – Un de Kammerjunker säd, en Späuk wir dat gor nich, dat wir en Vagel, de sick af un an den Spaß maken ded, den Snawel in den Sump tau steken un denn lostaubröllen, üm Lüd' grugen tau maken. – Wat hei recht hadd, weit ick nich, äwer weiten kunn hei't, denn hei was ok Jagdjunker. – Dörchläuchten trugte em äwer nich un säd, as hei sick en beten besunnen hadd: »Alle gauden Geister lawen Gott, den Herrn! Un Rand, du slöppst des' Nacht bi mi in minen Kabinett.« – Dormit gung hei.

Prinzeß Christel satt nu noch en Strämel mit den Kammerjunker tausam un äwerläd sick mit em de Frag', wat sei dese Nacht för Middel gegen dat Späuk bruken un wen sei bi sick slapen laten süll, denn ehr Kammerjumfer, Korlin Soltmanns, wir en oll äwerglöwsches Talk, un sei kamm tau den Sluß, dat sei am besten ded, wenn sei sick för dese Nacht dat Schürmäten Wendula Steinhagens inventieren würd. – Wendel was nämlich 'ne hellsch forsche Perßon, de sick för'n Deuwel nich fürchten ded, sülwst nich för Dörchläuchten, denn sei hadd mal tau Dörchläuchten seggt: »Je, Dörchläuchten, Sei! – Maken S', dat S' mi ut den Weg kamen!« un hadd för em den Bessen in de Höcht böhrt.

De beiden hogen Geswister hadden nu in Randten un Wendula ehren Schutz de Nacht ruhig henbröcht un seten den annern Morgen bi't Frühstück un drunken Schockelohr. – Dunn gaww Dörchläuchten sine sonderbor deipen Gedanken taum Vörschin un säd: »Christelswester, du büst en Frugenstimmer, un du weißt, ick gew nich wat dorup, äver du büst ut unser Dörchläuchtigstes Hus, un derowegen un in der Teilen will ick di mit mine Regierungsmaßregeln in Kenntnis versetten. – Weitst wat Nigs? Ick bug' mi up en schönes Flag in mine Staaten en niges Paleh.« – »Dauh dat«, säd sei, »Dörchläuchting! Du büst jo Herr von dat Ganze – wo hau't dat äver ut mit dat Geld?« – »Is mi ok all infollen«, säd Dörchläuchten, »äver wotau heww ick denn mine Landdrosten? De möten mit Holt un Stein Rat schaffen, un de Handwarkers känen täuwen, denn es ist unerhört, daß Serenissimus Strelitziensis sich unter seiner Nase spuken lassen soll. – De dumme Kammerjunker seggt frilich: ‚das sein die Rodump' – wat is äver 'ne Rodump? Ick glöw allens; äver dat ick so'ne Erklärung glöwen sall, kann einer von mi in mine Eigenschaft as regierende Herr nich verlangen. – Rand«, säd hei tau sinen Kammerdeiner, »Jochen Bähnhas' sall anspannen, de goldne Kutsch, drei Lakaien achter up un de beiden Löpers vörn weg; de Kutscher un de Lakaien sälen ehre Staatsmondierung mit de goldnen Tressen antrecken, un de beiden Löpers, Halsband un Fleischfreter, sälen den nigen Blaumenhaut ut Paris upsetten – à la Pompadour«, säd hei bisid tau sin Swester, »denn ich reise durch meine Staaten.« – »Je, Dörchläuchten«, säd Rand, »dat ward woll nich gahn, denn uns' oll Wallach, de up de Bisid geiht, hett dat Spatt so dägern, dat hei keinen Bein vör den annern setten kann.« – »Was schert uns der Wallach!« rep Dörchläuchten in de grötste Zornigkeit, »wenn unser Wallach krank ist, denn gehst du zu dem Ackerbürger Sachtleben und leihest uns eins von seinen Pferden.« – »Je, Dörchläuchten, hei giwwt en uns nich; de Mann is up Stun'ns in de hillste Meßführertid, un denn steiht em dat nich tau verdenken.« – »Du gehst, Rand; wir sind regierender Herr.« – Un Rand gung, un Sachtlewen gaww sinen ollen stiwen Brunen her tau dat Paradenfuhrwark.

Jochen Bähnhas' höll mit de goldne Kutsch vör de Dör, drei Lakaien hackten ein achter den annern achter up, de beiden Löpers swewten de Strat entlang, Rand satt up den Buck, un Dörchläuchten mit sin Christelswester seten in de Kutsch. – »Wohen?« frog Jochen Bähnhas'. – »Ümmer gradut«, säd Rand, »äwer Stargard weg bet an uns' Grenz; äwer jo nich räwer äwer de Grenz, denn wi bereisen blot unsere eigenen Staaten.« – Un Jochen Bähnhas' führte dörch Stargard un dörch Fredland bet an de preußsche Kawel un törnte dor de Pird: »Prr, öh ha! – Hir is't tau En'n!« – Un Dörchläuchten befohl, sei wullen nu mal gegen Morgen äwer Woldegk reisen, un as sei achter Woldegk nah Wulfshagen kemen, dunn dreihte sick Kutscher Bähnhas' wedder up de Mähr üm un säd: »Rand, nu is't wedder all, wider geiht't nich.« – Un Prinzeß Christel, de dit hürt hadd, säd: »Dörchläuchting, dit is dat irstemal, dat ick so expreß dörch unsere Staaten reis'; ick hadd doch nich dacht, dat dat so'n kort En'n wir.« – »Christel«, säd Dörchläuchten, »du büst en Frugenstimmer un hest keinen Verstand dorvon, wat meinst du woll, wat noch allens gegen den Middag tau liggt? Feldbarg un Mirow un Förstenbarg, dat liggt noch all in mine Staaten, un denn reckt sick dor achter Mirow noch en Zippel in dat Swerinsche rinne, de kann sick allentwegen sehn laten.« – »Ne, Dörchläuchten«, säd Rand, de dit hürt hadd, »tau'n Sehnlaten is de Gegend just nich, denn dor würd Sei de Sand doch eklich in de Ogen stömen, un dat möt ick weiten, denn ick bün dor in de Gegend bürtig.« – Un Dörchläuchten argerte sick äwer Randten sinen dummen Snack un kek ut de goldne Kutsch rut un rep: »Jochen Bähnhas', nah Hus'! Un morgen führen wi in de Förstenbarger un Mirowschen Dannen.« – Un dat geschah grad so, as Dörchläuchten dat vörut seggt hadd, denn hei was en forschen Regent, un wenn hei einmal seggt hadd: »Ick segg!«, denn hadd hei't seggt. – Un den annern Dag führten sei bet achter Förstenbarg nah Dannenwalde, un as Rand sick nah den Wagenslag rümbögte un säd: »Dörchläuchten, nu sünd wi wedder so wid«, dunn würd Dörchläuchten falsch un rep ut den Wagen rut: »Wesenberg!« – womit hei sick trösten wull, äwer hei kamm trotz Wesenbarg in en vullständig »unbefriedigten« Taustand nah Nigenstrelitz taurügg, un Rand un Christelswester stunnen up en Korydon tausam un schüttelten beid' mit den Kopp und frogen sick: »Wo dit woll ward?« – Un ut Morgen un Abend würd de drüdde Dag, un Dörchläuchten regierte dese Nacht nich, denn hei slep. Rodumpen leten sick nich hüren, un all dat Späuk, wat süs in den Sloß tau Nigenstrelitz sin Wesen bedrew, hadd för dese Nacht 'ne annere Anstellung kregen.

Den annern Morgen kamm de Kammerdeiner Rand runner tau de Prinzeß Christel un säd: »Gott sei Dank! Dese Nacht hewwen wi rauhig slapen un in Freden förfötsch weg regiert, un hüt führn wi gegen den Westen tau nah Nigenbramborg, denn sünd wi mit uns' ganzes Reich dörch.« – Un Prinzeß Christel säd: »Dat gew de leiwe Gott! – Denn kriggt hei Rauh, denn hei is en tau forschen Regent.«

Un drei Stunnen dorup führten sei äwer den Dannenkraug bi Nigenbramborg, un wil dat Sachtleben sin oll Brun nich mihr kunn un von den Dannenkräuger sine Mähren ein inspannt warden müßt, gung Dörchläuchten en beten up un dal vör de Dör un kek äwer den schönen See heräwer in dat Brodasche Holt und säd tau sin Christelswester up hochdütsch – denn de Kräugerfru stunn dorbi, un hei müßt ehr de herzoglichen Ihren erwisen –: »Durchlauchtigste, was meinst du? – Wenn wir uns da drüben über den See ein ‚Belvedere' erbauten?« – Prinzeß Christel wull wat seggen, äwer Rand sprung vörtau un säd: »Dörchläuchten, Sei hewwen ümmer recht, 'ne Bellmandür möt wi hewwen! Alle

14

hogen Herrschaften hewwen 'ne Bellmandür, un wi allein nich!« – Un Dörchläuchten säd: »Rand hett recht.« Un so führte hei nah Nigenbramborg rinne.

As hei in dese Parl von sin Reich rinnekamen un up den Mark ankamen was, rep hei ut de goldne Kutsch rute: »Rand, Jochen Bähnhas' sall hollen!« Un dormit steg hei mit sin Christelswester ut den Wagen, un Rand vörn runner von den Buck, un de drei Lakaien achter runner von den Tritt; de beiden Löpers, Halsband un Fleischfreter, verpusten sick. – Un dunn säd Dörchläuchten, Adolf Fridrich IV.: »Dies gefällt uns, und hier wollen wir uns ein Palais bauen!« – Dörchläuchten Christelswester wull wat seggen, äwer Dörchläuchten, de regierende Herr, brok ehr dat Wurd vör den Mund af un säd: »Dörchläuchten, Christel, was wollen Sie mehr? Sind Sie unvergnügsam? – Sehn Sie, Hochsie« – denn dor stunnen för den Ogenblick allerlei »untertänigste« Unnerdahnen, de sick frilich man as lütte Stratenjungs utwesen, äwer Dörchläuchten müßte derowegen doch mit sine Swester hochdütsch reden – »sehn Sie, dort t' Enns dem Rathause wird's gebaut werden.« Un hei besach sick dat Rathus von hinnen un vörn, un dat Rathus let sick ok beseihn, denn't kunn sick allenthalben seihn laten, indem dat in sine Buort utsach, as wenn dat vör langen Johren ut 'ne Wihnachtspoppenschachtel namen wir un wir up den Mark von de Vödderstadt Nigenbramborg henstellt, dat Magistrat un Börgerschaft dor en beten mit spelen wull. – Un Prinzeß Christel säd tauletzt ok: »Cela me convient! Un Dörchläuchting, du bugst dat Paleh mit en por Flügeln, un ick treck denn in den einen.« – »Dat wardst du woll bliwen laten, Christelswester«, säd Dörchläuchten un dreihte sick üm, »nimm di nicks vör, denn sleiht di nicks fehl! Ick will in desen nigen Paleh den ollen Wiwerkram nich hewwen, den ick in Nigenstrelitz heww. – Rand«, rep hei, »gah mal tau de beiden Burmeisters, un ji«, säd hei tau de twei Lakaien, »raupt mi mal de Ratsherrn hirher; ick let sei hirher tausamenraupen, Ich, der regierende Herr. – Du bleibst hier«, säd hei tau den drüdden Lakaien, »wir wollen uns nicht ganz von Dienerschaft entblößen.« – Un somit gung hei mit sine Christelswester up un dal un regardierte gor nich dorup, dat sin Swester de Unnerlipp lang hängen let, un de Lakai tüffelte achterher.

Un de beiden Burmeisters un de vir Ratsherrn kemen, un Dörchläuchten säd ehr sine sonderbore Intention, de hei hadd, datt hei sick hir up ehren Mark 'ne Paleh bugen wull, un nah ollen, ihrwürdigen Herkamen makten sei einen deipen Diner, un de irste Burmeister wull eben von de hoge Gnad' reden, as de jüngste Ratsherr, de noch nich dat Swarte unner den Nagel von Takt hadd, vörstellig makte, dat dat doch schad' wir, den groten, schönen Mark so tau verbugen, un dat doch ok de Stadtpresentanten irst dornah taum wenigsten quanswis fragt warden müßten. Dunn kek em äwer Dörchläuchten blot mit dat ein von sine fürstlichen Ogen stramm in dat Gesicht, dreihte sick üm un fläut'te de Melodi: »Marlborough s'en va-t-en guerre«, un dese dörchläuchtigste Geistesgegenwart sned alle widere unangenehmen Verhandlungen af. Ratsherr, de virte, äwer gung nah Hus, vertellte dat dummerwis' sine Fru; de namm twei von ehre unmünnigen Kinner, set'te em up jeden Knei eins, stellte em dat drüdde mang sine ratsherrlichen Bein, sick grot dorachter, un frog em indringlich, wat hei ehr un sine ganze Nahkamenschaft unglücklich maken wull. – Hei säd denn ok, dat wull hei nich un dat künn hei nich, un de ganze Opposition in Dörchläuchten sine Staaten was dörch dese resolvierte Fru munddod makt.

Dörchläuchten führte äwer mit Prinzeß Christel, de beiden Löpers, de drei Lakaien achter up de goldne Kutsch wedder nah Nigenstrelitz taurügg un hadd dat hoge Gefäuhl in sine fürstliche Bost, dat hei blot mit *einen* Blick ut dat *eine* Og' de Staatsmaschin in'n Gang hollen un 'ne Staatsakschon in't Wark set't hadd. Den Dannenkräuger sine olle Voßstaut behöll hei äwer so lang' in sinen Marstall, bet de brun Wallach up de Bisid wedder halwweg' gahn kunn. –

Adolf Fridrich IV., Herzog von Meckelnborg-Strelitz, was en Sähn von den Prinzen von Mirau, mit den de oll Fritz in sine flotten Rheinsbarger Johren sinen Spijök bedrew; hei folgte in de Regierung up Adolf Fridrich III., de woll vele Schulden, äwer keine Kinner hinnerlaten hadd. Wil hei äwerst noch nich vull föfteihn Johr olt was, höllen sei em tau't Regieren noch nich rip, wat 'ne grote Dummheit was, denn irstens was hei rip. Worüm? Hei is seindag' nich riper worden. Tweitens hadd jo sin leiw Mutting vör em regieren künnt. Un drüddens hadd denn sin Herr Vedder Liebden, Krischan Lurwig von Meckelnborg-Swerin, sin meckeln-borg-strelitsches Reich nich mit Krig äwertrecken kunnt, denn de hadd ok stark in den Sinn, för em tau regieren; kamm äwer nich recht dortau, denn de Mutter von dat Kind, 'ne Prinzeß von Hildborgshusen, knep 's Nachtens mit ehren lütten Herzog ut un lep mit em nah Gripswold. Hir let sei em studieren lihren, denn, wenn ok nich tau't Regie-ren, tau't Studieren was hei rip; sei sülwst äwer schrew en langen Breiw an den »Reichshofrat« un wes' nah, dat ehr Kind en anner Kind wir as anner Kinner; dat dat all von lütt up an hellschen klauk west wir un, wenn't nu nich bald vulljöhrig spraken würd, licht äwerrip warden künn taum Schaden von de meckelnborg-strelitschen Landen. De »Reichshofrat« sach dat in un ded ok en Inseihn, hei sprok unsen Dörchläuchten vulljöhrig, un Vedder Liebden Kri-schan Lurwig von Swerin müßte mit 'ne lange Näs' aftrek-ken un de Parl von dat meckelnborg-strelitsche Reich, Ni-genbramborg, de hei mit 'ne Armee von fiw Kumpanien Soldaten beset't hadd, wedder rutegewen.

Nu regierte Dörchläuchten Adolf Fridrich von 1753 bet 1794 in einen Ritt furt taum Segen von sine Staaten; äwer nich tau sinen eigenen Segen, denn hei was en unglücklich Minsch, indem dat hei in sinen swacken Liw' drei Grugels un drei Furchten hadd, de em kein Rauh leten. Hei hadd nämlich irstens en groten Grugel vör de Arbeit, tweitens en noch grötern vör Späuken un Hexen un drüddens den grötsten vör alle Frugenslüd'; denn hadd hei irstens 'ne grote Furcht vör en Gewitter, tweitens 'ne noch grötere vör den Dod un drüddens de grötste dorvör, dat em mal bi Weg'lang sine Kron afhannen kamen künn, indem dat hei noch ümmer mit Schrecken an Vedder Liebden von Mekkelnborg-Swerin dachte, de em in düstere Nacht nah Gripswold up de Uneversetät jagt hadd. – Tau all dit Unglück kamm nu noch en anner Unglück: hei was nah Paris reist west un hadd sick dor dägern verleiwt. Nich in en Frugensminsch, denn, as ick all seggt heww, dorvör hadd hei en Grugel, ne! in schöne Kledaschen; de müßt hei hewwen, de wiren tau sinen un siner leiwen Staaten Glück notwendig, un sine leiwen Staaten smeten nich so vel af, dat hei sine Gelüsten up sanftene Röck un sidene Hosen vull stillen kunn.

Wenn einer dat up Stun'ns vertellt, dat en Herzog von Meckelnborg mal in Rock- un Hosennöten west is, so hürt sick dat so spaßig an, dat dat keiner recht glöwen mag. Äwer lacht nich tau gel, de Tiden hewwen sick ännert; wat hüttaudag' de drüdde Deil von dat Stargardsche Amt afsmiten deiht, smet dunn dat ganze Land nich af, un dortau wiren dor Schulden äwer Schulden, un't gung tau Tiden so knapp an den Hof tau, dat Adolf Fridrichen III. sogor männigmal dat Brodkurn all würd. – Dortau kamm nu noch de Säbenjöhrige Krig, un de oll Fritz kloppte den meckelbörgschen Mehlbüdel ut, so lang' hei noch jichtens stömen ded, un dorbi blew't noch nich: Pird' un Wag' würden wegnamen, un wat de Bellingschen Husoren nich nemen, dat nemen de Sweden; un ok dorbi blew't noch nich. De preußschen Warwers treckten dörch dat Land, un wo sei en schiren Kirl segen, de müßt ranne an den Baß, d. h. an den Schapschinken. Vele Geschichten von dese Minschenröweri späukten noch in minen kindlichen Johren dörch dat Land, wo de Kirls mit List un Gewalt de Minschen wegslept hadden, un min eigen Großvader un sin Brauder, de beid wat lang geraden wiren, sünd mit knappe Nod un blot mit Hülp von 'ne brave Försterfru ehr ut de Fingern kamen. – Allens würd namen, wat Arm un Bein hadd, vör allen wiren't äwer de ollen braven Scheperknechts, up de't afseihn was. Wenn so'n oll Gottsblaud buten up den Felln einsam stunn mit sine Knütt un allens mägliche dachte, blot nich an't Soldatwarden, hadden sei em bi den Wickel, snerten em de Arm up den Puckel tausam un leddten mit em af; oder wenn hei's Nachtens in sin Hütt lagg un noch so säut von sin Fiken oder Dürten drömte, denn nagelten s' em de Hütt tau un führten em in alle Gemächlichkeit äwer de preußsch Grenz un treckten em den bunten Rock an. – Weck grepen sei sick denn ok mit Listen, as dat jennen Scheperknecht gung, de dorför bekannt was, dat hei gruglich stark sin sull. De steiht denn mal eins Dags achter sine Schap, dunn kümmt en verkledten preußschen Warwer an un seggt so recht christlich tau em: »Krischan, du sallst jo so gruglich stark wesen; ick wedd mit di en por Buddel Bir, wenn ick di dinen Scheperstock dörch de beiden Rocksärmel dwars äwer den Puckel stek, denn kannst du'n nich intwei breken.« – »Dat wir der Deuwel!« seggt Krischan, un de Warwer steckt em den Stock dörch de Ärmel; un as hei dit farig hadd, fläut't hei up en Finger, un sin Mitkolleg kümmt ansprungen, un nu krigen sei minen leiwen, langen Krischan an de utgereckten Arm tau faten un ledden mit em in alle Gelimplichkeit af. – Na, Krischan mag spaßig naug utseihn hewwen; äwer't helpt all nich, de Nod was grot in den Lan'n, un Hülp was nahrends tau finnen; sogor bi Dörchläuchten Adolf Fridrich IV. nich, denn de was sülben in de grötste Nod. Hei hadd unglückliche Wis' in Paris de Bekanntschaft mit den irsten Modensnider makt un hadd em den Updrag gewen, em ümmer de irsten Moden tautauschicken. Dat ded denn nu de fründliche Mann, äwer hei was so utverschamten, ümmer glik bor Geld tau verlangen, un Dörchläuchten hadd in sine sanftene un sidene Bedrängnis all tau allerlei vertwifelte Middel gripen müßt. Hei hadd all de meckelnborg-strelitschen Kronjuwelen för nägendusend Daler bi einen Hamborger Juden versetten müßt. De Krig was frilich taw En'n, äwer dunn gung de Nod irst recht an; de Krig hadd noch en beten Lewen in de Baud bröcht, äwer nu lagg allens dal, platt dal! Landmann un Kopmann un Handwarksmann verdeinten keinen Gröschen. Worüm? – Wil kein Gröschens dor wiren, un de Kronjuwelen stun'n noch ümmer in Hamborg Gevatter. –

Dat heit, so was dat in den äwrigen strelitschen Lan'n, natürlich Nigenbramborg utbenamen, denn dor gung dat hellschen hoch her; Dörchläuchten schickte sinen Herrn Landbumeister un let de nige Paleh bugen, un't was en geschickten Mann, denn blot ut de Zöpp von dat Buholt un de Utschottstein bugte hei so biher in de Fierabendstiden de Bellmandür in dat Brodasche Holt, un't was groten Verdeinst in Bramborg, un de twölf Murer- un de twölf Timmergesellen, de dunntaumalen fiw Gröschen up den Dag kregen, gungen 's Abends dörch de Straten, hadden den Haut scheiw upset't un sungen: »Wenn's immer, wenn's immer, wenn's immer so wär'!« Un de dunnmalige Polizeideiner Bendsnider, wat de Stammvader von dat ganze Polizei-Bendsnidersche Geslecht worden is, säd: »Lat sei, sei bringen Geld unner de Lüd'.«

Un as dat Johr üm was, dunn was de Paleh halw farig, un in dat negste Johr würd dat dreivirtel farig, un dunn verpust'ten wi uns twei Johr von de äwerminschliche Anstrengung un de Kosten, un in den Harwst von dat föwte Johr stunn't fix un farig dor, un de Buren ut de Ümgegend un männig Penzliner un Stargarder Börger kamm nah Bramborg un bekek sick de Sak, un ok dit bröchte hellschen vel Geld in de Stadt, so dat Dörchläuchten en wohren Wolldähter för de Stadt worden was. Dat erkennten denn de Brambörger ok as getrue Unnerdahnen an, un as Dörchläuchten in den negsten Frühjohr in de Paleh treckte, dunn sammelten sei för em tau'n festlichen Empfang – de Stadtkass' gaww dortau 50 Daler in de ollen bekannten Münzgröschen, de dunnmalen all keiner recht nemen wull, un in'n ganzen kemen tausam 105 Daler, 3 Gröschen, 7 Penning – eigentlich äwer 7 Gröschen, 7 Penning; denn Ratsherr, de virte, wull ok 4 Gröschen gewen; sine Gaw würd äwer taurüggschaben, wil sei von so'ne Demokratensid her mäglicher Wis' Dörchläuchten, wenn hei 't tau weiten kregen hadd, hadd beleidigen künnt. –

So wahnte nu Dörchläuchten in sine nige Paleh; Bramborg hadd dordörch en lütten Mark kregen, äwer 'ne grote »Hofhaltung«; Prinzeß Christel hadd sick in de Hoffnung up den einen Flügel eklich sneden und wahnte bi Kopmann Buttermannen up den Bähn, un de grote Verdeinst von de »Hofhaltung" kunn nu losgahn.

KAPITEL 2

Wo Dürten Holzen in den Herrn Konrekter sine Achterstuw' sitt un wat sei mit de gele, französche Perßon tau dauhn hett. – Wo de Düwel ehr allerlei Tüg in de Uhren flustert un Stining Holzen en beten taum Besäuk kümmt. – Wo Stining girn den Löper von Dörchläuchten hewwen müggt un Dürten Dörchläuchten sülwst; wat sick äwer as 'ne Majestätsbeleidigung utwisen ward. – Von en Gesangbauk un 'ne Huspostill. – De Herr Konrekter makt en Wihnachtspresent, un Dürten Holzen schickt em up Reisen, üm uttauprobieren, wat sei oder de Herr dat Regiment hett.

Üm dese Tid satt in de Achterstuw' von den Herrn Konrekter un Kanter Äpinus tau Nigenbramborg an den heiligen Abend vör Wihnachten Dürten Holzen, wat den Herrn Konrekter sine Wirtschafterin was, un kek dörch den Schummerabend in den Sneidräwel rinne, de von dat Kirchendack in den Goren herinnestöwte. – Sei hadd de Hand in den Schot leggt und säd tau sick: »Sine Rauh will de Minsch hewwen, wenn allens tau Schick is; un wer weit, wo dat noch all kümmt. Wat ick mi so in'n stillen dacht heww, wir grad nich utverschamten, un wenn ick mine Lewenstid so bi em taubringen künn, wir't för mi un för em gaud. – Na, Witmann is hei, Kinner hett hei nich, in de bedenklichen Johren is hei ok all, un in'n ganzen heww ick doch ok all dat *Regiment*. – Äwer de olle, gele, französche Perßon

21

in den gelen Äwerrock, de Micheli gradäwer treckt is, wenn
mi de Kretur man blot nich en Elend makt! – Gott sei
Dank! Hei argert sick noch ümmer äwer ehr. – Äwersten
de Mannslüd'! Gott in den Himmel, wer kann weiten, wat
de in den Kopp fohrt! – Und wat denn? Nah minen ollen
Vader trüggtrecken? – Ne, dor 's all Jammer un Elend naug
in'n Hus', keinen Verdeinst, un wat verdeint ward, möt
Stining mit de Nadel verdeinen, wat süll ick woll dor? Tau
wirtschaften is dor nicks. – Äwer wenn de olle gele Perßon
un de gele Äwerrock Äwerwater bi em krigen – nu schellt
hei noch ümmer up ehr, äwer wenn sei – wat denn? Wo-
hen?« – Un sei stunn up un stickte in ehre Unrauh ehr Tran-
lamp an un gung up un dal in de Stuw' un set'te sick wed-
der dal un säd: »Son'n Posten krig ick för't irst nich wedder.
Na, un frigen?« – Hir sprung sei wedder up. »Ja«, rep sei,
»ick kann den Schauster krigen ut de Fischerstrat un den
Klempner in de Badstüwerstrat; äwer worüm willen sei mi?
De Schauster hett drei Gören, de in den Dreck vergahn, un
de Klempner hett sine beiden ollen Öllern, de hei wegen
dat Hus bet tau Tod fäuden möt, un wenn sei mi hewwen
willen, denn willen sei mi blot hewwen, wil ick wirtschaf-
ten un arbeiten kann; äwer ut Leiw'? – Ne, dor kümmt
woll keiner tau mi. Un so dumm bün ick nich, dat ick dor
noch en Glück in säuk, denn ick bün woll en gesunnes, äwer
kein hübsches Frugensminsch.« – Hir ded sick Dürten Hol-
zen nu grot Unrecht; sei was nich schön, äwer sei was en
grotes, staatsches Mäten mit en wittes un rodes Gesicht, mit
uprichtige, blage Ogen, ut de en fasten Willen un en irnst-
haften Verstand herutlücht'ten. Ut de jungen Mätens-Johren
was sei frilich all rute, äwer sei sach mit ehre einundörtig
Johr doch noch so frisch un apptitlich ut, dat einer en Kuß
von ehren Mund för en grotes Plesier sick anreken kunn. –
Sei satt nu irst en beten in Bedenken, mit einmal slog sei
äwer mit de Fust up den Knei: »Na, äwer mit de oll Gel
grad gegenäwer, dor kann'ck mi noch alle Dag' mit mäten.–
Wenn hei abslut frigen will un will sick ordentlich tau

Kopp seihn, denn ... Ick pleg em, ick räuk em, ick holl em dat Sinige tau Rad'. – Gott sall mi bewohren!« rep sei un sprung wedder up, »wat sünd dat för Gedanken an den heiligen Festdagabend! – Ick süll so'n leges Frugensminsch sin, dat ick mine Gedanken up den Herrn Konrekter sülwst richten ded? Dor is keiner an schuld as de oll Gel! – Leiwer Gott!« rep sei, »help mi an desen heiligen Abend ut so'ne Gedanken!« Un sei sprung wedder up un halte sick ehren Bäukerschatz herut, en Gesangbauk un de Bibel un 'ne olle Huspostill, un säd tau sick: »De irste Spruch in de Bibel, up den min Og' föllt, de sall't mi seggen.« Un as sei de Bibel upslagen hadd, drop sei grad den Vers: heiraten ist gut, aber ledig bleiben besser. – »Dor is't«, säd sei un sackte still up ehren Brettstaul taurügg, »ne, ok nich mal ut Leiw' will ick meindag' nich frigen; ick heww jo den Ogenspeigel an min armes leiwes Stining.«

Un nu treckten ehr allerlei trurige Gedanken dörch den Kopp, sei paßten nich tau dat Freudenfest up den annern Morgen; äwer sei paßten sick för en Mäten, wat mit ehre Hoffnungen afsluten wull, un wenn sei ok nich nah katholische Ort un Wis' vör en Altor in en witten Sleuer stunn un 'ne ihrwürdige Abtissin mit all de Nonnen ehr küßten un strakten, unheiliger was ehr Wesen doch nich, denn sei ret mit harte Hand alle Blaumen ut de Rabatten in ehren Goren, dat sei för annere Lüd' dor nützlich Gewächs tög, minentwegen Kohl un Räuben un Tüften. – Äwer de Düwel hadd doch noch en beten Gewalt äwer ehr trotz ehr forsches, resolviertes Wesen, hei flustert ehr ümmer in de Uhren: »De oll Gel!«

Als sei noch so satt, klingelte de Husdör, un as sei nahsach, stunn en Herr up de Del in 'ne Mantäng, de sick den Snei von de Beinen aftrampste un driwens in den Herrn Konrekter sine Stuw' gung. – Un nah en beten klingelte de Husdör wedder, un ihre sei nahsehn kunn, kamm en lichten Tritt an ehre Dör ranne, un ehre Swester stek den Kopp herinner, einen wunderhübschen Kopp, de frische Luft hadd de witten Backen rosenrod farwt, de weiken, goldgelen Flaßhor ringelten sick unner dat brune Dauk herute, wat wegen de Witterung äwer den Kopp bunnen was, un en Por truhartige blage Ogen frogen tau gliker Tid mit den roden Mund: »Büst du denn tau Hus? – Täuw, ick will mi man irst den Snei afschüddeln.« – Un nah en beten kamm en slankes Mäten von en Johrener tweiuntwintig in de Stuw, treckte sick 'ne olle, afdragene Kantusch von den Liw' un stunn nu in en verschatenes Huskled vör ehre Swester. – »Na, Stining«, säd de, »kumm an den Aben, warm di! – Haddst di bi so'n Weder ok woll din gaudes, warmes Kled antrecken künnt.« – »'t kümmt all noch, Dürten, morgen tau den Festdag. Halsband hett mi verspraken, hei will mi morgen nahmiddag nah de Kirch, wenn jichtens Bahn is, up den See Sleden führen. – Ach, wo dat susen deiht, wenn hei löppt, hei löppt de annern all vörbi.« – »Ja«, säd Dürten en beten hart, »dat's ok dat einzigste, wat hei kann.« – »Dürten«, säd de Swester un kek so zag un biddwis' de anner an, »segg nicks von em. Hei kann jo dor doch nicks vör, dat em Dörchläuchten nich ut sinen Löperdeinst gahn laten will. Süh, jede Minut, de hei fri hett, sitt hei in uns' Warkstäd un arbeit't för Vadern un uns, un Vader seggt, hei hett sick de Sack so schön annamen, dat hei tau jeder Tid as en utgelihrten Böttchergesell anseihn warden kann.« – »Dörchläuchten möt dat Dunnerweder in de Beinen slagen, wenn hei jug nich tausamenlaten will.« – »Dat seggst du woll«, säd Stining trurig, »äwer Halsband seggt, dat is mit Dörchläuchten noch slimmer worden, denn sörre de Tid, dat hei dunn in Dresen den besten von de Sachsenlöpers vörbilopen is, will Dörchläuchten em abslut nich missen.« – »Denn wull ick, dat em ok dat Dunnerweder in de Beinen fohren ded! – Wat hett hei tau lopen? Kann hei nich sacht gahn as anner Lüd'?« – »Je, Dürten, dat's doch sin Geschäft.« – »Dat's en schön Geschäft! Dor ward keiner fett von, hei nich un wi all nich. – Un du sittst dor un jankst un verjankst dine jungen Johren, un dat Brod, wat du mit dine Gesundheit betahlst, is richtig Hungerbrod.« – »Ach, Dürten, 't is doch all beter worden; süh, du hest Vadern doch tau Micheli mit din Lohn de Meid' betahlt, un de letzten Wochen vör Wihnachten heww ick schönen Verdeinst hatt, un wenn Halsband in'n Frühjohr för 'ne längere Tid wedderkümmt, denn sallst du mal seihn, denn ward in de Warkstäd ok wedder wat verdeint.« – »Dor verlat di nich up, dat's en bunten Togvagel, un wenn hei weit, dat dat wat tau danzen giwwt, denn geiht hei fläuten un ward sick vel üm Togmetz un Togbänk kümmern. De Beinen! de Beinen! ümmer de Beinen!« – »Ja«, säd Stining trurig, »dat Danzen! – Äwer«, säd sei fründlich, »hei danzt doch ok so schön, un't sleiht doch ok in sin Geschäft, hei möt jo woll. Un dat kannst du mi glöwen, wenn ick man wull, hei nem mi ümmer mit, un einmal hett hei mi jo ok all mitnamen – weitst noch? den tweiten Pingstdag vör fiw Johr –, un wo keken de Lüd' up uns, Dürten, nich up mi, ick kunn jo gor nich ordentlich danzen, ne! up em, as hei dor so henswewen ded, as hadd hei Flüchten staats Beinen; un den ganzen Abend danzt hei mit mi.« – »Oh, ja«, säd Dürten, »ick weit't noch ganz gaud, un von den Ogenblick an gung din Elend los.« – »Dürten, segg nich Elend, dit Elend is min Glück. – Süh, hei is mi tru, dat weitst du so gaud as ick, un ich bün em ok tru; un seindag' hett hei nich wat Unrechts von mi verlangt. – Kann hei dorvör, dat Dörchläuchten kein Frugenslüd' liden kann un dat hei nich litt, dat sine Deinsten sick verfrigen?« – »De olle Kirl süll mi man blot eins in de Fingern kamen«, rep Dürten un lep up un dal, stunn äwer glik dorup still un säd: »Hür mal, wat dat bian för'n Larm bi den Herrn Konrekter is?« – Un sei set'te sick wedder dal, dat sei beter hüren wull, un de beiden Swestern hürten irst up den Larm, un as dat stiller würd, namm jede von ehr verluren en Bauk in de Hand; Stining dat Gesangbauk, un wenn einer sei dormit so hadd sitten seihn, hadd hei woll seggt: sei is sülwst so'n Gesangbauk, denn dat Bauk was mit en Goldsnitt, un twei Harten wiren up den Deckel drückt, un dorup

stunn schrewen: *min* Hart un *din* Hart sünd beid' *ein* Hart, un dorinne stunnen Freudenlider un Passionslider, un sei sung de beiden ümschichtig ut deipste Seel. Un Dürten hadd de olle ihrliche Huspostill tau faten, un sei slog mit ehre ollen harten, knäkernen Arbeitshän'n verluren de Bläder üm, un wenn einer sei dorbi hadd sitten seihn, wo ehre Ogen up de »Betrachtungen beim Verlust eines Lammes« keken, un hei wir gewohr worden, dat sei in desen Ogenblick ehr Swester för dit verlurne Lamm ansach, un hadd de harten, mit Bleck beslagenen Ecken von de Postill un ehre missingschen Krampen anseihn, dat dat Bauk nich för jeden niglichen Hanswursten upslagen dor liggen süll, denn hadd hei woll seggt: sei is ok so'ne olle ihrliche Huspostill. –
»Dürten«, säd Stining nah 'ne Tid, »ick heww mi so dacht, wi wullen hüt abend mit Halsbandten bi unsern ollen Vader sitten; ick heww hüt von minen Päding, den Stadtfischer, för en Schilling Plötz köfft, un hei hett mi riklich gewen, un de wull ick uns braden.« – »Je, Stining«, säd Dürten, »wo girn! Äwer *hei* hett jo nu Besäuk, un wenn *hei* tau Hus bliwwt, denn kann ick jo nich.« – »Hür mal! Sei schurren all mit de Stäul.« – Un richtig! dat wohrte gor nich lang', dunn begleit'te de Herr Konrekter sinen Besäuk up de Del, un sei säden sick adjüs. – »So«, säd Dürten, »de is weg. Wenn hei sülwen nu man irst weg wir, denn weg möt hei.« De Herr Konrekter schinte äwer noch lang' kein Il tau hewwen, denn hei kamm rin nah Dürten ehre Stuw' un hadd 'ne manschesterne Hos' in de Hand. – »Gun Abend ok, Dürten, ick... Ah, gun Abend ok, Stining! Na, wo geiht't, min Döchting?« Un hei strakte ehr äwer de schönen sidenen Hor. – »Binah hadd ick mi äwer den dummen Bengel, den Kägebein, argert; äwer, Dürten, ick heww doch an di dacht; ick wull di doch ok wat taum Wihnachten schenken. 't is wenig, Dürten, för dine trugen Deinsten; äwer 'n Hundsvott giwwt mihr, as hei hett. – Süh, da hest du mine olle manschesterne Hos', ick heww mi so dacht, du künnst di dor en Spenzer ut maken oder, wenn de nich geiht, en nigen

sanftenen Sommerhaut.« – »Oh, Herr Konrekter«, säd Dürten un let sick de Hos' dörch de Fingern gahn, »so'ne Freud' un so'ne Ihr . . .« – »Je, Dürten, 'ne Bedingung is äwer noch dorbi: bet Pingsten möt ick sei noch dragen.« – »Je, Herr, wenn dat nich anners is . . .« – »Ne, Dürten, 't geiht nich anners, süh, ick heww man blot dese ein noch, de ick anheww, un wenn de wat Minschlichs passiert, wo denn? Tau Ostern sall ick frilich all minen Gehalt krigen; äwer dat tägert sick ümmer bet Pingsten hen, un 'ne Hos' is en Kledungsstück, wat jeder Mannsminsch duwwelt hewwen möt, denn kein Kledungsstück kann en Minschen in grötere Verlegenheit bringen as dit.« – »Dat seih ick in, Herr Konrekter.« – »Na, denn bringt jugen heiligen Abend recht fröhlich tau«, säd de Herr Konrekter, »un, Dürten, du künnst jug jo en por von uns' Krummstengelappeln halen un 'n por Buddel Bir von Bäcker Schulten, dat ji doch ok markt, dat dat Heilchristabend is.« – »Wat?« frog Dürten, »un Sei wullen denn allein in Ehre Stuw' sitten un dor Müggen gripen? – Ne, Sei möten hüt abend doch ok Ehren Plesier hewwen.« – »Je, wo sall ick hen? Hüt abend sitt jeder mit sin Fomili tausam, un wenn so'n ollen Witmann as ick dorinner snie't, denn kümmt 'n an as 'ne Säg' in'n Judenhus'.« – »Dat segg ick ok nich; äwer künnen Sei nich en beten nah den Keller gahn, nah Ehren Swager? Dor sammelt sick jo doch süs all dat unverfrigte Mannsvolk, un Hofrat Altmann frog mi hüt morgen all, wat Sei hüt abend nich ok dorhen kemen.« – »Ih, wat!« säd de Herr Konrekter verdreitlich, »äwer Altmannen arger ick mi blot, un von Arger heww ick hüt abend all naug von den dämlichen Kägebein hatt.« – »Äwer Hofrat Altmannen wullen *Sei* sick argern? Hei hett blot den Titel kregen, wil dat hei Dörchläuchten männigmal mit Geld unner de Arm grippt, un *Sei? Sei* sünd en Mann in Ihren un Würden, Konrekter un Kanter tau glike Tid, un dat Weder is hüt abend tau'n Utgahn so schön, as dat in dese Johrstid jichtens wesen kann.« – Schrrrr! ströpte so'n Sneidräwel an de Finsterruten entlang. – »Hürst woll?« säd de Herr Konrekter. – »Ih«, säd Dürten un gung ut de Dör an dat Klederschapp, wat up de Del stunn, »in dese Johrstid kümmt dat woll vör«, un smet den Herrn Konrekter 'ne gelleriche Schanilg' äwer un knöpte em vörn in alle Geswindigkeit en vir Dutz lütte Knöp tau, treckte em den Kragen in de Höcht, un de Herr Konrekter kek baben ut dat Kragenlock, as wir hei ut Spaß mal in en Oxenhöft rinnekrapen un kek nu mal baben ut dat Spundlock rute, üm mal tau seihn, wat de Welt woll tau sinen Spaß säd. – »So!« säd Dürten un namm em dat Licht vör de Näs' weg, »nu täuwen S' man en Ogenblick in'n Düstern, ick bün glik wedder hir.« – Un dormit lep sei nah de Vörstuw un kamm mit en dreikantigen Haut – en Pust-de-Lamp-ut, as de Ort näumt würd – un en spansch Ruhr un 'ne lange Pip un en Tobacksbüdel un 'ne Snuwtobacksdos' un en reines Snuwdauk un en por anner Däuker, üm den Hals tau binnen, wedder taurügg un handtierte an ehren Herrn herümmer, als wir sei en Schildknapp, de sinen Ritter wapen ded, un de Ritter let sick dat all gefallen, un as sei mit de Utrüstung farig was, säd hei fründlich »gun Abend« un treckte mit getrosten Maud up Abendteuer ut, mit Stock un Pip, as wir't Degen un Sper. –

»So«, säd Dürten Holzen, »Stining, nu kumm, nu is hei weg un kümmt vör Klock elben nich wedder, nu känen wi nah Vatting gahn.« – »Herre Gott, Dürten, ick hadd de Kurage nich, em so wegtauschicken.« – »Stining, dat lihrt ein all, un wenn em ein mit Glimplichkeit anföt, denn möt hei ok Orre parieren, un dat hei utgahn deiht, dat is em gaud. Denn süh mal, so'ne olle Schaulmeisters, wenn sei mit nicks wider tau dauhn hewwen as mit ehre Schauljugend, denn wennen sei sick nicks as Undäg an un glöwen tauletzt, dat anner Lüd' ebenso för ehr parat sin möten as ehr Schaulkinner, un dat paßt mi nich. – Ne, sall ick dorför upkamen, dat hir allens ordentlich is, denn möt ick ok de Gewalt hewwen. – Hei würd sick schön inmölen, wenn ick em nich en beten unner de Fuchtel höll, un nah en Virteljohr müßt jo woll einer mit Schüpp un Schuwkor kamen, üm den Smutz ut den Hus' tau bringen. – Süh«, säd sei un bunn sick en dicken Dauk äwer'n Kopp, »nu stritt hei sick dor mit den Hofrat un de annern rümmer, denn de bruken nich vör em still tau swigen as sin Schaulkinner, un so ward hei de Weddersprak gewennt, un dat kümmt mi denn tau gauden, wenn ick mal hül will un hei hott. – Nu kumm! Den Husslätel nem *ick* mit, ick will äwer doch bi den Keller angahn un em seggen, vör Klock elben darw hei nich tau Hus kamen, denn ick hadd dat Hus tauslaten un den Slätel mitnamen.« – Dormit gungen sei.

KAPITEL 3

Wer de Herr Konrekter un Kanter Äpinus was. – Wat hei all in sine Schaul bedriwen ded. – Sine uprichtige Meinung von de Franzosen, von Bonaparten un von Josephine – un gel is sei doch! – En stilles Vergnäugen un swore Gedanken. – Ferien sünd doch Ferien. – Worüm den Herrn Konrekter de olle römische Jurist Cujacius in den Kopp un de Nigenstrelitzer Jurist, Avkat Kägebein, in de Stuw kamm. – Von de fine Poesie, von Götzen von Berlichingen, Homer un Lessing. – Worüm de Herr Avkat Kägebein den Herrn Konrekter för en afgünstigen Minschen taxiert, worüm hei nah den Ratskeller geiht un worüm de Herr Konrekter achter em hergeiht.

De Herr Konrekter un Kanter Äpinus was en Sachs oder, as des' Ort Lüd' up Stun'ns spaßig näumt warden, »ein Sächser«, hei was üm dese Tid en Mann so middwarts de Föftiger un was för sin Öller noch en staatsches Stück von en Mannsminschen, obschonst de Esel ok all mit grise Hor bi em rutekamen was. – Hei was en gauden Mann un hadd ok sin Ding' düchtig lihrt, denn hei was so tämlich de irste Schaulmeister an de hoge Schaul tau Nigenbramborg, de mit de ollen Grichen un Römer gaud Bescheid wüßte, un dorüm höllen ok sin Schäulers wat von em. – Jehann Heinrich Voß, de 1766 up de Schaul nah Bramborg kamm, vertellt noch mit groten Dank, dat hei von den Herrn Konrekter mihr lihrt hett as von jedwer annern Lihrer un dat em de Herr Konrekter in 'ne swore Krankheit däglich besöcht

29

un em as en Vader plegt hett; äwer Schrullen oder, as Dür-
ten Holzen seggt, Undäg' hadd hei sick anwennt, un doran
was sine leiwe Fru schuld worden, indem dat sei tau nah-
sichtig gegen em west was; un dat döggt nich. – Dorüm,
wenn ick hir von mi sülwen reden darw, heww ick de Ut-
sicht, dat ick mi ok för mine ollen Dag' keine Schrullen an-
wennen ward, denn wat mine leiwe Fru is, sorgt mit allen
Iwer dorför un hett mi all weck, de ick vördem hadd, af-
wennt. – Äwer wedder up den Herrn Konrekter tau kamen,
so möt ick von em 'ne grote Markwürdigkeit berichten, de
süs woll meindag' noch nich vörkamen is. Hei hadd sick
nämlich, obschonst hei so recht ut dat richtige Kauken-Sach-
sen herstammen ded, in Mecklenborg so dägern in de plattdüt-
sche Sprak verleiwt, dat hei in sinen Hus' un in Gesellschaf-
ten, ja wat noch mihr is, ok in de Schaulstunnen Plattdütsch
reden ded un, wat bi einen richtigen Kauken-Sachsen binah
unmäglich schint, hadd dat so richtig lihrt, dat em man sihr
sprangwis hir un dor en lütten Swupper in de plattdütsche
Sprak passieren ded. – Hei gaww sinen Unnerricht in de
tweite Klass' un lihrte sine Schäulers uter Latinsch un
Grichsch ok noch en beten Naturgeschicht, un wil dat hei ok
up de Musik tau lopen verstunn, gaww hei Unnerricht in
den Kirchengesang un let sine Schäulers ok tauwilen up de
Vigelin spelen un, wat ehr vör allen Spaß maken ded, ok
Pauken slagen. Französch verstunn hei nich un wull't ok
nich verstahn, denn hei hadd en groten Haß gegen de Fran-
zosen. Weck säden äwerst, den Haß hadd hei blot, wil dat
hei kein Französch verstunn un em dat schanierlich wir in-
taugestahn; ick glöw äwer, dese Meinung schütt vörbi, hei
kunn dat französche Wesen nich liden, un sin Haß würd
ümmer düller, je düller de Franzosen in Dütschland Hus
höllen, un – frilich vel späder, as mine Geschicht spelt –
einmal kamm hei dordörch in 'ne grote Verlegenheit. Hei
hadd sick nämlich anwennt, Bonaparten ümmer den Spitz-
bauben un Röwer tau nennen un de Josephine ümmer dat
olle, gele Frugensminsch. Nu kümmt hei mal tau sinen Swa-

ger Kunst up den Keller un dröppt dor mihrere Bekannten mit en Frömden, de von de Gesellschaft tau en Spaß anstifft ward. As nämlich min gaud Herr Konrekter de Josephine wedder dat olle, gele Frugensminsch näumt, springt dese Frömde up un geiht up em los: »Monsieur, ick sein Franzos', Sie aben geschumpft auf mein impératrice, ick Sie laß stecken in prison.« – »Oh, oh! Holt!« seggt min Konrekter, grippt nah sinen Stock un Haut un treckt Pahl, rügglings ut de Dör. Nu ward dat in de Stuw' denn en grotes Hägen; äwer de Herr Konrekter argert sick buten äwer sinen Rüggtog un gruns't sick inwennig un steckt in vullen Arger den Kopp in de Dör un röppt in de Stuw' rinne: »Un gel is sei doch!« – Also de Franzosen kunn hei nich liden, un mit de gele Farw gung em dat ebenso as sin Dürten, sei was em tauwedder. In'n äwrigen äwer – as ick all seggt heww – was hei en gauden Mann, un wenn em weck Lüd' dat as en Nahdeil anreken wullen, dat hei en beten scharp up sinen Vurtel kek un sihr nah sick was, so hadd hei sinen driftigen Grund dortau, denn sine Innamen wiren swack, Fründschaft, de helpen kunn un wull, hadd hei nich, un dat Öller kek bi em all in de Dör. Gizig was hei äwer grad nich, blot mit Poppier, denn dormit gung hei ror üm un let keinen Finzel unbeschrewen; äwer so wat finnt sick oftmals. Ick heww en gauden Fründ, wenn den einer nahenanner twei Daler affördert, denn giwwt hei s', äwer bi twei Swevelsticken makt hei en bedenklich Gesicht.

An den Morgen von den Dag, von den ick vertellen dauh, gung hei in 'ne korte Jack, de hei sick von sinen Nahwer, den Snider, ut en ollen Rock hadd upbugen laten, un 'ne lange Pip in sine Stuw up un dal. En Slaprock smeten sine Inkünften nich af. – »Süh«, säd hei tau sick, »sörre den Harwstmark heww ick üm dese Tid kein Pip Toback tau roken kregen. 't is doch nüdlich, wenn de Minsch mal ut den ollen däglichen Sälen rutekümmt. – Ferien sünd doch Ferien, de Minsch verpust sick doch. – Nu will ick mi äwer denn doch mal an minen elektrischen Apparat maken.« Un

dorbi halt hei en flacken, bleckern Kasten rute, de inwennig
mit Horz utgaten was, un en Voßswanz un allerlei Buddeln
un afgebraken Buddelhäls', denn hei hadd sick, so gaud as't
gahn wull, allens ahn Kosten sülwst taurecht stellt. – »So
frilich is min Kram nich as den Aptheiker sine Maschin;
äwer't geiht doch ok, de Minsch kann sick doch dorvon en
Begriff maken.« – Hirbi wirkte hei denn nu bet Middag
rümmer, treckte sick dunn sauber an un stunn nu dor in en
rodbrunen Rock mit grote, goldbespunnene Knöp, mit
breide Upsläg' an de Ärmel, 'ne swarte sanftmanschesterne
korte Hos', slohwitte Strümp, blankgewichste Schauh mit
sülwerne Snallen un rep äwer Dürten Holzen, dat sei em
den breiden Horbüdel anknöpen süll, et dunn mit ehr Mid-
dag, let sick en beten Füer in den Aben maken, gung dunn
an't Finster, makte dat Finster up un kek nah sinen Ther-
mometer, wat en kostbores Geschenk von den Aptheiker
was, indem dat sei beiden de einzigsten wiren, de in Ni-
genbramborg so'n Wohrsegger in Lohn un Brod hadden. –
Grad as hei sin Finster upmakte, gung in den tweiten Stock
gradäwer von em ok en Finster up, un sine Nachborin in
den gelen Äwerrock makte em en Diner tau un säd sihr
fründlich: »Bon jour, monsieur.« – »Gun Dag ok«, was sin
Antwurt, »äwer ick heww Sei all mal seggt, wenn Sei mit
mi reden willen, denn reden S' dütsch.« – »Ich wünsche
Ihnen vergnügte Feiertage.« – »Ick Sei ok.« Dormit makte
hei so'n swacken Versäuk tau en höflichen Diner un makte
sin Finster tau. – »Weit de Kukuk«, säd hei, »ick heww ein-
mal up den Wall en por Würd' mit ehr redt, wil dat ick
nich anners kunn, un nu set't sei dat Geschäft nah, wo sei
mi süht. – Na, lat ehr.« – Dormit set'te hei sick in sinen led-
dernen Lehnstaul, den em vör Johren mal sin oll Swiger-
vader, de nu ok all vör drei Monaten storben was, taum Wih-
nachten schenkt hadd, un rokte 'ne Pip. – De Stuw' was so
schön warm, dat Füer bullerte in den Aben, de Lehnstaul was
so bequem, buten jog de Wind mit de Sneiflocken, un üm em
rüm was dat so still. – »Acht Grad Küll buten«, säd hei un

läd sinen Kopp an de Back von den Lehnstaul, »woll den, de up Stun'ns 'ne warme Stuw hett. – Äwer wo einsam! Wo einsam! – Dürten Holzen is 'ne gaude Perßon, äwer mit Lotting was dat doch anners! Sei was ok sporsam, äwer hüt hadd sei doch nich nahlaten, sei hadd taum wenigsten Päpernät backt. Dürten seggt: ‚Sei eten s' doch nich‘, seggt sei, ‚un üm minetwegen bruken kein backt tau warden, dat Geld känen wi sporen‘, seggt sei. – Recht hett sei; äwer Lotting was ok sporsam, un Päpernät hett sei doch backt.« – De Gedanken an vergahene Tiden togen an em vöräwer, un männig stille Süfzer gaww ehr dat Geleit; äwer taurüggraupen kunn hei dat nich, wat för ümmer verswunnen was. Dat was keine grelle Hartensweihdag', de in em towte, ne, em was tau Sinn, as wir hei up 'ne unbewahnte Insel midden in dat wide Weltmeer utset't worden, un hei kek in de blage Firn äwer de See, un kein Schipp was tau seihn, wat tau em Minschen bröchte, un de Bülgen slogen an dat Äuwer ümmer mit einerlei Ton, as wiren sei dat dagdägliche Lewen, un dorvon würd hei so mäud, un em föllen in Würklichkeit ok de Ogen dorbi tau, un de Pip sackte em ut de Mund, un hei slep sachting in – dunn slog de Stuwenklock twei, un hei rappelt sick up: »Je, denn helpt dat nich, denn . . . Nu, süh mal! Ick heww jo Ferien!« Un hei slep wedder in.

Un as hei nu tauletzt ut sinen Slap wedder äwer En'n kamm, dunn spunnen sick sine Gedanken wider, hei set'te sick an't Finster un kek in't Weder: »Noch geiht dat«, säd hei tau sick, »noch bün ick gesund und fäuhl mi ok noch kräftig, un dat Schaulmeisteriren holl ick noch 'ne Tidlang ut, wenn äwer dat Öller kümmt un sei pangsioniren mi mit en Botterbrod, wovon sall ick denn lewen? Taum Tausamensporen un Bisidleggen is min Gehalt nich andahn. – Noch künn ick wedder frigen, äwer't müßt 'ne Fru sin, de en por Gröschen achter sick hadd un de den Willen un dat Tüg hadd, mi in ollen Dagen fründlich an de Hand tau gahn. – Je, wo is so ein tau finnen! – De olle Jurist Cujaz hett, as hei vertellt, dreimal frigt: dat irste Mal propter opus, dat tweite Mal propter opes un dat drüdde Mal propter opem; ick müßt nu propter opes un propter opem mit *einem* Mal farig krigen. En swor Stück, wenn einer de Frugenslüd' kennt: de opes warden kein opem leisten, un de opem hewwen, kein opes.« Hei kek tau Höcht un sach noch so in'n Halfschummern sine Nachborin in den gelen Äwerrock an dat Finster stahn. – »Dor steiht s' all wedder! Je, de Lüd' seggen: opes sallst du hewwen, seggen s', äwer nah opem sühst du mi gor nich ut, segg ick.« –

As dat düsterer würd, bröcht em Dürten Licht rinner, makte em Füer in den Aben, halte en Por grote Filzschauh vör: »Herr Konrekter, trecken S' de warmen Schauh an, dat Sei sick nich verküllen«, un gung wedder. – »Opem kreg Dürten farig«, säd de Herr Konrekter, »wo hau't dat äwer bi ehr mit de opes ut?«

Dunn trampst sick einer buten den Snei af, un de Herr Avkat Kägebein kamm in de Stuw': »Verehrter Freund und Gönner, ich konnte doch nicht unterlassen...« – »Wat nich?« – »Sie zu besuchen; ich fühlte den heftigsten Drang in mir, Sie wiederzusehn.« – »So? Na, wennihre sünd Sei denn hir ankamen?« – »Gestern abend.« – »Na, wenn de Drang so grot west is, denn wunnert mi dat, dat Sei gistern abend nich glik kamen sünd.« – »Geschäfte, mein Gönner, unaufschiebliche Geschäfte.« – »Wat? Sei warden doch nich taum irsten Mal in Ehren Lewen en Prozeß hewwen?« – »Bewahre! Wichtige Geschäfte, viel wichtigere haben mich auf Flügeln des Zephirs gestern morgen, als man mit purpurnem Gewand am östlich hohen Himmelsrand Auroren schon verbreitet fand, von Neustrelitz nach Brandenburg entführt.« – »Ollen schönen Zephir hüt buten!« smet de Herr Konrekter dormang, äwer Kägebein let sick nich stüren: »Ich will nämlich eine collectio meiner schönsten Gedichte hier bei Korb drucken lassen, Durchlaucht, unser gnädigster Herr, hat die hohe Gnade gehabt, meine submisseste dedicatio anzunehmen, und hier sind sie.« Dormit smet hei en

Packen Schriweri up den Disch. – »Dörchläuchting – Gedichte? – Na, dat hett hei denn woll ut Niglichkeit dahn, denn ick glöw, hei hett in sinen ganzen Lewen noch kein Gedicht lesen.« – »Ich habe ihm welche vorgelesen, er hat sich sehr gefreut, er hat viel Sinn und Empfängnis für die feine, hohe Poesie; und – unter uns – wie mir Rand, sein Herr Kammerdiener, sagt, ich habe eine große Exspektanz auf den Titel eines Hofpoeten.« – »Gratulier velmal tau den hogen Titel.« – »Aber die Gedichte sind auch schön, sehr schön! Sie sind im höhern Stil, ich habe Gellerten und Ramlern und Gleimen sozusagen in eins verschmolzen. Hören Sie mal!« – »So setten S' sick doch irst dal!« – Dat ded denn de Herr Avkat un bläderte in sin Poppieren. – »Ich suche keine aus, ich nehme das erste beste zum Vortrage. – Hier dies ist mehr Gellert, es ist ein Idyllum.« – »So heit dat Ding nich, dat heit idyllium, kümmt ut den Grichschen von εἰδύλλιον« – »Ach, das sind Keinigkeiten, Nebensachen; die Hauptsache ist, so was selbst machen zu können, hören Sie:

Invitatio zur Redute an einen guten Freund

So wie Felten in den Abendstunden,
Wenn er seine Rinder eingebunden,
Auch mit sorgenden und milden Händen
In der frommen Schaf und Lämmer Bänden (Raufen)
Heu und Stroh mit Sorgfalt eingestopfet
Und den Riegel für des Schafstall's Tür geklopfet,
So wie Felten, sag ich, am Kamine,
In den Armen seiner lieben Trine
Die von Schnee und Frost ermüd'ten Beine
Ruht und wärmt an des Kamines Steine
Und entzückt an seiner Trine Busen,
Laß mich, spricht, in dieser Gegend drusen.«

»Gott bewohr uns!« rep hir de Konrekter dormang, »wat is dat? ,Laß mich, spricht, in dieser Gegend drusen.' – Minsch,

wo hewwen Sei dat her?« – »Ganz aus mir selbst«, säd Kä-
gebein un richt'te sick äwer En'n. »Aber hören Sie weiter:

> So wie Felten, sag' ich, allhier lauschet
> Und die Freud' in Trinens Busen rauschet,
> So und heiter, ebenso vergnüget –
> Ist es Felten, der allein nur liebet? –
> Wollen wir uns heut erfreuen
> Und den Nymphen Blumen streuen.
>
> Liebster Freund, so laß die Bücher liegen,
> Die Pandekten und den Codicem,
> Wisse, mit den Jugendjahren fliegen
> Auch der Jugend Triebe, komm ad locum quem.«

»En sworen Rim; äwer sihr schön!« föll de Konrekter in,
un Kägebein las wider:

> »Es erwarten dich mit offnen Armen
> Unter der Trompeten Schall und Klang der Darmen
> Dorimen und Synceren und das Chor der Grazien,
> Besser noch, doch eben so als vormals alle Schönen
>   Griechenlands und Traciens.«

»Nu hollen S' Pust!« rep de Konrekter un slog em sine Pop-
pieren tausam, »dor hett jo einer grot acht Dag' an tau
dauhn, ihre hei dat begripen deiht. – Un dit, meinen Sei,
wir mihr so in de Ort von Gellerten.« – »Ja«, säd Kägebein
un kek em ganz unschüllig an, »und hier habe ich ein Stück,
welches mehr Gleim ist. Sie wissen – Freundschaft; ich
habe es für meinen Freund Horn gemacht, als ihm sein Sohn
geboren wurde:

> Ich hab heut den Arzt im Magen,
> Solches hab ich dir zu sagen,
> Dies ist, daß ich heut nicht komme,
> Wünsch dir Zephir und die Sonne.

Doch halb achte könnt's geschehen,
Daß wir uns einander sehen,
Auch chenier dich nicht nach mir,
Bleib ich doch ein Freund von dir.

Grüße deine liebe Lotte,
Grüß den schönen Schlummergotte,
Grüß ihn millionenmalen:
Sei geneigt, ihm zu bezahlen
Das Gelübd', so du ihm tatest,
Da du knieend um ihn batest,
    Voll von Liebe, Dank und Pflicht
    Falle auf dein Angesicht.«

Hir sprung de Konrekter up: »Nemen S' nich äwel, dat
höllt de Minsch nich ut, mi is ganz swindlich worden; ick
möt en beten up un dal gahn.« – Kägebein richt'te sick wat
höger up: »Das hat Sie wohl übernommen?« – Ja, t' hett
mi äwernamen. ,Klang der Darmen' – dor meinen Sei
woll 'ne Vigelin mit?« – »Ja, es ist poetisch.« – »Ja, un ,grüß
den schönen Schlummergotte' is ok woll poetisch för en
Wickelkind?« – »Ja, in diesen poetischen Ausdrücken habe
ich, wie mir schon viele gesagt haben, meine besondere
Force. – Ich habe hier noch ein größeres Heldengedicht,
welches den Titel führt: ,Die auf den Backofen geschobene
Schöne oder der Sprung durch den Schlehdorn'; das will ich
aber noch nicht drucken lassen, denn . . .« – »Dat's recht,
dat is dat Verstännigste, wat Sei dauhn känen. Nonum pre-
matur in annum – geben S' 't jo nich in den Druck, an dese
Gedichten hewwen de Lüd' all naug tau knusen. – Nu seg-
gen S' mal, hewwen Sei all lang' dicht't?« – »Ih, ja! Doch
wohl schon en Jahrener fünfzehn bis zwanzig.« – »Denn
laten S' 't nu wesen, denn hewwen Sei Ehr Schülligkeit vull-
kamen dahn.« – »Je, mein Gönner, das sagen Sie; wenn
mich aber der Geist treibt, denn meine Natur ist eine po-

etische, denn ...« – »Dat is 'ne verfluchte Natur un en infamen Geist. – Seggen Sei mal, hewwen Sei dat Bauk lesen von Götzen von Berlichingen? Mi hett dat Hofrat Altmann mal leihnt, denn ick kann mi so wat nich anschaffen.« – Hir treckte Kägebein de Schullern tau Höcht un wiwakte mit den Kopp hen un her un säd: »Ja, aber das ist ja roh und ungeschliffen, da ist ja nicht für einen Dreiling feine Poesie darin.« – »Möt ok nich! Sall ok nich!« rep de Konrekter hastig, »Wohrheit sall dor in sin un Natürlichkeit. – Kiken S' doch den Homer an, wo is denn dor feine Poesie? – Dor baukstafieren un stamern sei up de Schaulen den Homer tausamen, un keiner hett ein hallweg Verständnis dorvon, von sine Schönheit, von sine Natürlichkeit un von sine Wohrheit. – Ja, einen Schäuler heww ick hir hatt, was en dummen Buerjung', as hei hir herkamm, heit Jehann Hinrich Voß, de hadd en Sinn dorför.« – »Ja, mein Gönner, Homer hat aber doch nichts Feines, er lebte ja auch in einem höchst ungebildeten Zeitalter.« – »Na, un *wi* woll in en recht gebild'tes? – Sei glöwen woll, wil dat Sei de Frugenslüd' in Ehre Gedichten mit allerlei abellsche Namen anreden, derentwegen schriwen Sei fein; de unserein Mariken un Dürten un Fiken näumt, de näumen Sei Dorimene, Syncerene, Fatime un wat't för olle, apsche Namen noch mihr giwwt. Ick will Sei blot seggen, för all Ehre Iphigenen un Philomelen un Dorimenen gew ick min oll ihrlich Dürten Holzen noch lang' nich weg. – Dat kümmt all von de verfluchten Franzosen her, de hewwen uns' dütsches Wesen verdorben un uns' dütsche Sprak dortau. – Seihn S', dor is en Kirl«, dormit wis'te hei up en Bild von Lessing, dat an de Wand hung, »heww noch mit em in Leipzig studiert, is en Dutzbrauder von mi, de hett't verstahn, un wenn wi em folgen wullen, denn kemen wi woll up den rechten Weg. – Und hir«, dormit halte hei en ollen Smöker ut sin Bäukerregal, »dit's en Landsmann von Sei, de makt hir de ollnmodischen Poeten schön tauwecht, hüren S' mal; ick will't äwer ut de olle Sprak in de jitzige äwersetten un will blot

den Sluß nemen, denn dat irste is för de jitzige fine Tid en
beten tau stripig:

So'ne hocherlüchtete Red', seggt'e, de is nu upgekamen, seggt'e,
Bringet den nigen Poeten einen ewigen Namen.
Dat is nu lächerlich, schriwen, dat jedermann,
Ja ok en Schauster, seggt'e, oder 'n oll Wiw vernemen kann,
Ein möt sine Fedder hoch äwer de Luft upswingen
Un mit poetischen Stil dörch de Wulken dringen,
Dat is nu de Manier, seggt'e – und so weiter, und so weiter
– seggt'e.«

»Aber, bester Gönner, das ist ja unser gewöhnliches Platt-
deutsch!« – »Na, un worüm nich?« – »Ja, ich weiß das wohl,
daß Sie – und es wird von Ihren vielen Freunden sehr be-
dauert – sich gleichsam in die gemeine, plattdeutsche
Sprache verliebt haben und ihr den Vorzug für die gebildete
hochdeutsche geben.« – »So? Na, denn seggen Sei man mine
vele Frün'n, dorüm süllen sei sick man kein grise Hor was-
sen laten, segg ick, dor hadd ick minen Grund dortau, hadd
ick seggt. – Glöwen Sei denn nich, dat, wenn ick as en Sachs
hir ankamen bün un hadd kein Pladdütsch lihrt, dat mine
Schäulers nich up pladdütsch allerlei verfluchten Spijök mit
mi drewen hadden? – Un denn, möt ick Sei seggen, is dat
Pladdütsch mi vel leiwer as dat fine Hochdütsch, wat *Sei*
schriwen, 't is doch taum wenigsten noch nich von de Fran-
zosen verfuscht un verdorben.« – »Es ist eine gemeine
Sprache«, rep Kägebein, de nu ok hitzig würd – de oll Kon-
rekter was't all lang' –, »es läßt sich in ihr kein einziger
feiner poetischer Gedanke ausdrücken.« – »Dat sall sei ok
nich«, rep de Konrekter un slog up den Disch. »dortau is
sei tau ihrlich. – Sei seggen, ick heww mi in de pladdütsche
Sprak verleiwt, un denn seggen Sei von mine Leiwste, dat
sei gemein is? – Wat? – Herr, sehn S' tau Ehren Würden!
– Wat würden *Sei* seggen, wenn *ick* von Ehre Leiwsten, von
Dorimenen un Zephiren un Chloen, un wo dat Takeltüg all

heiten deiht, seggen ded, dat dat gemeine Frugensminscher wiren?« – »Wir kommen heute abend nicht überein«, säd Kägebein, kramte sine Schriften tausam un makte Anstalt aftaugahn. – As de oll Herr Konrekter dit sach, dunn kamm dat Gefäuhl äwer em, dat hei doch woll en beten groww gegen sinen Besäuk worden was, hei wull 't as ihrliche Mann up sine Ort wedder gaud maken, slog äwer dorbi irst recht dat Kalw in't Og! – Hei gung nämlich recht tautrulich an sinen Gast ran un gaww em de Hand: »Ick bün öller as Sei, Kägebein, un kann Sei woll en gauden Rat gewen: gewen S' de ßackermentschen Gedichte nich rute.« – De Dichter tuckte tausam, kek den Konrekter scharp in de Ogen, un dat müggt em jo woll so vörkamen, as wenn de blasse Neid dorut herutelücht'te, hei lächelte so'n beten vörnem von baben dal un säd, as hei ut de Dör gahn wull: »Gewiß gut gemeint, und manchem mögen meine Gedichte auch wohl nicht gefallen; aber Durchlaucht, unser gnädigster, regierender Herr, haben geruht, die dedicatio anzunehmen, und so müssen sie denn gedruckt werden. – Guten Abend!« – De Konrekter begleit'te em up de Del un säd: »Gun Abend ok, lewen S' recht woll, ick wünsch Sei vel Glück dormit; äwer, nemen S' 't nich äwel, Sei sünd en groten Klas!« – Kägebein gung ut de Husdör un rep noch taurügg: »Gönnerchen, das wird sich finden, wird sich finden; sehn Sie's erst gedruckt, im Druck nimmt sich das ganz anders aus.« – Hei gung un gung nah den Ratskeller. De Herr Konrekter brummte vör sick hen: »Heww ick üm den Klas minen schönen heiligen Abend verluren!« – Un as wi seihn hewwen, gung hei nah en beten achter Kägebeinen her, ok en beten nah den Ratskeller.

KAPITEL 4

Kägebein les't wedder sin Gedichten vör. – Wat de Konrekter dortau seggt. – Wat de Ratskellermeister Kunst von de Kunzerten höllt, un woans hei duwwelte Pacht gewen will. – Wo Dokter Hempel den Lin'nwewer singt, Kägebein dicht't un de Konrekter sick argert. – Wo Zephiren ehre Gesundheit up Hofrat Altmannen sine West tau sitten kümmt. – Hofrat Fischer höllt 'ne Red', de hellschen vernünftig is un mit en Strid utlöppt. – Kunst sleiht mit en Stock de irdnen Pipen intwei, de Konrekter geiht in vullen Zorn af un will in de heilige Nacht den Lin'nwewer up de Vigelin spelen, wotau hei äwer nich kümmt, indem hei tau Bedd bröcht ward.

As de Herr Konrekter üm Kopmann Buttermannen sinen Hus' nah den Mark herupbögte, kek hei so in den Vörbigahn nah den tweiten Stock herup un säd tau sick: »Wat de Prinzeß Christel woll wedder äwer Sommer hirher trecken ward? – Hm, hm! – Dor föllt mi in, sei möt noch en Cicero de officiis von mi hewwen. 't is doch en markwürdig Frugenstimmer, geiht in ehre Stuw' in 'ne buckledderne Hos', in Kanonen un 'ne korte Husorenjack, rokt 'ne korte Pip un drinkt Portwin dortau, un dorbi les't sei den Cicero un, wat noch mihr is, versteiht ok, wat sei les't, denn dumm is sei den Deuwel.« – Mit dese halwluden Gedanken kamm hei bi sinen Swager Kunsten in de Ratskellerstuw' rinne, prallte äwer binah wedder nah de Del t'rügg, denn in de Stuw' satt sin Fründ Kägebein wedder in vuller Arbeit, hadd sin Manuskript rutehalt un las sine Gedichten vör:

> »Einst ging 'ne Henn' mit mütterlichen Sorgen,
> Für sich und ihre jungen Küchen
> Sich Maden und Gewürm zu süchen.«

Äwer up de Städ' snappte hei af, as hei den Konrekter rinnekamen sach, un obschonst en beten rod un verlegen, namm hei doch 'ne wat vörneme Min' an un säd, up en annermal wull hei wider lesen. – »Bi dit christlich Vörnemen erholl Sei de leiw' Gott«, säd de Konrekter un tred nu vull in de Stuw'. »Küchen, seggt hei, sich Maden un Gewürm zu süchen, seggt hei.« – »Na, is Sei dat noch nich gaud naug?« frog de Hofrat Altmann, de in 'ne sihr feine Kledag' mit güllen Tressen achter den Disch satt un noch mal so'n staatschen Horbüdel sick anknöpt hadd, as den Konrekter sine Achtersid upwisen kunn, »hett uns' taukünftige Hofpoet – denn dat ward hei, ick heww in Strelitz all so'n Vägelken singen hürt – nich dat mäglichste mäglich makt un de hochdütsche un de pladdütsche Sprak, so tau seggen, mit dat Wurd ‚Küchen' in en gewissermaßenes Kunzert bröcht?« – »Dauhn S' mi den Gefallen«, rep hir de Kellerwirt Kunst, en lütten rodgesichtigen Mann, de de Gewohnheit hadd, de ganze Welt von unnen up antauseihn un as en Parpendikel in de Stuwenklock, de Dumen in de Westenlöcker hakt, in sin Gaststuw' up un dal tau lopen, »dorvon swigen S' still; mit de Kunzerten, dat's ok wedder so'ne verdreihte Mod', de dorup rutekümmt, dat de Lüd', de süs noch en Glas Win vertehrten, sick nu mit Frugenslüd' in en Saal hensetten, de Ogen verkihren, mit den Kopp hen un her wiwaken, mit de Beinen den Takt dortau pedden un den annern Dag as de Dreihörgeln up de Strat herümmerlopen un allerlei französche Melodien vör sick henbrummen.« – »Dor hest du ditmal recht, Kunst«, säd de Konrekter, »wi hewwen so vele schöne, dütsche Melodien, dat wi de französchen Kunzerten gor nich bruken.« – »Dormit stimm ick nich äwerein«, säd de Herr Rat Fischer. »Herr Ratskellermeister, wat hewwen Sei sick äwerall üm Kunzerten tau kümmern? – Hir, schenken S' mi leiwerst mal en frisch Glas in, bet de Punsch kümmt, un denn sorgen S' för 'ne warm Stuw', denn hir is't verflucht kolt.« – »Dat's Ehr Sak, Herr Rat. Meinen Sei, ick kann so'ne olle grote Schündel von Stuw' warm krigen? Ick heww so oft all bi den wohllöblichen Magistrat vörstellig makt, dat hei mi hir 'ne Wand trecken laten un ut de ein Stuw' twei maken laten sall; äwer is dat woll tau krigen? Ick heww mi jo sogor all dortau anbaden, dat ick denn de duwwelte Pacht betahlen will.« – »Dat is aller Ihren wirt«, säd de Herr Rat, »un ick ward dat up de nächstmal in de Sitzung taum Vördrag bringen.« – »Ja, denn möten Sei dat woll wohrnemen, wenn de Kämmerer nich dorbi is, denn de is mi woll hauptsächlich dorin

tauwedder.« – »Herr Hofrat«, säd Kägebein, »oh, auf ein
Wort«, un gung mit den Hofrat in ein Eck. »Also Sie mei-
nen, daß mir der Titel Hofpoet nicht entgehen kann?« – »Ick
glöw gewiß; dat Sei't warden, un wat *ick* dortau dauhn
kann – Sei weiten, ick heww 'ne fründschaftliche Stellung
bi Dörchläuchten...« – »Ach, Sie können alles.« – »Ja,
Rand äwer ok.« – »Swager, oh, up ein Wurd«, säd de Kon-
rekter tau Kunsten un ledd't em in 'ne anner Eck. »Du
seggst, du willst de duwwelte Pacht betahlen, du giwwst jo
gor kein Pacht.« – »Holt din Mul, dat weit ick, un de ein-
zigste, de dat uter uns beiden noch weit, dat is de Käm-
merer, denn de annern Herrn bekümmern sick en Quark
dorüm, un wenn ick sei dortau krig, dat sei min Gebott an-
nemen, süh, denn is't noch all so, as't west is.« – »Hüren Sei
mal, Kägebein«, säd de Hofrat un rew sick vör den Kopp,
»duwwelt höllt beter un dreiduwwelt dreimal. Wenn Sei
mi ok hewwen un *Randten,* un Sei hewwen de *Prinzeß
Christel* nich up Ehre Sid, denn is't doch noch so wat. – In
Ehre Städ' würd ick ehr ok so'n Band Gedichte dedizieren,
denn wenn Dörchläuchten ok nicks up Frugenslüd' giwwt,
in so'ne Angelegenheiten frögt hei doch ümmer vor allen
sin Christelswester üm Rat.« – »Ich habe noch ein großes
Heldengedicht liegen«, flusterte Kägebein, »,die auf den
Backofen geschobene Schöne oder der Sprung durch den
Schlehdorn'.« – »Dat is schön, dat dedizieren S' ehr, denn
hett dat mit den Hofpoeten kein Nod.« – »Mine Herrn«, rep
de Doktor Hempel von den Disch her, »nu kamen S' äwer
ok her, de Punsch is hir; Sei känen sick en annermal dat
Hexen lihren.«
As sei nu all wedder seten, frog de Hofrat Altmann: »Dok-
ter, seggen S' mal, is dat wohr, dat den ollen Schauster
Grabow'n sin tweite Sähn verrückt worden is?« – »Ja, dat
is wohr; en markwürdigen Fall.« – »Ja«, säd de Rat Fi-
scher, »un dat is so slimm, dat wi gistern all Bendsnidern
von Magistrats wegen as Wach henschickt hewwen. – Oh,
hei hett't all mal so hatt, dat schint so tourenwis bi den

jungen Mann tau kamen.« – »Wovon mag hei dat woll hew-
wen?« frog de Konrekter. – »Je, wer weit't«, säd de Dokter,
»sin oll Mutter meint jo, hei hett sick 'ne Leiw' tau 'ne vör-
neme Dam tau Gemäud treckt.« – »Dorvon ward keiner
verrückt«, säd Kunst. – »Ja«, säd de Hofrat, »Sei warden't
woll nich warden, Sei känen lachen, Sei hewwen 'ne hübsche
Fru un weiten vel, wo trübselig so'n ollen Junggesellen oder
Witmann tau Maud' is. – Nich wohr, Konrekter?« – »Mit
Ehr Trübsal is't woll nich wid her«, säd de Konrekter so'n
beten äwer de Schuller weg, »dreimal hewwen S' nu all frigt,
un ick wedd 'ne Bowle Punsch, äwer'n Johr hewwen S' de
virte Fru.« – »Dat künn woll Rat warden, wenn sick't so
paßte«, säd de Hofrat. – »Wat seggt denn äwer Dörch-
läuchten?« frog de Rat Fischer. – »Ih, wat!« säd de Hofrat,
»lat em seggen, wat hei will; ick ward mi in so'ne Angele-
genheit vel üm Dörchläuchten kümmern. – Dörchläuchten
brukt *mi* mihr, as ick *em* bruk«. – »Ja«, säd de Konrekter,
»Sei meinen wegen de Gröschens. Äwer as Sei sick dat letzte
Mal verfrigt hadden, dunn wohrt dat doch 'ne lange Tid,
bet Sei sick wedder an em rannerslängelt hadden.« – »Na,
Konrekter, 't kümmt eigentlich ganz äwereins herut: *mi*
brukt Dörchläuchten wegen de Gröschens un *Sei* wegen sine
Angst vör dat Gewitter. Missen kann hei uns beid' nich,
un dorüm känen Sei ok ümmer wedder frigen. – Sei willen
'ne Bowl Punsch wedden, dat *ick* äwer't Johr de virte Fru
heww; ick wedd ok 'ne Bowl, dat *Sei* äwer'n Johr de tweite
hewwen.« – »Dat 's recht«, föll Kunst in, »Kinnings, vertehrt
wat! De Wirt will ok lewen. Des', de up den Disch steiht,
schriw ick nu vörlöpig up den Hofrat sin Reknung un de
tweit up minen Swager sin.« – »Holt!« rep de Konrekter,
»nimm di nicks vör, denn sleiht di nicks fehl, un wat nah-
kümmt, bitt de Wulf; schriw s' ok man glik up den Hofrat
sine Reknung, betahlen möt hei 's doch.« – »Ehr Wurd is
'ne Brügg, wo'ck nich äwergahn müggt«, was den Hofrat
sine Antwurt. – »Na, hett de Konrekter denn all so'n fründ-
lichen Gegenstand, wo hei'n lütten Kiker up hett?« frog de

Rat Fischer. – »Ih, woll«, lachte de Hofrat, »wenn hei ut sin Finster kickt, denn kickt hei ümmer in dat Finster von sinen Schatz.« – »Haha!« lachte Kägebein, bi den de Punsch all en beten wirken ded, indem dat hei en Dichter was,

> »So will sein Geist zu Synceren,
> Um wiederum ihr Bild zu sehn.«

»Kägebein«, rep de Konrekter un höll sick de Uhren tau, »nu laten S' sin, wi weiten, Sei känen. – Äwer«, wennte hei sick an den Hofrat, »Sei meinen doch nich, dat ick en Og' up de olle gele, französche Perßon heww, de gradäwer von mi tautreckt is?« – »Gele, französche Perßon?« föll hir Dokter Hempel in, »de is so wenig ut Frankrik as Sei un ick. Ut Förstenbarg is sei, ehr Vader was de oll Stüerinnemer Soltmann, un de oll Mann hett ehr as sine einzigste Dochter ut tweite Eh' en schönen Geldbüdel hinnerlaten. Sei is lange Johren Kammerfru bi de Prinzeß Christel west, as de in Förstenbarg residierte, un is denn ok mit ehr dortaumalen nah Paris west, un dor hett sei denn dat beten Französch upsnappt.« – »Un gel?« frog de Hofrat, »sei is as 'ne witte Duw, blot dat sei in't Gesicht en por Sommersprutten hett; äwer dat is jo doch en richtiges Teiken, dat sei en feinen Teint hett.« – »Teint?« frog de Konrekter, »dat sall woll wedder en beten wat Vörnemeres sin för Hut? Dat hewwen Sei woll wedder bi Dörchläuchten sine ollen utrangierten Hofdamen upsnappt?« – »Hoho?« föll hir de Rat Fischer in, »hei will uns schappieren, hei will de Red' up wat anners bringen. – Holt, hir! Wo is't mit de gele, französche Fru Nachborin?« – »Swager, Swager!« rep Kunst un höll mit sinen Parpendikelgang för'n Ogenblick in, »wat möt ick an di erlewen, ick möt woll mal eins bi di revidieren, du kümmst mi woll ganz up Afweg'?« – Hir föll Kägebein in un kek dorbi an den Bähn, as stünnen sin Gedichten baben anschrewen:

> »Sein Tun, das geht auf lauter Frevel,
> Betrug und List ist seine Kunst,

Sein Rühm'n ist lauter Dunst und Nebel,
Bei Damen steht er nicht in Gunst.«

»Hüren S' mal, Kägebein«, säd de Konrekter, drunk sin
Glas ut un lachte so'n beten vör sick hen, »ick heww hüt nu
all naug von Ehre Gedichten profentiert, un ick möt mi dat
so gaud as jeder anner gefallen laten; wenn Sei *mi äwer
sülwst* mit Ehre Leier ansingen willen, denn verklag ick
Sei. Hir, Rat Fischer un Dokter Hempel sünd mine Tügen,
dat ick Sei warnt heww.« – Äwer dat is vel tau vel von
einen Dichter verlangt, de grad' in den Swung is. Kägebein
was dor nu midden in, un hei sung förfötsch wider:

>»Bei Damen bist du nicht gelitten,
Sie nehmen dich nicht in den Schutz,
Sie mögen stehen, liegen, sitzen
Im Negligé, im Gala-Putz.
Doch viele Lieb' will ich dir wünschen,
Heut abend aber mit dir pünschen.«

»Hett recht, hett recht«, rep Hofrat Altmann, »pünschen –
dat willen wi! Un de Hofpoet Kägebein sall tauirst hoch
lewen!« – »Ja, Konrekter«, rep Rat Fischer, »un Sei möten
tauirst mit em anstöten.« – »Will ick ok«, säd de Herr Kon-
rekter un stödd mit den Dichter an, »Sei sälen noch lang'
lewen, äwer't Dichten angewén!« – »Haha!« rep de Hofrat,
»nu fängt de ok an! Wider, Konrekter, wider! Wi Bram-
börger warden uns doch nich von so'n Strelitzer in de Dicht-
kunst vörbijagen laten?« – »Sei sünd so'n ollen heimlichen
Uphitzer, Hofrat, un dat lihren Sei bi unsern Dörchläuchten
sinen Hofkram, denn dor . . .« Un hadd hei hir wider redt,
hadd hei wohrschinlich 'ne Majestätsbeleidigung seggt, hei
würd äwer tau sinen groten Glücken tau rechter Tid unner-
braken. De Dokter Hempel hadd nämlich wil den ganzen
Diskurs ümmer stiw in sin Glas rinnerseihn, un wenn hei
sach, dat dat vull was, denn hadd hei't utdrunken, un wenn

hei sach, dat dat leddig was, denn hadd hei't vull schenkt, un so was hei denn nu allmählich in den Gesundheitstaustand kamen, wo sine Natur dat Singen verlangte, hei kek also stiw in sin Glas herin, drunk't in mäglichste Rauh un Besinnung ut un stimmte mit einen fürchterlichen Baß an:

»Die Leineweber haben eine saubere Zunft...« –

»Nahwer«, rep de Rat Fischer dortüschen, »sünd Sei denn all wedder so wid, sünd Sei all wedder bi de Lin'nwewers ankamen?« – »Korl«, rep Kunst den Jungen tau, »bring' de anner Bowl herin, wi sünd bi de Lin'nwewers«, un dorbi swenkte hei den Stock von den Hofrat Altmann äwer sinen Kopp, denn hei hadd de Gewohnheit, up sine Parpendikelgäng' ümmer en frischen Stock von sine Gäst spazieren gahn tau laten. – Dokter Hempel let sick äwer dörch all dit Wesen in sinen Gesang nich stüren, hei sung:

»Die Leineweber haben eine saubere Zunft,
Harum, ditscharum –
Mittfasten halten sie Zusammenkunft,
. Harum, ditscharum –
Aschegraue, dunkelblaue,
Mir ein Viertel, dir ein Viertel,
Fein oder grob, Geld gibt's doch,
Aschegraue, dunkelblaue...«

Rums! Rums! föll nu de ganze Gesellschaft mit ehre Beinen as Chorus in.
»Korl«, rep Kunst den Jungen tau, »lop nah mine Fru, sei sall uns en por Päpernät un Appeln schicken!« –

»Die Leineweber haben sich ein Haus gebaut,
Harum, ditscharum –
Von Buttermilch und Sauerkraut,
Harum, ditscharum«,

sung Dokter Hempel wider. – »Ne, Dokter«, föll hir de Rat
Fischer in, »nu is't naug. Wenn wi den ganzen Lin'nwewer
dörcharbeiten willen, denn künn uns morgen früh de Sünn
in den Punschpott rinneschinen. – Will'n leiwerst mal Rund-
gesang singen.« – »Korl«, rep Kunst, »lop mal in mine Stuw'
un hal mi mal dat grote Deckelglas tau den Rundgesang
her!« – Kägebein kek wedder an den Bähn, äwer wat un-
rauhig was hei all worden. – »Gott in den hogen Himmel!«
flusterte de Konrekter den Dokter Hempel tau, »nu dicht't
hei all wedder.« –

»Die Leineweber schlachten alle Jahr zwei Schwein«,

stimmte Dokter Hempel wedder an. – »Ruhig!« rep Hofrat
Altmann, »hir is Kunsten sin grot Glas, nu geiht 't los! –

Rund-, Rund-, Rundgesang...«

»Korl«, rep Kunst dormang, »hal minen Swager Konrekter
minen Lehnstaul ut dat Kontur, hei möt as Präses sin; un
unner den einen korten Bein legg en Stück Dackstein. –
Wegen't Wackeln«, säd hei tau sinen Swager. – »Na nu
äwer ok!« rep Hofrat Altmann, un alle föllen in:

»Rund-, Rund-, Rundgesang und Rebensaft
Lieben wir ja alle;
Darum trinkt mit Mut und Kraft
Schäumende Pokale!
Bruder, deine Schönste heißt?« –

Un alle Ogen wendten sick up Kägebeinen, de nu mit so'n
Nolens-volens-Ruck tau Höchten fohrte un ut den sin Ge-
sicht Dichterfüer, sachtmäudige Leiw' un blauddöstige Rid-
derlichkeit herutestrahlte, as wenn em ut dat *ein* Og' de
Sünn, ut dat *anner* de Man schinte un up de Näs' dortüschen
noch taum Äwerfluß Pickfackeln anstickt wiren. Mit de ein

Hand höll hei sick wegen de Säkerheit an de Lehn von den Konrekter sinen Staul wiß, mit de anner deklamierte hei:

> »Punsch und Bischof müßt ihr nicht vergessen,
> Alles nach der Etikett abmessen,
> Auch aufs Wohlsein eurer Schönen trinken,
> Mit den Herzen freundlich ihr zuwinken;
> Also trink' ich hier auf der Zephire Namen
> Und – und – und . . .«

»Un wi annern alltausamen«, föll de Konrekter in. – »Und aufs Wohlsein aller Damen«, rep Kägebein, so dull hei kunn, un smet up den Konrekter en Blick, as hadd hei em grad' dorbi bedrapen, dat hei em de schönsten Lurbeerbläder ut sinen Kranz plückt hadd. – »Up Zephire un Zemire drink ick nich«, brummte de Dokter Hempel in den deipsten Baß, »dat sünd Hun'nnamen. – Min Swigermutter hett einen, de heit Zemire, un min Nahwersch, Bäcker Schultsch, hett einen, de heit Zephire.

> Die Leineweber machen eine zarte Musik . . .«

Äwer hirmit kamm hei schön an. Kägebein hadd de rechte Hand von den Konrekter sine Lehn loslaten, de em Säkerheit gaww, hadd den Pokal tau faten kregen un wull eben in vullen Swung' up Zephire drinken, as em de snöden Würd' von den Dokter unner de Näs' hollen würden. Dat was grad', as wenn em midden in'n Vers en Snurrer in de Dör kamm, as wenn em un sine Zephire in den schönsten Manschin en Glas koll Water äwer den Kopp gaten un em in de vulle Utäuwung von Ridderlichkeit in den Arm follen würd. – Na, wenn einen so in den vullsten Swung' in den Arm follen ward un hei hett denn en vull Glas in de Hand, denn schülpert dat äwer, un so denn ok hir; all Zephiren ehren Punsch un de ganze Gesundheit satt up einen Mal up den Hofrat Altmannen sine sanftene Tressenwest,

de den Deuwel nah Zephiren fragte. – »Prrrr!« pruste de
Herr Hofrat, denn sin Gesicht hadd dorbi ok en lütten Kuß
von Zephiren afkregen, »plagt Sei de Deuwel?« – »Korl,
hal en Wischdauk!« rep de Ratskellermeister, »un dauh den
Herrn Hofrat Rendlichkeit an!« – Kägebein stunn 'ne Tid-
lang ganz verdutzt un verstummt dor; dörch sin Verfiren
kamm hei würklich en beten tau Besinnung, un hei säd ganz
estimieren ded, is mi in't Ellbagengelenk schaten.« Äwer as
vör. Dat de Dokter Hempel Zephire för en Hun'nnamen
estimieren ded, is mi in't Ellbagengelenk schaten.« Äwer as
hei nu Korlen dor wischen seihn ded, brok de Dichtkunst
wedder bi em dörch, un hei deklamierte:

> »Das ist 'ne schlimme, üble Weise;
> Doch sieh! der Sklave eilt ans Bad
> Und trocknet knieend sanft und leise
> Vom Punsch den Herrn Hofrat ab.«

Un dorbi wendte hei sick nu an den Dokter Hempel, de
upstahn was un bi dat Finster in de Eck stunn, un rep mit
forsche Stimm, indem dat hei up Korlen sin Stück Arbeit
wis'te:

> »Und hab' ich dieses mir betrachtet,
> Dein Reden ist nicht echter Weis',
> Du hast Zephiren mir verachtet,
> Dafür geziemt dich Besenreis.«

Taum Glücken hürte Dokter Hempel nicks von de Utsich-
ten, de em de Dichter makte; sei hadden em ümmer sinen
Leiwlingsgesang afsneden, un de Lin'nwewer hadd sick bi
em verset't, hei nützte also de Tid, üm em los tau warden,
hei sung also mit forschen Baß den Lin'nwewer in de Eck
herinne. – »Ad locus!« rep Kunst, »sub praeclusione, dat
heit, wer sick nich dal set't, giwwt 'ne Bowl Punsch«. – »So
setten S' sick doch dal!« rep de Konrekter un treckte den
Dichter an de Rockslippen up sinen Staul, »Sei begeiten mi

wohrhaftig ok noch.« – Äwer dese babylonische Sprakver-
bisterung sull noch nich uphüren, denn wenn ok de Punsch
den Fehler an sick hett, dat hei de meisten vernünftigen
Lüd' en beten dreihköppig makt, so hett hei doch ok dat
Gaude an sick, dat hei weck Lüd', de för gewöhnlich nich
mit all tau vel Verstand plagt sünd, mit einem Mal hellisch
verstännig makt. Tau dese Ort hürte de Rat Fischer. Hei
stunn also up un höll 'ne Red', as de Konrekter nahsten
säd: de verstännigste, de hei äwerall seindag' hollen hadd.
Hei fung dormit an tau versäkern, dat hei för sine Perßon
ganz nüchtern wir – dorgegen hadd keiner wat intauwen-
nen, blot de Konrekter brummte so vör sick hen: »Is hei
ümmer!« –, dorup säd hei un kek dorbi Kägebeinen an:
einer ut de Gesellschaft wir stark andrunken, müßt hei
äwer ok, denn wo süllen süs sine schönen Gedanken her-
kamen – hir wull Kägebein protestieren un 'ne Gegenred'
hollen, de Konrekter törnte em äwer insowid, dat hei blot
mit en korten Vers tau Rum kamm:

>»Nun, so laßt's euch wohl bekommen,
>Eßt und trinkt mit froher Lust,
>Lebt in segensvollen Wonnen,
>Immer blühe eure Brust!«

»Sihr schön!« säd de Konrekter un wendte sick an den Rat
Fischer: »So, nu man wider!« – Rat Fischer snow sick hir
de Näs' ut, üm wedder in en verstännigen Ton tau kamen,
un säd: Hofrat Altmann künn ganz ruhig sin, so vel, as hei
wüßte, gew de Punsch keine Placken. – »Känen S' denn nich
seihn?« frog de Hofrat dortüschen. – Na, un wenn de Punsch
ok placken ded, säd de Redner wider, so schadte em dat
ok nich, denn dese West hadd de Hofrat von Dörchläuch-
ting taum Present kregen, un Dörchläuchting hadd noch gor
tau vele Sanftwesten. Sei wiren hir äwrigens tausamen-
kamen, üm sick in Rauh un Freden tau verlustieren, un wenn
Dokter Hempel dat ok mit den Lin'newewer en beten

äwerdriwen ded, so hadd dat sinen gauden Grund dorin, dat Dokter Hempeln sin Grotvader, as hei man hürt hadd, en Lin'nwewer west wir, un hei müßte den Dokter Hempel dat hoch anreken, dat hei sinen ollen Grotvader so tau Ihren bröchte. – Dat wir en dummen Snack, rep de Dokter dortüschen, sin Grotvader wir kein Lin'nwewer west, sin Grotvader hadd 'ne Staatsanstellung hatt, hei wir Durschriwer in Woldegk west, grad tau de Tid, as Rat Fischern sin Grotvader dor Polizeideiner west wir. – »Min Grotvader . . .«, fung Hofrat Altmann an. – »Was en Breiwdräger bi de Post«, rep Kunst dormang. »Korl! – Ne, lat man! Ick heww nicks; wull blot man seihn, wat du up den Posten wirst.« – »Min Grotvader . . .«, fung nu ok Kägebein an. – »Was en Tüffelmaker«, bröllte de Konrekter dormang. »Pfui! Schämt jug wat! Dorin wat tau säuken, dat de ein Grotvader vörnemer west is as de anner. Wi süllen alltausamen Gott danken, dat uns' Ollen ihrliche, brave Lüd' west sünd, de uns so wid bröcht hewwen, dat wi dat worden sünd, wat wi nu sünd.« – »Hest recht, Swager!« rep Kunst, »denn min Grotvader . . .« – »Dorvon hewwen wi nu naug! Nu also:

Rund-, Rund-, Rundgesang
Und Rebensaft . . .«

»Korl schenk de Gläser vull!« rep Kunst, gung in de Eck un halte sick en nigen Stock, stellte sick hen un slog äwer den Kopp von de Gesellschaft den Takt tau dat Lid. – »Bruder, deine Schöne heißt?« frog Kägebein den Konrekter. – »Ick heww kein«, was de korte Antwurt von den ollen Herrn. – »Rut dormit! Rut dormit! Hei möt ein hewwen!« repen sin Zechkameraden; äwer Kägebein wüßte Rat, hei stimmte an: »Nihila, die soll leben! Nihila, die soll leben!« – Kunst was wil sine Lewenstid eigentlich up en Krückstock anlihrt, in desen Ogenblick hadd hei einen Stock mit en Knop in de Hand, un de flog em nu bi sin forsches Taktslagen weg, slog den Hofrat Altmann un den Dokter Hempel ehre irdenen Pipen intwei un fohrte up den Konrekter los. – »Korl!« rep Kunst, »frische Pipen för de beiden Herrn!« – »Swager«, rep de Konrekter, »wo kannst du minen Stock so schändlich hensmiten, de gollen Knop kriggt jo Bulen« – »Dat is *din* Stock?« Dormit ret de Ratskellermeister em den Stock ut de Hän'n, »dat is jo *minen* Swigervader sinen Stock.« – »Ja, un minen Swigervader sinen Stock is dat ok.« – »Min Swigervader hett mi den Stock up den Dodenbedd vermakt.« – »Un mi ok«, rep de Konrekter un ret em den Stock ut de Hand rute, »un, Swager, mark di dat: beatus possessor.« – »Beati possidentes«, säd Rat Fischer vör sick hen. – »Un desen Stock...«, rep de Ratskellermeister. – »Un desen Stock«, rep de Konrekter, »hett mi uns' Swigervader up sinen Dodenbedd vermakt, hei säd dorbi: en Mann as ick in Amt un Würden müßt en Ruhrstock mit en gollen Knop hewwen.« – »Korl!« rep de Ratskellermeister, »rit em den Stock weg! Äwer betahlen möt hei irst. – Wat Vadder, wat Fründ! Wer nich betahlt, bliw mi von den Wagen!« – »Betahlt heww ick«, rep de Konrekter un knöpte sick de Hosentaschen tau, sprung up, smet sick sine Schanilg' äwer un gung in den mäglichsten Glanz ut de Dör. – »Sei hewwen recht«, rep de Rat Fischer un lep achter em her. – »Bravo!« rep de Hofrat Altmann un folgte, »wenn de Ratskellermeister mit en Ruhrstock un en gollen Knop herümmergahn wull, dat wir jo grad, as wenn en Swinskopp mit 'ne Zitron in'n Mul up den Disch stellt würd.«

As de Konrekter unner den Swibbagen von dat Rathus kamm, wo Kunst tau de Fier von desen Abend 'ne Stalllücht mit 'ne Tranlamp rinnehängt hadd, fohrte en Windstot up em los; hei acht'te äwer nich dorup, mit de *ein* Hand höll hei sine Schanilg' wiß, de nich tauknöpt was un as en terreten Segel achter em herweihte, in de anner höll hei sinen Stock vör sick hen un rep: »*Minen Stock!*« – »Wo? – Sei seihn jo ut as en fleigen Merkur up de holländschen Tobackspaketen«, säd de Hofrat. – »Mit en caduceus«, lachte de Rat Fischer. – »*Minen Stock!*« rep de Konrekter un acht'te nich up de Witzen, bögte in sine Strat rinner, gung in sin Hus un rep up de Del: »*Minen Stock!*« – »Mein Gott«, rep Dürten, as sei em entgegengung, »wat is los? – Mein Gott, wat fehlt Sei? Kamen S' irst in de Stuw' herin.« – »Un Kunst will mi minen Stock nemen!« – »Wat? Kunst will Sei Ehren Stock nemen!« – »Kunst will mi minen Stock nehmen!« – »Wo? Kunst is jo woll ganz ungesund in sinen Kopp? – Kamen S', Herr Konrekter, Sei hewwen sick argert, drinken S' en Glas Water un gahn S' tau Bedd. – Morgen is't beter.« – »Kunst ... – Holt! – Anna Maria Dorothea Holzen, älteste Tochter des Böttchermeister Holz hieselbst, ick glöw, du büst en grundihrlich Mäten, *di* gew ick desen minen Stock in Verwohrsam. *Du steihst mi dorvör in!*« – »Gewen S' her, Herr Konrekter; ick slut en in min Lad', un Gott gnad' den, de ...« – »Kunst kann en Äwerfall maken, wenn ick in de Schaul bün.« – »Je, ick will em bi Äwerfallen!« rep Dürten un makte mit den Stock so'n por Manövers in de Luft. »Äwer nu gahn S' tau Bedd.« – »Rat Fischer seggt ok: Beati possidentes, seggt hei.« – »Ick verstah't nich«, säd Dürten, »äwer't möt recht wat Dämlichs sin, wenn't Rat Fischer seggt hett, denn sörre dat hei minen ollen Vader den Goren verköfft hett ...« – »Rat Fischer? – Dokter Hempel? – Dokter Hempel is en Lin'nwewer. – Die Leineweber haben eine saubere Zunft«, sung hei un halte sick sine Vigelin von den Nagel un wull nu in de heilige Nacht von den 24sten up den 25sten Dezember den Lin'nwewer upspelen. Äwer Dürten Holzen was fixer, sei ret em den Fidelbagen ut de Hand: »Na, dit wir 'ne Anstalt! – Ick smer Sei, der Deuwel hal! den Fidelbagen mit en Talglicht in. – Wo? – Sei sälen morgen as Kanter in de Kir'ch singen un wullen hir in de Nacht den Lin'nwewer anstimmen? – Wat säden de Lüd'? – Wat säden de Nahwers? – Wat würd de oll Gel gradäwer woll seggen? – Ne, Sei gahn tau Bedd, un den Fidel-

54

bagen un den Stock nem ick mit, un wenn Sei tau Bedd gahn
sünd, denn kam ick wedder un mak dat Licht ut, dat kein
Schaden geschüht.« Dormit gung sei, un hei gung tau Bedd.
– Nah en beten, as sei em vernemlich un utdrücklich snor-
ken hürte, gung sei rinner, halte dat Licht un säd vör sick
hen: »Hüt is't woll en beten scharp hergahn, denn so is hei
süs gor nich; äwer hei is dat nich gewennt un kann nicks
verdragen, un denn hett hei sick äwer Kunsten argert. –
Na, dat schadt em nich, dat is em gaud; hei lihrt doch en
Unnerscheid kennen. – Morgen hett hei Koppweihdag' un
bliwwt tau Hus, un dat is ok gaud, ick kann denn mit
Stining un Halsbandten tau Is' gahn un en beten Obacht
gewen, denn't is nich gaud, wenn en por junge Lüd' so allein
tausamen sünd.« –
Nah en beten was allens düster in den Konrekter sinen Hus',
wenn äwer einer hadd in den Düstern seihn kunnt un hadd
in Dürten Holzen ehre Slapkammer rinneseihn, denn hadd
hei gewohr worden, dat sei sachten inslapen was, de Hän'n
inenanner folgt. – Blot unschüllige Kinnerhän'n un flitige
Arbeitshän'n, de rein sünd von unrecht Gaud un unrecht
Dauhn, dragen dat Abendgebett in den stillen, seligen Drom
heräwer.

KAPITEL 5

Dürten ward ehr Wihnachtspresent bekiken un utmeten. – De gele Perßon mit en
gelen Kauken. – Wo stolz Dürten up Kirschii cornucopiae un den Homer is. –
Kunst makt en Äwerfall un verswört sick mit de gele Perßon. – De Herr Konrek-
ter finnt en witten Bagen Poppier un hett Koppweihdag' von wegen gistern
abend. – Dürten un Stining gahn tau Is' un Halsband äuwt Sledenrecht ut. –
Kunst makt Dürten scheußliche Andräg' mit en Glas Punsch. – Dürten höllt äwer
Stining Gerichtsdag, un Kunst gratuliert sinen Swager tau de gele Perßon.

Den annern Morgen satt de Herr Konrekter as Kanter in
de Kirch un spelte de Ördel un sung nah Kräften, wat dat
Tüg hollen wull un sine Koppweihdag' verstatten deden;
Dürten Holzen stunn wildeß up de Del un hadd ehr Wih-
nachtspresent an den Nagel hängt, so dat sick dat up dat
Schönste presentieren ded. De Sünn schinte hell dörch dat

Delenfinster, un en schönen, witten Wihnachts- un Winterdag lücht'te äwer de Vödderstadt Nigenbramborg un so wider. Dat grusige Weder von gistern abend hadd sick leggt, un de jungen Lüd' in de Stadt halten de Schritschauh un de Slädens rute un säden: »Hüt ward't 'ne Lust up den Is'; denn de Wind hett den Snei von de Bahn fegt.«

Dürten Holzen hadd en Hasselstock in de Hand un 'ne Böst, sei rögte sick äwer nich dormit tau de Arbeit, sei dreihte ehren taukünftigen Schatz nah rechtsch un nah linksch, nah hinnen un nah vör un let den Sanftmanschester in de Sünn spelen. »Noch güng dat«, säd sei nahdenklich för sick hen, »äwer bet Pingsten! Wat schurrt hei nich in de lange Tid up de ollen Schaulbänken af! – Ja, wenn hei ruhig un still sitten ded un läd sick en Küssen up den Kantheder; äwer dat deiht hei jo nich. – Na, mit dat Küssen will ick dat doch noch mal versäuken.« – Sei gung in ehr Stuw' un kamm mit en Spenstermunster wedder rute, paßte dat Rüggbladd von dat Munster hir un dor an de Hos', äwer't wull so räwer un anners räwer nich stimmen. – »Na«, säd sei, »wo dor en Spenster rute sall, dat mag hei sülwst am besten weiten; dor möt Stining dran helpen.« – As sei so in ehre deipen Gedanken was, gung de Dör up – Dürten let de Böst fallen un hadd binah üm Hülp schri't, denn ehr was tau Maud, as wir 'ne ganze Röwerban'n nah den Herrn Konrekter sine Del rinbraken un sei süll nu knewelt warden –, de Nachborin von gradäwer stunn vör ehr in den gelen Äwerrock un mit en safrangelen Kauken up en Teller. – De Schreck von Dürten was irst grot; äwer so'ne dägte Perßonen, as sei ein was, verwinnen dat bald, un denn schämen sei sick un argern sick äwer sick sülwst un geraden in 'ne gerechte Zornigkeit. – »Bon jour, mademoiselle«, säd de Nachborin un makte en sihr zirlichen Knicks. – Bi Dürten Holzen blösen sick de Näs'löcker so'n beten up, sei zupfte so'n beten mit den Kopp taurügg un stek de Hän'n hellschen resolviert unner de Latzenschört, so dat de Hasselstock, den sei in de Hand behollen hadd, ehr as en De-

gen an de Sid dalhung. »Wenn Sei mit Ehr Mamsell *mi* meinen«,
säd sei sihr kolt, äwer dorbi sihr hitzig, »denn möt ick Sei man
seggen, dat ick von so'n Stand un Würden keinen Gebruk maken
kann, denn ick bün blot den Herrn Konrekter sin Wirtschafte-
rin.« – »Pardon, ma chère, weit entfernt, die stille Zufrieden-
heit eines so ämabeln Haushalts zu stören, wie er sich unter
den Fittichen der zurückgezogenen Gelehrsamkeit ausgebil-
det hat, komme ich en qualité einer dienstwilligen Nachbarin,
ein bescheidenes Scherflein zur fröhlichen Begehung des
heutigen Festtags dem Herrn Konrektor und Ihnen zu Fü-
ßen zu legen. – Chose là ist von der boulangère, madame
Schulz, die mir zugleich verraten hat, daß Sie nicht zum
Feste gebacken haben.« – So, Dürten Holzen, wat nu? Zor-
nig kannst du minentwegen ümmer bliwen, äwer groww
darfst du doch nich warden, denn wenn einen mit so'ne feine
Redensorten un mit en safrangelen Kauken unner de Ogen
gahn ward, möt hei doch ok wisen, dat hei Lewensort hett.
Zornig kannst du äwer bliwen, Dürten! – Un dat blew sei
ok. – »Wat!« rep sei, »Schultsch, Bäcker Schultsch? De bringt
uns in den Mund von frömde Lüd', wil dat wi nich backt
hewwen? – Wi hadden ebenso gaud backen künnt as anner
Lüd', wi *wullen* äwer nich backen; un dor monkiert sick
Schultsch äwer?« – Dat hadd sei grad nich dahn, monkiert
hadd sei sick nich, säd Mamsell Soltmann un makte wed-
der de feinsten Redensorten un höll Dürten ümmer den
Teller hen, so dat Dürten nich anners kunn as wedder höf-
lich sin, un wenn de Mamsell ok teihn gele Äwerrock anhatt
hadd, ümmer einen äwer den annern. – Up de Del kunn sei
unmäglich ehren Gast affarigen, in ehr Stuw' was noch nich
inbött, denn sei was hellschen sporsam mit Holt, sei let
also ehren Stockdegen fallen, treckte de Hän'n ut de Lat-
zenschört, namm den Teller in de ein Hand un makte mit
de anner den Herrn Konrekter sin Stuwendör up un nö-
digte de französche Perßon herinner. – Noch was sei ümmer
zornig, äwer mit einem Mal schot so'n Strahl von hellen
Stolz ehr dörch dat Hart, as sei gewohr würd, dat dat ut-

ländsche Frugensminsch ordentlich mit Zagen äwer den Süll
von den Herrn Konrekter sine Studierstuw' tred. – Un't was
ok würklich so. – De arme, gele Perßon hadd sick dat ganz
licht dacht, den Herrn Konrekter taum Fest en lütten Kau-
ken tau schenken; äwer as sei nu herintred in dese aller-
heiligste Studierstuw', dunn würd ehr so tau Maud' as so'n
jungen Studenten, wenn hei as Voß taum irsten Mal in den
Hürsaal von so'n Baas von Professor rinnekümmt, wo einen
de Gelihrsamkeit so as mit Füll-Lepeln ingaten un as mit
Schüppen ut de Dör ruteschüppt ward un de Luft von de
grote Mass' un dat lange Aflagern von de Gelihrsamkeit
en ordentlich muchlichen Geruch annamen hett. – Dürten
stellte den Teller up den Disch, schow den Herrn Konrek-
ter sinen Lehnstaul bisid, stellte en annern Staul hen, de
gaud naug för den Besäuk was, un säd: »Setten S' sick. –
Hei is nich tau Hus, hei is in de Kirch.« – Äwer de Gast
stunn ganz verdutzt vör den Herrn Konrekter sin Bäuker-
regal un kek sick so'n Stückener föftig olle swinsledderne
Trösters von de Rüggsid an. »Und das hat er alles durchge-
lesen?« rep de Mamsell. – Un wedder schot en groten Strahl
von Stolz dörch Dürten ehren Harten, för ehr was de Luft
nich muchlich, sei was doran gewennt. – »Dörchlesen?«
frog sei un lachte, as wenn wi äwer'n Kind lachen, »dörch-
lesen? – Ne! Dörchstudieren, seggen Sei! – Seihn Sei hir«,
dormit halte sei en ollen Smöker rute, »dit's Kirschii, de
liggt vör gewöhnlich hir, den bruken wi ümmer, wenn wi
weck von de jungen Lüd' in de Provat hewwen. Des' sös,
de gahn ümmer ümschichtig mit em in de Schaul, dor lihrt
hei ehr denn ut. Weck kamen bet desen, ick denk mi, dat
ward woll so as bi uns de Katekismus sin, weck kamen äwer
ok hir rinne«, dormit halte sei en hellsch afgegrepenes Ex-
emplar von den Homer herut, »dit ward denn nu so as
uns' Bibel sin, denn de Herr Konrekter lest dor alle Abend
in, männigmal sacht, männigmal äwer ok lud, un denn hürd
sick dat so schön an, as wenn in de Kirch sungen ward. Ver-
stahn kann natürlich keiner wat; 't is grad', as wenn einer

in de Judenschaul sitt. – Un kiken S' man blot, wo dat hir binnen in utsüht«, dormit höll sei de Mamsell de grichschen Baukstawen vör de Näs'. –

Eben wull nu de los wunnerwarken, as de Husdör klingelte un de Ratskellermeister Kunst in de Stuw' herinnekamm: »Morgen! – Min Swager Konrekter noch nich ut de Kirch?« – »Ditmal noch nich«, säd Dürten, un de ganze Zornigkeit kamm wedder äwer ehr, denn sei würd noch bilöpig gewohr, dat Kunst mit sine Ogen alle Ecken dörchfuscherte, wat sei blot up den Ruhrstock mit den gollen Knop utdüden kunn. – »Ah, so!« säd hei un nörrickte en por Mal, dat sin Stimm en beten glatter würd, makte de Mamsell 'ne verdreitliche Ort von Diner tau, kek sei sick so'n beten spansch von de Sid an un säd tauletzt mit so'n heimlich Grifflachen: »Also ok en beten hir? Na, ick gratulier ok velmal.« – »Pourquoi?« frog sei un wir binah rod worden. – »Worüm? – Dorüm! Oder, will ick seggen, tau dat heilige Wihnachtsfest. Sei känen sick't ok all glik up Nijohr anreken, denn tau Nijohr heww ick so vel Nijohrswünsch uttaustellen, dat ick Sei dorbi vergeten künn.« Un dorbi hakte hei sine Dumen in de Ärmellöcker von de West un fung an, up un dal tau gahn. – »Dürten, wennihr kümmt hei?« – »Wenn de Kirch ut is.« – »Hm! Hm! – Korl! – Je, so. – Will woll noch annere Gäng' in de Stadt afmaken, denn ick seih sinen Stock jo nich.» – »Sünd Sei üm en Stock benödigt, denn will ick Sei ut de Nod helpen«, säd Dürten un gung mit so'n Glanz ut de Dör rute, as hadd sei so vele Spazierstöck in ehren Vörrat, dat sei alle Fulenzers von Nigenbramborg dormit utrüsten kunn. – »Hir!« säd sei un höll den Ratskellermeister den Stock vör de Ogen, mit den sei eben ehre Sanftmanschesternen bearbeit't hadd. – »Hm! Hm! – Sei willen mi schawernacken. – Na, 't is gaud, willen't uns marken, willen't up den ollen Schalm ansniden.« – »Ich will mich Ihnen bestens empfehlen«, säd de Nachborin, de nahgradens marken ded, dat hir wat in de Luft späuken ded, »adieu!« – »Täuwen S', täuwen S'!« säd de

Ratskellermeister, »ick heww noch en beten mit Sei tau reden, ick kam mit Sei. – Sei besäuken minen Swager woll öfters – na, 't schadt em nich! – Na, Dürten, ick hadd denn hir woll nicks wider tau säuken.« – »Dat dücht mi ok«, platzte Dürten achterher, as de beiden ut de Dör rutegungen. – »Wohrhaftig!« rep sei un set'te den Arm in de Siden un kek ehr äwer de Strat nah, »hei geiht mit ehr nah ehren Hus'. – Dit is en richtiges Kumplott gegen den Herrn Konrekter, dor lat ick mi dod up slagen. – Hei will den Stock, un wat *sei* will . . .«, dorbi schudderte ehr dat ordentlich dörch de Knaken.

De Herr Konrekter hadd tau En'n von de Kirch up sine Ördel en por Sebastian-Bachsche Fugen spelt, worin äwer ganz düdlich sine Koppweihdag' tau hüren wiren, hadd tauletzt slaten mit »Unsern Eingang segne Gott, unsern Ausgang gleichermaßen« un kamm nu tau Hus un sach up sinen Delendisch en grotes Stück wittes Poppier liggen, wat Dürten ehr Munster tau dat Rüggbladd was. »Hm«, säd hei, »'t is doch tau dull, wo mit dat leiwe Poppier ümgahn ward!« läd dat Poppier tausamen un stek dat in de Tasch. Hei wull Dürten schellen, kamm äwer von sin Vörnemen af, denn as hei in de Stuw' kamm, sach hei de Bescherung von de Mamsell Soltmann up den Disch stahn. – »Wat is dit?« frog hei. – »Oh, 't is von ehr«, säd Dürten, wis'te nah gradäwer un sach so einerlei ut, as hadd de Herr Konrekter sick all sid Johren bi de gele Perßon in de Kost gewen. »Kunst is ok hir west.« – »Wegen den Stock?« frog de Konrekter hastig. – »Na, worüm denn süs? Ick heww em äwer schön utlücht't.« – »Dat is recht«, säd de Konrekter, säd äwer wider gor nicks un smet sick in sinen Lehnstaul. – »Nu sitt hei mit ehr gradäwer tausam«, säd Dürten un kek ehren Brodherrn mit so'n mitleidigen Blick an, as wull sei seggen: »Unglückselige Minsch, du wandelst blind an den Afgrund. Worüm fröggst du mi nich? Ick würd di woll Antwurt gewen.« – »Äwer *hei* frog nich, dunn frog *sei*: »Herr Konrekter, gahn Sei hüt nahmiddag ut? *Nah* de Kirch; mein ick?« – »Ne! – Worüm?« –

»Je, denn wull ick woll en beten mit min Stineswesting un
Halsbandten tau Is' gahn.« – »Kannst du dauhn«, säd hei,
fot sick an den Kopp, »nu lat mi, ick will vör Middageten
noch en beten slapen.« – »As en unmünnig Kind!« säd Dür-
ten, as sei ut de Dör gung, »hei ahnt sick nicks.«

An den Nahmiddag nah de Kirch was up den Is' en lustig
Lewen, de Stormwind hadd den Snei von gistern abend
äwer dat blanke Is wegjagt un hadd grote Schanzen an de
Burd von den groten, schönen See, de Tollens', tausamen-
weiht; de Sünn slek sick dicht äwer de Bäuken von dat Bro-
dasche Holt un Dörchläuchten sin niges Lusthus, wat hei
Belvedere, de Nigenbrambörger un Rand äwer Bellmandür
näumten, un de See speigelte ehre letzten Strahlen taurügg,
as wir't en Stahlspeigel. Un up dat blitzblanke Is, dor swewte
un wewte dat von lustige junge Mannslüd' up Schritschauh
un von junge Frugenslüd', de dat Schlitschen un Glandern
versöchten un upjuchten un upkrischten, wenn sei binah fol-
len wiren. Un dortüschen schöwen sick de Staulsledens, un
de jungen Lüd' schöwen, un de jungen Mätens leten sick
schuwen, un de Sleuers un de Feddern weihten in de Luft,
un de Backen gläuhten hell up in prächtige Winterlust, un de
Backen von de jungen Lüd' un de jungen Mätens wiren dicht
anenanner un de Lippen ok, un as en Wind wiren sei ut
Sicht von nigliche Taukikers, un wat denn passierte . . .? Na,
't was äwer 'ne ihrliche Sak, 't was 'ne Gerechtigkeit, 't was
de Sledengerechtigkeit. – Oh, Winterlust, helle Winterlust,
de den Minschen dörchgläuhen lett vör Kraft un Behagen
trotz Winterküll un Wihnachtsfrost un en hart smädt tau
Isen un Stahl, di kennt blot de in dine vulle Herrlichkeit,
de in den Nurden buren un tagen un in Nurd- un Ostsee-
water döfft is!

Un up den Is' was 'ne Baud upslagen, in de handtierte mit
en Punschpott den Ratskellermeister sin Korl herümmer,
denn för em sülwen was dat nich paßlich, hei smet blot män-
nigmal en Og' up sin Geschäft un rep denn af un an mal:
»Korl!« Un denn rep allens ok: »Korl!« un höll de leddigen

Gläser hen. – Un mang desen ganzen Trubel schot as en Blitz hen un wedder en jungen Kirl dörch, breit in de Schullern un rank in de Hüften, smidig as en Ruhrhalm, wenn hei in den Wind weiht, un alle Lüd' keken up em, wenn hei sick so up den einen Bein weigte un en Zirkel schrew un 'ne Acht, un Jochen Tiemann säd tau Krischan Biemann: »Paß up, Krischan, dat kann'ck ok!«, un – swabb! lagg hei dor up sine vir Baukstawen un reckte de Beinen in de Luft; un de junge Kirl sus'te an em vörbi an dat Äuwer ranner un rep: »Na, endlich is nich ewig! Endlich sünd ji doch vor. – So, Stining, so Dürten, nu kamt; irst möt ji en Glas Punsch drinken.« – »Herre Gott doch, Halsband!« säd Dürten; hei was äwer all vörup: »Korl! Drei Gläs' Punsch, Korl!« – Un de beiden Frugenslüd' kemen mit korte Tritten un denn un wenn en beten Schlitschen nah, un as sei an de Baud' kemen, reckte ehr Halsband jede en Glas heiten Punsch hen, un as Dürten den irsten Sluck ded, kek sei sick üm, wat de Lüd' woll dortau säden, dat sei sick hir in 'ne Zech gew, un as sei den tweiten ded, dacht sei, wat de Herr Konrekter woll dortau säd, wenn hei dit seihn würd, un as sei dat Glas utdrunken hadd, was ehr tau Sinn, as wir sei in den besten Tog, ehren ollen Vader sin beten Habseligkeiten vullends tau vertehren, un ehr würd ordentlich swart vör de Ogen, un de Sünn gung nah ehre Meinung ganz verkihrt, sei müßt anners rümmergahn. – Un grad' in desen Ogenblick kamm en jungen Herr mit 'ne junge Dam up den Sleden antaufuhrwarken, un as de junge Dam utstigen wull, bed sick de junge Herr sin Sledenrecht ut un küßte sei grad' up den Mund. – Halsband höll ok all mit sinen Sleden parat: »So, Stining, nu . . .« – »Holt!« rep Dürten un wis'te up de Dam, »dit sall woll just so gahn? Min Stineswesting sall sick hir nich up apenboren See von Sei küssen laten, denn will ick leiwerst . . .« Un dormit set'te sei sick preißlich in den Sleden. – Wat süll nu de arme Kirl dauhn? Hei müßt nu – der Kukuk hal! – Dürten spazieren führen, un Stining tüffelte mit Trippeln un Schlitschen achterher. – Dürten hadd dat schöne Gefäuhl, sei hadd 'ne gaude, gerechte Sak dahn, de annern beiden äwer was tau Sinn, as wir ehr wat in de Supp rinneregent. – De Sünn was in'n Ünnergahn, dunn makte Halsband 'ne Swenkung tau den Rüggweg un liwerte Dürten bi Stining wedder af. – »So«, säd Dürten, »de Sünn geiht unner, nu künnen wi ok woll nah Hus' gahn.« – »Ne«, säd Halsband, »so is de Sak nich meint. Irst min Sledenrecht!« – Dorbi kreg hei Dürten bi den Kopp un küßte sei herzhaft af. »Un nu«, säd hei, »wat de *ein* Swester recht is, möt de *anner* ok recht sin. Stining, nu settst du di rin.« – »'t ward tau späd«, rep Dürten. – »Dürten«, säd Stining un kek ehr Swester so biddwis' in de Ogen, »hei is jo eigens von Nigenstrelitz hir herkamen, dat hei mi up den Sleden führen will.« – Halsband hadd sei äwer all tau faten, set'te sei up den Sleden, un weg gung't äwer den blitzblanken Speigel. »Äwer dat Sledenrecht, dat verfluchte Küssen!« rep Dürten achterher. – De beiden hewwen't nich hürt, blot en por Schauster-jungs hürten't un segen Dürten an dat Äuwer rannerkräpeln. Un furt gung de Fohrt äwer dat Is, wo jog dat! wo flog dat! Hir an 'ne Eck Ruhr vörbi, dor an 'ne Eck Holt! Stining höll sick an de Lehn von den Sleden wiß, ehr was binah swindlich, un wenn *hei't* nich west wir, Halsband, sei hadd nah Hülp schrigt. Un ümmer einsamer würd ehr Weg, ümmer stiller, ümmer fierlicher würd dat üm ehr herüm; de leiwe Sünn was gahn un hadd ehren letzten Gruß mit rosenrode Schrift för de Ird an den gragen Hewen schrewen, un up de anner Sid nah den Morgen tau gung äwer dat Ne-merowsche Holt de Man up, grot un rod, as wir't en köp-pern Ketelbodden. –

Männigein ward dat lesen un kennt dat gor nich, wo schön dat is, wenn de Man sick up dat Is un in de Schritschauh speigelt; äwer Korl Nahmaker in Güstrow weit't un min Vetter August in Tessin, un de beiden weiten ok, wat dat för Künst kosten ded, uns denn nah Hus' tau krigen. – Ach, denn würd de Lust jo irst recht! –

Un ok hir würd de Lust irst recht, äwer sei blew ok gerecht

un was unschüllig as bi uns Jung's in unsere Jugendtiden. – Wid hinnen in de Seebucht, wo de groten Bäuken stahn, stemmte Wilhelm Halsband de Schritschauh in dat Is un bückte sick dal un küßte sin Stining up de weike Back. – 't was kein Sledenrecht, 't was en anner Recht, en Recht, wat *ein* Minschenhart an dat *anner* hett. – »Oh, Wilhelm«, bed Stining. – »Stining, ick heww di hirher führt, ick möt di wat seggen. – Mi will't dat Hart afdrücken. – Ick möt von desen verfluchten Löperposten los. – Mit Gauden lett Dörchläuchten mi nich gahn, ick möt en dull Stück upführen, dat hei mi wegjagt.« – »Üm Gottes willen, Wilhelm!« rep Stining un stunn ut den Sleden up un fot em üm. – »Stining, Stining! Dat ward nich anners, dat geiht nich anners! – Süh, du büst so flitig un so tru«, un hei drückte sei an sick un küßte sei, »un ick will arbeiten von Morgen bet in de Nacht. Wenn wi äwer länger täuwen, denn warden wi olt und kolt bi unsere beste, tru'ste, heitste Leiw'. Un wat weit so'n Mann as Dörchläuchten dorvon; de taxiert mi blot nah min Beinen, nich nah min Hart.« – »Ach, Wilhelm, Wilhelm«, säd sei un läd em de Hand up den Arm, »mak nicks, wat uns noch unglücklicher maken kann!« Äwer mit en mal kamm in dese stille, weike Seel so'n gewaltigen Trotz; sei tred en Schritt taurügg un rep: »Äwer wenn hei di nich anners taxieren will ... – Wat? Sünd wi nich ok Minschen?« – »So is't recht, Stining«, rep de junge, warme Kirl un fot sei in den Arm un küßte sei, »wi hewwen uns ümmer drapen, wenn wi uns söcht hewwen.« – »Nu kumm!« säd Stining un set'te sick in den Sleden, »nu is't naug; wi sünd einig. – Ach Gott, wat ward Dürten seggen!« – »Ih, Dürten ...« – »Halsband«, rep Stining, »ick heww wenig Insichten; äwer so vel weit ick, wenn uns einer helpen kann un helpen will, denn is dat *Dürten.*« –

Un Dürten? De lep nu wildeß an de Burd von den See herümmer as 'ne Kluck, de Ahnteneier utseten un nu ehre unnatürliche Nahkamenschaft tau Water gahn seihn hett un weit nich, wo sei s' wedder runnerkrigt; Dürten was wütend,

un ehr früren de Fäut. – »Gun Abend, Dürten«, säd de Rats-
kellermeister, »is hei ok hir? Minen Swager mein ick.« –
»Is nich hir«, säd Dürten so recht snöd af. – »Korl!« rep de
Ratskellermeister nah de Baud räwer, »bring' mal en rech-
tes, heites Glas Punsch vör Dürten Holzen räwer!« – »Ick
dank Sei velmal, glöwen Sei, dat ick 'ne Judassen bün, dat
ick minen Herrn för en Glas Punsch verköp? – Nich wohr,
den Stock wull'n Sei woll girn hewwen? – Seihn S', hir stah
ick an den apenboren See, hir känen S' mi den Hals afsni-
den; äwer den Stock krigen S' doch nich. – Oh, Sei sünd jo
hüt middag woll noch mit Mamsell Soltmann tausam west
un hewwen jo woll noch weisen Rat hollen!« – »Korl!« rep
Kunst, »bring' keinen Punsch; sei will nich. – Äwer den
Stock, den krig ick doch, dor bruk ick Sei nich den Hals üm
aftausniden. Horken S' tau Nijohr en beten nah. – Un denn
de Mamsell Soltmann? – Na, sei is jo woll all mit minen
Swager gaud bekannt, sei was jo in sin Stuw', un gistern
abend heww ick jo dor all en Vägelken von singen hürt –
seihn S' mal, wenn hei de nem, denn hadd hei noch lang'
nich den slichtsten Handel makt, sei is 'ne saubre Perßon,
un Geld hett sei ok...« – »Un *gel* is sei«, rep Dürten, »un
gel bliwwt sei«, un lep von em furt.
Nu kamm äwer Halsband mit Stining an de Baud. – »Süh,
dor sünd wi«, säd Stining. – »So«, säd Dürten falsch, »denn
is't jo woll all richtig besorgt.« – »Dürten«, säd Stining, »büst
du mi bös?« – »Bös?« frog Dürten taurügg un trampste up
den Irdbodden herüm, as wull sei dörch annerthalben Faut
Frost dörchpedden, »bös bün ick nich, äwer mi friren de
Fäut, un argert heww ick mi äwer den Kirl dor«, un wis'te
up den Ratskellermeister, de Gläser un Geschirr von Korlen
inpacken let. – »Na, nu gaht man nah Hus'«, säd Halsband,
»ick will blot man den Sleden afliwern, un denn kam ick ok.«
– »Halsband«, säd Dürten, un sei säd't en beten bestimmter,
as dat nah Stining ehre Meinung grad' nödig was, »dat is
hüt *nich* anbröcht. Uns' Vader spelt hüt abend mit Snider
Bohnsacken Scherwenzel, un ick möt nah den Herrn Kon-

rekter seihn; Stining geiht mit mi.« – »Na, denn kam ick ok.« – »Dorin heww ick nicks tau seggen; dat kümmt up den Herrn Konrekter an, wat em dat ok mit is, wenn sick taum Fest 'ne ganze Gesellschaft in sin Hus inleggt.« – »Ih, dor frag ick em sülwst nah; ick kenn em jo gaud naug, ick heww em jo oft bi'n Gewitter nah Dörchläuchten raupen müßt.« – »Halsband«, rep Dürten, de sick argern ded, dat sei nu wider kein Utflücht mihr hadd, »Sei sind ebenso drist un utverschamt as all de annern ollen Mannskirls. – Kumm Stining!« Dormit treckte sei ehre Swester achter sick her. – Halsband lachte. –

As de beiden Swestern nah Hus' gungen, frog Dürten: »Stining, segg de Wohrheit, hett hei di küßt?« – »Ih, Dürten«, säd Stining un treckte ehren Arm ut Dürten ehren Arm. – »Stining, segg de Wohrheit, *hett hei di küßt?*« – »Ja«, säd Stining hastig und kortweg, »wenn du't denn doch weiten möst: hei hett mi küßt.« – »Hett hei di *sihr* küßt?« frog Dürten. – »Du wardst ganz wunderlich bi dinen ollen Konrekter«, säd Stining, un so'n lütten allerleiwsten Jumferntrotz bömte sick bi ehr up. »Ja, hei hett mi *sihr* küßt.« – »Wovel Küß hett hei di woll gewen?« frog Dürten, as wir sei de Stadtrichter von Nigenbramborg un frog einen Spitzbauwen, wovel Schepel Weiten hei ut de Schün stahlen hadd. – »De Ort ward nich tellt«, säd Stining scharp un spitz. – »Stining, Stining! Wenn dat uns' selig Mutter hadd erlewen süllt – du wirst ümmer ehr Leiwling – wat hadd de woll seggt?« – »Nicks hadd sei seggt«, was de Antwurt, un de Trotz von vördem was nich mihr dörchtauhüren, denn dat Andenken an ehr Mutter makte sei weikmäudig, »sei hadd sick freut, dat sei mal so'n braven Swigersähn krigen würd.« – »Ach, du leiwer Gott! Dat hett lang' Bein.« – »Ne, Dürten, hei will mi, hei will mi abslut hewwen, un eben hett hei mi seggt, hei will en groten dummen Streich maken, dat Dörchläuchten em wegjagen möt.« – »So? Dat will hei? – Na, dumme Streich hett hei all naug makt, un dorup is hei all orndlich läufig, un farig kriggt hei't. – Äwer dit gaude Vör-

nemen freut mi doch an em; 't wir schön, wenn hei Dörch-
läuchten so recht mal argern künn.« – Un hir möt ick leider
seggen, dat Dürten Holzen von Rechts wegen wegen Ma-
jestätsbeleidigung tau twei Johr Tuchthus hadd verurtelt
warden müßt, denn sei set'te hentau: »Dörchläuchten is en
ollen wohren Ekel, dat hei uns Frugenslüd' so slicht taxieren
deiht.« –
So wiren sei bet an dat Treptowsche Dur kamen – Kunst
gung dicht achter ehr. – As sei dor rinnegahn wullen, wer
kamm äwer den Wall tau gahn? – de Herr Konrekter; un
wer gung mit em? – de gele Perßon. – »Kumm!« rep Dür-
ten, as sei sach, dat Stining still stunn. – »Ne«, säd Stining,
»ick bidd em sülwst wegen Halsbandten.« – »Du wardst
doch nich!« – Äwer Stining stunn all vör den Herrn Kon-
rekter: »Gun Abend.« – »Gun Abend, Stining.« – »Oh, Herr
Konrekter, ick wull Sei bidden – ick sall hüt abend nah
Dürten kamen – ob Sei woll nich verlöwen wullen, dat
Halsband dor ok en beten henkamen darw, wi wullen dor
en beten tausamensitten.« – »Jawoll, min oll lütt Stining,
jawoll! Un Dürten kann jug jo en Koffe kaken oder süs
wat Warms.« – »Gratulier velmal!« rep Kunst un treckte
sinen Haut deip af, as hei vörbigung. – »Wotau?« frog de
Konrekter hastig. – »Oh, doch man so«, was de verstännige
Antwurt, un Kunst gung in't Dur; Stining makte en Knicks
un gung achter em her.
»Herre Gott doch!« rep Dürten un wrung de Hän'n, as wenn
ehr en Kind in't Water follen wir, »wo kümmt hei mit ehr
tausam? Wo kümmt hei mit ehr tausam?« – »Wohrschinlich
hewwen sei sick up den Wall drapen«, säd Stining sihr ruhig.
– Un so was dat ok. De Herr Konrekter was spazieren gahn,
Mamsell Soltmann was em begegent, hei hadd sick för den
Kauken bedankt; Mamsell Soltmann was mit em ümkihrt
un argerte em nu gegen ehren Willen dordörch, dat sei in
ehre Red' Französch mit rinnebröckelte.

KAPITEL 6

Worüm de Mamsell bi den Herrn Konrekter taum Besäuk kümmt un worüm sei sick nahsten mit den Herrn Konrekter äwer den Faut spannt. – Worüm Korl Siemßen nah Sekunda kümmt un wat em dor för schöne Utsichten begrüßen. – Wo den Herrn Konrekter Dürten ehr Küssen an den Kopp flüggt un hei sine Wisheit von Dürten ehr Rüggbladd aflest. – Ut dat Küssen ward en Küssen, un de Rats-kellermeister Kunst set't den Herrn Konrekter 'ne Klemm up. – Dürten smitt sick as Avkat vör ehren Herrn up un will abslut nich betahlen. – De Konrekter geiht an sin Geschäften un malt niderträchtige rode Anmarkungen in de Schaulbäuker.

Mitdewil was Nijohr in't Land kamen, de Ferien gungen tau En'n, un den annern Dag süll de Schaul angahn. De Herr Konrekter was parat dortau; äwer de Herr Rekter Dankwart hadd sick dat wil de Festdag' tau schön smecken laten, lagg nu tau Bedd un hadd all sine Ihren un Würden as öbberste Schaulmeister up den Herrn Konrekter äwer-dragen; äwer tauglik ok de Geschäften.

De Herr Konrekter satt den Dag vör Anfang von de Schaul in sine Stuw', Dürten handtierte up de Del herüm, dunn gung de Dör up, un Mamsell Soltmann kamm herin, grüßte Dürten so'n beten sihr von firn, gung driwens up den Kon-rekter sine Stuw' los un kloppte an. – »Herein!« rep dat, un dat Frugensminsch gung wohrhaftig richtig rin. – »Wohrhaf-tig!« rep Dürten in ehren Harten, »sei deiht't. Dat hett nich Scham un Gram! – Wat will sei von em?« – Un nu kamm 'ne hellsche Niglichkeit äwer ehr, ehr halwes Lewen hadd sei drüm gewen, wenn sei wüßt hadd, wat dor binnen los wir. Drei Schritt hadd sei all gegen de Dör tau makt, dunn höll sei an. »Wat? Horken? Minen Herrn behorken? – Ne!« rep sei un lep ut de Achterdör nah den Hof. Hir stunn sei nu un frür. »Dat's nu ok grad nich nödig«, säd sei un gung wedder up de Del. – »Hir heww ick stahn, as sei rinne-kamm, hir kann ick mi wedder henstellen, un wenn ick hir en Wurd hür, sleiht mi kein Gewissen.« – Äwer sei hürte nicks, un't wohrte nich lang', dunn kamm de Mamsell ut de Dör, de Konrekter gaww ehr bet an de Husdör dat Geleit un säd: »Also hüt nahmiddag hentau drei. – Dürten«, säd hei, as hei in sine Stuw' taurüggung, »ihre ick dat vergeten dauh – hüt nahmiddag möst du 'ne Taß Koffe mihr maken, ick krig Besäuk.« Dormit gung hei in sine Stuw'. – »So?« säd Dürten, »kriggt Besäuk! – Geiht mit ehr up den Wall spazieren! – Knapp is einer ut den Bedd, kümmt s' all antaudrawen, des Nahmiddags kümmt s' tau'n Koffe. – Na, denn kann't jo woll nu losgahn, denn kann'ck ehr jo woll nahgradens all en Bedd upslagen.« –

Den Nahmiddag Klock drei kamm denn nu Mamsell Soltmann richtig angetagen un bröchte noch en jungen Minschen von en Johrener föfteihn mit in en Schanzloper, wat sei upstun'ns en Jagdsnipel näumen, mit en langen Swanenhals, de äwer gel utsach, un hellschen grote Hän'n, de ut de Ärmel rute bammelten un in den Ogenblick ok nich wüßten, wo sei ehren stännigen Upentholt nemen süllen; indessen doch vörher prophenzeiten, dat de jung' Minsch mal en hellsch groten Kirl warden würd, dat heit – verstah mi einer hir recht! –, wenn dat, wat för de Hun'n gelt, ok för de Jungs gelt; denn min Fründ, de Uhrkenmaker Zachäus, seggt: »Sehn Sie, nach seine Knochen und Poten zu urteilen, müßte der Hund größer sein.« – Na, wat nich is, kann noch warden. – Dit was nu en Swestersähn von de Soltmannen, en Preisterkind von de Lan'n, dat as en gesun'n, äwer ungoren Deig in den Gymnasial-Backaben rinneschaben warden süll; un de Konrekter süll em hüt taxieren, wat hei as Growwbrod nah Tertia oder as fin Brod nah Sekunda oder gor as Stuten nah Prima verset't warden künn. – Dat Examen gung denn nu ok los, de Konrekter rokte Toback, de jung' Minsch sweit'te, un de Soltmannen drunk Koffe dortau. – Dürten satt nebenan in ehre Stuw' un grämte sick un neihte an en weikes Küssen, sei wüßt't ok nich, was't wegen den Herrn Konrekter oder was't wegen de Hosen. –

Tau de dunnmaligen Tiden verstun'n de Herrn Pasturen up den Lan'n hellschen vel Latin, ok en gauden Strämel Grichsch wegen dat Nige Testament, mit den äwrigen wissenschaftlichen Bihaspel, as Mathematik un Französch un so wider, was dat äwerst man swack mit ehr bestellt. – Korl

Siemßen sin leiw' Vader hadd denn nu ok äwer den Kopp von sinen Sähn den gelihrten grichschen un latinschen Pott so utgaten, dat, wenn ok wat dorvon in de Hor drögt was, dat meiste denn doch bet up den Bregen kamen was. – De Jung' wüßt hellischen Bescheid, hei las dat Nige Testament weg, as wenn hei bi Paulussen up sine Reisen nah Korinth un Ephesus Lopjung west wir. – Mit den Homer gung dat nich so; de Konrekter makte dat Bauk tau un säd fründlich: »Min Sähning, dat kümmt noch! Nu mal en beten Latinsch.« – Je ja, je ja! De Jung' las sinen Cicero as Water; de Konrekter kamm em en beten neger up't Liw mit de oratio obliqua ut den Livius, dat hülp em nich; hei rückte mit ümmer gräweres Geschütz an, mit Virgilen un Horazen un Tacitussen, hülp em all nich; Korl slog all de ollen Herrn ut den Felln. – »Schad! Schad!« säd de Konrekter tau sick, »de Jung' kümmt nah Prima; *den* kriggt de Rekter; *den* hadd'ck för min Lewen girn in Sekunda behollen.« – Nu kamm de Mathematik – hir de magister matheseos – Korl wüßt Gott in der Welt nicks dorvon. – »Schadt nich, min Sähn, schadt nich!« säd de Konrekter, un dat Hart lachte em in'n Liw', de Jung' müßt am En'n doch nah Sekunda verset't warden. – Nu kamm dat Französche. – »Herr Konrekter«, säd Korl, »Französisch hab' ich noch gar nicht gehabt.« – »Nich? – Na 't schadt nich, min Sähn. – Non omnia possumus omnes. – Französch is de jämmerlichste, erbärmlichste Sprak, de up de Welt existieren deiht; is eigentlich wider nicks as en verdorbenes Latinsch.« – Mamsell Soltmann horkte hoch up. – »Segg mi mal, min Sähn, wo heit woll up latinsch de Minsch?« – »Homo.« – »Wo heit hei nu woll up französch?« – »Ich weiß es nicht«, säd Korl un würd ümmer bedräuwter wegen sine Unkenntnissen, un grad dessentwegen würd de Konrekter ümmer lustiger un fideler: hei bröchte den Jungen am En'n doch noch so wid herunner, dat hei nah Sekunda müßt. – »Na, besinn di, min Sähn, wo heit hei nu woll up französch?« – »Ich weiß es nicht«, säd Korl. – »Süh! Nu nimmst du hin'n von homo dat o weg un settst vörn den

Artikel mit den Apostroph, denn heit dat l'homme, un so heit de Minsch up französch. – Wo heit dat Finster up latinsch?« – »Fenestra.« – »Schön! Un wo heit dat nu up französch?« – »Ich weiß es nicht«, säd Korl. – »Is jo ganz licht, min Sähn; süh! hinnen smittst du dat a weg un settst en stummes e an, in de Midd smittst du dat s rut un makst stats dessen en lütten Haut äwer dat e, denn heit dat fenêtre. – Wo heit nu woll de Dag up latinsch?« – »Dies.« – »Wo heit hei denn nu woll up französch?« – »Ich weiß es nicht«, säd Korl. – »Na, besinn di, min Sähn, besinn di! Wat kann nu woll lichter sin. – Weitst noch nich? – Na, le dit heit hei, le dit!« – »Aber so heißt er ja nicht«, fohrte Mamsell Soltmann nu tau Höcht, »er heißt ja le jour.« – »Le jour? – Bon jour«, rep de Konrekter un sprung von den Staul up un lep in de Stuw' herüm. »Wenn Sei't beter weiten, worüm examinieren Sei Ehren Swestersähn nich sülwst?« – »Aber es ist doch falsch«, säd de Mamsell en beten scharp un stunn ok up. – »Wat hir falsch!« rep de Konrekter, »hei kümmt nah Sekunda.« – »Aber sein Papa hat doch die größte Hoffnung, daß er nach Prima kommen soll.« – »Papa? – Papa? – Wat is *dat* för en Ding?« frog de Konrekter un wull sick dormit ut de französche Verlegenheit riten. – »Papa? – Nun, sein Vater.« – »Un tau sinen rechtmäßigen Vader seggen Sei: Papa?« – »Es ist doch feiner.« – »Ja! feiner! – Papa un Mama is feiner as Vader un Mutter; un wenn de lütten, unschülligen Gören leiwlich mit ehr Ollen reden willen, denn möten s' stats Vatting un Mutting, Papa-ing un Mama-ing, oder Pa-pa-king un Ma-ma-king seggen, grad as wenn s' mang de Chinesen mit en Zopp up de Welt kamen wiren. – Ne, de Jung' kümmt nah Sekunda. – Wat? – Hei versteiht jo gor kein Französch.« – »Aber Sie, Herr Konrekter . . .« – »Äwer Sei, Mamsell . . .« – Un nu würd de Strid heftiger. – Dürten horkte in ehre Stuw' hoch up, sei hadd allens mit anhürt, sei folgte ehre Hän'n tausam un säd ganz andächtig: »Gott sei Dank! Nu vertüren sei sick. – Oh, du büst jo doch en geles Gössel!« rep sei, »dat beter weiten tau willen as de Herr Konrekter sülwst!« – »Dat is min Sak! – Dat is min Sak!« hürte sei den Herrn Konrekter up de Del seggen, »min Sähn, du kümmst nah Sekunda, nah min Klass', morgen Klock acht, un wenn't nah minen Willen geiht, denn sallst du 'n düchtigen Kirl warden.« –

Den annern Morgen kamm denn nu ok Korl Siemßen in Sekunda herinne tau stahn, midden mang dat junge, lustige Volk, wat sick en Dagener twölw so recht in den säuten Festhawer utfreten hadd un nu von em steken würd un vör Wehldag' nich wüßt, wat dat all upstellen wull. – »Hir is en Nigen!« rep de ein. – »Wo Deuwel, midden in't Semester!« rep de anner. – »Wo heitst du?« frog de drüdd. – »Karl Siemßen«, was de Antwurt. – »Wo, du willst hir am En'n noch nige Moden upbringen«, rep de irst, »hir ward kein Hochdütsch redt, hir ward Plattdütsch redt. – Will'n wi'n nich glik mal en beten inweihen un äwerleggen?« – »Holt!« rep einer un kamm von achter ut de Bänk rute, »lat't em in Fred', ick kenn em, hei 's en gauden Jung'. Hüt lat't em tau Freden. – Gun Dag, Korl, dat is schön, dat du hir büst. – Hüt sünd nu doch din Stutenwochen, morgen geiht't mit din Inspringelgeld los, denn wardst du irst äwer'n Disch leggt, un denn bearbeiten wi di mit de Lexikons von achter, un denn wardst du führt, dat heit, du wardst up de List von de Dischkant set't, un mit den Disch scharwackeln wi di denn recht schön unner den Liw', wat 'ne angenehme Upregung för di sin ward, un nahsten smiten wi di. Dat ward so makt: söß Por faten sick äwer't Krüz an de Hän'n, as wenn sei mit schöne Damen 'ne Ekkossäß danzen wullen, du wardst verlangs dorup leggt, un denn smiten wi di – eins – zwei – drei! – bet an den Bähn; du föllst wedder runner, un wi smiten di nochmal un nochmal un nochmal, so lang' as din Knaken un uns' Knaken dat uthollen.« – »Aber wenn ihr mich nun fallen laßt.« – »Sprek Plattdütsch, Korl! Hochdütsch verslimmert din Sak sihr. – Ja, dat Fallenlaten kümmt ok vör, äwer ick weit doch nich, dat wider en grot Unglück gescheihn wir, as dat sick Langnickel mal en Arm

dorbi intweibraken hett, un doran wiren wi eigentlich gor
nich schuld, dat möten wi up den Konrekter sinen Schalm
sniden, denn hei kamm grad in de Dör herinne, un wi lepen
weg, un Langnickel föll up de Ird. Dor kunn keiner vör.« –
'ne tröstliche Utsicht för dat arme Preisterkind!

»Hir is ok wat Nigs!« rep Korl Wendt un halte von den
Herrn Konrekter sinen Kantheder en schönes, weikes Küs-
sen herut. – »Wis' mal!« säd Pagel Zarnewitz. – »Ih, lat mi
doch irst!« säd Korl. – »Ih, so wis' doch mal!« – »Da hest't«,
rep Korl un smet em dat Küssen an den Kopp. De smet
wedder, un nu gung dat Küssen in de Klass' herüm, as wir't
en Ball taum Spelen; un *de* smet *den*, un *de* smet den an-
nern, un as Pagel Zarnewitz Korl Siemßen dor recht mit
bedenken wull, smet hei vörbi un smet den Herrn Konrek-
ter, de grad in de Dör kamm, baff! in de Ogen. – Allens
stört'te nu achter de Bänken up sinen Platz, so! Wer hadd't
nu dahn?

Wir nu de Herr Konrekter so'n jungen Schaulmeister west,
de unner allen Ümständen sine Ihren un Würden glöwte up-
recht erhollen tau möten un in sinen Prezepterstolz noch
ümmer Schaulhus un Tuchthus un Schaultucht un Tuchtstraf
verwesselte, denn hadd hei nu en groten Gerichtsdag an-
stellt, un wenn hei den Bösewicht herutekregen hadd, de
dese Attendaht an em utäuwt hadd, denn hadd hei woll en
gottserbärmlich Gericht äver em ergahn laten; so äver säd
hei nicks as: »Nemt jug doch en beten in acht! Dit hett wider
nicks tau bedüden, dit's en weikes Küssen, wenn't nu äwerst
en Stein west wir?« Denn hei hadd dat in't Gefäuhl, dat hei
sick vel vergewen würd, wenn hei sick so hadd, as glöwte
hei, de Jung's hadden dat mit Flit dahn. Hei langte dorbi
dal un namm dat Kissen up un gung de Schaulbänken lang
un kek sick de Gesellschaft an un las in de Gesichter, denn
dat verstunn hei ut den Grun'n. Pagel Zarnewitz satt denn
nu dor, rew sick unner'n Disch de Hän'n, ret de Ogen wid
up un kek den Konrekter – »jo nicks marken laten!« – stiw
in't Gesicht. – Hirut markte de Konrekter äver grad wat,

un dormit Pagel marken süll, dat hei wat markt hadd, säd hei: »Ne, Pagel, wer't dahn hett, will ick nich weiten. Kann Hei mi äwer nich seggen, Musche Pagel, wer dat Küssen hir in de Klass' bröcht hett?« – »Nein, Herr Konrekter«, stamerte Pagel, denn hei was en Stamerbuck, »das weiß ich nicht«; un würd noch mal so ihrlich utseihn. – »Weit dat keiner?« frog hei wider. – Ne, 't wüßt keiner. – »Na, denn ward ick't woll weiten.« – Un de Lekschon gung los.

Nu hadd äwer de Konrekter de Mod' an sick, dat hei sick tau sine Schaulstunnen up allerlei Poppierfinzels un Denkzettels Anmarkungen upschrew, un wil hei nu as en flitigen un sorgsamen Mann, wildeß hei Ferien hatt hadd, sick wat up den Vörweg vörarbeit't hadd, so hadd hei sick dat grötste Stück von sine Poppierflicken utsöcht un hadd dat up de ein Sid drang' vull schrewen. Dit halte hei nu herute un folgte dat utenanner un fung nu an, de Jung's tau lihren. – Äwer mit einem Mal brok in sine Klass' en ludes Lachen los. Hei kek up, wütig up: »Wer ...?« – Je, alle sine leiwen Schaulkinner seten dor mit breide, rode Gesichter un wullen sick dodlachen. – »Wer lacht hir?« frog de Konrekter nochmals. »Wat lacht ji? Dummheit lacht«, rep hei, läd sin Bäuker up den Kantheder un gung grad' up den Primus los: »Wat lacht Hei hir, Musche Hundsvott?« De Primus verkrop sick so gaud, as't gung, achter Pagel Zarnewitzen sinen Puckel un kek stiw in sin Bauk herin mit de irnsthafteste Min von de Welt; äwer Pagel, de vör em satt un sin Hägen nich törnen kunn, lachte den Konrekter grad' in't Gesicht. – »Wat lacht Hei, Pagel?« dunnerte de Konrekter nu in helle Wut up em los. – »Wegen dat Spen-Spen-Spen-, wegen dat Jack-Jack-Jack-, wegen dat Mun-Mun-Mun-... Süh-süh-süh – ick kann't nich rutkrigen.« – Nu was den Konrekter sine Geduld äwer glik tau En'n; dunn rep 'ne Stimm von de hindelste Bänk: »Wegen Dürten Holzen ehr Jackenmunster." – »Haha! Musche Korl Wendt! – Haha, Musche Hundsvott! – Dor is Hei jo wedder! – Nu kam Hei mal achter rute! – Hir vör't Bredd!« – Korl Wendt, wat en rechten, driftigen Slüngel

was, müßte vörkamen, un hei ded't; stats sick äwer vör den
Konrekter tau 'ne Exkutschon hentaustellen, sprung hei an
den Kantheder ranner, halte den Konrekter sin Schriwwt-
stück runner, folgte dat utenanner un höll dat den ollen
Herrn entgegen. – De Konrekter kek irst Korl Wendten
ganz verdutzt wegen sine Dristigkeit an, dunn de sonderbore
Fassong, de sin Schriwwtstück annamen hadd, un tauletzt
las hei noch taum Äwerfluß dwars äwer den Puckel: »Jacken-
Munster for Dorothea Holzen.« – »Wat...? Wat...? Gott
bewohr mi! Wo kümmt dat mang mine Poppieren? – Un
doräwer hewwt ji lacht?« – »Ja – ja – ja!« gung dat en be-
ten tägerig dörch de Klass'. – »Hm, hm!« säd de Konrekter
för sick hen, »Dürten Holzen, irst makt sei mi dat mit dat
Küssen, nu mit dat Munster, hm, hm! – Wi sünd vör Wih-
nachten kamen bet tau dat 27ste Kapitel. Wat steiht Hei hir
noch, Musche Korl, un külpt mi an? Dor sett Hei sick un
fang Hei an.« Un nu gung denn de Lekschon würklich los.
As de Klock twölw slahn hadd, namm de Herr Konrekter
sine Trösters för den Kopp, de Bäuker, unner den einen
Arm un sinen Tröster för dat Sittfleisch, dat Küssen, unner
den annern Arm un gung nah Hus. As hei sin Husdör up-
maken wull, gung dat man slicht, indem dat hei unner jeden
Arm wat tau hollen hadd, un de Bäuker schoten em ut un
föllen in den Snei. Hei smet nu hellsch argerlich dat Küssen
up de Del rup, sammelte sin Bäuker wedder up, slog de
Husdör mit Gewalt tau un knallte ok in etwas mit de Stu-
wendör.
Dürten Holzen was vermorrntau de glücklichste Perßon in
ganz Nigenbramborg, un bi ehren Glück spelten de Hasen
von de Nigenbrambörgsche Feldmark de irste Vigelin mit.
– De Hasen hadden nämlich bi den hogen Snei all den gräu-
nen Kohl ut de Gorens freten, kein Brambörger Stadtkind
kreg äwer Johr gräunen Kohl tau eten, blot Dürten Holzen
hadd ut Vörsicht en lütten Posten Kohl in den Husgoren
plant't, un dor wagten sick de Hasen doch nich hen. 't was
man en lütt Gericht, äwer't was doch en Gericht un den

Herrn Konrekter sin Leibgericht. Dit wull sei hüt spendie-
ren, denn't Hart was ehr vull Freuden, de gele Mamsell
hadd em gistern argert, un hei hadd sick mit ehr äwer den
Faut spannt, sei in den Gegendeil hadd em för sine harten
Schaulstunnen 'ne weike Unnerlag' uppulstert, un nu satt
hei dorup, un sin armes afstrapziertes Fleisch bläuhte dorup
in Warmnis un in Weiknis; un vör ehr up den Hird smörte
de Kohl in glückseligen Behagen sachten furt ahn den min'n-
sten Versäuk antaubrennen, un de Bradtüften prätelten in
de Pann, un de Lungwust un dat rökerte Rindfleisch kakten
so verstännig, as wiren sei dor all Johre lang up inäuwt wor-
den. – Nu slog de Klock twölw. – Allens was farig! – Up-
gewen! Denn de Herr Konrekter höll up den Klockenslag.
– Nu knallten de Dören – dat was de Togwind; un Dürten
tred mit 'ne slohwitte Latzenschört un 'ne slohwitte Kapp
mit ehre Gerichten up de Del. – Dor lagg ehr Küssen in de
Sneitraden! –
En unbedarwtes Frugenstimmer hadd hir de Gerichten fal-
len laten, sei begrep sick äwer noch; hadd mäglicherwis' de
Hän'n tausamenslagen, wenn sei den Kohl un de Wust nich
hadd wohren müßt, säd in ehren Harten: »So! dat is de
Dank!« un drog de Schötteln in de Stuw' un set'te sei up
den Disch, set'te sick ok un kek stiw up ehren leddigen Tel-
ler. – De Herr Konrekter satt all, hei sach sihr verdreitlich
ut, de Kohlgeruch frischte em woll en beten up, un üm
sine Lippen spelte woll so'n lütten Schin von Behagen, äwer
de Verdreitlichkeit was doch de Haupttog in sin Gesicht. –
Dürten sach gor nich verdreitlich ut, sei sach still un eben för
sick dal. Mit ehr was in wat 'ne Verännerung intreden; vör
en por Wochen noch hadd sei woll dat grote Register an-
treckt un hadd den Herrn so'n snurrigen Choral un so'ne
dägte Moral vörsungen, dat em de Uhren schön hadden
klingen süllt; nu satt sei äwer dor, un eten würd sei nich. –
Dit Geschäft besorgte de Herr Konrekter nu sihr gaud, un
Dürten gaww jeden von sine nigen Angriffen up den Kohl
mit en verhollenen Süfzer dat Geleit. – As hei sick all

schön verdort hadd, würd hei ehre besondern Anstalten ge-
wohr, läd Metzer un Gawel dal un frog: »Worüm ettst du
nich?« – »Oh, mi is dat so vör de Bost bestahn blewen«,
was de Antwurt, un Dürten kek dorbi bisid ut dat Finster
rut. – »Hm!« säd ehr Herr, »denn möst du 'n lütten Druppen
von den Magenbittern drinken; äwer din Kohl is sihr
schön!« Un hei namm em wedder in Angriff un dachte dorbi:
»För opem keine betere as Dürten, blot mit dat olle ßacker-
mentsche Küssen! – Wat hest du di«, set'te hei lud hentau,
»äwer eigentlich mit dat oll Küssen dacht?« – »Ick heww
mi nicks as Gauds dorbi dacht«, säd Dürten sacht un eben.
– »Wat Slimms hewwen sick de dummen Jung's ok nich
dorbi dacht, as sei mi dat Ding in de Ogen smeten. Ick
heww di dat doch all vördem verbaden, du süllst mi nich
so'n ollen Trand dor hinleggen; ick wüßt jo, wo't kamen
würd.« – Dürten hadd't all in den Mun'n un wull all seg-
gen: dat wir en schönen Konrekter, de nich mal en por
dumme Jung's in Ordnung hollen künn, sei verbet sick dat
äwer, un as dat Middageten vörbi was, deckte sei af un drog
dat Geschirr nah de Käk un säd up de Del tau dat Küssen:
»Ligg du man, vör minentwegen kannst du lang' liggen.« –
De Herr Konrekter läd sick in sinen Lehnstaul un wull en
por Ogen vull nemen.
As Dürten Holzen in ehr Stuw' kamm, set'te sei sick up
ehren harten Brettstaul, deckte sick de Schört äwer de Ogen
un fung bitterlich an tau weinen. – »Ja, ja!« rep sei, »ick
heww't gaud meint, ick heww't würklich gaud meint! Ick
was vermorrn so fröhlich in minen Harten, dat ick em 'ne
Freud' makt hadd, de em gaud dauhn süll, dat ick em Kohl
up den Disch setten künn, un nu? – Ih, ja, den Kohl hett hei
eten, äwer dat Küssen? Dor liggt dat buten up de Del in den
Sneislamm. – Wat kann dat unschüllige Küssen dorför? –
Oh! ligg du man!« Un sei weinte düller un snuckte un
sluckte recht ut Hartensgrun'n. – »Oh, ick heww mi so vel
Mäuh gewen, dat dat en beten wonah utseihn süll, an alle
vir Timpen 'ne lütte Troddel, Stining sülwst säd, 't wir

schön utfollen, un dat möt nu so verkamen in den Schmutz.
– Ne«, rep sei un sprung up, »wat kann dat Küssen dorför,
dat hei en ollen Borbor is?« – Dormit gung sei up de Del
un halte dat Küssen rin. – »Ne, wenn'ck't liggen let, wir't ut
Trotz, un worüm bruk ick trotzig tau sin in mine Unschuld?
– Hei hett mi nich dankt, hei hett dor gor nich up seten, hei
hett dat gor nich mal probiert, wo sacht em dat ankamen
würd. – Ja, as de Mamsell von gradäwer em den Kauken
bröchte, dunn müßt hei'n jo probieren, ja, dunn müßt hei jo
sick nahsten bedanken un müßt mit ehr üm den Wall rüm-
spazieren. – Oh, dat känen wi jo ball krigen! – Wenn hei
de Wolldaht nich hewwen will, worüm sall ick 's nich ge-
neiten?« – Un de Tranen wiren weg, un sei smet dat Küssen
up ehren Brettstaul un set'te sick – baff – dorup in helle
Zornigkeit un satt so stiw dor, as satt sei up den Richtstaul,
un de Scharprichter hadd ehr beden, sei süll den Hals gaud
utrecken, dat hei beter ankamen künn. – Äwer ümmer lüt-
ter würd sei wedder, un ümmer deiper sackte ehr Kopp un
de Zornigkeit mit em, un sei sprung up un rep: »Oh, wo
deip bün ick sunken; dat sünd jo luter Lägen, de ut mi rute-
rohren! Dürten! Dürten, besinn di! Hest du dat Küssen blot
üm den Herrn Konrekter sine Bequemlichkeit neiht? – Was't
nich üm dinen jämmerlichen Vurtel? – Was't nich üm de Af-
nutzung von de Hosen?« –
De Herr Konrekter hadd, wildeß Dürten sick in ehre Stuw'
afquälte un afängst'te, in gaude Rauh en beten nickköppt,
hadd tweimal sihr unbescheiden lud hujahnt un dachte nu an
den Koffe, de Gedank an den Koffe bröchte em up Dürten,
von Dürten kamm hei up dat Munster un dat Küssen, bi dat
Küssen föll em in, dat hei sick sihr doräwer hadd argern
müßt un dat dat Dürten vör de Bost bestahn blewen wir,
doräwer fung em an dat Gewissen tau slahn, dat hei so buh!
un bah! gegen Dürten west wir, denn sei hadd't doch gaud
meint un hadd em jo ok gräunen Kohl updischt, un hei wull't
wedder gaud maken un wull ehr sülwst en lütten Magen-
bittern rümbringen.

As hei bi ehr in de Dör kamm, satt Dürten wedder achter de
Schört un was in deipste Weihdag' äwer ehre eigene Slichtig-
keit. – »Dürten«, säd de Herr Konrekter. – Keine Antwurt.
– »Dürten«, fot hei noch mal nah, »ick was argerlich, dorüm
bün ick di nich gerecht worden.« – »Herr, ick bün mi sülwen
nich gerecht worden«, snuckte Dürten achter de Schört her-
ute. – »Dürten, ick heww di hir en lütten Bittern mitbröcht.«
– »Ick heww all Bitterkeiten naug in minen Liw'.« – »Dür-
ten, lat't man gaud wesen. – Vergeben un vergeten. – Du
hest dat jo gaud meint.« Un dormit treckte hei mit de ein
Hand ehr de Schört von dat Gesicht, in de anner höll hei
den Bittern. – »Ne, Herr«, rep Dürten, »dat verdein ick
nich«, un kek em mit de dickweinten Ogen an, »oh, Herr,
ick bün 'ne slichte Perßon, ick wull mit dat oll Küssen . . .
ick wull blot . . . ick wull . . .« – »Wat wullst du?« frog hei
recht weikmäudig. – »Ick wull blot – ick wull blot de Hosen
dormit schonen.« – Un dormit fung sei wedder an, bitterlich
tau rohren, un slog sick vör Schimp wedder de Schört vör't
Gesicht. – Dese Uprichtigkeit rührte den Herrn Konrekter
denn nu ganz gewaltig. – »Du büst dat ihrlichste Mäten up
de Welt«, säd hei un wull de Schört wedder wegtrecken, 't
wull äwer mit de *ein* Hand nich gahn, en Disch stunn grad
nich in de Neg', dat hei den Bittern bisid setten kunn, hei
drunk also kort resolviert den Bittern ut, dat hei nich äwer-
schülpern ded, slog den Arm dunn üm dat olle, gaude Mäten,
tog sei von den Staul tau Höchten, strakte ehr mit de anner
Hand de Hor ut de Ogen un küßte sei utdrücklich tweimal
up de Stirn. –
As hei dit Stück utäuwt hadd, verfirte sick Dürten, let de
Schört von de Ogen sacken un kek den Herrn Konrekter ganz
beängstlich an, de Herr Konrekter verfirte sick ok un kek
Dürten ok ganz beängstlich an. Un so keken sei sick an as
en por Kinner, de Kirschen von den Teller eten hewwen,
den Vatting ehr utdrücklich verbaden hett, un nu mit Schrek-
ken gewohr warden, dat sei all up de Hälft von den Teller
ankamen sünd.

Dürten verhalte sick tauirst, sei wis'te up dat Küssen un säd: »Dor liggt't. – Willen Sei't nu hewwen?« – »Ne, Dürten, in de Klass' geiht dat nich. Dat liggt jo ok dor sihr schön, wo't up Stun'ns liggt. – Willst du äwer nich en Bittern drinken?« – »Ne, ick dank, mi is nu all beter.« – De Herr Konrekter gung, kek äwer noch mal wedder in de Stuw'. »Dürten, verlat di dorup, ick ward de Hosen nah Kräften schonen.« – Dormit gung hei in sine Stuw', was äwer en beten sihr ut den Hüschen. – »Ja, ja!« rep hei ut, »ihrlich is sei dörch un dörch. – Wegen de Hosen, seggt sei, nich üm minentwillen hett sei't dahn, seggt sei. – Wir ick woll in so'ne Umstän'n so ihrlich west? – Kanter Äpinus, Konrekter Äpinus, ick glöw, du haddst di woll up en ful Pird bedrapen laten! – Un nu, nu sitt ick irst recht up en ful Pird. – Wat? Ick, de Konrekter Äpinus, ick küß as Brodherr min Wirtschafterin? – Un was't ok man up de Stirn, un was't ok in alle Gaudheit un in allen Ihren; Küssen is Küssen, un ut pure Bosheit küßt keiner, 't müßt denn ein Judas sin. – Wat würd Hofrat Altmann seggen, wenn hei dit wüßt?« – Un hei gung up un dal un rew sick den Kopp: »Ut dat ßackermentsche Küssen is nu en würkliches *Küssen* worden! – Ick, de Konrekter Äpinus, de *oll* Konrekter Äpinus, mak hir Streich as en Leipziger Student. – Wo sall ick mine Ihr un Würdigkeit uprecht hollen as Deinstherr un Husvader nah dem, wat hüt passiert is?« – Nu slog de Klock twei, hei söchte sine Bäuker tausam un gung in groten Bedenken ut de Dör.

Dor kamm em grad sinen Swager Kunsten sin Korl entgegen: »'ne Empfehlung von Herr Kunsten, un hei schickte dit.« – »Wat?« – »Desen Breiw.« – »Schön«, säd de Herr Konrekter un las de Upschrift: »An meinen lieben Schwager als Neujahrswunsch.«

De Konrekter stek den Breiw in de Tasch – 't was en recht dicken Breiw – un dachte: Wat mi min Swager woll äwerall tau schriwen hett? – Wegen den Stock? – Dor kannst du lang' schriwen. – In de Schaul slog hei den Virgil up un säd:

»Na, Musche Korl Siemßen, denn man tau! Äwersett Hei mal.« – Korl fung an, un't gung ganz glatt weg. De Herr Konrekter nickköppte denn ok dortau; äwer hei was tau niglich up sinen Breiw, hei brok em up un las. – »Wat's dit?« frog hei vör sick hen; Korl Siemßen kek in de Höcht un höll an. – »Man wider!« winkte em de Konrekter tau; Korl fung wedder an. – »Dat is jo dummes Tüg!« rep de Konrekter; Korl kek em ganz verstürt an un fung densülwigen Satz von vören an, äwer't kamm ganz ebenso rut, un hei kek den Herrn Konrekter noch en ganzen Schepel verdutzter an. – »Ick segg: man wider!« säd de Konrekter; Korl was ogenschinlich ut de Kuntenanz, hei fung nu an tau stamern. – »Dat is jo schändlich! Dat is jo niderträchtig!« rep de Konrekter un slog up den Kantheder ümmer ein Foliosid nah de anner üm; nu stunn Korlen de Verstand rein still, un hei *sweg* ok still. – »Dat nenn ick, sick up 'ne Sak ordentlich präparieren, sick Johre lang präparieren; äwer täuw Hei man, Musche Hundsvott!« – »Ja, Herr Konrektor, ich hab' mich präpariert, aber erst gestern abend«, säd Korl, un't was, as wenn de Tranen glik achterher kamen süllen. – »Man wider!« rep de Konrekter in helle Wut, knautschte sine Poppieren tausam, proppte sei in de Rocktasch un kek Korlen an, as wir de schüllig an den saubern Nijohrswunsch. – As hei nu äwer Korlen sin leidig Gesicht tau seihn kreg, müggt em jo woll infallen, dat hei sin Anmarkungen tau den Breiw mäglich lud von sick gewen hadd, un hei säd ganz fründlich: »Hei hett Sin Sak gaud makt. Em mein ick nich, ick mein blot minen Swager up den Keller.« – Äwer hei was doch dörch den infamen Breiw ganz ut de Richt kamen, hei halte em af un an wedder rute ut de Tasch un las en Strämel un würd dorbi füerrod in't Gesicht, un för desen Nahmiddag was sine Andacht taum Schaulhollen rein in de Wicken. – Ok in de negste Stun'n, de Sing- un Vigelin- un Paukenstun'n, bröllte hei hellschen dwaslings in den Gesang mit mang, vernutzte vel Kofojum un gnidelte up de Saiten, as wiren sei ut Kunsten sine Ingeweiden tausamdreiht, un slog up de Pauken, as wenn sin leiw Swager dorin satt. –

As de Konrekter nah de Schaul tau Hus kamen was, smet hei wedder mit de Dören, treckte sine Poppieren ut de Tasch, las, smet sei up den Disch un schimpte un schandierte. Äwer den Breiw, den snöden Breiw, hadd hei nu heil un deil allens vergeten: wat den Middag tüschen em un Dürten passiert was; ut de Schanierlichkeit was hei rut, äwer nu hadd hei en ordentliches Janken dornah, sick unner de Ogen von 'ne annere Perßon, un wir't ok man sin Dürten, recht gehörig uttautowen. – Dat möten weck Lüd', un't sünd noch lang' nich de legsten; sei sünd taum wenigsten beter as de, de ehren Grimm in sick freten un doran Dage un Wochen un Johre rümmergnagen. – De Herr Konrekter rep sin Dürten: »Nu denk di mal, Dürten, mit minen Swager, mit Kunsten! Desen Breiw schriwwt hei mi.« – »Hei will woll unsen Stock hewwen?« frog Dürten un set'te sick ok soglik in den Stand, den Stock un ehren Herrn tau deffendieren. – »Dat will hei; äwer wo fängt hei't an? – 'ne Reknung schriwwt hei mi, 'ne Reknung von acht Johr her – hir!« – dormit smet hei ümmer einen Bagen nah den annern vör Dürten up den Disch – »hir! hir! 'ne Reknung von 64 Daler 18 Gr., von acht Johr her för all de lütten Gläser Madera un de Botterbröd, de ick sörre de Tid an alle Sünn- un Festdag' nah de Kirchtid bi em vertehrt heww, un ok de Johrmarke hett hei mitrekent. – Ne! Wo is't mäglich! Womit hei mi traktiert hett – ‚Korl! för minen Swager; Korl! en Glas Madera; Korl! En Butterbrod för minen Swager, Korl!' – Dat schriwwt hei mi nu in 'ne Reknung, un wenn'ck em minen Stock nich schick, denn sall ick s' betahlen. – Virunsößtig Daler, achteihn Gröschen!« – »Gott bewohr uns!« säd Dürten, »dat is jo grad, as wenn de Krabaten einen in't Hus fallen, dat is jo düller as in Tillyn-Tiden. – Herr Konrekter, laten S' mi hen nah em, ick will em . . .« – »Un wenn ick't mi noch föddert hadd; äwer ne! ganz von sülwst, ut sin eigen Geheit – ‚Korl! Minen Swager . . .' – Wo? En anner

Minsch hadd seggt: ‚Nemen S' nich äwel, Herr Konrekter, äwer dat hett sick en beten upsummt‘, un hadd alle Nijohr de Reknung schickt – äwer acht Johr dormit täuwen, un den . . .« – »Betahlen dauhn wi dat nich!« rep Dürten, »wo? Dat wir jo 'ne Schan'n!« – »Un doch möt wi't betahlen!« rep de Konrekter, »denn de Stock gew ick nich rute, dat kann ick nich! Dat würd jo so utseihn, as wenn ick mi dit Arwstück up 'ne unrechtfarige Wis' aneigent hadd, as hadd ick dat mus't, wat mi schenkt worden is.« – »Herr«, rep Dürten mit einmal, as wir ehr en Licht upgahn, »wat meinen Sei mit en Avkaten? – Dägen deiht de Ort nich, un't is grad so mit ehr as mit de Dokters, de weiten't ok nich, äwer de Minsch hett doch bi de beiden as so'n Anholt, hei kann doch mit ehr reden, un wenn sei einen ok nich helpen känen, sei begäuschen einen doch un helpen einen doch mit allerlei Ut-sichten äwer de irsten Weihdag' weg. – Na, mit de Dokters heww ick – Gott sei Dank! – meindag' nich wat tau dauhn hatt, desto mihr äwer mit de Avkaten, als ick dunntaumalen nah min Mutters Dod' minen Ollen sin Sak führen müßt un den Ollen sin Handwark in't Achtergeleg' kamen was un uns' Hus un Goren verköfft würd. – Ick rad' tau'n Avkaten.« – »Hm, hm!« säd de Konrekter bedenklich, »ick heww mein-dag' noch keinen Prozeß hatt, un ick bün nich dorför, vör allen nich in so nege Fründschaft; äwer ick will doch mal mit den Rat Fischer reden.« – »Üm Gottes willen nich mit den, de is doran schuld, dat wi unsen Goren verlustig gun-gen. – Äwer, nemen S' nich äwel, Herr Konrekter, hett Kunst Ehre Vertehrung woll alle Dag' in sine Stuwenklock oder in sin Schapp oder an de Dör anschrewen?« – »Ne, dat hett hei seindag' nich dahn.« – »Na, denn hett heit 't ok nich in sin Bauk anschrewen, denn hett hei blot ut Hader un Neid wegen den Stock in de letzten Dagen dese Reknung upstellt, dat hei Sei dormit zwiweln will. – Un nu gewen S' mi mal Kunsten sine Reknung mit, ick kann klennern, un all de ollen Klenners heg' ick mi up, un nu will ick doch mal nahseihn, wat dat Datum ok mit de Sünn- un Festdag'

un vör allen mit de Johrmarkte stimmen ward, un denn –
weiten S' noch vör fiw Johren üm Martini ut, dunn sünd Sei
in 4 Wochen nich ut de Stuw' west wegen den bösen Haust
– wenn hei dunn de Sünndag' ok mit anschrewen hett, denn
hewwen wi em, denn is de Reknung nich richtig, denn be-
tahlen wi keinen Gröschen.«
»Je«, säd de Konrekter, as Dürten mit de Schriften ut de
Dör gung, »dat ward ok vel helpen! – Virunsößtig Daler
un achteihn Gröschen – dat Glas Madera drei Gröschen, dat
Botterbrod einen –, wo sälen de herkamen? Un wat Dürten
ok seggt, ick kann jo den Prozeß verlieren, un denn kamen
de Kosten noch dortau. – Ick künn Geld up min Hus ne-
men, äwer wer giwwt mi wat? Dor steiht all naug up in-
dragen. – Dörchläuchten ded't woll wegen de Gewitter-
angst; äwer hett hei ok wat? – Prinzeß Christel? – Hett ok
nicks, is Kunsten sülwst noch en hübschen Posten för Port-
win un Pontak schüllig. – Je, wer hett Geld? – Hofrat Alt-
mann hett wat; äwer de Intressen, de *Dörchläuchten* betahlt,
kann *ick* nich lasten. – Sei«, säd hei un kek nah sin Nah-
wersch liktau räwer, »sei sall wat hewwen; äwer würd sei't
dauhn? – Ja, wenn sei mi frigen wull un wull sick de Gäu-
dergemeinschaft gefallen laten un wir fründlich gegen mi
un let mi schalten un walten mit dat Ehrige, ja denn, denn
güng' dat. – Ick möt frigen, ick möt wedder frigen, ick möt
propter opes frigen; wat helpt *mi* up Stun'ns opem? Ick
heww sei jo noch gor nich nödig; äwer de opes! De opes!«
– Un hei versunk in deipe Gedanken un satt in den Schum-
mern dor un ängst'te sick vör den Prozeß un hoffte up de
opes. – »Äwer den Stock gew ick nich wedder rute!« rep hei,
as grad' Dürten rinnekamm. – »Un dat sälen Sei ok nich,
Herr Konrekter; de ganze Reknung is falsch: twei Johr hen-
dörch sünd all de Sünndag' falsch angewen, de meisten
Festdag' sünd nich richtig, un de Markdag' binah all ver-
kihrt, un de Tid äwer, wo Sei den slimmen Haust hadden,
hett hei Sei ümmer ankrid't. – Dat bruk wi nich tau betah-
len.« – »Je, Dürten, dat seggst du woll, äwer ick heww dat

doch all kregen.« – »Wat kregen! Hewwen hir nich bi uns
gaude Frün'n ok wat kregen? De würden schön lachen, wenn
Sei ehr nu 'ne Reknung doräwer schicken wullen. – Ne, ut
de Sak help ick Sei rute, wenn Sei mi blot folgen willen; un
en Prozeß hewwen wi noch lang' nich, dat is jo pure Kinneri
von Kunsten. Un hir is Licht, Herr Konrekter«, säd sei un
stickte em dat Licht an, »un nu maken S' sick as süs an Ehre
Geschäften.« –

De Konrekter satt nu dor un malte mit rode Dint in de
Schäulers ehre Bäuker rümmer, un männig Fehler, de süs
Gnad' vör sinen Ogen funnen hadd, de würd dick anstreken,
un wenn hei unnen de Summ henschriwen ded, stippte hei
ümmer irst frisch in dat rode Dintenfatt, dat sei recht fett
rutekamen süll, un schrew allerlei nichtswürdige Anmarkun-
gen dorunner.

KAPITEL 7

Woans de Dichter Kägebein de Mamsell Soltmannen 'ne Kußhand up den Puckel
smitt un de Herr Konrekter in sinen Bregen afstömen un utuhlen deiht. – Wo
Dörchläuchten mit de Swälken tauglik in Nigenbramborg ankümmt. – Wo Wilhelm
Halsband einen gripen will un sülwsten grepen ward. – Von den klauken Hans
un den dummen Hans. – Wo twei Monarchen up den Mark tau Nigenbramborg
spazieren gahn un sick Krig erklären. – Wer woll winnt? – Halsband un Dürten
Holzen sälen in ein abscheuliches, düsteres Lock smeten warden. – Rand smitt den
Pottpurripott intwei. Dörchläuchten höllt sine Leweh, kriggt äwer keinen Twei-
back, un em ward de nervus rerum gerendarum intweisneden.

So vergung denn nu de Tid, Is un Snei wiren mitdewil ok
vergahn, tau Fastelabend wiren de leiwen Nigenbrambörger
Kinner vör Dau un Dag' in de Straten rümmer- un in de
Hüser rinnerlopen un hadden ihrsame Börgers un dugend-
same Husfrugens ut de Bedden rutestüpt, un ok de Herr
Konrekter hadd sick mit Heitweckens losköpen müßt von
de blankuppputzten Barkenrauden, mit de em 'ne ganze Ban'n
von lütte, driftige Quintaners un Quartaners de Flöh von
den Rüggen jagen wull. Dürten Holzen hadd sick gegen dese
wille Jagd upsmiten wullt, hadd äwer sülwst in den Düstern
en por Rapps up de Del afkregen un hadd't nich hinnern

85

kunnt, dat de Gesellschaft bet in de Slapstuw' von den Herrn Konrekter rinnebraken was.

Nu satt de Herr hüt bi dat Middageten un hadd den Kopp in de Hand stüt't, un de schönen Heitwecken legen mit Botter un Zucker un Kaneilsbork – nich rög' an! – vör em in de säute Melk, un hei süfzte: »Dat is en verdreitlichen Morgen för mi west, Dürten.« – »Je, Herr«, säd Dürten, »äwer ick heww dor nich an dacht, dat de Jung's so unbescheiden sin würden, sick an Sei tau vergripen. Mi hewwen s' äwer ok mit en por schöne Strimen äwer de nakten Armen bedacht.« – »Ih, dat mein ick nich. – Jung's sünd Jung's un willen ehr Vergnäugen hewwen; äwer wenn oll Lüd' tau Jung's warden, denn ward dat slimm. Denk' di, Kunst hett mi würklich verklagt, un ick sall mi in Nigenstrelitz stellen un vör min Sak upkamen.« – »Dat dauhn wi nich!« rep Dürten, »ne, dreimal is recht, dat virte Mal en Schinnerknecht; dreimal möten sei uns kamen, un *denn* antwurten wi irst, un dat is sowid ok ganz gaud, dorbi kann de Minsch sick doch irst ordentlich besinnen. – Äwer nu reden S' nich mihr von de Sak, dor kümmt Ehr Fründ, de Herr Avkat ut Nigenstrelitz, grad' up de Husdör los.« –

»Guten Tag, guten Tag«, kamm Kägebein nah de Stuw' herinner, »ah, beim Mittagessen! – Aber ich will nicht stören.

> Störe niemals bei dem Mahle
> Auch dem besten Freunde nicht,
> Weil er sonst nur kalte, schmale
> Und getalgte Happen kriegt.

Ich werde mich hier ans Fenster setzen.« – »Dauhn Sei dat«, säd de Konrekter un et. »Nemen S' mi dat nich äwel; äwer unsereinen is de Tid knapp taumäten, un nödigen kann ick Sei ok nich, denn wi hewwen hüt nich mal Fleisch up den Disch.« – De ganze Red' schinte äwer för Kägebeinen ümsüs hollen tau sin, denn hei kek stramm grad äwer nah Mamsell Soltmannen ehr Finster un bedrew dorbi sonderbore An-

stalten, hei dinerte un nickköppte un plinkte un smet Kuß-
hän'n äwer de Strat räwer un sach so glückselig ut as en
ollen Esel, wenn em de Krüww vull Hawern schüddt is.
Dürten schüddelte mit den Kopp, de Konrekter et wider.
Kägebein breidte de Arm ut un hadd sick so, as wenn wat
ut de Soltmannen ehr Finster dwas äwer de Strat fleigen
würd un hei süll dat in sine Arm upfangen. Dürten schüdd-
köppte düller, de Konrekter et unverzagt in de Heitwecken
wider. – Tauletzt kamm äwer bi Kägebeinen de feine Poesie
taum Dörchbreken, dat was, as wenn sick allens, Hart un
Lung' un Lewer, bi em ümkihrte, hei drückte de ein Hand
up dat Hart, as müßte hei sin arm Ingeweid' daldrücken,
dat em dat nich ganz ut den ollen Verfat kem, un hei stöhnte
ut de deipste Mag' herute:

>>Oh, welch Entzücken,
Dich zu erblicken!
Oh, Dorimen',
Dich wiedersehn,
Das bringt mich in die ärgste Pein.
Mit deinem schwarzen Augenschein,
Ich bitte dich, halt ein! halt ein!<<

De Konrekter was upsprungen un kek äwer Kägebeinen
sine Schuller un kau'te mit vulle Backen de Würd' dörch
de Heitwecken rute: >>De Soltmannen!<< – Dürten was ok
upsprungen un kek äwer den Konrekter sin Schuller un säd
mit en gewissen Ingrimm vör sick hen: >>De olle Gel!<< –
>>Oh, Dorimen'...<<, fung Kägebein wedder an. – >>So heit
sei nich, sei heit Korlin<<, rep Dürten dormang. – >>Kennen
Sei de Mamsell?<< frog de Konrekter un wis'te mit de Hand
äwer Kägebeinen sine Schuller, so dat de Nachborin dat för
gaud höll, von't Finster afsid tau gahn, denn ehr müggten
woll för 'ne anstännige Leiwesgeschicht tau vele Taukikers
sin. – >>Kennen, sagen Sie? Kennen, mein Gönner?<< rep Kä-
gebein un smet ehr, as sei weggung, noch 'ne Kußhand up

den Puckel, »anbeten, adorieren müssen Sie sagen. – Oh, Dorimene!« rep hei un drückte mit de Hand an sinen Dichterkopp rümme, as wir't 'ne Zitron un hei müßte dorute recht wat Sures un Sarwes rutedrücken un in sin säutes Dichterlewen rinnedrüppeln laten, dormit dat de Lüd', de sine Gedichte lesen, doch ok en Vörsmack von de Weihdag' kregen, unner de hei sine Kinner in de Welt set't hadd. »Kennen? Oh, Dorimene! – Sie ist ja drei volle Jahre lang meine Muse gewesen, meine *undankbare Muse*, als sie noch Kammerjungfer bei der Prinzeß Christel war.« – »Na, denn ward sei nu jo woll dankbor naug wesen«, säd Dürten un gung mit de äwrigen Heitwecken ut de Dör. – »Hm!« säd de Konrekter, »also neger sünd Sei ehr nich kamen, blot dat Sei ehr ansungen hewwen?« – »Freundchen, Gönnerchen, wie sollte ich?! – Ihre hohe Stellung als Kammerjungfer bei der Prinzeß, und dann der feine Hofton in Neustrelitz.« – »Na, de ward sick doch ok hollen laten, denn wat ick so von Dörchläuchten un de Prinzeß Christel seihn un hürt heww...« – »Gönnerchen, das kennen Sie nicht«, föll hir Kägebein in, »um so etwas zu verstehen, muß der Mensch ein fein überzogenes Saiteninstrument sein, auf dem in zarten Stunden die Musen und Gratien spielen. – Hören Sie!« Un hei halte en Korrekturbogen ut de Tasch. »Dies ist der dritte Korrekturbogen, ich gehe immer die drei Meilen hin und zurück und hole ihn selbst aus der Druckerei, er könnte mir ja verloren gehn. – Hören Sie! Hier ist ein Gedicht an Dorimene, welches meine betreffenden Gefühle ausdrückt:

Oh, Dorimen', nur in Gedichten und in Reimen
Wagt die Empfindsamkeit zu dir zu keimen,
Die andern Wege sind mir streng' verschlossen,
Die ich so gern an deiner Brust genossen.
Ich...«

»Ne, ne!« rep de Konrekter, »nemen S' nich äwel, ick heww kein Tid, ick möt in de Schaul. Also« – un hei sammelte sick sine Bäuker tausam – »wider as bet taum Ansingen sünd Sei

mit de Mamsell nich kamen? – Wo känen Sei dat denn wa-
gen, ehr von hir Kußhän'n tautausmiten?« – »Lieber Gönner,
das steht uns Dichtern frei, darin unterscheiden wir uns
von den sterblichen Menschen. Wenn uns Rücksichten und
Verhältnisse entgegentreten, so schwingen wir uns darüber
hinweg.« – »Dat heit, in desen Fall hewwen Sei sick mit
Ehre Küß äwer de Strat wegswungen. Ut de Neg' hewwen
Sei sick also *nich* küßt.« – »Freundchen, wie wäre das mög-
lich! Da ginge ja jede feine, poetische Empfindsamkeit ver-
loren.« – »Na«, säd de Konrekter un makte de Husdör up,
»dor sünd nu annere Lüd' annere Meinung. Na, ick gah
hir linksch dal«, un hei kek sick nah Kägebeinen üm, äwer
de stunn all wedder un dinerte nah de Soltmannen ehr Fin-
ster räwer un wull ehr 'ne Kußhand tausmiten, dunn dreihte
sick sine undankbore Mus' snubbs üm, un de Poet stunn dor
as Botter an de Sünn. – »Minsch«, rep de Konrekter, »Sei
seihn jo ut as en verunglückten Sünnenpruhst. – Na, adjüs,
ick möt maken, dat ick henkam. – Hm!« säd hei, as hei sine
Weg' gung, »dat geföllt mi von de Nachborin, dat sei em
bet up Stun'ns noch nich küßt hett un dat sei sine poetische
Utverschamtheit den Rüggen taukihren würd. 't möt doch
en recht bescheidenes Frugenstimmer sin.« – »'t möt doch en
recht utverschamtes Frugensminsch sin«, säd Dürten un ret
in ehre Stuw' argerlich un hastig an 'ne tausamwirte Fitz
Gorn rümmer, »mit den hett sei sick ok all inlaten.« –
So was ok Ostern kamen, un de Herr Konrekter hadd ganz
richtig prophenzeit, hei hadd würklich sin tau Ostern fällig
Gehalt nich kregen, un dorüm kunn Dürten ok noch nich ehr
Wihnachtsgeschenk krigen. Äwer so is dat einmal in de
Welt: wat einer will, dat kriggt hei nich, un wat hei kriggt,
dat will hei nich; de Herr Konrekter wull sinen rechtmäßi-
gen Gehalt hewwen, un hei kreg de unrechtmäßigsten La-
dungen vör't Hofgericht tau Nigenstrelitz. Hei was indes
doch all en beten dickfelliger in de Sak worden, Dürten säd
em alle Dag': ,bang' maken gelt nich!' un: ,hollen Sei man
de Uhren stiw'. Un dat Frühjohr was kamen un hadd in si-

nen Däts en beten utlüft't un de dicken Winterdünsten ver-
jagt un hadd de Spennweben, de de Sorgen üm sinen gelihr-
ten Bregen spunnen hadden, sauber utkihrt un utuhlt, un de
Sünnenschin fung an, all wedder Äwerhand bi em tau kri-
gen; blot wenn em sin Swager Kunst einmal unverseihns in
de Möt kamm un em so von unnen up angludern ded mit
so'n spöttschen Schin üm de Lippen, denn sprüt'ten un spöl-
terten all de lütten Gläs' Madera von acht Johren her in
sinen Kopp herümmer, un all de leiwen Botterbröd smerten
sick up sine Seel fast, dat ut sin rendlich Babenstüwken un
ut sin sauber Hartenskämmerlein en smuddlig un smerig
Huswesen würd, worin dat Frühjohr un Dürten vergews
Rendlichkeit tau bringen dachten. –
Mit dat Frühjohr un dat irste Gewitter un de irsten Swälken
treckte denn nu ok Dörchläuchten in Nigenbramborg in.
Lütte Mätens mit witte Kleder un Rosenkräns' un Gedichten
wiren dunntaumalen noch nich Mod' in Meckelnborg, äwer
'ne annere lütte Ort was stark begäng' un sall jo all tau den
hochseligen Niklotten sine Tiden in Mod' west sin: de lütten
Stratenjung's; dese lütte Ort lep nu mit de beiden Löpers
vör Dörchläuchten un Prinzeß Christel ehre Kutsche vörup
un drawte mit Jochen Bähnhasen sinen spattlahmen Brunen
tau Strid' un bröllte achter de drei Lakaien, de an de Kutsch
hackten, ,vivat hoch!' achterher; un de Schausterfrugens un
de Bäckerfrugens un de Frugens von de Tüffelmakers un de
annern Frugens bunnen sick de blaggedrückten Schörten af
un weihten dormit ut dat Finster rut un repen: »Willkam ok,
Dörchläuchting!« un: »Gun Dag ok, Dörchläuchting!« Un as
nu de Wagens mit de Hofstaaten kemen, säden sei so äwer de
Schullern weg: »Na, de lat't man, dat sünd blot de annern.«
– So höll denn also Dörchläuchten mit sine Christelswester
drei Dag' vör Himmelfohrt sinen Intog un treckte ganz
glücklich un taufreden in sine Paleh, indem dat de Hewen
ganz klor was un Gewitterwulken sick nich seihn leten. Prin-
zeß Christel treckte bi Buttermannen up den Bähn. –
An den Himmelfohrtsmorgen so hentau säben stunnen drei

Lüd' vör den ollen Böttcher Holzen sine Dör, dat ein was
Stining, dat anner Dürten mit 'ne Schöttel in de Hand, un
de drüdde was de Löper Halsband. – »Ne«, säd des', »hüt
kann ick *nich* kamen, dor is noch vel tau besorgen bi uns, dat
wi in Rauh kamen, un denn möt ick mi vermorrntau en
beten up't Lopen äuwen.« – »Wat?« frog Dürten scharp,
»känen S' dat *noch* nich? Mi dücht, nahgradens künnen S'
dat oll Rönnen doch woll unnerwegs laten.« – »Dürten, dat
kennen Sei nich. – Seihn S', Fleischfreter löppt binah all so
fix as ick, un hei hett sick de Sak in de letzte Tid hellschen
annamen. – Ne, so lang' ick den ßackermentschen Posten
verwachten sall, will ick ok de Öbberst dorin sin. – Den
Winter äwer sitt einer sick stiw, un in'n Frühjohr is dat tau
natt, nu is dat drög, nu möt einer de Beinen smidig maken.«
– »Wilhelm, ick mein«, föll Stining hir in, »du wullst dat
ganze Geschäft upgewen.« – »Dat will ick ok, Stining; äwer
ick möt de Tid afpassen, dat ick mit Dörchläuchten in'n
gauden oder in'n bösen utenanner kam. – Morgen kam ick
wedder in Vadern sine Warkstädt'.« – »Mi wohrt dat vel
tau lang'«, föll Dürten in, »worüm lopen Sei nich äwer de
preußsch Grenz? Lopen känen Sei jo doch.« – »So? – Dat
künn ick woll. – Wo blew äwer Stining un Vader?« –
»Ick . . .«, fung Stining an. – »Du bliwwst hir«, föll Dürten
hastig in, »wo? Ji wardt doch ok nich dat Lopen krigen. Ne!«
rep sei un wull noch en rechten Trumpf upsetten, würd
äwer unnerbraken.

»Es wird bekannt gemacht«, rep de städtsche Utrauper Sta-
mer, »der die den das in den Kopf habenden Sohn des
Schustermeisters Grabow betreffenden, richtigen Nachweise
über seinen augenblicklichen Aufenthalt liefert oder den
Kranken selbst einfängt, erhält von dem das diesmal ein
für allemal auslobenden Vater fünf Taler Belohnung. – 't
sünd Plötz up den Mark, ok Bückling', föfteihn för en
Schilling.«

»Gott bewohr uns, Stamer«, rep Dürten den Utrauper an,
un in densülwigen Ogenblick klüngen ok alle Finstern in de

Nahwerschaft, un herute keken ebenso vele Wiwerköpp mit Nachtmützen un ahn Nachtmützen un repen ebenso as Dürten: »Gott bewohr uns, Stamer, wat's dit? Wer süll so wat denken! Schauster Grabow'n sin Sähn! Wo is hei denn henlopen?« – »Vaddersch, büst nich klauk, so tau fragen! Dat weiten sei jo eben nich.« – »Ne«, säd Stamer, »dat weiten sei nich, un wi von den Magistrat weiten't ok nich; äwer vör den Treptowschen Dur säden sei, wenn hei dat west wir, den sei dor seihn hadden, un hei wir nich annerswo hengahn, denn wir hei nah Broda hentau gahn. – Na, gun Morrn! Ick möt wider.« – »Dat heww ick mi woll dacht«, säd Schauster Knirken sin Fru, »dat hei nah Broda hentau gahn is.« – »Ja, nah Broda is hei«, säd de Daglöhnerfru Rühringsch, »Jochen Mahnk, as hei de Gäus' stahlen hadd, de lep dunn ok in't Brodasche Holt.« – »Ja, nah Broda is hei, wo süll hei süs ok henwesen?« repen s' alltausamen, un Dürten winkte Stining un Halsbandten nah ehr Vaders Husdel rinner. – »Wer is nah Broda?« frog en dicken, utverschamt klauk utseihend Mann, den't so let, as hadd hei't fustendick achter de Uhren, un de up 'ne bunte Fahlenstaut de Strat langs kamen was. – »Ih, Herr Wendhals«, fungen denn nu de Wiwer an tau vertellen, »weiten S' denn nich...?« Un nu vertellten sei de Geschicht. »Un nah Broda is hei un hett sick in den Kopp set't, hei is ein von Dörchläuchten sin Hofdeinsten un de Prinzeß Christel will em frigen.« – Un Hans *Wendhals*, de dunntaumalen Dörchläuchten sin Kammerpächter up dat Brodasche Holt was – jo nich tau verwesseln mit Hans *Wendtlandten,* de dor up Stun'ns Kammerpächter is –, red langsam de Strat hendalen un äwerläd sick de Sak un kamm tau den Sluß, wenn em so vermorrntau noch fiw Daler in den Weg felen, so wir dat 'ne schöne Sak – worut einer all seihn kann, dat ick von Wendhalsen un nich von Wendlandten un von ollen un nich von nigen Tiden red', denn up Stun'ns würd sick en Kammerpächter vel üm fiw Daler scheren.
Un Dürten makte up de Del ok en Plan up de fiw Daler:

»Halsband«, säd sei, »Sei känen lopen, un Sei willen jo ok vermorrntau lopen, wo wir dat, wenn Sei den unglücklichen jungen Minschen so wedder grepen?« – Ih, Gott, Dürten, wo süll ick den grad' finnen? Denn von Broda, dat's doch man en ollen Wiwersnack.« – »Sei is't doch ganz egal, wo Sei lopen«, säd Dürten, »un einer kann dat doch nich vörher weiten. Sei känen jo Glück hewwen.« – »Ih, ja«, säd Halsband, »wenn'ck kein Glück heww, so heww'ck't doch nödig, un ick kann jo dor ok hengahn, mi is't egal; äwer üm de fiw Daler dauh'ck't nich; wenn ick't dauh, denn dauh ick't üm den armen Minschen. Na, adjüs ok!« – »Dat's recht, Wilhelm«, rep em Stining nah, »wat mägen sick sin ollen Öllern ängsten.« – »Stining«, säd Dürten, »dat is 'ne unverstännige Red', wenn hei em gripen deiht, denn hüren em de fiw Daler.« – »Dürten, wer denkt bi so'n Unglück an dat Geld?« – »So? – So bliww man bi, denn wardst du wid kamen. – Ja, wenn Schauster Grabow en armen Mann wir, äwer hei hett't jo. – Ne, in so'ne Saken möt einer Vernunft bruken. – Un ick süll s' ok bruken un süll mi Plötz von den Mark halen. – Na, gun Morrn.« –

As Halsband ut dat Treptowsche Dur gung, namm hei sinen Haut af un treckte sinen Rock ut, dat hei sick lichter maken wull, un läd beide Deil in den Durschriwer sine Stuw', un as hei ut den Dur was, set'te hei sick in en lütten Zuckeldraww un drawte mang de Gorens dörch up dat Brodasche Amt tau. – Kein Minsch was wegen den Festdag in de Gorens, kein Minsch was up den Fell'n tau seihn, den hei nah den jungen Minschen fragen kunn, hei lep also förfötsch wider un kamm ümmer düller in den Swung; dat Weder was so schön un de Morgenstun'n noch nich tau heit; 'ne Mäuh was em dat Lopen nich, hei was't gewennt, un as hei an Hans Wendhalsen sinen ollen Dreisch kamm, lep hei den Slag dal un wedder taurügg, de Lust brok bi em dörch, as bi uns in jungen Johren, wenn wi bi gauden Weder un starken Schritt 'ne Fautreis' makten, denn bi en richtigen Löper is dat Lopen datsülwige, wat bi annere Lüd' en starken Schritt is. – Hei verget denn ok bi sine Lust Schauster Grabow'n sinen Sähn un de fiw Daler, hei lep. –

De Kammerpächter, Herr Hans Wendhals, red noch irst bi'n Kopmann vör un betahlte 'ne Reknung, denn dat Reknungbetahlen was sine starke Sid, red äwer den Mark, un as hei up den Fischwagen en groten, frischen Aal sach, handelte hei sick den an un proppte sick den in de Tasch, denn hei was en rechten praktischen unner de dunnmaligen Ökonomikers un höll sick grote Taschen, wat recht von em was, denn keiner kann weiten, wotau de nich mal nütt sünd. – Ditmal wiren sei nu för den Aal wat nütt, denn hei kunn dor bequem rutekrupen. En pormal was hei denn ok all up den besten Weg, adjüs tau seggen; äwer Hans attrappierte em ümmer noch tau rechter Tid, müßt äwer von nu an den ganzen Weg de Tasch tauhollen un kunn dessentwegen man sacht riden. Dorbi was em de Schaustersähn un de fiw Daler ganz ut den Gedächtnis kamen; äwer as hei up sinen Dreisch Halsbandten dor ümmer hen un her lopen sach, schot em dat Blatt: Ja, dat is de Verrückte! – Hei stangelte nu mit Arm un Bein up de oll Fahlenstaut herümmer, dat hei sei in't Lopen bröchte, denn hei wull Mannschaften taum Gripen halen, un doräwer verget hei nu den Aal. – Hei jog up sinen Hof, rep äwer de Knechts, halte de Daglöhners tauhop, un wil hei en glupsch klauken Mann was, ok äwerall keine olle Bang'büx un vele geistige Gegenwart besatt, dachte hei gor nich an sinen Aal un stellte sine Lüd' hellschen praktisch an: »Ji säben slikt jug den Räustergraben entlang, un wi annern acht sliken uns achter den Äuwer rüm, un wenn wi em denn in de Midd hewwen un ick Hurra raup, denn von alle Siden drup los! Hewwen möt wi 'n!«

Dat geschah denn nu ok grad', as Herr Hans Wendhals dat seggt hadd. – »Hurra!« – Halsband stunn still. – »Fat't em! – Wiß hollen!« Un as hei't sick dacht hadd, so geschach't, sei hadden em un höllen em wiß. – »Hir!« Un hei langte in de Tasch un wull en Sacksband rutesäuken. – »Wo, Deuwel, is min Aal? – Schadt nich!« Hei dachte an de fiw Daler. –

»Hir!« – De Sacksband würd rutehalt, un nu süll Halsband
bunnen warden. – »Herre Gott! So laten S' mi doch! – Wat
is los? Wat sall ick«, rep de, »ick bün jo de Löper Halsband,
Dörchläuchten sin Löper.« – »Ja, 't is all richtig, min Sähn,
un de Prinzeß Christel will di frigen. – So, nu bin'nt em
man de Hän'n up den Puckel!« – »Herr«, säd Hans Wend-
halsen sin Stathöller, de binah ebenso klauk was as Hans
sülwen, »verwurrn is hei, wenn hei sinen Klauk hadd, denn
lep hei hir nich in'n Horen ahn Rock an den Himmelfohrts-
morgen up unsen Dreisch rümmer.« – »Schapskopp!« rep de
Löper, un – swabb! – hadd de klauke Stathöller einen an
den Bregen, un Klauk-Hans hadd woll den tweiten kregen,
äwer de Äwermacht was tau grot, Halsband würd bunnen,
un de ganze Gesellschaft gaww em nu dat Geleit nah Ni-
genbramborg rinne. –
Wenn dit Stück up Stun'ns passiert wir, denn wir Hans woll
nich wid mit sinen Vagelbunten in de Stadt rinnerkamen,
ahn dat em 'ne Latern äwer sin Verseihn anstickt wir, denn
up Stun'ns, dor lewt un wewt dat tau Nigenbramborg in de
Treptowsche Strat un in de annern Straten von Minschen-
gewäuhl, as wenn dor ümmer Johrmark is as tau Berlin in
de Königsstrat, un sörre dat sei de Iserbahn kregen hewwen,
sall jo dat noch düller uthaugen; äwer dunntaumalen was
dat Stratenlewen vel swacker as dat Kirchenlewen, wat nu in
den Gegendeil steiht. – As nämlich Halsband dörch de Strat
leddt würd, was allens in de Kirch, un blot de lütten, sün-
den- un gottlosen Stratenjungs nammen sick siner an, äwer
von't verkihrte En'n, sei schregen achter den armen Löper
her: »Ho! Kikt! Ho! – Sei hewwen Halsbandten grepen. –
Halsband hett stahlen!« un gewen em dat Geleit bet taum
Rathus', denn dor müßte jo Klauk-Hans sinen Fats afliwern
wegen de Wichtigkeit un wegen de Richtigkeit. –
Äwer twei Perßonen hadd Klauk-Hans nich in sine Fiw-
Daler-Reknung mit inrekent, de in dese Sak en düdlich
Wurd intaureden hadden un ok mit inreden wullen, de ein
was Dürten Holzen, un de anner was Dörchläuchten. – Dür-

ten makte grad' rein in ehren Herrn sine Stuw', wil dat hei
in de Kirch was; de Finster stunnen apen, un as Halsband
up den Mark bröcht würd, hürte sei in ehre Strat den Larm
von de lütten Stratenjungs, sei kek ut, denn, obschonst sei
nich niglich was, müggt sei doch girn allens weiten, sach äwer
nicks as en Hümpel Lüd'. – »Wat is dor los, Krischäning
Birndt?« frog sei einen lütten Stratenjungen, de dor vörbi-
lep. – »Sei hewwen Halsbandten de Arm up den Puckel
bunnen, Halsband hett stahlen.« – »Mein Gott!« rep Dür-
ten, »wat is dit? – Wat is dit?« un stört'te up de Strat rute,
denn sei was en kortresolviertes Mäten. –
Dörchläuchten was den Morgen en beten tidiger upstahn as
för gewöhnlich un gung nu in 'ne rode, sidene Hos', witte,
sidene Strümp un Schauh mit blanke Snallen en beten vör
sine Paleh up un dal; in de ein Hand hadd hei en Ruhrstock
mit en demantenen Knop un hadd sei hinnenwarts up sinen
vigeletten Sanftrock leggt, de dick mit gollen Tressen beset't
was, hinnen in den Nacken lagg em en breiden Horbüdel,
un up den Kopp satt em en lütten, verdeuwelten Dreimaster,
de de sworen Regierungssorgen insowid verdecken würd,
dat dor blot en por rechtsch un linksch verluren rutekiken
kunnen; twei Lakaien gungen acht Schritt langs achter em,
un Kammerdeiner Rand stunn in de Dör un kek tau, indem
dat hei sick ogenschinlich äwer sinen Herrn freu'n ded. –
»Gun Morrn, Dörchläuchting!« säd oll Böttcher Holz, de tau
Kirchen gung. – »Gun Morrn ok!« säd Dörchläuchten gne-
digst wedder. – »Gun Morrn ok, Dörchläuchting«, säd Slach-
ter Jürndtsch, de grad' en por Karmenadenstücken nah den
Herrn Hofrat Altmannen sinen Hus' dragen wull, denn de
Herr Hofrat et ümmer girn en beten wat Apartes, un Karme-
naden wiren dunntaumalen för de Nigenbrambörger noch
ganz wat Apartes, »gun Morrn ok, Dörchläuchting; na, ok
wedder en beten hir? Ja, 't is hir äwer ok gor tau schön bi
uns, un't Weder is ok so schön, un denn hewwen wi ok up
Stun'ns so'n schönes Hamelfleisch, un . . .« – »Gun Morrn
ok«, säd Dörchläuchten un gung gnedigst wider. – »Gun

96

Morrn, Dörchläuchting«, pust'te Bäcker Schultsch heranne,
de so vullkamen utsach in ehren gräunen, breiden Rock un
brunsidenen Dauk un witte Sünndagskapp, as wenn sei ut
dreiduwwelte Sträng' tausamdrellt wir; un dat was sei ok,
denn irstens was sei Dörchläuchten sine Nahwersch liktau
von sine Paleh, tweitens was sei Dörchläuchten sine Stuten-
liwerantin, un drüddens was sei den gnedigsten Herrn sine
Mitkollegin in't Regieren; denn wat Dörchläuchten för't
ganze Land, was Schultsch för ehr ganzes Hus, un ehre Un-
nerdahnen säden, sei regierte in'n ganzen noch en gauden
Schepel forscher als Dörchläuchten sülwst.

As nu dese beiden regierenden Monarchen up den Mark tau
Nigenbramborg tausamendropen, was dat för alle Nigen-
brambörger, de taufällig ut dat Finster keken, hellschen
fierlich antauseihn, wo sei sick de gegensidigen Ihren erwisen
deden, indem dat jeder wat von sine eigene Würd' nahgaww,
üm den annern tau Ihren tau bringen. – De regierende Bäk-
kerfru als lüttere Potentat – dat heit, nah de Unnerdahnen
berekent – fung drei sösteihnfäutsche Raud rhinländsch Mat
von Dörchläuchten af dormit an, de Hannürs tau maken, dat
sei dor en lütten Knicks makte, as sei süs woll för en gauden
Kunden in ehren Vörrat hadd; dorup rückte sei twei Raud
vör, de Hän'n in de Siden un mit Pusten – äwer blot wegen
ehre Vülligkeit, nich ut Stolz –, un makte en Knicks, as hei
sick ungefihr för den irsten Burmeister paßte, gung dunn
neger, stek de Hän'n unner de Schört un folgte sei äwer de
Mag' un dükerte nu dicht vör Dörchläuchten unner un schot
in'n Dutt tausamen, as wenn ein von ehr Virschepelssäck
mit Weiten unnenwarts en Ret kregen un utlopen wir, un
säd, as sei wedder tau Höchten un tau Aten kamen was:
»Gun Morrn, Dörchläuchting.« – De regierende Herr as
grötere Potentat makte sine Mitkollegin 'ne lütte Wennung
halw linksch tau, läd sine linke Hand an den Degengriff,
grep mit de rechte an den Dreimaster, äwer blot üm sick
dorvon tau äwertügen, wat hei ok fast naug sitten ded, dat
hei sine högeren Ihren un Würden jo nicks vergew. – »Gun

97

Morrn ok, Schultsch. Wat will Sei?« frog hei. – Schultsch wull nu vel: irstens wull sei an desen gesegenten Himmelfohrtsdag, wenn sei wegen ihre irdische Vülligkeit un Kumplettigkeit ok nich grademang gen Himmel fohren kunn, doch as regierende Bäckerfru Schulten in de Ogen von de »Groten an den Mark« tau Nigenbramborg so hoch stigen, as ehr Gewicht taulet, un wull derentwegen ehre Ledder an Dörchläuchten sine Hoheit anleggen un doran tau Höchten klaspern; un tweitens wull sei – *Geld.* Dörchläuchten hadd nämlich in den Sommerfeldtog von verleden Johr allen Mundvörrat vör sick un sine Armee von Hofdeinsten un Lakaien ut de Gegend requiriert, wo hei sin Standquartier upslagen hadd, un hadd doräwer Schatzbongs utstellt; dat heit mit annern Würden, hei hadd tau Nigenbramborg an den Mark un Ümgegend sinen Unnerholt tausamenpumpt un hadd verspraken, hei wull taukamen Johr betahlen: den Ratskellermeister Kunsten den Win, den Slachter Christlieben dat Fleisch un Bäcker Schulten dat Brod un den Stuten. Nu hadd sick Schultsch dat vörnamen, desen Staatsverdrag tüschen Dörchläuchten, Paciscenten up de eine Sid, un tüschen ehren Eheherrn Krischan Schulten, Paciscenten up de annere Sid, up diplomatischen Wegen in Richtigkeit tau bringen. Sei gung nu also, as ehr Dörchläuchten de Frag': »Wat wull Sei?« so – baff! – in den Bort smet – denn sei hadd en beten von Bortwarks –, gor nich drup in un säd, indem sei mit Dörchläuchten anfung up un dal tau gahn un sick üm den hogen Herrn sin dörchläuchtigstes Achterdeil herümmerwölterte, dat sei em de ihrfurchtsvulle rechte Sid äwerlet: »Je, Dörchläuchting, dat seggen Sei woll. Seihn S', ick bün up Fastelabend nu ok all dreiunsöstig worden, un wat min Krischan is – Sei kennen em jo, hei was jo dat, de dunntaumalen, as de Börgerschaft Sei wegen de nige Paleh tau Pird von den Dannenkraug afhalen ded, dat Mallür hadd, dat em de Stigbägel ret un hei von't Pird föll, wobi Sei noch de hoge Gnad' hadden tau seggen, de Swinegel wir woll besapen; wat hei äwer nich was, denn – Snaps? – Nich

98

rög' an! Äwer Bir – ja, dat drinkt hei – wi hewwen äwer
ok schön Bir – duwwelt un einfach, wat de slichten Min-
schen ut Schawernack ,Lüttjedünn' nennen. – Nu frag' ick
Sei, Dörchläuchten, is dat Lüttjedünn, wovon sös Butteln
en Kirl ümsmiten?« – Hir was Schultsch ehr Pust tau En'n
un Dörchläuchten sin Paleh, hei dreihte also üm un säd,
dat hei so'n Bir sülben nich för Lüttjedünn estemieren künn.
– Schultsch makte wedder ehre Wennung achter em rüm un
säd: »Dat segg ick, Dörchläuchten, un de Herr Konrekter
drinkt ok ümmer dorvon, dat heit Alldags, Festdags drinkt
hei Duwwelbir. – Äwer wat ick seggen wull – mit Krischa-
nen – ick segg, Dörchläuchting, hei ett tau unrimschen un
denn so fett! Seihn S', dor kam ick nilich äwer tau, dor
hett hei sick en Stück Ledderkes' afsneden rund üm den
Kes' un hett sick dor Botter upsmeert, un dat ett hei ahn
Brod – dat hett hei blot von den Kirl, den Zirzowschen
Hollänner, lihrt, un dorin is hei grad' as en Kind. ,Ne' segg
ick, ,Krischan, Kinnermat un Kalwermat möten oll Lüd'
weiten. Süh', segg ick, ,kik mi an, ick heww – Gott sei Dank!
– ok en gauden Apptit, un't helpt mi jo ok; äwer du äwer-
driwwst dat, du geihst jo up as en Weitendeig, un de Herr
Konrekter seggt dat ok', denn hei kümmt männigmal bi uns
vör un set't sick bi Krischanen up de Bänk, indem dat hei
Krischanen girn liden mag, un denn set't hei sick ümmer
up Krischanen sine fründliche Sid, denn Sei weiten jo,
Dörchläuchting, Krischanen hett vör en Johr de Slag rührt,
un up de ein Sid trant em dat Og, un hei süht von de Sid ut,
as wenn hei ludhals' rohren deiht, wat äwer nich is, denn hei
is ümmer lustig, un dorüm set't sick de Herr Konrekter
ümmer up sine lächerliche Sid, un Krischan vertellt denn
allerlei Spaß, denn hei is hellschen putzig in't Vertellen.«
– Hir was de Pust un't Paleh wedder tau En'n, un Schultsch
makte wedder ehren Ümswang. – »Wat makt denn de Kon-
rekter?« frog Dörchläuchting. – »Oh, ick dank velmal. Dat
geiht jo noch ümmer mit em so lala, hei is jo ok noch in
sine besten Johren, un de Lüd' seggen jo, hei will wedder

frigen.« – »Wat?« fohrte Dörchläuchting up, denn em schot mit einem Mal dörch den Kopp, dat hei för dat Woll von sine Unnerdahnen upkamen müßt. »*Was* will er?« – »Herre Gott, Dörchläuchting«, rep Schultsch un verfirte sick dägern, »is denn dat so wat Gefährlichs, wenn Lüd' sick frigen? Wi Brambörger frigen all, wenn wi känen, un Magistrat un Börgerschaft . . .« – »Dummer Schnack!« rep Dörchläuchten, »welche Person will er heiraten? Wir wollen das wissen.« Un dorbi kek hei Schultsch dörch all ehr Fett bet in dat Gewissen rin; denn kiken kunn hei hellschen. – Schultsch fäuhlte denn ok den forschen Blick von sine Ogen un fäuhlte, dat en gewaltigen Herr ehre Niren prüfte; Utflücht wiren nich tau maken, sei stamerte also: »Je, Dörchläuchting, de Lüd' seggen jo, dat sall de Soltmannen sin, de vakante Kammerjumfer von de hochgnedige Prinzeß; ick segg man, wat de Lüd' seggen; äwer ick . . .« – »Dat sünd Kabalen«, schreg Dörchläuchting, »dor steckt min leiw' Christelswester achter. Äwer ick will kein verfrigtes Volk üm mi rümmer hewwen, un de Konrekter sall nich frigen, denn ick kann em nich missen. Dat sünd Wiwerkabalen!« – Hm, dachte Schultsch, wenn hei so bibliwwt mit Towen, denn kriggst du kein Geld, du möst em wedder en beten begäuschen. »Dörchläuchting«, säd sei lud, »dat mägen nu Kanebalen sin oder nich, äwer wat de Lüd' seggen, is nich; *de* nimmt hei nich, un ick heww all ümmer tau Krischanen seggt, ,du sallst seihn', säd ick, ,wenn hei ein nimmt, denn nimmt hei Dürten Holzen.'« – »Wer is dat?« frog Dörchläuchten. – »Je, Dörchläuchting«, säd Schultsch un bögte sick recht tautrulich an den hogen Herrn ranne, »kennen Sei Dürten Holzen nich? Dat is jo den Herrn Konrekter sine Wirtschafterin.« De gnedigste Herr stunn bi de Nahricht von dese Mesallianz ganz starr, Schultsch höll dit in ehren Unverstand för idel Sanftmäudigkeit un redte wider: »Un sei is jo all fiw Johr bi em west, un't is en orndlich un en flitig un en anseihnlich Frugensminsch, un dorbi is jo ok wider nicks nich tau seggen, un ick bün jo ok Wirtschafterin west, as Krischan mi frigen

ded – na, dunn let mi dat ok noch en beten beter as up
Stun'ns –, un sei is jo de Swester von Stining Holzen, de Ehr
Löper Halsband frigen will, un as Hofrat Altmann gistern bi
uns säd: Sei leden't nich, Dörchläuchting, dunn brummte
Krischan wat in den Bort un makte de Dör von de Stuwen-
klock up un satt fiw klockenige Stun'n vör de Dör un schrew
up dit Poppier de Reknung af, de von verleden Johr dor noch
von Sei in steiht. – Un hir . . .« Dormit wull sei em in ehren
vullen Vertrugen de Reknung in de Hand steken, äwer wo
prallte sei taurügg! – »Vaddersching«, säd sei nah Johren
noch ümmer tau de Smädfru Swartkoppen, wenn sei dit
Stück vertellte, »hei süht jo för gewöhnlich man so geistlich
un blassing von Gesicht ut, äwer ditmal was dat doch grad',
as wenn ick up Krischanen sine nige schörlakene West kik,
un de oll lütt Haut gung em up den Kopp von sülwen ümm-
mer up un dal, un sin Horbüdel hadd sick pil in En'n reckt,
un sine armen Beinen bewerten ordentlich vör Wut, as hadd
hei stats en por Waden en por Kläterbüssen in de sidenen
Strümp steken.« – Un sei hett dit nich äwerdrewen, denn
Dörchläuchten bewerte vör Wut an den ganzen Liw'. »Im-
pertinentes Frauensmensch!« rep hei un stödd ehr de Rek-
nung ut de Hand, dat Krischan Schulten sine sure, fiwstün-
nige schriftliche Arbeit so licht äwer den Mark henflog, as
wir't 'ne blote Schauljungsarbeit. – »Rand!« rep hei, »wo ist
der Esel?«« – Wenn hei desen Titel brukte, denn wüßte Rand
ümmer, dat Holland in Nod was un hei verlangt würd. Hei
stört'te sick also ahn Besinnen in den diplomatischen Strid
un söchte de Differenzen tüschen de beiden hogen Pacis cen-
ten tau vermiddeln, un dortau was hei, as wenn hei dortau
eigens anstellt wir, denn wenn Dörchläuchten ok sin Herr
was, so was Schultsch wegen ehr Duwwelbir sine leiwste
Fründin. – »Mein Gott doch, Dörchläuchting, wat iwern Sei
sick? Wo känen Sei sick äwer Schultschen argern? – Mein
Gott doch, Fru Schulten, so laten S' doch de Arm ut de Sid!
– Paßt sick dat? – Dor möt Dörchläuchten sick jo äwer
argern!« Denn Schultsch hadd in ehre gerechte Sak de Arm

in de Siden stemmt. De beiden Lakaien wiren ok tausprungen, un Dörchläuchten winkte blot mit de Hand, un de Lakaien verstunnen dat ok glik un drewen Schultsch af, un Dörchläuchten winkte noch mal, un sei schücherten mit Schultsch äwer den Mark räwer. – »Rand!« rep Dörchläuchten, as de Luft halwweg' rein was, un halte deip Aten, »de Konrekter will frigen, Halsband will frigen« – hir lachte hei hell up – »dat Bäckerwiw giwwt mi 'ne Reknung«, hir ballte hei achter Schultsch de Fust äwer den ganzen Mark räwer, »wat? Bün ick noch regierende Herr?« –

Wenn einer wegen dese Geschicht glöwen süll, dat de Bäkkerfru Schulten tau Nigenbramborg 'ne Oppositionskannedatin un 'ne Rebellerin wir, wil dat sei Dörchläuchten mit verdreitlichen Frigeratschonen un Reknungen unner de Ogen gung, denn ritt hei up den Holtweg; mit de Frigeratschonen wull sei Dörchläuchten blot en beten gnedig ketteln, denn sei wüßt von vördem, dat hei hellschen niglich was un girn snacken müggt, un 'ne Reknung höll sei för 'ne börgerliche Gerechtigkeit. Un wenn einer ut dese Geschicht herutelesen süll, dat Dörchläuchten en Tyrann oder gekrönten Bösewicht west wir, denn red hei woll sogor in'n Düstern up en Knüppeldamm. Dörchläuchten was de sachtmäudigste Potentat unner de Sünn, äwer keiner dürwt em an den Wagen führen, 't müßt all nah sinen Willen gahn. Hei müggt ok girn von Frigeratschonen hüren un snacken; äwer dorbi dürwten keine Lüd' in't Spill kamen, de üm sine Perßon wiren; un 'ne Reknung von sine eigenen Unnerdahnen höll hei för 'ne grote Ungerechtigkeit. – Sall *ick* nu seggen, wer hir recht hett in desen slimmen un bedräuwten Handel, so möt ick mi, ahn en Vurtel dorin tau säuken, up Dörchläuchten sine Sid stellen, denn irstens was hei regierende Herr, un dat seggt vel; tweitens hadd Schultsch em ketteln wullt un hadd em knepen, un dat seggt noch mihr; un drüddens brukt keiner en gekröntes Haupt tau sin, üm intauseihn, dat 'ne Reknung en fatales Stück is, un dat seggt am meisten, un *ick* för min Perßon segg dat ok.

102

Ungefihr datsülwige säd Rand ok tau Dörchläuchten, un hei hadd em jo ok woll wedder in en ruhigen Verfat bröcht, wenn de Düwel nich vermorrntau sin Spill mit den Herrn Kammerpächter Hans Wendhalsen tau Broda hatt hadd. Grad' as Schultsch von de beiden Lakaien von de ein Sid äwer den Mark drewen würd, drew Hans von de anner Sid mit Halsbandten ruppe.

Dörchläuchten sin Zorn was grot, äwer sine Niglichkeit un sine angeburne Furcht, dat em mal sin Rik afhannen kamen künn, was gröter. As hei de Brodaschen Daglöhnerlüd' mit all de velen, lütten Brambörgschen Stratenjungs up den Mark un up sick taukamen sach, dachte hei natürlich as en verstännigen un vörsichtigen Regent an Upruhr. Un nebenbi möt ick hir bemarken för de, de dit lesen, dat Dörchläuchten abslutemang en grotes Schenie in't Regieren west sin möt, denn dat Mark- un Afteiken von en richtig Schenie is, dat dat ut den bloten Schatten, den de Taukunft vör sick hersmiten deiht, allens uttaudüden weit, wat passieren ward. Dörchläuchten verfirte sick äwer den Schatten, den de Daglöhners un de Stratenjungs up den Brambörgschen Mark smiten deden, un sall densülwigen Abend noch tau Randten as regierendes Schenie seggt hewwen: »Rand, wir stehen am Vorabende großer Ereignisse«, un wil Hans Wendhalsen sin Upruhr von Westen tau up em taukamen was, sall hei dortauset't hewwen: »Rand, du sallst seihn, in den Westen treckt en Swark up, in Frankrik breckt 'ne Revolutschon los.« – Rand was tauirst ok de Meinung, dat sick en lütten Upruhr upsmiten künn, äwer as hei sach, dat sine Fründin, de Bäckerfru Schulten, sick dor ganz unschüllig rinnemenglieren ded, säd hei: »Dörchläuchten, 't is nicks. Wo ward sick 'ne Brambörgsche Börgerfru mit en Stratenspektakel bemengen!« Un as sick de beiden Lakaien in den Hümpel rinnedrängten un en beten Platz vör sick schafften, dat einer dorinner seihn kunn, rep hei: »Na, so wat krüppt nich up den bäwelsten Bähn! Dörchläuchten, dat is jo uns' Halsband! – Un dat is jo uns' Brodasche Kammerpächter! – Dörch-

läuchten, sei bringen Halsbandten gebun'n gebröcht!« –
»Halsbandten? – Na, täuw! Den will ick...!« rep Dörch-
läuchten. – »Ne«, rep Rand dortüschen, »Dörchläuchten, dat
geiht nich! – In Gegenwart von alle Lüd'? – Wo? Sei run-
genieren jo den deipen Respekt vör Ehre Hofschargen! Hei
geiht so all bi lütten fläuten.« – Dit sach Dörchläuchten in,
hei begrep sick also un gung in ruhigen, fürstlichen Schritt,
nich in Zorn, blot ut Niglichkeit up den Hümpel los.
Klauk-Hans hadd all in de Treptowsche Strat so'n düsteres
Vörgefäul, dat, wenn sin Gefangene würklich Halsband hei-
ten ded, as de lütten Stratenjungs repen, hei unmäglich Gra-
bow heiten künn, un dat em de Lüd' wegen dit Stück von
desen Morgen mal *Dumm-Hans* näumen künnen, un as
Bäcker Schultsch em ok Halsband heiten un de beiden La-
kaien em as Mitkollegen begrüßen würden, dunn würd em
dat ümmer düdlicher, dat hei 'ne Anwartschaft up desen
letzten Titel hadd; dat Hart schot em in de Hosen, un hei
drückte sick achter den einen Rathuspiler, sin Stathöller, de
binah ebenso klauk was as hei sülwen, krop achter den an-
nern, un as de ollen Daglöhners sick ahn alle Führung un
Dörchläuchten in sinen fürstlichen Glanz up sick losstrahlen
segen, stöwten sei as grage Regenwulken vör de upgahnde
Sünn utenanner, de Stratenjungs folgten als Newelwulken,
un Dörchläuchten stunn mit Randten un de beiden Lakaien
vör den Arrestanten. – Schultsch hadd sick ok in etwas tau-
rüggtagen.
»Welcher Halunke hat meinen Läufer arretiert?« rep Dörch-
läuchten, de wedder in hellen Zorn kamm, as hei Hals-
bandten bunnen sach – em nich tau verdenken! Denn sine
fürstliche Ihr was smählich in sinen Provatlöper angrepen. –
Dörch sin blotes Uptreden hadd Serenissimus den ganzen
Upruhr dämpt, un dörch dese por Würd' slog hei Hansen
un den Stathöller in de Flucht, denn as Klauk-Hans oder –
as hei von nu an woll heiten möt – Dumm-Hans dese an-
zügliche Red' hürte, ritschte hei achter den Rathuspiler rute
un rönnte, as hadd hei Füer in de Büx, dwars äver den

Mark nah de gollne Kugel un söchte sick dor en heimliches Flag, sin Stathöller folgte em tru. – »Wer hat dich gebunden? Was hast du verbrochen? Wo hast du deine Liwreh? Wo hast du deinen Hut?« prust'te de hoge Herr ut sin gnedigstes Mulwark herute. – Halsband was en gaudmäudigen, fröhlichen Minschen, de kein Kind wat tau leden dauhn kunn, äwer wenn en Minsch sick irst mit en ungeheuer klauken Kammerpächter un all sin Daglöhners rümmerslagen möt, wenn hei wegen en beten Henunherlopen bunnen un dörch 'ne anständige Stadt, as Nigenbramborg is, as Spitzbauw un Röwer leddt un von de lütte, gebildte Jugend begrüßt ward, un wenn denn tauletzt de Zorn von en regierenden Herrn as Sauß äwer desen ganzen Klumpen Unglück utgaten ward, denn et der Deuwel dit Gericht mit lachenden Mun'n ut. – Halsband brus'te also ok tau Höcht: »Verrückte Minschen hewwen mi bunnen! Verbraken heww ick nicks! Un min Liwreh un min Haut liggen bi den Durschriwer.« – Dat was jo 'ne scheußliche Antwurt up Dörchläuchten sine Fragen, de gnedige Herr rep also ok in helle Wut: »Wie kannst du dich unterstehen, mir in Hemdärmeln vor die Augen zu kommen?« – Dor müßt Dörchläuchten de Minschen nah fragen, de em mit Gewalt in desen Taustand bröcht hadden, was Halsbandten sine impertinente Antwurt. – Dit was tau dull! Wo, so'n Kirl as en Löper, de wull Dörchläuchten, den regierenden Herrn äwer dat ganze Land, Vörschriften maken, wat hei dauhn süll. Dörchläuchten bewerte denn ok vör Wut an den ganzen Liw' un rep: »Ich jag' dich weg, Halunke, ich jag' dich weg!« – De Folgen von desen Zorn künnen denn nu würklich schrecklich warden, dit fäuhlten de beiden Lakaien un treckten sick fiw Schritt achter Dörchläuchten sinen Puckel tauhop, un sülwst Rand, de süs vele Krasch' vör Dörchläuchten hadd, sach sick in sorgsamen Gedanken mit dalslahne Ogen den gnedigen Herrn sinen Horbüdel von achter an; blot Wilhelm Halsband kek Dörchläuchten frech in de Ogen un säd mit 'ne ruhige Bestimmtheit, de blot ut einen grundverdorbenen

Harten stammen kunn: »So! Dörchläuchten hewwen dat eben seggt, un ick nem de Entlatung an. Löper kann ick so as so nich länger bliwen, denn de Schimp, de mi andahn is, künn up de annern Hofbedeinten fallen.« – Eben wull Dörchläuchten mit den Utraup »Du Schurke, nun sollst du grade nicht weg!« mit sinen Ruhrstock sine hoge fürstliche Willensmeinung up Halsbandten sinen Puckel unnerschriwen, as sin forsche Drift un Drang, tau regieren un sine Unnerdahnen glücklich tau maken, mit einem Mal ganz ut de Richt kamm. Dürten Holzen schow sick mit ehre dägte Perßon tüschen den hogen Herrn sinen Zorn un Halsbandten sinen Trotz. »Wo?« rep sei, »dit wir jo doch snurrig. Wecker dägte Kirl sleiht up en Minschen los, den de Hän'n up den Puckel bunnen sünd?« Un dormit fung sei an, in alle Gemächlichkeit den Sacksband lostaubin'n, den Klauk-, wull ick seggen: Dumm-Hans den Löper üm de Arm tüdert hadd.

An einen regierenden Fürsten warden up Stun'ns swore Ansprüchen makt, un vördem was dat nich minner de Fall; äwer all de, de dunntaumalen Dörchläuchten sine hoge Zornigkeit mit anseihn hewwen, wiren de Meinung, hei hadd dat mäglichste in desen Hinsichten farig kregen un mihr wir in desen Artikel nich wider von em tau verlangen, höger let sick de Sak nich driwen, nu müßt – as sei dat nu näumen – 'ne »Reaktion« intreden, entweder mit Krämpfen oder Ahnmachten oder so wat Gauds. Sowid was nu aliens wenigstens ganz natürlich taugahn; äwer as de Herr Dürten Holzen tau seihn kreg, ehre Reden hürte un ehr Hantieren gewohr würd, dunn brok bi em ein von sine äwernatürlichen Grugels ut, ditmal wohrschinlich de Frugenstimmergrugel; sin Stock sackte dal, hei gung drei Schritt t'rügg, reckte de Hän'n nah vör un stamerte: »Rand! Rand! Wat is dit? Wer is dit?« – »'t is Dürten Holzen, gnedigste Herr«, säd Rand un grep von achter den Herrn unner de Arm, »'t is de Swester von Halsbandten sine Brud.« – »Brud? Brud? De Kirl will frigen? – Täuw! Dor will ick di helpen! – De Kirl sall glik in en abscheuliches, düsteres Lock smeten warden.« –

106

Halsband wull wat seggen, äwer Dürten Holzen sned em dat Wurd af: »Dörchläuchten«, säd sei un stunn steidel ahn Furcht un ahn Tadel vör den hogen Herrn, »Sei sünd uns' Herr, un as so'n möten wi Sei ok estimieren. Äwer worüm sall Halsband insmeten warden? Wat hett hei verbraken? Worüm willen Sei den jungen Minschen unglücklich maken? Worüm willen Sei up dat unschüllige Hart von mine Swester un up de witten Hor von minen ollen Vader so'ne Weihdag' leggen?« – »Sei sall ok insmeten warden, sei sall ok in ein abscheuliches, düsteres...«, rep Dörchläuchten, äwer mit einem Mal snappte hei af, denn hei sach nu ok noch Bäcker Schultsch mit de Reknung in de Hand bi Dürten stahn, un em würd dat vör de Ogen flirren, as wenn all de Frugenslüd' von ganz Nigenbramborg up den Mark hen un her danzten, un all sine unbetahlten Reknungen danzten mit, un Klokken klüngen em in de Uhren, as wenn dat de Brudklocken wiren för all de Frugenslüd', un de hoge Herr sackte in Ahnmacht un kreg – as Schultsch säd – dat Swinhäuden, un Rand un de beiden Lakaien müßten em un den Ruhrstock in de Paleh taurüggbringen. –

Sowid was dat nu all in Richtigkeit; äwer as Dörchläuchten mit sine drei Hülfstruppen furt was von den Mark, wiren wider keine Mannschaften dor, de Halsbandten un Dürten Holzen in dat düstere Lock smiten kunnen, un Dürten säd ganz richtig: dat beste wir, sei güng nu nah Hus'; »un Sei, Halsband«, säd sei, »deden am besten, sick Ehre Mondierung tau halen, oder willen Sei hier taum Spektakel för alle Lüd', wenn sei ut de Kirch kamen, an den Himmelsfohrtsmorgen in Hemdsmaugen rümmergahn? – Mi dücht, Sei sünd vermorrntau all naug taum Spektakel worden. – Leiwer Gott, wat ward min armes Stining seggen!« – »Ja, Dürten«, säd Bäcker Schultsch, »dat best is't; äwer wat *ick* dauh, dat weit *ick*. – Täuw! –,Impertinentes Frugensminsch' säd hei. – Täuw! – Un wenn de olle lurige Hund, de olle Rand, wedder kümmt un will mit Krischan Duwwelbir drinken, denn segg ick: Essig!«

107

Wildeß lagg Dörchläuchten up 'ne Ort von Lodderbedd, un Rand handtierte hellschen unsachten üm em rüm un ret un stödd mit Küssens un Decken un höll em Gläs' un Buddeln unner de dörchläuchtigste Näs', un wenn Dörchläuchten nah de forschen Druppen dat Prusten kreg, verget hei so wid den Respekt, dat hei nich mal »Prost!« säd; denn Rand was en *ollen* Deiner, un dat is 'ne snurrige Ort. Wenn Dörchläuchten sin Wederglas hoch stunn un hei makte Spaß un regierte, denn stunn Randten sin sid un hei was ganz lütting, un wenn Dörchläuchten sin Wederglas sid stunn un hei lagg up den Rüggen un stähnte, denn was Rand baben up, denn makte hei de ungesetzlichsten Redensorten un ded, as wenn Dörchläuchten em dat brennte Hartled andahn hadd. – So denn ok hüt morrn: »Dat segg ick man! – So möt't kamen, seggt Hofrat Altmann! – Gott bewohr uns! Wo sall dat denn mal hen? – Is dit en Wirken un Dauhn!« – »Rand«, frog Dörchläuchten dortüschen un stähnte dorbi, »is Halsband insmeten?« – »Je, Dörchläuchten, wat weit *ick*? – Ick heww em nich insmeten; *ick* hadd jo alle Hän'n vull mit Sei tau dauhn. – Mit uns geiht jo dat äver de Böm. – Wi nemen jo gor keinen Resong mihr an. – Wi klemmen uns jo allentwegen de Fingern.« – »Rand, is dat desülwige Dürten Holzen, de de Konrekter frigen will?« – »Je, Dörchläuchten, wat gelt uns dat an? Wenn wi in desen Hinsichten ok noch regieren willen, denn sleiht uns jo de Sak äver den Kopp tausam. – Ne, dorup seihn, dat de Inkünften richtig inkamen, dat segg ick, dat möt sin, denn wovon sälen wi lewen! Äwer dat anner? – Wo? Wi krigen jo alle Ogenblick so'ne Ahnmachten, wi regieren uns jo paddendod.« – »Rand, wat sall dat Reden? Lat mi leiwer den Hofrat Altmannen en beten herkamen.« – »Je, wat sall *de* nu woll? – Dor will'n Sei nu en Trost in säuken, un weiten S', wat de Lüd' seggen? – De will nu ok wedder frigen.« – »Wat? – Drei Frugens dod, un ...« – »Je, un nu will hei de virt nemen. – Is denn dat nu woll so wat Gefährlichs? – Wi möten jo doch ok wider denken. Wo sälen denn de Soldaten her-

kamen un de Deinstmätens un de Schaustergesellen un de Murergesellen un all de annern, un wer sall denn tauletzt de Afgawen gewen? – Ne, Dörchläuchten, wi möten wider seihn, so taum Exempel hüt morrn mit Bäcker Schultsch – wi säden tau ehr ‚impertinentes Frugensminsch', un dat kann sick 'ne Börgerfru, noch dortau ein, de 'ne Reknung betahlt hewwen will, nich gefallen laten; dat kann uns hellschen in'n Schaden sin, dat kann uns 'ne hellsche Kus' uttrecken.«
– »Dummer Schnack!« fohrte Dörchläuchten för sine Verhältnissen stark up. – »Ja, minentwegen! Ick kann jo ok dat Mull hollen, wat gelt mi dat an? – Äwer wat wi dorin säuken, dat wi den ollen langschinkigen un dünnriwwigen Bengel, den Halsband, nich lopen laten un em nich frigen laten willen, dat is minen Ogen verborgen.« – »Denn will ick di 't seggen. – Süh, du wardst olt, un wenn du dinen Posten nich recht mihr verwachten kannst, denn sall hei in den Posten, denn hei is willig un bequem.« – »So? – Na, denn weit ick't jo. – Denn kann ick jo woll nu bald afkamen. – Ih, worüm ok nich?« säd Rand un fung gefährlich an, up en Nachtdisch aftauwischen, »dat kann jo ok ümmer sin, uns' oll Wallach is jo nu ok ut dat Kutschgespann stött un geiht vör'n Meßwagen« – bautz föll wat dal. – »Was schmeißt du da nieder?« frog Dörchläuchten. – »Ih, 't is de oll Pottpurrihpott, hett jo ok all en Sprung, kann jo ok afkamen.« – »Mach, daß du rauskommst, alter Esel!« – »Ja woll, ja woll!« rep Rand un gung, äwer as hei in de Dör was, dreihte hei sick giftig üm un frog: »Na, Dörchläuchten, wenn Sei nahsten klingeln, wer sall denn kamen, Halsband oder ick?« Dormit makte hei de Dör tau, un weg was hei, ihre em Dörchläuchten sin fürstliches Mißvergnäugen kundgewen kunn. –
Rand was jo man gegen Dörchläuchten rekent en ganz dummen Kirl, äwer in *ein* Sak hadd hei recht, Dörchläuchten hadd Schultsch nich so hart anfohren un utgäudern müßt, denn wenn hei ok recht hadd, dat 'ne Stutenreknung von 'ne Nigenbrambörgsche Bäckerfru man slicht mit einen fürstlichen Herrn von Gottes Gnaden stimmte, so hadd hei

doch bedenken müßt, dat bi Schultsch ehren autokratischen Charakter de Sak slimm warden künn, un dat twei harte Stein slicht tausamen mahlen. Dat Unglück kunn nich utbliwen, un dat kamm ok. –

Den annern Morgen nah desen Himmelfohrtsdag, de för Dörchläuchten en wohren Höllenfohrtsdag worden was, höll hei gegen Klock nägen sinen Leweh af. Dese Staatsakschon was akkerat nah dat Munster von den König Lurwig den Virteihnsten von Frankrik inricht. Hofbedeinten hülpen den hogen Herrn in sine Kledaschen, un frömde Gesandten un Unnerdahnen hadden de Ihr, dorbi tautaukiken. – Twölf Lakaien stunnen in eine Reih, de irste mit en Hemd, de tweite mit en Por Strümp, de drüdde mit wat anners, un so wider, un de Kammerjunker von Knüppelsdörp hadd dat Kommando äwer dat Ganze, blot nich äwer Randten, denn de hadd, wil dat hei üm de Perßon von Dörchläuchten perßönlich rümmer was, ok man perßönlich von Dörchläuchten sine Perßon sine Befehlen in Enfang tau nemen. Frömde Gesandten wiren desen Morgen nich begäng', un von de Unnerdahnen was ok man Hofrat Altmannen sin lütte fiwjöhrige Jung' dor, de en grotes Preh bi den regierenden Herrn hadd un desen Morgen all 'ne Stun'n bi sin Bedd rümmerspelt hadd, indem dat Dörchläuchten girn mit lütte Kinner vernünftig reden müggt. – As Rand den hogen Herrn äwer En'n richt't hadd, kek dat Kind de Anstalten mit groten Ogen an un denn wedder Dörchläuchten un brok tauletzt mit de Frag' rut: »Dörchläuchten, wat sälen *de* all?« – »De sälen mi antrecken.« – »Wat? All de Kirls sälen di antrecken? Mi treckt min Fiken allein an, un min anner Mutter seggt, dat sall ok nich lang' mihr wohren, denn sall ick sülwst mi ganz allein antrecken.« – Bi den Anfang von dese kindische Red' lachte Dörchläuchten gnedigst äwer den Unverstand von sinen lütten Unnerdahnen, äwer as dat Kind von sin anner Mutter anfung, steg de Niglichkeit in em up, oder as de taukünftige Hofpoet Kägebein sick utdrücken ded:

Den Anteil, den du nimmst am Wohl der Untertanen,
An ihrem Freudenfest, an ihren Schmerzenstranen.

»Wecke Mutter?« frog Dörchläuchten, »du hest jo kein Mut-
ter, din Mutter is jo dod.« – »Ja, min Mutting is dod, äwer
dit is min anner Mutter, un de giwwt uns denn ümmer Kau-
ken.« – »Wo heit denn din anner Mutter?« – »Je, min anner
Mutter...« Un wat Dörchläuchten ok fragen würd, 'ne
annere Antwurt kreg hei nich, sovel wüßt hei äwer, dat
Hofrat Altmann wedder frigen wull, Hofrat Altmann, de
sotauseggen ok ümmer üm sine Perßon was, indem hei sine
Geldgeschäften besorgen, d. h. pumpen mußt. – Hei argerte
sick denn mit Recht hiräwer un gaww den Kammerjunker
von Knüppelsdörp den Befehl uttaukundschaften, wo de
Perßon heiten ded, de taum virten Mal dat mit den Hofrat
riskieren wull, un beföhl dorbi, dat den Hofrat sülwen
ogenblicks de Hof verbaden warden süll. Rand schüddelte
dortau den Kopp, Dörchläuchten let sick verdreitlich an-
trecken, un dat Kind spelte lustig ümher, un as Dörchläuch-
ten sick de Strümp antrecken let, sung dit unverstännige
Kind en Rimels, wat dat up de Strat upsammelt hadd:

> »Dörchläuchten is von Gottes Gnaden,
> Hett drei Por Strümp un doch kein Waden.«

Der Kammerjunker von Knüppelsdörp let vör Schreck de
dörchläuchtigste Hos' fallen, de Lakaien paßten nich mihr
up ehren Deinst, de ganze Leweh gung ut den Lim, blot
Dörchläuchten behöll sine Geistesgegenwart, beslot, desen
Fall nich as Majestätsbeleidigung antauseihn, un befohl blot
einfach, äwer streng', den Jung'n rutetaubringen. – Rand
säd gor nicks. –
Dat sine Leweh so'ne Endschaft namm, dat so'ne Saken
dorbi vörkamen künnen, müßte natürlicherwis' Dörchläuch-
ten sin landesväterliches Hart verdüstern, un as Dörch-
läuchten in en gräunen, sanftenen Slaprock in sinen roden,

sanftenen Lehnstaul mit de herzogliche Kron satt, was hei
dörchut nich in 'ne rosenrode Stimmung. – »Meinen Kaffee!«
rep hei. Rand säd nicks un stellte den Koffe vör em hen. –
»Wo sind die Zwiebacken?« frog Dörchläuchten streng'.
Rand säd nicks, treckte äwer mit de Schullern. – »Wo sind
die Zwiebacken?« frog Dörchläuchten forscher un strenger.
– »'t giwwt hüt kein«, säd Rand. – »Was soll das heißen,
du Esel?« – »Je, Dörchläuchten, heww ick't nich seggt, so
würd't kamen? Schultsch will uns nich mihr borgen, un de
annern Bäckers hewwen kein.« – »Was? Was!« schreg
Dörchläuchten un sprung pil in En'n, »in userm eigenen
Lande? – Was? Haben wir nicht unsere Schatulle?« – »Je,
Dörchläuchten, de hewwen wi, dor steiht s', äwer de is so
leddig as en Ei, wat vör drei Wochen utpust't is. De Üm-
tog von Strelitz nah hir hett uns rottenkahl makt, un drei
Wochen möt wi noch gaud krumm liggen, ihre wi up uns'
Inkünften reken känen.« –
De Weihdag', de in desen Ogenblick dörch den hogen Herrn
sin Hart treckte, versteiht blot en dütscher Student, den drei
Wochen vör Ankunft von sinen Wessel de Pump up de
Kneip kündigt ward, un woll den, de sick in so'ne Lag' tau
helpen weit! – Ick heww mal einen von dese jungen Bur-
ßen kennt, binah so gaud as mi sülwst, de verstunn dat: hei
hadd dat besondere Glück hatt, dat hei mal mit en falschen
preußschen Daler anführt was, dese falsche Daler würd sin
hülprike Engel. De junge Minsch et allentwegen rümmer,
un wil hei en ihrlich Minsch was, betahlte hei ok, äwer mit
den falschen Daler; un wil hei en ihrlich Minsch was, säd
hei jedesmal, hei glöwte, de Daler wir falsch, un de Lüd'
freuten sick, dat sei mit so'n ihrlichen Minschen tau dauhn
hadden, un gewen em den Daler wedder taurügg un schre-
wen't an, un de junge Minsch set'te sin Geschäft furt, bet
sin Wessel ankamen was, un dunn betahlte hei mit richtige
preußsche Dalers un smet den falschen bi Jena in de Saal.
Worüm? Wil hei en ihrlich Minsch was.
Dörchläuchten was ok en ihrlichen Minsch; äwer hei hadd

112

nich dat Glück, en falschen preußschen Daler tau hewwen, hei sackte also ganz matt in sinen Lehnstaul, den Kopp gegen de herzogliche Kron, taurügg un säd: »Hofrat Altmann sall kamen.« »Je, Dörchläuchten«, säd Rand, »dat geiht woll nich; denn de Kammerjunker – as ick man seihn heww – is glik nah de Leweh nah em räwergahn un ward dor woll sine Bestellung wegen dat Hofverbeiden utricht't hewwen.« So! Nu wiren Dörchläuchten alle Nerven dörchsneden, ok de nervus rerum gerendarum. – Dörchläuchten kreg an desen Morgen *keinen* Tweiback, un de halwe Stadt knackte un knasperte in Bäcker Schulten sinen Tweiback, un sei, wat sei sülwen was, Bäcker Schultsch, satt so preißlich vör ehr Stutenschapp, as regierte sei vermorrntau dat ganze Herzogtum Meckelnborg-Strelitz.

KAPITEL 8

Stining kriggt 'ne slichte Nahricht mit Snellposten un Telegraphen. – Sei is in Truern un ward von Dürten tau en sonderbor Gebett anstift. – Woher sick de Wederstangen up de Nigenbrambörgsche Paleh stammen, un worüm de Herr Konrekter den Herrn Kammerdeiner Randten an de Näs' knipsen ded. – De Konrekter un Dürten säuken sick un känen sick nich finnen, bet Dürten tauletzt still steiht. – Pagel Zarnewitz un Korl Bentwisch prügeln sick an beten. – Wecke Wurd heit hir woll: Spickgaus. – De Konrekter prophenzeit säben Gewitter an einen Dag un stiggt säbenmal so hoch in Dörchläuchten sine Achtung.

Densülwigen Morgen, as Dörchläuchten sick den Tweiback entseggen müßt, satt Stining Holzen in ehr lütt Kamer, un ehr was tau Maud', as müßt sei sick för ümmer ehr ganzes Lewensglück entseggen. Den Dag vörher glik tauirst hadd sei de Nahricht von Halsbandten sin Unglück dörch de dunnmalige Snellpost un dörch de dunnmaligen Telegraphen kregen; de Snellpost nämlich würd in jenen Tiden dörch de lütten Stratenjungs besorgt, un de ollen Wiwer an de Stratenecken, wenn sei de Hän'n äwer den Kopp tausamenslogen un mit den Kopp hen un her wiwakten, deden dunn de Telegraphendeinsten. Äwer dese Niglichkeitsbeamten wiren in jenen Tiden ebenso untauverlässig as up Stun'ns de Tidingen, un wenn wi uns up Stun'ns bi allen Furtschritt

113

in de Welt dat gefallen laten möten, dat dat transatlan-
tische Kabeltau Dummheiten makt un dämlich Tüg redt,
worüm süllen wi uns denn wunnern, wenn dunnmals de
lütten Stratenjungs-Posten Dummheiten makten un de ollen
Wiwer-Telegraphen dämlich Tüg redten: »Stining, verfir di
nich! Halsband hett stahlen.«
Dit was för Stining frilich nu ebenso unverständlich, as wenn
dat Kabeltau ut Amerika berichten würd: de Presendent
von Amerika wir up Blondin sinen Puckel nah den Rathus-
torm von New York ruppereden. So'ne Dummheit kunn sei
nich glöwen; äwer achter dese apenbore Dummheit kek dat
Späuk mit en Sleuer äwer den Kopp rute, wat wi Minschen
Ungewißheit nennen, un wenn de Sleuer föll, wat kunn
denn taum Vörschin kamen? – Un de Sleuer föll, Dürten ret
em mit starke Hand runner un vertellte Halsbandten sine
Sak, de sei sick von einen Brodaschen Daglöhner neger be-
fragt hadd. – 't was jo nicks, 't was en reinen Unverstand,
an den keiner weniger schuld hadd as Stining ehr Wilhelm
sülwst; äwer de dunnmaligen Tiden wiren schu, jeder hadd
'ne heimliche Angst, dat von em wat up apenbore Strat redt
warden künn, un de Schuld nich so sihr as dat Bekannt-
warden von en Schimp, glik gaud, wat einer dor schüllig
oder unschüllig dran was, makten den Leumund. Un en
Schimp was ehren Wilhelm worden, sin Leumund hadd en
Lack kregen, un de Angst kamm dortau, wat em derent-
wegen ok woll för ümmer de Intritt in 'ne Zunft verwehrt
warden künn, un de Vörwurf steg in ehr bitter tau Höchten,
dat *sei* em tau sin Vörnemen mit anstift hadd. – De Seel,
de ganz un gänzlich in 'ne annere Seel upgahn is, söcht ängst-
lich nah Qualen för sick sülwst, un sei fin'nt ümmer en Sta-
chel, denn den Schutz, den de annern Minschen üm sick
rümmer hewwen as en isernen Panzer, de Eigenleiw', hett
sei afsmeten, dormit dat sei lichter un heller in ehren Him-
mel upstigen kann. –
Ok Dürten makte sick Vorwürw', sei wiren äwer denn doch
uttauhollen, denn dat stolze Gefäuhl, dat sei Dörchläuchten

up apenboren Mark Trotz baden hadd un dat sei mit Rat
un Daht ehre Swester un Halsbandten bistahn wull, dräng-
ten sick bet nah vör; äwer as sei gegen Abend ehre arme
Swester, de all in deipen Trübsal satt, noch de Nahricht brin-
gen müßt, dat Halsband nu doch würklich up Dörchläuchten
sinen Befehl wegen Respektswidrigkeit insteken was, un sei
vergews sick nah Hülp termaudbast'te, dunn kemen ehr de
eklichen Gedanken, sei mit ehre Lust an de utlawten fiw
Daler wir an den ganzen Handel schuld.

Stining lagg de Nacht ahn Slap up ehr Lager un dachte an
ehren Wilhelm, wo hei woll ahn Rauh dor liggen ded, un
Dürten lagg ok ahn Slap un dachte doran, wo sei den Löper
woll wedder up de Bein bringen künn, denn hei süll acht
Dag' sitten, ein üm den annern bi Water un Brod; »dormit
du noch lichtfäutiger wardst«, hadd Rand giftig seggt, as hei
em sin Urtel ankünnigt hadd.

Fiw Stun'n vörher, as Dörchläuchten an den annern Morgen
sine Leweh höll, höllen de beiden Swestern ok ehre Leweh,
un Stining taum wenigstens mit sworen Harten. Ach, wat
was sei süs so fröhlich an ehre Arbeit gahn, wo fix hadd sei
de Nadel infädelt, wo wiren de Stichen achter enanner up
dat witte Lin'n henslagen, as wiren 't lichte Fauttritten von
en lustigen Wanderburßen, un wo girn hadd sei en Blick ut
dat Finster smeten, wenn sei den Twirn dörch dat Waß
treckte, un hadd sick freut äwer de Morgensünn, de för de
Welt schinte, wenn ehr Kamer ok düster was! Un wenn
denn de lütten Vägel in den ollen Lindenbom gradäwer
ehr Morgenlid anstimmten, den jungen Dag tau grüßen,
denn hadd sei ok ehr Morgenlid sungen, äwer lising, ganz
lising, dat sei ehren ollen Vader de Rauh nich stürte, de
bian slep. So was 't alle Morgen west, un wenn ehr des
Abends ok mal dat Hart swor west was von Sorgen un
Sehnen, in de stille, düstere Nacht was de Engel an ehr
Lager treden, de 'ne Botschaft bestellt von unsen Herrgott
an de mäuden Hän'n un de gauden Harten, un hadd ehr
sachten de Ogen taudrückt un hadd frische Hoffnung in ehr

Hart gaten, de ehr des Morgens ut de hellen Ogen lücht'te. Äwer dese Nacht was de Engel nich kamen un hadd ehr de Ogen taudrückt, sei wiren trüw un trurig von Waken un Weinen, sei kunnen dat Nadelühr nich finnen, un de lustige Wanderburß slek trurig dorhen un müßt anhollen wegen den Regen, de up sinen witten Fautstig dalföll.

Dürten hadd frilich ok nich slapen, sei was äwer tau 'ne Ort Sluß kamen mit ehre Gedanken, un wenn de Sluß ok noch nicht so fast was, dat sick nich hir un dor allerlei wedderhorig Tüg rinnerdrängen kunn, so hadd sei doch dat säkere Gefäuhl, dat sei sick up den Hauptrigel in ehren Sluß fast verlaten kunn – dat heit, wenn hei sick schuwen laten wull –, un dat was de Herr Konrekter. Un schuwen müßt hei sick laten, sei hadd em jo all so oft schawen, dat hei nich inrustern kunn, un wenn sei em nu noch en beten inölen ded, denn ... –

»Gun Morrn, Stining«, säd sei, as sei gegen halw teihn bi ehr Swester in de Dör kam, »tidiger kunn ick nich kamen, denn ick müßt irst allens tau Schick maken; nu is hei äwer in de Schaul.« – »Ach, Dürten, mi is gor tau trurig tau Maud'!« – »Dat glöw ick di sacht, mi is sülwen ok nich recht, ick heww de Nacht ok nich recht slapen; äwer ick bün eben en beten äwer'n Wall gahn, dor is mi doch glik ganz anners tau Sinn worden.« – »Ach ja, dat glöw ick, dor is't hüt morgen woll sihr schön.« – »Ja, äwer derentwegen bün ick dor nich räwergahn, ick wull blot en beten in't Weder kiken.« – »In't Weder? Wat hest du in't Weder tau kiken?« – »Vel, Stining, vel! Un wenn du wat dortau dauhn willst, denn bidd unsen Herrgott, dat hei uns hüt en recht grugliches Gewitter schickt un Blitz un Dunner nich sport.« – »Mein Gott, Dürten, wat sall en Gewitter?« – »Dat sall Halsbandten fri maken.« – »Ach, Dürten, wat redst du? Wat redst du? Wat hett Halsband mit en Gewitter tau dauhn?« – »Hei sall kein maken, un't sall em ok nich in de Finstern slahn. – Ne, 't is blot, dat Dörchläuchten doch mal tau weiten kriggt, wo en bangen Minschen tau Maud' is. Wo?

Hei glöwt jo woll, dat hei dat Ganze kummandiert? Ne, so-
wid sünd wi noch lang' nich! Dat Wedermaken hett sick uns'
Herrgott noch vör de hogen Herrn vörweg behollen, un so as
mi dat ansüht, lett dat noch gor nich so, as wenn hei dit
Geschäft afgewen will.« – »Je, Dürten, äwer Halsband . . .?«
– »Lat mi utreden, Stining, dat kümmt all noch. – Süh, wenn
en Weder in de Luft is, denn schütt dat Dörchläuchten in't
Liw' un in de Knaken un hei lihrt dat erkennen, dat Gotts
Hand bawen is, un denn ward hei hellschen gnedig, un we-
gen sine Angst schickt hei denn nah den Herrn Konrekter,
indem hei den för den Kläuksten in de Stadt taxiert, taum
wenigsten in Wedersaken – in Geldsaken sall't jo Hofrat
Altmann sin –, un denn sälen sei jo dor allerlei wunder-
lich Tüg tausam bedriwen, indem dat Dörchläuchten Trost
dorin söcht, un denn is hei wegen sine Angst nich in'n
Stan'n, den Herrn Konrekter wat aftauslagen – wi hewwen
jo derentwegen ok de beiden Faden bäuken Blankholt kre-
gen –, un wenn hei nu för Halsbandten bidden deiht,
denn . . .« – »Ach, Dürten, deiht hei dat woll?« – »Hei möt,
Stining; ick heww em all tau sworere Ding' bröcht, un dat
is min Sak; din Sak is, dat du en rechtes swores Weder
ruppe bedst; ahn Angst deiht Dörchläuchten nicks.« Dormit
gung sei, kek äwer noch mal in't Finster: »De Sünn un de
Fleigen steken hellschen, 't is ok swaul naug dortau, un in'n
Westen swulkt dat all bi lütten tau Höcht, ick glöw, wi kri-
gen ein; äwer bed du man likerst, schaden kann jo dat
nich!« –
Wat Dürten Holzen 'ne Förbed' von den Herrn Konrekter
för Halsbandten tau Weg' bringen kunn, was ehr Sak, un
dorüm bruken wi uns hir nich tau kümmern; de Tid ward
dat jo lihren; äwer dat sei mit Dörchläuchten sinen Weder-
kram Bescheid weiten müßt, lagg up de Hand, denn wo oft
hadd sei in de letzten Johren den Herrn Konrekter bi en
Gewitter nah de Paleh gahn seihn, männigmal woll en beten
verdreitlich; äwer taurügg was hei ümmer mit Lachen un
Hägen kamen.

Dörchläuchten was Herzog von Gottes Gnaden; dat ver-
stunn hei äwer nich so, as wenn hei dörch de Gnaden Got-
tes taum Herzog makt wir, ne, hei was des Winters äwer,
wenn kein Gewitter in de Luft wiren, oder bi hellen Sün-
nenschin in'n Sommer ungefihr de Meinung, dat sine her-
zoglichen Gnaden ebenso vel up sick hadden un bedüden
deden as unsern Herrgott sine Gnaden sülwst – in Grips-
wold hadd hei dat nich lihrt, woll äwer in Frankrik. Hei
betrachte sick also, wenn de Luft rein was, so halw un halw
as 'ne lütte göttliche Perßon, de up en lütten Rum allmächtig
was. Uns' Herrgott äwer stürt de Böm, dat sei nich in den He-
wen wassen, un hadd dat so inricht't, dat Dörchläuchten män-
nigmal tau 'ne Erkenntnis kamm, einmal, wenn de Kass' led-
dig was un Schultsch keinen Tweiback gewen wull, un denn,
wenn en Gewitter in de Luft was un't anfung, em in den
Liw tau regieren. – Wenn dat irst nu de Fall was, würd de
Herr Hofrat Altmann raupen, was dat tweite de Fall, denn
gung de Herr Konrekter mit sinen Pick- un Horzkasten
unner den Arm un den Voßswanz in de Hand äwer den
Mark, de Lakai, de em raupen hadd, folgte em mit en por
Buddeln, un Dürten drog dat annere nodwennige Geschirr
in'n Korf achteran. – In Dörchläuchten sin Allerheiligstes,
in sin Provatkabinett, würden nu Vörstellungen gewen, un't
würd all natürlich utdüdt: de Herr Konrekter let lütte Ku-
geln von Flederpaddik sick afstöten un antrecken, let lütte
Poppierpoppen in sinen Pick- un Horzkasten danzen, set'te
Randten up en Hüker, de unnen up Buddelhäls' stunn, un
lod em kanonenvull von 'ne Materi, de kein Minsch tau
seihen kreg, bet em de Hor as Swinsbösten tau Höchten
stunnen un hei von Gesicht as en richtigen Swinegel utsach.
Denn gung hei an Randten ranne un kamm em mit en krum-
men Finger an de Näs', wobi Rand de Näs' krüs'te, un
denn kamm Dörchläuchten un makte dat ebenso un lachte
äwer Randten sin Utseihn. Un einmal hadd Dörchläuchten
den Befehl utgahn laten, dat den Aptheiker sin Maschin
räwerbröcht warden süll, un de Konrekter hadd 'ne Buddel

dormit laden un hadd Dörchläuchten fragt, wat hei en lütten Blitz – en ganzen lütten – in de Stuw' seihn wull, un Dörchläuchten hadd dummerwis' ja seggt un hadd en Slag kregen un hadd nahsten binah dat Rohren kregen un hadd Befehl gewen, dat Ding seindag' nich wedder em vör Ogen tau bringen. – Von dese Saken begrep Dörchläuchten Gott in der Welt gor nicks – de Konrekter säd tau sick: wegen sine natürlichen Anlagen, Rand säd: wegen sine natürliche Angst –, un hei befohl den Konrekter in sine Eigenschaft as regierende Herr, hei süll dorför sorgen, dat kein Gewitter mihr upkamen künn. As de Konrekter säd, dat künn hei nich, verlangte hei, hei süll em gegen dat Weder schütten. – Ja, säd de Konrekter, dat einzigste dorgegen wiren Wederstangen, un as hei em dat gründlich utdüdt hadd, würden an alle Schorsteins un alle Ecken von de Paleh Wederstangen anbröcht, de hüt noch dor in de Luft kiken un ok hulpen hewwen, denn sörre de Tid is de Blitz in Bäcker Schulten sinen Swinkaben fohrt, un de is bet up de Grund dalbrennt, de Paleh steiht äwer ümmer noch. –

In de irst fäuhlte Dörchläuchten bi dese Inrichtung en beten Rauh; äwer mit de Tid stegen in em allerlei Bedenklichkeiten up, wat ok dordörch woll sine Perßon naug gegen Gefohr schüt't wir, denn hei hadd dat in sin fürstlich Gefäuhl, dat hei vör allen irst in den Drögen bröcht warden müßt. Hei frog also den Konrekter üm Rat; äwer de wüßt dat ok nich, wo dit antaustellen wir, hei wüßt woll, säd hei, dat Isen un anner Metall den Blitz antrecken ded un dat Glas un Sigellack un Sid' den Blitz afstödd, äwer 'ne Nutzanwennung von dese Saken för de dörchläuchtigste Person wüßt hei nich tau maken. »Also«, frog Dörchläuchten, »Er meint, daß, wenn ein Mensch in einer Glaskugel säße, er nicht vom Blitz getroffen werden könnte?« – Ja, säd de Konrekter, dat wir mäglich, äwer sticken würd hei gewiß. – Dat was also nicks för den gnedigen Herrn, verglasen kunn hei sick nich laten; äwer mit Sigellack? – Wo wir dat? – Je, dat wir ok man noch so! – Hei kunn sick allerdings sin

Liw' rod lackieren laten – swart gung nich wegen dat Ut-seihn – äwer dat würd sick afnutzen, un sick alle Morgen frisch lackieren un drögen laten, was doch ok gor tau üm-ständlich. – Also Sid'! – Äwer de drog hei jo all bet up de Schauh; wenn de schütten ded, denn wir jo sine ganze Angst vergews west. – Hei drog sick mit so'ne Gedanken lang' rüm, un den letzten Winter tau Nigenstrelitz was hei taum Sluß kamen un hadd wat erfunnen, hadd sine Erfindung mitbröcht un wull den Konrekter dormit äwerraschen. Dit gelung em denn an den hütigen Dag ok vullstännig. –
Dürten Holzen hadd vermorrntau ok wat mit den Herrn Konrekter in den Sinn; äwer an 'ne Äwerraschung dachte ehre Seel nich, sei wull in'n Gegendeil an den Herrn Kon-rekter so ganz ut de Firn un von achter rümmer kamen, dat sei em so ganz bi lütten, un ahn dat hei't marken ded, in ehr Fohrwater rinnerbröchte. Dit hadd sei nu äwer mal recht leg afpaßt, denn as de Herr an sinen Middagsdisch satt, sach sei so buh un bah ut un kek so wid äwer de Gerichten un Dürten sülwst dörch dat Finster weg, as wir dor achter wat Besonderes tau seihn. Dürten dachte tauirst an de Soltman-nen, sei kek sick üm; ne, de was't nich, de was nich tau seihn. – »'t is hüt recht heites Weder«, säd sei. – »Hm«, ant-wurt'te de Konrekter. – »Ja, un de ollen Fleigen steken ok so.« – »Hm«, was de Antwurt. »Sünnabend – Sünndag...« – »Ne, hüt is Fridag, dat heit för den, de kein Släg' kriggt; äwer ick glöw, wi krigen hüt woll noch wat, wi krigen woll en Gewitter.« – »Sünnabend – Sünndag«, blew de Herr ruhig bi, »den sösteihnsten, dat wir jo den Dingstag äwer acht Dag', dat wir jo den Dingstag nah Pingsten.« – »Ne«, säd Dürten, »so lang' wohrt dat denn doch nich; hüt äwer acht Dag' is de Tid üm. So hett jo dat Dörchläuchten nu ein-mal fastset't.« – »Dürten«, säd de Konrekter, »wat redst du? Wat hett Dörchläuchten in de Sak tau seggen? Dat be-stimmt jo de Kanzlei.« – »De Kanzlei? – Denn möt de Kanzlei en Minschen äwerst irst ordentlich verhüren, dat einer sick verdeffendieren kann, un em nahsten irst insteken.«

– »Dat will sei jo ok; äwer insteken? Insteken? – Na, so dull scheiten de Preußen denn doch woll noch nich.« – »Herr Konrekter, wat . . .?« – »Je, Dürten, nu helpt dat nich wider. Den tweiten Festdag möt ick reisen.« – »Reisen?« rep Dürten un let de Gawel fallen, denn dit Wurd was in de fiw Johr, de sei bi den Herrn Konrekter west was, nich follen, ok hadd kein Nahwer seindag' nich dorvon vertellt, dat de Konrekter up Reisen gahn was. – »Ne, Herr«, rep sei, »un wenn Halsband bet drei Dag' nah den Jüngsten Dag sitten sall, Sei sälen darüm nich in Reis'ungelegenheiten kamen. – Ne, ick dacht so, wenn hüt so'n Gewitter kem . . .« – »Ih, wat hett en Gewitter, wat hüt kümmt, mit min Reis' tau dauhn, wenn ick den Dingstag äwer acht Dag' nah Strelitz führ, un wat mengst du Halsbandten in mine Botterbrod- un Madera-Sak?« – »Ach, so rüm!« säd Dürten un vertellte nu gradtau ehr Sak. – »Ach, so meinst du?« säd de Konrekter un vertellte nu, dat hei taum letzten Termin up den Dingstag nah Pfingsten laden wir. –

So geiht dat, wenn twei sick säuken un jeder geiht sinen eigenen Weg, denn finnen sei sick gewiß nich, bet einer up den Infall kümmt, still stahn tau bliwen. – Dit ded nu Dürten. – »Herr Konrekter«, säd sei, »ick bün 'ne rechte dumme un dortau 'ne rechte slichte Perßon, ick bün Sei mit allerlei Winkeltäg' unner de Ogen gahn, ick wull Sei up Ümwegen tau 'ne gaude Daht anstiften, as wenn dat bi en Mann nödig wir, de so vull Dugend sitt un vull Gaudheit as de Esel vull grise Hor un so vull Klaukheit as en dänsch Pird, dat drei Dag' vör den Regen tau Hus kümmt. – Herr, redden S' min arm Swester vör Unglück un minen ollen Vadder, denn seihn Sei, wenn dat utkümmt, dat Halsband seten hett, un Dörchläuchten spreckt em nich ganz fri von alle Schuld, denn nemen sei em nich in dat Böttcheramt up, wenn hei mal ut den Löperdeinst loskümmt. – Un wat sall denn ut min Stining warden? – Ach, un sei weit noch gor nich recht, wo slimm dat warden kann.« – Sei hadd de Hän'n folgt un kek den Herrn so recht trurig un truhartig in de Ogen, un in ehre eigenen Ogen blänkerten de Tranen. – Mein Gott, dachte de Konrekter, wo smuck süht Dürten hüt ut, un wat för en schönen Schin liggt ehr up dat Gesicht! – »Ih, Dürten«, säd hei un läd sin Hand up ehre Hän'n un drückte sei sachten, »dat krigen wi woll. – Wenn en Gewitter kümmt, ward Dörchläuchten ümmer hellschen gnedig. Loslaten ward hei Halsbandten woll in sinen Gnaden; äwer wat hei em von alle Schuld frispreken ward, dat..., denn up de Ort müßt hei jo de Schuld up sick sülwen nemen, un dat – dat dauhn de hogen Herrn man unnod.« – »Je, hei hett äwer doch schuld. Wat kann de arm Minsch dorför, dat em de Brodasche Pächter för en Verrückten ansüht.« – »All wohr! Dürten, all wohr!« säd de Konrekter un stunn up un läd ehr de Hand up den Kopp. »Na, will'n seihn, wat sick maken lett.«

Dürten satt noch en Ogenblick mit de folgten Hän'n still dor, stunn sachten up un gung mit en deipen Hartenssüfzer ut de Dör. –

»Markwürdig!« säd de Konrekter tau sick, as hei sick in den Lehnstaul set'te, »sihr markwürdig! Sei is nu doch all fiw Johr üm mi rüm, un sei was jo dunn noch fiw Johr jünger, äwer so schön hett dat ehr in de ganze Tid nich laten. – Hm, dat kümmt doch woll dorvon, dat sei so biddwis' mi anken – sei hett meindag' süs noch nich wat von mi beden – sei hett jo ok ditmal blot för ehr Swester beden – ick glöw, sei kann gruglich vel von en Minschen hollen. – Hm, hm, ick glöw, in Dürten steckt wat, in ehr steckt noch wat Besonderes.« –

As de Herr Konrekter nah sin Schaul gung, was hei recht upvermüntert, un sine Schäulers hadden woll en gauden Dag hatt, wenn em Kunst nich unnerwegs begegent wir, de mit lächerlichen Gesicht un en besondern Ruck den Haut vör em afnamm, em von unnen up ankek un so vör sick hensäd: »Also den Dingstag äwer acht Dag' in Nigenstrelitz.« –

Hir möt nu keiner glöwen, dat Kunst en dreimal destellierten Hallunk was oder en rachsüchtigen Raffkater, de den Hals

nich vull naug krigen kunn, un dessentwegen up den gollen
Knop von den Konrekter sinen Stock giprich was – o ne!
Kunst was blot en Spaßmaker von *de* Ort, as dat bi uns in
jede lütte Stadt einen oder en por giwwt, de ehren Spaß en
beten stramm uptömen un so lang' dorup herümmerriden,
bet sei em dat Krüz intwei reden hewwen. Kunsten sin
Hauptspaß was nu, Lüd' bang' tau maken un in Unrauh tau
bringen, un as nu an den heiligen Abend de Stock em dortau
Gelegenheit gaww, set'te hei sick denn up sin Ridpird un red
sin Fahlen krüzlahm. De Konrekter kennte sinen Swager
sine Anstalten recht gaud, un so lang' hei nich sülwst, blot
anner Lüd' in't Spill kemen, hadd hei nich besonders wat
dorin funnen un hadd ok woll, wenn't nich tau stripig
kamm, doräwer lacht; äwer nu, as't em sülwst an't Mager
kamm, dachte hei gor nich an en Spaß, hei höll Kunsten
sine Anstalten för 'ne niderträchtige Hinnerlist un sinen
Gruß un sine Würd' desen Nahmiddag för dat gelbunte
Lachen, wat Satan utstött, wenn hei glöwt, 'ne arme Seel
all bi den Kanthaken fat't tau hewwen. –
Sine upvermünterten Minen wiren weg, de Ingrimm hadd
sick em up Mund un Näs' set't un schot mit so'n Tucken
dörch sin oll fründlich Gesicht, as wenn em in sinen Nah-
middagsslap de verdreitlichsten Fleigen doräwer krawwel-
ten; un as hei up de Del von't Schaulhaus kamm, was dat
Bild, wat hei dor tau seihn kreg, ok man so so un grad ok
nich dortau andahn, sinen Zorn wedder in't Geleg' tau
bringen. – Pagel Zarnewitz hadd Wust un Spickgaus von
Hus' kregen un hadd sinen Fründ Korl Bentwischen nicks
dorvon afgewen. De hadd dorup spitzt; äwer ut Ticktacken
ward Burrjacken, un nu lagg Korl Bentwisch unnen, un Pa-
gel Zarnewitz lagg baben un döschte up Korl Bentwischen
sin Gesicht, as güng't för Geld, un Korl Bentwisch hadd
von unnentau Pagel Zarnewitzen sin Näs' un Ümgegend in
de vulle Göps fat't un kned'te doran herümmer as en Bäk-
kergesell, de Deig utkned't, un rep: »Du meinst, du hest
den Tiger, äwer de Tiger hett di!« – »Un nu hett hei jug

beid'!« rep de Konrekter un richt'te sei mit en por uter-
wählte Mulschellen äwer En'n. – Äwer as hei in de Schaul-
stuw' kamm, hadd hei de freudige Äwerraschung, vör sick
en vullstännig römisch Kavallerigefecht tau seihn, wat sine
leiwe Klass' den ollen Livius tau Ihren un em wohrschinlich
tau 'ne Freud' upführen un dorbi so'n natürlichen Larm ma-
ken ded, as wiren't würkliche römische Ritter un würkliche
Pird'.

Dit was nu sowid recht gaud utdacht von de Jungs; äwer
tau de Rauh, de sick för 'ne Schaulstuw' schickt, un tau 'ne
Berauhigung för en Schaulmeister, de all up de Strat In-
grimm in sick freten un up de Schauldel em aderkau't hett,
deint so wat grad' ok nich. De Herr Konrekter set'te sick
also up den Kantheder, slog den Homer up, un as de Larm
sick en beten leggt hadd, fung hei den hellschen falsch an:
»Nu hürt mal, Musche Hundsvötter! Ick denk mi, ji hewwt
mi 'ne Vörstellung gewen wullt, woans dat in den Trojanischen
Krig un in den Strid üm de Muren von Ilion hergahn is, un
dat wir jo denn ok recht gaud, wenn ji blot nich tau dumm
dortau wirt. – Wat? Sall dit Getrampel villicht den Strid
üm de Schäp bedüden? Denn lat't jug seggen, dat Pird dor
äwerall nich anners dorbi wiren as so'n vör'n Stridwagen,
un wenn Korl Bentwisch un Pagel Zarnewitz wohrschinlich
glöwen, sick för Hektorn un Achilleussen utgewen tau kä-
nen, denn will ick ehr man seggen, dat sick de beiden nich
Hos' un Jack intwei reten un sick in de Gesichter rümmer-
kratzt hewwen – nu kik mal einer, wo de Swinegel blött! –
Ne, en beten anners gung't noch tau. – Irst lihrt wat, Hunds-
vötter, nahst känt ji Helden spelen! – Wi sünd kamen bet
an de schöne Städ, wo Hektor tau sine leiwe Fru Andro-
mache adjüs seggt un sei em vermahnt: Δαιμόνιε, seggt sei,
φϑίσει σε τὸ σὸν μένος, οὐδ ἐλεαίρεις, seggt sei – äwer ji sid
gor nich wirt, so wat Schön's tau lesen! – παιδά τε νηπίαχον,
seggt sei, καὶ ἔμ ἄμμορον, ἢ τάχα χήρη, seggt sei – Korl
Wendt, Musche Hundsvott, lett Hei dat Snacken nich, denn
stell ick Em wedder bi minen Kantheder, un denn snack *ick*

124

mit Em – σεῦ ἔσομαι; seggt sei, τάχα γάρ σε κατακτανέουσιν
Ἀχαιοί, πάντες ἐφορμηθέντες, seggt sei, ἐμο δέ κε κέρδιον εἴη
σεῦ ἀφαμαρτούσῃ, un so wider, seggt sei. – Langnickel, fang'
Hei mal an!«

Un Langnickel nörrickte en por Mal un stödd mit de Ell-
bagen rechtsch un linksch üm sick, wat ungefihr heiten süll:
Kinnings helpt mi, ick bün hellschen in Verlegenheit! –
»Na«, säd de Konrekter, »ward dat bald wat? – Δαιμόνιε
– wat heit dat?« – »Oh, du Ungetüm!« säd Langnickel un
kek den Herrn Konrekter sihr ungewiß an, wat de woll dor-
tau seggen würd. – »Ick glöw, Hei is sülwst en Ungetüm. –
Folgende wider!« säd de Konrekter un wis'te up Korl Siem-
ßen. »Na, Korl! – Ja, licht is dat Wurd nich; äwer wo nen-
nen wi woll en Kirl, de mihr utrichten kann as en gewöhn-
lichen Minsch? Einen D . . ., einen D . . ., D . . .« – »Einen
Dausendßaßa«, säd Korl. – »Na, ick hadd bald wat seggt.
– Dat seggen wi woll in'n Spaß; äwer meint Hei, dat Hek-
torn sine Fru hir spaßig tau Maud is? – Ne, sei schellt em:
Du Düwelskirl! seggt sei, törn dinen Maud! seggt sei. Hest
du kein Erbarmen mit dinen lütten Jungen– dor meint sei
ehren lütten Astyanax mit, den sei up den Arm hedd – un
mit mi Unglücksworm, seggt sei, de bald Witfru von di sin
ward? Denn wo lang' ward dat wohren? seggt sei, denn
störmen de Achaier all up di los un maken di kolt, un wat
heww ick dorvon anners als idel Weihdag', wenn ick ahn
di dor sitt? seggt sei. – Na, ick glöw, ick äwersett jug noch
den ganzen Homer vör. Wider, Korl Siemßen!« rep hei,
dunn gung de Dör up un ein von Dörchläuchten sine La-
kaien kamm rinne: »Herr Konrekter, Dörchläuchten lett fra-
gen, wat wi hüt woll noch en Gewitter kregen?« – Nu was
den Konrekter sine Geduld äwer mitdewil tau En'n, hei
dreihte sick hellschen giftig nah den Minschen üm un rep:
»Ja! Seggen S' Dörchläuchten man, wi kregen noch säben.«
– »Noch säben?« frog de Lakai ganz verdutzt un gung ut de
Dör, un de Konrekter rep em noch nah: »Ja, säben! Wi kri-
gen noch säben!«

Hir möt ick en ollen schönen Vers wedder upfrischen:

Stürzt im Fallen auf die Uhr
Und zerbricht zwo Reihen Zähne,
Blinder Eifer schadet nur.

De Herr Konrekter was in so'n blinnen Iwer, hei verget
Dürten ehr Anliggen un wull Dörchläuchten mit de säben
Gewittern so vör den Kopp stöten, dat hei em nah dissen
in Rauh laten süll; äwer Unglück slöppt nich, hei hadd de
Reknung ahn Wirt makt: dat kemen an desen Abend würk-
lich säben Gewitter ruppe, ümmer ein achter't anner, un hei
steg dörch sin Prophenzeihn un sine Kenntnis in Weder-
saken bi Dörchläuchten so hoch, dat hei bi de velen Gewit-
ter, de äwer Johr ruppekemen, Dörchläuchten so nödig würd
as dat dägliche Brod un ümmer bi Dörchläuchten sitten
müßt, as wir hei em antrugt, un em den Grugel verdriwen
müßt as en Rottenfänger de Rotten. – Also: blinder Eifer
schadet nur! –
De irste Stun'n was tau En'n, un de tweite was anfungen;
dat was 'ne latinsche; dor würden de »Bucolica« von Virgil
äwerset't.
De Herr Konrekter hadd in de Tüschenstun'n in't Weder
keken un wüßt nu gewiß, dat en Gewitter tau Höchten ka-
men würd; sine Schäulers hadden in sin Gesicht keken un
wüßten ok för gewiß, dat en Gewitter upgahn würd, sei
wüßten blot noch nich gewiß, bi wen't inslagen würd. – Al-
lens was musingstill in de Klass', jeder hadd en heimlichen
Grugel un was in desen Hinsichten as en lütten Dörchläuch-
ten antauseihn, Pagel Zarnewitz sogor as en duwwelten,
denn hei hadd ok en groten Grugel vör de Arbeit; 't was
äwerall sin Mod' nich, sick tau präparieren, un hei verlet
sick in bedrängten Umstän'n ümmer up sinen Fründ Korl
Bentwisch, de achter em satt un em tauflusterte. Dit Stück
gung süs sihr gaud, denn Pagel hadd dat Glück, dat hei von
Natur en Stamerbuck was, un so kunn dat nich upfallen,

wenn dat bi dat Äwersetten ok en beten hackte un man druppwis' rutekamm; nu äwer hadd hei sick mit sinen gauden Engel prügelt, un de gaude Engel was en nahdrägschen Racker, un as hei nu würklich taum Äwersetten upraupen würd un sick so lang as mäglich – un dat was en schön En'n, denn hei was in den Konrekter sine Klass' propter barbam et staturam verset't – achteräwer läd, wat en Teiken sin süll, dat hei in Nod was; dunn schot dat dörch Korl Bentwischen sinen Kopp, nu künn hei sick för de Släg' schön räken.

»Na, will'n wi denn noch en beten?« rep de Konrekter, un Pagel stamerte los:

»Pastores edera crescentem ornate poetam

Arcades, invidia rumpantur ut ilia Codro.«

»Skandier Hei mal«, säd de Konrekter, »villicht geiht't denn glatter!« – Pagel skandierte also. – Na, wenn en Stamerbuck dat Skandieren kriggt, denn gerött dat ok man so so; Pagel kamm äwer denn doch mit en beten Angstsweit dörch mit sine Sak. – »So, nu äwersett Hei!« – Ja, dat was't man; dor satt't. Pagel fung indessen an, un de Anfang was man licht: »Pastores – die Pastoren; edera – edere, essen, aßen«, gung dat dörch sinen Kopp; »die Pastoren aßen«, säd hei lud. – De Konrekter kek hoch up un säd: »Na, man tau! – So man wider!« – Crescentem – ih, dat findt sick nahsten, dachte Pagel; ornatus – verziert, poeta – der Dichter; »bei dem verzierten Dichter«, säd hei lud. De Konrekter steg von den Kantheder. – Nu was äwer Pageln sin Latin vullstännig tau En'n, hei reckte sick noch länger achteräwer, un de Racker, de Korl Bentwisch, flusterte em tau: »Die rundliche Wurst.« – »Die rundliche Wurst«, säd Pagel lud; de Konrekter knep de Lippen tausam un kek Pageln an, as wir hei en Wunnerdirt un hei hadd Intrittsgeld för em betahlt. – »Dazu auch die duftende Spickgans«, flusterte Korl. »Dazu auch die duftende Spickgans«, säd Pagel lud, un as nu allens üm em rümmer heimlich lachte, wüßt hei mit enmal bestimmt, dat hei mit 'ne grote Dummheit tau Platz kamen was, un doch! – Wust un Spickgaus hürten tausam, un't was en schön Gericht. – De Konrekter lachte ok, äwer't was en eigenes Lachen, 't kamm ümmer so stotwis', ümmer so von unnen up stotwis', un treckte em in den rechten Arm, dat sick de tau Höchten böhrte mit dat Bauk. »Nu segg Hei einmal, Musche Hundsvott, wecke Wurd heit hir nu woll Spickgaus?«

Je, wenn't de Konrekter nich mal wüßt, Pagel wüßt't gewiß nich; hei treckte de Stirn vull Schrumpeln un sach halw trotzig, halw ängstlich den Konrekter an, as wull hei seggen: Wat willst du eigentlich von mi? – Spickgaus? – Is di dat noch nich gaud naug? – Un hei lep dörch sinen Gedankenvörrat un bekek sick in alle Geswindigkeit alle rökerten Saken, de dorin wiren, as wir sin Kopp en Rökerbähn, wat hei nich noch wat Schöneres för den Herrn Konrekter utfünnig maken künn as Spickgaus; äwer de Arm böhrte sick ümmer höger bi den Konrekter, un dat Gewitter hadd gewiß bi Pageln inslagen, wenn nich Dörchläuchten grad' nu wedder sinen Lakaien schickt hadd. – De kamm nämlich wedder in de Dör: »Herr Konrekter, Dörchläuchten let Sei seggen, Sei müßten nah em henkamen, dat Weder kem ganz hellschen forsch ruppe.« – »Seggen S' Dörchläuchten«, rep de Konrekter falsch un wull wider seggen: hei süll Großmutter grüßen, begrep sick äwer un säd: »Ick müßt irst min Schaul afhollen, nahst wull ick kamen.« –

Hei höll also sine Schaul ut, un as hei verdreitlich nah Hus' kamm un Dürten tau em säd: »Herr, Dörchläuchten hett schickt...«, smet hei argerlich sine Bäuker up den Disch: »Ick weit't, dat is jo doch grad', as wenn ick dortau set't bün, alle ollen Wiwer in ganz Nigenbramborg in ehren Ängsten bitaustahn.« – »Herr Konrekter!« säd Dürten un kek em so zag un schu von de Sid an un let den Kopp sacken. – »Wat? – Ne, Dürten, ne! – Wo künn ick di woll meinen? Du büst jo kein oll Wiw, du büst jo en junges, düchtiges Mäten. – Ne, ick mein Dörchläuchten.« – »Ach, Herr, gahn S' man nah em hen. Min arm Stining...« – »Ick will jo ok. – Ick heww man so velen Arger hatt mit de ollen Jungs un mit

Kunsten, un de Prozeß liggt mi in den Kopp, un wo dat nach ward ...?« – »Herr Konrekter, dat ward ganz gaud. – Helpen S' mi mit Halsbandten dörch, ick help Sei mit den Prozeß dörch. Kein Deuwel un kein Kunst sall Sei wat dauhn; ick heww mi dat so unner de Hand befragt – Namen heww ick nich nennt – Kunst sall sick woll gewen. Dauhn Sei man, wat ick Sei heit.« – Un nu redte sei em in en annern Verfat herinner, nich swalterig, ne, mit Irnst un Verstand, un hei let sick sinen Pick- un Horzkasten un den Voßswanz un dat annere Geschirr von ehr tausamensäuken un säd: »Is dat nu nich lächerlich, dat ick ümmer dese Scharteken mitslepen möt, as wenn dor Hexeri bi wir, un't is doch man 'ne ganze einfache, natürliche Sak.« – Un Dürten wull dat nich recht glöwen, un de Konrekter düdte ehr dat ut un wis'te ehr ok en por von sine Stückschen, un Dürten paßte hellschen nipp up un makte em wat nah, un den Herrn Konrekter sine olle ihrliche Schaulmeisterseel würd so fröhlich äwer ehr verstännig Schaulkind, dat hei nah en por Stun'n mit Lachen un Hägen bi den irsten Dunnerslag nah Dörchläuchten gung. Ditmal drog Dürten den Pickkasten un den Voßswanz, denn sei verstunn sick jo nu all up de Sak. –

KAPITEL 9

Dörchläuchten in dusend Ängsten. – Dörchläuchten as Karnalljenvagel in en Burken, de Konrekter as Zauberer, de em verwunschen hett. Worüm de Konrekter bös ward un mit Dörchläuchten en irnstlich Wurd redt. – Worüm Dörchläuchten nicks von Bäcker Schultsch weiten will un den Löper lopen lett. – De Soltmannen bringt Stining un Dürten in grote Unrauh, ward äwer dorför von Dürten schimplich ut den Hus' wis't. – Bäcker Schultsch bringt 'ne fröhliche Nahricht, kümmt äwer dormit nich prat. – De Konrekter tröst't Stining un küßt Stining. – Dürten drömt von't Küssen; Bäcker Schultsch von Dörchläuchten, wo hei bet an de Knei in Kringel un Tweiback danzt un Krischan de Ördel dortau spelt.

In de Paleh was dat all 'ne Tidlang snurrig taugahn, Dörchläuchten gung dörch sine Apartemangs bleik herümmer, as wir hei de wandelnde Geist von den seligen Heindrich von Dreieiken; de Lakaien stunnen in de Ecken un an de Wän'n

entlang still un ängstlich as de Kemedianten, wenn de Mac-
bethen ümgeiht un sick de Hän'n wascht; de Kammerjunker
von Knüppelsdorp rigelte eigenhändig alle Finstern un Dö-
ren tau, un Rand sülwen gung up de Tehnen rüm un sach
ut, as hadd em einer en Knuppen vör't Mul slagen. – »Rand«,
rep Dörchläuchten halwlud, »de Rok treckt den Blitz an,
is dat Füer allentwegen ut?« – »Ja, Dörchläuchting, blot in
de Käk – wi hewwen jo noch kein Middag eten.« – »Wir
speisen nicht zu Mittag, das Feuer soll ausgegossen werden.«
– »Je, Dörchläuchting...«, fung Rand an, denn hei was
nich sihr för en Fastdag, sülwst bi'n Gewitter nich. – »Es
soll!« rep Dörchläuchten so hastig, dat hei sick äwer sick
sülwst verfirte. »Es sollen auch keine Klingeln gezogen wer-
den, der Schall zieht an«, set'te hei liser hentau. – »De
Schall, Dörchläuchting?« – »Esel! – Ich – ich sage aber! Er
kann doch anziehen!« flusterte Dörchläuchting argerlich. –
»Hm«, säd Rand vör sick un kek mit dat ein Og' ut dat
Finster, »noch sünd wi groww, noch is dat Weder nich
ruppe, nahsten warden wi denn wedder höflicher.« – »Mein
Gott«, säd Dörchläuchten ängstlich, »wo bleibt der
Konrekter?« – »Je, wat sall de Konrekter?« – »Je,
wat sall de Konrekter? De kann ok nich...« –
»Er soll aber können, er soll! Lös' mir die Schuhschnallen
ab. – Metall zieht an. – Ist in meinem Kabinett alles in
Ordnung?« – »Ja«, brummte Rand up den Irdbodden dal,
as hei de Snallen aflös'te, »wi hewwen de ganze Muschpok
dor upstellt, un Discher Hartwig säd, 't let as en Vagel-
burken.« – »Mein Gott, wo – hörst du? Hörst du? – Da ist's
schon! – Wo bleibt der Konrekter? – Ich geh' in mein Ka-
binett. – Schick nach dem Konrekter! – So lauf doch nicht
so! So lauf doch nicht so! Der Blitz wird ja angezogen. –
Ach, du lieber Gott!« säd hei ganz krank, »und ich rufe auch
so laut!« –
De Lakai drop den Konrekter all up den Mark, de Dör
würd' nah de Vörschriften von Dörchläuchten knapp upmakt,
dormit kein Togwind kem, un de Konrekter klemmte sick

130

mit sinen Voßswanz un so wider rinner. Hei würd' nu in Dörchläuchten sin Kabinett leddt un kreg dor wat tau seihn, wat em tauirst ganz un gänzlich ut de Kuntenanz bröchte. Einen Ogenblick stunn hei stiw un starr in de Dör un kek in dat Kabinett herinner, äwer mit en Mal brok bi em en ungeheures, deipes Lachen rut: »Wat, Deuwel, wat is dit? – Nemen S' nich äwel, Dörchläuchting! – Nemen S' nich äwel! Äwer wat is dit?« – Un Rand lachte ok mit un säd: »Je, dat seggen S' man mal!«

Ick weit nich, wat ick nich ok allen Respekt vergeten hadd, wenn ick dat tau seihn krigen würd, wat de Konrekter sach. – Midden in de Stuw' stunn en Tritt up Buddelhäls', dorup 'ne Ort von Lusthus, von Finstern, de bet up de Ird reckten, rundüm tau un baben taustülpt mit en hellblagen sidenen Baldachin, de as en Regenschirm för föfteihn Mann utsach, un in dese Anstalt satt Dörchläuchten in sine unschüllige Angst up en Lehnstaul in en gelsidenen Slaprock, mit 'ne gräunsidene Slapmütz up den Kopp un mit en por Schauh an sine Beinen, de mit roden Sigellack lackiert wiren. Em let't liksterwelt as en schönen Karnalljenvagel mit 'ne gräune Kapp, den sick einer in't Burken set't hett, dat hei singen sall; un hei kunn jo nu ok ümmer anfangen tau singen, wenn em man beter tau Maud' west wir. – Un doch würd hei as regierende Herr den Konrekter en schön Stück wegen sin Lachen vörsungen hewwen, denn de hadd ahndem noch en Schinken bi em in't Solt von wegen sine Frigeratschon mit de Soltmannen oder Dürten Holzen oder 'ne annere angenehme Nigenbrambörgerin, wenn nich en Blitz sinen dörchläuchtigen Singsang unnerbraken hadd. – »Wat is dat för en dummes . . .?« – nu kamm de Lüchting, un hei slog sick en sidenes Taschendauk för de Ogen – »ach, du leiwer Gott!« – un hei kek achter dat Dauk herute un lurte up den Dunner, un as de kamm, höll hei sick de Uhren tau un rep wedder: »Ach, du leiwer Gott!« – De Konrekter hadd dat Lachen instellt un bekek sick dat Burken hin'n un vör, un Dörchläuchten sach em hellschen ungewiß an un frog tau-

letzt: »Na, wat meint Hei? – Is dat woll so? – Glas, Sid'«,
un hei böhrte den Bein in de Höcht, »un hir is ok Sigellack;
un allens, wat Metall heit, heww ick rutebringen laten.« –
»Je«, säd de Konrekter, »'t wir woll so, Dörchläuchting, wat
de Minsch dauhn kann, hewwen Sei dahn; äwer nemen S'
nich äwel, de goll'ne herzogliche Kron baben up Ehren
Thronsessel, wo Sei up sitten, de hewwen Sei vergeten!« –
»Segg ick dat nich! Segg ick dat nich! De Esel, de Rand –
ach, du leiwer Gott!« – denn 't gaww wedder 'ne Lüchtung
– »Schapskopp! Bring en annern Staul her! Ick will gor
keine herzoglichen Ihren, denn ick bün bi so'n swores Weder
ok man en gewöhnlich Minsch – ach, du leiwer Gott!« –
un hei höll sick wegen den Dunner de Uhren tau – »nich
wohr, Konrekter?« – De Konrekter säd, dat glöwte hei ok;
äwer de Thronsessel mit de Kron künn jo ümmer bliwen,
de Kron künn jo 'ne Tidlang in en siden Dauk wickelt war-
den, un as dit geschach, hadd hei sine besondern Betrach-
tungen doräwer, wo sogor goldene un schinende herzogliche
Ihren vör Gottes Dunnerwürd' sick verhüllen un demäudig
bisid leggt warden. – »Rand, geh 'raus un kuck ins Wetter!«
befohl Dörchläuchten.
Un Rand ded't un kamm wedder: »Dit is vöräwer; äwer't
steiht all wedder ein parat, un dat süht gefährlich naug ut.« –
»Rand, bring för den Konrekter en Staul in minen Weder-
tempel!« – »Oh, Dörchläuchten«, säd de Konrekter, »dat is
jo nich nödig.« – »Ja, 't is nödig, mi is't nödig; äwer so kann
Hei nich rinne, so treckt Hei mi den Blitz rinne. – Rand, en
annern sidenen Slaprock un Slapmütz un de roden lackierten
Schauh!« – De Konrekter müggt sick wehren, sovel as hei
wull, 't hülp em nicks, un nah 'ne Wil stunn hei dor mit 'ne
swarte Slapmütz un en füerroden Slaprock un füerrode
Schauh, un hei stunn dor as en Zauberer ut ollen Tiden, de
en unglücklichen Prinzen in en Karnalljenvagel verwun-
schen un in en Glaskasten bannt hett, un dat let so, as wenn
hei dor för ewige Tiden rinneset't wir, denn blot dörch 'ne
schöne Fee un en säuten Kuß up sinen Snabel kunn hei er-

lös't warden, un vör't Küssen hadd Dörchläuchten einen ab-
scheulichen Grugel, un 'ne schöne Fee was nich dor, denn
Rand, de uter den Zauberer noch üm em begäng' was, kunn
sick unmäglich för 'ne schöne Fee utgewen. –

As de oll Zauberer bi sin verwunschenes Opfer satt, jagte
Dörchläuchten Rand rute, wil de Utdünstung von vele Min-
schen den Blitz antrecken süll, befohl em äver an, af un an
den Kopp dörch de Dör tau stecken un Bericht tau maken,
woans dat mit dat Wedder stunn, un dat ded Rand nu girn,
denn hei lep nah Bäcker Schulten räwer un drunk dor
Duwwelbir. – »Wat meint Hei, Konrekter, is dat so woll
säker?« frog Dörchläuchten. – »Je, nah minen Verstand . . .«
– »Is dat ok woll *ganz* säker?« – »Je, Dörchläuchten, wat
einer dauhn kann, is jo dahn, äver wat is Minschenwark
gegen unsern Herrgott sinen Willen?« – »Dat segg ick«, rep
Dörchläuchten, »de dummen Kirls, de Discher un de Glaser,
süllen't ganz rund maken, un sei hewwen't eckig makt, Ek-
ken trecken ümmer an.« – »Je, wat känen *de* Lüd' dorför? –
– Wenn uns' Herrgott will, denn pust't hei in en Ogenblick
ganz Bramborg weg. Denken S' doch an Sodom un Go-
morrha!« – »Ach, du leiwer Gott! – Ja, ick weit't, ick . . .«
– Hir stek Rand den Kopp in de Dör: »Dat kümmt wedder
up't frisch ruppe, un Bäcker Schultsch seggt . . .« – »Schaps-
kopp, ick will gor nich weiten, wat dat impertinente Fru-
gensminsch seggt.« – Rand trock sick taurügg. – »Dat Fru-
gensminsch seggt vel, dat seggt ok – ach, du leiwer Gott –,
Hei will frigen, Konrekter.« – »So? – Süh! – Na, un wen
denn?« – »Je, sei seggt jo, de Prinzeß Christel ehre Kam-
merjumfer oder – ach, du leiwer Gott! – Sin Wirtschafterin.
– Äwer ick verbeid' Em dat. – Hei kümmt mi nich wedder
vör de Ogen! – Ick wull Em ok all den Hof verbeiden
laten as Hofrat Altmannen, de will jo nu de virte Fru ne-
men – ach, du leiwer Gott!« – »Dörchläuchten«, säd de
Konrekter ruhig un stunn up, »ick estemier Sei as minen
Landesherrn; äwer wat ick frigen will oder nich frigen, dat
möt Sei egal sin, dorin lat ick keinen Minschen mit inreden.

– Un wenn Sei mi derentwegen den Hof verbeiden willen, denn känen Sei dat dauhn, dat steiht in Ehre Macht; äwer ick kann ok gahn, dat steiht in mine Macht, denn ick bün von den Magistrat tau Nigenbramborg anstellt. – Ick empfehl mi Sei tau Gnaden.« – »Ach, du leiwer Gott! – So bliw Hei doch hir, ick heww jo minen Trost an Em – ach, du leiwer Gott!« – Hir stek Rand den Kopp in de Dör: »Dörchläuchten, dit ward sihr slimm, dat Gewitter kann nich äwer den See kamen, un Schultsch seggt...« – »Du Schapskopp, ick will nich weiten, wat Schultsch seggt, slut de Dör tau, rigel von buten tau, dat hei nich rute kann!« – »Ja, Dörchläuchten«, säd de Konrekter un treckte sine Zauberermondierung af un sinen ihrlichen Rock wedder an, »mit Gewalt känen Sei mi hollen... – Dat was en harten Slag!« – »Ach, du leiwer Gott! – Ja, dat was dat. Kam Hei doch wedder hirher!« – »Ne, Dörchläuchten, ick stah hir ebenso gaud in Gochts Hand as dor, un wat wi Minschen utsinnen, is all dumm Tüg vör Gott.« – »Fürcht't Hei sick denn gor nich?« – »Ne, Dörchläuchten, vör den Blitz nich«, säd de olle stramme Mann un sach den regierenden Herrn ruhig in't Gesicht, »vör Gott as minen Richter fürcht ick mi, denn ick weit, ick ward as en Hundsvott vör em bestahn; äwer vör Gott as minen Vader fürcht ick mi nich, denn hei weit, wat mi gaud is, un wenn hei mi mit en Dunnerslag ahn alle Krankheit tau sick raupen will, denn weit ick, dat hei dat in sinen Gnaden beslaten hett, un ick dank em dorför.« – »Ja, äwer dod? Dod?« – »Je, Dörchläuchten, dat is doch einmal nich anners! – Starwen möt wi all, un ick kann mi't woll denken, dat dat männigen Minschen sihr swor ward, wenn hei scheiden sall un wenn üm sin letzt Lager Fru un Kinner stahn, de hei leiw hett; äwer för so en por olle Einsidlers, as wi beiden sünd, dor möt dat lichter gahn.« – »Ne!« rep Dörchläuchten – »ach, du leiwer Gott! – Hei mag dat woll glöwen; äwer wo kann Hei sick gegen *mi* uprecken? – Ick bün doch en regierende Herr – ach, du leiwer Gott!« – »Ja, un hewwen Ehre Unnerdahnen, un de heww ick ok,

134

dat sünd mine Schäulers, un seihn S', dorin stimmen wi wedder tausam, denn up 'ne Handvull mihr oder weniger kümmt dat vör Gott nich an. Un wenn wi för de sorgen nah unsen Kräften . . .« – »Ach, du leiwer Gott!« rep Dörchläuchten dortüschen. – »Un ehr bistahn in ehren Nöten un uns vör Ungerechtigkeit gegen sei häuden . . .« – Un en furchtboren Slag föll, Blitz un Dunner tausam, un Dörchläuchten schreg lud up: »Dat will ick jo ok, dat dauh ick jo ok – Konrekter, bidd Hei sick 'ne Gnad' ut!« – Den Konrekter müggte woll för den Ogenblick de Gedank dörch den Kopp scheiten, nu wir't Tid, för sick tau bidden, dormit dat hei von den Prozeß loskem – un wi känen jo nicks vör so'ne bösen Gedanken un beden jo ok dorgegen –, äwer dat was man en Ogenblick, as wenn de Swälk de Flücht in't Water stippt, Faut kann sei dor nich faten, un't äwergot em füerrod vör Schimp, as hadd hei in de Slacht den Erzfind den Rüggen taukihrt, un Blitz un Dunner was för em as de Trumpet in de Slacht, un hei stunn wedder düchtig dor un säd: »Ick bruk blot unsern Herrgott sine Gnad', ick bruk keine Gnad' von Minschen, un wenn't ok en Fürst wir. – De Fürstengnad' is de Krück, woran de lahme Gerechtigkeit rümmerhinkt, un wenn Fürsten gnedig warden, willen sei entweder oll Unrecht gaud maken un dorför noch Dank austen, oder sei begahn niges Unrecht, taum wenigsten an de, gegen de sei nich gnedig sünd. – Wenn einer richtige Gnaden utdeilen will, denn möt hei allwissend sin un allmächtig, denn möt hei uns' Herrgott sülwst sin, un dat is kein Fürst.« – »Hei ward hir unbescheiden! Ick ward Em mal marken laten, wat fürstliche Ungnaden sünd!« rep Dörchläuchten wütend, denn't hadd lang' nich dunnert, »ick will em . . .« – Dunn stek Rand wedder den Kopp in de Dör: »Dörchläuchten, eben hett't inslagen, Schultsch seggt, up den Wall in 'ne Pöppel; äwer't geiht glik wedder los, Schultsch seggt . . .« – »Dat will ick nich weiten, du Esel! Un Hei, Konrekter . . .! – Ne, bliw Hei hir! Sinn Hei wat ut, wat uns helpen kann! – Hett all inslagen!« – »Je, Dörchläuchten, wat sall ick utsinnen? In so'ne Lagen, wo uns uns' Herrgott neger kümmt as för gewöhnlich, is dat beste för den Minschen, dat hei sick mal irnstlich examiniert, wat hei woll nich gegen sine Nebenminschen en Unrecht begahn hett, un wenn hei denn dat befindt, un hei fat't den fasten Vörsatz, dat Unrecht wedder gaud tau maken, denn findt hei ok Trost un Maud.« – »Ick dauh keinen Minschen unrecht«, rep Dörchläuchten hastig, äwer dat Gewitter meldte sick wedder, un hei slog den Dauk wedder äwer sin Gesicht: »Ach, du leiwer Gott!« – »Na, Dörchläuchten, dat is mit Sei ok woll nich anners as mit uns alltausamen; oder is dat nich unrecht, wenn Sei Ehren Löper Halsbandten inspunnen laten, wil anner Lüd' Dummheiten makt hewwen?« – »Minen Löper? Dat is min Bedeinter, wo kann en Fürst – ach, du leiwer Gott! –, wo kann en Fürst gegen sinen Deiner unrecht hewwen? – Hett de Kirl mi nich Trotz baden? Hett hei nich Redensorten makt?« – »Na, süll denn nu woll nich en jungen, kräsigen Kirl wild warden, wenn hei« – hir blitzte un dunnerte dat wedder stark, Dörchläuchten schot tauhop – »wenn hei as en Röwer traktiert ward, süll hei woll nich, wenn de Schimp äwer em kümmt, en por driste Redensorten maken känen?« – Un wedder blitzte dat, un Dörchläuchten dükerte wedder achter sinen Dauk: »Ach, du leiwer Gott! – Lat't em lopen! Lat't den Kirl lopen!« – »Ja, Dörchläuchten, dat is recht schön, dat Sei em de Straf afnehmen, äwer Sei möten em ok den Schimp afnemen.« – »Ach, du leiwer Gott!« rep Dörchläuchten un höll sick wegen den Dunner de Uhren tau, »ick sall em am En'n noch üm Vergewung bidden. Ne! Ne! De Kirl . . .« – Rand kek wedder rinne: »Dit ward wedder sihr swor, un . . .« – »Ick will nicks von Schultschen weiten. – Lop hen un lat Halsbandten ut dat Lock!« rep Dörchläuchten. – »Un, Herr Kammerdeiner«, säd de Konrekter, »mi gewen S' mal Tint un Fedder un Poppier.« – »Fedder un Poppier, dat is hir; äwer uns' Tint is indrögt, wi sünd nich sihr för't Schriwen, blot wenn de Hofrat Altmann hir is, denn schriwen wi.« – »Dat is wohr«, säd Dörchläuchten, »ach, du leiwer Gott! – Glik schaff Tint an!« Denn hei hadd de Hoffnung, dat de Konrekter, as süs weck Lüd' dat Fewer, nu dat Gewitter afschriwen wull. De Tint kamm, un de Konrekter schrew. – Mein Gott, dachte Dörchläuchten, wo kann de Kirl bi so'n Weder schriwen! – As de Konrekter de Schriwwt farig hadd, las hei: Halsband wir ganz unschüllig dörch en blotes Verseihn un in Äwer-eilung (wer de makt hadd, stunn nich dorbi) bestraft wor-den; nu, nahdem sine Unschuld bi negere Unnersäukung an den Dag kamen, wir hei ogenblicks ut den Arrest entlaten, un jeden würden de härtesten Strafen andrauht, de em bi jichtens 'ne Gelegenheit dit vörhollen un taum Schimp an-reken würd. – »So«, säd de Konrekter, »Dörchläuchting, nu unnerschriwen S' sick.« – Dörchläuchten wull nich, hei unnerschrew sick äwerall sihr ungirn, un blot mit nauer Nod kreg em männigmal Hofrat Altmann dortau, un nu noch bi so'n Weder! – Äwer uns' Herrgott redte en por Mal drist in den Konrekter sine Vörstellungen mit rinner, un hei ded't. – »Is Sei nu nich vel lichter, Dörchläuchten, nah dese gaude Handlung?« – »Ne, gor nich«, säd Dörchläuchten, »dat Ge-witter möt irst vöräwer sin.« – Un hei log nich, hei säd de Wohrheit, denn't giwwt würklich Minschen, de allmählich so deip in Eigensük versackt sünd, dat sei sick nich mal dor-äwer freuen känen un in ehren Harten Glück finnen, wenn Sei mal taufällig ehren Nebenminschen Hülp taukamen la-ten känen. –

Dat Gewitter was vöräwer, Rand stek den Kopp wedder in de Dör: »Nu is 't vörbi, Schultsch seggt, 't sünd säben Stück west.« – De Konrekter gung un namm de Schriwwt mit, Dörchläuchten atente deip up un säd vör sick hen: »Säben Stück! – Un dat hett hei vörher wüßt! – Dat is en ollen utverschamten Kirl, mit sine verdammten Redens-orten. – Wo bleibt da die Ehrfurcht, die mir der Untertan schuldig ist? – Äwer ick kann em nich missen, hei weit tau gaud mit dat Weder Bescheid. – Un frigen will hei doch! Äwer täuw!« –

Un de Konrekter gung äwer den Mark nah Hus' un säd vör sick hen: »Wo? Ick ward jo woll meindag' nich klauk? Ick bliw so'n ollen Esel, as ick ümmer west bün. Wat heww ick min Näs' in anner Lüd' ehren Kohl tau steken? – Holl dor Dörchläuchten 'ne ordentliche Predigt! Gott bewohr uns – wat 'ne Dummheit! – Ja, wenn't noch en rechten slichten Kirl wir, de unrecht deiht un sick denn vör'n Deuwel nich fürcht't, den mal so recht bi 'ne grote Gelegenheit frisch von de Lewer weg in't Gewissen reden, un wenn hei teihnmal en Fürst wir – äwer 'ne olle Bang'büx, de sick för en Ge- witter fürcht't –, leddig Stroh döschen un en Kirl bekihren willen, de taum Gauden as taum Slichten tau swack is?! – Kanter Äpinus! Konrekter Äpinus! Wenn dit de Lüd' wüß- ten, wenn Hofrat Altmann dit wüßt, wat würd de lachen? – Na, lat sei! – Ick hadd't kläuker maken künnt; äwer ick heww doch kregen, wat ick wull, wenn ick ok tau vel Pulver dorbi verschaten heww. – Ick kann doch hüt drei Harten recht fröhlich maken. – Diem non perdidi.« – Dormit tred hei in sin Hus, un't kamm grad tau Paß, dat hei wat bi sick hadd, Harten fröhlich tau maken, denn in de Achterstuw' von sinen Hus' was de Nod mal wedder recht grot. – Wenn en Gewitter an den Hewen steiht, denn trecken sick de Husinwahners in eine Stuw' tausamen as 'ne Haud in 'ne Hürd', wenn buten de Löw' bröllt, sei säuken Anholt anen- anner un weiten doch recht gaud, dat keiner den annern hel- pen kann. – Ok Nahwerslüd', wenn sei einsam wahnen, gahn tau Nahwerslüd', un wenn't up de Nacht kümmt, denn ka- ken de Frugenslüd' Koffe, dat sei sick in ehre Angst dormit trösten willen, wat denn ok meist gelingt, wenn't Weder vöräwer is. – Hüt hadd nu de Soltmannen sick ok in ehren einsamen Jumferntaustand sihr allein fäuhlt, un wil dat ehre Huslüd' verreist wiren, hadd sei bi Dürten Holzen Schutz söcht. – Gemeinschaftliche Gefohr bringt Lüd' tausamen, de sick süs nich recht rüken känen, un makt de hartsten Har- ten weik, un so hadd Dürten denn ok in ehr eigenes bedürf- tiges Gefäuhl de Soltmannen de Ümstän'n nah recht fründ-

lich upnamen un hadd sei in de säkerste Eck, wid von't
Finster af, up ehr weikes Unglückskissen dalnödigt. Äwer
sei hadd de Slang' warmt in ehren eigenen Bussen; de
snödste Dank för ehre Gaudheit blew nich ut. –
As de gewöhnlichsten Höflichkeits- und Wederredensorten
verschaten wiren, rückte de Soltmannen mit de stadtkün-
nige Geschicht von Halsbandten sinen Prisong rute, un as
sei allens vertellt hadd, wat sei dorvon wüßte, süfzte sei
un säd, dat wir schändlich. – »Ja woll«, säd Dürten, »is dat
schändlich, un wenn de Minsch noch wat dorför künn!« –
»Nichts«, säd de Soltmannen, »kann er dafür, c'est son père
et sa mère et, si vous voulez, monsieur le duc.« – »Wat Sei
tauletzt säden, heww ick nich verstahn«, säd Dürten, de
hirin de Wohrheit säd, denn sei verstunn würklich kein
Wurd Französch, »äwer dat dat schändlich is, dat is wohr,
denn de arme jung' Minsch is doch blot dörch de Dummheit
von anner Lüd' tau den Schimp kamen.« – »Zu dem Schimpf
und zu dem Schaden an seiner Gesundheit«, säd de Mamsell.
– »Ih«, säd Dürten, »von Postpoppier is hei doch ok nich;
wat sin Gesundheit dorvon för groten Schaden liden süll, dat
süll mi doch wunnern.« – »Ja, wundern Sie sich meinet-
wegen; alle Leute wundern sich auch, daß en ce cas Ihre
Schwester, mademoiselle Stining, in eine liaison gewilligt
hat.« – »Stining? – Wat hett min Swester Stining mit den
Schimp tau dauhn, den sei Halsbandten andahn hewwen?«
– »Mit dem Schimpf nichts, aber viel mit dem Schaden; oder
ist das nicht ein Schaden, wenn ein Mensch, den man hei-
raten will, ein Krüppel in seinen Eingeweiden ist, un
monstre.« –
»Wat? – Halsband wir en Kräpel in sine Ingeweiden?« rep
Dürten un kek de Kammerjumfer an, wat dat ok bi ehr
rappeln ded. – »Ja«, säd de ganz ruhig, »und das wissen Sie
nicht? – Jedem Läufer wird ja als Kind die Milz ausge-
schnitten, und so ihm auch; sein Vater und seine Mutter
haben ihre Zustimmung gegeben, und Durchlaucht haben es
befohlen.« – »Halsbandten is de Milt utsneden?« rep Dür-

ten, »wat? Hei hett sine richtigen Ingeweiden nich?« – »Und das wissen Sie nicht? Das weiß ja jedermann.« – »Dorvon is hei so'n Löper, so'n Dänzer, so'n Hasenfaut, so'n Hansvörallenhägen! Em fehlt wat tau'n richtigen Kirl, un de will min Stining frigen?« rep Dürten un towte unner Dunner un Blitz in de Stuw' rüm. »Du kumm mi man! Du kumm mi man!« – Halsband kamm nu zworsten nich, äwer Stining kamm in de Dör rinne, as ehr Swester ehren Brüjam so inständig inventieren ded. – »Mein Gott, Dürten, wat is di?« frog sei un blew in de Dör bestahn. – Dürten müßt sick irst faten – desen Ogenblick namm de Soltmannen wohr un fung an: »Oh, ich erzählte nur eben, daß man Halsbandten...« – »Hollen S' doch Ehr Mul!« rep Dürten dortüschen. – Äwer de Mamsell was in'n Tog: »die Milz ausgeschnitten hat.« – »Mein Gott!« rep Stining, »wat is *dit* wedder?« – »Dat will ick di seggen«, säd Dürten, de nich Tid hatt hadd, ehren Zorn tau dämpen, äwer doch Tid naug, för em en annern Gegenstand uptaufinnen, »dat will ick di seggen, dat is en leges Frugensminsch, de blot dormit ümgeiht, annere Lüd' in Unrauh tau bringen un von anner Lüd' Slichtigkeiten tau berichten.« – »Wenn Sie mich meinen...?« frog de Soltmannen un stunn von dat weike Küssen up. – »Ja, *Sei* mein ick, *Sei grad!*« rep Dürten un ret dat Küssen an sick, as wir't entheiligt worden un sei müßte dorför upkamen, dat dor nich mihr Basiliskeneier up utbrött würden. – »Denn empfehl ich mich Ihnen«, säd de Kammerjumfer stolz un gung ut de Dör. – »Ja, denn empfehl ich mich Ihnen!« rep Dürten achter ehr her, sackte äwer glik up en Staul tausamen, slog sick de Hän'n vör't Gesicht un rep in den düllsten Arger: »Heww ick di dat nich ümmer seggt? Säd ick nich ümmer: ,Stining, de Kirl bringt uns Unglück in't Hus, lat doch von den Kirl!' Un nu is't so kamen, as ick dacht heww. Nu is't gor keinen ordentlichen Kirl, nu fehlt em wat taum vullstännigen Minschen, nu hett hei kein Milt.« – »Ih wo? Dürten...«, säd Stining ok en beten stark verstutzt. – »Je, ick wull jo nich, dat du dat weiten süllst;

äwer de olle Kläterkathrin kann jo nich dicht hollen, de
möt jo allentwegen ehren Schawernack spelen, un nu weitst
du't jo. – Noch is't Tid, lat den Löper lopen, wat deihst du
mit en inwendigen Kräpel, mit en Kirl ahn Milt?« – »Dür-
ten, Dürten«, säd Stining in deipen Gram, un de hellen
Tranen stunnen in ehre blagen Ogen, »du weitst jo doch,
wovel ick von em holl, un wenn't würklich wohr wir, wat
kann hei dorför?« – »Ne, hei kann dor nich för, hei is en
unmünnig Kind west; äwer sin Vader un sin Mauder in de
Ird, dat sei dat leden hewwen! Un dese olle knickebeinigte
Dörchläuchten, dese olle Ekel, de dit anstift't hett, von den
kümmt all uns' Elend!« rep Dürten in weinerliche Wut. –
»Dürten, 't is nich wohr!« säd Stining, un de Tranen lepen
ehr dennoch äwer de Backen, »hei is jo so gesund; un wenn't
wohr wir, denn hadd hei't mi sülwen all lang' seggt.« – »Sti-
ning«, säd Dürten indringlich un stunn up un stellte sick vör
ehre Swester, »dat kennst du nich. Dat is jo all jeden Min-
schen schanierlich, wenn em wat von sine butwennigen Glid-
maßen fehlt, wo möt äwer woll einen irst tau Maud' sin,
den wat von sin richtig Ingeweid afhannen kamen is. – Süh,
dor was Snider Schlundten sin öllst Sähn, de hadd man 'ne
halw Lung'. Jedermann wüßt't, un de Dokter hadd't ok
seggt; äwer meinst du, dat hei sülwen dat glöwen wull un
dat hei dorvon redte? – Ne, de arm Minsch kräpelte sick
so hen, bet't nahsten mit einem Mal all was.« – »Ne, Dür-
ten, so is't nich mit Wilhelmen«, säd Stining in säuten Ver-
trugen un wischte sick de Ogen af un kek so fründlich ehre
Swester an: »Un wenn sei em Lung' un Lewer utsneden
hadden, un sei hadden em man sin Hart laten, denn wull
ick't doch mit em wagen. De Milt makt den Minschen nich,
dat Hart makt em, un dat is bi em so richtig, so gesund un
so tru! – Ne, wenn wi em man irst ut dat Fängnis rute
hewwen, denn lat uns wider nich sorgen, denn ward dat all
wedder gaud. – Äwer, ach Gott, nu liggt hei bi dit Un-
weder allein in dat düstere Lock!« – »Dorin giww di nu
man taufreden«, säd Dürten ruhiger, denn dat Vertrugen

stickt ebenso licht an as de Angst, un Stining hadd ehr Ver-
trugen vull in Dürten ehr Seel utgaten, »min Herr is nah
Dörchläuchten raupen, un de ward den ollen Miltensnider
– Gott vergew mi de Sün'n! – schön inbäuten. – Dat so'n
ollen Kirl so vel Elend anrichten kann! – Denn mit de
Milt, dat glöw ick doch, dat Frugensminsch säd dat tau be-
stimmt, un sei is bi Hof west un kann dat weiten.«
So gung de Red' bi de beiden Swestern hen un her, un
wenn Dunner un Blitz ok männigmal en beten unsacht dor-
tüschen fohrten, ehr Hart was tau vull Trübsal, as dat sei
dat in'n ganzen estimiert hadden. – 't was lang' all Nacht
worden, un sei seten noch ümmer tausamen un lurten mit
Angst un Bangen up den Herrn Konrekter. – Nah dese
Richtung hen hadd Dürten nu wedder mihr Krasch' as ehr
Swester, denn sei trugte den Herrn Konrekter tau, dat hei,
wenn hei blot wull, ganz Meckelnborg-Strelitz up den Kopp
stellen künn, »un wenn hei dat Regiment hadd«, set'te sei
hentau, »denn stünn't ganz anners in de Welt, denn würden
keine Löpers mihr insteken un keine Milten mihr utsneden.« –
Dunn würd buten an't Finster kloppt, Dürten gung hen un
sach tau, wer dor wir: Bäcker Schultsch stunn buten un
hadd ehren Rock äwer den Kopp namen – denn dat wiren,
ok bi de riksten Börgerfrugens, de dunnmaligen Paraßols
un Paraplühs. – »Dürten«, säd sei,« – ne, lat man, ick kam
rinne, denn dat regent, as wenn't up Buren regent. – Dür-
ten«, säd sei, as sei binnen was, »un süh dor, ok Stining! –
Na, för Sei ward dat ok 'ne grote Freud' sin. – Wat hei is,
de Konrekter, is jo hüt ok wedder dor bi den Ollen, un nu
ward jo woll wedder dor allerlei unheilig Wesen bedrewen,
denn ick heww Sei woll seihn, Dürten, dat Sei dor wedder
mit den ollen Voßswanz äwer den Mark drawt sünd.« –
»Unheilig Wesen?« frog Dürten scharp, »un de Herr Kon-
rekter, de as Kanter alle Sünndag' in de Kirch singen möt?«
– »Ih, laten S' man! Kirch un Paleh sünd *tweierlei*. – ,Kri-
schan', säd ick, ,wat de beiden dor bedriwen, dor hett uns'
Herrgott ok woll keinen Deil an.' – ,Du redst di noch üm

Ihr un Reputatschon', säd hei. – ‚Du swig ganz still', säd ick, du kümmerst di vel üm min Ihr un Reputatschon', säd ick, ‚för dinentwegen kann mi jo Dörchläuchten up apenbore Strat ein impertinentes Frugensmensch titulieren.' – Un dat hett hei dahn; äwer taum Vurtel is em dat ok nich west. – ‚Tweiback!' kamm de Lakai vermorrntau. – ‚Ja', säd ick, ‚Kuchen! – Backt jug sülwen weck, en impertinentes Frugensmensch hett keinen Tweiback.' – Na, hüt abend kamm nu Rand, den hadden s' jo rutesmeten ut de Stuw', wo s' ehren ollen Düwelskram bedriwen. – Un wo leidig was hei; ja, dacht ick, wegen't Duwwelbir, un ‚Fru Schulten', säd hei – süs seggt hei Schultsch – ‚wat hewwen Sei uns för en Elend makt', säd hei, ‚mit de Tweibacken? Dörchläuchten würd so falsch up mi un wull mi wegjagen', säd hei, ‚un de Löper Halsband süll Kammerdeiner warden' – freu'n Sei sick nich, Stining?« – »Ne«, säd Dürten, »dor kann sei sick nich äwer freu'n, dat's Mis as Mus.« – »Dat säd ick ok; ‚Rand', säd ick, ‚'t wir gaud, wenn mal en anner Regiment an den Hof kem as Ehr, denn würden doch nich ordentliche Börgerfrugens, de 'ne ihrliche Reknung tau föddern hewwen, up den apenboren Mark utgäudert warden', säd ick un gung ut de Dör. – Un richtig! As ick wedder rinnerkamm, hadd dat olle schulsche Dirt Krischanen wedder de weike Sid afgewunnen un satt dor un drunk Duwwelbir. – ‚Schöne Wirtschaft!' säd ick un gung trotzig wedder rute, un hei lep nu ümmer af un tau räwer nah de Paleh un drog Wederrapporten un frog mi ümmer, wat ick dortau meinte, dormit wull hei mi jo woll wedder gaud maken. Äwer Tweiback kriggt hei derentwegen morgen doch nich.« – »Äwer«, föll Dürten ehr hir in de Red', »Sei wullen uns jo wat seggen, wat för Stining 'ne grote Freud' sin süll.« – »Je, nu kik mal! – Heww ick denn dat noch nich seggt? – Je, eben kamm hei nu wedder räwer, hei müßt den Stadtdeiner raupen, säd hei, denn Dörchläuchten hadd anbefahlen, säd hei . . .«

Hir würd sei dörch de Klingel an de Husdör unnerbraken,

un de Herr Konrekter kamm in de Dör rinner: »Dürten, Stining, jug Halsband is frilaten, un ...« – »Gotts ein Dunner!« rep Schultsch, »ji lat't einen ok gor nich tau Wurd kamen! Dat wull ick jug jo grad' seggen.« – »Ih«, säd Dürten, »Tid naug hadden S' dortau woll hatt. – Äwer't schadt nich; ick wüßt doch, dat't so kamen würd, wenn sick de Herr dormit bemengen würd.« – Un Stining stunn vör den Konrekter un hadd ehre lichte Hand up sinen Arm leggt un kek em mit de blagen Ogen so äwerglücklich in't Gesicht un säd mit ehre weike Stimm: »Ach, Herr, womit sälen wi Sei *dat* vergellen?« – »Dat sall di so sur nich warden, min lütt Stining«, säd de Konrekter un kreg sei unner den Kinn tau faten un böhrte ehr den Kopp tau Höcht un küßte sei drist up den fründlichen, roden Mund. Un de rode Mund let sick küssen, äwer de Backen würden nu ok rod, wohrschinlich ut Afgunst gegen den Mund, dat hei wegen sine schöne Farw so'n Vörtog kreg. – »Huching!« rep Schultsch, »de ollen Herrn laten doch dat Spaßen nich, min oll Krischan ...« – is just so, wull sei seggen; äwer sei kamm nich dortau, denn Dürten drängte sick vör: »Stining, bedank di doch!« – »Ick heww mi jo all bedankt«, säd Stining en beten in Verlegenheit. – »Ja, wegen Halsbandten«, säd Dürten, »äwer doch noch nich wegen den Kuß. – Sei is noch tau jung, Herr Konrekter, Sei dörben ehr dat nich anreken.« – »Ih, wo!« säd de Konrekter un sach so ut, as wir hei 'ne olle Witfru, de dat Geschäft mit en smucken Gesellen furtsetten wull, un wenn hei ok noch so jung wir, »äwer«, säd hei un halte de Schriwwt rute, »hir is de Hauptsak. Dörchläuchten hett't sülwst unnerschrewen, dat de jung' Minsch ganz unschüllig seten hett un dat em keiner dat taum Schimp anreken darw. – So, nu gun Nacht.« – Dormit wull hei nah sine Stuw'; äwer Stining hadd sick en Hart fat't, sei höll em up: »Herr Konrekter, Dürten seggt, Sei weiten allens«, un sei kek em so ängstlich an un stamerte in ehre Verlegenheit rute: »Hett Halsband – hett hei 'ne Milt?« – »Wat?« frog de Konrekter, »wat süll hei hewwen?« – »Herr«, säd Dürten,

»dat olle gele Frugensminsch von gradäwer is hir west un hett uns vertellt, dat de Löpers in kindlichen Johren de Milt utsneden ward.« – »Un dat ward dat ok, Dürten«, säd Schultsch, »un min Krischan seggt, Halsbandten sin oll Vader – ick heww den ollen Mann noch recht gaud kennt, sei säden ümmer ,sprickern Herrgott' tau em, indem dat hei so dünndarwig was...« – »Dummes Tüg!« föll ehr hir de Konrekter in de Red', »din Halsband hett ebenso gaud 'ne Milt as du un ick, un wenn em wat fehlen deiht, denn, glöw ick, is dat de Gall, un dor dank du Gott vör, denn hei is ümmer fröhlich un lustig, un dat giwwt en fründlichen Ehmann.« – Un as hei hirmit wedder Stining ehre Backen rod farwt hadd, lachte hei un gung ok fröhlich un lustig in sine Stuw'. – »Gott bewohr uns!« rep Dürten, »wat heww ick doch för 'ne niderträchtige Natur! – Ich bün doch en ganz leges Frugensminsch! Dor schimp ick hir up unsen ollen gauden Dörchläuchten, up dat olle unschüllige Worm, un sinn em allerlei Schanddahten an, un hei deiht wildeß mine Swester den groten Gefallen un lett den Löper fri! – Ne, dat is doch tau schändlich, dat ick ümmer mine slichte Natur folgen dauh!« – »Ja, Dürten«, säd Schultsch un rüst'te sick taum Gahn, »dat is min Mod' ok – leider Gotts! – mi löppt ok ümmer glik de Lus äwer de Lewer, un Krischan seggt: ,Du kannst hunnert Johr olt warden, du wardst doch nich anners', seggt hei. – ,Worüm süll ick nich anners warden?' segg ick. – ,Wil du din Mul nich törnen kannst', seggt hei. – Dat is en dummen Snack von em. – Mensch, bedenke das Ende! – Worüm süll ick mi nich ännern känen? – Dat will ick Krischanen morgen woll wisen! Morgen kriggt Dörchläuchten wedder Tweiback, denn hei hett hüt Gauds gegen jug dahn, un Geben ist seliger denn Nehmen. – Stining, kümmst du mit?« – Stining gung mit: »Gun Nacht, Dürten!« –

Un Dürten gung tau Bedd un höll 'ne rechte gründliche In- un Utkihr in ehren Harten un jog un schüchterte dorin herümmer mit all de ollen flüchtigen Utbrüch von Zorn un

Haß un set'te ehre Seel so'n rechten dägten Dämper up, bet sei sei so wid dalkreg, dat sei sogor de Nachborin von grad-äwer vergewen würd, un sei in ehre Ogen ehr nich mihr gel vörkamm. Un sei bed unsen Herrgott, den Herrn Konrekter den hütigen Dag extra up sinen Schalm antausniden, un bed em, ehr Stiningswester endlich mal in Freden glücklich tau maken. Un as sei ehre Andacht beennigt hadd, kamm sei von den Konrekter un Stining up den Konrekter un Stining von hüt abend, un dat de Konrekter Stining küßt hadd, un dat hei ehr sülwen ok all küßt hadd, äwer nich up den Mund, un dat dat Küssen von dat Küssen herkamen wir, dat Küssen von dat Küssen – Küssen – Küssen – un de Gedanken verwirrten sick bi ehr, un mit Küssen – Küssen slep sei in.

Un Stining lagg noch in't Finster un sach in de Nacht herute, wo dat Weder aftagen was un de hellen Stirn wedder ruppetogen, un ehr was't, as wenn 'ne Stimm dalflustern ded mit Trostwürd', un sei kek nah baben; un ehr was't, as wenn von unnen 'ne Stimm ruppeflustern ded mit Leiwswürd', un sei kek nah unnen: »Gun Abend ok, Stining«, flusterte dat, »ick müßt di doch gun Abend seggen, ick bün frikamen.« – »Ick weit't, Wilhelm, ick weit't. – Ach, wat hest du woll uthollen!« – »Ne, Stining, ick heww an di dacht un an uns' Taukunft, un bi den Gedanken an di is mi sacht tau Maud' worden un bi den Gedanken an de Taukunft irnsthaft, un mi is vel infollen. – Sall ick ruppekamen un di't vertellen?« – »Ne, Wilhelm, morgen – morgen! – Mi is tau weikmäudig. – Gun Nacht, Wilhelm.« – »Gun Nacht, Stining!« – Un as ehr Wilhelm gahn was, gung Stining tau Bedd un dankte unsern Herrn ut ehren weiken, vullen Harten, dat hei ehren Leiwsten hadd frimakt, un bed för den Herrn Konrekter, denn de hadd den Anstot dortau gewen, un dachte gor nich mihr an den Kuß, den hei ehr ut pure Schelmenstücken gewen hadd, un höll den Herrn Konrekter för den verstännigsten un kläuksten Mann, denn hei hadd seggt, ehr Wilhelm hadd 'ne Milt. – Un sei dachte

146

unner vele Sorgen, wo't woll hadd warden süllt, wenn Wilhelm würklich en inwennigen Kräpel west wir, un sei lachte wedder as en Kind äwer ehre Sorgen, un ehre Seel spelte sick mit so'ne bunte un kruse Gedanken in den säutsten Kinnerslap.

Un Bäcker Schultsch kamm ok tau Hus un tellte in ehre Schenkstuw' de Buddeln up den Disch un schüddte mit den Kopp un säd: »Dat segg ick man, so drad ick man den Rüggen wen'n dauh, is't Spill in'n Gang'. Krischan ward nich anners.« – Un as sei in ehre Slapstuw' gung, lagg Krischan all un sagte Sagblöck un allerlei Klabenholt, un sei stödd em an, äwer ganz in Fründlichkeit, un säd: »Krischan, ick bün hen nah ehr west.« – »Hm«, säd Krischan, und wer Krischanen nich kennte, kunn sick vel ut dese Red' entnemen, Fru Schulten wüßt äwer ganz genau, dat Krischan dormit seggen wull, 't wir em ganz parti egal. – »Ne, Krischan«, säd sei un treckte sick ut, »so glikgültig süllst du doch nich dorgegen sin, denn dat is doch wedder en gaud Stück von unsen ollen Dörchläuchten, dat hei den Löper hett frilaten.« – »Hm«, säd Krischan. – »Ick weit, wat du seggen willst, Krischan«, säd sei, »du meinst, ick bruk min Näs' nich dormang tau steken; äwer ick will dat nu einmal. Un du meinst, ick ward mi nich ännern; nu will ick mi äwer grad' ännern, un worüm sall ick as 'ne verfrigte Brambörgsche Börgerfru mi nich ebenso gaud ännern känen as Dürten Holzen? – Ne, de Minsch sall vergewen un vergeten.« Dormit läd sei sick tau Bedd; Krischan dreihte sick en beten bet nah de Wand üm. – »*Wat* seggst du, Krischan?«« – »Hm«, kem't von de Wand her. – »Ne, Krischan, hüt abend bidd ick mi ut, dat du *kein* Wedderwürd' hest, denn ick weit, ick bün up den richtigen Weg, un morgen kriggt Dörchläuchten wedder sinen richtigen Tweiback. – Wat? Du seggst gor nicks? Is di dat villicht nich mit? – Slap ruhig in, Krischan, wenn ick mi wat vörnem, denn sett ick dat ok dörch. – Slap ruhig in, denn wenn ick di nich örgeln hür, kann ick nich inslapen, ick bün't all tau sihr gewennt.« – Un Krischan örgelte los, un ehr würd

dorbi ganz sachten tau Maud' as en Möller, den sine Mähl
in vullen Gang' is, un sei schüddte mit de Würd' »morgen
kriggt hei Tweiback, hei kriggt sinen richtigen Tweiback!«
noch en beten Kurn up ehren Rump, un dunn danzte dat
vör ehre Ogen vull luter Kringel un Tweiback, un Dörch-
läuchten danzte bet an de Knei in den Tweiback, un de
Stadtmuskant blos dortau von den Rathustorm, un de Herr
Konrekter spelte de Ördel dortau, un as hei hacken blew,
markte sei, dat dat eigentlich ehr Krischan was, de an en
Knast kamen was, un sei dreihte sick üm un spelte nu ok en
beten up ehr Ördel un bröchte Krischanen wedder in den
Tog.

't giwwt ganz infam schawernacksche Lagen in de Welt, wo
einer nich weit, sall hei linksch, sall hei rechtsch gahn; sall
hei nah den Appel langen un de Beer fohren laten, oder sall
hei nah de Beer langen un den Appel fohren laten, oder sall
hei't mal riskieren un mit beid' Hän'n taugrapsen up de Ge-
fohr hen, dat hei gor nicks kriggt? – In so'ne ßackermentsche
Lag' was uns' oll brav' Rand; hei hadd all sörre einige Tid
in sine truge Kammerdeinerbost mit allen Flit en lütten
nüdlichen Haß gegen den Löper Halsband upsögt, hadd em
gröter börnt, un as Dörchläuchten nilich dorvon redt hadd,
dat Halsband mit de Tid sin Nahfolger warden süll, dunn
was hei mit einem Mal gewohr worden, dat sin lütt Haß
all en groten Slüngel worden was, de nahgradens all wat
dauhn kunn un nich nödig hadd, in alle Ecken von sine

148

warme Bost ful herümmertauliggen, hei wull em also mal
utlaten. – Up de anner Sid hadd hei nu all, so lang' hei
Kammerdeiner was, sinen Vurtel trug in't Og' fat't, un wil
dat nu Dörchläuchten em gor nich missen kunn, so was *sin*
Vurtel *Dörchläuchten* sin Vurtel, un wil dat Land Dörch-
läuchten nich missen kunn, so was *Dörchläuchten* sin Vurtel
de Vurtel von't *ganze Land;* un so is denn nu hirut düdlich
tau seihn, dat dat Glück von Meckelnborg-Strelitz up Rand-
ten sinen Vurtel stunn, un de Herr Kammerdeiner was en
tau gauden Meckelnbörger, as dat hei sin Vaderland un-
glücklich maken süll. – Hei hadd also mit sinen Vurtel tau-
glik dat Glück von Meckelnborg-Strelitz in't Og', un de-
rentwegen müßt hei bet an sin selig En'n Kammerdeiner
bliwen. –
Dese Saken wiren nu so wid ganz klor, nu kümmt äwer de
Klemm: wull hei sinen Haß gegen Halsbandten gründlich
utlaten, denn kunn hei dat man vernünftigerwis' dordörch,
dat hei den Löper sine Frigeratschon taunicht makte, un dat
gung man, wenn Dörchläuchten em abslut nich ut den
Deinst let, un dorüm müßt hei, Rand, den Löper ümmer
lawen, dat Dörchläuchten sick ümmer mihr in den Löper
verleiwen ded. – Wull hei äwer dat Glück von ganz Mek-
kelnborg, denn müßt hei den Löper wegbiten, dat hei sül-
wen bet an sinen seligen Dod Kammerdeiner blew.
In dese Klemm satt nu de olle brave Mann un satt vir Dag'
vör Pingsten in Schulten sine Schenkstuw' un drunk Duw-
welbir, üm sick de Gedanken klor tau maken; Krischan
hülp em dorbi, dat heit bi dat Duwwelbir, nich bi de Ge-
danken, denn Krischan was kein Fründ von vele Gedanken;
Geschichten – ja! Äwer Gedanken – ne! – Dunn kamm
Schultsch in de Dör un stellt sick vör ehren Eheherrn hen:
»Krischan, du meinst, ick dauh't nich, ick dauh't äwer doch.«
– »Dauh du't«, säd Krischan. – »Ne, *so* brukst du mi nich tau
kamen! – Wenn du mi in allen tauwedder büst, denn kann
minentwegen wirtschaften, wer will. – Eheleute sollen in
Einigkeit miteinander leben. – Äwer du denkst jo woll, ick

sall mi allens von di gefallen laten? – Ne, ick dauh't doch!«
– »Wat einer nich laten kann, dat möt hei dauhn«, säd
Krischan un drunk eins up sine Weisheit. – »Nich laten kä-
nen?« frog Schultsch, »meinst du dor villicht mit, dat ick di
wedder tau vel reden dauh? – Du süllst di wat schämen,
mi dat vörtauhollen, wenn ick taum gauden red'. – Wo?
Ick sall dat von minen Finster mit anseihn, dat Kunst alle
Johr den tweiten Pingstdag mit en Wagen vull Buddeln
nah den Nemerower Holt ruteführt un den annern Dag mit
leddige Buddeln wedderkümmt un 'ne grote Tasch vull
Geld? – Wat? – Wenn bi Kunsten de Hofrat Altmann sitt
un Dokter Hempel un de annern – de Konrekter geiht nich
mihr nah em hen – un drinken dor Rodwin un de vörnemen
Mamsells danzen dor de Nacht dörch un eten den ollen
klitschigen Kauken von den Zuckerkanditer in Strelitz un
kamen den annern Morgen as de Uhlen tau Rum mit de
plusigen Hor un de verhuhlwakten Ogen – worüm sall ick
nich ebenso gaud för ordentlich Börgerlüd' un Börgerdöch-
ter en Telt herrichten, dat de ok ehr Plesier doran hewwen?
– Oder glöwst du, dat min Kringel un Botterpamel nich
ebenso gaud sünd as den Zuckerkanditer sin oll Smerkram
un min Duwwelbir nich ebenso gaud as Kunsten sin Rod-
win, de as Tint smeckt, wo sick Fleigen in versöpt hewwen?«
– »Mutting, drink mal!« säd Krischan un höll ehr sin Glas
hen, »Lung' un Lewer möten di jo drög warden.« – »Gah
mi mit dat oll Tüg von'n Liw'! – Ick weit woll, ick red' di
all wedder tau vel; äwer sall ick dor nich von reden, wo
alle Lüd' von reden? – Dor kam ick eben von den ollen
Böttcher Holzen – von uns' Waschküben sind wedder de
Bän'n runnesprungen, ick säd woll, wi wullen uns isern üm-
leggen laten, äwer ne! –, na, dor satt Halsband un arbeit't
för den ollen Mann un säd, wenn ick dor mit 'ne Baud'
rutekem, denn wull hei sick de Sak annemen, dat hei dor
as Vördänzer för uns upkamen wull, denn du würdst di dor
schön tau passen.« – »Ja«, lachte Krischan äwer sine ganze
lächerliche Sid. – »Un dorin büst du mi nu nich tauwedder!

150

– Un wenn du mi dorin tauwedder büst, dat ick Dürten un Stining Holzen för den Abend so up mir nichts dir nichts inladen dauh, denn . . ., denn will ick di man seggen, dat ick't doch dauh. – Nah de ollen Penzliner Juden, de hir Markdags mit ehr Bauden vör uns' Dör stahn un mi de Stuw' vull Smutz trampeln un nicks vertehren, dor kannst du henführen un uns de Planlakens leihnen, denn mit de ollen Kirls un ehr oll Gesnatter mag ick nicks tau dauhn hewwen.« – »Mutting, verhitz di nich, du künnst di verküllen, wenn du buten in den Tog geihst.« – »Ih«, säd Schultsch un gung nu grad rute, »dor wardst du di vel üm quälen!« Krischan quälte sick denn ok würklich nich vel äwer ehre Red', äwer Rand desto mihr, as hei äwer den Mark nah de Paleh gung; hei wüßt sick nich tau raden: de Löper wull Pingsten danzen, dat müßt hei Dörchläuchten so mit en lütten Ümswang bibringen, dat verstunn sick von sülwst, dorför was hei jo Kammerdeiner; äwer süll hei Dörchläuchten *vörher* oder *nahher* in Kenntnis dorvon versetten? – Säd hei't em *nahher,* denn hadd Halsband den Rohm von de sure Melk, dat Danzen, frilich vörweg; äwer't kunn sihr tau sinen eigenen un Meckelnborg-Strelitz sinen Vurtel uthaugen, denn Dörchläuchten hadd all oft verbaden, kein von sin Deinerschaften süll mit Frugenslüd' danzen, un kunn in vulle Wut Halsbandten mal würklich wegjagen; äwer denn frigte Halsband, un wo stimmte dat mit sinen gründlichen Haß? Säd hei't em *vörher,* denn fauderte hei sinen Haß frilich mit Halsbandten sinen Arger un Stining ehre Weihdag'; äwer wo blew denn sin Vurtel un dat Glück von sin Vaderland? Denn Dörchläuchten würd den Löper dat in sine Gaudmäudigkeit vergäuden, dat hei nich taum Danzen kamen was, un bi de Gelegenheit künn hei, Rand, sülwen so ganz bi lütten üm de Eck bröcht un in den Kammerdeiner-Rauhstand verset't warden. – Dor gaww't vel tau bedenken; äwer Rand was en groten Charakter, as dat hüt tau Dag' nennt ward, hei würd leiwerst en slichten Patriot un slog sinen eignen Vurtel in't Gesicht, as dat hei sine vörnemere Leidenschaft, sinen Haß, upgaww, hei wull't Dörchläuchten *vörher* seggen; un as hei bi sinen Herrn rinnerkamm, fung hei denn an: »Recht schönes Weder hüt den ganzen Dag, un an Gewitter nich tau denken.« – »So?« frog Dörchläuchten un kek von sine Arbeit tau Höcht, denn hei spelte grad' en beten mit sine Fingerring'. – »Ja, un't lett so fast, as wenn't meindag' nich wedder regen warden will, un Schultsch seggt, de Stadtscheper hett seggt, up drei Wochen seggt hei gaud, hett hei seggt.« – »Ih, wenn't de Konrekter nich seggt – wat weit so'n Kirl dorvon?« – »Je, seggen Sei dat nich, Dörchläuchten, jeder Minsch hett sine besondern Markteiken för't Weder, ick heww min Gicht, Bäkker Schult hett sin ein slimm Sid, de Konrekter hett dit un dat, un de Stadtscheper hett sinen einen ollen Hamel, je nahdem de sinen Start nah den Wind richt't, je nahdem ward dat gaud oder slicht Weder.« – »So?« frog Dörchläuchten, den dat dörch den Kopp scheiten würd, wat hei sick desen Wohrsegger nich anschaffen wull. »Na, weit hei denn ok mit Gewittern Bescheid?« – »Ih, woll, dat is jo grad sin Hauptsak: wenn en Gewitter in de Luft is, denn fängt hei mit den Start so an tau wriwweln, un denn blitzt un dunnert dat ok glik los. – Äwer up Stun'ns kihrt hei sick an nicks un frett förfötsch weg as jeder anner Hamel. – Tau Pingsten krigen wi dat schönste Weder un känen jo denn ok en beten utführen.« – »Ja«, säd Dörchläuchten noch in deipen Gedanken an den nigen Propheten, »dat kann woll sin.« – »Ja, de beiden Löpers möt wi äwer denn ditmal woll tau Hus laten, mit *einen allein* kledt jo dat doch nich.« – »Was? – Esel! – Hast du mich jemals mit *einem* Läufer fahren sehn?« – »Ne, dat nich! – Äwer ick mein man, wil dat Halsband jo nich kann.« – »Was? Ist er krank?« – »Ih, wo! – Krank? – Ne, ick mein man, Dörchläuchten hewwen em dat verlöwt, dat hei den tweiten Pingstdag in den Nemerowschen Holt in Schultschen ehre Danzbaud vördanzen sall, sin Brud is jo ok dor, un Schultsch seggt . . .« – Wider kamm Rand nich, denn Dörchläuchten was upsprungen un

towte gefährlich in de Stuw' rüm: »Was? – Sind Wir noch
Herr? – Sind Wir noch regierender Herr, und Unser Läufer
will tanzen? – Ich jag' den Kerl weg! – Ich jag' ihn auf der
Stelle weg!« – »Je, Dörchläuchten«, säd Rand, un so'n tück-
sches Lachen wis'te sick up sin oll truhartiges Kammerdei-
nergesicht, »denn ward hei woll irst recht danzen.« – »Nein«,
rep Dörchläuchten, »er soll nicht tanzen! – Ich laß ihn nicht
laufen, ich laß ihn einsperren!« – »Je«, säd Rand un treckte
mit de Schullern, »dat's ok man so, Dörchläuchten; denn
kümmt de oll klauk Konrekter wedder her un makt Sei wat
vör, un denn laten Sei'n wedder lopen.« – »Der Konrektor?
– Wir brauchen den Konrektor nicht!« – »Sei meinen, wil
dat nu fast Weder is, äwer...« – »Der Konrektor will auch
heiraten; aber Wir werden ihm mal zeigen, was die Un-
gnade des regierenden Herrn zu bedeuten hat!« – »Je,
Dörchläuchten, dat's ok man so. De Konrekter steiht nich in
unsen Deinsten, de is von de Stadt anstellt; äwer wenn Sei
mi anhüren willen, *ick* will Sei woll en Middel seggen, wo
wi 't maken möten« – Dörchläuchten set'te sick – »seihn S',
dor is de Breiw, den wi an dat Hofmarschallamt in Berlin
schrewen hewwen, de liggt nu all gaud virteihn Dag', in-
dem uns dat mit en Kurier dörch dat Preußsche tau dür
ward« – Dörchläuchten makte 'ne Bewegung, as wull hei
upfohren – »ne, laten S' man! Wi weiten jo, worüm. – Na,
de möt doch nu nahgradens mit en Expressen besorgt war-
den, denn wo würd uns dat kleden, wenn wi den mit de
ornäre Post schicken wullen. Wenn wi den nu mit den Lö-
per henschickten, äwermorgen, un säden em, in fiw Dag'
müßt hei wedder hir sin, denn kem hei den Dingstag nah
Pingsten wedder her, un denn is de Danzeri vörbi, un em
ward denn ok woll nich sihr danzerig tau Maud' sin, denn't
sünd twintig Mil hen un twintig Mil her, un denn de ver-
fluchte preußsche Sand un uns' eigen tüschen Strelitz un
Förstenbarg.« – Dörchläuchten würd ganz hellhürig; Rand-
ten sin Vorslag kunn em woll gefallen, denn hei was en tau
weisen Regent, as dat hei grote Maßregeln anwendt hadd,

wenn hei mit lütte ok tau sinen Zweck kamm. – De Sak
würd afmakt, un twei Dag' vör Pingsten würd Halsbandten
de Breiw äwergewen un em bedüdt, fiw Dag' hadd hei tau
de Bestellung Tid. –

Dat was denn nu en hellschen Impaß in sin Danzvergnäu-
gen! Dit hadd hei nu äwer frilich woll licht verwun'n, wenn
Stining em nich vertellt hadd, dat Schultsch ehr ok dortau
inladen hadd, un dat makte sin Hart nur swor, dat *sei* dat
Vergnäugen quitt gahn süll, denn dat wüßt hei, ahn em gung
sei nich. – Dat dese Updrag 'ne Utgeburt von Dörchläuch-
ten un Randten ehre Weisheit un de Breiw so'ne Ort von
Uriasbreiw was, ahnte sine Seel nich; blot as Rand em den
Breiw gewen hadd, hadd hei so'n gnittschäwsches Wesen ut
sin Gesicht lüchten seihn, un wenn einer ok noch so unschül-
lig de Welt ansüht, einmal is doch dat irstemal, dat em de
Bös' ut dat Minschenangesicht ankickt un em stutzig makt,
wat dor ok woll allens achter dit Gesicht in richtige Ord-
nung is. – Dat was en unkloren Kram in sine Gedanken, äwer
as hei sick rüsten ded tau sine Reis', müßt hei sick ümmer
fragen: »Süll woll ...? De tweite Pingstdag ...? Süll Rand
dat woll weiten? – Süll Rand woll an den Breiw schuld sin?
– Hm, hm! – Verstahn dauh ick't nich, äwer ... Na, je later
hir weg, je later dor. Vörwarts!« Dormit gung hei, äwer un-
nerwegs was taum wenigsten ein Sak bi em taum kloren ka-
men: Stining dürwt dat Vergnäugen nich missen, hei gung
also fix bi ehr vör: »Stining, ick möt glik furt nah Berlin,
de Lüd' mägen di woll seggen, ick kem nich taum Danzen
an den tweiten Pingstdag; – ick *kam*, un *du geihst up jeden*
Fall hen, Dürten ward woll mitkamen, denn sei is jo doch
ümmer de Kluck von dat Küken.« – »Mein Gott, Wilhelm,
wat ...?« – »Heww kein Tid! – Du *kümmst*, dat is min hei-
ligstes Verlat.« – Dormit gung hei, un as hei dörch dat Star-
gardsche Dur gung, säd hei tau sick: »Ick möt vör jeden
Hans Narren lopen, bet mi de Tung' ut den Hals' hängt,
denn ward ick doch ok woll mal för min Stining lopen kä-
nen!« Un dor drawte hei hen. –

154

So kamm denn nu de irste Pingstdag ranner. De ganze Stadt was upputzt mit Mai, ein jedes Hus hadd sine Lauw vör de Dör, un dorin satt de ihrsame Börger mit Slapmütz un Pantüffeln, en Teiken, dat Rauhdag wir; un de flitigste Husfru läd vermorrntau de Hän'n in den Schot un satt unner de gräunen Büscher un wehrte de Gören af, dat sei nich all den Pottkauken un Kringel vertehrten, un lihrte ehr, wat Ramat heit, un de Deinstmätens drogen mit Platen vull Kauken up de Straten rümmer, un ganz Nigenbramborg swemmte in idel Wollgeruch, de sick halw von unsen Herrgott sine frischen Barkenbüscher, halw von Bäcker Schultsch ehren säuten Festkringel herstammte. Ach! 't is wat Schönes üm so'n Pingstfest, wenn uns' Herrgott gnedig dorup dalkickt ut den blagen Hewen un de gräune Ird ut Gras un Krut un ut Low un Blaumen ehr Dankopfer tau em upstigen lett!

För den Herrn Konrekter was dat en düdlichen Wink, dat hei an so'n schönen Dag noch besonders danken müßt, un hei hadd dat so inricht't, dat hei alle Pingstdagmorgen bi Sünnenupgang mit sine Schäulers in dat Brodasche Holt tog un unner de groten, rumen Bäuken en geistlichen Morgengesang anstimmte, un denn treckte olt un jung em nah un stimmte mit in, un't was en schönen Anfang von dat schöne Fest.

Hüt morgen hadd hei nu ok wedder so sine Andacht afhollen, un sin Hart was wid un fröhlich, as hei tau Hus kamm, un hei begrüßte sin Dürten so munter un spaßig, as wir hei teihn Johr jünger, un Dürten säd: »Herr Konrekter, de Snider hett Sei ok Ehren nigen Habit bröcht. Dat ward Sei mal kleden!« – »So? So? – Dat kümmt mi tau Paß, denn ick will jo morgen danzen. – Dor lachst du tau? – Wat? Glöwst du, ick kann nich? – Oh, ick kann«, un dormit sches'te hei de Del entlanken nah sin Slapstuw' un treckte so fröhlich sin niges Tüg an, as wir hei ein von sine Schauljungs, de't taum Wihnachten kregen hadd. Un as hei dormit prat was, kamm hei wedder nah de Del rute un presentierte sick un frog: »Na, Dürten, wo gefall ick di denn nu?«

– »Oh, Herr, prächtig!« säd Dürten, »wat Sei dat knas un stramm lett! – Sei känen sick jo mit de jüngsten Lüd' mäten.« – »Je, du Schelm, du!« säd de Herr Konrekter un knep sin Dürten ganz drist in de Backen, dat sei rod würd, »dat seggst du doch man so baben den Harten weg; äwer täuw! – Ick hadd jo bald wat vergeten«, un dormit gung hei in sine Slapstuw' taurügg un kamm mit sine sanftmanschesterne Hos' in de Hand wedder taum Vörschin: »Da, min leiw' Dürting! – Hest lang' naug up din Wihnachtspresent täuwen müßt.« – Ja, hei was denn ok tau nett gegen Dürten! – Un as sei nu mit ehr Geschenk in ehre Stuw' satt un nu för gewiß wüßt, dat dat ehr Eigendaum was, un't noch mal kortfarig dörchmunsterte, wo't afstrapziert was un wo nich, un as de Kirchenklocken so fierlich dormang klungen, de den Herrn Konrekter up sinen Kanterposten repen, un sei sick dat so äwerdachte, wat hei doch eigentlich för en groten, gelihrten Mann wir un dat so'n groten, gelihrten Mann so fründlich tau ehr wesen künn un dat sei von nu an up ehren armen Liw' en Kleidungsstück dragen süll, wat hei johrelang tau Ihren bröcht hadd, dunn würd ehr doch ganz snurrig tau Maud'. – »Ja«, säd sei, »,da, min leiw Dürting', säd hei un knep mi in de Backen un hett mi jo all vördem ..., ih, dummes Tüg! Dat ded hei jo blot ut Mitled mit mi von wegen dat Küssen. – Äwer ut Mitled knippt einer den annern doch nich in de Backen – ne, dit is.., Herregott, wat bün ick doch in mine Johren noch för en alwsches Frugensminsch!« Dormit wull sei sick de Gedanken verjagen, äwer dat wull nich un wull nich; denn't giwwt tweierlei Gedanken: de einen, de ut den Kopp kamen, sünd as de Vägel unner den Hewen, sei kamen un gahn, un de laten sick ok furtschüchern as de Vägel, äwer de annern, de ut den Harten kamen, sünd as de Planten up den Fell'n, sei stahn wiß in ehre Wörteln, un wer sei verdriwen will, de möt sei utriten ut den Harten, un dat deiht weih un makt dat Hart bläudig, un worüm süll Dürten sick de Weihdag' maken un de Planten ut ehren Harten riten, sei bläuhten jo so schön!

156

Un wenn sei sei ok daldrücken ded, sei bläuhten ümmer wedder tau Höchten! – Ja, Dürten Holzen, mit di is wat passiert, Dürten! De Pingstdag is in dine Seel treckt un hett sick Lauwen dorinner bugt von frischen gräunen Mai, un de Gedanken sitten dorin in stille Seligkeit un Taufredenheit as de Brambörgschen Börgers in Slapmütz un Pantüffeln un stippen Kauken in den Koffe. Äwer du mitsamt dinen Konrekter, ji hewwt hüt morgen tau tidig sungen, un den Vagel, de des Morgens tau tidig singt, frett des Abends de Katt. – Wenn dat Glück von desen Morgen man blot den Dag äwer uthöllt! –

As de Herr Konrekter so recht fröhlich un fram nah sine Kirch un sine Ördel henstüren wull, begegente em in sine Husdör Stining Holzen, un wenn en hübsches, fründliches Mätensgesicht einen ollen Surpott säut maken kann, so möt dordörch so'n lustig Hart, as dat vermorrntau unner den Herrn Konrekter sinen nigen Rock hen un her hüppte, noch lustiger un höger springen warden, un as de Herr Konrekter up de Strat en halw Stig' Schaustergesellen mit Sangbäuker unner den Arm vör sick up gahn sach, würd hei noch fideler. – Worüm äwer dat? – Säkerlich freu'te hei as en christlichen Mann un Kirchenbeamte sick sihr äwer de Gottsfurcht von de Schaustergesellen; äwer dat was't doch noch nich all; an sine Freud' hackte noch en beten wat anners an. – De Sak verhöll sick nämlich so: Up't Ördelkur hürten blot de Schäulers von de grote Schaul, un wenn Handwarksgesellen, de en beten wat bedüden wullen, up desen Ihrenplatz gungen, müßten sei as Inspringelgeld jeder drei Penning in 'ne swarte, bleckerne Büß steken, un dit Geld was up ewige Tiden tau den Herrn Kanter sine Inkünften slagen. So was dat denn nu eigentlich nich blot de Gottsfurcht von dat halw Stig' frame Schaustergesellen, de den ollen Herrn noch fröhlicher makte, as velmihr dat halw Stig drei Penningstücker, de hei all in sine swarte Büß klätern hürte. – Un as hei up sin Kur kamm, dunn süll dat denn doch noch fiwmal anners kamen, dor baben was hüt an den

irsten Pingstdag en ordentlichen Segen von Gesellen, un't
Insammeln kunn losgahn; wo was denn nu äwer de Büß?
De Büß was nich dor, Dürten hadd vergeten, sei in den
Herrn sinen nigen Rock tau steken. – So spunn sick nu ut dit
lütt Verseihn 'ne Verdreitlichkeit an, de en Por glückliche
Harten mäglicherwis' up ewig scheiden kunn. – Un dit was
Dürten ehr Verseihn. – »Pagel Zarnewitz«, säd de Herr
Konrekter, »lop Hei mal nah minen Hus', Dürten süll mi
mal up de Städ' mine swarte Büx schicken.« – Un dit was
den Herrn Konrekter sin Verseihn; denn wenn hei ok en
richtigen Mund vull Plattdütsch reden kunn, so passierte em
dat doch denn un wenn, dat hei mit en lütten Swupper tau
Rum kamm. – Hir hadd hei nu Büß un Büx verwesselt. –
Dürten satt in säute Seligkeit mit Stining tausam un sach tau,
wo Stining mit verstännige Hand un besondern Respekt ehr
lang' verhofftes Wihnachtspresent up den Disch hen un her
läd un in de Läng' un in de Breid' bekek. – »Dürten«, säd
Stining un kek dat Ding mit besorgliche Minen an, »en Haut
geiht dorute, dat is kein Frag', äwer en Spenster... – ja,
wenn sei up *dit* Flag nich so lediert wir!«, wobi sei up dat
Rüggdeil von de Hos' wis'te. – »Dat hett sei ok man blot
in de letzte Tid kregen«, rep Dürten un kamm all en beten
ut de stille Seligkeit rute, »ick dacht mi dat glik. – Hadd hei
doch dat Küssen namen! Äwer ne! – Dat is nu doch würk-
lich recht argerlich an em, dat hei up keinen hüren deiht!« –
»Je, hei is doch so'n klauken Mann.« – »Klauken Mann? –
Ih, wat dauh'ck mit en klauken Mann, wenn hei nich mal
sin Tüg tau schonen versteiht! – Hadd nu so'n schönen
Spenster dorut krigen künnt, de mi so grot nödig deiht.
Äwer nu? – Wo? Ick sall doch woll nich taum Spektakel
von ganz Bramborg mit en Spenster rümmerlopen, wo de
Lüd' mit de Fingern up en Flag wisen, wat hei up de Bän-
ken afrutsch hett?« – Dürten was upsprungen un lep hellsch
verdreitlich up un dal; dunn müßt dat Unglück grad Pagel
Zarnewitzen in de Dör rinnerkarren. – »D – D – Dürten,
D – D – Dürten«, stamerte Pagel los. – »Rut dormit!« rep

Dürten, »wat sall los warden?« – Un Pagel platzte nu nah en lang' Vörspill von Stamern un Gesichtverrenken herut: »Sei sälen den Herrn Konrekter sine swarte Büx schicken.« – Dürten kek den unglückseligen Pagel tauirst an, as hadd sei jichtens wat Slimms mit em in den Sinn, mit einem Mal äwer prust'te sei los: »Wat? – Irst schenkt hei sei mi taum Wihnachten, un Pingsten krig ick s' irst, un knapp heww ick s', denn will hei s' all wedder hewwen? – Da hewwen S' dat oll Ding!« un smet den armen Pagel ahn allen Respekt de unschüllige Hos' an den Kopp. – Pagel namm de Hos' un fung an: »Ad – ad – ad . . .«, makte de Dör tau, un buten von de Del her kamm den ganz lud »adjüs ok!« tau Rum. –

De Herr Kanter un Konrekter satt vör sine Ördel un spelte so schön un sung ut fröhlichen, kräftigen Harten dortau, dunnn kamm dat Unglücksworm von Pagel Zarnewitz an em ranne un höll em de swarte Hos' vör de Ogen: »Hir!« – De Herr zupfte taurügg, kek Pagen, kek de Hos' an: »Wat? – Wat?« – verget Spelen un Singen; sin Schäulers, anstatt den Gesang tau hollen, kregen dat Lachen un Losprusten; de ganze Gemein kek sick üm, wat de Stillstand tau bedüden hadd, un kreg de swarte Hos' tau seihn, de Pagel in alle Unschuld preißlich tau Höchten höll. – De Konrekter fohrte von sinen Sitz tau Höchten, ret em de Hos' ut de Hand un smet sin ihrwürdig Kledungstück an de Ird', funn ok frilich sine bekannte Kuntenanz glik wedder un set'te mit kräftig Spelen un Singen wedder in; äwer't Unglück was gescheihn, un as hei ut de Kirch gung, dunn würd dat en Fragen un en Spitzen un en heimlich Lachen üm em rümmer, dat em tau Maud' würd, as wir hei mit Nadeln prickelt, un as nu tauletzt Pagel wedder mit de Hos' antaudragen kamm un em de Frag' vörstamerte, wat hei sei wedder nah sinen Hus' dragen süll, dunn was hei mit sine Geduld dörch, hei lep in vulle Wut nah Hus', un up de Del bröcht em sin böse Engel Dürten Holzen in den Worp.

Dürten hadd sick wildeß mit ehr Stiningswester vertürnt,

Stining hadd en por Würd' taum Gauden för den Herrn Konrekter wagt un hadd dat Ganze up Pagel Zarnewitzen sine Dummheit schuwen wullt, dat hadd Dürten äwer nich för ehren Vull annemen wullt, dat sei in en *ungerechten* Zorn gegen den Herrn Konrekter kamen kunn, un hadd Stining mit hastige Würd' traktiert, sei hadd in des' Büxenangelegenheit gor nich tau reden, un Stining wir mit Tranen weggahn. – Un as nu de Konrekter mit de Würd' »Wat is dat för 'ne Dummheit, mi min oll Hos' nah de Kirch tau schicken?« up Dürten losfohrte, dunn kamm hei ganz an den Unrechten. – »Dummheiten?« rep Dürten, »hir sünd kein Dummheiten passiert, wenn sei passiert sünd, sünd sei annerswo passiert.« – »Wat? – Irst makst du mi tau de Uhl von de ganze Stadt, un denn giwwst du mi noch snodderige Redensorten?« – »Ei wat!« rep Dürten, »Uhlen sünd Uhlen, un as einer in't Holt röppt, so kriggt hei Antwurt.« – »So'ne Antwurten äwer bün ick nich gewennt, un wenn du mi de gewen willst, denn kannst du afkamen«, rep de Konrekter un verfirte sick binah, as hei't ruteslagen hadd. – »Un dat is mi denn ok ganz egal!« rep Dürten gegenup, »un dat kann ok glik gescheihn, un ick kann jo ok up de Städ' afkamen.« – »Reisen Lüd'«, rep de Konrekter ut sin Stuwendör äwer de Schuller weg rute, »reisen Lüd' möt keiner uphollen.« – »Ne, jo nich!« hürte hei noch, »dat kann ok glik gescheihn.« Un dunn smet hei sin Dör tau, un dunn hürte hei Dürten ehre Dör tausmiten, un dunn trampelte hei in sine Stuw' rümmer, un dunn hürte hei in Dürten ehre Stuw' rümmertrampeln, un dunn argerte sick de Herr Konrekter in sine Stuw' äwer sick sülwen, un dunn argerte sick Dürten in ehre Stuw' äwer sick sülwen, un de Konrekter was doch Herr un hadd't doch einmal seggt, un Dürten hadd doch recht un hadd't doch ok einmal seggt, un de Konrekter namm sinen Haut un sinen Stock mit den gollen Knop un gung ut de Husdör, un Dürten smet – Hulter di Pulter! – ehre Habseligkeiten in ehre Lad' un gung ut de Achterdör. – Un de Rüm von dat olle Hus wiren so trostlos still un verlaten, as wiren sei en Afbild von den Herrn Konrekter un Dürten Holzen ehre Seelen, denn seindag' nich is de Minschenseel trostlos stiller un leddiger, as wenn en Gewitter von Zorn dorinne rümmertowt hett. –

De Konrekter gung nah Bäcker Schulten sine Lauw' – nah Kunsten kunn hei jo doch seindag' nich wedder gahn – un tred unner de Barkenbüsch: »Gun Morgen, Meister Schult, setten S' sick nah de anner Sid rüm, dat ick Ehr gaud' Sid krig', denn Verdreitliches heww ick hüt morgen all naug tau seihn kregen.« – »Wo so? – Wat is Sei denn passiert, Herr Nachbor?« frog Schult, denn hei rekente all de Straten, de hei von sine Husdör äwerseihn kunn, tau sine Nahwerschaft. – »So'ne Dummheit!« rep de Konrekter, »so'ne Dummheit!« Un hei vertellte nu kortfarig de Büxengeschicht. – »Nu seggen S' mi mal, Herr Nachbor«, säd Schult un wull sick dodlachen, » – ne, warden S' nich bös – nu seggen S' mi mal, säden Sei tau den jungen Minschen ,Büx' oder ,Büß'?« – »Büx, säd ick, Büx!« – »Hahaha«, fung Schult an, »denn hett Dürten recht, un Sei hewwen unrecht. – Hahaha! – Nemen S' nich äwel! – Mutting« – denn Schultsch kamm tau Rum – »dit is 'ne Geschicht! Dit is 'ne Geschicht!« – »Maken S' mi nich wild mit Ehre Geschichten!« rep de Konrekter. – »Ne, Krischan«, säd Schultsch, »kumm mi nich mit din ollen Geschichten, ick kenn din ollen Geschichten alltausamen.« – »Ne, Mutting, dit is jo 'ne nige, 'ne ganz nige!« – Un nu vertellte Krischan de Geschicht, un nu lachte Schultsch, un nu gung grad Dokter Hempel vörbi, un nu vertellte Schultsch de Geschicht, un nu lachte Dokter Hempel: »Hahaha! Un das ist Ihnen passiert, alter Freund?« – Un de Konrekter satt dor un argert sick, dat hei swart würd, denn dat is 'ne ekliche Geschicht, wenn von einen Geschichten vertellt warden; un dortau hadd hei nu noch dat infame Gefäuhl, dat hei in Unrecht gegen sin Dürten was; äwer sei was em doch tau stripig kamen, un hei was doch Herr. – »Fru Schulten«, säd hei tauletzt, »Sei sünd 'ne Fru, Sei verstahn sick up so wat. – Seggen Sei mal, weiten

Sei nich 'ne annere Wirtschafterin för mi?« – »Ne, Herr, un dat ward ok woll so uter de Tid un up den Sturz swor hollen, un so'ne, as de Holzen-Ort is, is äwerall sihr ror, denn de Holzen-Ort is 'ne ganz uterwählte, dugendsame Ort – na, Dürten, de hett nu en beten wat Hastigs in ehren Wesen, äwer dor kann sei denn nu ok nich vör, denn wat ehr Mutter was, de was.., de oll Holz, wat *hei* is, de is dor nich an schuld, denn dat is allmeindag' en oll gelimplich Mann west, un ick segg, hei is 'ne olle Nuß... Na, äwer laten S' man, ick snack dat mit Dürten woll wedder tausam.« – »Mutting«, säd Krischan, »verlat di dor nich up; sovel as ick weit, hest du vel mihr utenanner as tausam snackt kregen, denn du kannst de Mund nich törnen.« – »De Mund nich törnen? De Mund nich törnen?« Un Schultsch wull eben den Bewis afleggen, dat sei dat ut den Grun'n verstunn, as de Konrekter ehr mit de Frag' in de Red' föll, wat sei em woll för de Tid, dat hei kein Wirtschafterin hadd, dat Eten schicken un de Upwohrung in sinen Hus' besorgen laten künn, hüt wull hei hir bi Schultsch eten, äwer irst wull hei sin Hus tausluten, denn't künn mäglich leddig stahn. –

Hei kamm tau Hus, hei gung in sine Stuw', all so as süs, äwer kein Disch was deckt, un dat hadd doch all sin müßt, hei gung in Dürten ehre Stuw', allens was bisid bröcht, äwer de Lad' stunn noch dor, hei kamm an de Käk vörbi, up den Hird prätelte en Pott mit Rindfleisch, äwer't Füer was binah ut, un't was doch man schad', wenn dat verkamen süll; hei stek frisch Holt unner un puste un puste in de Kahlen, bet em de Asch in de Ogen un up sine Kledaschen satt; hei gung verdreitlich wedder in sine Stuw', halte sick 'ne Pip, halte sick 'ne Kahl ut de Käk, gung in sinen Achtergoren un set'te sick in deipe Gedanken in de Flederlauw'. – Ach, em was ok gor tau einsam, em was, as wenn hei taum tweiten Mal Witmann worden was. –

Dürten was ut de Achterdör gahn un gung dörch Achterstraten up ehr Vaders Hus tau, sei kek nich rechtsch un nich linksch, ehr was, as wenn de Lüd' ehr dat anseihn künnen, wat mit ehr passiert was, un dat sei ut den Herrn Konrekter sinen Deinst jagt was. – »Gott in den hogen Hewen!« säd sei tau ehren beklemmten Harten, »ick bün nu jo woll ganz vagelfri, wo sall ick hen, ick Worm, ick?« – Dormit gung sei äwer driwens up de Stalldör tau, de in dat Achterhus nah ehr Vaders Warkstäd' herinnerführte. – »Gott sei Dank! – 't is Pingstdag, de Warkstäd' ward woll leddig stahn. – Na, an desen Pingstdag ward ick denken, tid-lewens.« – Sei kamm rinner, sei set'te sick up 'ne Togbänk, un de Hän'n sackten in ehren Schot, de Kopp up ehre Bost, un sei kek in deipen Gedanken up en Hümpel Bandstöck in de Eck herinner. – »Mein Gott, mein Gott, wo sall dat warden? Hir kann ick jo doch nich bliwen! Wat sall ick hir? – Min Swester un minen ollen Vader dat Brod vör'n Mun'n wegeten? – Ne, ne! – Oh, ick krig ok woll 'ne annere Städ' wedder; äwer wo? – Hir in de Stadt sünd kein för mi, un up den Lan'n? – Ih, ja, dat güng woll; äwer, du leiwer Gott, denn kann ick doch hir nich mihr taum Rechten seihn, un denn geiht jo woll allens koppäwer. – De oll Mann kann nich mihr, un Stining hett ehren Kopp vull anner Ding' un is tau gaudmäudig, dat sei seggen süll, so sall't sin un nich anners! – Ne, möt ick mit *de* mi hüt morgen nu ok noch ver-türen! – Gott bewohr uns!« rep sei un slog sick de Schört vör de Ogen, »dat stört't jo woll allens up mi in!« – Un sei weinte bitterlich. – »Äwer«, rep sei, un de Schört föll dal, un sei stunn up, »ick heww recht, wat hett Stining sick mang mi un minen Herrn tau steken? – Un mit em heww ick *ok recht*, un mit *em* heww ick irst *recht recht*!« rep sei un smet en ollen Tründelband, de ehr in den Weg lagg, gegen de Wand, un de oll Tründelband prallte wedder t'rügg, un sei smet em noch mal an de Wand: »Willst, Deuwel, liggen! – Ne, ok äwer allens möt einer sick argern!« – Un sei set'te sick wedder dal un sünn un sünn, un wat sei ok sinnen ded, sei kamm ümmer tau den Sluß, *sei* hadd recht un de Kon-rekter unrecht, un mit einem Mal sprung sei tau Höcht: »Herregott, wat heww ick vergeten, dat Eten steiht jo up den Füer, dat brennt un bradt jo woll an – ih, lat't, wat gelt't mi noch an! – Ne, dat geiht nich, dat geiht allmeindag' nich, un tau Schulden will ick mi nicks kamen laten! – Un hei sall nich seggen, dat ick em in'n Schaden west bün.« – Dormit gung sei den Weg, den sei makt hadd, taurügg un gung in de Achterdör up den Konrekter sinen Hof. – Sei gung so lising, lising, ehr was tau Maud', as brök sei heimlich in ·en frömd Gehöft un einer künn ·ehr drapen up unrechten Wegen; sei slek sick in de Käk, ehr Rindfleisch kakte sihr schön; sei namm en Gedeck un deckte in den Herrn Konrekter sine Stuw' up – »hei sall doch seihn, dat ick bet up de letzt min Schülligkeit dahn heww« –, sei drog dat Eten up, un as sei dunn äwer de Del ut den Hus' gahn wull, sach sei dat unselige Kledungsstück, wovon de ganze Larm herkamen was un wat Pagel up den Delendisch leggt hadd, de ganze Arger von hüt morgen steg wedder in ehr up, sei ret de Hos' an sick – »so!« rep sei un knautschte de ihrwürdige Büx in en Klugen tausam un läd s' up den Disch up 'ne Schöttel un deckte 'ne Salwiett doräwer, »dor ligg! – Nich mal en ollen Spenster is ut dat olle Dirt tau maken! – Hei sall doch äwer seihn, dat ick bet up de letzt up min Recht bestahn dauh! – So! Dor freu di äwer!« Dormit wull sei ut de Stuwendör – äwer . . .

De Herr Konrekter hadd in den Goren seten in bedräuwten Gedanken, hei hadd sick ok fragt: »Wat sall ick oll einsam Worm woll anfangen?« Em was't einmal so vörkamen, as hürte hei wat in sinen Hus'; äwer dat kunn jo nich sin. – Nu slog de Klock twölw, un sin Magen stunn ok all up densülwigen Klockenslag, hei müßte nu nah Bäcker Schulten hen, wull blot noch irst sine halw utrokte Pip in de Stuw' stellen, hei gung also in sine Dör – äwer . . .

Dürten stunn vör em, rod vör Schimp, dat ehr dat einer anners utleggen kunn as idel Hast un Gefäuhl vör ehre Schülligkeit; sei wull an ehren Herrn vörbi; äwer de stunn dor mit utgereckte Arm un sach dat Middageten up den Disch stahn un Dürten dorbi un höll dat Ganze för idel

Leiw' un Drang, ehre Schuld intaugestahn. – »Ne«, rep hei,
as Dürten em unner den Arm dörch wull, un fot sei rund-
ting üm un höll sei wiß, »ne, Dürten! – Ick weit, du hest di
dat ut den Sinn slagen un hest mi 'ne Freud' maken wullt.«
– »Laten S' mi los, Herr Konrekter!« – »Ne, Dürting, ick
weit't – Schult hett't mi seggt – dat is en dummes Verseihn
von den Jungen, den Pagel.« – »So?« frog Dürten en beten
sihr spitz, un de ganzen Anstalten von 'ne richtige Evas-
dochter kemen bi ehr taum Vörschin, »Sei sünd doch so'n
klauken un gelihrten Mann; wer schickt en Lahmen as Bad'-
gänger, un wer schickt en Stamerbuck taum Utrichten von
Bestellungen?« – »Dürting«, säd de Konrekter, un hei hadd
sei noch ümmer in den Arm, »*ick* heww schuld, ick säd Büx
un meinte de Büß, de swarte Büß; un dat gaww en Spek-
täkel in de Kirch, un sei hewwen mi dormit brüdt, un ick
was falsch un...«, un hei strakte ehr de Backen. – »Oh,
Herr Konrekter, Herr Konrekter! Ick was jo ok falsch, ick
hadd mi mit Stining vertürnt – ne, Herr Konrekter, laten
S' mi, ick will...« Äwer sei kamm nich taum Willen, denn
de Herr Konrekter namm ehr den Willen mit en ganz rich-
tigen Kuß von den Mun'n weg. – So, nu was't farig, nu
stunnen sei dor, wat nu wider? – Eigentlich was nu an Dür-
ten de Reih, denn de Konrekter hadd tau den vullen Ver-
drag sine Schülligkeit dahn; äwer Dürten ded nicks un säd
nicks, denn in ehr bläuhten de Gedanken von den Morgen
tau Höchten, un sei bläuhten so schön, sei kunn sei nich dal-
drücken, sei müßt sei plegen, un sei begot sei mit warme
Tranen, de ehr ut de Ogen floten, as sei sach, wo de Kon-
rekter en Staul för sei an den Disch rückte un hir un dor 'ne
Schuwlad' upret, as wenn Metz un Gawel für gewöhnlich in
sinen Schriwdisch lagg. –
Un as Dürten nu endlich satt, säd de Herr Konrekter ganz
irnsthaft: »Dürten, du möst nich glöwen, dat wi *gelihrten*
Lüd' ok in allen Dingen klauke Lüd' sünd«, un hei sach
dorbi so ihrlich ut, als wenn't würklich wohr wir. – »Ne«,
säd Dürten un lachte vör sick dal, »denn hir hewwen Sei mi

165

staats 'ne Salwiett en Wischdauk henleggt.« – Un dat gaww
nu wedder en lütten Spaß, un de Konrekter säd: »Dat sühst
du nu woll, Dürting, verlaten darfst du mi nich, denn süs
kem ick nich rut ut de Dummheiten. – Un hir, hir hest du
mi gewiß hüt noch en besonderes Gericht tau Pingsten an-
richt't« – un hei wull de Salwiett von dat verdeckte Gericht
tau Höcht böhren. – Ach, du leiwer Gott! In ehren Glück
hadd Dürten dit Unglücksgericht ganz vergeten, sei sprung
up un höll mit beide Hän'n de Salwiett dal, un de Herr
Konrekter höll natürlich dit för en prächtigen Spaß, dormit
dat de Äwerraschung noch gröter warten süll, un üm den
Spaß gröter tau maken, tarte hei an den einen Zippel von
de Salwiett un meinte: blot mit ein Og' wull hei mal en
beten dorunner kiken. – Dat dürwt nich scheihn, denn ad-
jüs Glück un Seligkeit, Rauh un Freden! Dit swarte samt-
manschesterne Gewitter hadd all so lang' an Dürten ehren
Freudenhimmel stahn, un Blitz un Dunner wiren up ehr
dorut herunnerfohrt, sei müßt dorför en Blitzafleiter säu-
ken, un dorin was sei binah ebenso geschickt as min Fründ,
de Herr Dokter Dolli in Treptow: wenn de in Verlegen-
heit kümmt, makt hei en langen Hals, kickt rasch ut dat
Finster un fröggt: »Ist das nicht der Justizrat Schröder, der
da vorbeigeht? – Ach, nein, ich irre mich – es ist ja wohl
der Herr Superintendent?« –Dorbi möt nu einer weiten, dat
de Herr Superndent noch mal so lang is as de Justizrat un
de Justizrat noch mal so dick as de Herr Superndent, un
wenn einer denn an't Finster löppt un ok taukickt, denn is't
gewöhnlich 'ne olle Fru mit en Korf unner'n Arm, un de
Herr Dokter Dolli fängt an, äwer sin swack Gesicht tau
klagen, un hei is rute ut de Verlegenheit. – Binah ebenso
makte Dürten dat, sei rep in ehre Angst: »Herr Konrekter,
kiken S' mal! Kiken S' mal! Is dat nich de Soltmannen, de
dor vörbigeiht?« – »Ih, ne!« säd de Konrekter. – »Ja«, säd
Dürten, »dat is sei, sei hett blot hüt en brunen Äwerrock
an.« – »Ih, Dürten, 't was jo en blagen.« – »Ne, ne, 't was
en brunen, kiken S' ehr man mal nah, wenn sei bi Dokter

166

Hempels in de Dör geiht, denn is sei't.« – »Ih, dat was jo doch en blagen«, säd de Konrekter un stunn up un kek ut't Finster. – Ratsch! hadd Dürten de Hos' unner de Salwiett rute un unner de Schört steken. – »Mein Gott, Dürten, wat hest du denn seihn? Dat was jo doch en blagen?« – »So?« säd Dürten sihr ergewen in ehren Irrtum, »ja, 't is ok mäglich, dat dat en blagen was; mi flämert dat sörre einige Tid so brun vör de Ogen.« Dormit stunn sei up un wull ut de Dör gahn. – Äwer de Herr Konrekter was hüt ganz des Deuwels, hei was ehr fix nah un höll sei wiß: »Ne, Dürting, ne! – Hüt gahn wi noch nich so utenanner; irst möten wi tausamen dat Gericht ... – Wo? – Wo, dausend? – Wo is dat verdeckte Gericht blewen? – Womit du mi 'ne Freud' maken wullst?« Un hei bückte sick dal, as wenn hei von Dürten ehren Mund sick ein ganz verbadenes Gericht nemen wull. – Äwer Dürten ret sick von em los un schow em taurügg un säd ganz irnsthaft: »Herr Konrekter, min leiw Herr Konrekter, dat Gericht, wat hüt middag tüschen uns verdeckt stunn, möt för ümmer tüschen uns en verdecktes bliwen, denn, hoff ick, bliwwt Freud' un Rauh' tüschen uns, un späder sälen Sei't ok noch mal tau weiten krigen, wat't was. – Un, Herr Konrekter, wenn Sei 't willen, denn will ick girn Ehre Wirtschafterin bliwen un minen Posten noch beter tau verwachten säuken as vördem; äwer, Herr, ick bün en armes Mäten, ick heww nicks as minen ihrlichen Namen.« – Dormit gung sei ganz rodäwergaten ut de Dör, un ehre Hand müßte tweimal nah den Drücker gripen, ihre sei em funn.

De Konrekter stunn stiw dor un kek up dat Flag, wo sei em ut de Ogen kamen was; nah 'ne Wil dreihte hei sick üm un gung in olle Gewohnheit nah sin Pipenbrett, as wull hei sick sin Nahmiddagspip ansticken, hei ded't äwer nich un kek in de Ecke rinne, wo de ollen Pipenstaken verkrüz un verdwas äwerenanner herlegen, as wiren't sine eignen Gedanken. – Hei was, as hei sin Dürten wedder vör sick sach, so fröhlich un so lustig worden, em was bi't Middag so spaßig tau Sinn west, sin Hart was so licht; äwer Blaumen, schöne Blaumen bläuhten dor nich drin, gräun was't, äwer un äwer gräun as en schönen Brink, worup allerlei nützbor Veih fröhlich grasen kunn; hei hadd jo sin Hushöllerin wedder. – Äwer – äwer – nu, as em Dürten in sine Lustigkeit so taurüggwesen hadd, dunn was't em, as hadd sei dormit all dat Veih ut sine Koppel jagt, un dat Gras wüß höger un höger, un Blaumenknuppen wis'ten sick doran, un wenn uns' Herrgott nu noch en warmen Regen un en hellen Sünnenschin schickte, worüm süll denn nich ok en *ollen* Brink an tau bläuhen fangen? – Hei verget sin Pip, hei set'te sick nich in den Lehnstaul, hei fung an, in de Stuw' up un dal tau gahn. – Mein Gott, wat hadd Dürten so ganz anners utseihn, as sei ut de Dör gahn was, as süs! So irnsthaft, still un sacht was sei gahn, was ehre Red' west; sei hadd so weik seggt: »min *leiw'* Herr, ick heww nicks as minen ihrlichen Namen«, äwer wir hei, de Konrekter Äpinus, denn en Liderjahn? Un wat hadd hei denn dahn? – Hei hadd ehr en Kuß gewen. – Ja, 't was en dummen Streich, 't was en Jungsstreich! – Wat hadd hei tau küssen? – Hei hadd sei nu all tweimal küßt, un dat letzte Mal up den Mund; dat olle dämliche Küssen kunn em noch in Ungelegenheiten bringen. – Wo kam *hei* dortau? – Ja, 't was wohr, an't Frigen hadd hei all öfter dacht; äwer hei hadd sick dat ganz anners dacht – mit Küssen gor nich – ,hei hadd sick dat dacht as en Kumpanigeschäft up gegensidige Uthülp un grote Hochachtung, wo »unser Äpinus« de utwartsigen Angelegenheiten in de Schaul besorgen süll, un »sein Komp.« de Käk. – Äwer wo blew de grote Hochachtung bi Dürten, wenn hei sei all küssen ded? – Süll hei woll . . .? – Ih, bewohr uns, wo wir't mäglich! – Je, süll hei sick woll verleiwen känen? – Wat? In sine Stellung un in sine Johren un denn in sine Wirtschafterin? – 't was 'ne verfluchte Lag', un hei hadd keinen, den hei dornah fragen kunn, denn de einzigste, de em gauden Rat gewen kunn un ümmer gewen hadd, dat was sin Dürten – un dat gung doch nich. – Dunn lüdten de Klocken tau Kirchen, hei müßte hen un singen un spelen; äwer as hei vör sine Ördel satt, dunn sach hei ümmer vör sick de swarte manschesterne Hos' von hüt morgen un dorbi wedder Dürten, as sei äwer Nahmiddag ut sine Dör gung, un wat hei spelte un sung, was ok nich grad vom Besten. –

Dürten satt wildeß in ehre Stuw', un ehre Seel was dorbi, sick de schönen witten Engelsflüchten antausnallen, un wull en beten äwer Tid un Rum wegfleigen in en schönes Land, wat in de Taukunft lagg, wo de Ird gräuner was un de Hewen blager un wo de Sünn heller lücht't. – Na, sei segelte denn ok richtig los un was ok all en gaud En'n tau Höchten; äwer einer sall nich ihre raupen »halt Fisch!«, ihre hei weck hett. – Jede Seel hett en Klotz an den Bein, de heit »dat Schicksal«, un wenn sei sick upswingen will, denn möt sei den Klotz mit tau Höchten riten, un de slackert denn verdreitlich an den Beinen rümmer, un de witten Flüchten stöten hir an un dor an un schurren an de Wän'n lang un kamen gor nich rute ut de enge Kamer un ehre dägliche Bedrängnis. – Dor sitt nu taum Bispill en jung Mäten 's Abends in'n Schummern an en Winterdag in ehre Stuw' un will sick dat utmalen, woans ehr dat woll kleden würd, wenn sei mit Fritzen oder Franzen oder Korlen, oder wo hei nu heit, des Sommers in de Gorenlauw' set un Mutting wir en beten utgahn, un – bautz! smitt en lütten Stratenjung', den dat Schicksal anstift't hett, mit en Sneiball in't Finster, dat de Schören ehr üm den Kopp klätern, un de Winterwind pust ehr in den Nacken, un vörbi is't mit dat Sitten in de schöne Sommerlauw', de Klotz ritt sei up de Ird taurügg. – Un Fritz oder Korl oder Franz, oder wo hei nu heit, sitt bi den Herrn Konrekter in de Klass', un vör em liggt de oll ihrwürdige Cicero, un hei denkt, wat sallst du di vel mit den ollen Herrn afgewen, prepariert hest du di jo doch nich, un hei will eben Mining oder Stining oder Lining sacht in den Arm nemen un mit ehr tau Höchten segeln, un de Herr Konrekter röppt sinen Namen un seggt:

»Min Sähn, äwersett mal!« – Je, denn is de Herr Konrekter de Klotz. –

Dürten ehr Klotz würd nu Bäcker Schultsch, denn as sei sick all en schön En'n tau Höchten swungen hadd un all in de Firn en lütten nüdlichen Husstand mit en recht folgsamen Ehmann un allerlei Schötteln un Pött sach, kamm Schultsch in de Dör rinne un fung an un höll ut bet an't En'n, ahn dat Dürten antwurten kunn oder müggt: »Wat heit dat, Dürten? Du büst hir? – Ick mein, du büst weg? – Dorüm lett mi also de Konrekter mit minen Kalwerbraden up em luren un ett hir un seggt mi, hei hett di wegjagt, un ick sall't wedder in Richtigkeit bringen. – Ick stek mi mang so wat nich mang, denn hadd ick vel tau dauhn, un't is jo ok nu nich nödig, denn ick seih jo, ji sid jo all wedder schon äwerein! – Na, minentwegen! – Äwer dat segg ick di, dat anner slag di ut den Sinn – ja, ick was jo ok 'ne Wirtschafterin, as ick frigen ded, äwer dat was jo ok 'ne annere Sak, ick was en jung Mäten, un Krischan was en jungen Kirl un kein Konrekter – äwer du? – Du büst jo all in de verstännigen Johren, un hei is dor jo woll all äwer rut. – Du sollst sein Bein von seinem Bein und Fleisch von seinem Fleisch; ja, dat glöw ick, wenn hei'n Bäckergesell wir as Krischan, denn güng't, äwer so – Herr Konrekter un Dürten Holzen? – Ne! – Mensch, bedenke das Ende! – Frigen deiht hei di nich un kann hei di nich; is jo ok nich nödig, denn ji sid jo nu all wedder tausam, un dat freut mi, denn eigentlich bün *ick* dor doch man schuld an, un as Krischan säd, ick süll't sin laten, ick snackt jug utenanner, dunn säd ick: Ne, Krischan, ick snack sei tausam. – Na, un heww ick't nich? – Äwer dat anner slah di ut den Sinn. – Na, adjüs! 't geiht würklich nich – 't is en tau groten Scheidunner, Dürten. – Na, adjüs!« – Dor gung sei hen, un sei was en sworen Klotz, un Dürten föll ut ehren hellen Himmel up de harte Ird taurügg, un dat Hart ded ehr weih. –

Äwer't giwwt Harten von allerhand Ort, de weck sünd hart as Marmelstein, wenn de uns' Herrgott ut ehren He-

170

wen fallen lett, denn springen sei, oder sei bohren sick in
den Stoff un den Smutz von de Ird; de weck sünd weik,
as wiren s' ut Botterdeig knedt, wenn de up de Ird fallen –
so! denn liggt de Quark dor; äwer't giwwt ok Harten, mit
de kann en Kind lustig spelen, un 'ne Risenfust kann dorup
drücken, un sei lett kein Fingermalen nah, 't is, as wiren s'
ut Gummilastikum, wenn de uns' Herrgott up de Ird smitt,
denn prallen sei taum Hewen wedder up, un uns' Herrgott
fängt sei un behöllt sei, oder hei lett sei wedder fallen un
wedder, un ehr Fall ward sachter un sachter, un sei rullen
furt, bet sei in't gräune Gras liggen bliwen oder in'n gräu-
nen Busch. – So'n Hart was Dürten ehr, un mi sall't wun-
nern, in wat för en Busch dat woll liggen bliwen ward –
ob't woll en Rosenbusch is? –

KAPITEL 11

Se. Majestät, Ferdinand der Erste von Malzahn mit der Kette des Goldenen
Vließes. – Mamsell Soltmann trett an as letzte Mann, de Konrekter steckt ehr 'ne
Schumkell as Dauknadel an, Schauster Schöning wischt sinen Jöching de Näs' af.
– Schultsch un Kägebein gegen einanner up. – Worüm de Dichter sin Vermägen
up Kunsten sinen Schenkdisch smitt un de Herr Konrekter Schultschen de unregel-
mäßige grichschen Verba verhürt. – Dürten is sihr taufreden un will Stining
trösten. – Wer wildeß all Stining trösten deiht. – De Tüffelmaker will nich
kamen, un de Löper will nu endlich sinen dummen Streich maken. – Admiral
Strasen set't Dörchläuchten – baff! – mang sin truges Volk. Hofrat Altmann makt
mit Hülp von Dörchläuchten Kägebeinen taum Hofpoeten, äwer de Botter kost't
ümmer noch drei Gröschen, un fiw Eier gewen s' för en Schilling. – Stining un
Dürten stahn vör Dörchläuchten, un Schultsch gütt Randten en Kraus mit Duw-
welbir in Strümp un Schauh. – Twei arme Mätens.

Grad so as in de äwrige Welt, so is't in Nigenbramborg
ok: de tweite Pingstdag folgt dicht achter den irsten, un
wenn de leiwen Nigenbrambörger den irsten Pingstdag
recht frisch un fram in de Kirch gahn sünd, denn slagen sei
den tweiten recht fröhlich un fri achterut; un grad so as't
hüt is, was't dunn ok, blot en beten anners, blot en beten
swacker, wat de Middel anbedrapen deiht, un blot en beten
stärker, wat de Lust angeiht; denn mit de Middel tau 'ne
Fröhlichkeit un de Fröhlichkeit sülwst is dat grad so as mit

den Spurn un dat Pird: je slichter dat mit dat Pird bestellt
is, desto scharper möt de Spurn sin, un en rechten krähn-
schen jungen Hingst, de brus't von sülwen dorhen, de brukt
keinen Spurn. – Ick will nu grad nich seggen, dat de Nigen-
brambörger up Stun'ns in ehre Fröhlichkeit up en ful Pird
riden un dat sei nich ok mal as en krähnschen Hingst dat
Bitt mang de Tähnen nemen un dörchgahn; äwer en beten
scharperen Spurn möten sei doch all hewwen as vördem,
un dorin kann ick ebenso gaud as jeder anner min Urtel af-
gewen, denn heww ick dat villicht nich seihn? – Bün ick
nich dorbi west, wenn min oll Fründ Hagemann den Dag
nah Pingsten dat Ganze bi de Schüttengill kummandierte un
dat Batteljon scharp tausamnamm? – Heww ick nich dorbi
stahn, wenn dat Batteljon dat Schüttenhus störmte, un heww
ick nich as »tapferer Zuschauer« bi't Plünnern hulpen? –
Heww ick nich villicht bi Disch gradäwer von den Herrn
Schaffner Jehann Stoll seten un mit anseihn, wat hei vör
Heldentaten in Hektlewern un Swinsbraden mit Plummen
verricht'te? – Ja, heww ick mi nich bi den Rückmarsch an
Dokter Brücknern sine Eck henstellt un heww »Seiner Ma-
jestät« seihn, »den König, Freiherrn Ferdinand den Ersten
von Malzahn mit der Kette des Goldenen Vließes der Neu-
brandenburger Schützengilde, wie er ehrfurchtsvoll geleitet
wurde von den Magistratsmitgliedern in hohen, hochroten,
goldgestickten Kragen«? – Un dat süll kein scharpe Spurn
tau Lustigkeit sin? –
So wat Schönes, Grotes un Erhabenes hadden de dunn-
maligen Nigenbrambörger noch nich utfünnig makt un had-
den't – Gott sei Dank! – ok noch nich nödig, denn lustig
wiren sei ehedem, un sei treckten in hellen Hupen ut dat
Stargarder Dur nah dat Nemerowsche Holt – wo dunn noch
nich mal Fritz Lang' was –, oder sei swemmten in allerlei
Kahns un Seelenverköpers äwer den schönen See un juchten
un krischten all vörher, ihre de eigentliche Lust angahn was.
Un all vör den Dur un den Weg entlang seten de Stuten-
wiwer, wat meistendeils Schultsch ehre Unnerbeamten wiren,

un verköfften Lockstuten un Stollen un Botterpamel un för
de Kinner vele Semmelpoppen, un för de Ollen schenkten
sei Kirch un 'ne Ort Gesöff, wat sei Bittern nennten un
wonah de Mannslüd' sick schüdden un de Frugenslüd sick
breken müßten; äwer't was sihr gesund. – Un wenn nu einer
unner de schönen, rumen, gelpen Bäuken kamm un sach de
Sünn so dörch de jungen Bläder spelen un ehren Schatten
hirhen un dorhen smiten, äwer ümmer up fröhliche Gesich-
ter; un hei sach de beiden Dreslerbauden mit lange un korte
Pipen, un hei sach den Klempner sin Baud' ut de Badstü-
werstrat, den Dürten nich hadd frigen wullt, un hei sach
Jud' Markussen sine Baud' mit all de schönen Saken, de för
nicks un gor nicks wiren, nich för de Warmnis un nich för
de Küll, süll einen nich dat Hart dorbi upgahn un bi den
Gedanken, dat all dese Herrlichkeiten mit en por Wörpel-
ogen tau winnen wiren? – Von Bäcker Schultsch ehre Danz-
baud' mit Duwwelbir un Botterpamel un von Kunsten sine
mit Punsch un Zuckerkanditerkram heww ick nicks nich
seggt, denn dat dick En'n kümmt nah.
Un as de Herr Konrekter an desen gesegenten Nahmiddag
unner de Bäuken ankamm, dunn rep Dresler Swirdfeger:
»Alle Mann heran! – Herr Konrekter, nemen S' nich äwel,
äwer't fehlt just noch de letzte Mann.« – Un as de Herr
Konrekter einen bläudigen Gröschen ut de Tasch herute-
grawwelt hadd, rep de Dresler wider: »Alle Mann heran!
– Mamsell Soltmannen, nemen S' nich äwel, äwer't fehlt just
noch de letzte Mann.« – Un as de Soltmannen as letzte
Mann intreden was, dunn kunn't Wörpeln losgahn, un
Schauster Schöning säd, sin Jöching, den hei up den Arm
hadd, süll för em smiten, Unschuld bröcht Glück, un de
Herr Konrekter makte en unschülligen Spaß tau de Solt-
mannen un frog, wo't ehr beiden denn woll kleden würd? –
Un de Soltmannen namm't äwel un smet, un Jöching smet
ok mit Hülp von sinen Vader un makte glike Ogen mit de
Soltmannen un müßte sick mit ehr steken un gewünn, un de
Soltmannen gung mit ehren Pareßoll af un rekente den

Herrn Konrekter ehren Verlust för sine dumme Red' an. – Un Schauster Schöning säd: »Herr Konrekter, nemen S' nich äwel, dat Jöching Sei dat so vör de Näs' weggewunnen hett; äwer't is en hellschen Jung', un Sei sälen em ok noch mal in de Mak krigen, denn, wenn't nah minen Willen geiht, denn sall hei studieren lihren. – So, Jöching«, un hei wischte den Jungen de Snut, »giww dinen Lihrmeister en Kuß.« – Un as de Herr Konrekter an de Klempnerbaud' kamm, was't dor grad so as bi den Dresler, hei was noch wedder grad de Mann, de noch fehlen ded, un Mamsell Soltmannen smet ok wedder mit un verlür wedder, un de Konrekter gewunn 'ne missingsche Schumkell, un 'ne lustige Ridderlichkeit kamm äwer em, un hei hung de Schumkell mit ehren Haken vörn in de Soltmannen ehren Äwerrock un makte ehr en schönes Present dormit, un de Soltmannen würd rod un säd, sei nem't an as en Bewis von Inclination, un knickste dorbi, un dorbi kamm de oll Schumkell in den Swung un flog hen un her as en Parpendikel in de Stuwenklock, un Schultsch sach't von ehre Baud' ut un wull sick dodlachen un rep: »Dürten Holzen, kik Korlin Soltmanns mal an un dinen Herrn Konrekter!« –

Dat hadd Schultsch nu gor nich nödig hatt tau seggen, denn Dürten hadd de Anstalten von de beiden all lang' seihn. – Sei hadd tauirst nich rute wullt nah den Holt desen Nahmiddag, un sei hadd mäglicherwis' nich enmal up Stining ehr veles Bidden hürt, wenn de Konrekter nich so fründlich desen Morgen seggt hadd: »Dürting, du geihst doch ok hüt en beten rute in't Holt?« – un as Dürten Inwennungen makt hadd, hadd hei seggt: »Ih, worüm nich, Dürten? – Wi gahn beid' in Bäcker Schultsch ehre Baud' un lewen lustig un eten Kalwerbraden un seihn biher so'n beten up Stining, dat sei mit den Löper nich tau hoch springt.« – Un dese Ort von Redensorten hadd sei nu dortau bröcht, dat sei mit ehr Swester rutegahn was, un nu müßt sei dat vör ehren sichtlichen Ogen erleben, dat de Herr Konrekter sick ok gor

174

nich üm ehr un Stining kümmerte un mit de gele Perßon von Baud' tau Baud' torrte un mit ehr schön ded un ehr 'ne schöne Schumkell, de sei sülwst so schön bruken künnen, as 'ne Dauknadel an den Bussen stek; un dat Schugels von Kammerjumfer, dat schämte sick gor nich un slackerte so utverschamten mit de schöne Schumkell rümmer, as wull sei tau jeden seggen: Kikt mal! – Hett mi de Herr Konrekter schenkt! – Un sei kamm Dürten in desen Ogenblick doch äwermaten gel vör; un wat sei eigentlich von ehren Herrn denken süll, dat wüßt sei denn doch gor nich. – Wo? – Paßte sick dat, dat en Kanter un Konrekter in sine Johren vör 'ne Klempnerbaud' mang all de Lüd' mit so'ne licht-farige Perßon spaßen un jökeln ded? –

Äwer dit süll noch fiwmal anners kamen als mit de sel Fru, denn ihre sei't sick versach, kamm de Herr Avkat Kägebein ut Nigenstrelitz mit en Paket unner'n Arm up de beiden tau, un nu gung dat mit »bon jour« hir un »bon jour« dor un mit Lachen un Hägen los, un de Herr Konrekter bonjourte lustig mitmang, wenn ok man up Plattdütsch, äwer lachen ded hei ganz lichtfarig französch. Un de Gesellschaft gung an Schult-schen ehre Baud' vörbi, un de Herr Konrekter ströpte Dür-ten binah an den Rock, äwer sach sei nich; un de Soltmannen sach sei recht gaud, wull sei äwer nich seihn un slog en por Mal Rad mit ehren Paraßoll, as wull sei seggen: »Du jam-merst mi«, un as sei vörbi wiren, kek sei sick noch mal üm, un Dürten was't, as wir de Blick in Gift un Gall stippt, un dat was ok so, denn de Blick hadd sick deip in Dürten ehre Ingeweiden bohrt, un dor kakte dat von Gift un Gall. – Un Stining säd: »Mein Gott, Dürten, wat hett sei doch för en Por Ogen, dat is doch grad, as wenn sei in'n Düstern lüch-ten känen.« – »Ja«, säd Dürten, »von Pick un Swewel.« –

Un mitdewil hadd sick de Herr Avkat Kägebein mit den Puckel an de Vagelstang' henstellt un ret sin Paket uten-anner un halte en Bauk taum Vörschin, dat wiren sine Ge-dichten, de Korb tau Pingsten farig druckt hadd, un sach ut as en begeisterten Sänger ut ollen Tiden, blot dat hei

keine Leier in de Hand hadd un üm den Kopp kruse Lok-
ken un in de Locken en gräunen Kranz un an de Beinen
Sandalen, denn staats Locken hadd hei 'ne Prück up un
staats den Kranz en lütten dreitimpigen Haut un staats de
Sandalen lange Smerstäweln, wat ok beter was, denn hei
was tau Faut von Nigenstrelitz kamen. – Un hei las sine
Gedichte vör, un dormang verköffte Schultsch ehren Stuten
un ehr Dünnbir, un in dat grote Minschengewäuhl vör
Schultschen ehren Telt slog dat nu männigmal an Dürten
un Stining ehre Uhren: »Deine holde Liebe zu genießen« –
»Ne, des' is weiker, nemen S' dissen« – »Stehet längst nach
meinem Sinn« – »Ih, dat is Bir, nich Lütjedünn!« – »Soll
ich die Seel' in deine Seele gießen, hier hast du sie! Da!
Nimm sie hin!« – »Gotts Dunnerwetter! Sei geiten mi jo
dat ganze Dischlaken vull.« – »Du bist's allein, die mir ge-
fällt.« – »Ih, wat! – Ick nem kein preußsches Geld.« – »Du
bist die Schönste in der Welt!« – »Wo sick dat Görentüg
hir vör mi stellt! – Dürten, kumm her un help mi de Gören
wegjagen. Wat hir! – Hand von'n Disch.! – Wer kein Geld
hett, bliw mi von den Wagen.« – Un so wirkten Kägebein
un Schultsch in den groten Minschenverkihr, jeder in sine
Ort, un Schultsch hadd grote Innam an Geld, Kägebein
grote Innam an Ruhm, denn sülwst de Konrekter lachte
äwer em un verböd em den Mund nich, denn hei sach, dat
hei würklich begeistert was, indem dat hei all etzliche Gläs'
Punsch bi Kunsten vertehrt hadd, un de Soltmannen was
vullstännig weg, as de Dichter ehr säd: dese Gedichten
wiren all up ehr makt un hüt wull hei sei Dörchläuchten
äwergewen, un denn würd hei Hofpoet; Dörchläuchten
wull hüt hir expreß dessentwegen rutekamen, dat hei em dat
Bauk vör aller Ogen äwergewen süll, un dat wir gewiß –
Rand hadd't seggt. –
Un de Konrekter hadd jo hüt de Mäglichkeit dahn, sick bi
de Soltmannen in den Tee tau setten, äwer wat is 'ne Schum-
kell gegen en Band vull Leiwsgedichten? – Kägebein schow
ümmer einen Stein nah den annern bi Korlin-Dorimenen

in't Brett un puste den armen, ollen Konrekter einen Stein
nah den annern weg, un as de Soltmannen sinen Arm an-
namm, dunn slog hei tau Damm, un de Konrekter hadd
de Parti verluren; denn de Dichter stürte mit Korlin-Dori-
mene grad up Kunsten sinen Punschtempel los, un as de
Konrekter säd, dor künn hei nich un wull hei nich rinne-
gahn, hei güng nah Schultschen, dunn kek em de vakante
Kammerjumfer mit densülwigen Blick an, mit den sei Dür-
ten ankeken hadd: Du jammerst mi! – Un Kägebein de-
klamierte:

>>Du kannst das Niedre nicht vergessen,
Es fehlet dir der hohe Schwung!
Du gehst zu Schultschen Pamel essen
Und trinkest Bier dazu als Trunk.
Wir aber beide gehn zu Kunsten
Und sitzen da als selig Paar
Und wollen fröhlich mit uns punschen
Und essen süß Kanditerwar.<<

Un Kägebein ded in Würklichkeit, wat hei as Dichter ver-
spraken hadd – un dat känen wenig Dichter von sick seg-
gen! Hei gung mit Dorimenen punschen, un Dorimene let't
sick gefallen un satt as einsame Jungfru mit den Hofrat Alt-
mann un den Dokter Hempel un den Rat Fischer un süs
noch weck von Kunsten sine Stammgäst an den Disch un
stippte ehre swarten Pickfackeln von Ogen in den Punsch,
indem dat sei verschämt in dat Glas rinnekek, un Kägebein
höll sin Glas stiw vör sick weg un kek nah baben taum He-
wen up dörch dat Lock in Kunsten sin Planlaken, wat ver-
leden Winter de Rotten dorin freten hadden, un keiner von
de ganze Gesellschaft wüßt dat, wat för en Gefäuhl dat
eigentlich was, wat dörch sine Sängerbost tog, sülwst Kunst
nich, un de wüßt doch süs genau, wat sin Punsch för 'ne
Wirkung hadd. – Äwer de olle pfiffige Hofrat Altmann, de
ok up anner Ding' tau lopen verstunn as up Schuldschins
un Obligatschonen, indem dat hei all dreimal sin truges

177

Hart up ewig verschenkt hadd un nu taum virten Mal wedder dorbi was, kamm em achter dat Geheimnis, as hei gewohr würd, dat Korlin Soltmanns von Tid tau Tid so hochgel anlep, as würd 'ne gele Beer tau Wihnachtstiden mit Goldschum vergüllt, denn hei sach't as Nahwer, wo Kägebein de unschüllige Kammerjumfer ümmer unner den Disch de Hand drückte. – Dat kunn hei denn jo nu nich verswigen, un hei fung an tau plinken un tau winken, bet sin Kameraden alltausamen Bescheid wüßten un Kunst sick achter dat Pörken henstellte, de Dumen in de Ärmellöcker, un sei ümmer ümschichtig von unnen up ankek. – De Dichter markte natürlich nicks, äwer Dorimene sprung up un stickte sick in ehre säute Verschämtheit rodgel an, dat dat ehr as 'ne schöne Appelsine let, un lep ut den Punschtempel – un natürlich de Dichter ok achter drin.

Un as sei nu so säut argerlich un so fründlich verdreitlich unner de schönen gräunen Bäuken vörup gung, dunn folgte de Dichter ehr so smachtig vull Hoffnung un so kläglich vull Freud', dat hei utsach as en rik beladenen Dreimaster mit terretene Segel, de up hoge Bülgen hen un her wiwakt. Un as hei sei nu äwerhalte un in de schöne Bucht von ehren weiken Arm inlep un mit sinen krummen Arm dor Anker smet un nah en beten Säuken ok tauletzt schönen Ankergrund funn, dunn was em tau Maud', as wir hei nu för ümmer in den säkern Hawen von Glück inlopen un dat ganze schrägelbeinige Schippsvolk von Dichtergefäuhlen in sinen Harten tummelte dorin sparrbeinig herümmer un allens schreg: Land! Land! – Un ok in Dorimenen ehren Harten schreg dat nah lange See- un Irrfohrt: Land! Un nah korten Besinnen, wat de Konrekter nich beter wir, entslot sei sick, wißtauhollen, wat sei hadd, un nich mihr up See tau gahn. Dor seten sei nu in den schönen Schatten von dat Buschholt unnen an den See, un de Dichter hadd 'ne Brud un kreg hüt den Titel »Hofpoet«, un de Soltmannen hadd en Brüdjam un kunn nu tau den Konrekter un Dürten irst recht seggen: »Ji jammert mi!« – Dunn brus'ten de Trumpeten un

Pauken von den Stadtmuskanten ut Kunsten sine Baud' ehr in de Uhren un repen sei up de Ird taurügg, un Kägebein säd, hei künn't sogor in sine wide Bost nich mihr harbargen, de Welt müßt sin Glück seihn, un Dorimene säd, sei wir't taufreden, ehr hadd – Gott sei Dank! – keiner tau befehlen, un sei hadd ehr Vermägen för sick. – Un sei gungen Arm in Arm nah Kunsten sine Baud' taurügg un strahlten an den Konrekter un Dürten in Schultschen ehre Baud' vörbi un säden nich Swart un Witt; äwer üm ehr rümmer swemmte en stolzen Glanz, dat Dürten tau sick seggen müßt: »Gott bewohr uns in allen Gnaden! – Wat is't mit *de*?« – Un as sei in Kunsten sine Baud' herinnekemen, spelte de Stadtmuskant en Hopser, un ahn sick wider lang' tau besinnen, hopsten de beiden glücklichen Brudlüd' los un hopsten un hopsten, as süll't Vergnäugen so lang' duren, bet sei in den Ehstand selig herinnerhopst wiren. – Äwer wer lang' leiwt, den ward de Leiw' olt, un wer lang' hopst, den ward de Pust kort, un as de Pust all was, tred Kägebein mit sine Brud an den Schenkdisch un smet, as lichtsinnige Dichter dauhn, sin ganzes Vermägen in swedsche Tweigröschenstücken un strelitzsche Schillings up den Schenkdisch un födderte Punsch dorför, un Kunst rep: »Korl! För den Herrn Avkaten! – Korl! För de Mamsell Soltmannen! – Korl . . .« Un hei gluderte so von unnen up de beiden wedder ümschüchtig an. »Hir is woll wat passiert? – Korl! För mi ok en Glas!« – Un dat kunn nu woll gaud jeder seihn, dat hir wat passiert was, un de Stammgäst drängten sick ran, un Kägebein slog den einen Arm üm sin niges Eigendaum un böhrte mit den annern dat Glas in de Höcht un rep:

>»Solches hab' ich mir errungen,
>Solches war mir zugedacht!
>Hoch sei jedes Glas geschwungen,
>Hoch auf Dorimen' gebracht!«

»Korl! Mihr Gläser! – Korl! För Hofrat Altmann! –

Korl...« Äwer wider kamm hei nich – »Hoch! Hoch!« –, un sogor in desen fierlichen Ogenblick kunn de Dichter dat Dichten nich laten, hei kihrte sick an nicks un dicht'te wider:

>»Und hier selig stehn wir beiden
>Froh nach der beglückten Tat,
>Und der Liebe Lämmer weiden
>Lustig auf der Hoffnungssaat.«

»Hoch! – Hoch! – Korl! – Korl! – Hoch! – Tusch!« So gung't nu dörchenanner, bet den Stadtmuskanten sine Trumpeten dat letzte Wurd behöllen. –

»Dat segg ick man, dat segg ick man!« rep Schultsch in ehre Baud, »de ßackermentsche Pantüffelmaker up den Sankt-Jürrn! – Wat dauh'ck mit so'n Kirl? – Lett sick up sine Finsterluk as Schild en höltern Tüffel un 'ne Trumpet malen, taum Teiken, dat hei ok Musik maken kann, un ick nem em derentwegen ok, dat hei doch von mine Baud' ut Kunsten sinen ollen dämlichen Stadtmuskanten Gegenstand leisten sall, un nu kümmt dat nich, un nu kümmt dat nich? – Dürten Holzen, Dürten Holzen! Kik doch blot in Kunsten sine Baud'! Kik doch Korlin Soltmanns an! Kik! Wat hett s' för Anstalten! – Steiht mang all de ollen Kirls un knickst un knickst. – Gott bewohr uns! Lett sick von den ollen Swäkspohn von Strelitzer Avkaten rund ümfaten! – Olle Zitteron! – Schämst di nich? Mang all de ollen Kirls allein tau stahn? – Ick wull, de ßackermentsche Tüffelmaker wir hir, ick wull di en Vers blasen laten! – Dürten, Dürten, kik! Kik den ollen Hofrat Altmann an. Bunt as 'ne Pagelun steiht hei dor un drängt sick mit sin oll Gesöff an Korlinen ran – ick wull, hei begöt s' mit sinen Punsch von baben bet unnen, dat s' doch mal rod würd – un nu – hest hürt? – Huching! – Huching! – ,Dem verehrten Brautpaar ein donnerndes Hoch!' – Krischan!! Krischan! – So hür doch! – Korlin Soltmanns is Brud! – Jungs, lopt räwer nah Kunsten sine Baud' un raupt Hurah! un Vivat! un Füer! un wat jug in-

föllt. – Lieber Gott, wer hätt's gedacht? – Unverstand kommt über Nacht! – Na, ick segg nicks, ick segg gor nicks, äwer: vorgetan un nachgedacht hat manchen in groß Leid gebracht. – Dürten..., ach, Herre Gott, Herr Konrekter, ick heww Sei gor nich seihn; leiwer Gott, ick segg nicks, äwer wo Sei woll tau Maud' is?« – »*Mi*? Wo *mi* tau Maud' is?« frog de Herr Konrekter dorgegen un kek Schultsch an, as verhürte hei ehr de unregelmäßigen grichschen Verba un wüßt all vörher, dat sei mit 'ne Dummheit tau Rum kamen würd. – Und dit hadd hei denn ok richtig raden, denn Schultsch stamerte rute: »Ick dacht, Sei hadden – Sei wullen – de Lüd' säden, Sei wullen de Soltmannen sülwst frigen.« – »Fru Schulten«, säd de Konrekter un stunn von Krischanen sine Sid up, wo hei seten hadd, »mi dücht, Sei hewwen hüt vullup naug mit Ehren eigenen Kram tau dauhn, bekümmern S' sick nich üm minen«; dormit set'te hei den gollen Knop von sinen Ruhrstock sick unner de Näs' un gung stiw ut de Baud'. – »So!« rep Schultsch, »dat segg ick man, nu heww ick den ok vör den Kopp stött.« – »Un ick segg«, säd Krischan, »du kannst din Mul nich törnen.« – »Dat seggst du mi wedder? Un ick segg di... – Dürten, segg mi mal...« Äwer wider säd sei nicks tau Dürten, denn dat Unglück bröchte in desen Ogenblick den Tüffelmaker mit sine musikalischen Mitkollegen in dat Telt, un nu fohrte sei up desen los un gaww em sinen richtigen Empfang un verlangte von em in ehre regierende Eigenschaft: hei süll up de Städ' in ehre Baud' eben so'n groten Spektakel maken, as in Kunsten sine Baud' los wir, un dat ded denn ok de gehursame Tüffelmaker un besorgte dat den ganzen Abend un de Nacht dörch un blos Vir-Virtel-Takt, wenn bi Kunsten drei Achtel blasen würden, un drei Achtel, wenn Kunsten mit twei Achtel utkamen wull, un ded den Stadtmuskanten Gegenstand, un Schultsch was mit em sihr taufreden un schenkte em ut ehre Duwwelbirbuddeln ümmer frischen Kunst-Schawernack gegen Kunsten in.
Na, un Dürten? – Je, üm Dürten brukte Schultsch sick nich

tau kümmern, de hadd allens gaud naug mit anseihn, in ehr hadd't heit upkakt, as sei de olle gele Perßon so äwerböstig hadd rümmerstolzieren seihn, un as sei sei in Kunsten sine Baud' so frech mang all de vörnemen Herrn stahn sach, hadd sei sick nah ehren Herrn Konrekter ümkeken, wat de ok vör allen in Säkerheit wir, un as sei gewohr worden was, dat de ahn alle Gefohr bi Krischan Schulten satt, dunn hadd sei still vör sick hinsegbt: »Gott sei Dank! – Mi gelt't nicks an.« – Dunn was äwer 'ne grote Niglichkeit äwer ehr kamen, wat denn woll eigentlich los warden süll, un as nu Hofrat Altmann dat Brudpor hoch lewen let, hadd sei sick vör ehr ganzes Geslecht schämt, dat ein von ehre Mitswestern sick bi 'ne Bowl Punsch un nich von 'ne Kanzel proklamieren un afkünnigen let, un as sei sick den Dichter noch mal recht nipp ankeken hadd, hadd sei tau sick seggt: »Na, lat sei! – So'n Pott, so'n Stülp.« – Un nu was 'ne grote Rauh bi ehr inkihrt, wenn ok de Tüffelmaker noch so vel Spektakel üm ehr rümmer makte, de irste Nod was kihrt, *ein* Stein was ut den Weg' rümt, an den sei sick oft stött hadd, ehr Herr kunn un würd nu allseindag' nich de Kammerjumfer frigen, un wenn de Perßon ehr ok hüt noch so niderträchtig hochmäudig ankeken hadd, *sei* gaww ehr doch ehren Segen un säd tau sick: sei glöwte ok, so wir't am besten. – Un nu kamm ehr wedder allerlei Bedenken, wenn dit nich wir un dat nich wir un wenn sei bi den Herrn Konrekter as Wirtschafterin blew, oder wenn sei ... – Gott bewohre! wo künn sei so wat denken! Denn dat beten in de Backen knipen un »leiw' Dürting« un sülwst de Kuß, de künnen't doch noch nich utmaken; un sei wir 'ne slichte Perßon, säd sei tau sick, dat sei äwerall an so wat dachte, un sei wir 'ne slichte Perßon, dat sei hüt nahmiddag wedder so'n Haß up de Soltmannen smeten hadd, un dat Mäten hadd ehr in densülwigen Ogenblick den grötsten Gefallen up de Welt dahn. – Un unsen Herrgott sine Weg' wiren doch wunnerlich, säd sei, un de Minsch süll nich glik up den Weg schellen, wenn hei ok en beten mit Distel un Durn bewussen wir, wer wüßt, wat dor achter leg. – Un sei wull't Stining ok seggen, sei süll noch lang' nich verzagen, wenn de Löper hüt ok nich taum Danzen kem, wer wüßt, wotau dat gaud wir. – Un bi den Larm, den de Tüffelmaker makte, künn sei't ehr am besten in de Uhren flustern, dat dat heimlich tüschen ehr blew; un as sei sick nu nah ehr Swester ümkek, dunn was kein Stining tau hüren un tau seihn.

Stining stunn, wildeß ehr leiw' Swesting mal wedder in christliche Verdreitlichkeit bi sick utkihrte un afstöhmte, achter Schultsch ehr Baudenlaken in den dichten Schatten von 'ne schöne Eik, un ehr was gor nich so tau Sinn, as sick Dürten dat vermauden was, dat sei verzagen un up de Weg' schellen wull, denn de Weg' wiren sihr schön, sei hadden ehren bunten, lustigen Togvagel von Löper gesund un heil wedder taurüggbröcht, un taum Verfiren mag dat woll för en lütt Mäten sin, wenn dat so in allerlei säute Taukunfts-gedanken versackt vör sick hen sitt un ward denn ganz lising mit en Finger in den witten Nacken tippt un kickt sick üm un kriggt denn dörch 'ne Schlitz von en ollen Plan-laken en lustig lachend Gesicht tau seihn, wat ehr tauplinkt un ranwinkt – ja taum *Verfiren* mag dat woll sin, äwer taum *Verzagen* is dat noch lang' nich. – Un ok nu, as sei unner de gräune Eik stunn un de Löper den Arm üm ehr slagen hadd un sei küßte un wedder küßte un dat oll grise Planlaken sick tüschen ehr un de Niglichkeit von de Welt schawen hadd, as wir't en Stück Schummerabend, wat sick äwer ehre Leiw' deckte, dat sei heimlich dorunner bläuhen künn, verzagte ehre Seel nich, ne, sei juchte hoch up, dat sei ehren Wilhelm wedder hadd, dat hei Wurd hollen hadd, dat hei en Löper was, de in vir Dagen staats in fiw nah Berlin ruppe un wedder trüggglopen kunn, un dat hei dat üm ehrentwillen utführt hadd. – »Nu büst du äwer ok woll sihr mäud?« frog sei. – »Gor nich, Stining, un nu sall't Dan-zen losgahn.« – »Ach, du möst jo doch irst Dörchläuchten Bescheid bringen.« – »Ne, Stining, dat heww ick nich nödig,

183

hei hett mi jo bet morgen abend Respit gewen, un – ick will di't man seggen, denn hüt möst du dat doch tau weiten kri- gen – de ganze Jagd nah Berlin is wider nicks as en Stück Schawernack, wat sei mi spelt hewwen.« – »Ih, Wilhelm, wo süll Dörchläuchten . . .? Rand hett jo doch tau Schultschen seggt, Dörchläuchten will di jo sogor tau sinen öbbersten Kammerdeiner maken.« – »So? – Will hei dat? – Na, denn lat di seggen, denn will ick nich. – Wat Dörchläuchten mi den Putzen spelt hett, weit ick nich, un wat Rand doran schüllig is, weit ick ok nich; äwer einer von de beiden hett't dahn, un wenn ick ok irst nich doran glöwen wull, ick heww mi dat nahdacht: dat is blot scheihn, dat ick hüt nich mit di danzen sall. Un nu dauh'ck't grad.« – »Mein Gott, Wil- helm, wenn Dörchläuchten dat tau weiten kriggt!« – »Hei sall't nich blot tau weiten krigen, hei sall't sülwst mit an- seihn. – Süh, eben as ick äwer dat hoge Äuwer lep, kamm sin oll Kasten von Gondel ut den Kropp rute, un in 'ne Virtelstun'n is hei hir, un nu is't Tid, dat ick dat dauh, wat ick di Wihnachten up den Is' verspraken heww, dat ick em en dummen Streich grad in de Ogen rinne maken will, dat hei mi wegjagen möt.« – »Herregott! Ne, Wilhelm, Wilhelm, ick bidd di . . .« – »Ne, ne!« rep Halsband kort af, »ick danz mit di, un wenn teihn Dörchläuchtens dorümmer stahn un Füer un Fett ut de Ogen spucken! – Is hei unschüllig an den Schawernack, de mi spelt worden is, denn ward hei't gaud verdragen känen, un weit hei wat dorvon, denn ward hei falsch warden, un denn sall hei ok falsch warden. – Ut *ein* Lock möt de Voß herut, un ick will doch mal seihn, wo de Has' löppt.« – Stining bed, Stining quälte, ehr was so bang', Halsband küßte sei woll fründlich up den Mund, äwer hei tog sei ahn Erbarmen in de Baud' rinner, un mit sworen Harten un bewerige Knei müßte sei rinner in den Tüffel- maker sinen Sleifer. – Du leiwer Gott, sei was 'ne Brud, ebenso gaud as Korlin Soltmanns, un de hopste un drunk Punsch un gläuhte as 'ne Pommeranz, un ehre Backen wul- len sick nich farwen; ehr Hart würd woll düller slagen,

äwer ok ümmer banger, un as Dürten nu an ehr ranne-
kamm nah den Danz un Halsbandten gun Dag säd un sick
wunnerte un frog un wedder frog, dunn wir't Tid west, dat
Dürten ehr ehre Weisheit von unsen Herrgott sine wunner-
lichen Weg' un von Distel un Durn un von dat, wat dor-
hinner liggen künn, in't Hart gaten hadd; äwer Dürten
hadd't all wedder vergeten, un Stining wull rein verzagen. –
So sach't an desen Pingstdagnahmiddag in't Nemerowsche
Holt ut, un wenn wi Stining un villicht ok den Löper ut-
nemen – na, minentwegen ok den Herrn Konrekter, denn hei
was in arge Verdreitlichkeit mit den Stockknop unner de Näs'
ut Schultschen ehre Baud' gahn –, denn sach't dor idel lustig
ut; äwer tau Nigenbramborg in de Paleh sach dat dorför
desto argerlicher ut – wat hadd ok de Herzog Fridrich Franz
von Meckelnborg-Swerin nödig hatt, an desen Pingstdag en
riden Baden expreß an Dörchläuchten von Meckelnborg-
Strelitz tau schicken? – Äwer wat helpt dat Reden doräwer?
De Kirl was dor, Rand hadd em en Breiw afnamen, un
Dörchläuchten hadd em eigenhännig upbraken un eigenhän-
nig lesen, un as hei dormit prat was, säd hei ganz behaglich:
»Rand, wi krigen morgen Besäuk. – Unser Vetter Liebden
von Mecklenburg-Schwerin wird uns morgen von Berlin
aus ein bißchen besuchen mit anständigem Gefolge und uns
sein Komplimang machen.« – »Un dat segen Sei so, as wenn
dor wider nicks bi los wir? – Un dat seggen Sei mi so un-
schüllig? – Ne, Dörchläuchten, dat geiht allmeindag' nich.
Äwer den Besäuk känen wir up Stun'ns nich sin. – Wi mö-
ten wat von Krankheit oder Verhältnissen oder annere Re-
gierungssaken utfünnig maken.« – »Was fällt dir ein?« frog
Dörchläuchten un treckte de Stirn vull Schrumpeln, »wir
werden doch unsern hohen Verwandten empfangen kön-
nen?« – »Känen wi ok, Dörchläuchten, känen wi jo ok; äwer
up Stun'ns man nich. – Wi hewwen jo ke'nen Gröschen
Geld, un de Sweriner Herzog, dat is en jungen Herr, un de
will lewen un lustig lewen, un de Ort, de hei uns
noch mitbringt, de kenn ick.« – Rand hadd recht, Rand hadd

ümmer recht, wenn hei up de Vermägensverhältnissen tau
reden kamm, un Dörchläuchten wüßte dat ganz gaud, äwer
argerlich müßt em dat doch sin, hei säd also sihr verdreit-
lich: »Den Besuch können wir nicht ablehnen, wir müssen
Anstalten treffen, wir müssen borgen.« – »Je, Dörchläuch-
ting«, säd Rand in deipe Bedräuwnis, »wer borgt uns? –
Uns borgt kein Minsch. – Seihn S', dor is Schultsch mit den
Tweiback...« – »Halt dein Maul, du Esel!« rep Dörch-
läuchten, nu mit Recht sihr falsch, »was kümmert uns
Schultsch!« – »Ih, Dörchläuchting«, säd Rand un gaww lütt
bi, »dat is jo ok man, dat ick dorvon red. – Ne«, set'te
hei nah 'ne Wil hentau un dachte dorbi an de Drinkgeller,
de em ut de Finger slippen künnen, »ne! Taurüggwisen känen
wi Fridrich Franzen nich, denn wo würd uns *dat* kleden? –
Dat seg jo ut, as wenn wi power wiren. – Ick weit woll, *sei*
hett wat«, un dormit wis'te hei mit den Dumen äwer de
Schuller un äwer den Mark weg. – »Wer?« frog Dörchläuch-
ten, un't was, as wenn em en ganz Deil lichter würd. – »Je,
sei dor bi Buttermannen up den Bähn, Prinzeß Christel.
Ick heww ehr Kammerjumfer gistern morgen woll seihn,
wo sei bei Kunsten mit en Korf vull Buddeln ut den Rats-
keller kamm, un vermorrntau säd Kunst jo, sei hadd allens
bor betahlt.« – »An unsere Christelschwester können wir uns
nicht adressieren«, säd Dörchläuchten mit grote Bestimmt-
heit, »die Prinzeß macht uns schon so genug Reproschen,
daß wir zuwenig für sie tun. – Wie wäre es mit dem Hof-
rat?« – »Je, heww ick dat nich ümmer seggt? – Nu kümmt
dat doch so. Nu hewwen wi em den Hof verbaden. – Dörch-
läuchten, wat laten wi den Kirl nich frigen? Wat gelt uns
den Menschen sine Frigeri an? – Wenn wi sülwst man nich
frigen sälen.« – »Na«, rep Dörchläuchten sihr bestimmt, denn
hei was in Regierungssaken ümmer kort resolviert, »denn
lass' ihn rufen.« – »Je, Dörchläuchten, dat is licht seggt, wo
,rufen'? – De is hüt nahmiddag Klock twei all nah'n Neme-
rowschen Holt rut, un de Korrier von Meckelnborg-Swerin
möt doch soglik 'ne gnedige Antwurt hewwen. – Äwer nu

hören S' mi – Sei hüren mi meindag' nich – laten S' den Kammerjunker glik schriwen: sihr angenehm – grote Freud' – oder wat Sei süs inföllt, un wi führen nah den Nemerower Holt rute. – Tau Wagen geiht dat hüt frilich nich, denn uns fehlt de ein Löper, äwer wi känen jo in de Gondel führen un Strasen Bescheid seggen laten, dat hei führen sall – en Gewitter krigen wi nich – un denn ward ick mi an den Hofrat maken, dat hei uns nich in den Holt utritschen kann. – Äwer dat segg ick Sei, hellschen gnedig möten wi gegen em sin, un dat känen wi jo ok, denn wat gelt uns sin Frigen an?« – Rand hadd wedder recht, Dörchläuchten gaww sick, de Korrier kreg sinen Bescheid, un Dörchläuchten führte mit Randten in de Gondel nah den Nemerower Holt. –
'ne gaude halwe Stun'n vörher, ihre de Gondel, de in de Firn so utsach, as hadd sei einer bi Noahn sinen Kasten as Jung'n beliggen laten, un jedenfalls hellschen lewensgefährlich let, Anker smet, hadden de Nigenbrambörger in dat Nemerowsche Holt all enanner tauraupen: »Dor is hei! – Dor kümmt hei! – Hei kümmt sülwst! Na, nu will'n wie em doch ok nah Kräften upnemen! – Krischan, treck di den Rock an! – Jung', du wardst di doch nich mit din Büxen in de irste Reih stellen willen?« – Schauster Schöning wischte sinen lütten Jungen de Snut wedder af, Kunst schickte den Stadtmuskanten an den See heraf un befohl em, hei süll blasen un wider nicks as blasen. – »Korl! Dat grote Glas! Dat ick Dörchläuchten dormit unner de Ogen gahn kann!« – Schultsch kunn sick dat doch nich beiden laten, wotau hadd sei ehren Tüffelmaker? »Krischan, du rögst di nich! – Rög di doch! – Wat? – Du wardst Kunsten doch Gegenstand dauhn känen? – Wotau hewwen wi de Baud'? – Hir! un hir!« Un sei stek Krischanen in jede Hand 'ne Buddel Duwwelbir, »worüm sall Dörchläuchten nich von uns' schön Duwwelbir ebenso gaud drinken as von Kunsten sin Gesöff?« – Un Krischan rögte sick un gung an't Seeäuwer, un de Tüffelmaker blos, un de Stadtmuskant blos, un allens was up de Bein, blot de Dichter satt in Kunsten sine Baud'

un sweit'te grote Druppen, denn hei makte en Gedicht tau Dörchläuchten sinen Empfang. Un noch einer satt dor, dat was de Hofrat Altmann, de säd tau sick: »Ja, gaht ji man, ick bruk Dörchläuchten nich, Dörchläuchten brukt mi.« Nu kamm Dörchläuchten an't Land. – Sin öbberste Admiral för den Tollensensee un de Lieps, Jochen Strasen, wat den jitzigen Jehann Strasen sin Grotvader was, namm den hogen Herrn up den Arm, drog em dörch dat tücksche Element un stellte em – baff! – midden unner sin truges Volk up den Drögen, un sin Volk jubilierte, un de Muskanten blosen, un weck von de lütten Stratenjungs, de weck hadden, smeten mit de Mützen, un as Krischäning Birndten sin baben in de Bäuk behacken blew, smeten Sei mit Stein un Knüppel dornah, dat de Sak binah lewensgefährlich würd, un Kunst rückte von de ein Sid mit dat grote Deckelglas vull Punsch vör, wat de Präses ümmer in de Hand hadd, wenn Rundgesang sungen würd, un von de anner Sid rückte in densülwigen Tempo Bäcker Schult mit twei Buddeln Duwwelbir vör, un de Konrekter, de von firn sick de Sak ok mit ansach, säd vör sick: »Wo? – Dit is jo binah, as wenn Dörchläuchten as en nigen Prometheus von de Gewalt un de Kraft an den Kaukasus ankedt warden sall, τῆφι, κρα βιῆφι, wat einer hir schön mit Punsch un Duwwelbir äwersetten künn.« – Äwer't würd nicks dorut, Appollo schow sick dormang in de Perßon von den Herrn Dichter Kägebein, de sick dörch Punsch un Duwwelbir nah vör stört'te, in de eine Hand sine bi Korben drückten, johrelang mäuhsam sammelten Gedichte, in de anner sine eben bi Kunsten sammelten Gedanken. – Utwennig kunn hei sei nich, hei las also, Korlin Soltmanns stunn achter em.

> »Ich reiche hier in meines Fürsten Händen
>   In Ehrfurcht und devoten Sinn
>   Dies Werk aus Dankbarkeit *Dir* hin.
>   Sollt nun *Dein* Aug' sich gnädig wenden
>   Zu diesen Poesien hin

Und sich nur ein'ge Zeilen fänden,
Durchlauchtigster! nach *Deinem* Sinn,
Welch Glück! daß ich so glücklich bin.
Der Herr, der setze *Dich* zum Segen,
Er geb *Dir* Heil und Wohlergehn,
Geleite *Dich* auf allen Wegen,
Dein Glück muß immer grünend stehn:
Und Mecklenburg wird sich erfreu'n
Und *Dir* des Dankes Palmen streu'n.«

Dormit äwergaww hei Dörchläuchten sine gesammelten
Gedichte. – Dörchläuchten was ganz still, de Sak hadd em
äwernamen, hei was gerührt, em was so wat noch nich vör-
kamen, hei kek sick nah Randten üm, wat de woll dortau
säd – Rand was weg. – Ok de Nigenbrambörger wiren
ganz still, ehr hadd dat ok äwernamen, ehr was so wat ok
noch nich vörkamen, äwer gerührt wiren sei nich, sei wiren
falsch, dat en Nigenstrelitzer in ehr eigen Kämmeriholt ehr
den Rang aflopen süll, un't wohrte nich lang', dunn gung irst
en Flustern los: »Dat sälen wi uns beiden laten? – Dat sälen
wi uns von en Nigenstrelitzer beiden laten?« – Un ut dat
Flustern würd en Raupen: »Wo is de Konrekter? Wo is de
Herr Konrekter? – Hir hett hei vör en beten noch stahn. –
Ja, Vadder, ick heww't ok seihn. – Ih, dor is hei runne, den
See entlang gahn.« – De Konrekter was ok weg, twei
Hauptpersonen in dit Spill fehlten, 't kunn also ok nich
recht von Bedüden wider wat warden. –
Dörchläuchten gung nu dörch dat grote Minschengewäuhl
gnedig wider un grüßte rechtsch un grüßte linksch, un de
Unnerdahnen repen em tau: »Na, gun Dag ok, Dörch-
läuchting! – Dat is schön, dat Sei ok en beten hir sünd! –
Ja, ick säd glik, Dörchläuchting würden woll hüt nahmid-
dag en beten kamen.« – »Seid ihr denn auch recht vergnügt,
Leute?« frog Dörchläuchten recht fründlich. – »Dank för
gaude Nahfrag'! – Ih, ja! – Dat geiht woll. – Hellschen! –
Ümmer up twei Bein!« So gung dat dörchenanner, un so'n

Putzenmaker rep dormang: »Hüt abend geiht't up *einen* Bein!« – »Je, du süllst leiwer seggen: up alle vir Beinen«, rep 'ne smucke Dirn dormang, »weitst noch von verleden Johr?« – Un Dörchläuchten lachte gnedigst mit, as alle lachten, un de Muskanten blosen, un de drei Lakaien folgten, un achter de gungen Kunst un Bäcker Schult, as wir dit en Opfertog un sei drögen dat Trankopfer, un dunn kamm de Dichter un sach nicks, sach gor nicks, sülwst sine besten Bekannten nich, un Korlin Soltmanns bammelte an sinen Arm, un hei dachte nich an sei – en richtigen Dichter denkt nich an Brud un an Fru, blot an sinen Triumph. Hei gung ok nich, hei swewte; un hei was doch irst blot in de Vörhall von all de Seligkeit, de hei sick utmalt hadd un de hüt noch in vullen Gäten äwer sin glücklich Höwt süll utgaten warden. –

As Dörchläuchten un de Dichter, ein jeder up sine Ort, so dörch dat Volk dörchtriumphierten, satt de Herr Kammerdeiner Rand ganz de- un wehmäudig in Kunsten sine Baud' bi Hofrat Altmannen un redte mit en groten Ümswang von slichten Tiden un gauden Tiden un von slichten Weder un gauden Weder un von allen mäglichen, blot nich von de grote Verlegenheit, in de sei bi Hof seten, un Hofrat Altmann was schawernackschen naug, em sick ümmer deiper in den Drähnsnack rinnezappeln tau laten, denn wat hei wull, wüßt hei recht gaud. – Tauletzt müßt sick Rand denn nu en Hart faten un müßt in den suren Appel biten; hei fung nu also an: »Ja, un morgen krigen wi ok wedder en hogen Besäuk, Fridrich Franz von Swerin kümmt; dat ward ok wedder en schönen Gröschen kosten.« – »Ja, de Tiden sünd slicht«, säd de Hofrat, »de Botter kost't ok all wedder drei Gröschen.« – »Un wi möten denn doch Anstalten tau allerlei Festlichkeiten maken, un wat kost't dat nich?« – »Ja«, säd de Hofrat un süfzte ganz christlich dortau, as hadd hei en deipes Mitled mit de allgemeine Nod. – Dese Süfzer makte Randten nu frischen Maud, un hei set'te hentau: »Un wo sälen wi dat Geld hernemen?« – »'t is slicht in de Welt«, säd Altmann, »mihr as fiw Eier willen s' nu ok nich mihr för en Schilling gewen.« – »Ih, dorvon red' ick nich, mit Botter un Eier un anner Lewensmiddel kamen wi woll dörch, dat is man üm den boren Gröschen tau dauhn.« – »Sei hewwen recht, Rand«, säd de Hofrat un kek den Kammerdeiner an, as müßt hei sick dägern äwer sine groten Insichten verwunnern, »Sei hewwen recht, dat is dat grad: de bore Gröschen.« – »Na, so sihr slimm is dat ok noch nich, nah grot acht Dag' möten ja doch uns' Inkünften ok wedder inspringen.« – »Ne, slimm is dat nich; äwer't hürt vel tau taum minschlichen Lewen. – Ick wull eigentlich ok in de negsten virteihn Dag' Hochtid hollen, äwer – dat verdammte bore Geld!« – »Ih, wat«, säd Rand un wull stramm up sinen Zweck losgahn, »Sei hewwen't jo, un wenn Sei Hochtid hollen willen...« – »Je, Rand«, föll hir de Hofrat in, denn so licht wull hei sick denn doch noch nich krigen laten, »de Botter drei Gröschen, fiw Eier för'n Schilling un dortau Dörchläuchten sine Ungnad!« – »Ih, dat ward so heit nich eten, as dat upfüllt is, wenn Sei...« – »Dat Frigen sin laten, willen Sei seggen«, föll de Hofrat wedder in, »denn...« – »Ne«, rep Rand dortüschen, »ick mein, wenn Sei uns bet Jehanni en lütten Posten Geld vörscheiten, denn kem't mit de Ungnad woll wedder taurecht.« – »Ne, Rand«, rep de Hofrat, stunn up, knöpte sick den Rock fast tau un langte nah sinen Haut, as wull hei weggahn, »as ick jug Geld gaww, let ji mi in Ungnaden fallen, wenn ick jug kein gew, kam'ck mäglich wedder tau Gnaden. – Wat gelt Dörchläuchten min Frigen an?« – »Dat segg ick, dat segg ick!« rep Rand un höll em wiß, »un hei süht dat jo ok in. – Nu setten S' sick! Setten S' sick! – Hei is so gnedig gegen Sei in sinen Sinn, stellen S' em up de Prauw, ick hal em her!« Dormit lep Rand ut de Baud'. – »Ja, wegen't Geld!« rep de Hofrat achter em her. – »Ne, ne!« rep Rand taurügg, »hei deiht allens, wat Sei willen.« –

Mitdewil wiren denn nu ok Kunsten sine Gäst un de Muskanten wedder in de Baud' taurüggkamen, un dat Danzen

gung wedder los, un Dichter Kägebein un Korlin-Dorimene
swemmten in ehre Seligkeit äwer all de annern Danzpore
baben weg, taum wenigsten Kägebein mit sine Näs', denn
de höll hei pil tau Höchten, as satt sin ganze Dichterruhm
fustdick dorup, un de Welt led Schaden, wenn sei'n nich seg.
– Nu müßt hei äwer mal wedder Pust hollen un kamm bi
den Hofrat tau stahn, hei jappte denn en por Mal deip nah
Luft, un sülwst in desen bedenklichen Taustand, de süs je-
den Minschen för en Ogenblick lahm leggt, kunn hei dat
Dichten nich laten: »Damon«, redte hei den Hofrat an. –
»Ih, wat!« lachte de, denn de Utsicht up den Verdeinst, den
hei bi Dörchläuchten maken wull, hadd em lustig kettelt,
»ick heit Altmann, nich Damann.« – En ordentlichen Dich-
ter lett sick nich ut de Kuntenanz bringen: »Damon«, fung
Kägebein wedder an,

> »Selig ist der Tag dahin geflossen,
> Punsch und Kuchen haben wir genossen,
> Dorimen, die schönste Zier,
> Tanzt in meinen Armen hier.
>
> Und Durchlauchten seine Gnaden,
> Als er aus dem Schiff geladen,
> Nahm mein Buch in dem Empfang
> Unter frohem Zimbelklang.
>
> Aber eins fehlt zu dem Glücke,
> Rand, und du hältst mein Geschicke,
> Dorimene flehet mit,
> Machet mich zum Hofpoet.«

»Dat is jo prächtig!« lachte Hofrat Altmann, »dat will'n wi
woll krigen! – Hahaha! – Un Korlining, Sei? – Hofpoetin,
wat?« – Un hei strakte Korlin-Dorimenen äwer de Backen,
dat sei wedder gelrod anlepen, un Kägebein led't, denn
hei was en würklichen Dichter, hei kümmerte sick den Deu-
wel üm de gewöhnliche Iwersük, hei hadd blot den Hof-
poeten in't Og'. – Äwer nu kamm Rand mit Dörchläuchten

in de Baud', un de Stadtmuskant blos »Von Pharao«, un
Kunst kamm wedder mit dat Deckelglas vull Punsch, un
Dörchläuchten namm't un drunk gnedigst dorvon un wendte
sick an de Gesellschaft, de an de Bänken un up de Bänken
entlang stunn, un säd mit düdliche Stimm: hei hoffte, sine
leiwen Unnerdahnen wiren recht vergnäugt; un Kunst
namm dat Wurd un rep: »Korl! För jeden Unnerdahnen en
frisch Glas! – 't ward nich betahlt.« – Un hei namm sülwst
en Glas tau Hand un rep: »Uns' Dörchläuchting von Mek-
kelnborg-Strelitz, Adolf Fridrich de Virte, Hoch!« – »Hoch!«
rep allens. – »Un dat hei för uns Nigenbrambörger noch
lang' en gnedige Herr bliwen mag! Hoch!« – »Hoch!« –
»Un dat hei noch lang' as uns' gnedigste Fürst un Nahwer
an unsern Mark lewen mag! – Hoch!« – »Hoch!« – Un
Dörchläuchten bedankte sick mit en por Würd' un gung an
de Reihen entlang un sprok hir mit den einen un dor mit
den annern, ganz natürlich, as wir hei würklich ok man en
gewöhnlichen, gemeinen Minsch as de annern, un as hei bi
Kägebeinen kamm, steg hei so vele Stufen von sinen erha-
benen Thron runner, bet hei Kägebeinen up de Schuller
kloppen kunn, un säd tau em: hei hadd em hüt 'ne grote
Freud' makt, un hei wull ok ümmer 's Abends bi Taubedd-
gahnstid in sin Bauk lesen. Un äwer Kägebeinen kamm dat
wedder mit en Dichterswung, un hei wull eben sine Dori-
mene as sine Brud vörstellen un üm den Hofpoeten bid-
den, un hei grawwelte all nah de Kammerjumfer ehre
Hand, as em einer von achter mit de Würd' »plagt Sei der
Deuwel?« in't Krüz stödd un hei't also mit en deipen Diner
bewennen let. – Un achter desen deipen Diner kek dat olle
lurige Gesicht von den Hofrat rute, un Dörchläuchten kek
em sihr gnedig an un säd: »Guten Tag, mein lieber Hofrat,
wie geht es Ihm?« – Un de Hofrat let in deipste Verehrung
den Kopp sacken un hung in ganz gehursamste Hochachtung
dat Mul un säd: »Slicht, Dörchläuchten, sihr slicht. – De
Botter kost't up Stun'ns wedder drei Gröschen, un mihr as
fiw Eier gewen s' nich för en Schilling; un't bor Geld is so

knapp, un dortau noch de allerhöchste Ungnad', in de ick verfollen bün ...« – »Hm, hm«, föll Dörchläuchten gaudmäudig in, »besuch' Er uns morgen, wir wollen Ihm in Gnaden gewogen bleiben, und zum Beweise dessen: bitt' Er sich eine Gnade aus.« – Je, *de* Gnaden, üm de dat den Hofrat tau dauhn was, de kunn hei hir nich öffentlich föddern, de wiren em ok ümmer so as so gewiß, wenn hei de Tinsen inföddarte, äwer bidden müßte hei wat, Dörchläuchten kek em tau gnedig an, bidden müßte hei wat, Kägebein kek em tau erbärmlich an, hei set'te also sinen Vurtel taurügg un let sine Lust an en Spaß frigen Lop: »Dörchläuchten hewwen mi mit Ehre Gnaden all so hupenwis' äwerschüddt, dat ick för mi sülwen gor nicks tau wünschen heww« – hir wull Dörchläuchten mit en gnedigen Diner weggahn, äwer Kägebein folgte so erbärmlich de Hän'n, dat de Hofrat ruteplatzte: »wenn äwer Dörchläuchten Ehre hoge Gnad' up en annern, sihr verdeihnten Unnerdahnen utstrahlen willen, denn maken Dörchläuchten hir desen Dichter taum Hofpoeten.« – Dörchläuchten kek sick en beten hastig den Dichter an – worüm nich? Hei hadd allens, wat taum Hof hürt, äwer'n Hofpoeten hadd hei noch nich, hei hadd ok noch gor nich doran dacht, dat hei so en uterwählten Vagel üm sick rümmersingen laten wull – äwer worüm denn nich? – Hei fot also mit de linke Hand an sinen Degen, mit de rechte an sinen lütten dreitimpigen Haut, taum Teiken, dat wichtige Regierungsangelegenheiten em dörch den Kopp späukten, un frog: »Wie heißt Er?« – »Kägebein, Advokat Kägebein«, stamerte de Dichter, as stünn hei vör de Himmelsdör un Petrus hadd em sinen Paß för den Himmel afföddert. – Dörchläuchten set'te de einen Bein en beten nah vör, kek de anwesende Gesellschaft irnsthaft an un säd äwer Kägebeinen sinen krummen Puckel räwer: »Ich ernenne hiemit den Advokaten Kägebein zu meinem Hofpoeten.« Dormit wull hei wider gahn, äwer so gung't nich los – sülwst en Fürst hett nich blot Rechte uttauäuwen, hei hett ok Pflichten tau erfüllen –, un Dörchläuchten müßte nu »das Stammeln

194

des Dankes« von den nigen Hofpoeten uthollen. – Käge-
bein was för Dörchläuchten up ein Knei dalfollen – Kor-
lin-Dorimene was ut Brudstandsrücksichten ok achter em in
en Dutt tausamschaten – un hei stamerte nu los: »Das
höchste Glück hab' ich errungen . . .« Un nu brummte em
dat dörch den Kopp: geschwungen, gelungen, gesungen, ge-
drungen, gebrungen, äwer hei bröchte dat nich wider, hei
satt fast; sünst was sin Pegasus ümmer sadelt un packt, nu
grad in desen Ogenblick, in den schönsten Ogenblick in
sinen ganzen Lewen, was dat entfamtigte Dirt stetsch wor-
den. – Un dat is markwürdig: ick heww ümmer seihn, dat
all de Dichters, wenn sei dat höchste Glück errungen hew-
wen un Hofpoeten worden sünd, jämmerlich an tau stamern
fangen – 't is trurig, äwer't is wohr. – Hei hadd woll noch
'ne Tid wider stamert, dunn läd sick äwer Rand in't Mid-
del; dese brave Kammerdeiner bögte sick an Dörchläuch-
ten sin Uhr un säd: »Dörchläuchten, bi Schultschen . . .« –
»Was soll Schultsch? – Esel! – In diesem Augenblick?« –
»Bi Schultschen danzt Halsband – *uns'* Halsband! Mit sine
Brud!« – »Was? Was?« rep Dörchläuchten un dreihte sick
hastig nah Schultsch ehre Baud' rüm, grad in den Ogen-
blick, as Halsband in sine bunte Löpermondierung mit sin
Stining nah vör in den Kreis herümscheesen ded. – Dörch-
läuchten hadd sinen nigen Apoll ganz vergeten un hadd
sinen Markur in't Og' fat't, un wo! – De helle Zorn wir
gewiß taum Utbruch kamen, hadd Rand nich heimlich
seggt: »Sachten, Dörchläuchting, sachten! Nich üm den
Bengel sinentwillen, ne, üm unserntwillen sülwst un denn
wegen dat Volk.« – Dörchläuchten höll an sick un gung mit
langsame, fürstliche Schritten up Schultschen ehre Baud' los.
– »Krischan«, rep Schultsch, de dit för en fründschaftlichen
Besäuk estimieren ded un sick derowegen up utgesöchte
Höflichkeiten inlaten wull, »treck den Proppen von de Bud-
del un schenk in!« Un as Krischan, de sick nich licht 'ne Sak
äwer'n Kopp wassen let, ok nich fürstliche Gnaden un
Ihren, sick nich rögte, indem dat hei ut Dörchläuchten sin

Wesen so'n sonderboren Irnst un so'n scharpen Blick up den Löper herutelüchten sach, sprung sei vörtau un höll Dörchläuchten en groten tinnernen Kraus mit schümig Duwwelbir entgegen: »Gott sei Dank, Dörchläuchten kamen doch ok tau uns. – Ja, wenn wi ok nich...« Äwer Rand schow sei taurügg, Dörchläuchten gung, ahn sei antauseihn, an ehr voräwer un driwens up sinen Löper los: »Haben Wir dich nicht nach Berlin geschickt?« –

Wilhelm Halsband hadd den hogen Herrn sine Anstalten grad' so richtig taxiert as Bäcker Schult un las in sine Ogen, dat *em* de Besäuk gellen würd. Stining hadd Dörchläuchten anseihn, hadd ehren Wilhelm in de Ogen keken, un 'ne fürchterliche Angst was äwer ehr kamen; sei wull weg, äwer de Löper höll ehre Hand fast un flusterte ehr tau: »Stah fast! – Holl ut! – Kamen möt't doch einmal!« – »Haben Wir dich nicht nach Berlin geschickt?« frog de hoge Herr noch mal mit grötern Nachdruck, as Halsband, de mit Stining tau dauhn hadd, nich glik antwurt'te. – »Gnedigste Herr«, säd de Löper un makte 'ne deipe Reverenz, »ick bün ok dor west, heww allens besorgt un heww de Antwurd up minen Breiw hir.« – Dormit wull hei Dörchläuchten dese Antwurd äwerreiken. – Dörchläuchten stunn en Ogenblick ganz verdutzt: wat? sin Löper was in drei un en halben Dag virtig Mil lopen un hadd doch gewiß noch en Dag up de Antwurd rümmerluren müßt, binah hadd dat so'n Indruck up em makt, dat hei'n vör all dat Volk lawt hadd; äwer sin oll brav Kammerdeiner bewohrte em vör so'ne Äwerilung, indem dat hei so halwlud för sick hen säd: »Ih, dat is doch sonderboren: hett en Breiw un giwwt em nich af.« – »Ja«, säd Dörchläuchten lud, »warum bist du nicht in unser Palais gekommen und hast die Antwort abgegeben?« – »Dörchläuchten hewwen mi irst tau morgen abend de Tid set't«, säd Halsband ganz bescheiden un makte wedder en Diner, höll äwer ümmer sin Stining fast, de vör Schimplichkeit hadd binah in de Ird sacken müggt. »Un denn sach ick Dörchläuchten Ehre Gondel up den See, as

196

ick äwer dat hoge Äuwer lep, un dacht, ick künn den Breiw hir äwergewen.« – Dit was sowid ganz vernünftig; äwer't paßte nich in Randten sinen Kram, un de Kammerdeiner säd denn ok so recht höhnschen vör sick hen: »Un denn danzt hei hir.« – »Ja«, säd Dörchläuchten in Zornigkeit, »und denn tanzt du hier? Springst hier 'rum? Mit der Person? Mit der Person da? – Was ist das für 'ne Person?« – »Dörchläuchten«, säd Halsband un stunn steidel vör den hogen Herrn tau Höchten un kek em stramm in de Ogen, »dat is keine Perßon, dat is 'ne ihrliche Börgerdochter, un dat is mine Brud.« – Rand verkihrte bi dese Würd' schreck- lich de Ogen un wull all en beten frisch Öl up Dörchläuch- ten sine Lamp geiten, äwer't ded nich nödig, Dörchläuchten bluckte ahn dit hell tau Höcht: »Brud? – Un dat seggst du mi? Dat seggst du mi?« – »Ja«, säd Halsband un slog den Arm üm Stining, dat hei sei hollen ded, denn ehr treden de Ahnmachten an, »un Dörchläuchten, ick möt üm minen Af- schid bidden, ick bliw nich länger Löper.« – »Ick will di bi Brudten, ick will di bi Afschidnemen!« rep Dörchläuchten. »Reißt die Person von dem Kerl los!« rep hei sine Lakaien tau, un't wir ok woll gescheihn; äwer wenn de Nod am grötsten, is de Hülp am negsten: Dürten Holzen hadd sick wil desen Spermang ümmer neger an ehr Stiningswester rannedrängt un stunn nu mit enmal tüschen ehr un de La- kaien un rep: »Rögt sei blot an! – Gnad' Gott den, de min Swester anrögt!« Und dormit namm sei ehre Swester in den Arm un wendte sick tau Dörchläuchten üm: »Un wenn de Kaiser hir vör mi stünn, so süll hei min Swester nich in Schimp bringen! – Wat hett dat Kind dahn? – Dat sei den Löper sine Brud is? – Dörchläuchten, is Ehr Mutter nich ok mal Brud west?« – »Was?« rep Dörchläuchten un was en por Schritt taurüggtreden, »das mir? – Braucht Gewalt!« – »Gewalt? Gewalt gegen en por unschüllige Frugenslüd'? – Un wenn Sei ok noch so'n groten Grimm gegen uns hew- wen, is Ehr Mutter nich ok 'ne Fru west?« – »Wer ist das? – Wer ist diese Person?« frog Dörchläuchten un bewerte

vör Wut an Hän'n un Fäuten. – »Oh, 't is Dürten Holzen«,
säd Rand. – »Ah, das ist ja wohl die«, säd Dörchläuchten,
»die den Konrekter heiraten will.« –
Ach, du leiwer Gott, dat arme Dürten! – Nu was't äwer
ehr kamen, un alle Ogen keken ehr in dat Hart, wat sei so
heimlich vör alle Ogen verslaten glöwte. Wo blew ehr
Maud, vör Kaiser un König tau stahn? Sei hadd nich mal
den Maud, ehre Nahwerschaft in't Og tau seihn. – Dor
stunn sei von gläugnigen Schimp äwergaten un hadd nich
mal de Macht, ehr Swester tau hollen. – Krischan Schult
sprung tau un schow sick mit sinen breiden Puckel tüschen
Dörchläuchten un de Swestern, stüt'te sei un wull sei weg-
bringen, dunn rep 'ne fette Frugensstimm von achter ut den
Minschenhümpel: »Lat't mi dörch! Ick möt hen!« – un en
tinnern Birkraus wackelte hen un her äwer de Köpp von de
Gesellschaft, un Krischan rep nah hinnen: »Lat s' nich
dörch, Nahwer! Sei kann de Mund nich törnen.« – Un
Dörchläuchten dreihte sick üm un gaww Befehl, sei süllen
den Löper in de Gondel bringen, un gung mit sine Hof-
deinsten dörch de Minschen, stur un still, blot Rand rep en
por Mal: »Auh! – Auh!«, denn Schultsch hadd em mit den
Birkraus en por Püff in de korten Ribben gewen, dat em
dat Duwwelbir äwer Strümp un Schauh lep, un hadd en
Gesicht dortau makt, worut hei düdlich lesen kunn, dat von
nu an dat Duwwelbir ümmer ihre desen Weg nemen würd
as dörch sinen Hals. –
Un Dörchläuchten führte mit de Gondel äwer den See, un
de Sak hadd 'ne grote Ähnlichkeit mit de Geschicht von
Wilhelm Tellen, denn Wilhelm Halsband näumte sick ok
Wilhelm un lagg ebenso as de anner Wilhelm hinnen in't
Fohrtüg, sprung äwer nich rute, as hei an den Kropp kamm,
un schow ok nich de Gondel in de willen Bülgen rinne,
denn Storm un Bülgen wiren nich dor, un Dörchläuchten
was kein Landvagt oder Landdrost – ne! hei was regie-
rende Herr.
Un an den See entlang gungen twei arme Mätens, de sick

schämten, de Ogen uptauslahn un de annern Lüd' up den
gewöhnlichen Weg vör de Ogen tau kamen. Sei sleken
heimlich dörch de Ellernbüsch an den Rand von den See,
un Stining weinte still vör sick hen, un Dürten sach blaß ut
un hadd de Lippen äwerenanner knepen, un de Lippen be-
werten af un an, as wir't ut Weihdag' oder as wir't ut Haß,
un ehre Ogen schoten äwer den glatten Seespeigel nah
Dörchläuchten sine Gondel, as wullen sei Löcker in dat
Boot bohren, dat allens in den Grund sackte, wat dit Elend
äwer sei bröcht hadd, un mit em Stining ehr Unglück un
ehr eigene Schimp.

KAPITEL 12

Wat de Herr Konrekter tau Nigenstrelitz tau dauhn hadd. – Worüm Jochen
Schlutow un Schauster Grabow'n sin Gesell irdne Pipen blansieren leten. – Tau
späd! – Wer woll en dummen Jung' is. – Wat de Herr Konrekter sick mit sine
Mag' vertellte. – Wenn sei mi nu nich will? – Sei will, un de Herr Konrekter
spelt de Vigelin dortau. – Dörchläuchten liggt up Stining ehr Bedd un Bäcker
Schultsch ehr Mund ward törnt; sei will't äwer von den Nachtwächter utraupen
laten.

Den annern Morgen tidig gung Dürten Holzen mit den
Herrn Konrekter sinen Mantäng äwer de Strat nah dat Post-
hus un wull de Post för em bestellen, denn dit was de Dag,
an den hei sick wegen de Stockgeschicht tau Nigenstrelitz
vernemen laten süll; un as sei an dat Posthus rannekamm,
frog de Postilljon Jochen Schlutow: »Dürten, will hei mit
mi as Buck führen, oder will hei sick ordentlich bi minen
Brauder inschriwen laten?« – Den Postilljon sin Brauder
was de Herr Postmeister. – »Jochen«, säd Dürten, »wo kann
Hei glöwen, dat min Herr as Buck führen ward?« – »Na,
wenn hei denn abslut den Dicknäsigen spelen will, mi nich
tauwedder! Äwer wollfeiler wir't em doch, un worüm führt
hei denn nich mit den Hofrat Altmannen un Kunsten? De
hewwen sick jo vermorrntau all Extra bestellt; Krischan
Ramlow führt.« – »Wenn *min Herr* Extra führen will«, säd
Dürten kort, »denn kann hei för sick sülwen Extra nemen,

199

denn brukt hei nich up den Hofrat un Kunsten tau luren.«
Dormit gung sei rinner un betahlte de Post. –

Punkt Klock söß satt de Herr Konrekter in den apenen
Kasten up de höltern Britsch, de dunnmals tau 'ne richtige
Postutrüstung hürten, un frog den Postmeister Schlutow,
wennihre hei denn tau Nigenstrelitz wir, hei müßt tau Klock
twölwen dor sin, denn hadd hei Termin. – »Känen Sei ok«,
säd de Postmeister, »känen Sei bi dese Weg' ganz gaud;
Klock elben sünd Sei dor. – Jochen, tau Klock elben möst
du dor sin.« – »Willen tauseihn«, säd Jochen un führte los.
– De Herr Konrekter satt mit sine Gedanken allein up de
Post, un wenn de Gesellschaft ok grad' nich sihr angenehm
was, so was hei doch taufreden, dat sei em nich up de
Tehnen rümmerpeddte un in de Ribben stödd; äwer de
Freud' süll nich lang' wohren, denn as sei buten den Dur
kemen, stunn hir en Mäten mit 'ne Schachtel unnern Arm,
en beten wider 'ne oll Fru mit en Korf, denn en jung'
Minsch mit en Fellisen un en ollen Mann mit en lütten
Kasten, un bi jeden höll Jochen Schlutow an: »Prr-öh! Na,
stig man in.« – Un as sei an den Dannenkraug rannekemen,
was de Post proppnig vull Bück, un de Bück stegen nu af
un deden ehre Schülligkeit gegen Jochen un traktierten em,
un so gung dat Traktieren bi jeden Kraug los, un Kräug'
wiren dor vel up dese Strat. –

De Konrekter satt in deipen Gedanken. – Sine Nachborin
gradäwer? – Je, dat was nu nicks mihr, dor was de Anker,
den hei noch mal in den Ehstandsgrun'n hadd smiten wullt,
utreten. – Un de Prozeß? – Hüt müßt hei dormit vör't
Brett. Dürten hadd süs ümmer so wog redt von Gornich-
verlierenkänen un hadd em so säker makt, un hüt morgen
hadd sei gor nicks tau Kop hatt, sei was so still un bedrückt
west. Dat müßt doch en Grund hewwen, wat hadd denn
Dürten? – Süll sei nu ok woll meinen, dat de Sak scheiw
gahn künn? – Un wat denn? – Woher dat Geld nemen?
– Wer hadd Geld? – Hofrat Altmann hadd Geld, un Kunst
was ok gaud in de Wehr, äwer de...! – »Tereng! tereng!

tereng!« blos dat achter em, as hei sick mit dit trübselige
Gedankenspill de Tid *vör* den roden Kraug verdrew, de
Jochen Schlutow binnen vel plesierlicher mit sin Bück hen-
bröchte. – Hei kek sick üm, Hofrat Altmann un Kunst führ-
ten mit Extrapost an em vörbi, Kunst gluderte un lachte em
so von unnen up venynschen an, un de Hofrat rep: »Kon-
rekter, setten S' sick nich in den roden Kraug fast, Klock
twölw is de letzte Termin.« – Dor jogen s' hen.

De Konrekter argerte sick hiräwer grad' so vel, as nödig
ded, üm em ut de Gedanken tau bringen, hei grep nah sine
Klock: leiwer Gott! de Klock was halw elben, un sei seten
irst vör den roden Kraug! – »Postilljon! – Jochen Schlu-
tow!« – Ein Buck kek ut dat Finster: »Wat is'e los?« –
»Mein Gott, de Klock is halw elben, un wi sitten hir vör
den roden Kraug!« – »Ne, wi sitten binnen!« lachte de Buck
un makte dat Finster tau. – »Jochen Schlutow! – Postilljon!«
– Ein anner Buck lachte äwer de halw Husdör räwer: »Herr
Konrekter, stigen S' run, dit ward en Spaß: Schauster Gra-
bow'n sin Gesell un Jochen Schlutow hewwen en Pott
Bramwin weddt, wer am längsten 'ne irdne Pip up de Näs'
in 'ne Blansierung hollen kann.« – »Ih, dor möt jo en Dun-
ner rinneslagen!« rep de Konrekter un sprung von den Wa-
gen un lep in de Stuw'. Hir blansierten nu Jochen Schlutow
un de Schaustergesell mit de Pipen up de Näs' hen un her,
un't was nich recht düdlich tau seihn, wat dat Henunher-
wiwaken von Bir un Bramwin oder von de Pipen kamm. –
»Wat is dat för 'ne Dummheit?« rep de Konrekter. – Klack!
föll Jochen sine Pip up de Ird. – »Will'n wi denn nich nah
Strelitz?« frog de Konrekter. – »Oh, wi will'n woll hen-
kamen«, säd Jochen mit Recht falsch. – »Ja, äwer tau späd,
ick möt Klock twölwen dor sin.« – »Gelt mi nicks an«, säd
Jochen, »Sei sünd minen Brauder sin, un des' annern sünd
min, un de hewwen noch Tid.« – »Ick ward mi besweren«,
rep de Konrekter in hellen Arger. – »Dat hewwen all vele
dahn, is äwer ok noch nicks nah kamen«, säd Jochen un
schregelte ut de Dor rut. »Äwer nu man rup up den Wagen

mit jug!« set'te hei hentau, un as sei all wedder seten, gung't
sachten los; äwer föftig Raud bettau lenkte Jochen rechtsch
af: »Prr! – Öh!« – un dor höll hei wedder – »Worüm führt
Hei nich wider?« rep de Konrekter. – »*Kann* ick nich, *darw*
ick nich«, säd Jochen, »seihn S' em dor nich, hüren S' em
nich? – Dat is hei. – Dat is de Vörrüter von den Sweriner
Herzog, de kümmt hüt von Barlin heraf un führt nah Bram-
borg, un denn möt de Post ut den Weg' un möt tau Ihren
von den Herzog still liggen.« – De Vörrüter kamm, de Her-
zog kamm, de Wagens mit de Hofbedeinten kemen, ümmer
in tämliche Tüschenrüm, un irst as de letzte vörbi was,
set'te sick de ordnäre Post wedder in Bewegung. – De Kon-
rekter sach nah de Klock un ümmer wedder nah de Klock,
ja, de Wiser wis'te em jedesmal düdlicher sin Unglück, hülp
em äwer nich wider. En virtel up Ein höllen sei denn nu ok
richtig vör den Posthus' tau Nigenstrelitz. –
De Konrekter smet sick den Mantäng äwer de Schuller,
sprung von den Wagen un rönnte, as ob em de Kopp
brennte, de Strat hendal nah dat Gerichtsgebüd' hentau.
Äwer unnerwegs all kemen em de Hofrat un Kunst ent-
gegen, un de Hofrat rep em all von firn tau: »Termin ver-
seten! – Verurtelt! – Mit de Kosten verurtelt!« – »Un de
Stock is min«, säd Kunst, as hei neger kamm, un sach sinen
Swager von unnen up mit so'n sonderbores Lachen an. – De
Konrekter blew as andunnert för en Ogenblick stahn, de
Sak, de em lange Tid Qual makt hadd, was taum Sluß ka-
men un tau sinen Schaden; äwer nu wüßt hei, woran hei
was, un 'ne säkere Rauh kamm äwer em, hei was ahn Schuld
in de Verlegenheit kamen. – »De Stock is nich din«, säd hei
kolt un irnsthaft tau sinen Swager, »dat Geld is din, un dor-
för ward sick Utkunft finnen. – Adjüs ok!«, dormit wull
hei furt. – »Konrekter, täuwen S' doch!« rep de Hofrat. –
»Swager, hür doch!« rep Kunst un lep em in den Weg. –
»Ja, Konrekter, hüren S' doch!« rep de Hofrat un kamm
em von de annere Sid in de Quer, »de ganze Geschicht is
jo man Spaß west.« – »Wat?« frog de Konrekter un kek

202

Kunsten ganz isig kolt an. – »Ja, 't is jo man Spaß west«, säd Kunst iwrig, »süh, den annern Morgen, den irsten Wihnachtsdag, kamm de Hofrat nah mi un wull mi dormit brüden, dat ick den Stock nich kregen hadd, un dat verdrot mi, un ick weddte mit em teihn Daler un teihn Buddel Win, dat ick di den Stock afjagen wull, un so wull ick di denn mit de Reknung en beten in de Schücheri bringen; äwer ick hadd en jo nich namen, ick hadd en di jo wedder gewen.« – »Un so hest du mi en halwes Johr in Unrauh verset't, hest mi en Prozeß up den Hals laden, dormit dat du mit dinen Kumpan äwer mi in de Fust lachen kannst?« frog de Konrekter, un sine Stimm, de bewerte, as wenn hei mit Mäuh noch an sick höll. »Dat is jo...« – »Üm Gotts willen nich!« rep de Hofrat dormang, »de Sak is jo ut de Welt; Kunst hett de Wedd verluren, un nu möt hei...« – »Ja, Swager«, föll Kunst hastig in, »wi sünd jo derentwegen mit Extra vörup führt, dat ick de Klag' taurüggnemen wull, un hir is sei«, un hei höll em en Stück Akten hen. – »Un Kunst möt de Kosten betahlen un sin Wedd, un nu kamen S', Konrekter, de Win sall uns gaud smecken, wi will'n uns en lustigen Dag maken«, säd de Hofrat un wull den Konrekter unner den Arm faten un mitnemen. Äwer in den Konrekter gärten sonderbore Gedanken up, hei hakte sinen Arm ut den Hofrat sinen un tred en por Schritt taurügg un säd: »Also *so* hewwt ji mit mi spelt? Äwer mi hewwt ji jug lustig makt, as wenn ick en dummen Jung' wir? – Un nu staht ji as de dummen Jung's hir vör mi un willt dat mit en Glas Win wedder gaud maken, wat ji unrecht an mi dahn hewwt? – Mit so'ne Ort drink ick keinen Win.« – Dor gung hei hen, un as de Kläuksten stun'n de beiden grad' nicht dor, un ehr was't antauseihn, dat ut den lustigen Dag woll nich vel warden würd. –

De Konrekter gung driwens ut de Stadt rute den Weg taurügg, den hei kamen was, un de sonderboren Gedanken gärten in em furt; Arger un Schimp streden sick in em mit dat Gefäuhl, dat hei von 'ne drückende Verlegenheit los-

kamen was. – »Schändlich!« säd hei, »schändlich, mi taum
Spektakel tau maken! – Wat gelt so'ne Kirls dat an, en
ihrlichen Minschen in Ungelegenheiten tau bringen, wenn
sei man ehren Spaß hewwen! – De ein is rik, de anner ver-
deint vel, wat kümmern sei sick dorüm, wat en anner
Minsch sinen kümmerlichen, suren Verdeinst in Freden ge-
neiten will? – Un wat hadd dorut warden künnt, wat hadd
dorut warden künnt? – Mein Gott, ick bün jo de Tid äwer
rein ganz ut mine Rauh un Besinnung herutkamen – dörch
so'ne Lumperi. – Ne, ne! För ehr mag't ein sin, för mi is't
kein Lumperi. – Wo süll ick't hernemen, up den Sturz her-
nemen? – Dor sall woll einer lang' up sporen! – Un wat
hadd dorut warden künnt, wenn ick mi in mine Unbedächt-
lichkeit hadd dortau driwen laten, dat ick mi Kägebeinen sin
geles Schätzschen anhandelt hadd? – Schämen süll ick mi,
dat ick mi för Geld verköpen, dat ick mi in minen ollen Da-
gen von 'ne rike Fru utfaudern laten wull! – Leiwer Gott,
ick bün jo en Hundsvott an mi sülwen worden. – Noch is
Liw un Seel gesund bi mi, un is dat de Dank, den ick
minen Herrgott dorför schüllig bün, dat ick mi dörch so'ne
Hansbunkenstreich heil un deil ut de Richt bringen lat un
den Grund verlir, up den ick min Lewen set't heww, up
Arbeit un Gottvertrugen? – Nich wohr, Konrekter Äpinus,
't wir doch 'ne schöne Sak, so'ne rike Fru? – Wat? – Un du
letst di denn pangsionieren un kekst den Dag äwer mit 'ne
swarte Kapp un 'ne lang' Pip ut den Finster un segst din
Schäulers in de Schaul gahn un haddst – Gott sei Dank! –
nicks mihr mit ehr tau dauhn, un du redst denn mal mit so'n
armen Schelm, un du würdst denn so bi Weg'lang gewohr,
dat sei bi den nigen Konrekter allens gründlich vergeten
hadden, wat du ehr intrechtert haddst? – Oh, ick müggt
dull warden, wenn ick doran denk, dat ick mi mit so'ne
Gedanken mal dragen heww.« – So schüll un resonnierte
dat in sinen Kopp un Harten hen un her, as hei mit forschen
Schritten in de Middagshitt dörch den Strelitzer Sand
pläugte, un't wohrte nich lang', dunn fung de Mag' ok mit

an tau resonnieren, un de fung an so dull tau bleken, dat
de annern beiden ganz still dat Mul hollen müßten. – »Dat
weit der Deuwel!« sung dit Hauptregister von den Min-
schen em in de Uhren, »wat du tau so'ne Klockentid bi so'ne
Hitt in Sand un Dannen rümmertaukneden hest, süs sittst
du üm dese Tid ruhig in dinen Lehnstaul, un wi beiden
hewwen Freud' annenanner, un keiner seggt en Wurd, un
wi hewwen frame un dankbore Gedanken an Gott un an
Dürten; un nu fängst du an mit de annern beiden, mit Kopp
un Harten, di aftaugewen, un willst mi doräwer vergeten?
– Ne, *irst* kam ick, un nah mi kümmt denn noch lang' nicks.
– Ne, Herr will ick denn doch noch bliwen, un wenn du nich
glik deihst, wat ick befehl, denn jag' ick di de Gall äwer de
Lewer, dat du noch mihr Dummheiten anstiften möst un ut
de Verdreitlichkeiten gor nich rutkümmst.« – Un dortau
quarrte un gnägelte dat oll Ingeweid' so verständlich, un de
Herr Konrekter säd so argerlich tau sick: »Un dor möt ick
nu in mine Dämlichkeit ut dat schöne Nigenstrelitz rute-
lopen, wo dagdäglich so vele Dusende von Minschen ehren
Middagsdisch deckt hewwen, un möt hir up de Landstrat
Hunger un Döst liden, un dat blot üm de beiden Hunds-
vötter ehren Willen, de nu jo woll schön bi ehren Win sitten
un ehren Spijök äwer mi bedriwen. – Hal der Deuwel de
ganze Geschicht! – Äwer«, set'te hei glik hentau, »Gott sei
Dank! – Dor liggt de rode Kraug.«
Un as hei sick nu dor unner Bihülp von de rode Kräuger-
Fru mit sine Mag' wedder verstännigt un up en gauden
Faut set't un de rode Kräuger dat letzte Gnurren von den
gnedigen Herrn mit en por Gläs' Rodwin taum Swigen
bröcht hadd un de Herr Konrekter nu mit vel langsameren,
äwer ok behaglicheren Schritt as vörher in den schönen
Maidag rinnegung, dunn was em doch en ganz Deil anners
tau Maud', un hei kek mit Wollgefallen äwer de gräunen
Feller un snüffelte nah Wollgeruch in den Holt herüm un
säd tau sick: »'t is doch schön in de Welt, un de Minsch süll
Gott för allens danken, 't is eigentlich 'ne wohre Sün'n,

äwerall verdreitlich tau sin. – Ih, ja! – worüm süll sick einer
nich mal argern dörwen, wenn de Jung's in de Schaul
dumme Streich maken oder so'n por Hundsvötter hewwen
oll Lüd' taum besten oder Dürten schickt einen en por Ho-
sen in de Kirch, äwer dat möt man nich anhollen un einen
ut de Richt un up falschen Weg bringen. – Woräwer heww
ick woll tau klagen? Ick bün gesund, heww mine vulle Ar-
beit un kann s' ok gaud lasten, gegen Langewil is gaud
sorgt, satt bün ick jo noch ümmer worden, un up Wollewen
steiht min Sinn nich – na, wenn't einer beter hewwen kann,
Sün'n is't ok nich – äwer de Tung' is man en kort En'n, wo't
gaud smeckt, seggt Sadler Fabe, un de Mann hett recht,
nahsten is't ganz egal. – Äwer dat Öller! – Dat *möt* kamen
un *ward* kamen, un denn so ganz allein! – Ih, so lang' Dür-
ten noch bi mi is, so lang' geiht dat, wenn sei nu äwer . . .
Oh, ne! Frigen deiht sei nich, dat hett sei tau oft sülwst
seggt, un wer süll denn nu ok woll Dürten Holzen grot
frigen? – Äwer sei kann mi ut den Deinst gahn; ihrgistern
was sei jo all weg. – Je, wenn ick nu so mit ehr en Kuntrakt
maken würd, dat sei sick up mine un up ehre Lewenstid
bi mi fastmaken ded? – En por Daler Lohn mihr künn'ck
ehr ümmer gewen; äwer dat würd' ok wedder mal 'ne snur-
rige Ort von Kuntrakt warden, wat dor woll de Lüd' tau
säden? – Ih, wat gellen mi de Lüd' an? – Wenn ick allein
stah un sick keiner üm mi schert, bruk ick mi ok üm keinen
tau scheren. – Äwer – hm! hm!« säd hei un föll in en for-
schern Schritt, as wenn hei sine Gedanken ut den Weg' gahn
wull, »Konrekter Äpinus, Kanter Äpinus, du büst wedder ut
de Richt, du büst wedder up en unrechten Weg. – Wat? –
Du höllst dat för Unrecht, dat Dörchläuchten sinen Löper
nich ut den Deinst gahn laten will, un du willst 'ne witte,
christliche, nigenbrambörgsche Börgerdochter traktieren, as
wir sei 'ne swarte, heidnische Sklavin? – Sei sall sick an di
verköpen tidlewens, sei sall di deinen mit Leiw' un Fründ-
lichkeit, sei sall die plegen in ollen Dagen, sall dine Nücken
dragen, un dorför willst du ehr Geld beiden? – 'ne witte,

christliche Börgerdochter ut Nigenbramborg? – Un wo christ-
lich is sei! – Sei hett en frames Gemäud un en dugendsamen
Sinn. – Un wo witt is sei! So witt un so rod! – Wo rod würd'
sei äwergaten, as sei ihrgistern middag ut de Dör rute wull
un ick sei in den Arm fot un – Gott bewohr uns! möt ick mi
denn hüt mit all mine Dummheiten plagen? – Ih, wat!« rep
hei un ret den Mantel von de Schuller un smet em up de
Grawenburd un set'te sick dorneben, »taum Sluß möt de
Sak kamen! – äwer mit Bedacht un Besinnung«, set'te hei
ruhiger hentau. – Un so satt hei up de Grawenburd un kek
nah Nigenbramborg räwer, wat in de Abendsünn all vör
em lagg, un sünn un sünn. – »Na, ick bün doch äwer kein
Schaulkind mihr«, rep hei un wull upstahn, »ick kann doch
dauhn un laten, wat ick will.« – Un hei blew wedder sitten
un säd: »Je, äwer wil ick kein Schaulkind bün, möt ick de
Sak irst nah allen Kanten äwerleggen.« – Un hei äwerläd,
un wenn hei tau En'n kamen was, fung hei bi den Anfang
wedder an. –
De Sünn wull all unnergahn, dunn stunn hei up un säd tau
sick: »Ick bün mit mi in'n kloren. Missen kann ick Dürten
nich – ick heww't woll in't Gefäuhl hatt, heww't äwer bet
hüt nich wüßt – sei is mi an't Hart wussen. – Ja, ja! Mit
min selig Lotting was dat anners; äwer dörtig Johr un föf-
tig maken en Unnerscheid – na, eigentlich sünd't fiwun-
föftig, äwer bi so'ne wichtige Sak kann't up en por Johr
nich ankamen – en beten käuhler ward de Sak woll ut-
fallen, dit ward woll mihr so sin, as sei up Stun'ns seggen,
,auf gegenseitige Hochachtung'. – Dummen Snack! Wenn
ick up gegensidige Hochachtung frigen wull, denn künn ick
jo man unsen braven Paster Bollen frigen. – Ne, Dürten,
min Dürten Holzen is in mine Ogen en schönes Mäten, un
sei is en brav Mäten, un sei is en verstännig Mäten, de ok
Gripps hett; mit wat för 'ne Lichtigkeit hett sei nich dat
begrepen, wat ick ehr von de Elektrizität seggt heww! –
Ick kann ehr jo ok noch in vele Stücken en beten wider hel-
pen, sei is jo noch jung taum Lihren. – Äwer wat warden

de Lüd' seggen, wat ward Dörchläuchten seggen? – Na, dor ward ick mi nich vel üm kümmern; äwer heiten ward dat nu allentwegen, ‚er hat sich eine ungebildete Person geheiratet'. – Äwer nu bidd ick einen üm Gottes willen, wat is denn nu eigentlich Bildung. – Jeder, den ein dornah fröggt, giwwt 'ne anner Antwurt, as't in sinen Kram paßt. – De ein meint, sei is gebildt, wenn sei sick bunte Fahnen up den Liw' hängt, de anner, wenn sei 'ne Menewett danzen kann, de drüdd, wenn sei en beten Französch parliert, de viert, wenn sei Tee inschenken kann un stött kein Tassen üm; äwer doran denkt keiner, dat vör allen tau 'ne richtige Bildung hürt, dat de Kopp hell un klor, de Will stark un gaud un dat Hart warm un weik is. – Un dat is bi Dürten, dat is bi min Dürten Holzen. – Ja, 't is wohr, sei is männigmal en beten hastig un pultert ok männigmal en beten rute; äwer dat wenn ick ehr af, dat sall sick woll gewen. Sei deiht jo allens, wat *ick* will, sei richt't sick jo ganz nah *mi*.« – So was hei bet an't Stargardsche Dur kamen, dunn blew hei mit en Mal stahn un kek sick dat Dur an, as wir hei de berühmte Kauh, de sick dat nige Dur ankek, un säd: »Je, wenn sei mi nu nich will? – Wat denn?« – Un hei gung in't Dur un dörch de Straten: »Wenn sei mi nu nich will?« Un hei gung in sine Husdör, un dat Hart slog em: »Wenn sei mi nu nich will?« –

Dat schummerte all, as de Herr Konrekter up sine Del kamm; Dürten makte ehre Stuwendör up: »Wer...? – Mein Gott, sünd Sei dat, Herr? Ick dacht mi, Sei würden des' Nacht irst mit de Post taurüggkamen.« – »Ne, Dürten«, säd de Herr un tred in Dürten ehre Stuw', »dat hadd mi tau lang' durt, mi hett ordentlich 'ne Unrauh pinigt, dat ick wedder herkem. De Sak mit Kunsten is ut de Welt.« – Dürten säd nicks. – »Freust du di nich doräwer? Un freust du di nich, dat ick wedder hir bün?« – Dürten säd nicks un bückte sick in ehre Lad' dal un handtierte dorin herüm. – »Dürten«, frog de Herr Konrekter, »wat heit dit? – Hüt morgen, as ick furtreis'te, wirst du so still, dat du mi knapp

adjüs sädst, un nu büst du wedder so un seggst knapp will-
kam?« – »Herr Konrekter«, säd Dürten un richt'te sick
äwer En'n, kek äwer bisid weg, »ick freu mi, dat allens
taum Gauden utslahn is, un ick freu mi, dei Sei gesund
wedder hir sünd, äwer mi drückt wat, un seggen möt ick't
doch einmal: ick möt von Sei furttrecken.« – De Konrekter
stunn dor, as hadd de Blitz vör em inslagen; »wenn sei di
nich will?« schallte dat dörch sine Seel, un knapp kunn hei
fragen: »Wat heit dat? Dürten? – Hest du mi de harten
Würd nich vergewen, de ick di ihrgistern gaww?« – »Dat
is lang' vergeten«, säd Dürten mit en deipen Süfzer, »dit is
wat anners, un dit kann ick Sei *nich* seggen; wenn Sei äwer
hüt hir blewen wiren, würden Sei't von de Kinner up de
Strat hürt hewwen.« – »Wat heit dit? Du willst mi ut den
Deinst gahn, ahn alle Ursak?« – »Erbarmen Sei sick äwer
mi, Herr«, säd Dürten un wendte sick nah em üm un slog
die Hän'n äwer de Bost tausam, »ick kann Sei't nich seggen.
Ick weit, Sei hewwen dat Recht, mi tau hollen; äwer erbar-
men S' sick, laten S' mi trecken.« – Un wenn't ok all düster
würd, so lücht'te doch ut ehre Ogen so'ne deipe Hartens-
weihdag' herute, dat den ollen Herrn ganz weikmäudig
tau Maud' würd, hei gung an ehr ranne un slog den Arm
üm ehr un säd: »Min leiw', leiw' Dürting, wat is di? –
Segg't mi, ick bün jo din beste Fründ.« – »Ja, dat sünd Sei;
äwer eben deswegen«, säd Dürten un makte sick von sinen
Arm los, »ick . . ., ick möt Licht anmaken.« – Sei schow den
Herrn taurügg un makte ehre Lamp an. – De Konrekter
stunn dor un rew sick den Kopp, as hadd hei de sworste
Städ' ut den Grichschen tau äwersetten un wüßt sick keinen
Vers dorup tau maken. »Segg mal«, frog hei tauletzt, as em
de Konstruktion von sinen Satz doch tau verwickelt vör-
kamm, un fot Dürten wedder üm un treckte sei up en Staul
neben sick dal, »segg mal, bün *ick* denn doran schuld, dat
du von mi willst?« – »Ne«, säd Dürten un kek vör sick dal.
– »Un du kannst mi dat nich seggen?« – »Ne, Herr Konrek-
ter«, säd Dürten un kek em so biddwis' an, un dat helle

Blaud steg ehr in't Gesicht, »ick kann't nich seggen.« –
»Hm!« säd de Konrekter un stunn up un gung in de Stuw'
up un dal un redte mit sick en por Würd stillswigends: »Sei
kann't nich seggen, seggt sei, un nu sall ick't seggen, äwer
woans? – Gott in den Himmel! – Wenn sei mi nu nich
will? – Ja, äwer weiten möt ick, woran ick bün«, un hei
set'te sick kort entslaten wedder dal, slog den einen Bein
äwer den annern, läd sick en beten achter äwer, as hei up
den Kantheder tau dauhn plegte, un fung an: »Dürten Hol-
zen, all bi de ollen Grichen un Römers, ok bi de Juden,
dat heit bi de *ollen* Juden tau Daviden un Salomon sine
Tiden, is dat vörkamen, dat de berühmtesten Männer ...
na, dat paßt nich ganz, un du versteihst dat ok woll nicht,
ick möt woll anners anfangen. – De Bibel versteihst du, un
dor steiht in: es ist nicht gut, daß der Mensch allein sei, un
dat gelt ebenso gaud von di as von mi, un wenn du von mi
geihst, süh, denn bün ick allein, un du büst ok allein.« –
»Herr, ick kann nich bliwen«, säd Dürten un wull upstahn.
– »Dürten«, säd de Konrekter un treckte sei wedder dal,
»hür mi irst ut. – Süh, as ick hüt von Strelitz wedder tau-
rüggung – na, ick hadd mi äwer de beiden dummen Kirls
argert – dat vertell ick di nahsten – un ick mi wedder dat
so bedachte, dat du mi ok in dese Sak wedder taum Gauden
raden haddst un wat du doch för en braves un en dugend-
sames Mäten wirst un wat du in minen Ogen doch för en
schönes Mäten wirst – ne, bliw sitten, Dürten!« rep hei un
slog den Arm fast üm sei un bögte sick nah ehr Gesicht vör-
äwer, »dunn dacht ick so bi mi, wat du woll nich min Fru
warden wullst?« – Dürten hadd sick tauüggbögt, as sick
de Konrekter vöräwerläd, mit jeden Wurd ut sinen Mun'n
rückte sei mit ehr Gesicht wider von em af un reckte de
beiden Hän'n nah vör, as künn ehr wat Grugliches passie-
ren; nu sprung sei up un läd de beiden Hän'n äwer de Bost
un stunn dodenbleik dor un rep: »Herr, Herr, äwer mi is
all so vel Schimp un Schan'n utgaten! Herr, Herr, dat heww
ick nich üm Sei verdeint!« – »Dürting!« säd de Konrekter

un fot ehre beiden Hän'n, de sei wedder nah vör reckte, as
wull sei em von sick afwehren, in sine beiden un drückte
sei, »min leiw' Dürting, ick mein't jo so gaud mit di.« – »Ne,
ne!« rep sei un ret de Hän'n los un deckte sei äwer de Ogen,
un de Tranen stört'ten ehr ut de Ogen, »ick bün so all in de
Lüd' Mund kamen, un nu dit noch?« – »Dürten«, säd de
Konrekter un richt'te sick en Deil grader, »bün ick kein
ihrlich, verstännig Mann? Bün ick en jungen, unbedacht-
samen Lüderjahn, de mit en brav Mäten sin Spill bedriwwt?
– Ick verlang' di tau mine christliche Ehefru, dat heit«, set'te
hei en beten benaut hentau, »wenn du mi äwerall willst.« –
Dürten let de Hän'n saken un kek em mit 'ne ungewisse
Angst an, as wenn en schönes, trostrikes Wurd, wat dörch
ehr stilles Lewen un Hoffen klungen was, nicht wohr wir un
würd sick nu as 'ne Läg' utwisen. »Dat willen Sei nich,
un dat känen Sei nich«, säd sei un wull sick afwennen. –
Äwer de Konrekter fot sei üm un treckte sei up sinen Knei
dal un küßte sei: »Dat will ick, un dat kann ick, äwer willst
du, Dürting?«, un hei küßte sei widder, »willst du?« – Un
sei bögte den Kopp an sine Bost raffe, un hei frog wedder:
»Willst du, Dürting?« – »Ja, ja!« kamm't rut ut ehre deipste
Seel, un sei sprung up un ret sick los un stört'te ut de Dör,
de Trepp in de Höcht nah ehren Vörratsbähn, as wenn de
Find achter ehr wir. Sei rigelte von binnen tau un smet sick
up de Knei: »Führe uns nicht in Versuchung!« – Sei wull
beden, sei wull danken, sei wull heit danken, un ümmer
wedder schot ehr dat dörch den Kopp, dat allens en Blend-
wark wir, dat so wat nich sin künn, dat sei upwaken müßt
ut den Drom, den sei ahn Verstand un Besinnung all so
lang' drömt hadd. – Sei den Herrn Konrekter sine Fru? –
»Führe uns nicht in Versuchung!« – Dat kunn nich sin, dat
wir nich mäglich; ehr was, as stünn de ganze Welt üm ehr
rümmer un lachte ehr in't Gesicht. – Un doch! Hei hadd't
ehr jo sülwen seggt, un hei was jo so brav un so ihrlich, sein –
dag' was kein Läg' äwer sine Lippen kamen, sei hadd nah
em tau Höchten keken, as stünn hei hoch baben ehr, un nu

hadd hei de Hand utreckt un wull sei ruppetrecken tau sick, un sei süll deilhewwen an dat, wat hei was un wat hei hadd! – Sei kunn't nich glöwen, sei kunn't nich faten. Un doch müßt sei't glöwen, denn sei hürte em unnen up de Del hen un her gahn, wo hei Vigelin spelte, lustige Stückschen up de Vigelin spelte. – Un wer kann woll lustig up de Vigelin spelen, de mit Slichtigkeiten un Lägen ümgeiht? – Ja, sei müßt dat glöwen, un de Tranen stört'ten ehr ut de Ogen, un sei bedte un dankte ut vulle Seel, un ehr Strid von ihrgistern föll ehr in un all de lütten Scharmützel, de sei mit em hatt hadd, wenn hei nich so wull as sei, un sei bed't em af mit heite Tranen, un ännern müßt sei sick, ganz ännern! – De Herr Konrekter hadd Dürten ehre Tranlamp up de Del stellt, hadd sick sine Vigelin halt un gung nu up un dal un spelte lustig, as wenn't en Wedderhall ut sine Seel was, denn hei was so fri as de Vagel up den Bom, denn hei was taum Sluß kamen, »taum *richtigen* Sluß«, säd hei tau sick. Allens, wat em drückt hadd, was von em afnamen, allens, wat düster west was, lagg nu klor vör em bet wid in de Firn in hellen Sünnenschin. – Un't was tauirst west, as wenn sine olle Vigelin sick orndlich verfiren ded äver dat, wat von ehr verlangt würd, denn sei wüßt woll, hei was tauwilen lustig, äver so lustig, dat was ehr noch nich vörkamen, dat kunn sei nich verstahn, un sei stamerte irst, grad as Dürten; äver nu was hei mit ehr äwerein, grad' as mit Dürten, un nu gung dat in'n Swung' los, un't würd en Juchen un Jubilieren in den ollen Konrekterhus', as wenn hüt all Hochtid wir. –

Un as hei nu bi sin Upundalgahn wedder an de Husdör kamm, gung de Dör up, un Stining prallte taurügg vör dit lustige Wirken un Handtieren, un de Herr Konrekter stunn in de apne Dör un spelte äver de Strat räwer – wat gung em de Welt an? – un spelte sinen Satz tau En'n un namm de Vigelin unner dat Kinn rute un lachte: »Wat? – Verfirst du di, Stining? – Kumm rinne, Kindting, wi sünd hir hellschen lustig.« – »Dat seih ick«, säd Stining, »äver, wo 's

Dürten?« – »Weit ick nich«, säd de Herr Konrekter, »ward äwer woll kamen«, un sach dorbi so säker un lustig ut, as hadd hei de ganze Welt an den Band un brukte blot tau trecken, denn müßt sei danzen. – »Herr«, säd Stining un würd ganz angst bi den Herrn Konrekter sine Anstalten, »sei is doch nich weggahn von hir?« – »Den Deutscher ok!« rep hei, »weggahn? – Ne, sei bliwwt hir, bliwwt för ümmer hir! – Äwer wat fehlt di?« säd hei un kamm allmählich beter tau Besinnung, »du sühst jo so hastig ut!« – »Herre Gott, Herr, weiten Sei denn nich...?« – »Ick weit von nicks, ick kam eben irst tau Hus; äwer wat weit ick, un dat...« – »Hewwen Sei denn nich von dat Unglück hürt?« – »Wat för en Unglück?« – »Dat Dörchläuchten so gruglich tau Schaden kamen is?« – »Wat? Wat?« rep de Konrekter in sinen deipsten Baß un fot Stining an de Schuller, »tau Schaden? – Uns' Herr?« – »Ja, äwer de Dokter seggt – Gott sei Dank! – dat is nich so slimm, de Schreck hett dat meiste dahn.« – »Wat is't?« säd de Konrekter lichter, »vertell!« – »Je, seihn S', Herr – mein Gott, wo is äwer Dürten?« – Dunn kamm Dürten ganz ruhig de Trepp hendal: »Gun Abend, Stining«, un gung in den Herrn Konrekter sine Stuw', stickte dor Licht an un set'te sick still in de Eck tüschen Aben un Wanduhr. – »Denk di mal, Dürting«, säd de Konrekter, »uns' Dörchläuchten hett en Unglück hatt.« – »Ja«, säd Stining, »'t hadd slimm warden künnt. – Hüt nahmiddag so gegen Klock twei süll jo de jung' Sweriner Herzog kamen, un Dörchläuchten was em entgegenführt bet nah den Dannenkraug. – Un as nu dor de Sweriner kümmt, dunn stiggt hei ut sinen Wagen un set't sick bi unsern ollen Herrn in, un Jochen Bähnhas', de will sick jo woll nu wat vör de Sweriner Kutschers seihn laten un kriggt dat Jagen un bädelt in dat Dur herinner, all wat dat Tüg hollen will, un Wilhelm un Fleischfreter vörup, un as hei an uns' Eck kümmt – ick stunn grad in uns' Dör –, dunn will hei jo woll so recht kort üm de Eck bögen, un de Wagen kriggt en Slag in den ollen deipen Rönnstein, un de Ass' von dat Hin'nrad

213

breckt, un dor liggt hei. Un de jung' Sweriner Herzog schot
ut de Kutsch herute up de Strat, un de drei Lakaien achter-
up flogen in den Rönnstein, dat ick denk, sei breken sick
Arm un Bein, na, Niklas hett sick ok en Arm intweibraken,
äwer de jung' Herzog was wedder fix up de Bein, un as
ick nu antauspringen kamm, rep hei: ‚Seht nach dem Her-
zog!' – Leiwer Gott, uns' oll Herr lagg dodenblaß dor, un
dat Blaud lep em äwer de Backen, denn hei hadd sick den
Kopp arg an dat Finstersäms drüscht, un as de Herzog un
ick em äwer En'n richt'ten, dunn beswimt hei uns, un de
Herzog gaww Orre, hei süll in'n Hus bröcht warden, un
Rand kamm nu un fot mit an un de ein Lakai un de Herzog
un ick, un so drogen wi em denn in uns' Hus rinne un läden
em up min Bedd.« – »Up *din* Bedd?« frog Dürten. – »Ja,
Dürten«, säd Stining, »ick weit woll, hei hett uns beiden
gistern arg tauset't, äwer...« – »Ih, dat mein ick nich, ick
mein man, wo dat mäglich is, dat Dörchläuchten up din
Bedd tau liggen kamm.« – »Je«, säd de Konrekter, »Not
kennt kein Gebot.« – »Ja, so wat säd de Herzog ok un
schickte nah en Dokter, un as Dokter Hempel nu kamm, let
hei em ut de Ader un säd, gefährlich wir't just nich, 't wir
von't Verfiren, äwer Rauh müßt hei hewwen, un sin Kopp
süll mit Essig un Water utkäuhlt warden, un ick hadd taum
Glücken noch Essig un käuhlte em, un nah 'ne Stun'n würd
hei so swack un slep sachten in, un dunn jog de jung' Her-
zog allens rute, un ick satt mit em allein dor.« – »*Du* mit
den jungen Herzog allein in *din* Stuw'?« frog Dürten. –
»Ja, ick wull ok rute gahn, äwer hei led't nich un säd, ick
süll bliwen, ick hadd so'ne lichte Hand, säd hei.« – »Stining,
Stining!« säd de Konrekter un drauhte mit den Finger, »hei
hett gewiß mihr seggt, hei hett gewiß seggt, du wirst so'n
lüttes, hübsches Mäten.« – »Oh, Herr Konrekter«, säd Sti-
ning un stickte sick rod an. – »Na, na!« säd de Konrekter,
»hei is bekannt as en lustigen Herr un mag de Frugenslüd'
verdeuwelt girn liden.« – »Oh, Herr«, säd Dürten un schüd-
delte mit den Kopp, as müßt sei em so'ne lichtfarige Red'

214

verwisen, »en Herzog un min Stineswester.« – »'t kümmt allens vör, Dürten. – Äwer wo würd't nu wider?« frog de Konrekter. – »Je, bet hentau halwig söß slep hei ganz ruhig, un dunn wakte hei up un was hell un klor, un Dokter Hempel säd, nu künn hei furtbröcht warden, un dunn halten sei 'ne Portsches', un dor set'ten sei em in un drogen em in't Paleh. – Ja, un as em de Herzog unner'n Arm fot un em rutebringen wull, dunn kek hei sick so wild üm in de Stuw' un frog, wo hei denn eigentlich wir. – ,Bi dit lütt Mäten', säd de Herzog, ,un de hett den Herrn Vedder Liebden mit rinnedragen hulpen', säd hei, ,un hett Sei plegt as 'ne Dochter', säd hei. Un dunn kek mi Dörchläuchten 'ne ganze Tid an un säd: ,Ick möt di all seihn hewwen. – Na', säd hei, ,kumm morgen nah dat Paleh un bidd di 'ne Gnad' bi mi ut!« – »Mein Gott!« rep Dürten, »un dor kümmst du nu irst mit rute?« – »Ick künn jo nich ihre, denn as hei weg was, dunn kemen alle Nahwers, un ick müßt vertellen un ümmer wedder von vörn anfangen, un du weitst jo, wo uns' Vader is, för den was dit jo nu 'ne grote Ihr, un hei nödigt sick ümmer wedder up't frisch de Lüd' rinne un wis'te ehr ümmer dat Flag, wo Dörchläuchten leggen hadd, un as ick dunn tauletzt nah di gahn wull, dunn kamm Wilhelm.« – »Ih, dat mein ick jo nich«, säd Dürten, »ick mein dat mit de Gnad', denn dat is jo doch de Hauptsak, un dordörch kann jo...« – »Gun Abend«, rep 'ne Stimm von de Del her, »mein Gott, slöppst du denn all, Dürten, un de Dören stahn up.« – Dürten makte de Stuwendör up: »Wer is dor?« – »Wer anners as ick, ick bün von achter rinnerkamen, ick künn doch nich...«, un Schultsch kamm taum Vörschinn – »Herre Gott, Herr Konrekter, sünd Sei all wedder hir? – Ich denk, Sei sünd in Strelitz. – ,Sallst seihn', säd ick tau Krischanen, ,hei kümmt irst des' Nacht mit de Post wedder, denn mit Kunsten führt hei nich, un mäglich steken s' em ok glik in.' – ,Ih, wat!' säd Krischan, ,red un red!' – Un dorüm kam ick ok man so up en Sprung un, nemen S' nich äwel, mit min oll Schört. – Ick heww den ganzen Dag herümmerrackt, dat ick man irst allens wedder tau Schick hadd, un, Dürten, dorüm kam ick nu irst. – Ih, ja, dat hett jo 'n por Gröschen bröcht in den Holt, äwer dor is ok gor tau vel bi tau besorgen, dat ick man irst allens wedder tau Schick hadd, un, Dürten, dorüm kam ick nu irst. – Ih, ja, dat hett jo 'n por Gröschen bröcht in den Holt, äwer dor is ok gor tau vel bi tau besorgen, dat Inpacken un dat Utpacken, und denn so vel Arger – nimm mal blot an, Dürten, gistern mit Dörchläuchten!« – »Fru Schulten«, rep Dürten in helle Angst un sprung up, »Sei warden doch nich?« – »Ih, wo ward ick, ick bün jo kein Kind; äwer ick heww mi so argert in dine Seel. – ‚Krischan‘, säd ick, ‚wenn ick Dürten Holzen wir, denn süllst mal seihn.‘ – ‚Ja‘, säd hei, ‚denn würd wat Schöns tau Platz kamen‘, säd hei, ‚hest den ollen Randten all dat Duwwelbir äwer de witten Strümp gaten‘, säd hei, ‚dor warden sick de Fleigen fustendick upsetten‘, säd hei, ‚un Dürten is vel verstänniger as du.‘« – »Fru Schulten«, föll hir rasch de Konrekter in, as sei em halwweg' en beten Rum let, »wat is denn dat, wat hett Dörchläuchten mit min Dürten?« – Dürten höll fürchterliche Pin ut un wull weg; äwer Schultsch stellte sick breit vör de Dör: »Herr Konrekter, was ich nicht weiß, macht mich nicht heiß, un wenn Sei't wüßten, würden Sei heit naug warden; äwer kein Wurd! Ick red kein Wurd!« – »Dürten«, frog de Konrekter irnsthaft, denn dat schot em dörch den Sinn, dat dat mit Dürten ehren Willen, von em furttaugahn, tausamhängen künn, »wat is dor in den Holt passiert? Womit hett Dörchläuchten di argert?« – Nu sprung Stining vör: »Herr Konrekter, 't was jo wegen mi un Halsbandten«, un sei vertellte ehren Schimp, üm ehr Swester tau redden, un let Dürten weg un slot dormit, dat Halsband in den Kahn smeten wir. – »Ja«, säd Schultsch, »un Dörchläuchten hett en jo wedder in't Lock smiten laten wullt, hett't äwer nich dahn, wil dat hei em nich missen kunn wegen de Inhalung von den Sweriner Herzog – 'ne schöne Inhalung! Breken sick binah dat Gnick! – Schad', dat Rand nich en beten wat afkregen hett, denn denken S' sick, Herr Konrekter, hüt morrn, as ick mi gor nicks Böses bewußt bün un min Geschäften besorg' un in de Stuw' rinnerkam, sitt de olle Sliker von Kammerdeiner all wedder achter'n Disch bi dat Duwwelbir un michelt sick bi Krischanen an; äwer ick mein, ick heww em utlücht't: ‚Sei‘, säd ick, ‚mitsamt Ehren Dörchläuchten süllen sick wat schämen, dat Sei en por ordentliche Börgerdöchter so tau Platz bringen, un de ein hewwen Sei üm ehren gauden Deinst bröcht, denn de kann bi den Herrn Konrekter nu nich länger bliwen‘, säd ick. – Un, Dürten, bliwen kannst du hir nu nich länger.« – Dürten was woll en resolviert Mäten, äwer as all dit hir vör den Herrn Konrekter sine Ogen süll utkramt warden, würd sei ganz swack, sei würd dodenbleik un böhrte de Hän'n tau Schultschen up: »Fru Schulten, ick bidd Sei...« – »Ne, Dürten«, säd Schultsch mit grote Würdigkeit, »hir helpt kein Bidden un Beden, furt möst du. – Ick bün 'ne olle Fru, un reden dauh ick äwerall nich dorvon, äwer't weiten jo doch alle Lüd', un ick heww din sel Mutting gaud naug kennt, un wenn de hir stünn, de würd gewiß seggen: ‚Fru Schulten hett recht, Dürten möt furt, denn sei kann jo ok den Herrn Konrekter in de Lüd' ehren Mund bringen.‘« – »Gotts Dausend!« rep de Konrekter un fohrte up Schultsch los, »wat is dat för en dummes Gezanzel? – Womit sall ick in de Lüd' ehren Mund kamen? Worüm sall Dürten weg?« – »Gott bewohr uns, Herr Konrekter«, rep Schultsch un tred en Schritt taurügg, »ick segg nicks, ick segg gor nicks; äwer wenn Dörchläuchten doch in mine Baud' in den Holt vör alle Lüd' seggt, Dürten will Sei abslut frigen, denn...« – »Dummen Snack!« rep de Konrekter un gung up Dürten tau, de up en Staul sackt was un de Hän'n vör't Gesicht slog, »Dürten will *mi* nich, ick will *Dürten* frigen. – Dürting, min leiw' Dürting, lat doch de Lüd' reden! Wi bruken kein Geheimnis dorut tau maken, un wat ick dauh, dat kann allentwegen apenbor sin, un jeder kann't weiten, dat du min Brud büst un dat du min Fru warden sallst.« – Stining fung bitterlich an tau weinen,

as sei dese Würd' hürte, Schultsch stunn 'ne korte Tid ver-
bas't dor, un wat ehr Krischan ok seggen wull, ehr Mul-
wark was vullstännig törnt, obschonst dat apen stunn, un
de Ogen gungen wild rümmer, äwer as sei sach, dat de
Konrekter Dürten einen Kuß gaww, dunn glöwte sei, de
Konrekter wull sick en Spaß mit ehr maken un ehr wat
inbilden, sei set'te de Hän'n in de Siden, smet den Kopp
taurügg un säd: »Ja, ick weit woll, Sei meinen, ick bün so
dumm, Sei willen mi taum besten hewwen, äwer wenn ick
ok nich so vel lihrt heww as Sei, dat weit ick doch, dat Sei
mit so'n Spaßmaken Dürten blot wat in den Kopp setten.
Un wat ick seggt heww, heww ick seggt, un ick segg nicks,
un ick kann jo ok gahn.« – »Fru Schulten«, säd de Konrekter,
»dat is vulle Irnst, un de ganze Welt kann't weiten, un Sei
känen dorup nahseggen. – Dürting, is dat nich Irnst?« – Un
Dürten bückte sick an em ranne: »Ja, ja, äwer ick kann't
sülwst noch nich glöwen.« – Un Stining fohrte up ehr Swe-
ster tau un fot sei üm un küßte sei, un Schultsch makte den
waglichen Versäuk, sick up einen Hacken rümtauküseln,
kamm äwer man halw herüm un slog de Hän'n inenanner:
»Un dat seggt ji mi Klock halwig elben in de Nacht, wenn
allens slöppt? Wenn bi uns ut de Schenkstuw' allens furt is?
– Un ick sall slapen dese Nacht mit dit Wurd up den Har-
ten un sall dor nich äwer reden? – Herre Gott, Krischan
kann mäglich noch waken. – Gun Nacht ok, ick heww kein
Tid, gun Nacht ok!« – »Gun Nacht!« lachte de Konrekter
achter ehr her, »Sei känen't den Nachtwächter vertellen, de
kann't uttuten.« –
Un as sei weg was, dunn gung dat Vertellen los un dat Fra-
gen, un Dürten säd ümmer »Herr Konrekter« un »Sei«, un
wenn de Herr Konrekter sei denn mal mit en Kuß dorför
afstrafte, dat sei em nich »du« nennte, säd sei ok woll mal
»Herr Konrekter« un »du«, äwer von den »Herrn Konrekter«
let sei hüt abend noch nich, denn de Respekt vör em satt ehr
noch tau deip in den Harten. – Un as nu Stining nah langes
Fragen mit de Sak taum Vörschin kamm, wo Dörchläuchten

in den Holt Dürten ehr Hart so gruglich weih dahn hadd, stellte de Konrekter sick vör Dürten hen un säd nahdrücklich: »Hett hei di den Schimp andahn, denn sall hei 'n di ok afnemen, dorför bün ick Mann.« – Un Stining was so fröhlich in Dürten ehren Harten un makte Spaß un bögte sick an den Konrekter ran un flusterte: »Dörchläuchten hett so unrecht nich hatt; sei hett Sei all lang' in'n Harten dragen.« – Un Dürten hadd't hürt un rep gläunig rod: »Stining, Stining! Du redst as en unverstännig Kind.« – Äwer Stining lachte un säd: »Kinner un Narren reden de Wohrheit. De Narren, de nicks dorvon hewwen weiten künnt, hewwen dorvon redt, un ick, de't all lang' wüßt hett, kam dor nu mit rut.« – Un Dürten stunn up un ergaww sick in de Sak un säd: »Nu kumm, nu is't Tid tau Bedd.« – Un de Herr Konrekter wull dorgegen Insprak dauhn, äwer Dürten säd: »Ne, Herr Konrekter, Sei sünd ok . . .« – Un de Herr Konrekter wull ehr dorför en Strafkuß gewen; äwer Dürten flitschte em unner den Arm dörch: »Du büst ok mäud'.« – Un rute wiren sei. –

Un buten in de Achterdör säd Dürten: »Stining, du slöppst dese Nacht hir, un ick gah nah Vadern.« – »Mein Gott, Dürten . . .« – »Stining, de Welt hett ehr Recht; morgen reden wi wider äwer de Sak. Gun Nacht ok.«

KAPITEL 13

Hofrat Altmann kriggt Dörchläuchten tau'n dull Stück. – Dörchläuchten snirt't dörch dat Slätellock. – Wat Fridrich Franz för 'ne Ort Mann was. – Bäcker Schult makt Exküsen wegen de Backschört, un oll Böttcher Holz sitt mit Dörchläuchten up *einen* Staul. – Wo de Herr Hofpoet Kägebein unsern Dörchläuchten 'ne grote Freud' makt. – Wat Fridrich Franz dortau dauhn kann, deiht hei. – De Konrekter un Dürten, un de Löper un Stining maken Dörchläuchten ok 'ne grote Freud'. – En gesegenten Dag för Verlawungen. – De Welt dreiht sick, wat unnen liggt, möt baben kamen. – Oll Böttcher Holz drinkt würklichen Win, worawer sick Dürten dägern verfirt. – Unsern Eingang segne Gott, unsern Ausgang gleichermaßen; un dat is dat En'n von de Geschicht.

As Dörchläuchten ut den Holt taurüggkamen was, hadd hei den Löper, as Schultsch all vertellt hett, in't Lock smiten laten wullt, hadd sick äwer besunnen, wil hei em bi de Inhalung nich missen kunn; 't lagg em ok noch vel anneres in den Kopp, wat besorgt warden müßt, dat hei sinen vörnemen Besäuk ok in allen Kanten gerecht warden un sick hellschen staatsch upsmiten wull, un de irste Sorg' bi dit Vörnemen was denn nu natürlich dat Geld. – Rand müßte also nah den Hofrat rümmersäuken un kamm denn ok tauletzt mit em angetreckt. –

De Hofrat was desen Abend vel fierlicher in sinen Wesen as süs, denn süs was hei bi Dörchläuchten hellschen liktau, de Lüd' säden, tau sihr liktau; äwer was dat nu, dat hei in Kunsten sine Baud' en beten vel Punsch drunken hadd un sick dat nu nich marken laten wull, oder was dat nu, dat hei in Sorgen was, Dörchläuchten künn mal ut Spaß Irnst maken un em würklich in Ungnaden fallen laten, oder glöwte hei up so'ne Ort sinen Vurtel mit de Intressen beter wohrnemen tau känen, oder hadd hei süs wat in den Sinn – wat weit ick? Genaug, hei stunn dor, stiw as en Pahl, un dinerte as en Klappmetz. – Dörchläuchten was sihr gnedig gegen em un frog em tauletzt, as hei gor nich ut sinen sturen Verfat herutekamen wull, wat em denn eigentlich fehlen ded? – De Hofrat treckte den Mund dal, de Schullern tau Höcht, de Ogenbranen tau Höcht, as wir de Last, de up em lagg, tau swor för sine swacken Kräft, un säd: de slimmen Tiden un de allerhöchste Ungnad', de wiren't, de em daldrückten. – De slimmen Tiden, säd Dörchläuchten, künnen em woll nich drücken, dat wüßt hei, un de Ungnad' hadd hei jo von em namen, un hei hadd em jo utdrücklich seggt, hei süll sick 'ne Gnad' utbidden, un dat hadd hei jo ok dahn. – »Un dor dank ick Dörchläuchten ok in deipste Ihrfurcht för«, säd de Hofrat un slog wedder dat Klappmetz tau, »äwer de Gnad', üm de ick ganz unnerdähnigst bidden wull, de kunn ick dor buten vör alle Welt nich seggen.« – »Na, denn sag' Er mal hier«, säd Dörchläuchten gnedigst. – »Ja«, säd de Hofrat mit vel hen un her Winnen, »dat hett sick in de Stadt utspraken, dat ick wegen mine vörhewwende nige Verheiratung in Ungnaden verfollen bün, un mine taukünftige Fru, de sitt nu den ganzen Dag un rohrt, dat dat en Stein erbarmen kann, un wenn dat so bliwwt, denn kann dat kamen, dat sei nicks mihr von mi weiten will.«– »Nun, denn laß Er sie, es ist auch besser so.« – »Je, Dörchläuchten, dat seggen Dörchläuchten so licht weg, äwer sei hett en nüdliches Stück Geld, un wenn ick Geld schaffen sall, denn möt sei't heruterücken.« – »Hm, hm«, säd Dörchläuchten, »Er weiß, ich bin nicht dafür, daß meine Umgebung sich verheiratet; aber – aber – denn nehm' Er sie.« – »Ja, dat güng woll, wenn Dörchläuchten de Ungnad' von mi nemen un ehr den Bewis dorvon liwerten, indem dat Sei mi verlöwen deden, sei bi Sei vörtaustellen, denn künnen Sei ehr dat sülwen seggen, dat Ehre hoge Gnad' wedder äwer uns lüchten süll.« – »Na, minentwegen! Denn kam Hei man mit Sinen Schatz mal her – so bi Gelegenheit.« – »Ja«, säd de Hofrat, »un bi de Gelegenheit kann ick jo ok denn dat Geld mitbringen, von dat Rand mi seggt hett.« – »Den Teufel auch!« rep Dörchläuchten, »das Geld muß ich morgen haben.« – »Je, Dörchläuchten«, säd de Hofrat un sach ut, as wenn't em recht in de Seel weih ded, »dat geiht woll nich; denn ihre sei mit Ehre Gnad' nich in'n kloren is, ward sei ehre Poppieren nich rutegewen, un nah Strelitz möt ick ok irst, denn hir is kein Geld tau krigen. Un wenn ick dit morgen besorg', denn künn ick äwermorgen mit min Taukünftige tau 'ne Vörstellung kamen.« – »Ist Er nicht klug?« rep Dörchläuchten argerlich, »ich erhalte ja Besuch von dem Herzog von Mecklenburg-Schwerin.« – »Ja, Dörchläuchten«, säd de Hofrat un kek den hogen Herrn, de verdreitlich in de Stuw' herümlep, mit dat eine Og' en beten listig un en beten despektierlich an, »ick mein ok mit dat Geld.« – »Nun, denn komm Er! Denn komm Er zum Teufel mit Seiner Scharmanten!« rep Dörchläuchten un lep ut de Stuw' un gnägelte in sine Apartemangs herümmer, indem dat hei nahsach, wat allens tau den Empfang von sinen Herrn Vedder tau Schick wir. – Äwer dat wohrte nich lang', dunn vermünterte hei sick tau 'ne grote Häg', indem dat hei up den kurjosen Infall kamm, de Frugenslüd', de bi't Schüren wiren, mit 'ne Sprütt dörch dat Slätellock natt tau snirten. –

Wi hewwen nu seihn, ut wat för'n Grund de Hofrat Altmann hauptsächlich mit Kunsten nah Strelitz führte, un Stining hett uns ganz tru un wohr vertellt, wat för'n Unglück sick an den annern Nahmiddag mit Dörchläuchten begaww, so dat wi blot tau seggen hewwen, dat Dörchläuchten, as hei in sine Paleh bröcht was, woll noch en beten swack, äwer doch eigentlich von Harten gesund up sinen Sofa lagg un sick ok allmählich so wid verdorte, dat hei Fridrich Franzen sinen lustigen Spaß fründlich anhürte un as hoge Verwandte ok doräwer lachte.

Fridrich Franz von Meckelnborg-Swerin was en jungen, lustigen Herr, de velen Witz un Gripps in sinen Kopp hadd un den ok bet in sin höchstes Öller behollen hett, so dat noch bet taum hütigen Dag vele lustige Geschichten von em in'n Lan'n in Ümswang sünd, de tau gliker Tid bewisen, dat hei't gaud verstahn hett, sick mit en por richtige Würd' bi sine Ümgewung un in sinen Lan'n beleiwt tau maken. Wat sin Regiment anbedrapen deiht, so wiren dorin up Fläg' ok woll en por Posten tau finnen, de nich recht stimmen willen, äwer de Meckelnbörger hewwen dat lang' vergeten, un wenn von em de Red' is, denn warden de ollen Lüd', de em noch kennt hewwen, en ganz Deil jünger, un sin fröhlich Andenken stiggt vör ehr up. – Ick heww en ok noch kennt un heww dörch de Fründlichkeit von en por Damen en merschümern Pipenkopp taum Present kregen, den hei sülwst noch rokt hett, un wenn mi denn mal en beten verdreitlich tau Maud' is, denn bäut ick mi den Kopp an, un mit den Rok stigen denn allerlei fröhliche Gedanken in mi up an Olt-Meckelnborg un an de ollen Tiden, as Fridrich Franz regierte un noch nich so vel Zank un Stank in'n Lan'n was. – Hei was en lütten, smucken un gelenkigen Mann tau desen Tiden, un sin Liw was ebenso beweglich as

222

sin Geist, un in desen Hinsichten kunn sick Dörchläuchten woll knapp mit em mäten, in annere Hinsichten was hei taudem noch Dörchläuchten sin vullstänniges Gegenpart – hei müggt nämlich hellschen girn de Frugenslüd' liden.

As Fridrich Franz den annern Morgen upstahn was un sick nah dat Befinnen von Dörchläuchting erkunnigen ded, kreg hei de Nahricht, Dörchläuchting hadd sihr schön slapen un wir bi de Leweh. – De Sweriner Herzog gung nu en beten ut de Dör von dat Paleh, freute sick äwer dat Nigenbram-börger Rathus, un as hei nu dor so'n beten herümmerdwä-terte, kamm Bäcker Schult mit sine Backschört an em ranne un frog em: »Mit Verlöw, Sei weiten woll nich, wo Rand is?« – »Der Kammerdiener?« – »Ja, ick wull em man fra-gen, wo dat mit Dörchläuchten stünn.« – »Gut, lieber Freund, gut! – Der Herzog hat gut geschlafen und ist beim Aufstehn.« – Un oll Böttcher Holz, de den Herzog gistern in sinen Hus seihn hadd, kamm heranne un frog: »Herr Dörchläuchten, wat makt uns' Dörchläuchten?« – »Er ist ganz gesund, lieber Alter. – Sag' Er mal, ist Er nicht der alte Mann, in dessen Haus wir gestern den Herzog trugen?« – »Ja, Dörchläuchten, dat bün ick mit Recht.« – »Denn grüß' Er Seine hübsche Tochter un sag' Er ihr, sie solle heute nur kommen und solle sich die Gnade ausbitten, ich möchte sie wohl noch mal wiedersehn.« – »Nahwer«, frog Bäcker Schult un treckte den Böttcher an de Rockslipp, »wer is dat, mit den du redst?« – »Ih«, flusterte de oll Böttcher un smet sick in de Bost, »dat is jo de Sweriner Herzog.« – »Nemen S' nich äwel, allergnedigste Herr«, säd Schult lud un makte en Diner so gaud as't gung, »dat ick in mine Back-schört Sei fragt heww.« – »Schadet nicht«, säd Fridrich Franz. »Nun, guten Morgen, liebe Leute.« Dormit gung hei in de Paleh taurügg. –

»Nahwer«, säd Bäcker Schult tau den Böttcher, »ick weit nich, wat ick dorvon denken sall, denn min Ollsch was jo gistern abend ganz as wild, is dat wohr, wat sei seggt – äwer wenn du nicks dorvon weiten süllst, denn verfir di nich! – is dat wohr, dat de Konrekter din Dürten frigen will?« – »Schult«, säd de oll Böttcher, den all de Ihren, de sörre gistern in sine Armenschöttel rinneregenten, as blanke Fettogen entgegenlachten un vör em rümmerdanzten, dat hei ganz düsig dorvon würd, »Schult, worüm sall Dürten den Konrekter nich frigen, wenn Dörchläuchten sülwst all up min Stining ehr Bedd legen hett un de Sweriner Herzog as en Fründ tau mi redt?« Un dorbi kek hei äwer den Bäkker weg, as wir Schult en lütten Jung' gegen em. – »Nahwer«, säd Schult ruhig, »nimm mi 't nich äwel, du büst en groten Klas tidlewens west un wardst nu ok so woll verbrukt warden möten«, un dormit wull hei weggahn, äwer de nige Hofpoet Kägebein kamm em in de Möt un frog nah Dörchläuchten sin Befinnen. – »Dormit möten Sei sick an minen Nahwer Holzen wen'n, denn de sitt sörre gistern nahmiddag mit Dörchläuchten up *einen* Staul.« – Un Kägebein frog den Böttcher, un annere kemen un frogen, un oll Holz stunn dor as en Kuhnhahn mang de Ahnten un säd: »Ick dank jug velmal, Lüd', gaht ruhig nah Hus! De Sweriner hett mi't sülwst seggt: Dörchläuchting is ganz gesund.« – Dormit gung hei hen un äwerläd sick de Sak, wat sin Stining sick nich as Gnad' sin oll Hus un Hof un Goren utbidden süll, un wat nich för em as Swigervader, wenn sin Dürten den Konrekter un Kanter frigen ded, ok so'n lütten Titel affallen künn. –

Tau de Gesellschaft up den Mark funn sick nu noch de Hofrat Altmann, de ut de Paleh rutekamm un vertellte, dat hei sülwen Dörchläuchting bi sine Leweh spraken hadd; »un«, set'te hei för Kägebeinen hentau, äwer doch so lud, dat't ok jo alle Lüd' gaud hüren künnen, »binnen 'ne Stun'n heww ick de hoge Ihr, Dörchläuchten mine taukünftige Fru vörtaustellen.« – Ist nicht möglich!« rep de Hofpoet ut. »Sagen Sie mal, verehrter Gönner, was meinen Sie? – Wie wäre es, wenn ich meinen Dank für den Titel oder meine Gratulation zur glücklichen Genesung heute morgen in tiefster Ersterbung ebenfalls darbrächte und damit eine submisseste Präsentatio meiner angebeteten Dorimene verbände?« – »Korlin Soltmanns?« rep de Hofrat un verfirte sick ordentlich äwer den waghalsigen Infall von den Poeten, Dörchläuchten so mir nichts dir nichts en Frugenstimmer äwer den Hals tau bringen, äwer de Lust an en Spaß kreg bi em bald de Äwerhand, un hei kloppte den Dichter up de Schuller un rep: »Dat is en gauden Infall! Dat dauhn S'! Maken S' den ollen Herrn de grote Freud'! Äwer hüren S', irst möt *ick* dor west sin, nahsten kamen *Sei*, denn wo würd mi dat kleden, wenn Sei irst mit Ehre Gedichten tau Rum kemen un ick stamerte nahsten mit de gewöhnlichsten Redensorten achterher!« – Kägebein versprok, em nich den Vörrang aftaulopen, un beid' gungen ungeheuer vergnäugt utenanner. –

Dörchläuchten was würklich desen Morgen ganz munter un gesund upstahn, de Hofrat was bi de Leweh west un hadd dat Geld bröcht, Dörchläuchten hadd mit lichten Sinn en beten wat unnerschrewen, un nu was em so fröhlich tau Maud', as künn hei mit sinen jungen Herrn Vedder Liebden den Dag äwer lustig herümspringen un em in allen Kanten Gegenstand leisten. Äwer! – äwer! – Dörchläuchting, dat geiht woll nich! – Rand, de olle brave Kammerdeiner Rand, ded hir en Inseihn; un dat müßte hei, denn je forscher un lustiger Dörchläuchten uptred, desto liser un sachter müßte Rand uptreden, un je mihr Dörchläuchten in Weihdag' satt, desto höger satt Rand tau Pird. Hei müßt also den hogen Herrn en beten dümpeln, wenn hei sick sülwst vör de Sweriner Gesellschaft in en beteres Licht stellen wull. –

»Dörchläuchten«, säd hei, as hei mit den hogen Herrn allein was, un stellte sick vör em hen un kek em so stiw indringlich an, as würd von em as ollen, trugen Deiner dat verlangt, dat hei in allen Dingen taum Rechten seg, »wat sall nu woll mit Halsbandten warden? – Willen Sei sick dat gefallen laten, dat hei Sei vör de Näs' un up de Näs' rümmerdanzt – minentwegen! – Un bruken dauhn wi em hüt nich, un sitten kann hei jo derowegen ümmer, äwer – minentwegen!« – »Warum können wir ihn heut nicht gebrauchen?« frog Dörchläuchten all en beten verdreitlich. – »Na, utführen warden wi doch woll hüt nich, mi dücht, dorvon hadden wi doch gistern woll naug kregen; äwer wenn wi uns de Knaken abslut breken willen, denn – minentwegen!« – »Halt dein Maul!« rep Dörchläuchten all en ganz Deil falscher, »das werden wir doch wohl unserm Herrn Vetter Liebden überlassen müssen.« – »Ja, dat känen wi jo denn ok, un denn warden wi woll all en beten up de Mähren rümmerrangen möten, un dat kann en ganz plesierlich Vergnäugen warden bi dat Weder, wat sick so bi lütten tausamtreckt«; un dorbi treckte de olle sorgsame Mann de Ogenbranen tau Höcht un kek bedenklich an den Hewen. – »Was?« frog Dörchläuchten ängstlich, »meinst du, wir kriegen ein Gewitter?« – »Je, wat weit ick? – Jehann Strasen säd jo all ihrgistern up den See, hüt gew't ein, un de Hofrat säd jo vermorrntau, 't wir hellschen swaul.« – »Ach, der Hofrat! Was weiß der Hofrat!« – »Ja, wat weit ick, wat de weit!« säd Rand un makte Anstalten aftautrecken, wendte sick äwer noch mal üm: »Äwer wat ick fragen wull – is dat wohr, dat hei hüt morrn sine Leiwste hir bi Dörchläuchten presentieren will, un sall ick hir Frugenslüd' rinnelaten?« – »Ja, du Esel!« rep Dörchläuchten, den sine Geduld nu tau En'n was. – »Dat's hir ok noch nich passiert«, säd Rand un fot de Dör an. – »Und wenn ich's befehle, so soll's passieren, ich bin Herr! Und wenn ich hier Weiber hineinlassen will, so sollen sie hinein!« – »Ja«, säd Rand, »minentwegen!« un gung af un hadd nu Dörchläuchten richtig in 'ne verdreitliche un ängstliche Unrauh rinnerredt, so as sei en regierende Herr von Rechts wegen man jichtens verlangen kann.

Fridrich Franz kamm nu tau em un begrüßte den ollen Herrn Vedder fründlich, un de oll Herr let sick ok för'n Ogenblick von den lustigen jungen Herrn en beten upmüntern, un sei nemen dat Frühstück tausamen in, un Fridrich

Franz säd bi Gelegenheit, de Herr Vedder hadd doch sihr gaude Unnerdahnen, de mit grote Leiw' an em hängen müßten, denn buten vör den Paleh stünn all en ganzen Hümpel von ehr, de sick all nah dat Befinnen von Dörchläuchten erkundigt hadden, un Dörchläuchten säd: ih, ja! Dat güng mit sin Unnerdahnen, dat heit mit de Mannslüd'; äwer de Frugenslüd' müßt hei sick man so vel argern, de hadden ümmer wat vör un makten em dat Lewen sur. – »Nun, Herr Vetter«, säd de Herzog von Swerin, »was ich heute morgen von jungen Mädchen habe über den Markt gehen sehen, konnte mir wohl gefallen – aber Neubrandenburg hat ja auch im ganzen Lande den Ruf, die schönsten Mädchen aufweisen zu können– und das junge Kind von gestern, das Ew. Liebden bei dem Unfall so sorglich pflegte, kann sich – parole d'honneur! – für eine ausgezeichnete Schönheit ausgeben.« – »Darauf habe ich sie nicht regardiert«, säd Dörchläuchten en beten gnäglich, »um so etwas kümmere ich mich nicht.« – »Ah«, säd Fridrich Franz, »der Herr Vetter werden schon die Augen aufmachen, wenn das kleine, sanfte, weiße Täubchen hier hineinflattert.« – »Wie?« frog Dörchläuchten ganz verdutzt, denn hei hadd Stining ganz vergeten, »hier hineinflattert? – Hier bei mir?« – »Ew. Liebden haben ihr ja einen Beweis Ihrer Gnade versprochen.« – »Denn haben wir das in unserer unbegreiflichen Dämlichkeit getan«, brok Dörchläuchten hellschen argerlich mit sick sülwst herute. »Gott bewohr uns! Kümmt de hüt ok noch!« – »Dörchläuchten...« ,kamm Rand hiräwer tau. – »Wat willst du?« rep Dörchläuchten un gung falsch un forsch up em in. – Rand hadd dem nu girn för dit hastige Wesen wedder en beten pisackt; äwer de Gegenwärtigkeit von den Sweriner Herzog let keine Wedderwürd' tau, hei säd also blot ganz de- un wehmäudig: »Ach, Gott! Ick mein man, wi krigen am En'n hüt doch noch en Gewitter.« – »Leiwer Gott«, säd Dörchläuchten, in sine Hitz ganz afkäuhlt, »ok dat nu noch!« – »Ja, un denn is de Hofrat dor buten mit...« – »Ih, wat! Denn lat em, taum Kukuk, rinne, dat wi em los warden!« – Rand gung, un Fridrich Franz frog: »Wat is denn ...?« – »Ih, wat sall't sin«, säd Dörchläuchten verdreitlich, »ok en Frugens-minsch is't.« –

Hir kamm de Hofrat rinne; hüt nich so drist un liktau as süs, ne, ebenso stiw as den Dag vörher, as hei Geld an-schaffen süll, un sprok ok hochdütsch, un an sinen Arm hadd hei 'ne lütte hübsche Fru in den besten Johren, so tüschen dörtig un föftig, de sick hellschen blank makt hadd un vör Dörchläuchten in deipste Ihrfurcht knickste un reve-renzte, as wüßte sei recht gaud, wat de Sak up sick hadd, dat sei hir taulaten wir. – »Die hohe Gnade ...«, fung de Hofrat an un makte sinen deipsten Diner. – »Ja, is all schön, is all gaud«, föll Dörchläuchten in, woll noch en beten ver-dreitlich, äwer doch ogenschinlich dörch de Ihrfurcht nah-sichtiger makt. – »Willen sick beid' frigen«, säd hei kort tau den Herzog. – »So? – So?« säd de un gung munter up dat Por los, »nun, denn gratulier' ich zu dem zukünftigen neuen Ehestand.« – »Neuen Ehestand!« föll Dörchläuchten en beten giftig in, »is sin virt' Mal all. – Hett vel courage! – Na, na«, wendte hei sick an den Hofrat, »is all schön so, ganz schön!« – »Mit meinem tiefgefühltesten Dank un Re-spekt«, fung de Hofrat wedder an un dinerte, »wage ich die Hoffnung auszusprechen, Ew. Durchlaucht auf unserer fröh-lichen Hochzeit zu sehen.« – »Was? – Was? – Wir? *Wir* auf der Hochzeit?« – »Das ließ ich mir nicht zweimal sagen«, föll Fridrich Franz lustig in, »und den ersten Tanz mit der schönen Braut!« – Un de Brud knickste, un de Hofrat di-nerte un säd: »Die ausgezeichnete Gnade, mit welcher Durchlaucht mich stets überschüttet haben, und welche Hochsie auch heute morgen noch, als ich das Glück hatte, bei dem Lever ...« – »Ja, 't is gaud, is all gaud«, sned em Dörchläuchten dat Wurd af, indem hei 'ne Angst hadd, dat de anner dormit rutekamen künn, dat hei em Geld bröcht hadd, un wil hei em doch woll noch mal sihr nödig hewwen künn, set'te hei hentau: »Na, willen seihn; wenn't mäglich is, ward ich kamen.« – Dormit was de Vörstellung tau En'n, un dat Pörken knickste un dinerte ut de Dör. –

»Luter Dummheiten!« rep Dörchläuchten, »allens üm de Wiwer willen! – Hüt krigen wi en slimmen Dag, un Vetter Liebden sälen seihn, en Gewitter giwwt't ok noch.« Dormit lep hei an't Finster un kek in den Hewen. – De junge Herzog wüßte so tämlich Bescheid mit Dörchläuchten sine Schrullen un Stuken, hei kennte sinen Grugel vör de Frugenslüd', un wil hei dit sinen eigenen Verfat nah för 'ne dämliche Inbillung estimieren müßt, so makte em dat en heimlichen Spaß, mit Dörchläuchten sinen Wedderwillen sinen Putzen tau driwen, hei kennte ok sine Angst vör en Gewitter, un dat de oll Mann sick dorvör ängstigte, dat jammerte em, denn hei was en gaudmäudigen Mann un säd also: »Ich glaube nicht, daß wir ein Gewitter kriegen, das Wetter sieht mir zu fest aus.« – »Ne, ne! Sei seggen't all; äwer *weiten* dauhn s' 't ok nich. Der einzigste, de't weiten deiht, dat's de oll Konrekter; de weit't äwer gewiß.« – »Was ist das für ein Mann?« frog de Herzog. – »En ollen klauken Kirl is't; äwer en ollen grawen Kirl is't«, säd Dörchläuchten verdreitlich, »er untersteht sich, uns zu widersprechen, aber er ist mir in Witterungsangelegenheiten sehr notwendig, ich werde ihn kommen lassen müssen.« – »Warten Ew. Liebden noch ein wenig«, säd de jung' Herr, »ich werde mal selbst draußen hinausgehen und mich auf dem Markte nach dem Wetter umsehn«, un dormit gung hei rute. Buten up den Mark sach hei denn nu an den Hewen idel Sünnenschin, un as hei so üm dat Rathus herümmerpromenieren gung, dat hei up de anner Sid ok mal tauseihn wull, sach hei up de Strat ok idel Sünnenschin, denn dor stunnen twei Por Lüd' in vullen Glanz un Staat; dat ein Por was de Hofrat Altmann mit sine Brud, de eben adjüs säd un mit Lachen un Hägen sinen Weg nah den Ratskeller tau Kunsten namm, un as hei bi den rinnekamm, utrep: »Kunst, 'ne Buddel Win von den besten, un för mine leiwe Brud en Glas Muschat, denn unsern Herrgott sin Dag fängt hüt

lustig an: Kägebein un Korlin Soltmanns maken Dörch-
läuchten ehre Vesiten.« – Dat anner Por, wat mäglich noch
düller upfidummt was, stolzierte vör em up un strahlte dri-
wens in de Dör von de Paleh rinner. – As de Herzog in den
Vörsaal kamm, was Rand mit dat Por in en forschen Dis-
kurs, un hei brok em eben kort mit de Würd' af: »Süh so!
Dor kümmt Dörchläuchten von Meckelnborg-Swerin eben,
den känen Sei sülwst dornah fragen«, dormit lep hei furt,
denn Dörchläuchten sine Klingel rasterte nich för de Lange-
wil. – »Was ist denn?« frog Fridrich Franz un gung neger. –
Korlin-Dorimene Soltmanns was an de Hofluft gewennt,
sei schot also in einen Knicks tausam un slog de Ogen dal,
un't let, as wenn sei Knöpnadeln up den Fautbodden säu-
ken ded; Kägebein was noch tau frischbacken, as dat hei
sick tau benemen verstahn süll, un de grote Freud', de hei
Dörchläuchten mit sinen Dank för den Hofpoeten un de
Vörstellung von sine Brud maken wull, was em tau Kopp
stegen, un de Dichtkunst kamm bi em wedder tau'n Dörch-
bruch, un de reckt en Minschen nah baben; hei verget also
den Diner un fung an:

>>Ich bin der neue Hofpoet,
Vormal'ger Av'kat Kägebein,
Dies Dorimene, die hier steht,
Schon längst die holde Muse mein,
Mir attachiert durch Amors Bande,
Und so steh' ich – und so stell' ich –
und so sitz' ich . . .«

Wider kamm hei nich; Fridrich Franz fung herzlich an tau
lachen un säd: »So sitz' ich auf dem Sande. – Nicht wahr?
Das meinen Sie.« – Kägebein kek em an, wull wat recht
Schönes seggen, kreg äwer dessentwegen leiwerst gor nicks
rute, un taum Äwerfluß müßt nu ok grad Rand dörch den
Vörsaal lopen: »Nu sall ick *doch* den Konrekter halen.« –
»Wen?« frog Fridrich Franz. – »Unsen Konrekter, wegen

dat Gewitter.« – »Das ist ja dummes Zeug«, säd de Herzog,
»es wird ja kein Gewitter.« – »Ja, Dörchläuchten von Mek-
kelnborg-Swerin«, säd Rand un treckte mit den Schullern,
»dat mag in den Swerinschen so sin, wenn wi uns hir äwer
en Gewitter in den Kopp setten, denn *möt* dat ruppe-
kamen«, un dormit schow hei af. – »Ei, das ist ja . . .«, rep
Fridrich Franz, dreihte sick up den Hacken rüm un ret de
Dör tau Dörchläuchten sin Kabinett up un säd: »Herr Vet-
ter, es wird kein Gewitter, verlassen Sie sich . . .« – Hei
kamm nich wider, denn Dörchläuchten kek stiw un starr
achter em weg nah de Dör un rep: »Wat? – Wat is dit?« –
De Herzog dreihte sick üm, dor stunn de Hofpoet un treckte
Korlin, de sick so'n beten von en natt Johr vermauden sin
müggt, äwer den Süll. – »Wat will Hei?« rep Dörchläuch-
ten. – Kägebein makte den Puckel krumm, un as hei Dörch-
läuchten sin willes Wesen nich mihr sach, funn hei de Kun-
tenanz wedder:

> »Apoll und Venus stehen hier zusammen,
> Um vor dem Jupiter das Knie zu beugen
> Und sich in tiefen Ehrfurchtsflammen
> Vor seinem Zepter zu verneigen;
> 'ne holde Braut ist diese Dam',
> Ich aber bin der Bräutigam.
> Wir wollen . . .«

»Wat *will* Hei?« bröllte Dörchläuchten in vulle Wut. –
»Vetter Liebden, Vetter Liebden!« rep Fridrich Franz, »'s
ist ja nichts Böses, sie wollen sich heiraten.« – Hei säd dit
gaudmäudig; äwer de Schelm satt em in den Nacken, un hei
müßte sick afwennen, dat hei sin Hägen versteken künn,
denn Dörchläuchten sine Anstalten wiren ganz dornah an-
dahn. Hei gung up dat Por los, langsam, stillswigend, äwer
de Ogen funkelten em, un as Kägebein nu anfung tau sta-
mern un wat ganz Unrimsches von »Amors Pfeil« un »Hy-
mens Bande« tau vertellen, dunn brok hei los: »Will'n jug

frigen? – Ok en beten frigen? Sall ok woll tau Hochtid ka-
men? – Frigt jug taum Deuwel! – Wat sall *ick* dorvon wei-
ten!« – Hir tred de Sweriner Herzog denn wedder dor-
tüschen, den de oll arm Kägebein doch tau sihr jammern
würd, un säd: »Herr Vetter, das ist ja ganz vorzüglich,
wenn sich Ew. Liebden Hofpoet verheiratet. Denken Sie
bloß, wenn aus dieser Ehe so eine kleine, poetische Nach-
kommenschaft entsprösse, was wäre das nicht für ein Glück
für Ew. Liebden Landen, ja auch für die meinigen! – Wir
haben wahrlich keinen großen Überfluß an diesem Artikel,
und wenn sich so mit der Zeit ein Schwanenbund an der
Tollense oder der Sude oder der Nebel etablierte, was
würde das nicht für einen Glanz auf unsere Regierung wer-
fen!« – »Ick frag den Deuwel nah de ollen Dichters!« rep
Dörchläuchten, äwer all en beten ruhiger, »des' hir is ok
man blot den ollen Hofrat Altmannen sine Uplag'.« – »Das
muß ein braver Mann sein, wenn er dazu geraten hat.« –
»Mag den Deuwel sin!« säd Dörchläuchten, »hei's ok man
so so. – Na, nu gaht man! Frigt jug in Gotts Namen! –
Mi lat't äwer taufreden. Nu gaht man, ick will nicks mihr
von jug weiten, un Hei sall mi ok kein Gedichten mihr
maken. – Mak Hei weck up min Christelswester un de
Kammerjumfer hir, de känen't verdragen. – Nu gaht man!«
– Nu treckte denn nah vel Bücklingen de olle arme Hof-
poet mit sine Dorimene af, un Fridrich Franz in sine präch-
tige, lustige Gaudmäudigkeit gung achter em her un
kloppte em in de Dör up de Schuller un säd: »Ja, geht nur,
geht nur! Und wenn der Herr Vetter Liebden nichts von
Gedichten wissen will, denn bin ich ja noch da, Ihr könnt
mir immerhin ein oder ein paar Schock von Euren Poemen
dedizieren.« – »Ja«, rep Kägebein, un de Ogen blänkerten
em ordentlich, »ich habe noch ein auserwähltes Stück: ,Die
auf den Backofen geschobene Schöne oder der Sprung durch
den Schlehdorn'.« – »Das ist das Rechte, so etwas liebe
ich«, säd Fridrich Franz un schow den Poeten äwer den
Süll, »aber nun geht nur!«

Dat was nu licht seggt, un de Poet gung ok mit sinen gelen, güldnen Schatz; äwer wid kamm hei nich, denn ut de Finstern von den Ratskeller keken en por Gesichter, de den Herrn Hofrat Altmannen un den Ratskellermeister Kunsten hürten, un dorup danzte de Spaß, as wenn en Putscheneller up't Seil danzt, un Kunst rep: »Herre Je! wo's't mäglich? – De nige Hofpoet un Korlin Soltmanns! – Kamt rinne, Kinnings, hüt ward't hir lustig. – Korl! – Wo is hei denn? – Korl!« –

Un de nige Hofpoet un Korlin-Dorimene kemen rinne, un Kunst rep: »Korl, en por Gläser för de Herrschaften!«, un de olle schawernacksche Hofrat frog: »Hett sick woll recht freut, uns' oll Dörchläuchting?« – Un de Dichter was noch so verstutzt, dat hei nich mit en Vers antwurten kunn un binah mit de ganze Wohrheit tau Dag' kamen wir; äwer Dorimene was nich vergews johrelang an den Hof west un hadd 'ne grote geistige Gegenwärtigkeit un log tau de Ihr von ehren taukünftigen Husstand un säd: Dörchläuchting *hadd* sick ok sihr freut, un Dörchläuchting wir en ollen prächtigen Herrn, un de Sweriner Herzog...! Na, dor wull sei gor nicks von seggen, un sei wiren in höchsten Gnaden entlaten. – »Rutesmeten sünd s'«, flusterte de olle venynsche Hofrat den Ratskellermeister in de Uhren. – Un de Dör gung up, un herinne kamm de oll Böttcher Holz. –

Hei hadd sick sinen langen, blagen, sünndagsnahmiddagschen Rock antreckt, sin Schortfell hadd hei anbehollen, indem dat sine Hosen sick nich recht seihn laten kunnen, un in desen Anbetracht set'te hei sick ok en beten in de Schuling up Kunsten sinen Lehnstaul, de achter den Aben stunn, grawwelte in de Westentasch, halte vir Gröschen in mekkelnbörgsche Schillings rute, läd sei up den Disch un säd recht düdlich un vernemlich mit en Nahdruck: »Herr Ratskellermeister, en grotes Glas franschen Win.« – »Korl! – Je, ick heww velen franschen Win; dor is Grawes un Langkork un ok säuten Muschat.« – »Denn gewen S' mi Grabowschen.« – »Korl! En grotes Glas Grawes!« – »Dat ward

Sei wunnert hewwen, dat ick Sei so wenig in Nohrung set't heww, äwer ut bösen Willen is dat nich geschehn. – Indessen dennoch – de Welt dreiht sick – Hus un Goren hewwen sei mi dunn verköfft – äwer de Welt dreiht sick – Hus un Goren sünd wedder baben – wat west is, kann wedder warden.« –

»Mein Gott doch!« rep de Hofrat von't Finster ut dortüschen, »dor kümmt de Konrekter mit sin Dürten Holzen an den Arm, un Rand geiht dorbi, un sei gahn driwens up de Paleh los.« – »Wat Deuwel! Wat heit dit?« – »Wo? Min Swager is jo woll dull worden?« – »Dieses ist mir wunderbar!« So gung dat dörchenanner, allens was ut den Lim, blot oll Böttcher Holz reckte sin lang Liw noch höger un kloppte Kägebeinen up de Schuller: »Herr Avkat, mi is dat nich wunderbor – de Welt dreiht sick – wat unnen liggt, möt baben kamen – Hus un Goren – Dörchläuchten sülwst hett up min Stining ehr Bedd legen, un min Dürten ward Fru Konrektern. – De Welt dreiht sick – un uns' eigen Dörchläuchten hett s' enventiert.« – »Wahrhaftig!« rep de Hofrat un lep an dat Finster an de anner Sid, »de Konrekter geiht mit Dürten Holzen in de Paleh.« –

Un so was dat: de Herr Konrekter gung mit sin Dürten in de Paleh, un as hei in den Vörsaal kamm, bröchte hei Dürten an en Staul un säd: »Hir settst du di dal.« – Un de Herr Kammerdeiner Rand sprung hir nu up em in un säd: »Herr Konrekter, ick heww Sei dat all in Ehren Hus' seggt, wat sall Dürten? – Wat sall dit? – Wat sall dit?« – Un de Konrekter dreihte sick so halw üm un säd äwer de Schuller weg: »Hir *sall* gor nicks! – Verstahn S' mi? – Ick *will*«, un dormit gung hei in Dörchläuchten sin Kabinett. – –

So as hei in de Stuw' rinnekamm, gung Dörchläuchten up em in un frog: »Konrekter, giwwt dat hüt en Gewitter?« – Un in densülwigen Ogenblick säd Fridrich Franz: »Es ist ja nicht möglich! – Nicht wahr? – Wie sollte heute ein Gewitter heraufkommen?« – De olle Konrekter makte sinen Dörchläuchten en deipen Diner un dreihte sick nah Fridrich

Franzen üm un säd: »Dörchläuchten von Swerin, ick bün en ollen Schaulmeister, un ick hoff tau Gott, dat ick tidlewens min Ding'n dahn heww; Weder kann ick äwer nich maken un kann't ok nich prophenzeihn, denn de *ollen* Propheten sünd dod, un de *nigen* bitt de Wulf. – Un dorüm bün ick hüt hir ok nich herkamen. – Sei, Dörchläuchten«, un hir wennte hei sick an sinen gnedigsten Landsherrn, »Sei hewwen in den Nemerowschen Holt vör ein por Dagen eine arme Frugensperßon in Schimp un Schan'n bröcht, un dit brave Mäten is mine Brud.« – »Nu hett de ok 'ne Brud! – Ok 'ne Brud! – Nu heww'ck all drei!« rep Dörchläuchten un fohrte von den Staul tau Höchten. – »Ja«, säd de Konrekter, »Dürten Holzen is min Brud un 'ne brave Brud«, un dormit dreihte hei sick üm un makte de Dör up: »Dürten, kumm herin! – Un dit is sei.« – »Wat sall ick mit de Brudten?« rep Dörchläuchten un sprung in de Stuw' herümmer, »wat heww *ick* mit Brudten tau dauhn?« – »Wat Sei mit anner Lüd' Brudten tau dauhn hewwen«, säd de Konrekter sihr ruhig, »weit ick nich, ick meng' mi nich as en unbedarwsam Mann in Ehre Angelegenheiten, äwer wat Sei mit *mine* Brud tau dauhn hatt hewwen, dat *weit* ick. – Seihn S', hir steiht sei« – un Dürten stunn – wo stunn sei! – blaß, äwer tau jede Tid bereit, en heiligen Eid tau swören, dat sei 'ne gerechte Sak hadd, hadd äwer tau ehre Säkerheit ehren Herrn Konrekter an de Hand fat't –, »un nu seggen S' ehr, Dörchläuchten, dat dat, wat scheihn is, in Äwerilung scheihn is.« – »Gaht man! Gaht man!« rep Dörchläuchten, »ick will nicks mihr von jugen Kram weiten.« – »Ne, Dörchläuchten, *so* gahn wi *nich*. Ick weit recht gaud, dat Sei nich so up en Sturz all de Lüd', de dat in den Nemerowschen Holt mit anhürt hewwen, herkumplementieren känen, un verlang' dat ok nich; för mi un min Dürten is dat naug, wenn Sei in Gegenwart von Ehren hogen Verwandten von Swerin« – hir makte hei Fridrich Franzen en deipen Diner tau – »blot seggen, Sei hewwen dat nich so meint.« – »Was ist denn dies alles?« frog Fridrich Franz. –

235

»Dummes Tüg!« rep Dörchläuchten, »Frigeri! Luter Frigeri! De olle, dumme Kirl will ok frigen.« – »Dat will ick Sei seggen, Dörchläuchten von Swerin, *dese hir, Dürten Holzen,* wat nu mine Brud is, is in den Nemerowschen Holt för ehre leiwe Swester Stining uptreden, de Sei jo kennen, denn dat is dat junge Mäten, wat Dörchläuchten in sinen ümgesmeteten Taustand plegt hett, un dunn hett Dörchläuchten sei 'ne Perßon näumt un hett 'ne unbescheidene Anspelung makt, as wenn sei Jagd up Mannslüd' makte un namentlich up mine Perßon.« – Hir sackte Dürten Toll för Toll tausamen. –

Fridrich Franz hadd bet tau desen Punkt de Sak hellschen irnsthaft in't Og fat't, denn de oll Konrekter kamm em würklich sihr irnsthaft vör, un Dürten sach so ut, as wenn't Jüngste Gericht nahgradens losgahn süll; äwer as hei de beiden so vör sick stahn sach un sick dat vörstellig makte, dat Dürten up den Konrekter orndlich Jagd makt hadd, rigelte sick de Dör von de Irnsthaftigkeit up, un de unbannigsten, lustigsten Gedanken schoten herute un schoten Koppheister un slogen Rad, un mit en ungeheuer lustig Lachen rep hei: »Vetter Liebden, Vetter Liebden! Sie führen eine lustige Hofhaltung!« – Vedder Libden wüßt nu eigentlich nich wat von Bedüden tau seggen; äwer de oll Konrekter hadd noch wat up den Harten, wat hei los warden müßt. – »Dörchläuchten von Swerin, wenn Sei lachen willen, kann ick Sei dat nich wehren, un't kümmert mi ok nich, denn Sei sünd nich min Landsherr.« – »So is't recht«, säd Dürten still vör sick hen, »hei is nich uns' Landsherr.« – »Äwer an Sei, Dörchläuchten von Meckelnborg-Strelitz«, säd de Konrekter un richt'te sick en En'nlang höger, »richt ick mine Red'. – Wat ward de Welt nah hunnert un dusend Johren von einen Herzog von Meckelnborg seggen, de sine truesten Unnerdahnen nich gerecht worden is? – Würd Sei dat nich in de Kron herinnerregnen?« – »In de Kron herinnerregnen«, säd Dürten still vör sick hen. – »Wat will Hei denn? – Ick will jo ok seggen, dat sei kein Jagd up Em

236

makt hett. Un nu, wat will Hei denn noch mihr?« – »Vetter
Liebden«, säd Fridrich Franz, de wildeß üm Dürten rings-
ümmergahn was, »Sie müssen auch noch sagen, daß Doro-
thea Holzen ein ganz vorzügliches, tüchtiges Mädchen ist
und wohl dazu geschaffen, den Hausstand des Herrn Kon-
rektors zu einem glücklichen zu machen« – »Will ick ok,
äwer nu gaht ok.« – »Dürten, büst du dormit taufreden?«
frog de Konrekter. – »Dat bün ick«, säd Dürten un makte en
deipen Knicks vör Dörchläuchten von Strelitz un Dörch-
läuchten von Swerin un gung mit den Konrekter ut de Dör.
– »Tau de Hochtid kam ick äwer nich!« rep Dörchläuchten
achterher. – »Is ok nich nödig, Dörchläuchten«, säd de Kon-
rekter up den Süll, »'t ward man 'ne ganz stille.« – »Rand!«
rep Dörchläuchten, »lop em nah un frag em, wat dat würk-
lich hüt kein Gewitter ward!«
De Konrekter gung mit sin Dürten äwer den Mark; äwer
em gung't grad as den Hofpoeten, hei kamm ok nich sihr
wid, denn as hei an den Ratskeller vörbigahn wull, würden
dor de Finstern upreten, un de Hofrat Altmann rep: »Kon-
rekter, kamen S' rin, twei Brudpor sünd all hir!« – Un de
Hofpoet lagg in en anner Finster un deklamierte wat äwer
den Nigenbrambörgschen Mark räwer, wat kein Minschen-
seel verstahn hett, mäglich hei sülwst nich, un achter em
reckte oll Böttcher Holz sinen langen, magern Hals ut un
säd: »Kamen S' rin, Herr Swigersähn, ick bün ok hir.« – Un
Dürten säd: »Gott in den hogen Himmel, den ollen Mann
is sörre gistern wat in de Knaken fohrt, wat deiht *de* up
den Ratskeller!« – Up de Strat rute stört'te äwer Kunst sül-
wen, un de lütte Kirl hadd't wohrhaftig ilig, hei sprung up
den Konrekter in un fot sine beiden Hän'n un treckte un
ret doran herümmer, as müßt hei sick vör allen Dingen irst
dorvon äwertügen, wat sei beid' ok würklich mit den Kon-
rekter tausamwussen un echt wiren, un fot em dunn rund
üm un rep: »Swager, Swager! Üm einen einzigen dummen
Streich von mi süllen wi beiden utenanner kamen? Dat
kannst du nich willen.« – »Herre Gott!« rep Dürten dor-

mang, »min oll Vader! Kik, kik! Hei hett wohrhaftig Win
in sin Glas. – Ne, wi möten rinner, de makt uns süs noch
Elend.« – Un de Konrekter fat'te sinen Swager wedder üm
un säd: »Kunst, de dummsten Streich slagen männigmal
taum gauden ut, din dumm Stück is för mi gaud inslagen.
Kik hir, Dürten Holzen is min Brud.« – »Weit ick, weit ick,
Bäcker Schultsch is vermorrntau all vör Dau un Dag' hir
west un hett't hir up den Mark utposaunt. – Un Dürten,
min leiw' Swägerin, sünd Sei mi denn noch bös?« – »Ne,
Kunst, vergewen un vergeten! Äwer unsen Stock krigen
Sei doch nich.« – »Will ick ok nich«, rep de lütte Kirl un
sprung unner de groten Swibbagens taurügg, worin vör
allen Dingen de grote Pracht von dat Nigenbrambörgsche
Rathus besteiht, un rep: »Korl! Den groten Lehnstaul ut
dat Kontur för minen Swager! Korl! Min Fru sall kamen,
Dürten Holzen wir hir!«
Un as sei rinnerkemen in de Stuw', kamm Hofrat Altmann
mit sin Brud up ehr tau un rep: »So is't recht, Konrekter,
wi hewwen *beid'* uns' Bowl Punsch von den Wihnacht-
abend verluren.« – Un Kägebein drängte sick vör mit en
grotes Glas Win un deklamierte:

>»Amor hat dich scharf getroffen,
Hat dir Dürten angeleimt,
Darum trinke frei und offen,
Weil der volle Becher schäumt.« –

Un Kunst rep: »Korl! De Stadtmuskant sall kamen!« – Un
de oll Böttcher Holz gung mit sin Glas Grabowschen up
Dürten tau un säd: »Dürten, heww ick dat nich ümmer
seggt? Wat unnen liggt, möt baben kamen – Hus un Go-
ren . . .« – »Vatting, Vatting, wo kümmst du hir up den
Ratskeller? – In dese Zech?« – »Dürten, de Welt dreiht
sick; Dörchläuchten hett up Stining ehr Bedd legen. – Sti-
ning geiht hüt morrn nah Dörchläuchten, sall sick 'ne Gnad
utbidden – Hus un Goren. – Süh! Dor geiht s' hen!« –

»Wohrhaftig!« rep Dürten un sprung an't Finster, »sei geiht
nah de Paleh! – Stining, du wardst doch nich...!« –
Swabb, slog de Hofrat Altmann ehr dat Finster vör de Näs'
tau: »Laten S' ehr doch. – Hüt is en gauden Dag, un Dörch-
läuchten ward mitdewil mör naug sin.« –

Stining gung äwer den Mark nah de Paleh, äwer sei gung,
as wenn sei tau Kirchen gung, sei sach nich rechtsch noch
linksch, sei hadd sick ganz in ehre Gedanken fat't, un ehre
Gedanken stunnen up ehr einzigstes Glück in desen Lewen,
up ehren Wilhelm. – In de Kirch un äwer de ewigen
Wünsch' von dat arme Minschenhart regiert en anner Herr
as in en dörchläuchtigstes Paleh; äwer ehre Gedanken wi-
ren derentwegen doch nich unheiliger, un sei hadd in desen
Ogenblick in ehren kümmerlichen Antog un ehren mächti-
gen Hartensdrang ebenso rein un unschüllig *in* de Kirch de
groten Gottesgnaden herunnerbeden künnt, as sei up Stun'ns
fürstliche Gnaden up sick runnerbidden wull; denn wat sei
bidden wull, dat wiren in ehren Ogen dat Fundament un
de Bustein von den Altor, up den sei unsen Herrgott einmal
ehr stilles Opfer ansticken wull – en ihrboren Husstand.
»Na, wat willst *du* denn?« frog Rand, as sei in de Paleh
rinnerkamm. – »Ick will Dörchläuchten spreken«, säd Sti-
ning. – »Dorvon hewwen wi vermorrntau all naug«, säd de
Herr Kammerdeiner, »mak, dat du wedder nah Hus'
kümmst.« – »Ne«, säd Stining sihr sachtmäudig, äwer ok
sihr bestimmt, »ick bün hir herbestellt, de Sweriner Herzog
un Dörchläuchten sülwst hewwen mi hir herbestellt.« –
»Na, ick glöw gor!« rep Rand en beten lud, »wat hett Dörch-
läuchten tau bestellen? – Dörchläuchten hett *gor nicks* tau
bestellen, dat is *min* Sak. Du...« Wider kamm hei nich,
denn Wilhelm Halsband stunn tüschen em un Stining un
säd: »Un sei *sall* nah Dörchläuchten.« – »Un sei sall *nich*«,
rep Rand, »un du geihst in de Bedeintenstuw' un täuwst,
bet du raupen wardst.« – »Un sei *sall*«, rep de Löper, ret de
Dör von den Vörsaal up un drängte Stining äwer den Süll.
– »Dat sall di dür tau stahn kamen«, rep Rand in vulle

Wut; äwer hei snappte mit de Red' af, denn vör em stunn de junge Sweriner Herzog un säd mit so'n spöttschen Schin üm den Mund: »Warum denn so heftig, mein lieber Rand?« – Un Rand was heftig; dat schreckliche Gefäuhl, wat en orndtlichen Kammerdeiner ümmer mit sick rümmerdragen möt, dat hei nicks nich tau kummandieren hett, hadd em äwernamen, hei kamm sick vör as en Bucklamm, wat afset't is, un in desen Taustand verlet em nu de kammerdeinerliche Besinnung, hei hadd kein Hofluft mihr in de Näs', hei hadd äwerall man blot knapp noch Luft, un hei pruste rute: »Wat *de* will . . ., wat hei will . . ., wat sei will . . ., wat sei all willen . . ., dat weit ick, frigen willen sei sick.« – Un de spöttsche Schin üm Fridrich Franzen sinen Mund spelte en beten greller, as hei den Herrn Kammerdeiner in sine ohnmächtige Wut ansach, äwer as wenn 'ne Wulk äwer en Saatfeld flüggt, so was dese Schin vergahn, un de leiwe Sünnenschin von de hellste Minschenleiw' lagg dorup, as hei sick an Stining wendte un ehr in de Ogen kek. – Nich ümmer is de Blick, de up en jung' Mäten föllt, rein, un bi em sall't jo ok männigmal anners west sin, äwer in desen Ogenblick was dat Og' so rein as de Sünn, un dat schinte in Stining ehr Og', as wenn de Strahlen-Sünn in den blagen Hewen kickt, un hei frog: »Un willst du denn frigen? Un desen jungen Minschen taum Mann hewwen?« – »Ja, Herr«, säd Stining un kek den Herzog in de hellen Ogen, as wenn de blage Hewen in Tru un Wohrheit Antwurd gewen sall, »ja, Herr, 't is min Brüdjam; äwer Dörchläuchten will'n nich ut sinen Löperposten losgewen, un dit is hüt morgen min Gnadengang.« – »Un de sall nich vergews sin«, säd Fridrich Franz, »kumm!« – Dormit treckte hei Stining in Dörchläuchten sin Kabinett.

Un in den Vörsaal stunn de Herr Kammerdeiner Rand vör den Löper un ranzte em an: »Un du willst minen Posten hewwen?« – »Ne, Rand«, säd Halsband. – »Un du willst hir Kammerdeiner warden?« – »Doran heww ick nich dacht, Rand.« – »Dacht? Dacht? – Du willst dat! – Minentwegen

240

känt ji hir all vergrisen un vergragen; ick will mi den Deu-
wel dorüm kümmern!« – Un dormit lep de olle brave Kam-
merdeiner ut de Dör, un Wilhelm Halsband lep achter em
her un rep: »Rand! Rand!«, äwer hei hürte nich un lep dri-
wens räwer nah Krischan Schulten sin Duwwelbir. –
Un Wilhelm Halsband satt in den Vörsaal un hürte mit dat
eine Uhr, wat dor vörgung, un mit dat anner hürte hei von
den Ratskeller her: »So leben wir, so leben wir, so leben
wir alle Tage«, denn de Stadtmuskant spelte den Dessauer
Marsch, un allens sung mit, un den ollen Konrekter sine
Stimm was as Kanter düdlich dörchtauhüren. – Äwer wat
hei in Dörchläuchten sin Kabinett hürte, dat was doch för
em leiwlicher tau hüren as alle Gesang, denn Stining ehre
Würd' slogen an sin Uhr, as wenn de Baukfink in den
irsten Frühjohr dörch Storm un Regen singt. – Dor binnen
bi Dörchläuchten was Storm un Regen, bi Dörchläuchten
Storm, bi Stining Regen; äwer mitdewil würd dat stiller, un
de Dör gung up, un Stining kamm tau ehren Wilhelm,
namm em bi de Hand, leddte em in de Stuw' un säd:
»Dörchläuchten, seihn S', dit is min Wilhelm.« – »Is din
Wilhelm? – Un ick wull den Bengel tau minen Kammer-
deiner maken. – Dit's hüt morgen all de virte.« – »Ja, wirk-
lich«, smet Fridrich Franz dortüschen, »für Verlobungen ein
gesegneter Tag. Aber von allen vieren gefällt mir diese am
allerbesten. – Wenn Vetter Liebden nur sehen wollen: was
ist das für ein schmuckes Paar!« – »Ick frag' gor nicks nah en
smuckes Por«, säd Dörchläuchten argerlich. »De Kirl hett
mi ümmer gefallen, un dorüm wull ick em tau minen Kam-
merdeiner maken.« – »Aus einem Läufer wird nie ein guter
Kammerdiener«, smet Fridrich Franz hen. – »Äwer de oll
Rand ward mi all tau nägenklauk, will allens beter weiten«,
rep Dörchläuchten. – »Vetter Liebden haben ja so viele
Dienerschaft zur Auswahl, und dann haben Sie ja dem klei-
nen Mädchen eine Gnade verheißen...« – »Ja, ja«, rep
Dörchläuchten un lep in de Stuw' up un dal, »heww't seggt
– hett mi plegt – hett mi plegt« – un hir kek hei taum irsten

Mal Stining genauer an – »ja, 't is desülwig, von den Neme-
rowschen Holt her – heww ehr dunn wat tau leden seggt –
hett mi doch plegt. – Na, denn nimm en di! Äwer nu makt,
dat ji wegkamt, will nicks mihr weiten!« – De Löper kennte
sinen Herrn, hei makte en Diner, Stining en Knicks, un
stumm un selig gung dat Por ut de Dör.

»So«, säd Dörchläuchting ganz swack, »Vetter Liebden müs-
sen mich entschuldigen. Ich bin zu alteriert, bin zu ange-
griffen, ich muß mich zu Bette legen. – Un denn künn der
Deuwel hir noch mihr von de Ort herinnerbringen«, säd hei
giftig. – »Wo's Rand?« – Fridrich Franz treckte an de Klin-
gel, ein Lakai kamm herinne. – »Wo's Rand?« frog Dörch-
läuchten. – »Is woll vermorrntau en beten utgahn. Dörch-
läuchten.« – »Kann ok ganz wegbliwen!« rep Dörchläuch-
ten. »Kumm!« – Dormit makte hei den Sweriner Herzog en
Diner un gung in sin Slapkabinett.

De Löper un Stining wullen nu äwer den Mark gahn, äwer
sei kemen ok nich wid; de Gesellschaft up den Ratskeller
was mitdewil mit Win un Musik gaud in den Swung ka-
men, äwer indessen dennoch hadden de weck von ehr all
lang' up de Lur stahn un hadden sick den Kopp termaud-
bast't, wat dat mit Stining ehren Gang för 'ne Bewandnis
hadd, un nu kamm Stining mit ehren Wilhelm an de Hand
ut de Paleh, un de oll Hofrat, de den feinsten Rüker in
so'ne Saken hadd, rep: »Ick wedd twölw Buddel Win, de
sünd nu ok Brudlüd'!« – Un nu stört'te denn de ganze Ge-
sellschaft rute up de Strat, dat Por tau begrüßen, blot Bött-
cher Holz un Dürten nich, denn Dürten hadd noch tau rech-
ter Tid unner den Swibbagen ehren ollen Vader bi de
Slippen von sinen Sünndagsnahmiddagschen arretiert un
säd: »Vader, Vader! Ick bidd Sei um Gottes willen, dit
ward jo en Upstand, un wo paßt sick dat för uns Börgers-
lüd'!« – Un de Oll wull nich Order parieren un rep: »Bör-
gerslüd'? De Welt dreiht sick. Wat unnen liggt, kann baben
kamen.« – Äwer Dürten höll wiß.

Un Kunst rep ein äwer dat anner Mal: »Korl!« un gung dat
nige Por mit Wingläser unner de Ogen, un de Muskanten
blosen ut dat Finster rute, un de Poet Kägebein stunn vör
dat Nigenbrambörgsche Rathus un deklamierte äwer den
Mark räwer:

> »Alles liebt sich heut mit Eifer;
> Stining auch hat ihren Läufer,
> Der Konrekter hat sein Dürten
> Und des Hofrat Altmanns-Würden
> Diese holde Dame hier,
> Dorimene aber mir!«

Un dörch desen lustigen Trubel flitschte en junges Mäten,
un ehre Flaßhor ringelten sick in den Wind, un de Hand
hadd sei äwer ehr Gesicht deckt, dat von Seligkeit un
Schimp rod äwergaten was, un sei sprung up ehren ollen
Vader tau un rep: »Vatting! Vatting. Nu ward't all gaud
warden!« – Un sei läd ehren Kopp an ehre Swester ehre
Bost un weinte bitterlich un säd: »Dürten! Dürten! Du büst
mi allens west, du büst för mi min leiw' Mutting west!« –
»Σὺ δέ μοι πότνια μήτηρ«, säd 'ne Stimm, de achter den
Piler herutkamm; äwer Stining un Dürten hürten nich dor-
up un hadden ok kein Tid dortau, denn in desen Ogen-
blick kamm Bäcker Schultsch mit ehren Krischan angetreckt
un fohrte up de beiden Swestern los: »Na, is dat 'ne Wirt-
schaft! – Gott bewohr uns! – Ick heww doch ok mal Hoch-
tid hollen, un dat kannst mi glöwen, Dürten, de was ok
nich von de slichtsten Öllern, denn dor wiren säbenteihn
Hollänners mit Fru un Kinner dorbi, un wat dat bedüdt ...
– Äwer wat hett dit tau bedüden? Ji weint jo?« – Un
Schultsch hadd recht: sei weinten; un Schultsch hadd recht,
as sei nich wider nah den Grund frog un still bisid gung un
Krischanen achter sick hertreckte.
Un up den ollen, schönen Mark tau Nigenbramborg kek
allens ut Finstern un Dören, un von minen ollen Fründ

Hagemannen sinen Hus' linksch weg bet an den ‚gollen Knop' un von Blauerten sin Eck rechtsch weg bet an de anner Eck, wo de Herr von Boltenstern 'ne Aptheik un drei Hun'n höllt, stek allens den Kopp herut, un von Buttermannen sinen Bähn kek de Prinzeß Christel runner, de wedder mal in 'ne korte Husorenjack mit buckledderne Büxen Staat makte, un as de vakante Kammerjumfer Dorimene ehre vörige hoge Herrschaft in so fierlichen Uptog künnig würd, knickste sei äwer den Mark räwer un drunk in deipste Ehrfürchtigkeit dat Glas Muschat ut, wat sei in de Hand hadd; un de Prinzeß Christel? — Na, de let sick en frisch Glas Portwin inschenken un ded ehre olle brave Kammerjumfer äwer den Mark henäwer Bescheid.

So, nu wir denn nu woll de Geschicht richtig tau En'n, äwer mit 'ne Geschicht is dat grad so as mit de Reknungen tau Nijohr: wenn einer tau sick seggt: »So, nu hest du doch allens gründlich afmakt«, denn kümmt noch Stadtmuskant, Nachtwächter un Schorsteinfeger. — Tau minen Schorsteinfeger in dese Geschicht heww ick mi nu en sihr vörnemen Herrn utsöcht, nämlich den Sweriner Herzog Fridrich Franz sülwen.

Fridrich Franz hadd sick, as Dörchläuchting tau Bedd gahn was, in't Finster leggt un hadd dat grote Hägen vör den Ratskeller mit anseihn; na, em gung't grad so as alle Fürsten, de up Reisen sünd, hei hadd ok nich alltauvel tau dauhn, un Dörchläuchting von Strelitz sine besonderen Ümstän'n, de hei in Gewitterangst in sin Kabinett afmakte, wiren ok nich von de Ort, dat hei dor en sonderbores Vergnäugen an hewwen kunn, un Dörchläuchting sine Hofkavaliere wiren ok von 'ne Ort, de mi vörkamen, as wenn ick mi bi en Schauster recht bequeme kalfledderne Stäwel bestellt heww, un de Schauster bringt mi nahsten weck von Rindsledder, de mi so up de Likdürn drücken, dat ick sogor mit unsere dütschen Taustän'n untaufreden ward. — Dunn dachte Fridrich Franz, wat sallst du di hir vel mit rindsledderne Hofkavalieren, mit Dörchläuchting un Likdürn

afgewen, sallst di en Pläsier säuken, woran du dinen Spaß
hewwen kannst, un hei gung räwer nah den Ratskeller, un
hei funn dor dat Pläsier, woran hei sinen Spaß hewwen
kunn.

As hei rinkamm in de Stuw', kamm em Schultsch in den
Worp un rep: »Huching! De Sweriner Herzog! Un Dörch-
läuchting, Sei sünd de Mann, de Stining un Halsbandten ...
Sei sünd de Mann, de den Konrekter un Dürten, un Sei
sünd de Mann, de den ollen dämlichen Avkaten un den
Hofrat un minen Krischan un mi...« – »Mutting«, rep Kri-
schan Schult dormang un arretiert ehr dat Mulwark, »di
löppt de Mund weg. – Nemen S' nich äwel, Dörchläuchten,
ick heww Sei vermorrntau nich kennt.« – Un de Hofrat
kamm mit sine Brud un begrüßte em, un Kunst kamm wed-
der mit sin ewiges grotes Glas, un de Konrekter kamm mit
sin Dürten un wull wat seggen, äwer de Herzog föll em
in de Red' un säd: »Herr Konrektor, ich habe Sie heute
morgen gesehn, Sie haben mir außerordentlich gefallen,
möchten Sie wohl die Rektorstelle an dem Friedericianum in
Schwerin annehmen?« – Un de oll Konrekter makte en dei-
pen Diner un säd: »Vele Ihr för mi, Herr! Äwer uns' Schaul
hir in Bramborg is 'ne städtsche Schaul, un as ick noch gor
nicks in jungen Johren tau bedüden hadd, hett mi de Ma-
gistrat hir anstellt, un de Magistrat hett ümmer brav gegen
mi handelt – dat heit, sei geiwen einen ümmer dat Gehalt
tau späd – un de dummen Jungs – taum Bispill: Pagel Zar-
newitz – ja, de maken einen jo Arger – äwer, Herr, dese
dummen Jungs sünd mi ganz an't Hart wussen, un nu hir,
kiken S', dit's min Dürten, un sei is en Brambörgsch Kind.
– Nemen S' nich äwel, wenn ich vörtreck, hir tau bliwen,
denn Dürten würd sick man slicht in de Frömd passen.« –
»Wohl wahr«, säd Fridrich Franz un wull noch wider wat
seggen, äwer oll Böttcher Holz föll em sihr bescheiden in
de Red': »Dörchläuchten von Swerin, ick heww vermorrn-
tau all de grote Gnad' hatt, mit Sei tau reden; mit Verlöw,
dit sünd mine Fomilien, dit is min Konrektern, un dit is min

Löpern«, un dormit stellte hei sine Döchter vör. Ungefihr grad so fierlich as de oll Schippskaptein Stypmann tau Stralsund, as hei mit den Kronprinzen von Preußen, de nahsten de virte König sines Namens Fridrich Wilhelm würd, dörch de Straten von Stralsund gung un baben nah en Balkan in den drüdden Stock ruppewis'te: »Königliche Hoheit, meine drei Töchter!«

Fridrich Franz hürte nich recht dorup un gung in sinnige Gedanken up dat Löperpor los: »Nun, wie wird 's denn aber mit euch?« – »Dörchläuchten«, säd Wilhelm Halsband, »ick heww de Böttcherprofeschon bi minen Swigervader heimlich lihrt, un nu möt ick dornah trachten, dat sei mi as Gesell utschriwen, un denn möt ick drei Johr wannern.« – »Puh!« rep Fridrich Franz, »das ist eine weitläufige Aussicht.« – Stining sach dortau gor tau weihleidig ut, un ehr oll Vader säd: »Dörchläuchten von Swerin, hei is en düchtigen Böttcher, hei makt Sei en grotes Maischküben un en grotes Stückfatt un brukt keinen Halm Kedding dortau; äwer wenn hei kein Disperatschon kriggt, wannern möt hei.« – »Na, Alter«, säd de Herzog, »wir wollen sehen, ob wir nicht bei unserm Herrn Vetter Liebden eine Disperation für seine Desperation auswirken können. Bis morgen bleibe ich noch hier, und heute abend kriegt ihr Bescheid. – So, nun lebt wohl!« – un gaww Stining un Dürten de Hand. »Und nun seid recht vergnügt, ihr Leute!« – Dormit gung hei, un Kunst brok los: »Hurah! De Herzog von Swerin sall lewen!« Un allens rep »Hoch!« un »Hoch!« Un de Muskanten blosen, un as allens wedder still worden was, rep Kunst: »Ja, Kinnings, nu will'n wi recht vergnäugt sin!« – »Sünd wi all, Kunst«, säd Dürten sihr bestimmt, »wo? Meinen Sei, dat dat Stück von den Wihnachterabend wedder upführt warden sall? Ne«, säd sei un kreg ehren Konrekter unner den Arm tau faten, »du kümmst nu mit!« Un dormit gung sei mit em ut de Dör, un de annern drei Pore folgten nah, un Bäcker Schultsch mit ehren Krischan un den ollen Böttcher makte den Sluß.

Fridrich Franz kek wedder ut dat Finster von de Paleh, un as hei den Tog äwer den Mark trecken sach, säd hei tau sick so recht binnen vergnäugt: »Ja, fürwahr! Ein recht gesegneter Morgen für Verlobungen! – Nun noch die Dispensation für den Läufer!« –

Jeder gung nu nah sinen Hus', blot de Löper un Stining un de oll Böttcher gungen mit nah den Konrekter, un as de olle brave Mann in sin Stuw' kamm, treckte hei sinen Kirchenrock ut, dat hei em schonen wull, un set'te sick in Hemdsmaugen an sine lütte Husördel un sung mit forsche Stimm:

> »Unsern Eingang segne Gott,
> Unsern Ausgang gleichermaßen.«

Un allens sung mit, un as dat Lid ut was, wiren sei all still. Un ick sing' dat Lid ok mit un swig nu ok still.

De meckelnbörgschen
Montecchi un Capuletti
oder
De Reis' nah Konstantinopel

An minen leiwen Fründ
Gisbert Friherr von Vincke

De einen säden: 't is en Fluß,
De annern säden: Hexenschuß,
De drüdden säden: 't is de Gicht,
Ok Rheumatismus is't villicht.
Mi dücht, de Nam is einerlei,
Wenn einen recht dat Krüz deiht weih;
De Nam verdriwwt Di keine Pin,
Un ok woll nich de Medizin,
Ne, ganz wat anners möt dat sin.

Wenn einer up den Rüggen liggt,
Vör Weihdag' binah ludhals' schriggt,
Un't kümmt tau em en leiwen Mann
Un set't sick an sin Bedd heran
Un redt mit em en fründlich Wurd,
Slickt sick de Weihdag' sachten furt.

Dat hest Du dahn vör en por Johr.
As richt'ge Dokter sattst Du dor,
As dunntaumal de Hex mi schaten.

Dunn redtst Du fründlich, unverdraten
Von dit un dat un denn noch wat,
Un all de Weihdag', de ick hatt,
De gung dor so bi Lütten fläuten
Vör Dine truen Fründlichkeiten.

Dunn heww ick't so bi mi bedacht:
Din true Gaudheit ded dat sacht,
Un ded tau mine annern Gören
Dat jüngste ut de Döp mi böhren.
Un is de Jung' ok noch so dumm,
Denn helpt dat nich! Nu, Vadder, kumm!
En gauden Nam kann doch nich schaden –
Un *Din*, süh, de geföllt mi sihr –,
Un tau 'ne lust'ge Kindelbir,
Dor will'n w' de Rezensenten laden.

Isenack, den 18sten in den Augustmond 1868.
Fritz Reuter.

Je, Rostock! – Jeden Meckelnbörger geiht dat Hart up un männigmal ok de Geldbüdel, wenn von Rostock de Red' is. Wat in ollen Tiden Tyrus un Sidon was för de Welt wegen den Handel, wat vördem Athen was för de Welt wegen Kunst un Wissenschaft, dat is up Stun'ns Rostock för den Meckelnbörger, un Warnemün'n is sin Piräus, un't Spill müßt eigentlich Sunium döfft warden, un dor, wo't nah Papendörp rute geiht, müßt de Akropolis stahn, un unner de Swibbagens von dat Rathus müßt Aristoteles mit sine Schäulers ümmer up un dal, up un dal gahn, ahn dat em en Krewt wat tau befehlen hadd.

De Landmann seggt: en beten nah Rostock führen, de Avkat seggt: en beten nah Rostock führen, un wenn wi des' beiden Stän'n in Meckelnborg in't Og fat't hewwen, denn bruken wi uns üm dat, wat de annern seggen, nich vel tau bekümmern. – De Seestadt Rostock is de Up- un Dal-Sprung för jeden richtigen Meckelnbörger. – Ok min Up-sprung is sei mal west, as ick von de groten Schaulen mal 'ne Tram höger up de Universetät hüppen ded; äwer dat is all lang' her, un wi weiten uns nich mihr recht dorup tau

besinnen, vör allen nich up Professer Elwersen sine Insti-
tutschonen. Äwer dat weit ick doch noch, dat wi Studenten
en idel lustig Lewen führen deden, dat wi uns bi Nachtsla-
pentid mit de Krewt rümme jogen, dese ollen, braven,
städtschen Krigsknechts, de dunn nich mihr rod, ne, all blag
wiren, un dat wi ok Finstern insmeten. Wi lös'ten de grote
soziale Frag' un stift'ten 'ne »Allgemeinheit« unner uns, de
de ßackermentschen Constantisten un Vandalen schändliche
Wis' de »Gemeinheit« näumen deden. Wi lös'ten noch an-
nere sihr wichtige Fragen, wenn wi in unsere »Kränzchen«
tausamen seten, taum Exempel up mine Stuw' de wichtige
Frag' »Was ist die Ehre?«, würden äwer so bald nich schlüs-
sig doräwer as Sir John; äwer mi treckten sei dorbi 'ne
Kus' ut, denn as mine allgemeinen Frün'n von mi furt gun-
gen, hadd ick as Voß »die Ehre«, de Zech tau betalen. Wi
gungen mit Fackeln von Korlshoff in de Stadt herin un sun-
gen dat erhebende Lid »Höret die Geschichte von der Was-
serflut«, un as wi up den Ollen Mark kemen gegen den
ollen, scheiwen Petritorm, dunn wiren de Vers' all, un ick
makte in de Geschwindigkeit noch einen dortau:

> »Da schickt der Noah 'ne Taub' hinaus,
> Die bracht' en grünes Blatt nach Haus.«

Un wat uns' Öbberst was, de seel Pastor Knitzky tau Gro-
ten-Varchow, de kamm nah mi ranne un kloppte mi up de
Schuller un säd: *so* süll ick man bibliwen, dann würd woll
wat ut mi warden, un wenn ick so 'ne Vers' mihr maken
künn, so smet dat en Licht up de Allgemeinheit un't ge-
reikte ehr tau 'ne Freud' un tau 'ne Ihr; un ick makte denn
ok noch fix en Stückerner fiw Vers' wider, de ick äwer – Gott
sei Dank! – vergeten heww; un ick glöwte em dat ok all
ihrlich tau, denn ick was man Voß, un hei was all in sin
achtes Semester. Un dunn treckten wi up den Nigen Mark
un smeten uns' Fackeln up en Hümpel un sungen: »Freiheit,
die ich meine«, un de Krewt stunnen üm uns rüm, säden

äwer nicks, un as sei nahsten fragt wiren, worüm sei nicks gegen den Stratenspektakel dahn hadden, hadden sei jo seggt, 't wir tau fierlich west, sei hadden't dauhn *wullt*, äwer as sei't hadden dauhn wullt, dunn hadd dat Lid ehr äwernamen, un't wir ehr ordentlich den Puckel dalkrapen. – So was't dunn; äwer't is all lang' her, un vele, de dunn up den Ball, den wi de brawen Rostocker Philisters bi Schleuders gewen un up den de olle, gaude Professer Fritsche noch fröhlich nah de Melodie danzte: »Ich und mein Fläschchen sind immer beisammen«, danzen nu nich mihr, un annere Tiden sünd nu äwer de Welt kamen. – Ok för Rostock sünd annere Tiden kamen, ick will hoffen: betere; denn in Rostock is sörredeß 'ne Inwanderung gescheihn, de vel in den Mun'n führt, wat grad nich nödig wir, äwer sei führt ok vel in de Tasch, un dat is ümmer nödig. Dat is de Inwanderung von de Fetthamel, de uns eben so vel tau raden upgiwwt as de Inwanderung von de Hyksos in Ägypten, de Herakliden in den Peloponnes, de Ziguner un Juden in Europa. – As ick in Rostock in den Anfang von de dörtiger Johren noch begäng' was, kemen sei all vör, äwer man sprangwis so tau Termins- un Pingstmarks-Tiden. Ehre Hauptinwanderung möt so nah minen dummen Verstand un Äwerslag in de virtiger Johren fallen un hett sörredeß ümmer taunamen. – Nu willen äwer anner Lüd' ok woll girn weiten, wat dit för 'ne besondere Ort is, un wil dat sick nu de Ansicht in'n Allgemeinen fast set't hett, dat de plattdütsche Sprak sick nich tau gelihrte Saken paßt, so will ick de Beschriwung von den richtigen Fetthamel ut 'ne hochdütsche Naturgeschicht afschriwen un hir her setten. – »Der gemeinte Fetthammel (caper ovinus pinguis, genus: homo, Linné) weicht im Äußeren nur wenig von seinen stammverwandten Arten ab, so daß viele Naturforscher keine besondere Spezies in ihm erblicken wollen, dem wir jedoch nicht beistimmen können, weil er sich durch Lebensweise und Gewohnheiten hinlänglich unterscheidet. Wenn er geht, geht er auf zwei Beinen, seine Bewegungen sind langsam und bedächtig, die Hände legt er in den Schoß; im ungereizten Zustand ist er ganz ungefährlich, im gereizten kann er bösartig werden. Die Nackenmuskeln sind bei ihm sehr ausgebildet, weswegen er denn auch gezwungen ist, Kopf und Nase sehr hoch zu halten. Er ist im ganzen von langweiligem und verdrießlichem Naturell, nur zur Futterstunde wird er aufgeweckt. Er lebt in Herden in der Societé und am Markt in der Sonne bald über und bald unter der Erde, im Tunnel. Kunstsinn ist ihm nicht ganz abzusprechen, er läßt sich an seinen Wohnplätzen des Abends im Zwielichten Walzer und Schottische vorspielen, liebt auch Bilder, wenn sie bunt und in Kartenformat sind. Von den Wissenschaften hält er nichts, es sei denn die Rechenkunst; der Metallreiz verfehlt nie seinen Eindruck auf ihn zu üben; schneidet auch Coupons.« Dit seggt de hochdütsche Naturforscher, de Hauptsak äwer vergett hei, hei seggt nicks nich von de swore Last, de dese armen Minschen tau dragen hewwen, nicks von de grote Arbeit un de velen Geschäften, de up ehr liggen. – So as de Fetthamel des Morgens sin »blühendes Lager« verlett (as de oll Homer seggt), denn geiht sine Not an. Irst möt hei Koffee drinken, und sine leiwe Fru fängt sick mit em an tau schellen, dat hei sick mit Koffeebohnen hett anführen laten; denn möt hei Winters un Sommers rute un möt de Häuner faudern, sin Nahwer faudert denn sine Kuhnen un de drüdde Nahwer sine Ahnten un Gäus' un de virte sine Duwen; en beten Veih möten sei äwerall üm sick hewwen. Wenn dit tau Schick is, geiht hei ut, geiht nah'n Nigen Mark un frögdt, wat de Botter gelt, wat de Tüften gellen, wat dat Bund Peiterßill gelt. Dit deiht hei nich tau sinen, dit deiht hei taum Besten von de ganze Welt, dat Handel und Wandel nich stockt: hei köfft des Morgens noch nich glik, indem dat gegen Middag, wenn de ollen Wiwer sick mör seten hewwen, wollfeiler warden möt. Hei geiht de Blaudstrat dal nah den Hoppenmark un frögdt nah de Kurnpris', dat heit quanzwis; hei ward jo doch kein Narr sin un Kurn köpen, hei kriggt jo naug Kurn von sinen Herrn Sähn Krischan, de nu dat Gaud bewirtschaft't. Hei geiht wedder trügg un föllt in den Tunnel un möt nu dor abslutemang wat vertehren; hei mag nich recht, äwer dennoch; hei is sinen Stand dat schüllig, hei is fruges consumere natus, un so ett hei Frühstück. Jochen Bohm seggt tau em: »Kumm mit nah Kopmann Berkholzen, dor is Ohm un Sohm un Drohm ok, will'n uns dor en beten vertellen. Un hei geiht mit, un dor sitten sei nu bet Middag den armen Kopmann, de ok sine Geschäften hett, up de Wracksid, hollen den Mann von de Arbeit af un fragen nah Geld- un Kurnkurs. – Wenn hei denn äwer den Nigen Mark nah Hus geiht un de Botter wollfeil köpen will, denn is sei weg – de ßackermentschen Upköpers! Dor künn de Polizei doch ok woll wat gegen dauhn: »Warum keine Prügelbank für die Kerls einrichten?« – Nu geiht hei in Sorgen, wat sine leiwe Fru seggen ward, tau Hus. Ja, hei hett sine swore Last! – Sine Fru seggt hüt nicks, denn sei is sihr in Angst, dat hei mit Botter andragen kümmt, un dat künn ehr nich passen, Herr Sohn Krischan hett weck von dat Gaud schickt. – De Fauderstun'n geiht denn ok ganz fidel hen. – Nah Disch möt hei en beten rauhn up de vele Arbeit; hei will dat Bauk lesen, wat hei sick vör en Wochener vir ut de Leihbibliothek halt hett un wat sick betitelt: »Über die Schlechtigkeit der Menschen und der menschlichen Einrichtungen«; äwer hei slöppt dorbi in, denn de Kirl seggt em nicks Nigs; dat, wat de seggt, weit hei all lang ut eigne Erfohrung. – Ja, de Minschen sünd slicht, slicht, sihr slicht, un hei slöppt den Slap der Gerechten. Wenn hei denn mäuhsam upwakt, denn föllt em in, dat dat sine Schülligkeit is, sick för sine Familie tau erhollen, un dat de Dokter seggt hett, hei müßte wegen Korthalsigkeit spazieren gahn. Na, nah so vel Arbeit kann hei sick woll 'ne lütte Verlöschung günnen, hei geiht up den Wall spazieren, un wenn't dull kümmt, ward hei en Strandlöper. Ohm un Bohm un Sohm un Drohm kamen em entgegen, un as hei dit fründschaftliche Publikum üm sick hett, fängt hei an tau

reden un redt as en Bauk, hei stört't sick taum Besten von
de Minschheit un de Seestadt Rostock ahn Besinnen köpp-
lings in de städtschen Angelegenheiten, hei makt up den
Wall de prächtigsten nigen Anlagen, haut hir Böm af un
plant't dor wedder weck hen, hei bugt för de gauden Ro-
stocker de schönsten städtschen Gebüde, hei verwalt't de
ganze Kämmeri und löppt in de Rostocker Heid' as Holt-
wohrer rümmer, un tauletzt set't hei den Herrn Senator
Blanken as irsten Burmeister in; allens för ümsünst, ahn dat
hei einen Gröschen Gehalt verlangt. Wenn hei dit taurecht
hett, smitt hei sick up dat ganze Land Meckelnborg un seggt
tau den Großherzog: »Königliche Hoheiten, nehmen S' nich
äwel, äwer ick help Sei en beten bi 't Regieren.« Un ick
weit nich, wenn ick so Großherzog wir, wat ick mi den
Mann nich as Finanzminister tauläd: so'n Fetthamel as Fi-
nanzminister müßte den meckelnbörgschen Staatskredit hell-
schen up de Strümp bringen. So wirkt hei nu rümmer un
ward »zu seiner Last noch andrer Lasten tragen«, äwer an-
griepen deiht dat doch, hei möt sick en beten verhalen, hei
geiht also in de Societé un versammelt sick dor. Hei lett
sick en Glas heites, forsches Gedränk gewen, wat hei
»Krock« näumt, set't sick mit Ohmen un Bohmen un Soh-
men an den Lommerdisch un arbeit't nu dor wedder för-
fötsch drup los. Ditmal nich taum allgemeinen Besten, dit-
mal taum Besten von sine Famili, denn dat is hei ehr schül-
lig. – Is hei noch jung un en geburnen Fetthamel, dat heit
so ein, de dat Geld von wegen sine Herrn Öllern her hett
un sick bether sülwst mit dat Geldverdeinen nich afgewen
hett, denn separiert hei sick gegen Klock hentau teihn ut
de Societé, sleiht den Kragen von sinen Mantäng äwer den
Kopp, wegen de Polezei, un slickt un drückt sick dörch de
Straten, bet hei dat Hus finnt, wo grad den'n Abend swore
Geschäften mit Rechtsch un Linksch bedrewen warden, un
lett sick taum Besten von de Minschheit dor utposen.
So deilt de richtige un brave Fetthamel sine schöne Tid
schön in, in sure Arbeit un säute Wolldahten för de Minsch-

heit. Dormit will ick äwer nich seggen, dat dat dormit bi
Jedwereinen afdahn is, ne! Weck leggen sick noch swore
Lasten as Nebengeschäften up: so heww ick einen kennt,
de hadd sick jo von de Rostocker Kämmeri de Jagd up den
Nigen Mark pacht't un schot nu dor den Dag äwer ümmer
ümschichtig ut dat rechte un ut dat linke Näs'lock nah Spar-
lings rümmer, un wenn hei des Abends paddenmäud in sin
Bedd lagg, denn dankte hei unsen Herrgott för sine Gna-
den, dat hei em so'n schönes duwwellöpiges Gewehr mid-
den in't Gesicht set't hadd. – Ja, de ein bedriwwt dit, de
anner dat as Nebengeschäft.

Äwer wat bedriwwst du mit dese ganze Fetthameli? – Mine
leiwen Frün'n, wenn einer en langen Strämel von en por
Fetthamel vertellen will, denn möt hei irst seggen, wat dese
Ort in'n Allgemeinen beseggen will; Utnamen sünd jo dor-
mit nich utslaten, un wenn ji dit Blatt ümslagen willt, denn
ward't ji so'ne Utnamen von de Regel ok finnen, un ick
denk', ji sält mit dese Utnamen woll taufreden sin, taum
wenigsten mit dat ein Part, un sei sülwst warden keinen
Haß up mi smiten, wil dat ick en por lustige Geschichten
von ehr vertellt heww. – »Und sollte noch eener – ich glob'
aber, es ward keener«, as de Schüttenkönig tau Triptis hir
in Thüringen in sine Red' säd; denn hei möt bedenken, wat
sall up de Letzt ut mine ganze Schriftstelleri warden, wenn
sick keiner mihr ut pure Minschenleiw' dortau hergiwwt, dat
ick mal von em reden darw. – Vertell ick 'ne Geschicht von
en Eddelmann un en Riddergaudsbesitter, denn dreih'n sei
mi den Rüggen tau un seggen: »Herr, Sie sind ein Demo-
krat, Sie scheuen weder menschliche noch göttliche Einrich-
tungen!« – Vertell ick 'ne Preistergeschicht, denn seggt de
Ort: »Herr, Sie sind kein Christ, Sie sind ein Heide!«, un
de Pott is intwei. – Segg ick mal wat von de Burmeisters,
denn seggt ein oder de anner von ehr: »Schämen S' sick
wat! Dat's en slichten Vagel, de sin eigen Nest besmutzt. –
Sei sünd jo sülwst en Burmeistersähn.« Mak ick mi mal an
so'n Schaulmeister un Semeristen ranner, denn heit dat:

»Dat's kein Kunst, so'n gedrückten un geplagten Stand noch wider dal tau drücken!«, un de Semerist set't noch woll spitz hentau: »Sie glauben auch wohl, Sie sind was Besseres als wir; aber Sie sind doch auch Schulmeister gewesen.« Un ick segg denn: »Dor hewwen Sei recht. – Äwer – nemen S' nich äwel – Sei kamen ok in des' Geschicht vör, äwer nich bösortig, blot pläsierlich.« – Vertell ick mal von en Börger, denn seggt hei: »Herr, uns laten S' taufreden! Wi möten uns' Stüern un Afgawen dragen, un nu sälen wi sogor noch nahvertollen.« – So bliwen mi denn nu man blot noch de Buren un de Daglöhners äwrig, un de ollen Buren willen nu ok nich mihr ehren breiden Puckel herhollen, dat einer dor lustig up danzen kann un seggen tau so'n Schriwwtsteller: »Snurrerwohr! Wi sünd de längste Tid *dumme Buren* west; wi warden nu *Erbzins'pächters*, un dat *klauke*.« – Un de Daglöhners seggen: »So is't recht! Wo de Tun am sidsten is, springen de Hun'n äwer. – Gahn S' hen nah de annern, von uns is kein Fett tau halen.« – Un de Lüd' hewwen recht, worüm sall ick mi in de Katens von de misera contribuens plebs rümmer driwen, wenn ick en Flag weit, wo mi idel Fett entgegenblänht? – Dorüm heww ick mi also mit de ollen Herren bemengt, de sei Fetthamel nennen.

Un nu kümmt de Geschicht.

KAPITEL 1

Wat för eine de Fru Jeannette Groterjahn is un wo sei eigentlich heit. – Wo sei
ehren Gemahl bestrafen will un doran schüllig ward, dat hei mit den Regenschirm
in't Glasschapp tau sitten kümmt. – Wer *dei* dor is un worüm bi em dor ümmet
äwer de Schullern wis't ward. – Wo de Herr Baron von Unkenstein ankümmt, sick
äwer as en ollen Sepenseider utwis't, un worüm des' oll Herr Unkel irst in den
Rönnstein föllt un nahsten drei Gläser stiwen Grog utdrinkt, wat süs in 'ne
ümgekihrte Folg' tau scheihn pleggt. – »Wat willt ji in Konstantinopel?«

Tau Rostock in de Alexandrinenstrat satt an desen Abend
in 'ne schöne warme Stuw' Fru Jeannette Groterjahn – sei
heit eigentlich Hanne, un so was sei ok von Lütt up an
näumt, äwer sei hadd sick ümdöfft un schrew sick nu Jean-
nette – un bi ehr satt ehre einzige Dochter Helene, de sei
ok ümdöfft hadd, denn sei näumte sei bald Hella, bald
Ellen, wat sick wegen de Afwesselung in'n Ganzen sihr
gaud utnehmen ded. Achter'n Aben kek noch 'ne lütte,
stuwe Näs' rute, de hürte Fru Groterjahnen ehren drüttein-
jöhrigen Herrn Sähn Paul tau, den Fru Groterjahnen ut
jichtens einen vernünftigen Grund Poll näumen ded; Herr
Groterjahn säd Paulus, wil dat dordörch up em sick en
lichten Schin von sogenannte klassische Bildung smiten
künn. –
Buten got de Regen in Gäten dal, de Wind kloppte an de
Finsterladen, as wull hei jeden vermahnen, sick vör em in
Acht tau nemen, un Helene schudderte tausam un slog
ehren warmen Dauk faster üm de Schullern. – Dat kunn nu
äwer ok en annern Grund hewwen, denn ehr leiw' Mutting
hadd ehr eben en langes, frostiges Kapittel von Vörlesung

259

äwer de Frag' hollen: woans sick en jung' Mäten in Her-
rengesellschaften tau verhollen hadd, wenn sei taum Kla-
vierspill upföddert würd, un sei slot ehre Reden mit de
Würd': »Früher, mein Kind, als du noch Kind warst, muß-
test du dir verschiedene Bücher auf den Stuhl legen, um an-
zukommen; jetzt tut das nicht mehr nötig, du setzest dich
auf einen gewöhnlichen Rohrstuhl und läßt dir die Noten
von den Herren umschlagen. – Aber, Gott im Himmel! –
Nein, diese Rücksichtslosigkeit von Vater läßt uns hier in
dem Wetter allein sitzen!« – Helene kek von ehr Stick-
arbeit tau Höchten, as wull sei wat seggen, sweg äwer still,
un Paul kreihte achter'n Aben rute: »Oh, Mutting, wi sitten
jo ganz warm.« – »Poll«, säd Mutting, »wie oft habe ich dir
schon gesagt: ich verbitte mir das Plattdeutsche. Solange du
in Groß-Barkow warst, habe ich es mir gefallen lassen,
denn unsere Nachbaren waren ungebildet. Hier aber in
Rostock... Der Mensch soll sich bilden.« – Hadd Paul en
Bort hatt, so hadd hei woll dorinner brummt, so äwer
kamm't ganz glatt rute: »Ach, Mutter, bilden! Was hilft
das Bilden? Die Jungens sagen doch immer dumm Hans
von'n Lan'n zu mir.« – »Dann dreh den ungezogenen Buben
den Rücken zu und straf sie mit verdienter Verachtung.« –
»Ne«, säd Paul, »ich geb ihr lieber eins ans Maul.« – »Poll«,
fung Fru Groterjahn wedder an, äwer Helene sprung up:
»Der Vater kommt, ich höre seine Tritte.« – »Mein Kind,
du bleibst ruhig sitzen, wir müssen deinem Vater es deut-
lich merken lassen, daß wir seine Rücksichtslosigkeit stark
empfinden.« – »Ach, Mutter...« – »Du setzest dich nieder!«
– Un Helene set'te sick. – In de Husdör puste nu äwer wat
herinne, düller as de Stormwind, un 'ne forsche Stimm rep:
»Donnerwetter, so komm doch einer mit Licht, ich kann ja
nicht Hand vor Augen sehn.« – Helene kek ehr Mutter an,
de Ollsch rögte nich Hand noch Faut. – Kling! gung dat
buten. – »So«, rep Paul un ret sine leiwe Mutting de Lamp
vör de Näs' weg, »nu sitt Vatting all in't Glasschapp!« – Hei
ret de Stuwendör up, un Herr Groterjahn kamm in de Dör

260

un schull: »Was kommt ihr denn nicht mit Licht? Nu hab'
ich schon 'ne Scheibe mit dem Regenschirm eingestoßen.« –
Helene was upsprungen un hadd ehren Vader trotz sine
natten Kledagen rund ümfat't un gaww em en Kuß, un
Paul gnurrte: »Je, wi süllen jo nich. Mutting wull di jo en
beten strafen.« – »Für deine Rücksichtslosigkeit, Anton, uns
hier bei diesem Wetter ganz allein sitzen zu lassen«, säd
Fru Jeannette Groterjahnen un reckte sick noch en beten
sturer in En'n. – »Das kann ich nicht anders«, säd Herr
Groterjahn un treckte sick verdreitlich den Äwertrecker af,
wobi em Helene hulp. »Sie haben mich in den Vorstand
gewählt, und so ist es meine Schuldigkeit, die Societé auf
den Strumpf zu bringen. Meinst du, daß dabei ein Vergnü-
gen ist? – Nein, da hab' ich meine schwere Last. – Ich habe
mich heute abend dort geärgert, daß ich schwarz werden
möchte.« – Fru Groterjahnen nickte mit den Kopp, wat so
vel bedüden süll: so wir't ganz recht un dat schad'te em
nicks. Helene frog: »Worüber denn, Vater?« – »Nu, über
ihn, über den da«, säd Vater un wis'te mit den Dumen äwer
de Schuller. – »Haha«, säd Paul, »äwer oll Jahnen.« – »Poll«,
föll hir Mutting scharp in, »wie oft habe ich es dir schon ge-
sagt: *der* Name soll hier in unserm Hause gar nicht genannt
werden. – Was hat er denn nun wieder für Schlechtigkeiten
ausgeübt?« frog sei ehren Eheherrn. – »Denke dir«, säd hei,
»er ließ sich eine halbe Pottelje Rotwein geben und setzte
sich mit ihr mir grade gegenüber. – Ich war gerade in einem
gebildeten Gespräch mit dem Doktor Falter über die Schaf-
pocken und die Klauenseuche, und der Doktor sagte, die
Klauenseuche könne sich auch auf Menschen vererben . . .« –
»Vatting, Vatting«, rep Paul achter'n Aben rut, »dor hett de
Dokter recht, weitst woll noch, as wi noch tau Groten-Bar-
kow wiren, dunn kreg Hanne Kuglers von't Melken ok de
Klabensük.« – »Poll«, rep Fru Groterjahnen, »du bist ein
unausstehlicher Bengel, so laß deinen Vater doch weiter
erzählen! – Na, wie . . .?« – »Je«, säd Anton, »ich hatte mir
mein gebräuchliches Glas Krock geben lassen und er seinen

Rotwein, un nu saß er mir gegenüber un kuckte mir immer an. Er sagte nichts, und ich sagte auch nichts – aber über diese verdammte Kuckerei mußte ich mich doch ärgern.« – »Anton«, säd sin leiwe Fru mit Nahdruck, »da siehest du wieder, wie sehr ich recht habe, wenn ich sage, der Umgang mit *ihm*« – hier wis'te sei ok äwer de Schuller – »paßt sich nicht für uns.« – Hir süfzte Helene deip up. – »Mein Kind Hella«, säd ehr Mutting, »was seufzest du, was hast du zu seufzen, wenn dein lieber Vater sich mit Recht geärgert hat?« – »Darüber grade, Mutter, seufze ich«, säd Helene un let ehre Stickeri un kek ehre Mutter mit en por grote, schöne, düsterblage Ogen so irnstlich un uprichtig in't Gesicht, un dorbi flog so'n hellen Schin äwer ehr ganzes Wesen, as stünn sei in de Abendsünn up en hoges Sloß un kek ut wide Firn in en glückseliges Land, »ach, wie war das schön, als wir noch in Großen-Barkow wohnten und der alte Jahn mit seiner seligen Frau von Kleinen-Barkow zu uns herüberkam und wir wieder zu ihnen, als wir Kinder miteinander fröhlich spielten, und – und . . .« – Hier smet Fru Groterjahnen ehren Anton ein utdrückliches Plink'og tau, un Anton haust'te so verluren, wat heiten süll, ick weit Bescheid. »Ja«, föll Paul hir in, »un wat hadden sei in Lütten-Barkow för schöne Plummen!« – »Poll«, rep sin Mutter, »sowie du noch einmal plattdeutsch sprichst und solche Bemerkungen machst, gehst du gleich zu Bett. – Und du, mein Kind Hella, laß dir es gesagt sein – deine Mutter urteilt nur gerecht –: die Verhältnisse ändern sich, was früher paßte, paßt nun nicht mehr. *Der* da«, un sei wis'te wedder äwer de Schuller, »ist ein alter Pächter geblieben; dein Vater ist Gutsbesitzer, hat eine Stimme auf dem Landtage, und das ändert die Sache.« – Herr Groterjahn was, wildeß dat sin Fru predigen ded, upstahn, hadd sin leiw' Döchting in den Arm fat't un küßte sei up de Stirn: »Helene, Mutter hat recht, deine liebe Mutter hat immer recht, der alte . . .« – »Vatting«, krischte Paul dormang, »weitst, wat Jochen Klähn seggt? – Jochen Klähn sagt, sein Herr, der alte Jahn, is gar nicht bös auf uns.« –

»Poll, du gehst gleich zu Bett!« – »Halt mal!« rep Herr Gro-
terjahn, »schweigt doch mal still! Da hält ja ein Wagen vor
unserm Hause.« – »Ein Wagen? Ein Wagen?« frog Fru Gro-
terjahnen un kek ehre beiden Kinner an, denn ehren Ge-
mahl kunn sei nich ankiken, wil dat de all rute nah de Strat
was. »Kinder, ihr sollt sehn, das ist der Baron von Unken-
stein, den wir auf der Eisenbahn trafen. Das ist der Baron
von Unkenstein, er versprach es zu fest, er wolle uns besu-
chen, das ist der Baron von Unkenstein.« – »Das ist der Ba-
ron von Unkenstein!« rep Paul un kamm achter'n Aben rut,
»das is der Baron von Unkenstein, der dich so gerne leiden
mochte, Lening.« – »Poll, du ungezogener Junge, du sollst
nicht Lening sagen, deine Schwester heißt Hella«, säd de
Fru Mutter un namm de Lamp von den Disch un lep dor-
mit nah de Del rute, den Herrn Baron tau lüchten. – Buten
up de Strat hürte sei en langen Palawer. – As Herr Groter-
jahn rute kamm, rappelte sick ut den Rönnstein en lüttes,
dickes Klugen tau Höchten, un de Kutscher stunn dorbi un
wunnerwarkte: »Gott in den hogen Himmel! Makt mi hir
de Mann dat Elend un föllt mi hir ut de Kutsch in den
Rönnstein!« – Un de olle lütte, dicke Proppen von Kirl stellt
sick vör de Kutsch hen un rep: »Na, dat müggt ick denn nu
doch woll weiten, wo de Justizrat Schröder in desen Wagen
rin un rut kümmt!« – »Mein Gott, is dat nich Unkel Josep?«
frog Herr Groterjahn. – »Unkel Josep Bors, Herr Vedder.
Denken S' sick, dor bün ick dörch de olle lütte, enge Dör
in'n Düstern in den Wagen rinne krapen, 't gung man
knapp, un nu wull ick wedder rute: na, rügglings wull't nich
gahn, ick kröp also mit den Kopp vöran, un dor verlür ick
de Blansierung un möt hir so schändlich henfallen. – Na,
wo äwer de Justizrat Schröder hir rin un rut kümmt, de 's
doch noch dicker as ick und führt ümmer in desen Wagen!«
– »Je, Herr Bors«, seggt de Kutscher, »de makt sick äwerst
dat Finster äwer den Slag noch up un stiggt denn ganz ge-
limplich rin un rut.« – »Dat Finster? – Dat geiht ok up? –
Na, dat weit de Deuwel! – Ne, mit de ollen nimodschen

Wagens heww ick doch nicks in den Sinn.« – »Nu kamen S'
man rin, Herr Vedder«, säd Herr Groterjahn un leddte mit
den lütten Kirl af.

Na, ick denk, Fru Groterjahnen lett vör Schreck de Lamp
fallen, as sei ehren leiwen Mutterbrauder süht, un Paul
danzt up einen Bein achter ehr rümmer: »Und das ist der
Herr Baron von Unkenstein, un nu is't Unkel Bors!« –
»Gun Abend, Hanning«, säd de oll würdig Seepensieder tau
sine Swesterdochter, »ick kann di noch keinen Kuß gewen,
ick seih noch tau dreckig ut. – Gun Abend, Lening! – Na,
dat is recht, help mi den Mantäng man irst af. So! – Nu
will'n em hir äwer de beiden Stäul decken un gegen den
Aben leggen, dat hei drögen deiht, denn wenn'n em natt
afwischt, denn frett sick de Dreck so fast, dat en'n meindag'
nich wedder rut kriggt.« – Fru Groterjahnen wrüng de
Hän'n, Herr Groterjahn kek blot ümmer sin Fru an, un
Unkel Bors gung nu up sin Swesterdochter Jeannette Gro-
terjahn los un säd: »So, Hanning, nu giww mi en Kuß! –
Ick sall di ok velmals grüßen von Unkel Knappen.« – »Wie
geht es dem?« frog Fru Groterjahnen, üm wat tau seggen. –
»Je, hei hett den Namen mit de Daht, knapp geiht em dat
man, de oll Pötterarbeit ward up Stun'ns ok nich recht be-
tahlt, hei möt sick so dörchschüren.« – »Wie geht es denn
Ihnen, Herr Vetter?« frog Herr Groterjahn. – »Dank vel-
mals, Herr Vedder, min Geschäft geiht sihr gaud; je mihr
Bildung in de Welt kümmt, je mihr Seep ward verbrukt. Dor
is en Mann, ick glöw, nu is hei jo woll in München, de
Mann heit Liebig, mi hett dat min Dokter seggt, de hett
dat utfünnig makt, dat Seep un Bildung tausamen hüren,
un sörre de Tid wascht sick nu allens mit Seep, wat sick
vördem gor nich wascht hett.« – Paul hadd sick wildeß
tüschen de Knei von sinen ollen Unkel stellt un strakte
em an den struwen Bort herümmer: »Unkel, hüt abend
vertell en beten von dine Reisen.« Un Helene kamm mit
en Glas Grog an un säd recht fründlich: »Probier mal,
Onkel, der wird wohl nach deinem Geschmack sein.« –

»Prächtig«, säd de Oll, »prächtig, Lening, blot noch en lütten Schuß Rum mihr.« Na, dat würd besorgt, un Paul fung wedder an: »Unkel, vertell en beten, vertell en beten von Konstantinopel. Wi reisen ok hen.« – »Wat?« frog Unkel Bors un kek sick de Gesellschaft ein nah den annern an. – »Ja«, säd Paul, »wi reisen all hen: ick kam ok mit.« – »Ja«, säd Herr Groterjahn un reckte sick en beten höger, »es ist die Gesellschaftsreise, die von dem Redigeur eines Blattes in Wien, der zu gleicher Zeit ein ungarischer Magnat sein soll, veranstaltet wird.« – »Ja«, säd sine leiwe Fru dortau, »er ist aus einer sehr achtbaren Familie, sonst würden wir seiner Unternehmung unsere Unterstützung nicht angedeihen lassen.« – »Hanning, ick bidd di üm Gottes willen! Herr Vedder, wat willt *ji* in Konstantinopel? – Geschäfte känt ji dor doch nich hewwen?« säd Unkel Bors un drunk sin Glas Grog ut. – »Was wir in Konstantinopel wollen?« frog Herr Groterjahn en beten hastig. »*Geschäften*? – *Geschäften* hab' ich hier genug.« – »Schweig still, Anton!« föll sine leiwe Fru em in de Red', »ich denke, die Sache ist beschlossen und abgemacht. Wir reisen zu unserm Vergnügen, wir reisen, weil es die Bildung verlangt.« Un nu würd sei spitz: »Wenn deine Seife mit der Bildung Hand in Hand geht, dann gehört unser Reichtum auch zur Bildung, und wir wollen..., wollen, sage ich...« – »Hanning«, föll ehr Unkel in, »wat willst du di doräwer iwern? Reis in Gotts Namen, reis minetwegen nah'n Blocksbarg, mi ganz parti egal... Dank di, Lening! Ja, so is hei gaud – blot noch en lütten Schuß Rum mihr.« – Helene hadd't gaud maken wullt un hadd em dreivirtel Rum in sin Glas Grog gaten. – »Äwer, Kinnings, Konstantinopel?« – »Ja, Onkel, da wollen wir den Soldan besehn und die ollen Türken, und was sie sind, die Türkinnen, die sollen ja so hübsch sein«, säd Paul. – »Ungezogener Schlingel«, rep Fru Mutter, »was weißt du von Türkinnen?« – »Mutter, das les' ich aus die Bücher, die du mir gegeben

265

hast.« – »Ja, die Türkinnen!« säd Herr Groterjahn, un so'n wollgefälligen Schin spälte um sinen Mund, »die sollen ja sehr schön sein.« – »Herr Vetter«, säd Unkel un ded en deipen Drunk ut sin Glas, »stellenwis mägen sei schön sin; äwer wat ick dorvon seihn heww, dat lett sick hir bi uns gor nich seihn. Wenn ick Ehre Fru, min leiw' Swesterdochter Hanning, so anseihn dauh un ick seih dorgegen 'ne Türkin an, denn känen sick de Türkinnen wat malen laten.« – »Also damit ist es auch nichts«, säd Herr Groterjahn. – »Anton«, säd sine leiwe Fru un kek em scharp an, »diese Bemerkung . . .«, äwer sei fot sick un säd tau Unkeln mit en fründlichen Schin: »Also, Onkel, glaubst du, daß ich mich in Konstantinopel sehen lassen kann, ohne gegen die schönen Türkinnen abzustechen?« – Hirbi plinkte sei Helene tau: ja, sei süll Unkeln noch en frisch Glas Grog inschenken, hei wir doch en recht höflichen ollen Unkel. – Äwer Paul sprung vörtau un makte Unkeln dat Glas Grog taurecht, dat ganze Glas von idel reinen Rum, und frog: »Na, Unkel, wo smeckt dit?« – »Schön, Paul, sihr schön; äwer noch en lütten Schuß Rum. – Nu segg mi äwerst mal, Hanning, üm Gottes willen! Wat willt ji in Konstantinopel?« – »Du bist ja auch da gewesen, Onkel«, säd Hanning spitz. – »Dat was wat anners. – Ick bün dor mit dat Fellisen up den Nacken rinne wandert, dat ick mine Nohrung dor säuken wull. Wi arbeit'ten dor meistendeils in türk'schen Talg, kamm ok russ'schen vör, un't was en gruglichen Smeerkram, äwer ick verdeinte schönes Geld, un jug ward dat schön Geld kosten, denn't is dor entfamten dür.« – »Wir haben's ja«, säd Herr Groterjahn. – »Ja, Herr Vedder«, säd Unkel, »äwer Sei sünd süs doch hellschen tag in Geldsaken un smiten Ehr Geld nich up de Strat. Sei willn doch wat för Ehr Geld hewwen, un Johr un Dag warden S' doch dor nich bliwen willen, un süs krigen S' nicks tau seihn.« – »Wir nehmen uns einen gebildeten, kenntnisreichen jungen Menschen mit, der uns alles erklären soll«, säd Fru Groterjahnen. – »So? – Ok dat noch! – Un wat wir denn dat woll för ein?« –

»Er heißt Herr Nemlich«, säd sine Swesterdochter. – »Wat? – Is dat en Sähn von den ollen Köster tau Zippelmannshagen, de nu bi den ollen Semmlow as Semerist deint?« – »Er ist freilich nur ein Seminarist, aber er übersieht in den Wissenschaften seinen eigenen Pastor bedeutend.« – »Mutting«, säd Paul hir mang, »weißt, was Jochen Klähn sagt? – Jochen Klähn sagt, er ist mit ihm in die Küsterschul gegangen und er is en großen Schafskopp. Jochen Klähn hat immer über ihm gesessen; aber er bildt sich hellschen viel ein.« – »Poll!« rep de Mama. – »Aber Mutter«, föll Helene in, »Paul hatt doch in diesem Falle recht: er soll doch ein sehr eingebildeter Mensch sein, wie wir gehört haben.« – »Mein Kind!« rep de Fru Mutter, »Ellen, mein Kind! Ich habe dich erzogen, als du erst *so groß* warst« – hir wis'te sei de Grött an den Staulbein – »ja, da habe ich dich schon erzogen, und da hab' ich dich immerfort erzogen und erzieh' dich noch heute, denn das Wesen des Menschen besteht in seinem innersten Sein, in der Erziehung und in der Bildung, wobei es ganz gleichgültig ist, ob einer gebildet oder eingebildet ist, Bildung ist zu beiden nötig.« – »Hanning«, säd ehr Mutterbrauder, »dit müggt ick mi girn marken, dit segg noch mal.« – »Mutting«, rep Paul, »Jochen Klähn seggt...« – »Paul, du unausstehlicher Junge! Du sollst nicht sagen, was Jochen Klähn sagt; du sollst gar keinen Umgang mit dem Kerl haben. – Es ist der Bediente von dem da«, set'te sei för Unkeln tau un wis'te äwer de Schuller, »von unserm Nachbar.« – »Von Jahnen«, säd Herr Groterjahn. – »Anton«, säd sine leiwe Fru un kek em sihr scharp an, »wenn deine Frau so viele Rücksichten für die Würde und die Ehre deines Hauses hat und den Namen *nicht* nennt, dann solltest du doch...« – »Oh, liebe Frau, ich meinte man«, föll ehr Herr Groterjahn in de Red'. – Un Paul ded datsülwige un rep: »Vatting, Vatting! Gistern, as ick ut de Schaul kamm, begegent mi oll Jahn un strakte mi äwer un frog, wat Helening maken ded.« – »Poll!« – »Paulus!« – »Paulus!« – »Poll!« So rep Vatting un Mutting dörch-

267

enanner, bet Mutting ehre gebildete Stimm denn doch tau-
letzt de Äwerhand kreg un rep: »Ungezogener Bengel! –
Nun gehst du mir aber gleich zu Bett!« – Un Helene stunn
up un gung an ehren lütten Brauder ranne un säd: »Komm,
Paul, komm! Es ist Zeit, wir wollen zu Bette gehn.« – Un
de lütte Slüngel fot dat grote, schöne Mäten rund üm un
gaww ehr en Kuß un säd: »Ja, Helening, du büst doch
ümmer de Allerbest'.« – Un't was en schön Bild, as dat
schöne Mäten mit den lütten driwwtigen Slüngel »gun
Nacht« säd un ut de Dör gung. – Un't was grad so för den
ollen Seepenseider-Unkel as för mi, wenn gaude, fröhliche
Frün'n von mi weg gahn, denn is't, as wenn alle Lichter in
de Stuw' utpust sünd un blot noch 'ne olle Tranfunzel in de
Stuw' brennt. Un Unkeln sin »Krock« was nu ok utdrunken,
un hei stunn up: »Na, gun Nacht ok, Hanning! Gun Nacht,
Herr Vedder! Bemäuh di nich, Hanning, ick weit Bescheid;
ick slap jo woll wedder in de blage Stuw'?« Un as hei ut
de Dör gung, dunn hürten Herr un Fru Groterjahn blot
noch so'n deipes Lachen: »Nah Konstantinopel! Nah Kon-
stantinopel!«
Un nu hadden jo de beiden Ehlüd' ok tau Bedd gahn kunnt;
äwer't gung noch nich, un nahsten hadd jo Jochen Klähn ver-
tellt, as hei dor an de Finsterladen vörbigahn was, dunn
hadd sei, wat Fru Groterjahnen wir, noch 'ne lütte, nüdliche
Predigt hollen, dat Anton sick den ollen Unkel gegenäwer
nich gebildt naug bedragen hadd un wat hei äwerall den
Ollen in't Hus bröcht hadd. – Un Anton hadd seggt: je, 't
wir doch ehr eigen Mutterbrauder. Un dunn hadd sei noch
wider predigt.
Den annern Morgen ganz tidig was Unkel all wedder
afreis't.

Wer *dei dor* was un in wat för en Verhältnis en gewisse Jochen Klähn tau em stunn. – Jochen is en Schapskopp, lihren deiht hei't äwer all. – Wo Vader un Sähn tausamen kamen un beid' sick mit de Hoffnung dragen: ʼ't kümmt all taurecht!« – Woans dat Band tüschen Groten-Barkow un Lütten-Barkow von Windhun'n un Pagelunen terreten ward. – Ok nah Konstantinopel! – Jochen stellt för de Nacht 'ne Maschin up un tellt des Morgens de Schornsteins in de Alexandrinenstrat tau Rostock. – Paul makt sine Herren Öllern de bittersten Vörwürw' wegen ehre findseligen Gesinnungen un geiht tauletzt mit Hängen un Wörgen in de Schaul. – Worüm Fru Groterjahnen 'ne Extrapredigt höll un Antonen as 'ne Opposition tau Maud' würd. – Helene ward bi dese Gelegenheit Muttern ehr un Paul Vatern sin Erziehungs-Substrat. – Anton halt de Rutsch, un sine Fru regt sick geistig wedder an.

Fiw Minuten späder, as Herr Groterjahn in den vullen Regen nah Hus kamm, gung en Mann in de Dör von dat Nahwershus herin; de Wind hadd em den grisen Kragen von sinen Mantel äwer den Kopp weiht, un't was jo ok ganz gaud, denn hei hadd keinen Regenschirm. As hei in de düstere Stuw' rinne kamm, grawwelte hei hir un dor nah Füertüg herümmer, funn äwer nicks. »Wedder nich!« rep hei verdreitlich, »wedder nich! – Wo de Bengel nu woll wedder is?« Un hei tast'te de Wand lang nah den Klingeltog un ret doran vör de Gewalt; äwer keiner kamm up sin Klingeln. – Dunn besunn hei sick, dat hei noch Swewelsticken in de Tasch hadd, un hei makte sick Licht an. – Hei smet sinen Mantel äwer'n Staul un gung mit dat Licht in 'ne Nebenstuw' wo en einfach Bedd stunn, un langte unner dat Bedd un söchte dor wat, hei lüchte dorunner, funn äwer nicks. – »Ok dat nich mal!« rep hei, »ick heww em nu ein för alle Mal seggt, hei sall mi de Pantüffeln hir unner't Bedd setten, dat ick sei in'n Düstern finnen kann; äwer is dat nu woll tau krigen?« Hei namm dat Licht un gung argerlich in de Wahnstuw' un gung dor up un dal, sick de Fäut warm tau pedden. – »Un dat sall nu 'ne Bequemlichkeit för mi sin, so'n dummen Jungen üm mi tau hewwen! – Ick bruk kein Upwohrung, ick heww meindag' kein nödig hatt, un nu so'n Lümmel von'n Lan'n, de nich Hül noch Hott weit!« – Hei gung up un dal; hei was en groten, magern Mann von starke

Knaken, hei was öller as Herr Groterjahn, sin Hor was all gris, un de grisen Ogenbranen hungen em äwer de Ogen, sine Schullern wiren en beten vöräwer bögt, un deipe Falten trocken sick dörch sin düster Gesicht; äwer wat em ok de Schullern bögt hadd, un wat em ok de Falten dörch dat Gesicht treckt hadd, den ganzen Kirl hadd't nich angripen kunnt, denn sin Gang was fast un säker. – Em kemen allerlei Gedanken, un ein hadd em't anseihn kunnt, dat hei sick mit de Gedanken quälen ded. – »Nicks as puren Schawernack«, säd hei vör sick hen, »hei weit, ick sitt ümmer up dat sülwige Flag, wat set't hei sick denn dorhen, mi grad gegenäwer, wenn hei nicks mit mi tau dauhn hewwen will? – Wo? Meint hei, ick sall mi üm sinentwegen en annern Platz säuken? – Ne, so is't nich fuchten; ick bruk em nich ut den Weg' tau gahn. – Wat kek hei mi hüt abend ümmer an? Wat hett hei tau kiken? De ollen Tiden kamen nich wedder. – Ja, wenn't en Kirl wir, de en Willen hadd un en gauden Willen hadd! Äwer hei is en Kind, 'ne oll Gelenkepopp, de dat Wiw an en Band regiert. – Ick wull, ick wahnte teihn Mil von em un nich up sin Nahwerschaft; äwer ick süll mi dat beiden laten? Ick süll den Huskop taurügg gahn laten, den ick richtig afmakt hadd, wil dat *ehr* so geföll? Wil *sei* sick in den Kopp set't hadd, grad *dit* Hus tau hewwen? – Ja, wenn sei mi dorüm beden hadden, äwer so? – Ne! – Mit Prozessen lat ick mi nicks afwringen. – Un dese Nahwerschaft is nu mine Freud' un min Vergnäugen!« lachte hei ingrimmig. »Oh, ick wull, dat ick keinen Faut in dit ßackermentsch Nest set't hadd! Lang'wil un Arger un Arger un Lang'wil von 's Morns bet 's Abends, un de Dokters seggen, dat sall för mi 'ne Verlöschung sin, 'ne ,Zerstreuung' seggen sei, ick sall mit Minschen verkihren. – Mit Minschen! – Mi hewwen de Minschen meindag' noch nich vel Gauds in't Hus dragen. – Ach, ja vördem – vördem, dunn ...« – Dunn klingelte de Husdör. – »Nu kümmt de Slüngel«, säd hei un stunn vör de Stuwendör still, un herin stört'te ganz ut de Pust en jungen Burß von en Johrener twin-

tig mit knallrode Backen un Flaßhor un grote, blage Ogen.
Hei hadd 'ne Ort von Halwliwreh an, de em ut sinen Herrn
sine Kledaschen wohrschinlich up den Tauwaß tausneden
was, denn sei slackerte em in hellsche Falten üm de prallen
Glider, un in de Hand drog hei 'ne lütte Kinnerarmbost. –
»Wat?« rep de Oll, »wat hest nu wedder? Wat drögst mi hir
in't Hus rin?« un ret em dat Ding ut de Hand, »wat sall dat
Kinnerspill hir bi mi?« – »Je, Herr Jahn, nemen S' nich
äwel, äwer lütt Paul, de säd . . .« – »Wat! lütt Paul! – Wat
gelt mi lütt Paul an? Büst du bi lütt Paulen in Lohn un Brod
oder bi mi?« – »Bi Sei, Herr; äwer lütt Paul säd tau mi . . .«
– »Ick will nich weiten, wat lütt Paul säd; heww ick di äwer
nich seggt, du sallst mi ein för alle Mal dat Füertüg up den
Disch stellen?« – »Ja, Herr.« – »Steiht dat hir?« – »Ne,
Herr. – Ick heww't hüt nahmiddag mit rut namen, as ick
Koffewater maken ded.« – »Heww ick di nich seggt, du
sallst mi de Morgenschauh unner't Bedd stellen? – Stahn sei
dor?« – »Ne, Herr.« – »Wo sünd sei?« – »Herr«, säd Jochen
Klähn un makte en hellschen pfiffiges Gesicht, as wull hei
seggen: ditmal warst du woll taufreden mit mi sin, »Herr,
de heww ick vermorrentau nah unsen Schauster bröcht, de
wiren jo intwei.« – »Worüm hest du 's denn nich wedder
halt?« – »Je, Herr, ick wull jo hengahn, un dunn sach ick
hir Licht in de Stuw', un dunn dacht ick: sallst man fix rin
lopen, hei ward di woll nödig hewwen.« – »Wotau ick di,
Schapskopp, woll grot nödig heww! – Wo büst du den gan-
zen Abend west?« – »Je, Herr, lütt Paul säd jo hüt morrn
tau mi, sin Flitzbagen wir intwei, wat ick em dor nich en
nigen Bägel inmaken wull, un dor bün ick denn nu nah Je-
hann Smidten lopen – unsen Jehann Smidten ut unsen Dörp
– de is hir bi Böttcher Drewsen, un dor heww ick em en
nigen Bägel intreckt. – Ick dacht ok nich, dat Sei so drad
tau Hus kamen würden, un nu möt ick mi doch wunnern, dat
Sei all hir sünd.« – »Du büst en Schapskopp un bliwwst en
Schapskopp.« – »Ja, Herr, in so'ne städtschen Bedeinter-
saken bün ick woll man noch en beten dumm; äwer Sei sälen

271

seihn, ick lihr't all«, säd Jochen un kek dorbi sinen Herrn mit de blagen Oden so irnsthaft an, dat den Ollen binah lächerlich tau Maud' würd. »Na«, säd de Herr vel sachtmäudiger, »nu nimm dat Kinnerspill ut de Stuw' un lop nah den Schauster un hal de Schauh.« – »Ja, Herr«, säd Jochen fröhlich un wull ut de Stuw' rut, kihrte äwer in de Dör wedder üm un set'te so'n recht pfiffiges Gesicht up: »Herr, hüt nahmiddag gung Paulen sin Helene hir vörbi, un ick stunn in de Dör, un dunn grüßte sei mi un frog,wat Sei maken deden, un dunn nahsten frog sei, wat uns' jung' Herr nich hüt abend kamen ded, denn dat hadd ick Paulen vertellt.« – »Kümmer di üm dinen Kram, un nu lop nah den Schauster!« – Un Jochen fohrte ut de Dör herute un rönnte in den vullen Regen un in en vullen Draww nah den Schauster un kamm natt as 'ne Katt in den Soot un lustig as en Vagel in den Boom wedder taurügg un bröchte de Schauh: »Hir sünd s', Herr. – Nu täuwen S', nu will ick Sei de Stäweln uttrecken.« – »Dat verlang ick nich von di«, säd de Oll un wehrte mit de Hand af, »dat kann ick allein. Gah hen un hal den Stäwelknecht.« – Un Jochen bröchte em un stunn nu dor un kek tau, wo de Oll sick mit sin Beinen tau dauhn makte, so sorgsam, as wir sin Herr en lütten Jung', de taum irsten Mal Schritschauh lopen süll, un hei wir von sine Öllern mitschickt, dat hei dorup seihn süll, dat de Lütt de Schritschauh ok ordentlich an de Bein kreg, dormit dat hei nich fallen ded. – »O ha!« rep hei un grep den Ollen unner den Arm, as de bi dat Geschäft en beten wackeln ded. – »Ih, so lat doch!« säd de Oll. – »Herr«, säd Jochen, »weiten S', wat lütt Paul seggt? – *Sei* dor« – hir wis'te hei mit den Dumen äwer de Schuller nah dat Nahwershus tau – »willen äwer Frühjohr 'ne grote Reis' maken, den Namen heww ick vergeten, ick weit ok nich, wo't oll Lock heit, äwer dat popelt sick so.« – »Ick will di da nu noch mal seggen, wat ick di all vördem seggt heww: ick will von dat, wat de Lüd' hir bian bedriwen, nicks nich weiten, un du sallst gor kein Ümgängnis mit dat Kind hewwen, denn dor kümmt nicks bi rute as Snackeri, un de *will*

ick nich. – Hest nu verstahn?« – »Ja, Herr«, säd Jochen be-
dräuwt un gung ut de Dör.

De Oll set'te sick den Lehnstaul an den warmen Aben un
säd tau sick: »Dit is dat Beste so; hei makt mi in sine gaud-
mäudige Dämlichkeit süs noch allerlei Streich. – Un wotau
sall dat nütten? – Anners ward dat doch nich. – Minschen
verännern sick. – De Ollen künn ick woll missen, äwer
de Kinner! Sei sünd mit min tausamen upwussen, ick heww
sei as min eigen anseihn. – De Oll is gaudmäudig, äwer
swack, sihr swack, hei's ümmer mihr unner de Hand von
sine Fru kamen, un sei is verrückt. – *Verrückt?*« – un hei
lachte ingrimmig vör sick hen un drückte de Hand an den
Kopp – »*verrückt?* Un wat seggen de Lüd' von di?« – Un
em kemen allerlei Gedanken, hei kek stiw up *ein* Flag, un
ut de ollen, grisen Stuwendelen stegen allerlei Bilder tau
Höchten, tauirst wunnerschöne Biller, all in den goldenen
Rahmen von Glück un Taufredenheit, all in dat helle Licht
von fröhliche Hoffnung up säkere Taukunft, up en gesegne-
tes Öller. Hei sach gräune Feller un goldne Saaten, hei
hadd 'ne schöne, junge Fru an den Arm, un en por gesunne
Kinner spelten üm em rümmer; hei gung mit de junge Fru
dörch de Saaten un wis'te ehr, wat hei tau Gottes Ihr un
sine eigene Ihr as Mann dortau dahn hadd, un de Meihers
kemen un streken de Seißen vör sine Fru, un de Binners
kemen un bünnen em mit den Kurenband un bedten ehren
Spruch un wünschten Gottes Segen up sine Fru un up em un
up sin ganzes Hus; un denn gaww hei ehr wat, dat sei sick
freuen süllen an den sülwigen Dag. – Des Sünndags gung
hei denn tau sinen Fründ Groterjahn, den hei mal as jungen
Minschen beraden hadd un mit sine eigenen knappen Mid-
del up 'ne Pachtung insetten hulpen, un sin Nahwer was
dankbor gegen em, un sine Fru was fründlich gegen em un
sin leiwes Wiw. – Un Johr up Johr steg ut de ollen Stuwen-
delen tau Höchten, de golden Rahmen von de Biller würd
düster, as wenn en swores Swark sick üm den Sünnenschin
leggt; hei was krank worden un was't Johren lang, de Dok-

ters hadden von Hypochondri redt. – Dunn treckte dat Swark ganz äwer de Sünn, sine Fru was storben, dat Letzte, wat hei sach, was en Sarg un en Graww; dunn was't Nacht üm em worden, hei kunn in den Düstern sine Kinner nich mihr seihn. – Sei hadden em in 'ne Anstalt bringen müßt, dor hadd hei bald towt, denn de Minschen wullen em an't Lewen, bald hadd hei vör sick henseten. Dat hadd johrelang wohrt, tauletzt un tauletzt was hei upwakt ut den sworen Drom, un hei was up sine Pachtung taurügg gahn. Äwer as hei tau Hus kamm, dunn was dat ganz anners as vördem. Sin Hus was em so grot, in sine Stuwen stunnen so vele Stäul, un kein Minsch satt dorup. Hei gung tau Frühjohrstid in den Goren, hei horkte an de Lilg', hei horkte an den Rosenbusch, sei hadden em süs so schön wat vertellt, sei säden em nicks, sei säden em gor nicks. – Hei gung up sin Feld, dor arbeit'ten sine Daglöhners – hei hadd gaude Lüd' – sei arbeiteten flitig; äwer as hei kamm, dunn stüt'ten sei sick up ehre Schüppen, un jeder kek em mit en still Gesicht an. Hei gung vöräwer un grüßte sei. – »Schön Dank ok, Herr, schön Dank ok!« so säden sei all ut einen Mun'n; äwer as hei üm de Heck gung, dunn hürte hei, dat de ein tau den annern säd: »Ja, Vadder, 't is en Leiden, seggt Lemk, vördem *so* und nu *so*!« – Hei gung tau Hus, sine beiden Jung's wiren ankamen, 't wiren en por Prachtjung's, de Öllst was all bi de Landwirtschaft; sei föllen em üm den Hals, hei schow sei taurügg, hei müggt sine eigenen Kinner nich liden. – »Vatting«, säd de Öllst, »ick heww di en poor Windhun'n mitbröcht, de Dokter seggt, du sallst di vele Bewegung maken . . .« – »Swig' mi still von de Dokters! – Ick heww naug mit de Dokters tau dauhn hatt.« – Den Nahmiddag kamm Groterjahn mit sine Fru un sine Kinner in 'ne grote Staatskutsch; süs wiren s' den Fautstig entlang in ehr däglich Huskled kamen. De beiden Ollen kemen em fremd vör, un sei hadden sick ok verännert; Groterjahn was en riken Mann worden – äwer Nacht – hei hadd 'ne grote Arwschaft dahn, un dat Gaud, wat hei em sülwst mit Hängen un Wörgen as

274

'ne Pachtung verschafft hadd, dat hürte em nu in Scheiden un Grenzen tau eigen tau, un dat vertellte hei em mit en beten Prahlen un vel Behagen. – Sei vertellte von ehre vörnehmen Bekanntschaften mit de Herrn von so und so und hadd't mit de Bildung kregen – ok äwer Nacht – un munsterte an dat Bedragen von ehre Kinner rümmer un redte von de Bäuker, un hei verstunn nicks dorvon. – Dat einzigste, wat hei von de ganze Gesellschaft verstunn, dat was, as Helene sachten an em heran kamm, em up de Stirn küßte, un hei 'ne warme Tran up sin Gesicht fäuhlte. – Hei kek sick üm, sei set'te sick an en Finster dal un kek wid in de Firn. – Groterjahn un sine Fomili führten nah Hus, hei was mit sine beiden Kinner allein. – De Lüd' seggen, Lachen stickt an, un't is ok wohr; äwer lat't jug mal 'ne warme Tran up dat Gesicht fallen, denn ward't ji weiten, wat *mihr* anstickt. – Em was so warm un weik tau Sinn, hei fot sine beiden Jungs rund üm un treckte sei up sinen Schot, jeden up einen Knei: »Ach, wenn jug Mutte doch hir wir!« Wider säd hei nicks; äwer de beiden Kinner fäuhlten, dat allens so was, as't sin sall.

In de negste Woch' was sin Dokter ut Swerin kamen, de em ut den sworen Drom uprüttelt hadd; de ordnierte nu an, hei süll sülwst wedder wirtschaften, dat hei up annere Gedanken kem. – »Sie müssen sich Bewegung machen«, hadd hei seggt, »bis zur vollständigen Ermüdung, und wenn Sie des Gehens genug haben, dann reiten Sie. Ich habe hier auf dem Hofe ein paar Windhunde gesehen, warum hetzen Sie nicht?« – »Ach, Herr Dokter, ick un jagden!« – »Sie sollen's ja nicht zum Vergnügen, Sie sollen's zu Ihrer Gesundheit.« En por Dag' dorup let hei den Inspekter gahn, de so lang' för em wirtschaft't hadd, un fung wedder sülwst dormit an. – »Ganz so as vördem«, säden de Daglöhners. – Den Nahmiddag red hei up de Hetzjagd, as hüng sin Lewen von den ollen Hasen af, de vör em henlöp. – »Gott bewohr uns«, säden de Daglöhners, »wat föllt em *nu* in?« – Äwer't bekamm em gaud, hei kamm up annere Gedanken, blot mit

Minschen müggt hei nicks tau dauhn hewwen. Hei kamm woll noch af un an mit sinen Nahwer Groterjahn tausamen; äwer't was nich mihr, as't west was, un nah en por Johr brok de Ümgang snubbs af.

So hadd hei nu woll einsam furt lewen un furt wirtschaften kunnt, äwer dunn passierte em wat, wat em dat Wirtschaften ganz verleden ded. – Sine Daglöhners kemen eines Sünndagsmorgens alltausamen tau em un künnigten em tau negsten Jehanni, sei wullen all nah Amerika gahn. – Hei hadd sine Lüd' gaud hollen, hei was mit ehr in Gelimplichkeit ümgahn, hei was up Städen, wenn't mal not ded, as Vader tau ehr west, un nu dit! – Hei verföll in den sülwigen Irrdaum, in den so vele *gaude* Herrn bi uns verfallen – von de *slichten* red ick nich –, de dat för Undankborkeit estimieren, wat wider nicks is, as de ewige Driwwt un Drang, de in jeden Minschen sitt, dat hei sin eigen Herr warden will. Nu sull hei frömde Gesichter üm sick seihn, nu sull hei mit Lüd' tau dauhn hewwen, de hei nich kennte; hei wull nich mihr wirtschaften. – De Dokter hadd den Kopp dortau schüddelt, hadd äwer tauletzt doch inseihn, dat dat woll nich güng, un hadd den Rat gewen, nah 'ne grötere Stadt tau teihn, wo hei Afwesselung un Unnerhollung hadd, un so was hei nach Rostock gahn. – Jochen Klähnen hadd hei ut olle Anhänglichkeit mit sick namen, denn Jochen un sin olle Mutte wiren de einzigsten west, de nich mit utwannert wiren. –

As hei so in deipen Gedanken satt, klingelte de Husdör, un in de Stuw' kamm en groten, ranken, jungen Mann herin, in en Regenrock, mit helle Hor un frische Backen, den de Regendruppen in den blonden Backenbort blitzten: »Gun Abend, Vatting!« – »Gun Abend, min Sähn«, säd de Oll un stunn up un gaww em de Hand, »wo? Du kümmst jo hüt gor tau lat.« – »Je, de Weg' sünd so slicht, dat tägerte sick hüt morgen so hen, ihre wi an de Schosseh ran kemen«, säd de Sähn un treckte sick den Regenrock af. – »Dat will ick glöwen. Du büst woll schön natt worden? – Na, kumm her,

sett di hir in den Lehnstaul an den warmen Aben.« – »Ne,
dat ward mi dor tau heit. – Sett du di man wedder hen.« –
»Wat makt Gustav?« – »Oh, de wirtschaft't as en Kirl. –
Nu is hei bi't Mergeln.« – »So? So? – Na dat is schön. –
Ward denn woll en Landmann ut em?« – »Ih, Vatting, den
kann ick de ganze Wirtschaft äwergewen, dor bruk ick kein
Og' hentauslagen.« – »Dat is schön. – Dat freu't mi. – Wo
süht dat denn up den Felln ut? – Nich wohr, de ßacker-
mentschen Müs'!« – »Ja, dat Rackertüg hett uns den Rog-
gen schön scheert, äwer ick denk, wenn wi'n gaudes Früh-
johr krigen, denn heilt hei woll noch ut; äwer de Klewer
is all weg.« – »Je, Korl, dat is so mit uns' Geschäft, wenn
wi meinen, wi hewwen uns' Dingen gaud dahn, un allens
schickt sick wotau an, denn kümmt dor ümmer noch so'n
Impaß. Dit Johr ward dat mit de Stallfauderung so glatt
nich gahn as vergangen Johr.« – »Ih, dat ward doch woll
noch; ick beholl noch en schönen Posten olles Heu äwrig,
un för't Äwrige möt sorgt warden. – Äwer wat makst *du*
denn, Vatting?« – »Ach, Korl, dor frag' gor nich nah; mit
mi is't noch ümmer so: wenn ick kein Langenwil heww,
denn heww ick Arger, un wenn ick keinen Arger heww,
den heww ick Langenwil. – Ick lop des Morgens spazieren,
ick lop des Nahmiddags spazieren; oh, ick gah ok männig-
mal in de Sozieteh; äwer wat kümmt dorbi rut? Nicks as
Arger. – So set't sick Groterjahn hüt abend an den Disch,
wo hei doch weit, dat ick ümmer sitten dauh. – Worüm
deiht hei dat? Ut pure Gehässigkeit deiht hei dat. Meint
hei, dat ick vör em upstahn sall? Dat heww ick nich nödig,
ick bün mi kein Unrecht gegen em bewußt. Nu kam ick tau
Hus, nu hett de Jung' mi kein Swewelsticken henstellt, hei
is äwer alle Barg, nu kann ick min Morgenschauh nich fin-
nen, de hett hei nah den Schauster bröcht. – So geiht't den
ganzen Dag.« – »Ih, denn möt jo den Jungen dat Dunner-
wetter regieren«, säd de jung' Mann un lüdte an de Klingel,
»wotau is hei denn hir, wat hett hei wider uptaupassen as
di?« – Un Jochen stört'te in de Dör herinner, dat ganze

Gesicht vull Freud': »Gun Abend ok, jung' Herr! Herre Je, wat ick mi freu! – Seggen S', wat makt min oll Mutter?« – »Dei is gaud tau Weg'; äwer wat makst du hir för dummes Tüg, du sallst minen Vatter uppassen un löppst herüm?« – »Herr Je, jung' Herr!« rep Jochen, as hadd em einer ganz wat Nig's vertellt, »ick pleg' em jo, ick räuk em jo, ick holl em jo as 'ne Kinnjespopp, holl ick em, äwer dat is man...« – »Ach wat! Snack! Wenn du nich...« – »Ne, Korl, ne!« föll de Oll hir in un treckte den Sähn an den Arm taurügg, »nu is't naug, hei hett all sin Schell von mi kregen. Nu gah man«, säd hei tau Jochen, de denn ok ganz bedräuwt ut de Stuw' gung. –

»Wat hett hei denn eigentlich, Vatting?« – »Ach, wat hett hei? – Kinneri hett hei. – Nu hett hei't mit den oll lütten Paul hir bian. – Ick mag sülwst dat lütt Jüngschen girn liden, un wenn'ck em seih, denn gew ick em de Hand, un wenn'ck sin Swester seih, denn müggt ick ehr en Kuß gewen, denn sei is en ganz prächtiges Mäten.« – »Dat is sei«, rep Korl un gung rasch dörch de Stuw' un stellte sick an't düstere Finster un kek up de taumakten Laden, as wiren sine Ogen Frittbohrers un künnen dörch de Breder kiken, un den Ollen sine Ogen nemen so'n weiken, mitledigen Schin an, un hei stunn up un läd sine Hand up de Schuller von sinen Öllsten un säd: »Korl, 't kümmt all taurecht!« – Un de Sähn dreihte sick üm un kek den Ollen truhartig in de Ogen un säd mit rechten hellen, frischen Ton: »Ja, Vatting, 't kümmt ok all taurecht! Äwer«, säd hei mit en deipen Süfzer, »worüm is dat eigentlich so kamen? Ick was dunn nich tau Hus; ick weit gor nich, wo ji tauirst so utenanner kamen sid, sei weit't jo ok woll nich, süs hadd sei't mi jo woll mal schrewen in den einen Breiw, den ick mal von ehr kregen heww.« – »Ach, min Sähn, wo kümmt dat? Wo kamen Minschen utenanner, un wo kamen Minschen tausam? – Süh, du hest 'ne schöne, gräune Wisch, un nu kümmt de böse Find un smitt vör de klore Bäk, de dordörch flütt, 'ne Stau vör, un nu sammelt sick Druppen an Druppen, un ihre

278

du di't versühst, is dine gräune Wisch en Sump, 'ne stinke-
rige Pütt worden, un du fröggst di vergews: wo is dat so
kamen? – De Anfang is ümmer dat Irste bi 'ne Sak un is
ok meistendeils dat Unbedüdenste, un weitst du, wer hir
anfungen hett? – Dine Windhun'n hewwen anfungen.« –
– »Oh, Vatting . . .« – »Ja, min Sähn, so is't. – Süh, as Gro-
terjahn dunn Gaudsbesitter worden was, dunn wull *sei*«, un
hir namm sin Gesicht, wat bet hirhen so'n stillen, halftruri-
gen Utdruck hatt hadd, so'n rechten harten Schin an, »dunn
wull *sei* jo gefährlich hoch herute, un sei schaffte sick Pagelu-
nen an, denn Pagelunen sünd en vörnem Veih, min Sähn, un
vörnem sull jo dat nu allens wesen. Un de ollen Dinger, de
plegte sei nu jo sülwst un hotterte dor nu sülwst tau Harwst-
tiden up de Stoppeln mit rümmer, dat sei ehr Vergnäugen
doran hewwen wull, un nu müßt mi dat passieren, dat ick
grad up de Hetz reden was, un – dat is nu mine Schuld – de
ollen Hun'n löpen äwer uns' Scheid un beten Fru Groterjah-
nen ehre Pagelunen dod. – Na, Windhun'n laten sick woll
hitzen, äwer nich locken; ick kunn nicks dortau dauhn, ick
kamm anriden un säd un bed un versprok, ick wull ehr dor-
för annere anschaffen; äwer ne! – Sei was as 'ne Furi gegen
mi, sei let sick nich bedüden, un nu kamm hei jo noch dortau
– olle Klas! –, un den stenzte sei jo nu, un hei tred gegen mi
up un frog mi so äwer de Schuller weg, wat ick up sinen Re-
beit tau jagen hadd. Un wat ick nich wüßt, dat ick sine ‚Ge-
rechtsame‘ – so säd hei – äwerschreden hadd. – Un de Hans-
wust hett äwer teihn Johr min Jagd beschaten, as ick mi üm
den ollen Lus'kram noch nich kümmern ded! – Dat was de
Anfang, un tausam sünd wie sörredeß nich wedder kamen. –
Dunn kamm de Tid, dat ick hir nah Rostock her trecken wull
un dat ick dit Hus hir up den Handel kreg, un sei wull'n jo
ok hirher nah Rostock trecken un hadden up dat sülwige Hus
handelt, denn dat oll liderliche Gewes' stunn jo in de Zei-
tung; un de Herr Verköper, de Herr Bäckermeister Dutz-
kopp, hadd jo nu nah de Mäglichkeit dit olle kolle Lock ut-
päpern wullt un hadd halw mit mi afslaten un halw jo mit

den Spitzbauwen von Avkaten, den hei sick dortau utsöcht hadd – na, dat weitst du jo, dat ick irst en langen Perzeß mit em doräwer heww utfechten müßt, ihre ick de ‚Gerechtsame‘« – hir lachte hei recht ingrimmig – »dörchsetten ded, hir Winters tau friren.« – »Vatting, as alle Lüd' seggen, in den Prozeß hest du recht hatt.« – »Is mäglich, min Sähn, un ick *wull* ok recht hewwen. – Äwer wat deden s'? Sei kunnen en anner Hus krigen – ne! sei köfften sick dat hir bian. Worüm? Ut Schawernack! – Dat sei mi min Lewen sur maken wullen.« – »Oh, Vatting, so is't doch ok woll nich meint west.« – »Meint? – Ick heww man af un an in minen Lewen en Minschen funnen, de't gaud mit mi meint hett.« – »Vatting, versünnig' di nich, du hest so *vele* Frün'n! So vele Bekannten du hest, so vele Frün'n hest du ok. – Vergangen Woch was ick nah Swerin wegen Gustaven sine Soldatengeschicht, dunn drop ick unsen Dokter, hei let nich locker, ick müßt mit em kamen un müßt von di vertellen. – Wat hett de Mann fragt, wat hett hei sick üm di kümmert!« – »Na, wat hett hei denn fragt?« frog de Oll un kek den Sähn so lurig in de Ogen. – »Je, wat süll hei anners fragt hewwen as: wo't di güng, wat du in Rostock taufreden wirst un wo du din Tid mit bedrewst.« – »Na«, säd de Oll, un sin Gesicht würd noch spitzer utseihn, »un wat sädst du denn?« – »Je, ick säd . . .«, un hir würd Korl denn tau sinen Schrecken gewohr, dat hei schön up't Glattis kamen was, »je, ick säd . . .« – »Na, dat will ick grad weiten. – Wat sädst du?« – »Vatting, ick heww di. Ick säd, du argertst di den ganzen Dag un du söchtst dor säd tau den Dokter de reine Wohrheit un segg s' nu ok tau di. Ick säd, du argerst di den ganzen Dag un du söchtst dor ordentlich wat in.« – »So? – Un wat säd hei dunn?« – »Je, Vatting, hei lachte un säd, so wir't gaud, du süllst di man düchtig argern, wenn de Freud' en Minschen nich up annere Gedanken bringen ded, denn müßte dat de Arger dauhn.« – »Ach, so herüm! – Denn hewwt ji mi woll derentwegen Jochen Klähnen hirher set't, dormit dat ick ut den Arger gor nich rut kam?« – »Wat du di ok glik denkst! – Ne, so was't nich! – De Dokter kamm nu noch mit en Vörslag tau Rum un hett mi dat anbefahlen, ick süll di dortau bestimmen, dat du dorup ingüngst. – Dor is 'ne Gesellschaftsreis' inricht't, äwer Wien un Triest nah Konstantinopel, un de Dokter meint, dat wir so wat för di, dor kemst du mit Lüd' tausam un kregst wat tau seihn, un ut dinen ewigen Arger hir in Rostock künn 'ne grote Freud' in Konstantinopel warden.« – »Wat?« rep de Oll un sprung pil in'n En'n, »ick? – as ick? – un *Konstantinopel?* – Willt ji mi tau 'ne *Uhl maken?* – In minen ollen Dagen tau 'ne *Uhl?*« – »Vatting, sett di dal«, säd Korl un fot den Ollen rund üm, »de Sak is doch gor nich slimm. – Süh, hir kümmst du ok mit frömde Lüd' tausamen, mit Bohmen . . .« – »Ja«, föll de Oll giftig in, »mit Bohmen un Ohmen un Sohmen un Drohmen.« – »Süh«, säd Korl wider, »dat Geld hest du jo doch, dat hest du di jo sur verdeint, dat kann't jo nich utmaken, un du kriggst de schönste Gegend tau seihn, un dat du dine Bequemlichkeiten kriggst, dorför will'n wi woll sorgen: Jochen Klähn sall mit.« – *»Jochen Klähn un ick, beid' nah Konstantinopel! – Ja, för den Arger hewwt ji gaud sorgt.«* – Un hei löp an de Klingel un lüdte, un Jochen kamm herin. – »Jochen, weitst wat Niges? Ick sall 'ne grote Reis' maken, un du sallst mit, mit äwer't Water«, un dorbi lachte hei so gelbunt up, »ja, du sallst mit.« – »Herr«, säd Jochen un kek em so fründlich an, »äwer't Water? – Fürchten S' sick nich, ick bün en seebefohren Mann; ick bün tau Boltenhagen alle Morgen mit Fritz Swarten un Ketelhaunen taum Fischen führt. Ne, mit't Water weit'ck Bescheid.« – »Gah man, Jochen!« säd Korl, un as Jochen rute gahn was, säd hei: »Vatting, dat is jo nich nödig, dat du so mit einem Mal dorup inplumpst, bedenk di de Sak irst; du hest bet gegen Ostern noch Tid naug tau äwerleggen.« – »Ach wat! – Will'n man von wat anners reden. – Wennihr möst du wedder weg von mi?« – »Morgen vör Dau un Dag'; ick heww den Slachter morgen Vörmiddag bestellt, dat ick de Fettkäuh an em verköpen will.« – »Na schön! Äwer denn geihst du mi nu glik tau Bedd. Du

hest hüt Strapazen naug hatt un büst in de Johren, wo de
Minsch sine Rauh verlangt. – Leiwer Gott, wenn ick in jenne
Johren nich so quält wir, ick glöw, ick wir meindag' nich
krank worden; äwer dat wiren dunn annere Tiden. – Un nu,
min Sähn, wenn ick di morgen früh nich mihr seihn süll,
denn ick slap länger, wil ick's Abends nich inslapen kann,
denn lew' recht woll, un« – hir wis'te hei mit den Dumen
äwer de Schuller nah dat Nahwershus tau – »derentwegen
sett di nicks in den Kopp un lat di dat nich tau sihr tau
Harten gahn, dat besorgt uns' Herrgott all, un wat *ick* dor-
tau dauhn kann ...« – »Vatting, dat weit ick, un ick bün
ganz ruhig, un sei is't ok, denn kamen möt dat, un täuwen
känen wi jo.« – »Na, denn gun Nacht, min Sähn, un adjüs!«
– »Adjüs, Vatting!« –
As de Sähn gahn was, klingelte de Oll, un Jochen Klähn
kamm rin. – »Jochen, Korl möt morgen früh tidig furt, sorg'
dorför, dat hei tau rechter Tid sinen Koffe kriggt. – Äwer
du verslöppst de Tid woll.« – »Ja, Herr, dat dauh'ck woll;
äwer denn bliw ick leiwer de Nacht up.« – »Ne, dat sallst
du nich, denn büst du morgen den ganzen Dag nich tau
bruken. Denn ward ick jo woll upwaken.« – »Ne, Herr, dat
sälen Sei nich, denn richt ick mi leiwerst min Maschin up.« –
»Wat is *dat* wedder?« – »Heww ick mi all allein utdacht.
Seihn S', äwer't Koppen'n von min Bedd heww ick mi en
Nagel in den Bähn slagen, un dor binn ick en Band an, un
dor binn ick einen von min Stäwel an, dat hei mi dicht vör
de Näs' bammelt, un wenn'ck mi denn ümdreih, denn stöt
ick mit de Näs' an den Stäwel, un denn wak ick up.« – »Na,
denn mak dat.« –
Jochen gung, makte dat, stödd mit de Näs' an den Stäwel,
makte Koffe, un Korl reis'te af, un as Jochen so hentau
Klock achten sinen ollen Herrn ok den Koffe bröcht hadd,
stellte hei sick in de Husdör un kek de Strat en beten ent-
lang. Paul Groterjahn kamm antaugahn, de nah de Schaul
wull: »Gun Morrn.« – »Gun Morrn«, säd Jochen, so kolt,
as hadd't de Nacht froren un hei wir mit infroren, un kek

wid äwer Paulen weg in de Firn, as wull hei de Schorn-
steins in de Alexandrinenstrat tellen. – »Wat is di, Jochen?«
frog Paul un grawwelte nah sine Hand herümmer. – »Nicks
is mi«, säd Jochen, tog de Hand furt un tellte wider. –
»Mein Gott, Jochen, wat hest du?« – »Wat ick heww?«, un
Jochen kek em un fohrte em giftig an, »Schell heww'ck kre-
gen, den ganzen Abend Schell. Du schünnst mi ümmer aller-
lei an, un ick bün so'n Narr un dauh't ok, un nu hett mi Herr
Jahn verbaden, ick sall gor nicks mihr tau dauhn hewwen
mit di, un von dine Helene will hei ok nicks mihr weiten,
un da!« – hei langte achter de Dör – »da! dor hest dinen
Flitzbagen, un nu reis' man!« – »Jochen, Jochen«, säd Paul,
un de Tranen treden em in de Ogen. – »Ne, reis' man, ick
will nicks von di weiten.« – »Jochen«, säd Paul, un de Tra-
nen lepen em de Backen dal, »du büst . . . du büst en rechten
Schapskopp!« Un dunn brok dat Weinen stärker bi em ut,
un hei verget de Schaul un lep nah Hus, un as hei in de Stuw
rin kamm, wo de Fomili noch bi den Koffe satt, smet hei
sine Bäuker up den Disch, die Armbost in 'ne Eck un bröllte
ludhals' – dat is dine *irste* Fründschaft, Paul, de de Welt
terreten hett, 't warden woll noch mihr in dinen Lewen bra-
ken warden; äwer dat *irste* Mal deiht sihr weih, un wenn't
ok man Jochen Klähn is.

»Poll«, rep Fru Groterjahnen, »was heißt dies? Warum bist
du nicht in der Schule?« – »Ja«, säd Herr Groterjahn un
kek sinen Sähn so recht streng' as Vader an, »was heißt dies?
Und warum bist du nicht in der Schule?« – »Und das kommt
davon, und das kommt von der alten dummen Feindschaft
her«, rohrte Paul wider, »nu will Jochen Klähn nichts mehr
mit mir und mit Helene zu tun haben, und der alte Jahn
hat's ihm verboten.« – Helene was upstahn un strakte an
Paulen rümmer: »Laß gut sein, Paul, Jochen Klähn wird
wohl wieder mit dir reden und der alte Jahn auch.« –
»Wenn ich Kinder hätte«, rep Fru Groterjahn, »die Ehr-
gefühl besäßen oder auch nur den geringsten kindlichen Ge-
horsam, dann hätten sie sich einer solchen Demütigung von

einem Bauernlümmel nicht ausgesetzt.« – »Ja«, säd Herr Groterjahn un sach noch ümmer streng' as Vader ut, »Mutter hat recht, Paulus, warum setzest du dich einer Demütigung aus? Und auch du, Helene?« – Hir würd sin strenges Utseihn all en beten weikmäudiger. – »Vater«, säd Helene un makte sick noch ümmer mit Paulen tau dauhn, »ich habe dem jungen Burschen auf seinen Gruß gedankt und habe mich bei ihm öfter nach dem Befinden seines Herrn erkundigt; ich mache auch gar kein Hehl daraus, daß ich mich öfter mit dem alten Jahn selbst unterhalten habe; ich habe keinen Haß gegen ihn, und die Freundlichkeit, die er mir früher erwiesen hat, steht mir noch zu lebendig vor Augen, als daß ich sie mit Undank erwidern möchte.« – »Was höre ich?« rep Fru Groterjahn un slog de Hän'n tausam, »meine Kinder, mein Sohn Poll, mein Kind Hella konzipieren . . ., kon–kon– konspirieren gegen mich mit dem Erbfeind unseres Hauses, und du, Groterjahn, du sitzt dabei und sagst nichts dazu?« – Dorin hadd sei nu recht, Herr Groterjahn hadd nicks seggt und hadd ok dorbi seten, hei hadd blot denn sine Fru un denn sine Kinner anseihn, un't was ogenschinlich, dat hei de ganze Wichtigkeit von de Sak noch gor nich mal recht inseihn hadd; nu äwersten kamm't äwer em, hei stunn up un säd forsch tau sine Kinner: »Ja, ihr konspiriert! Und du, Paulus, gehst mir gleich in die Schule!« – »Du gehst mir gleich in die Schule«, säd ok de Fru Mutter, »dein Bildungsgang wird sonst unterbrochen.« – »Ja, Pauling, geh' in die Schule«, säd ok Helene. – Paul kek sine Swester an, drögte sick de Ogen, süfzte en por Mal deip up, namm sine Bäuker un gung in de Schaul. Äwer hei gung glik dwars äwer de Strat, dat hei nich an Jochen sinen Hus' vörbikamm; hei wull mit Jochen Klähnen nu ok *gor nicks* tau dauhn hewwen.

Als Paul weg was, plinkte Fru Groterjahn ehren Eheherrn utdrücklich tau un wis'te mit den Dumen äwer de Schuller nah ehr Nahwershus tau. – »Ja«, brummte Herr Groterjahn in den Bort. »Ellen, mein Kind«, säd hei, »deine Mutter befindet sich nicht wohl, ihre Nerven sind durch diese Szene in Aufruhr gekommen, sieh du heute morgen einmal nach der Küche«, as wenn Helene dat nich Morgen för Morgen dauhn müßte. – »Ja, Vater«, was de Antwurt; sei gung, smet äwer noch en langen Blick up ehren Vader, de em sihr in Verlegenheit setten ded. –

»Anton«, fung sine leiwe Fru an, as Helene rute gahn was, un ehre Nerven set'ten sick hellschen in Positur, »ich habe mit dir zu reden.« – »Hm«, säd Herr Groterjahn, wat so vel heiten süll as: dit wir jo extra, ehre gesetzliche Tid wir eigentlich jo blot's Abends nah den Taubeddgahn, un dit brukte hei sick nich gefallen tau laten; dortau kamm nu noch Helene ehr Blick, de em so as 'ne stumme Bed' vö-kamen was, un so was em denn binah as 'ne Opposition tau Maud'. – »Anton«, säd Fru Groterjahn, »du weißt, ich mische mich nie in deine Angelegenheiten, du hast die Erziehung von Paul übernommen, und du sollst sie auch behal-ten; für mich ist Paul kein Objekt der Erziehung – wie sagte der Professor doch noch? – kein Substrat, ihm fehlt das Hö-here, er huldigt dem Gemeinen, Jochen Klähnen und andern, darum kannst du ihn erziehen, soviel du willst; aber Helene ist *mein* Kind, *ich* sorge für ihre Erziehung, *ich* leite ihren Bildungsgang, wie ich ihn schon immer geleitet habe. Oder habe ich das nicht?« – »Ja, aber . . .«, dat wir doch hoffentlich ok sin Kind, wull hei wider seggen; äwer sei led nich, dat sine obsternatschen Inwendungen taum Utbruch kemen. – »Schweig still, Anton! Helene ist jetzt in das Stadium ge-treten, wo über die Zukunft des Weibes der Würfel gewor-fen wird, wo sie entweder an der Seite eines gebildeten Mannes die Palme aller menschlichen Erziehung erlangt oder an der Seite eines ungebildeten in den Schmutz und den Staub des gemeinen Lebens zurückgeschleudert wird. – Ich weiß, wie weh das tut!« – »Hm«, säd Vater Groterjahn, wat so vel heiten süll as: du geihst mi doch en beten tau wid – ungebild'ten Mann? – ick heww di nich taurügg sleu-dert. – »Jetzt is bei Helenen periculum in mores«, redte sei

wider, »was so viel heißen will as: es ist die höchste Zeit,
daß der Umgang und jegliche Beziehung mit dem Sohne
von dem da«, hir wis'te sei äwer de Schuller, »abgebrochen
wird, daß mein Kind mit andern hochgebildeten jungen
Männern in Berührung kommt – ach, der Baron von Unken-
stein! – Aber du warst nicht zuvorkommend genug gegen
den liebenswürdigen jungen Mann.« – »Äwer«, brok nu de
Opposition los, »wat süll ick dorbi dauhn? – Ick weit den
Deuwel ...« – »Sprich hochdeutsch, Anton! Ich meine, die
Sache ist von solcher Wichtigkeit, daß sie wohl hochdeutsch
verhandelt werden könnte.« – »Meinentwegent«, säd Herr
Groterjahn, un sine Opposition slog den Mittelweg in, in-
dem dat sei sick missingsch vernemen let. – »Darum bin ich
so sehr für diese Reise nach Konstantinopel, weil sie uns
und Helene mit gebildeten Leuten zusammenführen wird. –
Die gehörige Vorbildung zu einer solchen Reise besitzt He-
lene, sie versteht Englisch, Französisch und Musik; das
einzige, was ich bedaure, ist, daß ich ihr nicht noch Privat-
stunden in der Baukunst habe geben lassen, damit ihr ein
innerstes, seelisches Verständnis für die erhabenen Tempel
und Moscheen des Altertums aufginge; aber auch die beste
mütterliche Erziehung kann nicht an alles denken, und mein
Kind ist leider zu indolent, um selbst an so etwas zu den-
ken. – Hier aber muß sie fort, wenigstens eine Zeitlang,
denn ich sehe alles, ich durchschaue das Ganze, *der* da«, sei
wis'te äwer de Schuller, »hat sich zum Zwischenträger dieser
kindischen sogenannten Liebe aufgeworfen.« – »Ne«, säd
Anton, sprok plattdütsch un sprug up, wat en düdlich Tei-
ken was, dat hei sick up de Achterbeinen setten wull, »dat
deiht hei *nich*, dortau is hei vel tau stolz. – Wenn hei *dat*
nich wir, denn hadd hei sick unner dine vörnemere Bildung
woll bögt, un denn wir't woll noch allens so, as't west is. –
Ne, dortau is hei tau stolz un sin Korl ok.« – »Anton!« rep
Fru Groterjahn, un ehre Nerven sprungen pil von den Sofa
in En'n un makten vör Wut Antonen en ganz blages Gesicht
tau, dat de olle gaudmäudige Fetthamel an Slag un Unglück

denken müßt; un wat süll't oll Worm denn woll in de Welt
anfangen, noch dortau mit so'n Gewissen up de Seel? Hei
stek also fix de Pip in den Sack un fung an sine Fru tau be-
gäuschen un säd: hei hadd man so meint, äwer sine Mei-
nung wir dat nich, un wat sei mit *ehr* Kind upstellen wull,
dat künn sei jo, un hei künn sick jo ok nich besweren, dat hei
in't Achtergeleg schawen wir, hei hadd ja sin vullup Deil
mit *sin* Kind tau dauhn, mit Paulen. Un dunn kumpelmen-
tierte hei ehre Nerven wedder up den weiken Sofa dal un
föll bi ehr up de Knei, nich wegen Afgötteri un Leiwsan-
bedung, denn de Tiden hadd hei hatt un sei ok, un sei ver-
langte dat ok nich mihr, denn sei was mitdewil ut 'ne sihr
schöne 'ne sihr verständige Fru worden, un hei stek den
Kopp unner den Sofa, nich ut Feigheit, as de Vagel Strauß
deiht, dat hei sick vör sine Fru unsichtbor maken wull, ne!
dit was all wegen de Rutsch. Un hei halte de Rutsch unner
den Sofa rute un stellte sine leiwe Fru ehre leiwen Beinen
dorup, recht sacht, denn hei kennte dat, indem dat all ehre
lütten Scharmützels dormit en En'n nemen, dat hei de
Rutsch halen müßt. Un as dit beschafft was, dunn beruhig-
ten sick de Nerven von de Beinen an upwarts, un sei was
ganz blassing worden un lagg smachtig in de Sofaeck, un nu
was hei ganz blag von't Bücken un puste as 'ne Adder, un
sei säd sihr sachtmäudig: »Anton, du bist der Vater meiner
Kinder, beruhige dich, aber verlaß mich jetzt, ich bin sehr
abgespannt, ich muß mich erst geistig wieder anregen.« –
Un Herr Groterjahn puste rute, nich von wegen sine Bos-
haftigkeit, blot von wegen dat Bücken; ja, dat wull hei, un
hei wull sick hensetten un wull en Breiw schriwen an den
Paster tau Groten-Barkow wegen dat Meß-Kurn, un denn
wull hei tauglik en Breiw mit inleggen an den Herrn Nem-
lich wegen de Reis' nah Konstantinopel, wat hei de Erklä-
rung äwer sick nemen wull un biher ok Paulen sinen Unner-
richt, »denn«, säd hei, »wie du heute morgen so schön sag-
test, sein Bildungsgang darf nicht unterbrochen werden.« –
Un dit kettelte ehr, dat Anton ditmal ehre Redensort so

schön behollen hadd, was süs sin Sak velmals nich was, un
sei winkte em gnedig rute ut de Dör un säd: »Tu das! Poll
gehört *dir*, Hella *mir* als Erziehungssubstrat.« – Un hei gung
rute, un as hei de Trepp nah sine Stuw' ruppe gung, säd hei
bi jede Stuf': »Substrat! – Substrat!« – Hei wull sick dat
Wurd marken, dat hei ehr dor 'ne Freud' mit maken wull. –
Un sei lagg up den Sofa un regte sick geistig wedder an.

KAPITEL 3

Wer Herr Nemlich is un worüm sick de Jung' de Stewel scheiw lopen hett. – Wat
de Lüd' seggen. – Worüm Herr Nemlich den ollen Köster Beerbom sine Munde
in en verbeterten Kulturstand bringen will. – Wat Uhlen ok singen? – Worüm
de »Herr Verfasser« Eugen Züh den Titel »Schaulmeister« as Ökelnamen vernutzt
un wat de »Instinkt der Vernichtung« för 'ne Ort von Dirt is. – Wo de Düwel
den ollen Köster in de Klawen hett un sine Fru ehr blagwörpeltes Äwerbedd in
den Hus' herümme späukt. – Herr Nemlich kriggt en Raup nah Konstantinopel;
nah Zwiebelsdörp wir Munde'n leiwer west. – De arme Paster! – Adjüs! Munde
for ever!

Nu möt ick an mine leiwen Lesers ein wat utverschamtes
Verlangen stellen; sei möten bi dit Weder – dat regent hüt
den ganzen Dag, blot gegen Abend ward dat klor – un bi
desen Weg – de Holtwagens hewwen em en beten mit-
namen – mit mi 'ne Reis' nah Groten-Barkow maken. – 't
is vel verlangt; äwer't helpt doch nich, wi hewwen dor not-
wennige Geschäften bi den ollen Köster Beerbom, un hüt is
Sünndag, hüt hett de Mann de meiste Tid, Warkeldags möt
hei de Kinner slagen.
Den Nahmiddag vörher hett sick bi den Köster all Herr
Nemlich, Huslihrer bi den ollen Semmlow tau Quistörp, in-
funnen. De Lüd' seggen jo, hei stäkert nah den Köster sine
öllste Dochter, Munde, rümmer; Breiw' schriwwt hei ehr
taum wenigsten, dat weit ick, denn de Jung' ut den ollen
Semmlow sinen Veihstall seggt, hei hett sick sine nigen Stä-
wel in den deipen Weg tüschen Quistörp un Groten-Bar-
kow ganz scheiw lopen un will nu nich mihr un fröggt, wer
em dor wat för giwwt? Herr Nemlich giwwt em nämlich

man blitzwenig för sin Aportendrägen, *kann* em ok man blitzwenig gewen, denn hei brukt sine Gröschens notwendig sülwst taum Upvijolen von sine Perßohn, un de Leiwspresente an Munde tehren em ok an den Geldbüdel. – De Lüd' seggen ok, de oll Köster will noch nich ranne an 'ne regelrechte Verlawung un hött noch mit sinen väterlichen Segen rümmer as de Scheper mit de Schap' an en Weitenslag entlang. Äwer wat will dat seggen? seggen de Lüd'; wat sei is, de Kösterfru, stimmt dorför un vör allen Munde sülwst. – Äwer, seggen de Lüd', warden kann dor doch nicks ut, denn Munde steckt tau sihr gegen em af, sei is woll en gesunnes un ok en smuckes Mäten, äwer ehr geiht dat »Feine« af, wat Kultur der Welt bi ehm utbrött hett. – Hei, Herr Nemlich, fäuhlt den Afstand mäglicher Wis' sülwst, un hei stangelt nu mit Hän'n un Fäuten dornah, Munde in en verbeterten Kulturtaustand tau bringen, un hett gistern nahmiddag de Geheimnissen von Paris von Eugen Züh mitbröcht, dat hei ehr dormit in Bildungsangelegenheiten unner de Arm gripen will. – Hei hett gistern nahmiddag bet's Nachtens hentau halw twölwen in einen Ritt vörlesen, un as dunn tauletzt Vader Köster seggt hett, nu wir't naug, morgen wir ok en Dag, hett keiner von de ganze Gesellschaft tau Bedd gahn wullt, so hewwen sei sick grugt. Un tauletzt is de Utkunft drapen worden, dat de Kösterfru un Munde un dat halwutgewussene Deinstmäten, Stin-Durtig, un den Köster sine äwrigen sös lütten Fomilien all ehr Beddgeschirr in de Schaulstuw' tausamen dragen hewwen un hewwen dor de Nacht sick an enanner tröst't; blot Herr Nemlich un de Köster hewwen de Nacht allein legen! De Köster äwer ok man bet hentau halwig ein, dunn is't ok äwer em kamen, un hei is mit sine Bedden up den Kopp ok nah de Schaulstuw' utwannert. Un as hei dor ankloppt hett, dat sei em rinner laten süllen, hewwen sei sick all so grugt, dat keiner Antwurt gewen hett, un as hei nu düller anbullert hett un sick namkünnig makt hett, hett sick de Kösterfru tauletzt en Hart fat't un hett de Dör upmakt, äwer as sei

289

nu staats ehren Mann ehr eigenes blag'wörpeltes Äwerbedd
hett dorümmer späuken seihn, hett hei sick so dägern verfirt,
dat sei in de Huk dalsackt is, un de sös lütten Beerboms-
Fomilien hewwen en Geschri anstimmt, dat Herr Nemlich
in korten Tüg' von den Bähn raf kamen is, in de Meinung,
dor wir Füer; denn grugen deiht Herr Nemlich sick nämlich
nich, dortau is hei nich allein tau gebild't, ne, ok tau upver-
klärt. – Un för sinen Heldenmaud is hei sihr säut belohnt
worden, denn hei hett taum irsten Mal sine Leiwste in en
Bedd liggen seihn; dat heit, hei hett nicks von ehr seihn,
nich mal ehre Nachtmütz, denn sei is unnerkrapen west,
äwer hei hett doch ehr Bedd seihn. – So hewwen de Lüd'
vertellt, un ick weit't nich, wat dat wohr is oder nich. Äwer
wat nu kümmt, is wohr, dat hett de oll Köster mi sülwst
vertellt.

Den annern Morgen, den Sünndag, langte Herr Nemlich all
bi den Koffe wedder nah dat Bauk, üm de Bildung furttau-
setten, äwer de Köster namm em't ut de Hand un slot dat
in sin Schapp un säd: hei höll dat bi sinen Stand nich för
paßlich, dat vör de Predigt so wat bedrewen würd, irst
müßt hei ok sine geistlichen Geschäften besorgen, dat Lü-
den up den Torm un den Gesang in de Kirch, un hei wull't
ok mit anhüren. Dat hülp denn nu nich, de Gesellschaft
müßt sick dorin finnen un satt nu rüm un huhlwakte wegen
de slimme Nacht, de sei hatt hadd; Munde kunn sick gor
nich in de Schicksalen von de »Schallerin« un in den Edel-
maud von den Fürsten von Geroldstein finnen, un Stin-
Durtig, dat halwutgewussene Deinstmäten, gung mit grote,
runne Ogen un rugen Kopp in'n Hus' herümmer un säd
ümmer vör sick hen: »De Uhl, dat oll Uhlenminsch! – Fru,
dat's doch woll 'ne Hex west«, un hadd gor keine Ahnung
dorvon, dat sei sülwst as en leibhaftiges Uhlenküken utsach.
Na, tauletzt un tauletzt was denn nu de Predigt un de Kirch
tau En'n, un ick glöw nich, dat in jichtens ein sündig un ver-
wohrlos't Hus in de ganze Gemein so'n Janken nah dit
En'n west is as in dat Kösterhus, wat doch en geistlich sin

sall. De oll Vader Köster hett mi nahsten unner groten Jammer un Ledwesen ingestahn, em för sine Perßon hadd de Düwel ganz in de Krallen hatt, hei hadd bi sinen geistlichen Gesang an nicks wider dacht as an de Spitzbauwenwirtschaft tau Paris, un as de Herr Pastur sine Predigt en beten vüllig mit lange Lin hett utlopen laten, wat hei bi weck Gelegenheiten, wo hei en beten mihr as gewöhnlich Staat maken wull, so an sick hadd, dunn wir em so tau Maud' west, as hadd hei den Herrn Pasturen woll an den Tolor rügglings von de Kanzel trecken müggt, so hadd de Düwel in em späukt.

As de Köster tau Hus kamm, stunnen sine Fru un Munde un Herr Nemlich un dat halwutgewussene Deinstmäten un de sös lütten Fomilien vör de Dör tau sinen Schapp as wi in unsen Jungsjohren nah de Schaul vör de Spiskamerdör un jankten nah dat Bauk as wi nah Botterbrod, un de Köster brok mit starken Schritten dörch de Reih, grad as uns' Tanten Schäning tau dauhn plegte, slot dat Schapp up, halte dat Bauk, gaww dat Herrn Nemlichen, grad as uns' Tanten Schäning, as wenn dat Bauk en Botterbrod wir. Herr Nemlich set'te sick nu in den Lehnstaul baben an den Disch, de Köster mit sine Fru up den Sofa un de annern up Stäul üm den Disch rüm; dat halwutgewussene Deinstmäten satt unnen an, Herr Nemlichen grad gegenäwer, un kek em mit ehre runnen Ogen an. – Keiner ded Handswark, kein Knütt un kein Nicks rögte sick, un ut einen Mun'n säden s' all: »Na, nu man tau!« –

Herr Nemlich slog dat Bauk up un fung an: »Wir sind gestern bei der schauderhaft ergreifenden Stelle stehen geblieben, wo der Schulmeister, dem der edle Rudolf die Augen ausgestochen hat, mit dem kleinen Lahmen und der Eule zusammentrifft.« – »Dat oll Uhlenminsch!« säd dat halwutgewussene Deinstmäten vör sick hen, »ritt de Gören de Tähnen ut!« – »Still!« säd Munde. – »Herr Nemlich«, säd de Köster, »nehmen Sie 's nicht übel; aber ich betrachte das Buch als eine Belehrung, und nu will mir das nicht in den

Kopf herein – nehmen Sie mal an, es ist doch ein stark Stück, daß *ein* Mensch dem *andern* die Augen aussticht und doch ein edler Mensch ist. – Was du nicht willst, daß dir geschicht, das tu auch keinem andern nicht.« – »Ach, Vatting, nu lat dat!« säd de Kösterfru, »wi willen hüren, wo't wider kümmt.« – »Nein«, säd Herr Nemlich, »das ist mir immer lieb, wenn ich in solcher Weise gestört werde. – Sie müssen nur bedenken, mein lieber Herr Beerbom, daß dieser edle Rudolf ein Fürst ist und daß er für die ganze Menschheit sich aufopfert, indem daß er so ein grausames Ungeheuer in blinde Nacht versenkt.« – »Ja«, säd de Köster, »is all recht gut, abersten uns' Großherzog ist auch ein regierender Fürst und läßt doch die Leute nicht die Augen ausstechen. – Na, man weiter!« säd hei, denn sine Fru hadd em en Fuck in de Ribben gewen.

Un Herr Nemlich las:

»Der Schulmeister machte eine Pause. Die Eule stieß einen so gräßlichen Schrei aus, daß der kleine Lahme entsetzt auf der steinernen Stufe aufsprang.

Das entsetzliche Geschrei der Eule« – »wenn hei 's man dodmaken ded!« säd dat halwutwussene Deinstmäten vör sick hen – »schien die wahnsinnige Wut des Schulmeisters auf den höchsten Grad zu steigern. Singe nur, sagte er leise, singe nur, Eule – singe ... dein Totenlied. - Du bist glücklich – du siehst die drei Gespenster – unserer Ermordeten nicht mehr – den kleinen Alten in der Ru – e du Ro – ule – die ersäufte Frau – den Viehhändler. – Aber ich – ich sehe sie – sie kommen heran – sie greifen mich an! – Oh – wie kalt sie sind!«

»Fru«, frog dat halwutwussene Deinstmäten, »singen de Uhlen ok?« – »Wenn du noch mal dor mang inredst, denn geihst du mi ut de Stuw' rute.« – »Aber wie natürlich ist dies!« rep Munde ut, as hadd sei dit all mal sülwst mit dörchmakt. – »Ja«, säd Vader Köster, »natürlich is es sehr«, as hadd hei ok all mal en halw Dutzend Minschen ümbröcht un wüßt nu, wo't ded, wenn hei sei mit blinne Ogen

292

vör sick rümspäuken sach. – »Na, man weiter!« säd hei, denn
hei was sick en frischen Fuck von sine Fru vermauden. –
»Der letzte Schein der Vernunft des Bösewichts erlosch in
diesem Schrei des Entsetzens. Von nun an sprach der Schul-
meister nicht mehr, er rannte umher, er brüllte wie ein wil-
des Tier und gehorchte nur noch dem Instinkt der Ver-
nichtung.«
»Halt!« säd Vader Beerbom, »Instinkt der Vernichtung!
Was meint er damit?« – »Ach, Vatting«, säd sine leiwe Fru,
»ein jeder kann sick jo dorbi denken, wat hei Lust hett. –
Süh, dat du von den Instinkt der Vernichtung en annern Be-
griff hest as uns' lütt Franz, dat versteiht sick von sülwst;
äwer wi kamen jo dorbi nich ut de Städ'.« – »Nur noch *ein*
Wort, Katharine«, säd Beerbom un wend'te sick an den
Vörleser: »Den ausgezeichneten Herrn Verfasser in allen
Ehren; aber es ist mich sehr entgegen, daß er den schauder-
haftigsten Bösewicht mit den Namen ‚Schulmeister' benennt;
es widerstreitet unserm Stand.« – »Es ist mir im Anfang
auch so gewesen«, säd Herr Nemlich, »aber wenn Sie be-
denken, daß der Mörder jetzt schon in der Reue ist und daß
er sich bessern kann und daß er zuletzt noch ein sehr edler
Mensch werden kann und daß er den Namen nur deswegen
führt, weil er, wie es im Anfang des Buches gesagt ist, eine
sehr schöne Hand schreibt, so können wir uns dabei beruhi-
gen, indem das doch nur ein bloßer Ökelname ist.« – »Ja,
das ist es gerade, daß der Titel Schulmeister als ein Ökel-
name vermißbraucht wird!« – »Ne, Vatting«, säd sine Fru,
»du geihst tau wid, du geihst würklich tau wid, un wi kamen
nich wider.« – »Ja, Vatting«, säd Munde, »wir müssen un
müssen nu weiter.« – Un de lütten sös Fomilien säden, wenn
sei sick grugeln süllen, denn wullen sei sick ok ahn Vatting
sine Inwendungen grugeln, un dat halwutwussene Deinst-
mäten säd: sei dürfte nicks von de Uhl seggen, un de Herr
wull noch wat von den Schaulmeister seggen. –
De oll Köster müßt sick denn nu sacht gewen, hei versprok
denn ok, den Mund nich uptaudauhn, un dat Vörlesen gung

wider; de Klock würd twölw, de Klock würd ein, de Klock würd twei – dunn kunn't de Köster äwer nich wider uthollen, hei frog, wo't denn mit dat Middageten stünn, äwer dor kamm hei schön an. – Sine Fru frog em, wat hei so wenig Interesse an de Geschicht nem, dat hei doräwer nich Eten un Drinken vergeten künn. – Un Munde säd, sei hadd dor ok nich an denken künnt, un dat Deinstmäten säd gradtau: sei güng nich rut, sei wull ok weiten, wo de Geschicht uthauen ded. – Tauletzt würd de Utkunft drapen, dat halwutwussene Deinstmäten süll nah de Käk gahn un süll Koffe kaken un sei künnen denn all bi't Lesen Koffe drinken un de Köster künn dortau stippen, dat hei wat Fastes in'n Liw' kreg. Äwer de Voß was ehr tau klauk. – »Ja«, säd Stin-Durtig, »dat ji denn widerlesen willt, wenn ick rut bün. Ne, so geiht't nich los! – Munde möt ok mit«, denn de Racker hadd dat in dat richtige Gefäuhl, ahn Munde würd Herr Nemlich nich lesen.

So müßt denn nu Munde as Säkerheitspand för dat halwutwussene Deinstmäten in de Käk an den Koffepott stahn, bet de Koffe farig was. – Un nu stippte de Köster, un Herr Nemlich las ahn alle Stürung bet in den deipen Schummerabend herin. – Mit einem Mal sprung Munde up: »Herr Pastohr kommt!« – Herr Nemlich klappte dat Bauk tau, de Köster un de ganze Gesellschaft flog in En'n, un de Herr Pastur kamm in de Dör rin: »Guten Abend! Ich höre soeben, Herr Nemlich sei hier bei Ihnen. – Ach, da! – Guten Abend! – Ich habe einen Brief an Sie abzugeben von unserm Gutsherrn, Herrn Groterjahn. Hier! – Er hat mich mit dem Inhalt desselben bekannt gemacht. – Der Brief wird Ihnen gewiß viel Freude machen, aber er legt Ihnen auch gewisse Verpflichtungen auf, bei denen ich mich in Ihrer Stelle etwas bedenken würde.« – »Wollen Herr Pastor sich nicht ein bischen setzen?« säd Vader Köster un schow den Lehnstaul taurecht. »Besorg doch en bischen Licht«, säd hei tau Munde. – »Oh, nein, lassen Sie!« säd de Pastor tau Munde ehre Freud', denn ehr grugte, in'n Düstern allein

rute tau gahn. – »Was haben Sie denn da?« frog hei wider
und langte nah dat Bauk. – »Oh, es ist ein Buch eines gewis-
sen Herrn Verfassers, mit Namen Eugehn Züh, welches sich
die Geheimnissen von Paris benennt, Herr Nemlich liest
uns das vor«, säd Beerbom, »es ist *sehr* schön.« – »Es ist
sehr schön!« säd die Kösterfru. – »Reizend«, säd Munde –
dit ßackermentsche Wurd hadd sei ok all von Herrn Nem-
lichen lihrt, kann ok sin, dat sei mal in Treptow oder Ni-
gen-Bramborg taum Besäuk west was, denn dor is allens
reizend, ok en Gräfnis, wenn't man mit vele Kräns' un mit
'ne fierliche Likenred' – »Eingetreten in des Kirchhofs stille
Räume...« – begahn ward. – »Ich kenne das Buch nicht«, säd
de Paster un läd't up den Disch. – »Oh, Herr Pastor«, föll
Herr Nemlich mit groten Swung in, »das müssen sie lesen,
der Verfasser geht noch über den großen Franzosen Dumas,
eine Spannung wechselt immer die andere ab, der Mensch
kommt gar nicht zur Besinnung, und als ich's zum ersten
Mal durch hatte, bin ich drei Tage in Unruhe herumgelau-
fen wegen der schauderhaften Schlechtigkeit der mensch-
lichen Natur, denn dies ist das Thema.« – »Dann les' ich's
gewiß nicht«, säd de Paster en beten sihr käuhl, »die Ver-
dorbenheit der menschlichen Natur brauchen wir nicht erst
in Büchern aufzusuchen.« – »Ja, aber, Herr Pastohr«, säd
Vader Beerbom, de glöwte, hei müßte Herr Nemlichen en
beten unner de Arm gripen, »es dient doch sehr zur Beleh-
rung.« – »Mein lieber, alter Beerbom«, säd de Pastor un
kloppte den Ollen fründlich up de Schuller, »in Ihrem Alter
schadet diese Art von Büchern nicht mehr so sehr viel, aber
für die Jugend ist sie gefährlich; ich möchte meinen Kin-
dern das Buch nicht in die Hand geben, wenn es so wirkt,
wie Herr Nemlich sagt. – Nun, guten Abend! Ich will noch
meinen Spaziergang abmachen, das Wetter ist jetzt besser
geworden. – Guten Abend!« Dormit gung hei. –
»Das glaub' ich sacht!« säd Herr Nemlich, as de Paster ut
de Dör was, »daß seine Jung's nichts davon verstehen wer-
den, ist mir sehr klar, denn bei *der* Methode, die er ge-

braucht, da lernen sie nichts als Lateinisch und Griechisch und Mathematik und so was, von der allgemeinen menschlichen Bildung ist nicht die Rede. Da frage ich neulich seinen Fritz, was er zur Unterhaltung lesen täte, da sagt der Junge: den ‚Robinson‘! – Ein vierzehnjähriger Junge den Robinson! – Aber ich vergesse meinen Brief. – Liebes Fräulein, teure Rosamunde, ein bißchen Licht; aber Sie grauen sich, ich werde Sie begleiten.« – De oll Köster protestierte dor so halw gegen, äwer de beiden wiren all ut de Dör, un nu würd dor in de Käk en lütt Kapittel von Bildung achter'n Füerhird afhollen, wat Munden ehre Backen en beten roder as gewöhnlich upfarwt hadd, as sei endlich mit Licht herinner kamm. –

Herr Nemlich las sinen Breiw, sine Ogen würden immer gröter, hei sprung up: »Nein! dies ist...«, hei set'te sick wedder dal: »Nein, dies ist...« – »Was? Wat?« frog dat dörchenanner, Herr Nemlich antwurt'te nich, hei las sinen Breiw unner allerlei Wunnerwarken tau En'n, dunn sprung hei up un deklamierte in de Stuw' herümmer: »Das sag' ich man! Das sag' ich man! – Mein Talent, meine Kenntnisse, meine Bildung, sie kommen doch zuletzt zur Geltung. – Oh, der Herr Pastohr! – Ja, *der* hat mich nicht erkannt; was sagte er? Er würde sich an meiner Stelle bedenken? – Ich bedenke mich gar nicht, ich nehm's an! Ich nehm's an!« – »Ach«, säd de Kösterfru, »Sei hewwen gewiß de Städ' as drüdde Hülpslihrer tau Zwiebelsdörp kregen«, un dorbi kek sei Munde an, un Munde was ganz blaß worden, un dat arme Kind folgte de Hän'n in den Schoot, un ehr was tau Maud', as wiren alle Gnaden von unsen Herrgott unverdeint up ehr utgaten worden, denn Munde was trotz Eugehn Züh un Bildung en hartensgaudes Mäten blewen. – »Nein, mehr, viel mehr!« rep Herr Nemlich un stellte sick midden in de Stuw', »ich habe einen Ruf nach Konstantinopel gekriggt!« – »Gott sall mi bewohren!« rep de Kösterfru, »dat is jo woll bi den Türken.« – Un Munde ded ehr Hän'n utenanner un kek em unsäker an; ehr wir Zwiebelsdörp leiwer west. – »Na, nu aber sagen Sie, was das ist«, säd Beerbom. – «Ich soll mit dem Herrn Rittergutsbesitzer Groterjahn und seine Familie nach Konstantinopel reisen und in die umliegenden Gegenden, ich soll ihnen da alles erklären und dem jüngsten Sohn, Paul, auf der Reise Unterricht erteilen, damit sein Bildungsgang nicht unterbrochen wird.« – »Das ist aber ein großes Glück«, säd de Köster, stunn up un schüddelte Herr Nemlichen de Hand, üm em tau gratulieren, un wenn Herr Nemlich in desen stolzen Ogenblick üm Munde ehre Hand anhollen hadd, de oll Köster hadd ja seggt. – »Wat krigen Sei dorför?« frog de Kösterfru, de mihr för dat Praktische was. – »Ich kriege freie Reise, freie Zehrung und alle Tage 10 Sgr. für meine Extraausgaben, als Wäsche, Zigarren und so weiter.« – »Und was haben Sie dagegen zu leisten?« frog de Köster. – »Also erstlich die Erklärung der Städte und Gegenden, dann den Unterricht von dem jungen Herrn, dann die Aufsicht auf das Gepäck, das Billettauslösen auf der Eisenbahn, Vorlesen bei der gnädigen Frau Groterjahnen, wenn's Regenwetter ist oder ihre Nerven abgespannt sind, Feueranmachen für Zigarren und Pfeifen und sonst noch kleine Bestellungen ausrichten.« – »Na, hören Sie«, säd de Köster, »da haben Sie denn aber auch vollkommen Ihre Last mit. Das andere ginge all; aber das Vorlesen bei ihr, das ist en beswerlich Stück. Ich kenne ihr, sie hat zu viele Ideen. – Abersten wenn all das auch wär', bedenken Sie auch, daß Sie mit Ihrer Reise wegen Ihrer Bewerbung um die Stelle in Zwiebelsdörp in einen Nachteil kommen können? Unsere geistliche Regierung wird Ihnen nicht nach Konstantinopel nachflöten.« – Munde kek em recht trurig an, as wiren all ehre Utsichten up ehr lütt bescheiden Glück äwer Nacht verhagelt. – Äwer – du leiwer Gott! – en jungen Minschen stiggt so wat tau Kopp, un Herr Nemlichen was de Reis' all mit vulle Utrüstung, mit Äwertrecker un wull'ne Halsdäuker un warme Decken, in den Kopp treden un hadd sick dor »zweite Klasse für Raucher« behaglich in 'ne weike Eck rin set't, un nu süll hei

upstahn un nah Zwiebelsdörp gahn un dor Kinner lihren? –
Dat was nich tau verlangen, un wenn Munde ok noch so
trurig utsach. – Hei redte also noch vel von de groten Ver-
hältnissen, in de hei dörch de gebildte Groterjahnsche Fo-
milie kamen würd, un dat Ministerium würd woll tau weiten
krigen, dat hei wegen sine utgeteikenten Kenntnissen tau
so en vörnemen Posten beraupen wir, un dat hei stark doran
denken ded, de lütte Hülpslihrerstäd' mit en grotorigen
Sprung tau äwerhüppen un vörlöpig up en recht gauden
Kanterposten los tau gahn. Un as em Munde bi sinen Af-
schid ut de Dör lüchten ded, gaww hei ehr so'n fixen Strö-
per-Kuß un flustert ehr tau: »Was meinst du?« – denn
wenn de Köster nich dorbi was un in sine Breiw' nennte hei
sei all du – »was meinst du zu dem alten Müschen seine
Stelle; er wird schon alt, und wenn ich sie kriege, dann ...
Für die standesgemäße Einrichtung ist auch schon gesorgt:
Herr Groterjahn gibt mir nach der Reise ein großartiges
Duzöhr. – Das behalt ich für dich, da will ich später deinen
Vater mit überraschen.« –
Munde gung mit beklemmten Harten in de Stuw' taurügg,
un hei gung in'n Düstern nah Quistörp tau un redte lud' mit
sick sülwst von den groten Christoffer un satt hoch tau Pird',
bet hei tauletzt in en Grawen föll, wat em in so wid af-
käuhlen ded, dat hei tau Hus sinen Prinzipahl sine eigenen
Utsichten vörstellig maken kunn. –
De oll Semmlow was en gaudmäudig Mann, un as em Herr
Nemlich versprok, en gauden Fründ von sick in sine Städ'
tau stellen, makte hei wider keine Inwendungen, ok dunn
nich, as em Herr Nemlich anmauden was, den Fründ glik
antaunemen un em sülwst biher mit uttaufaudern, denn hei
müßte noch för sine grote Upgaw'' hellschen vele Studien –
so säd hei – maken.
Den sülwigen Abend schrew hei an Herr Groterjahnen: ja,
hei wull, wir mit allens taufreden un bedung sick blot noch
expreß 'ne gebild'te Behandlung ut. – Den annern Morgen
müßt de Jung' mit de scheiwen Stäweln den Breiw up de

Post bringen, Herr Nemlich makte »Studien«, un staats de
Kinner tau lihren, lihrte hei sick sülwst; Eugehn Züh kek
em as ewige Jud', den hei noch nich kennte, woll sihr leiw-
lich an, äwer för ditmal müßte de Mann sick gedüllen. Hei
verföll nu natürlich tauirst up de Landkort. »Hir Meckeln-
borg, Quistörp«, säd hei, denn wenn hei mit sick sülwst
redte, redte hei Plattdütsch, ut pure Ökonomie, hei brukte
sine hochdütschen Kräft' nich för sick sülwst aftaustrapzie-
ren, hei wüßt jo, hei kann. – »Hir Berlin – Bennewitz is
all in Berlin west – oh, Bennewitz, du jammerst mi! – hir
Dresden, Königreich Sachsen; Prag – wat is noch in Prag?
– Prag? – Ach so! Prager Studenten. – Wien – ach, Wien,
,'s gibt nur a Kaiserstadt, 's gibt nur a Wien!' – Triest – hir
geiht't los – Adriatisches Meer – Korfu – wo is Korfu? –
Nah Korfu sünd wi up den Seminor gor nich kamen – ah,
hir; un nu geiht't hir rüm« – dormit sus'te hei üm dat Kap
Matapan rümmer, dat em de Hor up den Kopp simmen de-
den, »un hir«, säd hei, »liggt Konstantinopel!« un set'te sinen
Finger up dat Flag mit so'n Gewicht, as set'te hei sinen
Faut up den Nacken von den Erbfind von de ganze Chri-
stenheit, up den groten Soldan sülwst. As hei sick hir mit
sine Gedanken en tidlang rümmer drewen hadd, was hei
so verstännig, wedder an de Rüggreis' tau denken, de hei
äwer Smyrna un Athen un Venedig inslog. – As hei in
Athen ankamen was, rep hei: »Dunnerwetter, hir in Athen
möt öltlings mal wat passiert sin! – Äwer wat denn?« – Hei
lep hen un halte sin Geschichtsbauk, »Kleine Weltgeschichte
für Töchterschulen von Friedrich Nösselt, Breslau 1834,
sechste Auflage«; hei slog hen un her, kunn äwer up den
Sturz ok nich finnen, wat hei söchte. – »Na«, säd hei, »das
würde denn Gegenstand meiner Studien sein.« – Hir möt nu
einer woll beachten, dat hei hochdütsch mit sick reden ded;
hei ded dat ut grote Hochachtung för dat Wurd Studien. –
As hei mit de Landkort farig was, langte hei sick sin Geo-
graphibauk von Cannabich von sin Etenspind runner, wo
em Fru Semmlow'n ümmer tau Tid en halw Pund Botter

un en halw Brod rinner leggen let, dat hei Frühstück un
Vesperbrod doran hewwen süll, slog Konstantinopel up un
fung nu irnstlich an, utwennig tau lihren: »Konstantinopel,
von den Türken Stambul, auch Istambul genannt, ist die
Hauptstadt des türkischen Reichs, sie hat 6–700 000 Ein-
wohner, genau weiß man das nicht – 6–700 000 Einwohner,
genau weiß man das nicht – genau weiß man das nicht.« –
So studierte hei nu den utgeslagenen Dag lang, bet's Abends
Korl Bennewitz kamm, de em bi Herr Semmlow'n aflösen
süll. – Na, nu würd denn vel vertellt, von sine grote Reis',
von sine Leiw' tau Munde, de Korl Bennewitz all eben so
gaud utwennig wüßte as hei Konstantinopel, un von de
Studien, de hei noch maken müßte. As de Red' bilöpig up
Athen und Griechenland kamm, säd Korl Bennewitz, hei
hadd sine Bäuker mitbröcht, un dor wir de Olymp mit
ünner »oder Mythologie der Ägypter, Griechen und Römer,
zum Selbstunterricht für die erwachsene Jugend und an-
gehende Künstler von Petiskus, Professor«, wenn hei em
dormit deinen künn, nich mihr as giern; dor wiren ok Biller
in. – Dat würd denn nu mit Dank annamen, un Herr Nem-
lich lihrte nu ümschichtig ut den lütten Cannabich, ut den
lütten Nössell un ut den lütten Petiskus, un't gung ganz
glatt; blot wenn de lütt Petiskus an de Reih' kamm un hei
de Biller besach, kregen de irnstlichen Studien en lütten
Knick, un sine Gedanken swewten äwer den dreckigen Weg,
wo sick de Jung' all de Stäweln up scheiw lopen hadd, nah
Groten-Barkow in dat Kösterhus räwer, denn bi dat Bild
von de Minerva in den lütten Petiskus müßte hei ümmer an
Munde in den Kösterhus' denken, wegen de grote Ähnlich-
keit tüschen de beiden. – Dat heit – verstah mi hir einer
recht! – blot de Gesichter wiren ähnlich, nich de Kledagen
un de Utrüstung, denn Munde gung nich för gewöhnlich
mit Helm un Speer un Schild in den Hus' herümmer un
drog ok en ordentlich Kled, wat sei sick sülwst makt hadd,
denn sei hadd Snidern lihrt, wat ok mit de Göttin tausam
stimmte, denn in den lütten Petiskus stunn utdrücklich, »daß

sie die Kunst des Webens, Nähens und Strickens lehrte«;
un ok de Uhl an ehre Sid stimmte, denn Herr Nemlich
brukte sick blot dat halwutwussene Deinstmäten mit den
rugen Kopp un de groten, runnen Ogen vörstellig tau ma-
ken, un de Uhl was farig. –

So kamm denn nu de Tid tau sine Afreis' ümmer neger;
den Dag äwer lihrte hei sick utwennig, un den Abend dispu-
tierte hei mit Korl Bennewitzen äwer sine »Studien«, denn
hei hadd ok man, as Schiller seggt, en korten Darm; wat
hei den Dag äwer tau sick namen hadd, müßte hei's Abends
wedder von sick gewen. – Hei was öfter mal nah den ollen
Köster Beerbom räwer lopen un hadd Munde besöcht, äwer
ümmer man up de Uhlenflucht; nu äwer, an einen Sünndag,
makte hei 'ne längere Vesit un namm Afschid. Munde was
sihr trurig, wegen de Afreis' un wegen de Utsichten up
Zwiebelsdörp, sei let sick't äwer nich marken, dormit dat
sei sine Freud' nich vergällen wull. De oll Köster äwer un
vör allen de Kösterfru, de hellschen prick wüßte, wo de
Has' lep, drängten bi den Afschid dorup, dat hei bi den
Paster adjüs seggen un sin Gedächtnis bi em upwarmen süll,
dormit hei wegen Zwiebelsdörp nich in Vergetnis ken,
wenn alle bi Herr Groterjahnen un sine vörnemen Bekannt-
schaften anschirrten Strängen riten süllen. –

Herr Nemlich küßte nu den Köster un sine Fru un de sös
lütten Fomilien un tauletzt ok Munde, un de Köster ded
hüt dorgegen keine Insprak, woll ut Erbarmen mit sin Kind,
denn Munde weinte bitterlich un stamerte mäuhsam de
Würd' herute: »Schreib' auch mal!« – Sei hadd in ehre
Weihdag' ehren Vader ganz ut de Obacht laten un nennte
em du. – Herr Nemlich versprok dit un bedrog sick in'n
Ganzen sihr gefaßt. –

Hei gung nu tau den Herrn Pasturen un säd, hei wull sick
nu bi em empfehlen, denn äwermorgen güng de Reis' los,
un morgen müßte hei noch packen, un hei wull em bidden,
dat hei em bi 'ne paßliche Städ' – von de Hülpslihrerstäd'
in Zwiebelsdörp säd hei nicks – sine Försprak günnen süll.

– »Also«, säd de Paster, »wollen Sie wirklich die Reise machen? – Haben Sie sich nun auch hinlänglich klar gemacht, was man für Ansprüche an Sie erhebt, und werden Sie denen genügen können?« – Dat was denn nu jo 'ne rechte dämliche Frag' von den Paster, Herr Nemlich hadd drei Wochen in einen Ritt utwennig lihrt, un nu süll hei noch nich mal »genügen«! – Herr Nemlich fäuhlte sick denn ok sihr kränkt un säd sihr bestimmt: »Herr Pastohr, Sie können mich fragen, wo Sie wollen, von Venedig, von Athen, von Ithaka, von Ulissessen, von Periklessen, von Themistoklessen und Alcibiadessen; zum Beispiel von Konstantinopel, wo ich mit angefangen habe und was schon über drei Wochen her ist: Konstantinopel, von den Türken Stambul, auch Istambul genannt, ist die Hauptstadt des türkischen Reichs; sie hat 6–700 000 Einwohner, genau weiß man das nicht – genau weiß man das nicht.« – »Lasssen Sie! Lassen Sie!« säd de Paster un grifflachte so'n beten, »das kommt ja auf die Frage: wie hoch ist der Berg Sinai? hinaus. – Ja, das ist alles recht gut; aber es werden wohl viele Fragen an Sie gerichtet werden, die Ihre Bücher nicht beantworten.« – »Herr Pastohr«, säd Herr Nemlich, »wenn Sie ein Buch haben, wo das drin steht, so bitte ich Sie, mir das zu leihen, ich will's sehr in acht nehmen. Ich lerne das all« – un dorbi kamm hei ganz up sinen Schaulkameraden, Jochen Klähnen, sine Sprüng', denn as wi sehn hewwen, de lihrt ok allens. – Up Jochen Klähnen, fürcht ick, is in de Ort keinen rechten Verlat; äwer up Herr Nemlichen sett ick en grot Tauvertrugen, denn dat heww ick ümmer sehn: so'n jungen, upgeweckten Semerist, wenn de man blot en insläg'sches Bauk hett, denn wohrt dat nich lang', denn weit hei de ganze Wissenschaft utwennig. – So'n Bauk hadd nu de Paster nich, säd äwer, hei wull bi Zwiebelsdörp an em denken, un Herr Nemlich säd nu noch allerlei von hogen Dingen, säd tauletzt adjüs un gung nah Quistörp.

Unnerwegs brok hei äwer in en Sülwstgesprek ut: »Dat is nu so! Dor sitt hei nu den ganzen Dag un studiert; äwer

von dat, wat würklich interessant is, weit hei nich de Spur –
nich mal Eugehn Züh kennt hei. – Na, gaudmäudig is hei,
blot sihr afsprekend. – Äwer dat hett för nicks Höheres
Intreß, wenn dat de ollen dummen Buren Sünndags wat
vörpredigt hett, denn glöwt dat, nu is de Welt farig!«
Arme Paster! Möst di dat äwer von so'n Mann as Herr
Nemlich gefallen laten, worüm büst du, gegen em hollen, so
einfoltig! –
Den tweiten Dag nahher satt Herr Nemlich up de Post un
führte nah Rostock. Munde hadd em noch vörher dörch dat
Uhlenküken von Deinstmäten en fründlichen Breiw schickt;
äwer hei hadd tau vel mit Packen un Besorgen tau dauhn,
as dat hei sick vel dormit afgewen künn. Nu up den Post-
wagen halte hei em wedder rute un säd still vör sick hen:
Munde wir doch en gaud Mäten, un säd lud in 'ne Ort Be-
geisterung: »Munde for ever!« – »Speak you english?« frog
en langen, drögen Herr mit en Gesicht as en glattrasierten
Swinskopp, de em gegenäwer satt. – »Nein – ich – ich sagte
man so!«

KAPITEL 4

Woans Jochen Klähn de Nahricht von de grote Reis' upnimmt un woran sin an-
schlägsche Kopp bi dese Gelegenheit allens denkt. – Korl kümmt un seggt adjüs
un hett keine Ahnung dorvon, dat em en Festmahl achter Fru Groterjahnen ehre
petitsmusselinenen Gardinen deckt is. – Herr Nemlich trett gebildt in de gebildte
Fomilie up. Hei ward up den Bahnhof arretiert. – Herr Jahn mit den irsten, Herr
Groterjahn mit den tweiten Tog. – Berlin. – Allerlei Fragen: Hoff oder Daubitz?
Wat Apen ok snacken känen? Gott bewohre! Paul, wo kümmst du nah Barlin?
Wo kann Schiller so'n Drähnsnack seggen?

»Jochen«, säd üm dese Tid eines Morgens de oll Herr Jahn
tau sinen Burßen, as de vör't Abenlock satt un in de Kahlen
pust'te, denn sörre lütt Aschenpüster ehr Tid hett sick –
glöw ick – kein Schock von Blas'balkens un Püsters in Land
Meckelnborg upsmeten, indem dat dor noch för gewöhnlich
de Püster vernutzt ward, den uns' Herr Gott den Minschen
in de Bost set't hett; un de Meckelnbörger hett noch Rägen
in de Bost. – »Jochen«, frog Herr Jahn, »wat is't buten för

Weder?«, as hei ut sine Slapstuw' kamm. – »Je, Herr, dat knippt en beten, un för teihn Dag' vör Ostern dücht mi dat wat utverschamten. – De Balbierer lep hüt vermorrn hir vörbi – wo drawte hei in sin lütt, fipperig Röckschen! – un rep mi tau, wi hadden äwer Nacht säben Toll Küll hatt.« – »Na«, brummte de Oll vör sick hen, »*de* Reis' fängt gaud an; äwer wider runner mag't jo woll warmer warden. – Bring' den Koffe rinner!« – As Jochen rute was, gung hei an't Finster un kek heruter up de Strat: »'t is en Uhlenspeigelstück, wat ick anstellen dauh, äwer denn helpt dat nich! – All de Minschen, de wat von mi hollen, de *würklich* wat von mi hollen, drängen mi tau de Reis', un in'n Ganzen is't ganz egal; ick kenn de Minschen hir ebenso wenig as de, de ick dor drapen ward. – Un dat möt ick seggen, de Bäuker, de mi de Dokter schickt hett von de Türkei un Griechenland, un de Geschichten von Venedig hewwen mi grad' nich vör den Kopp stött, un seihn müggt ick de schönen Gebüden un de Gegenden ok woll; äwer leiwer müggt ick doch noch weiten, wo sick dat dor regiert, wo de Minschen dor lewen un wat dor up den Fellen waßt.« – Nu sach hei up Jensid von de Strat lütt Paulen nah de Schaul gahn, wat hei all vördem bemarkt hadd. – »Jochen«, frog hei, as de mit den Koffe rinner kamm, »worüm geiht lütt Paul up Stun'ns ümmer up Jensid von de Strat? – Hei pleggt jo süs nah de Schaul vör unsen Hus' vörbi tau gahn.« – »Je, Herr, hei 's tücksch. Sörre *de* Tid, dat ick em dunn seggen müßt, ick süll nicks mihr mit em tau dauhn hewwen, hadden Sei seggt, geiht hei ümmer up Jensid, un wenn hei mi in de Dör stahn süht, denn dreiht hei sin Gesicht von mi af un kickt so stiw in den Laden von de Putzmamsell herinner, as wenn hei stark üm 'ne nige Huw' benödigt wir.« – »Ih, wat makst du? So heww ick dat jo nich meint; ick wull man nich, dat du di in Snackeri mit em inlaten un dat du wegen *sinen* Kram *min* Geschäften nich in de Hor drögen laten süllst.« – »Ne, Herr, dat geiht nich. – Ganz mit em utenanner oder gor nich. – Denn, seihn S', hei is so'n Gast: hei haspelt mi mit sine

dämlichen Fragen allens ut den Hals' rut, wat hei weiten
will, un wenn hei wat von mi hewwen will, denn weit hei
mi so üm den Bort tau gahn . . .« – »Du hest jo noch keinen.«
– »Ne, Herr, en ordentlichen noch nich; äwer hei ward all.
– Un dat weit hei recht gaud – de Racker! –, dat wi beiden,
ick un Sei, vel von em un sine Helene hollen dauhn. – Herr,
sall'ck mi mal en Snurrbort stahn laten?« Un dorbi kek
Jochen sinen Herrn so lüftig an, as hadd em einer mit sinen
eignen Snurrbort en unverhofftes Geschenk makt. – »Jochen«,
säd Herr Jahn un lachte dorbi so'n beten, »wo wullst du dat
woll anfangen? – Nu äwer irnstlich. – Morgen reisen wi,
wi führen mit den irsten Tog, un hüt möst du den Kopp en
beten bruken, dat wi allens ordentlich packt krigen un nicks
vergeten.« – »Tau de grote Reis'?« – »Ja, dit ward de grote
Reis'.« – »Herr, denn möt'ck mi woll en rein Hemd mit-
nemen?« – »Gewiß. – Wo vel Hemden hest du?« – »Oh,
Herr, min Mutting hett mi jo dunn sös ganz nige Hemden
makt, as ick her kamm.« – »Denn nimm di minen lütten
Reis'kuffert – den *lütten*! –, un denn pack sei all sös in.« –
»Oh, Herr, Sei spaßen. – All sös? Dor möt ick mi doch
äwer wunnern, Herr! – Wat würden de Lüd' seggen?« –
»Na, *de* warden sick vel üm dine Hemden kümmern! Un
denn packst du din best Tüg in un Strümp un Stäweln, dat
du 'ne duwwelte Utrüstung bi di hest.« – »Herr, wo geiht't
denn hen?« – »Dat wardst du woll tau weiten krigen. –
Tauirst führen wi nah Berlin.« – »Füüüüh!« fläut'te Jochen,
»nah Barlin! – Herr, dat's jo preusch! – Dor is uns' Jehann
Smidt, de hir bi Böttcher Drewsen is, ok all west, un weiten
S', wat *de* seggt? De Barliner, seggt hei, sünd uns tau klauk;
äwer einer möt ehr man ordentlich upspucken, denn gewen
sei sick. – Herr, sall'ck mi denn man mine nige Mütz mit
den gräunen Sanftbräm upsetten?« – »Ja, dat kannst du; nu
gah hen un pack *dinen* Kram, nahst will'n wi *minen* packen.«
– Jochen gung; äwer't wohrte nich lang', dunn kamm hei
wedder rin: »Herr, sall'ck uns' Wichsgeschirr mitnehmen?«
– »Ja.« – Un dunn kamm hei wedder: »De Klederböst ok?«

– »Ja«. – »Den Kloppstock ok?« – »Ih, wat! – De kann hir bliwen.« – Un dunn kamm hei wedder: »Herr, wo ward't mit uns' Koffeemaschin?« – »Ih, wat! Du nimmst mi am En'n noch Schöttel un Pött mit.« – »Je, Herr, wenn't noch achter Barlin geiht.« – »Na, nu mak man un pack din Saken in.« – »Herr, dor kümmt uns' jung'n Herr«, rep Jochen, un Korl kamm in de Stuw' herinner. – »Na, Vatting«, säd de Sähn, »Gustav is vörgistern hir west un hett di adjüs seggt, ick möt hüt woll kamen. – Wenn sick bi dit Weder ok nich vel dauhn lett, 't is doch ümmer gaud, wenn ein von uns up den Hof is, dorüm sünd wi nich beid' tauglik kamen.« – »Dat is ok gaud, min Sähn.« – »Na, Vatting, büst du denn nu dorin fast, dat du morgen afreisen willst?« – »Je, Korl, denn helpt mi dat jo woll nich anners, denn möt ick jug jo woll tau Willen sin. – Äwer – weiß Gott! – ick dauh't üm jugentwillen, mi sleiht kein Ader nah de Reis'. – Ih, ja! – Seihn müggt ick dat ok woll mal, un in de letzte Tid bün ick recht gesund west, un dor hett sick ok de Lust dortau en beten rögt; un wenn de Dokter seggt, entweder ick möt de Reis' maken oder ick möt den Sommer äwer in so'n Bad, denn will ick dusendmal leiwer up Reisen gahn, as dor in so'n engelschen Goren un in so 'ne Anlagen Mulapen ver-köpen. – Blot mit Jochen Klähnen will mi dat nich in den Kopp.« – »Ne, Vatting, dat lat so! – För uns is dat doch 'ne Beruhigung, dat du en truen Minschen üm di hest, wenn di wat taustöten süll. – Tru un ihrlich is hei, un hei is ok eigent-lich gor nich so dumm.« – »Ih, hei is den Deuwel dumm, up Schelmenstücken is hei klauk naug; hei is mi man noch tau kin-nerig un kalwerig.« – »Ih, dat ward sick ok gewen, wenn hei man irst en beten in de Welt west is. Du möst em man en beten bet anfaten un tausamen stuken; du büst em tau nah-sichtig.« – »Je, dat seggst du woll, Korl, äwer wenn de oll Jung' einen so ihrlich mit sine groten, blagen Ogen ankickt, oder hei fängt so recht tauvertrulich an tau drähnen, denn mag em der Deuwel wat seggen, un nu möt ick em so un so all mitnemen, denn ick heww em all seggt, dat hei mit sall,

un wenn'ck em nu hir let, ick glöw, hei bröcht sick von Da-
gen. – Äwer, min Sähn, kumm! – 't is hüt so'n kloren Frost-
dag, de Sünn schint so schön – wi willen en beten in den
Achtergoren up un dahl gahn.« –

Dat geschah, un as Korlen sine Tid üm was, dat hei furt
müßte, halte hei en Metz ut de Tasch un fung an, sihr iwrig
en lütten Awtbom intaustutzen, indem dat hei sick von
sinen Vader afwen'nte un säd: »Dat möt nu ok gescheihn,
un ick ward dorför sorgen, dat dat geschüht un dat hir nicks
versümt ward. – Un, Vatting, hest du mi denn nicks tau
seggen? Nicks?« – un hei bückte sick deiper, dat em de Oll
nich in't Gesicht seihn kunn – »nicks von Helene?« – »Ne,
min Sähn, ick heww sei lang' nich seihn un spraken gor nich;
äwer gesund is sei, dat weit ick, un in dat anner möst du di
gewen. – Wenn du dat Mäten hewwen wullst wegen Geld
un Gaud oder Rang un Stand, denn müggt di jo woll uns'
Herrgott in sinen Gnaden männigen Stein in den Weg smi-
ten, den du nich wegrümen künnst; äwer so, as dat mit di
steiht, brukst du nich tau verzagen.« – »Dat dauh ick ok
nich«, säd Korl un dreihte sick nah sinen Vader üm, »äwer
't is hart, so up't Ungewisse hen täuwen un de Hän'n in den
Schoot leggen tau möten, wil man nicks dortau dauhn kann.«
– »Na, wer weit, dor kann mal 'ne Gelegenheit kamen, dat
ick mal dor wat tau dauhn kann, un denn sall't gescheihn,
denn sall 't gescheihn, Korl!« säd de Vader recht indring-
lich un fot den Sähn rund üm, »un nu adjüs! Will'n uns dat
Hart nich weik maken«, un dreihte sick üm un gung den
Gorenstig entlanken. – »Adjüs, Vatting«, säd Korl un gung
trurig ut de Dör, recht trurig. –

Je, wenn wi't man ümmer wüßten, wenn wi trurig sünd,
dat tau de sülwige Stun'n up en unbekanntes Flag uns von
unsichtbore Hand de Disch tau en Fest deckt un mit Blau-
men bekräns't ward, denn würd sick uns' Lewen mihr ut-
gliken un sachter henfleiten. – Äwer wir dat en Glück? –
Ick segg ne. – De Lüd' seggen, 't sall up unsere Ird Gegen-
den gewen, wo ewig dat Frühjohr bläuht, wo einer keine

Hitt un keine Küll kennt; äwer – frag ick – hewwen de Lüd'
dor de grote Freud, dat nah Winterstorm de Frühjohrsluft
weiht, dat Wisch un Bom dörch Eis un Snei gräun herute
breckt? – De Wessel von Freud' un Truer, von Fürchten
un Hoffen stimmt tausam mit de swacke Minschennatur, un
de Einklang von den Wessel mit ehr is dat Glück. –
Hadd Korl nah de ein Achterstuw' in Groterjahnen sinen
Hus' ruppe keken un hadd hei dörch de petistmusselinen
Gardinen kiken kunnt, denn wir hei woll nich so trurig
furtgahn, denn dor was em en Freudendisch deckt; un achter
de Gardinen stunn Helene un kek mit schöne, fründliche
Ogen up em runner, un ehr Hart slog höger, as sei em sach,
un as sei em trurig furtgahn sach, würd ehr ok gor tau trurig
tau Sinn, un sei set'te sick dal un deckte de Hand äwer de
Ogen, un ut dat Düster un de Truer bläuhte allmählich de
Hoffnung up Wedderseihn, up Nümmerverlaten as en schö-
nes Frühjohr tau Höchten, un ehr Hart würd getrost un
fröhlich in desen Wessel, un de Wessel is dat Glück. – Sei
was kein von de Ort, de Gott gefällig tau sin glöwen, wenn
sei nah Weihdag' janken un in Leiden swelgen, sei was en
fröhlich Kind, un ehr Hart was fast un gesund, dor kunn
ihrliche Tru un Gottvertrugen woll wassen. – Un de beiden
plegte sei un hegte sei mit Flit un Utduer, nich as min Nah-
wersch ehren Blaumenpott, de dor in'n Hus' mit rümmer
dröggt, as wir't en Wickelkind, dat hei hir en beten Sünn
kriggt un dor en beten Sünn, un denn acht Dag' lang nich
an em denkt, ne! Sei hadd ehre beiden Blaumenstöck ein
för alle Mal en gauden, fasten Stand gewen, un dor plegte
sei sei, un nu täuwte sei gedüllig, dat sei Blaumen un
Frücht' bröchten. –
Bi de Ort, tau sin un tau denken, kunn sei sick ok recht ut
vullen Harten tau de Reis' freuen, sei brukte nich wegen de
lütte Trennung tau versmachten un tau versmölten; un sei
stunn up un packte ehren Reis'kuffert, denn morgen süll't
mit den tweiten Tog furtgahn, as ehre Mutter bi ehr rinner
kamm: »Hella, mein Kind, soeben ist Herr Nemlich ange-

kommen; er logiert diese Nacht bei uns, dein Vater war wieder so voreilig, ihn einzuladen.« – »Nun, wie gefällt er dir, Mutter?« – »Ellen, du weißt, es ist bei deiner Mutter feststehende Lebensregel, niemals voreilig ein Urteil abzugeben, sie sieht und beobachtet. – Ich tue das *nie*; aber er hat etwas Feines in seinem Äußern, ist entschieden gebildet und hat auch gewiß ein gutes Herz, denn er hat sich gleich mit Paul abgegeben, der sich natürlich wieder so unpassend wie möglich beträgt. – Komm nun herunter, mein Kind; und nimm so wenig Sachen wie möglich mit. Ich habe es neulich gelesen: *der* Mensch ist der glücklichste, der die wenigsten Bedürfnisse hat.« – Helene hadd dat all lang' in't richtige Gefäuhl hatt, dat sei woll nich dortau kamen würd, up dat Schipp mit schöne Kleder Eroberungen tau maken oder dormit tau Konstantinopel den groten Soldan de Ogen tau verblennen; sei hadd sick ganz bescheiden inricht't, was nu mit den ganzen Kram farig un gung mit ehre Mutter nah unnen dal. –

't is ganz natürlich, dat de Minsch sick von en annern Minschen, mit den hei 'ne Tidlang tausamen lewen sall, en Bild utmalt, un wenn Helene mit Herr Nemlichen ok nich vel tau deilen hadd, so wüßte sei doch, dat ehr Brauder Paul, von den sei so vel höll, in sine Hand un sine Upsicht gewen warden süll, un as sei nu Herr Nemlichen tau seihn kreg, stimmte dat mit ehr Bild gor nich un mit dat, wat ehr Mutter ehr vörmalt hadd, ok man swack tausam. – Nich, dat ehr Herr Nemlich utbannig häßlich vörkamm, dat nich! – Dat wir ok för uns beid', för Munde un mi sülwst, de wi em beid' mit grote Leiw' tau betrachten gewen't sünd, sihr kränkend west; äwer hei hadd wat an sick, wat nah ehre Meinung mit sinen Rock un sine Vatermürder nich tausamen stimmen ded, denn dese beiden wiren untadelig. – Herr Nemlich was man kort geraden, de Natur hadd äwersten ehr Verseihn inseihn, was in sick gahn un hadd em dorför sine beiden En'ns, Kopp un Fäut, desto gröter makt. – Hei hadd swarte, lange Hor, de hei halw geistlich un halw weltlich achter de Uhren dal hängen let, hadd 'ne gelihrte, gele Farw' in't Gesicht un hadd sick in de letzte Tid en Vullbort stahn laten. So nennte hei em wenigstens, 't was äwer man 'ne Ort gadliche Schonung, as ick sei vördem mal in de Niederlausnitz seihn heww, wo hir en lütten Drümpel Dannen tau Höchten schütt un dor en lütten Drümpel Dannen, unner de einer den gelen Sand ümmer so hellweg dörchlüchten süht.

Indessen müßt Helene sick ingestahn, dat Herr Nemlich sick för den Anfang ganz paßlich tau benemen wüßte; denn hei blew ehr drei Schritt von den Liw'. Gegen Herr Groterjahnen was hei bi allen Respekt mit Tautrulichkeit un Deinstfarigkeit, denn hei höll em en Fidibus up de Pip, wat hei kuntraktlich noch gor nich nödig hadd, wil dat hei mit em noch gor nich up Reisen was; gegen Fru Jeannette Groterjahn was hei mit pure Hochachtung, un de namm tau, as em de Dam ehre säbenteihn Gepäckstücken äwergaww, dat hei dor von nu an Obacht up gewen süll, un dorbi ümmer ehren Grundsatz von glücklich sin un von wenig Bedürfnissen utsprok. – Wat müßte *de* för Bedürfnissen hewwen, wenn't ehr mal inföll, dat sei unglücklich sin wull! – Gegen Paulen was hei mit Liebreichigkeit, hei strek em äwer de Hor un frog em, wo de Akkusativ Pluralis von mensa heiten ded, wat hei kuntraktlich ok nich nödig hadd, indem dat hei up't Latinsche nich annamen was un ok nicks dorvon verstunn, wil dat up't Seminor nich bedrewen ward. Paul wüßte den Akkusativ recht gaud, hei säd em äwer nich, un Herr Nemlich strakte em wedder äwer de Hor un säd, dat schadte nich, dat würd hei all noch tau weiten krigen. –

Nu was't ok hir all in de Reih', un morgen mit den tweiten Tog süll de Reis' los gahn. –

Den annern Morgen satt de oll Herr Jahn recht warm in en Pelz in de tweite Klass' von de Iserbahn un führte nah Berlin. Jochen Klähn hadd de beiden Kufferts besorgt un satt in de drüdde Klass' un vertellte dor alle Lüd', de't noch nich wüßten, dat hei nah Barlin führen ded. »Äwersten dat is noch gor nicks«, säd hei, »ick führ noch wider.« – Un wenn em de Lüd' frogen: wohen denn?, denn makte hei en geheimnisvolles Gesicht, wat hei sihr natürlich taurecht kreg, wil dat dat för em ok noch en Geheimnis was. – As sei tau Berlin ankamen wiren un sick en Gasthoff upsöcht hadden, säd de oll Jahn: »Jochen, ick bün mäud un will hüt tau Hus bliwen; äwer du kannst en beten in de Straten rümmer gahn un di Berlin anseihn.« – »Ne, Herr, dat dauh'ck nich. – Wo Sei bliwen, bliw ick ok. – Dat's nich üm Ehrentwillen, dat's üm minentwillen, denn dat weit ick all vörher, ick verlop mi.« – »Je, denn möst du bet morgen täuwen, morgen bliwen wi noch hir.« –

Den sülwigen Dag, an den Jahn afreis't was, wull ok Herr Groterjahn reisen, äwer mit den tweiten Tog. – Hei kamm mit vulle Utrüstung, mit Pelz un Pudelmütz, in de Stuw', wo Helene un Paul all reis'farig täuwten, un't fehlte nu blot noch Fru Jeannette, denn Herr Nemlich stunn all up de Del un tellte sine Kisten un Kasten un Schachteln äwer. – Na, endlich, as de beiden Wagens all vör de Dör hollen, denn de ein was för't Gepäck bestimmt, kamm denn Fru Groterjahnen ok herin, fohrte äwer glik up ehren Gemahl los: »Anton, was soll das? Du im Pelz? – Sieh mich an, habe *ich* einen angezogen?« – »Je«, säd Anton ganz verstutzt, »das ist ja aber kalt.« – »Anton, ich bitte dich, wir fahren ja nach dem heißen Süden.« – Je, säd Anton, dor wiren sei man noch nich. – Äwer sine Fru led't nich un säd, sei wullen sick nich taum Gespött von de Welt maken, un Anton treckte den Pelz ut un steg mit en bloten Äwertrecker in den Wagen. – As sei alle dorin seten, wull Herr Nemlich up den Buck stigen, äwer Fru Groterjahnen led't nich, hei müßte up den Packwagen stigen, denn sei hadd 'ne grote Angst, dat de Fuhrmann 'ne Schachtel verliren kunn. – Bi dat Inschippen up de Iserbahn gung alles ganz gaud, blot Herr Nemlich würd arretiert, nich von de Polizei, ne! von 'ne öllerhafte Dam', de hei en lütten Reis'kuffert entführen wull, as wir dat ein von sine unnergewenen Kasten. Herr

Nemlich wull den Kuffert tauirst nich rute gewen; äwer de olle Dam was tau resolviert, sei läd Hand an ehr Eigendaum un redte Herr Nemlichen mit »junger Mensch« an. Up dese Beleidigung wull hei nu irst mit en richtigen Driw'-kil up en grawen Klotz antwurten; äwer as hei sach, dat de olle Dam, ahn sick en Spirken tau schanieren, sick in den sülwigen Wagen von de tweite Klass' rinner plant'te, wo de Fomili Groterjahn satt, sweg hei leiwerst un steg in de drüdde Klass' un führte nah Berlin.

Den annern Dag gegen Morgens hentau Klock teihn, denn Fru Groterjahnen kunn des Morgens wegen ehre Nerven nich tidiger ut den Bedd ruter finnen, makte de Fomili Groterjahn en vörlöpigen Plan, woans sei den Dag henbringen wullen tau Berlin. Irstlich müßten sei allerlei inköpen. Fru Groterjahnen was von ehren Doktor tau Hus up allerlei Middel gegen ehre Nerven un annere Unbequemlichkeiten upmarksam makt, sei wull also sick mit Flöhpulver – dat säd sei äwer nich lud' – un denn mit en Middel gegen de Seekrankheit versehn, wat en Dokter utfünnig makt hadd, de noch kein anner Water tau seihn kregen hadd, as wat in de Spree un in sine Waschschöttel tau seihn was, un denn müßte sei sick gegen de Nerven noch 'ne Kist »Hoff'schen Malzextrakt« mitnemen, wotau sei Antonen ok bereden wull; de was nu äwer nich för Hoffen, de was mihr för Daubitzen un wull sick mit den sinen Lakür up de Bein bringen un set'te dat ok ditmal richtig dörch. – Helene wull sick 'ne lütte Leddertasch taum Ümhängen köpen, dormit dat sei allerlei notwennige lütte Kleinigkeiten, as Neihgeschirr, Slätel, klein Geld un so wat, ümmer glik tau Hand hadd, un Paul säd, sin Vader süll em man sin Deil in bor Geld gewen, em würd ok woll noch wat sihr Notwenniges infallen. – Vader Groterjahn ded't ok. – Nahsten wullen sei denn dat Museum beseihn un den Abend in't Schauspillhus gahn, wo Don Carlos gewen würd. – Paul würd von't Museum dörch sin leiw' Mutting utslaten, wil dat sine Bildung för de Apollos und Venussen noch nich rip was, un

kreg de Erlaubnis, mit Herr Nemlichen in de Apen un
Boren von den zoolog'schen Goren tau gahn. –
De oll Jahn was den Morgen all tidig utgahn, Jochen Klähn
mit em, un was in den Dirgoren rinner geraden un dor
rümmer warkt, üm sick de Fäut tau verpedden, un so was
hei ok in den zoolog'schen Goren kamen. – Jochen Klähn
kamm denn nu hir ut dat Wunnerwarken gor nich rut.
»Herr«, rep hei ein äwer't anner Mal, »wat sünd't för Kre-
turen! – Nu kiken S' desen blot«, rep hei, as hei 'ne Hyän
tau seihn kreg, »wat hett hei för Anstalten! Nu hüren S', hei
lacht ordentlich. – Ne, wo gruglich! – Je, du büst de rechte!
– Nu kiken S' de Vägel blot an, ne, wo bunt, wo bun-
ting! – Hewwen S' hürt? – De snacken ordentlich.« Un as
hei nu nah den Apenkasten kamm, stunn hei ganz verbas't
un flusterte tauletzt sinen Herrn ganz lising tau: »Herr, ver-
stahn sei dat, wenn wi mit enanner reden?« – »Ne, Jochen.«
– »Herr, lihren de Apen ok snacken?« – »Ne«, säd Herr
Jahn un lachte un hadd sine Freud' an sinen Jochen, un
wenn em dat ok sülwst Spaß maken ded, de Hauptspaß
was för em doch, gewohr tau warden, wo krus dat allens
dörch Jochen sinen Kopp schot un wo sick dat dorin krüselte
un dreihte. Un as sei sick endlich up den Rüggweg makten,
dunn dreihte sick Jochen üm un süfzte deip up, as wir de
zoolog'sche Goren de Paradiesgoren un hei wir dorute
drewen as Adam, un säd: »Herr, dit's allein all dat Geld
wirt, nah Barlin tau reisen.«
Mitdewil was Paul mit sinen Herrn Perzepter Nemlich den
sülwigen Weg nah den zoolog'schen Goren rute gahn, den
de annern beiden wedder taurügg gungen, un as hei nu an
den Weg 'ne Häkerfru mit Appeln sitten sach, föll em in, dat
hei jo Geld hadd un dat Appeln wat Notwennigs tau köpen
wiren; hei köffte sick also weck. – Hei hadd en schönen
Handel makt, denn't wiren so vel, dat hei sei mit de ganze
Göps vör sick an den Liw' hollen müßte, un dese unbehülp-
liche Lag' makte sick nu so'n driftigen Berliner Schauster-
jung' tau Nutz, treckte höflich die Mütz vör em af un säd:

»Juten Morjen, Kleener! Ick werde dir helfen«; un dormit grapste hei sick en Appel un stödd em de annern ut de Hän'n. – »Täuw!« rep Paul, »ick will di bi ‚Kleenern'!«, fohrte up den Schausterjungen los un let Appeln Appeln sin. – Dit würd denn nu 'ne wunderschöne, natürliche Prügeli, un Herr Nemlich lep als Perzepter dorbi rümmer: »Paul! Paul! – Ich bitte Sie um Gottes willen! – Hier in Berlin, Sitz der höchsten Bildung, eine Schlägerei! Was wird Ihre Frau Mutter dazu sagen?« – Paul slog sick äwersten düchtig wider; de Schausterjung' was em frilich äwer, denn hei was öller un gröter, hadd em den Rockkragen äwer den Kopp treckt un mengte em nu achter up, äwer as Paul en Ogenblick Luft kreg, fohrte hei unverzagt wedder up den Schausterjungen los: »Du entfahmte Spitzbauw, du!« – Grad' in desen Ogenblick müßte dat nu gescheihn, dat up de anner Sid von de Schassee Jochen Klähn twintig Schritt achter sinen Herrn un in deipe Gedanken äwer de Apen un Boren hergung; dunn weckten em dese »Klänge aus der Heimat« – »Du entfahmte Spitzbauw, du!« – ut sinen säuten Apen- un Boren-Drom, un as hei nu lütt Paulen jenäwer sach, vergatt hei Apen un Boren un de letzten Twistigkeiten mit Paulen, störtte up den Schausterjungen los, bröchte den Bengel mit en por dägte Mulschellen in regelrechte Flucht, strakte sinen lütten Paul äwer den Kopp un frog: »Gott bewohr uns, Paul – dat möt mi denn doch wunnern – wo kümmst du nah Barlin? Un wo kümmst du in 'ne Slägeri?« – »Hei hett mi ok minen Appel wegnamen«, säd Paul noch in vulle Hitz. – »Un dat sühst du mit an, Franz Nemlich, un steihst lütt Paulen nich bi? Du büst jo en rechten Schapskopp!« säd Jochen tau den Perzepter. De wull nu vel seggen, äwer Paul frog dormang: »Äwer, Jochen, wo kümmst du hirher?« – »Holt din Mul, ick sall nich mi di reden! – Süh, dor steiht min Herr un täuwt all. – Äwer«, rep hei all in'n Weglopen, »gah in de Apen- un Borengeschicht, dat is dat Schönste, dat is dat Schönste! Wat...«« – Dat Äwrige verweihte de Wind. –

314

»Wat hest du wedder«, frog de oll Jahn, as Jochen ut de Pust ran nah em kamm, »du hest di jo woll gor in 'ne Slägeri mengt. Dat lat mi denn doch unnerwegs.« – »Herr, 't was lütt Paul.« – »Wer?« – »Je, uns' lütt Paul.« – »Paul Groterjahn?« – »Ja, Herr, de sülwige, un en groten Jung' hadd em unner, un dat kunn'ck doch nich liden.« – »Wo kümmt de hir äwer in aller Welt her?« – »Je, dat seggen S' man mal! Ick hadd em woll fragt, äwer ick sall jo nich mit em reden.« – »Ach, du büst nich recht klauk, du sallst di man nich in Snackeri von Hus tau Hus mit em inlaten.« – »Herr, sall'ck taurügglopen un em fragen?« – »Ne, kumm!« – Un so gungen sei denn in de Stadt herin. –

Ok de Groterjahnsche Fomili kreg tau weiten, dat de oll Jahn in Berlin was, denn as sei sick tau den Gang nah Don Carlos anschickte un sick Helene mit Nadel un Faden an Paulen sin Vörhemd tau dauhn makte, säd Paul: »Mutting, weißt was? – Jochen Klähn ist auch hier.« – »Poll«, säd Fru Groterjahnen, »ich weiß nicht, wie mich das hier in Berlin interessieren könnte, daß Jochen Klähn hier ist. – Aber was hast du denn da?« frog sei, as sei sin terreten Vörhemd tau seihn kreg. – »Oh, nichts«, säd Paul. – »'s ist schon alles wieder gut«, säd Helene un schow Paulen bi Sid, dat hei de Mama ut de Ogen kamen süll. – De äwer wend'te sick an Herr Nemlichen mit de sülwige Frag', un Herr Nemlich vertellte denn den Hergang von den Scharmützel un stellte sine Sorg' üm Paulen in dat gehürige Licht. – »Oll Anmeller!« säd Paul vör sick hen, dat Helene dat blot hüren kunn, »wenn't nah em gahn wir, ick hadd schöne Schacht kregen«, un säd lud' tau sin Mutter: »Ja, ich hatte aber doch recht, und wenn der alte Jahn Jochen Klähnen nicht gerufen hätte, denn hätte der Jung' noch mehr gekriegt.« – Dat hei den ollen Jahn mit infligen ded, was Paulen sin Glück, süs wir hei gewiß hüt abend nich in den Don Carlos kamen un hadd tau Straf tau Hus bliwen müßt; äwer dat de oll Jahn ok in Berlin wir, dat rögte Fru Groterjahnen ehre Nerven so up, dat sei Paulen ganz verget, un nah langes Hen- un Herreden mit ehren Gemahl kamm sei tau den Sluß, dit wir wedder 'ne nige Utverschamtheit von den ollen Jahn, dat *hei* sick unnerstunn, an den sülwigen Dag tau Berlin tau sin, wo *sei* dor wiren. –

As sei des Abends ut dat Theater nah Hus gungen, säd Herr Groterjahn tau Herr Nemlichen, denn de was ok mitnamen worden: »Nu erklären Sie mich aber mal das Ganze. – Wie kann ein Mensch wie Schiller so ein unmoral'sches Verhältnis beschreiben, daß der Sohn mit der eigenen Mutter – und wenn's auch man 'ne Stiefmutter ist – ein Verhältnis hat?« – »Ja, das ist wahr, unmoralisch ist es; aber bei einem Trauerspiel, was man auch tragisch nennt, ist was Unmoralisches erlaubt, indem die Dichter sonst gar kein Trauerspiel schreiben können; bei einem Lustspiel aber muß alles moralisch sein, und die neuesten Lustspiele sind alle sehr moralisch und voll lauter Witze. Das habe ich vordem jeden Abend im Theater zu Kröplin gesehn, wo ich dazumal konditionierte.« – »Das sag' ich man!« säd Herr Groterjahn, »ich for mein Part gehe auch viel lieber in ein Lustspiel, meine Frau aber ist mehr für das Trauerspiel und die großen Opern wegen Helene ihre Bildung. – Mir hat das Stück heut abend man sehr mäßig angesprochen.« – »Ja«, säd Herr Nemlich, »ich begreife Schillern auch nicht, wie er mit solchen alten, abgedroschenen Redensarten auftreten kann, als zum Exempel: ,Die schönen Tage von Aranjuez sind nun vorüber', oder ,Der Knabe Karl fängt an, mir fürchterlich zu werden'«. – »Das sag' ich man!« rep Herr Groterjahn, »und das soll nu ein großer Dichter sein! – Wo oft hab ich zu meinem Paulus gesagt, wenn die Ferien aus waren: die schönen Tage von Aranjuez sünd nun vorüber, und denn setzte ich noch die andere Redensart hinzu: und Haß und Rache kommen an die Reihe. Und wo oft hat meine Frau nicht gesagt, wenn Paulus sich in einer großen Gesellschaft unpassend betrug: der Knabe Poll fängt an, mir fürchterlich zu werden. – Na«, säd hei un kloppte Herr Nemlichen up de Schuller, »ich seh' schon, wir stimmen miteinander.«

Wien un dat Witte Roß in de Leopoldstadt. – Wo Herr Groterjahn einen ollen Fründ mit 'ne Sempsauß vertehrt. – Wat de Propyläen tau Athen »Popoläum« oder »Propoläum« heiten un wat dat en passenden Platz för Spickgaus is. – Alles verkräumelt sick bet up Fru Groterjahnen, un twei olle Frün'n begegnen sick. – Fru Groterjahnen ehr Blitz sleiht in 'ne grise Wederstang' in. – Jochen Klähn ist hier! und der alte Jahn auch! un de olle, grise Dam führt nah Konstantinopel! – Werthers Leiden un de Fischführer mit de Trumpet. – Wat Sömmering oder Siemerling richtiger is. – Der Mensch soll den andern Menschen nicht im Schlafe stören.

Den annern Dag gung de Reis' von beide Deil wider, Herr Jahn mit den irsten Tog, de Groterjahns mit den tweiten, Herr Jahn recht warm in en Pelz, Herr Groterjahn mit Tähnklappern in en Äwertrecker, un all beid' sihr untaufreden, Herr Groterjahn, dat de warme Süden nich kamen wull, Herr Jahn, dat hei nicks besonders up den Fell'n tau seihn kreg, denn Sachsen un Böhmen segen unner Snei un Is ok man so ut as Meckelnborg üm dese Tid. – In Wien führte de oll Jahn in't Witte Roß in de Leopoldstadt, wil em sin Wirt in Berlin dat rekummandiert hadd; in Wien führte Herr Groterjahn ok in de Leopoldstadt ok in't Witte Roß, wil Bädeker en Krüz dorbi makt hadd un Herr Nemlich doruter lesen hadd, dat dor de Norddütschen ehren Tog hen hadden un dat dat dor schöne Fisch gew, unner annern ok »Schill«, den Herr Groterjahn nicht kennte, den sine Bekanntschaft hei äwer woll maken müggte, wil dat hei äwerall sihr för Fisch was. As sei nu ankamen wiren un de Damens sick en beten von de Reis' verpust't un upklaviert hadden, treckte Groterjahn denn an de Spitz von sine Gesellschaft in dat Ettimmer rinner un frog sine leiwe Fru, wat sei tau »Schill« meinen ded. – »Anton«, säd Fru Jeannette, »ich habe schon vor unserer Abreise die Ansicht ausgesprochen, daß es Pflicht von jedem Reisenden sein müßte, sich aus Grundsatz den verschiedenen Eigentümlichkeiten der Individuellialitäten – es ist dies ein unangenehm langes und schweres Wort – von den verschiedenen Völkerschaften anzuschließen, auch in Speise und Trank. In Berlin

317

habe ich deswegen Pfannkuchen gegessen und Weißbier dazu getrunken, was mir freilich nicht sonderlich bekommen ist; hier in Wien denke ich Backhänel zu essen.« – »Das wollen wir ja auch, mein Süßing«, säd Anton, »aber was meinst du – vorher ein Stück Fisch? Schill? – Bei uns gibt's keinen Schill.« – »Nun meinetwegen!« säd Fru Jeanette, »du weißt, ich gebe dir immer nach. – Aber es ist für mich ein Greuel, die alte Dame, die mit uns in Rostock einstieg, in jedem individuellen Lande ihren Eßkober mit Mettwurst und Schinken hervorziehn zu sehn und deine darauf gerichteten, verlangenden Blicke gewahr zu werden. – Ich glaube, du und die alte, überlästige Dame setztet euch ja wohl in der gebildetsten Stadt von ganz Griechenland, in Athen, auf den Po – po – Popoläum und äßet Spickgans.« – »Sie meinen gewiß die Propoläen«, säd Herr Nemlich en beten vörlud'. – »Es ist möglich, daß es so heißt; aber Popoläum scheint mir richtiger und auch vornehmer, denn wir sagen nicht propulace, sondern populace. – Sie können übrigens meinem Mann und meinen Kindern immer Ihre Erklärungen angedeihen lassen; für mich ist dies gerade nicht nötig, ich werde mir dieselben nötigenfalls erbitten.« – So, Franz Nemlich! Dor hest du nu taum irsten Mal dinen richtigen Tappen; worüm hest du ok so schön utwennig lihrt!

De Gesellschaft satt an den Disch, un de Fisch würd bröcht, ein jeder hadd en lütten Finzel up den Töller, un Herr Groterjahnen kek sin Deil an un rep endlich: »Kellnöhr! Wir haben ja nicht eine halbe, wir haben ja eine ganze Portion bestellt.« – De Kellner säd, ja, dat wir ok 'ne ganze. – »Muß ein sehr seltener und teurer Fisch sein«, säd Herr Groterjahn un makte sick ordentlich mit Andacht an den Fisch heranner, »denn die Portion kostet einen Gulden twölw Krüzer.« – »Vatting, weitst wat?« kreihte Paul, de sick an sin Deil ranner makt hadd, äwer den Disch räwer, »dat is Sannat.« – »Poll!« rep de Fru Mutter em tau wegen sine dumme Meinung un wegen sin dummes Plattdütsch. – Herr Groterjahn hadd sin Stück all so en beten unsäker ankeken, un as hei nu mit Metz un Gawel doran gung, un as dat Fleisch von den Fisch so glatt von enanner bläderte, dunn würd em so swack un weikmäudig tau Maud, as süll hei einen von sine besten un langjöhrigsten Frün'n vertehren. »Helene«, frog hei, »was sagst du?« – »Ja, Vater, Paul hat recht«, lachte Helene, »'s ist unser alter mecklenburgischer Sannat.« – Herr Groterjahn kek sine Fru mit en jammervullen Blick an: »Süßing, nimm das nicht übel! Ich kann auch nicht dafür. Sannat! Und den nennen sie hier Schill?« – »Anton«, säd sine leiwe Fru un lachte dorbi so recht sülwsttaufreden, »ich habe mich in deinen Willen gefügt, wie ich es immer tue, obgleich ich mehr für ,Fogasch' gewesen wäre, von dem Bädeker auch spricht und der mir für die kaiserlich-königlichen österreichischen Staaten individueller zu sein scheint. – Schill ist ja ein bekannter Name für uns.« – »Doch nicht für einen Fisch«, säd Anton, »un denn der Preis, pro Portion einen Gulden zwölf Kreuzer!« – Un dese schöne Pris schmeckte em as 'ne Ort von Sempsauß bi jeden Happen dörch, as hei nu et.

As Herr Groterjahn den Fisch betahlt hadd, wat hei ümmer glik ded, un ihre de Backhänel kemen, was Paul mal rute gahn. Sin Backhänel lagg all lang' up sinen Töller, Herr Groterjahn hadd sinen all vertehrt un sach sick all nah den tweiten üm, mäglich ok all nah den drüdden; äwer Paul kamm nich wedder. Dit müßte denn nu sihr upfallen, denn Paul was en richtigen Meckelnbörger, wenn ok man noch en lütten; hei was an't Brod gewennt, un wenn de Schöttel up den Disch stunn, denn wiren hei un de Fleigen ümmer de irsten, de sick doran höllen, un hei pleggte ok bet up de Letzt uttauhollen. »Er ist noch zu jung«, säd Herr Groterjahn, «und für meinen Geschmack ist er auch zu sehr in den weichen Teig umgekehrt«, womit hei dat Backhänel un nich Paulen meinte. »Aber wo ist Paulus?« frog hei. – »Ich will ihn suchen«, säd Helene un was all ut de Dör, as ehr Mutting ok frog, wo Poll wir, un Herr Nemlichen dorbi ankek, wil Paul em äwergewen was un hei för em upkamen müßte. –

Herr Nemlich stunn nu ok up un gung ut de Dör, un as nah 'ne Wil keiner wedder taurügg kamm, gung Herr Groterjahn ok herute, üm de annern tau säuken, un de gnedige Fru satt nu ganz allein mit ehren Backhänel un mit ehren Arger, dat sei so abscheulich von ehren Mann un ehre Kinner vernahlässigt würd.

As Helene den Gang entlang nah ehr Logis tau gung un in den hellen Schin von 'ne Gasflamm kamm, stunn 'ne grote Gestalt vör ehr, un as sei dor mit ehren lichten Faut an vörbiflitschen wull, reckten sick ehr en por Hän'n entgegen, un 'ne olle, true Stimm rep: »Helening!« – Sei kek tau Höcht: »Onkel Jahn! – Herr Jahn!« – »Worüm seggst du *Herr*? – Bün ick denn din Unkel nich mihr?« säd de oll Mann un slog sinen Arm üm ehr un bögte sick dal un küßte sei: »Min leiw' lütt Lening!« – »Onkel Jahn! Onkel Jahn! – Wie kommst du hierher nach Wien?« – »Je, dat denk di mal! – Eben in desen Ogenblick heww ick von Paulen tau weiten kregen, dat ji nah Konstantinopel reist't, un ick reis' ok hen, up dat sülwige Schipp, un keiner weit't as du *allein*.«– »Ach Gott, was wird das aber werden? Meine Eltern und du ...« – »Gaud ward't warden! Gaud!« rep de Oll un schow dat junge Mäten en Schritt von sick un kek sei von baben bet unnen mit so'ne tauversichtliche Min' an. – Dunn kamm Herr Nemlich an: »Fräulein Helene, haben Sie Paulen ... – Herre Je, das is ja Herr Jahn! – Herr Jahn, wie ...?« – »Je«, föll de oll Herr em in't Wurt, »un is dat nich de Köstersähn ut Zippelmannshagen? – Wo karrt Sei der Deuwel hir nah Wien hen?« – »Ich – ich bin engagiert als Erklärer von Herr Groterjahnen.« – »So-o-o«, treckte de Oll so lang weg, »sälen Sei denn för Herr Groterjahnen de annern Lüd' erklären oder för de annern Lüd' Herr Groterjahnen?« frog de Oll so en beten spitz, un as hei gewohr würd, dat Helene de Frag' woll weih dauhn künn un dat Herr Nemlich sei nich recht verstunn, säd hei: »Nu gahn S' man hen nah Nummer säben, dor warden S' Paulen woll finnen, wenn Sei den säuken, hei vertellt sick dor en Strämel mit minen

Jochen Klähnen. – Ja«, säd hei, as Herr Nemlich nah Num-
mer säben gahn was, un reckte Helene wedder de Hän'n
entgegen, »'t ward all wedder gaud warden, min Kind! –
Äwer vörlöpig segg du noch nich, dat ick mit jug tausam
reis'.« – »Je, Onkel, aber Paul . . .« – »Ih, de weit nicks dor-
von, denn Jochen Klähn weit ok nicks.« – Hei wull noch
wider wat seggen; äwer dunn pust'te Herr Groterjahn ganz
ut den Aten wegen't Treppenstigen heranne: »Helene, wo
ist . . .? Wo . . .? Wo . . .? – Wo ist? – Herr Gott, noch ein-
mal! Das ist jo woll Jahn?« – »Ja, Groterjahn«, säd de oll
Herr ruhig, »dat is din olle, frühere Fründ Jahn.« – »Hm –
hm –«, säd Herr Groterjahn in sine grote Verlegenheit, »ja –
ja – ja – Helene, wo ist unser Paulus?« – »Komm, Vater«,
säd Helene, »Paul ist auf Nummer sieben und Herr Nem-
lich auch.« Un as sei dor an de Dör ranner kemen, kamm
Herr Nemlich ehr all mit Paulen entgegen, un Jochen Klähn
stunn in de Dör un säd: »Paul, kumm du man ümmer wed-
der, ick un min Herr mägen di girn liden; äwer Franz Nem-
lichen brukst du nich mittaubringen; dat's en *groten Schaps-
kopp!* Nennt mi ümmer *Sie* un *Herr* un *Herr Klähn,* un wi
hewwen uns ümmer mit enanner schacht!« –
As Fru Groterjahnen so allein mit ehren Arger satt, denn
de Backhänel was ok nich mihr dor, den hadd sei all ver-
tehrt, un nu so allmählich de Gift un Gall un de Nerven
äwer·de Rücksichtslosigkeit von de Ehrigen in ehr tau Höch-
ten stegen un sei ut ehre mütterlichen Ogen all de scharp-
sten Blitzen up de unschüllige Stuwendör schot, wo de Ver-
breker gegen ehre Fomilien-Ihren un Würden herinner ka-
men müßten, hadd dat Schicksal in sine unbegripliche Weis-
heit all för en Blitzafleiter sorgt. – De oll Dam, de Herr
Nemlichen all in Rostock mit den Kasten arretiert hadd un
nahsten binah ümmer mit de Groterjahns in den sülwigen
Wagen de Reis' mitmakt hadd, plant'te sick stiw un stur
as 'ne Ort von Wederstang' taum Besten von de Verbrekers
an Fru Groterjahnen ehre Sid: »Guten Abend, meine
Liebe! – Ich sehe, Sie sitzen hier so allein, und da wir nun

doch schon so lange Reisegefährten sind ...« Sei wull nu noch wat Fründliches seggen; äwer Fru Groterjahnen ehre Blitzen flogen babenwarts in ehre grisen Hor, fohrten an ehren ollen, magern Liw' un den grisen Ümslageldauk un dat grise Kled bet up de grawen Snürstäwel dal, dat sick de oll Dam ordentlich verfirte, ehre Fründlichkeit vergatt un ehr staats dessen mit de utverschamte Frag' grad' in dat Gesicht herinner fuhrwarkte: »Sünd Sei bös, min leiw' Dochter?« – Na, dat weit jo nu doch jeder Minsch, de jichtens mal bös west is, dat einer irst recht bös ward, wenn hei nah sin Bös-Sin fragt ward, un nu kamm dortau noch, dat de ungebild'te olle Dam sei so wenig estimierte un sei mit Plattdütsch anred'te un ok mit »Dochter«. – Dit wir nu grad' noch nich so schlimm west, denn jede Fru in gewissen Johren ward sick leiwer »Dochter« as »Mutter« schellen laten; äwer doch woll nich von Jedwereinen. – *Sei*, de Gaudsbesitzerin Groterjahnen, süll sick von de olle, stiwe Wederstang' von Frugenstimmer »Dochter« nennen laten? Dat kunn doch up ehre gebild'ten Verhältnissen en snurrig Licht smiten. Sei säd also – un ehr Blitz fohrte nu mal wegen de Afwesselung von unnen nah baben an de oll Dam tau Höchten – sei wüßte gor nich... – »Ick weit all, min leiw' Dochter, wat Sei seggen willen«, föll de oll Dam in, »Sie wissen gar nicht, wie Sie zu der Ehre kommen, daß ich mich um Sie kümmere, äwer ick will Sei dat seggen, worüm: Sie haben ein paar so prächtige Kinder...« – De oll Dam kamm ok nich tau de vulle Utführung von ehre Red', denn in desen Ogenblick stört'te Paul in de Dör herinner, stellte sick vör sine Mutter hen, lachte äwer dat ganze Gesicht un säd: »Mutting, weißt was? – Jochen Klähn is hier! – Den alten Jahnen sein *Jo – chen Klähn* is hier, und der alte Jahn ist auch hier!«

't is, gradtau geseggt, schändlich in de Welt! – Mutter oder Dochter Groterjahnen, sei wüßte in ehre Hast ok nich mihr, wat sei eigentlich was, hadd den schönsten Trumpf in de Hand, den sei gegen de oll, utverschamte Dam utspelen

wull, un nu kamm de dumme Jung' von Paul, un achter em
Helene un Herr Nemlich un tauletzt noch ehr eigene, ange-
trugte Mann, Groterjahn sülwst, un säden all, de oll Jahn
wir dor, un Herr Nemlich – wohrschinlich üm sick mit ge-
nauere Utkunft beleiwt tau maken, wat em äwer *nich* gelung
– säd, de oll Jahn logierte up Nummer säben, un sin Bedd
stünn grad an de Wand, wo Fru Groterjahnen ehr up Num-
mer acht stünn, so dat sei sick bequem afkloppen künnen. –
Fru Groterjahnen satt bi dese angenehmen Nahrichten ganz
verbas't dor, allmählich verhalte sei sick äwer un wählte ut
de ganze Gesellschaft den würdigsten Gegenstand för ehren
Arger un Zorn heruter un verföll natürlich ut olle Gewohn-
heit dorbi up ehren Ehegemahl, de so frech un dummdrist
vör ehr stunn, as wir hei unschüllig as en nigeburnes Kind.
– »Groterjahn«, rep sei un schow den Teller mit de Knaken
von de Backhänel in vulle Entrüstung von sick, »du miß-
handelst deine Frau!« – Anton stamerte nu wat taurecht:
hei künn jo ok nich dorför, dat de oll Jahn hir wir, un Paul
kreihte dormang: »Mutting, weißt, was ich möcht': ich
möcht', Jochen Klähn un der alte Jahn reis'ten auch mit
nach Konstantinopel.« – »Unverschämt genug wär' er dazu«,
rep Fru Jeannette un kek de Gesellschaft de Reih' lang an,
wer sick woll unnerstünn, hirgegen wat tau seggen, bet ehr
Blick stiw un starr an de olle, magere Dam hacken blew,
indem sei sick dat in ehren Geist äwerläd: je, wenn 't nu
würklich wohr wir, wat de dumme Jung', de Paul, in sinen
Unverstand so herutslagen hadd! – »Sei kiken mi an, mine
leiwe Dochter«, säd de olle Dam, »an mir ist nicht viel zu
sehen, und an Ihrer Verdrießlichkeit bin ich ganz unschul-
dig. Wie ich aber merke, ist Ihre Nachbarschaft daran schuld,
und da ließe sich ja leicht eine Änderung treffen, wir können
ja mit den Zimmern tauschen, in dem meinigen stehen auch
zwei Betten, un ick mak mi dor gor nicks ut, mit den ollen –
wo heit hei noch?« – »Jahn«, säd Paul. – »Poll!« rep sin Mut-
ter. – »Also mit den ollen Jahnen Wand an Wand tau sla-
pen.« – »Das ist sehr freundlich von Ihnen«, säd Helene un

gung up de oll Dam tau un läd ehr de Hand up de Schuller, »Mutter wird Ihr gütiges Anerbieten mit großem Dank annehmen.« – Grot was de Dank nu grad nich, den Mutter taum Besten gaww, 't was en gnedigstes Vöräwerbögen, wat sinen Scharnier in't Sittgelenk hadd. – »Worüm nich? Worüm nich, mine leiwe Dochter?« säd de oll Dam tau Helenen un strek Helene ehre lütte, weike Hand mit ehre ollen, knäkerigen Knäweln, »einer muß dem andern gefällig sein, und Sie werden 's mir noch wohl vergelten können, da wir noch lange Reisegefährten bleiben, denn, wie ich höre, wollen Sie ja auch nach Konstantinopel.« – Na, so wat krüppt doch up den bäwelsten Bähn nich! Dese olle, grise Dam wull ok nah Konstantinopel! – Fru Jeannette kek sei denn nu ok an, as hadd sei den utverschamtesten Ingriff in ehre Rechte begahn; sei, de Fru Groterjahnen, reis'te wegen den forschen Drang nah Bildung, äwer dese olle Perßon, de noch keinen Faut in de Bildung rinner set't hadd, weswegen wull dese olle Kretur nah Konstantinopel? – Sülwst Helene verfirte sick äwer dit Unnernemen un platzte herute: »Mein Gott, in Ihrem Alter!« – »Ja, mine leiwe Dochter, wat einer in sine jungen Johren versümt hett, möt hei in'n Öller nahholen. – Ich habe seit meiner frühesten Jugend den heißen Wunsch gehabt, Gott in der Natur kennen zu lernen und ihn in seinen Werken zu bewundern und anzubeten; aber ich mußte mich auf einen kleinen Raum beschränken – up de Wismer, min Dochter –, denn mir fehlte das Geld. – Nun bin ich aber durch einen unglücklichen Sterbefall in meiner Familie – 't is mine einzigste Swester, min leiw Döchting – in den Stand gesetzt worden, meinen Wünschen zu genügen.« – »Haben Sie denn niemals früher Reisen gemacht?« frog Helene dortüschen. – »Ne, ick bün ut de Wismer nich rute kamen. Was ich von der Welt weiß, weiß ich aus Büchern. – Ja, in meiner Jugend, als ich so alt war, wie Sie jetzt sind, da bin ich einmal von Wismar nach Sternberg gereist, *zu Ball*, mein liebes Kind« – hir spelte so'n schelmisches Lachen üm ehre welken Lippen – »ja, zum

Königsschuß. – Es war ein schöner Juniabend, als wir aus Wismar fortfuhren. – Sei möten weiten, min leiw' Döchting, Eisenbahnen und Chausseen gab es damals noch nicht, die Post ging auch nur zweimal in der Woche, ich fuhr deshalb mit einem Fischfahrer – wir fuhren des Abends aus, dormit em de Fisch in de heiten Dag' nich stinken würden. Langsam ging's nur, denn die Räder an seinem Wagen waren nicht taktfest, wie er sagte; auch hatte er sich eine kleine Sense mitgenommen, und wenn wir an ein Kleefeld kamen, dann stieg er ab und mähte Klee und fütterte die Pferde. – 't was unrecht von den Gesellen, min leiw' Dochter, denn de Klewer hürte em nich. Un as wi an en Dik ran kemen, dunn führte hei den Wagen bet an de Aß in den Dik – damit die Räder Wasser anziehen sollten –, un hei steg ut mit sine langen Fischer-Smerstäwel un läd' sick unner 'ne Wid' un slep dor en Strämel, un ick satt dor mit min wittes Ballkled un de rosenrode Scherf bi de Fisch un in den Dik. – Aber ich bin ihm nicht bös darüber, denn es war eine schöne Nacht, und die Sterne strahlten vom Himmel, und ich betete die Allmacht Gottes an. – Und als der Morgen heraufkam, fuhren wir weiter – nich den geraden Weg, min leiw' Döchting, ne, ümmer up de Kirchdörper rümmer, denn hei wull jo sin Fisch los warden. Es war eine herrliche Fahrt, denn es war ein schöner Sonntagsmorgen, und die Kirchenglocken tönten über Feld und Wald, und so kamen wir denn in ein großes Kirchdorf, da stieg ich ab und setzte mich auf dem Kirchhof auf ein längst vergessenes Grab und las in Werthers Leiden, un hei halte sick sin Trumpet ut den Wagen un blos Fisch ut, und ich weinte mich recht satt. Gegen Abend kamen wir denn auch richtig in Sternberg bei meinen Verwandten an, und ich ging zu Ball und habe recht tüchtig getanzt. Dat seihn Sei mi nu nich mihr an, min leiw Döchting. Ja, 't is ok all lang' her; aber man sagte mir doch zu der Zeit viel Schönes über mein Tanzen.«
As nu vör't Taubeddgahn de Ümkateri mit de Stuwen besorgt was un de oll Dam in ehren Heldenmaud ruhig un

seker in ehre Stuw' gahn was, üm Wand an Wand mit den
gefährlichen ollen Jahn tau slapen, un de Groterjahns gun
Nacht seggt hadd, säd Helene bi't Taubeddgahn tau ehre
Mutter: »Mutter, was ist das für eine alte interessante
Dame! Und so freundlich und gefällig und in ihrem hohen
Alter noch so kindlich. Ich freue mich sehr auf ihre Reise-
gesellschaft, ich werde mich recht an sie anschließen.« –
»Ellen, mein Kind, du weißt, deine Mutter gibt nie voreilig
ihr Urteil über Personen ab; aber mit dieser alten Person
war ich schon in Rostock im klaren, als ich sah, mit welcher
Rücksichtslosigkeit sie von Herrn Nemlich ihren Koffer
zurückverlangte. Als wenn jemand aus unserer Gesellschaft
sie bestehlen wollte!« – »Aber, Mutter, sie hatte doch recht,
nach ihrem Koffer zu sehn.« – »Dann hätte sie es mit der
gebührenden Rücksicht gegen uns tun können. – Nein, sie
ist eine alte, ungebildete, zudringliche Person. Wie kann sie
sich hier, ohne vorgestellt zu sein, zu mir setzen? Wie kann
sie mich immer ,min Dochter', ,min leiw' Dochter' anreden?
– Und *die* will nach Konstantinopel! – Denn kann ja jede
Krämerfrau aus einer kleinen Stadt solche Reise machen.« –
»Mutter, unsere Großmutter...« – »Hella, mein Kind, du
weißt, ich gehe gerne auf eine Unterhaltung mit dir ein, um
dir Gelegenheit zu geben, nach jeder Richtung hin deinen
Geist zu bilden; dies Kapitel aber verbitte ich mir.« Somit
was denn nu de Unnerhollung tau En'n, Mutter gung ver-
dreitlich un Helene still tau Bedd. – Mutter Groterjahnen
dachte doräwer nah, woans sei den Glanz von »ihrem Hause«
up den Strump bringen süll, un Helene let ehre Gedanken
von Süden nah Nurden trecken as flinke Swälken, de Grüß'
bringen ut warme Gegend un up ehre lichten Flüchten den
Sünnenschin in't kolle Land dragen.
Nebenan gung Herr Groterjahnen mit Herr Nemlichen un
Paulen ok tau Bedd. – »Vatting«, säd Paul, »weitst wat? De
oll Fru, de mag ick girn liden; de kann mal spaßig ver-
tellen.« – »Paulus«, säd de Oll, »du hast wohl bemerkt, daß
deine liebe Mutter mit der neuen Bekanntschaft *nicht* sehr

zufrieden ist. Der Mensch soll sich nicht wegwerfen, mein Sohn.« – »Ja, Vatting, 't schadt nich; äwer liden mag ick s' doch.« – »Herr Nemlich«, säd Vatting, »wir wollen unsere Rechnung machen.« – Un as dit nu besorgt was un Herr Nemlich sine teihn Sülwergröschen för morgen kregen hadd, säd Herr Groterjahn: »Also von hier reisen wir nun über den großen Siemerling.« – »Bitte um Entschuldigung, es heißt ‚Sömmering‘.« – Dor kamm hei nu äwer schön an: Herr Groterjahn hadd sick woll markt, wo sine Fru em mit dat Popoläum aftrumpft hadd, un wat *sei* kunn, kunn hei ok un müßte hei ok, hei säd also: »Sömmering ist meines Wissens gar kein Name, aber Siemerling ist ein Name, ich habe viele Geschäften mit dem Doktor Siemerling in Neu-brandenburg gemacht, und so werden Sie mir doch wohl erlauben, daß ich Siemerling sage.« – So was denn nu ok dat Ei entwei; äwer't wohrte nich lang', dunn slep allens förfötsch furt; blot midden in de Nacht wakte Paul up un rep: »Vatting! Vatting! Weitst wat? – Nu will'n wi ümmer Schill un lütte bradene Hahns eten.« – »Paulus«, säd de Oll, »wie oft habe ich dir schon gesagt, der Mensch soll den andern Menschen nicht im Schlafe stören«, un snorkte wider.

KAPITEL 6

De Reis' geiht wider. – De oll Dam ward regardiert, perhorresziert un exkludiert. – Twei Landslüd' maken Bekanntschaft. – Adelsberg. – Worüm sick Jochen hir en Zamander köpen will un nahsten de Meinung is, dat de oll Dam lüggt. – Wat 'ne Bora för 'ne Ort Kretur is. – Worüm Mutter as en Leggelhauhn her-ümmer löppt un Helene sick up den ollen Jahn sinen Schot set't. – De Zorn is blind, hei dröppt den Unrechten. – De Adriatische See, un wo sick Jochen Klähn taum irsten Mal up de ganze Reis' nich wunnern deiht. – *Baben* de Ird is't kein Kunst, äwer *unner* de Ird. – Triest.

Twei Dag' dorup rüst'ten de Groterjahns denn nu wedder tau de Afreis'; 't süll nu äwer den groten Siemerling nah Triest gahn. – As sei up den Bahnhof kemen, stunn de olle Dam in ehren grisen Mantel ok all dor, ahn sei gewohr tau warden, denn sei stunn mit de Puckelsid nah ehr hen, un

Helene säd: »Sieh, Mutter, da ist unsere alte, gute Nach-
barin auch schon«; un schinte grote Lust tau hewwen, ehr
gun Dag tau seggen. – Dor würd denn nu nicks ut, denn
Fru Jeannette schücherte mit ehr in den irsten besten Wagen
rinner, un Paul, de ok all grote Lust hadd, de oll Dam
fründschaftlich antaurönnen, würd von sinen leiwen Vader
köpplings in de Wagendör smeten, denn Herr Groterjahn
hadd einen ungeheuer finen Takt för dat, wat sine Fru geföll
un nich geföll, un nu las hei up ehren Gesicht, dat hei, wenn
de oll Dam in den sülwigen Wagen kem, den ganzen Dag
Unweder uttaustahn hadd. –
De Gegenstand von Fru Groterjahnen ehren Grugel gung
nu noch 'ne Tidlang mit grote Sekerheit un ahn alle Scha-
nierung tüschen de Telegraphenstangen up un dal, as wiren
de ollen Stangen ehre Swestern un Bräuder, un steg, as
klingt was, in den irsten besten Wagen, wo sei von einen
öllerhaften Herrn gegenäwer ehren Platz kreg. Sei hadd
nicks wider bi sick as 'ne lütte meckelnbörgsche Kip, de sei
sihr leiw hewwen müßte, denn sei hadd sei den ganzen Dag
äwer up den Schot. –
De Lüd' wirkten up den Felln un in de Winbarg' herümmer,
un einer künn woll seihn, dat dat schön hir sin müßte, wenn
dat Frühjohr kem, so äwer was dat noch gris un dod, un
staats dat gräune Kled, wat de Ird sick all hadd von Rechts
wegen antrecken müßt, lücht'ten de Barg' von Süden her
in en Sneikled heräwer, un de oll Herr treckte sinen Pelz
dichter üm sick tausam, kek ut dat Finster un säd so halw
vör sick hen: »Der Klee ist hier auch noch weit zurück; aber
Mäuse haben sie hier – Gott sei Dank! – nicht!« – »Dat
möt en Landmann sin«, säd de oll Dam tau sick, »un sine
Sprak hürt sick so an, as wenn hei nich wid von mi jung
worden is. – Na, will'n doch mal en beten uppassen.« –
De Bahn fung nu an tau stigen, un ümmer höger, bald hen
un bald her, klatterte de Tog an de Barg' in de Höh, un
ümmer wider, ümmer prächtiger würd de Utsicht. – De oll
Herr let dat Finster dal. – »Dank Ihnen! Dank Ihnen!« rep

de olle Dam, »wunderschön, wunderschön!« – »Ja woll«,
säd de oll Herr, »davon hat unsereiner bisher gar keinen
Begriff gehabt. – Mein Gott! Wer hätte gedacht, daß es auf
den Bergen so schön sein könnte!« – »Ich nicht, mein lieber
Herr, ich nicht! Beschreibungen sind bloße Worte; aber dies
mit eigenen Augen zu sehen ... Sehn Sie, da! Da!« rep de
oll Dam, as de Tog üm 'ne Barg'eck rümmer bögte un sick
'ne nige Utsicht vör ehr upded. –
So wunnerwarkten de beiden ollen Seelen gegen enanner
up, un wer dat mit anhürt hadd, hadd glöwen müßt, de
olle Dam hadd sick blot vermaskeriert un wir eigentlich
irst 17 Johr olt un de oll Mann hadd sick vördem man
verstellt, as drückte em wat, un hei hadd eigentlich en recht
fröhlich Hart in de Bost. –
As de Tog up den höchsten Punkt still höll, sprungen lütte,
nüdliche Kinner an den Wagen ranner un reckten Blaumen-
strüz in den Slag herinner, un de beiden ollen Lüd' köfften
sei un gewen in ehre Hartensfreud' riklich, un de olle Dam
säd: »Dies sind andere Blumen, als wir sie kennen, dies
sind Alpenblumen. Un nu kiken S' mal: de ollen lütten,
nüdlichen Kinner!« – »Der Dausend nich einmal!« rep de
oll Herr, »Sei spreken plattdütsch? Denn sünd Sei doch ok
woll nich von hir un ut dese Gegend?« – »Ne, min leiw'
Herr, ick bün ut Meckelnborg, ut de Wismer, und Sie ein
Landsmann von mir, wie ich schon gemerkt habe, und ein
Landmann.« – »Dat hewwen Sei richtig raden.« – »Und wie
heißen Sie, wenn ich fragen darf?« – »Min Nam' is Jahn.« –
»Süh! – Nu kik mal einer! – Also Sei sünd de oll Jahn?« –
»Wo? Kennen Sei mi?« – »Wider nich, min leiw' Herr Jahn,
as dat ick dese Nacht mit Sei Wand an Wand slapen heww;
aber gestern war von Ihnen die Rede bei der Frau Groter-
jahn. Sie müssen sich mit dieser Dame arg über den Fuß
gespannt haben.« – »Dat weit de leiw' Gott! Äwer ick bün
dor ok nich an schuld, ick ...« – »Vertellen S' mi dat nich,
Herr Jahn. – Ich habe mir für diese Reise zur Regel ge-
macht, jegliche alte Verdrießlichkeit zu Hause zu lassen,

und neue will ich mir unterwegs nicht aufhalsen, un ick gew Sei den Rat, dauhn S' dat ok.« – »Ja, wer dat man künn!« säd de Oll un kek stiw ut den Wagen herute. – »Un Sei willn am En'n ok nah Konstantinopel?« frog hei nah 'ne Wil. – »Ja, min leiw' Herr Jahn.« – »Na«, säd de Oll, as wir em en Stein von den Harten follen, »denn mak ick doch nich so 'n groten dummen Streich, as ick mi vermauden was, denn wenn Sei...« – »Sei meinen«, föll de oll Dam in, »wenn so'n oll Frugenstimmer as ick de Reis' maken kann, denn känen Sei s' ok maken. Und darin haben Sie recht! – För de Freud' an Braden un Kauken un Schampagner ward de Minsch mit de Wil tau olt, min leiw' Herr Jahn, für die Freude an schönem Menschenwerk und Gottes Herrlichkeit wird er nie zu alt.« – »Hüren S' mal!« rep de Oll un fot ehre Hand, »nu möten S' mi Ehren Namen ok seggen.« – »Leiwer Gott«, säd de oll Dam un lachte äwer dat ganze Gesicht, »mit minen Namen is't nich wid her, den führen vel Lüd' in de Welt, ich heiße nämlich Müller, Karoline Müller, und so werde ich auch nur in den Aufschriften auf Briefen genannt, för gewöhnlich heit ick Tanten Line, un mit desen Namen kam ick ok ganz gaud ut, denn es gibt nur wenige Menschen, die sich um mich bekümmern.« – »Na«, säd de oll Jahn, »denn ward ick ok Tanten Line tau Sei seggen, denn ick ward mi vel üm Sei bekümmern. – Nu, seggen S' mal, reisen Sei ok hüt bet Triest?« – »Nein, ich habe mich bloß bis Adelsberg einschreiben lassen.« – »So? Sei willen woll de Nacht nich dörchführen?« – »Ne, dat nich; ich habe, Gott sei Dank, einen guten Schlaf im Waggon. – Nein! ich will die berühmten Adelsberger Höhlen besehn.« – »Wat för Dinger? Dorvon heww ick noch gor nicks hürt.« – »Oh, denn müssen Sie bleiben! Die Höhlen müssen Sie sehn!« – »Hüren S' mal, ick glöw, ick dauh't; ick heww en hellsches Tauvertrugen tau Sei fat't; ick ward mi woll noch oft üm Rat bi Sei ümseihn.« – »Denn warden Sei woll oft mit 'ne leddige Kip aftrecken möten. – Äwer gaud, dat ick von Kip segg«, rep Tanten Line un böhrte ehr lüttes, äwer gaud gespicktes Schotkind tau Höchten, »ick weit nich, mi is so hell-liwig tau Maud', ick möt en beten eten. – Ich habe mir nämlich einige Fourage mitgenommen, nich ut Giz, min leiw' Herr Jahn, ne, ut Bequemlichkeit. Nu bruk ich doch nich üm dat leiwe Eten willen ut den Wagen tau stigen; un kann einer hir woll äwerall wat krigen? Un wat is dat hir för 'ne Unrendlichkeit!« – »Ja«, säd ehr Reis'gefährte, »'t is 'ne grugliche Swineri hir. – 't is en schön Land, en sihr schön Land, äwer dorüm willn wi *uns'* nich verachten. Tau tadeln giwwt dat dor ok naug, un mit Recht; äwer wenn einer in en frömd Hus kümmt, denn find't hei ümmer wat, wat hei anners hadd inrichten müggt. Äwer Unrendlichkeit up de Bahnhäw' bi uns sall sick indessen keiner besweren; ick will man blot von den Kleinenschen Bahnhof seggen, wat is dat för ne Lust, den Wirt – Bomann heit hei – mit sine lütte, smucke Fru achter den saubern Disch mang de Gerichten herüm handtieren tau seihn. De Minsch kriggt Apptit, wenn hei ok gor keinen Hunger hett.« – »Na, denn langen S' tau! – Diese Wurst ist von reinlicher Hand, von meiner Schwestertochter, bereitet. – Langen S' tau! – Ich habe noch mehr, ich habe davon noch im Koffer und denke, sie wird in Konstantinopel auch noch schmecken.« – So eten de beiden Ollen nu gegen enanner up un räuhmten gegen enanner ehr Vaderland. – Un ick weit nich, 't mag jo woll ümmer so sin, wenn en por Landslüd' sick in de Frömd drapen; äwer von de Meckelnbörger weit ick't, blot von de Politik un de geistlichen Angelegenheiten darw nich de Red' sin, denn will't man af un an tausam klingen. –

So wiren sei denn bet Adelsberg kamen un stegen dor ut. De oll Jahn kreg ordentlich ritterliche Turen, hei besorgte de olle Dam ehre Gepäck-Angelegenheiten, Jochen Klähn müßte ehren Kuffert mit nah den Gasthof besorgen, un de Oll böd ehr den Arm mit so'n Swung, as wiren ut ehren un sinen Lewenskalenner en Johrener virtig utstreken. – För Lüchtung in de Höhlen würd sorgt, un wil dat noch mihrere Frömde dor wiren, de mit herinne wullen, süll sei ganz staatsch utfallen. – In de letzten Stun'n was Regenweder infollen, un as sei an de Höhlen ranne kemen, brus'te en Storm dorhen mit swartes Water, vull bet an de Burd. »Dies ist der Poik«, säd Tanten Line. – »Herr«, säd Jochen Klähn, de ok mitnamen was, »dit's nahrsch; hir möt'ck mi doch wunnern. – Ick heww doch ok all bi uns de Warnow seihn un ok all de Nebel; äwer de fleiten verstännig un sachten furt; äwer dit Water ward hir jo mit enmal all; wo? dat stört't sick jo woll hir in de Unnerwelt.« – »Dor hest du recht, min Sähn«, säd de oll Dam un wend'te sick an Jahnen, »der Poik stürzt sich hier in die Unterwelt und fließt durch die Höhlen.« – Herr Jahnen wunnerte dat äwrigens grad' so as sinen Jochen; von so wat hadd hei sindag' noch nicks hürt, un wat em nebenbi noch wunnern ded, dat was, dat Tanten Line, as't utsach, ganz gaud Bescheid wüßt. –

Sei gungen rinner in de Höhlen, Lüd' mit Lichter lepen vörup un steken de Belüchtung an, un Jochen Klähn säd: »Herre Je! Buten regen't, un hir is't ganz drög.« – »Zuerst kommen wir nun zu dem Tanzplatz, wo wirklich zuweilen Tanzpartien arrangiert worden sind. – Mi dücht, de Lüd' künnen woll mihr Respekt för so wat bewisen.« – »Wovon sei dit woll all weit?« säd Herr Jahn tau sick. – Un sei kemen in 'ne grote Hall un gungen äwer 'ne Brügg, un unner de Brügg dörch dunnerte de Strom, swart mit blitzende Lichter, ümmer runner, ümmer wider runner, as müßt hei sick in den deipsten Afgrund störten, un nah baben verbisterte sick dat Og' in de deipste Finsternis, un helle Säulen un Pilers schoten ut dat Düster dal bet up den Grund, as hadd sei de Bumeister makt, dat Ganze tau dragen. – Jochen Klähn säd kein Wurd, hei höll sick dicht an sinen Herrn, Tanten Line sweg ok, ehr Gesicht würd fierlich utseihn, un Jahn namm den Haut af un folgte de Hän'n; em was, as wir hei in de Kirch un de Ördel müßte glik von baben herunner schallen. – Un hei was ok in de Kirch, in 'ne Kirch, de uns' Herrgott sülwst bugt hett, un de Ördel schallte, dat was de Strom, de in den Afgrund herunner dunnerte.

De Führer bröchte sei wider, von Höhlen tau Höhlen, un ümmer reiner un ümmer heller würden de Säulen un Pilers, de Wän'n un dat Gestein, 't was, as wenn de Mensch sick in de düstern, unergründlichen Fragen von dat Wesen in Lewen un Religion stört't; hei arbeit't mit Maud un mit Kraft sick wider, 't ward ok ümmer heller üm em, de Pilers von sinen Globen stahn reiner un dichter, äwer dat En'n find't hei nich. – »Hosianna! Hosianna!« rep Tanten Line, as sei in de Höhl kemen, de de Dom näumt würd, un breidte de ollen, magern Arm ut, as müßte sei all dese Herrlichkeit un den, de't schaffen hadd, an ehr olles Hart drücken. Den ollen Jahn hungen de Tranen an de grisen Ogenwimpern. Sei gungen wider, 't was, as wenn sei dörch en Tempel gungen, de taun Fest utsmückt was, lichte Decken un Fahnen mit bunte Kanten hungen von de Pilers herunner; allens was still, blot de Druppen föllen in gliken Takt ein nah enanner von dat Gewölw' heraf, as wir't en Parpendikel-slag ut de Ewigkeit, un ut de Firn dunnerte de Strom, as wir hei de unergründliche Born, wo alle vergahenen Tiden tausamströmten un alle taukünftigen ehren Ursprung nemen. Sei kemen in en groten Rum, un in de Midd von den Rum how sick en lütten Äuwer tau Höcht; up den stunnen sei un segen sick rund üm, un so wid dat Og' dörch dat Düster dringen kunn, segen sei Likenstein un halw gebrakene Säu-len un Postamente, as wir't en groten Kirchhoff, un de oll Dam säd lising: »Dies ist Golgatha.« – Dat Og' kunn dat En'n von de Gräwer nich afseihn, un't let, as wenn de Grä-wer sick ümmer wider hen reckten, as wir de ganze Welt taum Kirchhoff worden, un de bange Seel horkte up den Posaunenton, dat de Gräwer sick updeden un all de Min-schen uperstünnen, de mal begrawen wiren. – »Heute ist Karfreitag«, säd de olle Dam. – »Ick weit't«, säd de olle Mann.

Still wiren sei wedder taurügg gahn, un as sei wedder her-ute kemen an't Dagslicht, dunn atente de Bost deip up, un't was doch unnen nich beklummen west, un de Luft was frisch un fri; äwer dat Sünnenlicht fehlte, un dat is't, wat de Minsch bi sine Geburt tauirst begrüßt un wonah hei up den Dodenbedd tauletzt verlangt. – Nah den Regen was nu Sünnenschin kamen, un unner sinen Strahl däueten de Harten allmählich ut de Irnsthaftigkeit tau Fröhlichkeit up, un Jochen Klähn gung de annern dorin vörup, denn as de ein von de Führers en groten, roden Salamander taum Verkop anböd, de blot hir unnen in de Höhlen funnen ward un kein Ogen hewwen sall, säd Jochen: »Herr, willn uns den köpen.« – »Wat wulln wi woll dormit, Jochen?« – »Ih, Herr! Lüd' dormit grugen maken.«

Ick heww mal en lütten Hund hatt, en rugen Apenpinscher, un ick was dunn noch jünger un makte noch mihr dumme Streich un stunn in de Meinung, as de oll Oberstleutnant von Bülow säd: »Die Natur muß korrigiert werden« – dunn sned hei en ganzen Satz von lütte Teckels de Uhren un de Swäns' af – un scherte minen lütten »Schütten«, wohrschinlich, dat hei hübscher utseihn süll, un dat lütte Dirt fohrte nu, as dat Wark farig was, wegen de Ungewenntheit unner minen Slaprop un wull sick nich verdriwen laten; grad so hadd Jochen Klähn wegen de Ungewenntheit unner de Ird sick dicht an sinen Herrn hollen, as wull hei em in de Tasch krupen, un grad so as min lütt Schüten, as ick nahsten mit em spazieren gung, hen un her fohrte, rönnte nu Jochen bald hir, bald dor hen in den Sünnenschin, as wull hei seggen: »So, Gott Lob! Dat hewwen mi nu achter uns, un ick bün recht froh, dat ick de Last los bün.«

Den Abend satt dat oll Pörken in dat Gasthus bi'n warmen Aben tautrulich tausamen un vertellte sick wat, un Jochen Klähn, de tauirst achter de Stuwendör vergews den Versäuk makt hadd, in en uterwähltes Hochdütsch, so gaud as hei't in de Kösterschaul lihrt hadd, för dat wendische Deinstmäten en por dickdriftige Kumpelmenten äwer ehre runnen Arm taurecht tau schaustern, set'te sick, as hei gewohr würd, dat hir sin Latin utgahn was, en beten ut de Firn von de beiden un hürte nipping tau. – »Na«, säd hei vör sick hen, »wenn *dat* all wohr is, wat de Ollsch dor vertellt, denn künn't gaud warden. – Sei deiht jo, as wenn sei hir mit allens Bescheid weit, as wir sei hir buren un tagen, ok von den ollen roden Zemander, den de Kirl in de Buddel hadd, wüßt sei. – Na, äwer ick glöw, sei lüggt.« – »Und morgen, mein lieber Herr Jahn, fahren wir nun über den Karst. Das ist eine der ödesten Gegenden in ganz Deutschland, de Lünebörger Heid' sall en würklichen Lustgoren dorgegen sin, un wenn de olle Nordwestwind ok dor häßlich räwer pusten deiht, so sall dat gegen de Bora, de hir ehr Wesen hett, man as so'n Mailüfting sin.« –

Den annern Morgen führten sei denn nu äwer den Karst; de Bahn wünn sick an den Bargrüggen tau Höchten, un je höger sei kemen, desto willer un weuster würd de Gegend. Grote Blöck von grisen Kalkstein legen herümmer, as hadd sei de Düwel ut Schawernack gegen de Minschen utstreu't un utsei't, un wo de Minschenhand tüschen de saubere Saat en beten uprümt un hir en lütten Flicken un dor en lütten Flicken tau Ackerland bestellt hadd, hadd sei ok glik mit Steinmuren dorför sorgen müßt, dat ehr de Stormwind nich de Saat un den Acker sülwst äwerall wegpusten kunn. – Un de Storm brus'te hir schön äwer de Rüm, un Jochen Klähn klapperte in de drüdde Klass' mit de Tähnen un säd: »Ne, lagen hett de Ollsch nich«; un de oll Jahn deckte Tanten Line de Slipp von sinen Pelz äwer den Schot, dat sei warmer sitten süll, un säd: »Sei hewwen recht, so 'n weustes un unlanniges Stück Ird heww ick meindag' nich seihn, dor kann sick de Lünebörger Heid noch ümmer gegen seihn laten – ick kenn sei, ick heww dor en Stück Fründschaft wahnen –, dor waßt doch noch Heidkrut; äwer hir waßt doch rein gor nicks.« –

As sei in Nebresina ankemen, wo de Bahn nah Triest sick linksch von de italjensche Bahn afwält, sach de olle Dam de ganze Groterjahnsche Fomili an de Wagen entlang lopen, nah vör un wedder taurügg, de Ollsch vörup as en Leggelhauhn, wat nich weit, in wecker Nest dat sin Ei leggen sall;

sei kek in jeden Wagen rin, de Gesellschaft stunn ehr nah-
rends an; äwer de Tid was kort, un as de olle Dam all rau-
pen wull: sei süllen doch nah ehr kamen, ret de Schaffner ok
all richtig ehre Dör up un proppte Antonen rin in de Dör,
wohrschinlich, wil dat hei em taum Bahnbreken am paß-
lichsten schinen ded, un dunn de Fru Jeannette un de bei-
den Kinner und tauletzt Herr Nemlichen, den äwer ut Ver-
seihn, wil dat hei eigentlich för de drüdde Klass' bestimmt
was. – Bautz! würd de Dör tauslagen, un Fru Groterjahnen
satt mit den ollen Jahn in *einen* Wagen. Dat heit, sei satt
noch nich, un't was de Frag', wat sei äwerall taum Sitten
kem, denn drei Sittplätz wiren äwerhaupt man noch leddig,
un sei wiren ehre fiw, wenn Herr Nemlich as dat föwte
Rad an den Wagen mittellt würd. – Sei hewwen in Öster-
reich up de Südbahn hellsch indrägliche Grundsätz, sei prop-
pen in de Wagens allens tausam, wat paßt un wat *nich* paßt,
wat Platz hett un wat *nich* Platz hett, un as de Tog nu furt
gung un Fru Jeannette un Herr Groterjahn, un dummer
Wis' ok Herr Nemlich, ehren Platz namen hadden, stunnen
Paul un Helene dor, as wiren sei en Por junge Majurs, de bi
en Regiment aggregiert wiren, un wüßten ok nich recht, wat
för 'ne Städ' sei eigentlich utfüllen süllen. Paul was kort
resolviert, hei set'te sick drist up den Knei von sinen »Er-
zeuger«; äwer wo würd't nu mit Helenen? – Up Herr Nem-
lichen sinen Schot? Dat gung nich; Vater hadd all en Asses-
ser, Mutter namm keinen, de olle Dam kunn sei doch nich
beswerlich fallen, un de drei Judenjungs, de noch extra in
den Wagen seten, gewen doch ok man hellschen smeerige
Sittplätze af. Dunn reckte sick den ollen Jahn sin Arm nah
ehr hen, un hei säd: »Kumm, Helening, sett di up minen
Schot, du hest vördem all oft dorup seten!« – Un sei set'te
sick. –
Na, von Muttern ehren ogenblicklichen Taustand will ick
nu wider nicks seggen; äwer jedwerein ward mi verstahn,
wenn ick vertell, wat de arme Fru in de letzten twölw Stun'n
utstahn hadd. – Gistern abend, as sei tau Nebresina an-

kamen wiren, hadd Anton sick vullstännig up den Jüchstock smeten, hei hadd erklärt, wider reis'te hei nich, worüm sei em nich sinen Pelz hadden mitnemen laten, hei wir ganz verklamt un müßte en por Gläser Krock drinken un denn in't warme Bedd herinner. Ehr eigen Kind, Hella, hadd dat för Antonen ok nödig hollen. – Den annern Morgen hadd sei sick wegen den Koffe mit den Timmerkellner rümmer streden, sei up hochdütsch un hei up italjensch, un nu hadd sei dat Gefäuhl, dat de Kirl groww gegen ehr west was; sei wüßte nu äwer nich, wat de Kirl tau ehr eigentlich seggt hadd; un dat's en unheimlich Gefäuhl, dat's grad' so, as wenn einer in de Lotteri gewunnen hett un hett sin Nummer verluren un kann nu sinen Gewinn nich glik förfötsch inkas- sieren. Anton hadd den Morgen ümmer blot versekert, hei hadd wunderschön slapen un hei wir en ganz annern Kirl as gistern abend; Paul hadd in den Hus' herümmer sprun- gen un hadd ok nich de Spur von Mitgefäuhl gegen sine Mutter bewis't. – Un nu satt sei mit den Dodfind von »ihrem Hause« in ein un den sülwigen Wagen, Helene satt up sinen Schoot, Anton fäuhlte ogenschinlich gor nich dat Unpas- sende von dese Inrichtung, de olle Dam nickköppte ehr ümmer tau, de drei Judenjungs keken ehr frech in't Gesicht, un Herr Nemlich, de in de drüdde Klass' rinne hürte, satt preißlich an ehre Sid', as wenn hei en würkliches un stimm- berechtigtes Mitglied von ehre Fomili was.
Mutter schot nu mit de uterwähltesten, dreitackigen Blitzen in den Wagen rümmer, un ehre Ogen funkelten un gläuhten, as wiren sei bet baben an de Mündung mit Swewel un Za- peter laden un söchten sick blot irst dat passendste Slacht- opfer ut, un denn wullen sei losscheiten. – Wer was dit? – Natürlich verföll sei tauirst up Antonen un Paulen; äwer de beiden seten so ruhig dor, dat sei so vel Gift un Gall, as sei tausambru't hadd, nich an ehr verswennen kunn. Helene was nu en würdigen Gegenstand, sei namm ogenblicklich 'ne höchst unpassende Stellung in, äwer sei hadd ehre Mut- ter den Rüggen taukihrt un sach up den Rat von de olle

Dam ut dat Finster nah Süden mit grote Ogen un hell-
farwte Backen, denn dor müßte nu bald dat Adriatische
Meer tau seihn sin. Nu is dat äwer bi'n Utbruch von en rich-
tigen Zorn dörchut notwennig, dat ein den annern in de
Ogen süht, süs bluckt dat Pulwer von de Pann. – Den ollen
Jahn kunn sei nich angripen, de was tau sihr Dodfind von
ehr, un dortau hürten ganz annere Vörbereitungen un An-
stalten, üm *den* antaugahn. – De drei Judenjungs hadden't
woll verdeint wegen ehre Dummdristigkeit, mit de sei ehr
in de Ogen keken, un de olle Dam irst recht; äwer de Ha-
ken fehlte, an den sei dat utgeslachtete Slachtopfer uphängen
kunn. – Un doch würd uns' oll Tanten Lining doran schuld,
dat dese schöne Zorn för de Welt nich ganz verluren gahn
süll; sei frog de Fru Groterjahnen nämlich so recht tauver-
trulich: »Min leiw' Dochter, worüm sünd Sei denn hir in
dat olle Nest de Nacht blewen, worüm nich in Adelsbarg,
un hewwen dor de wunderboren Höhlen beseihn?« – Höh-
len? – Adelsbarg? – Dat was nich ehre Sak, dor müßte
Herr Nemlich för upkamen, hei hadd gistern abend sine
teihn Sülwergröschen richtig kregen, also ok för de Adels-
barger Höhlen, un dorför kunn wat verlangt warden. – Sei
kek also dat nu utfünnig makte Slachtopfer un dat Gefäß
von ehren gerechten Zorn äwer de Schuller an un smet em
en poor Ogen tau, de den armen Herrn Nemlich all en
poormal as Stein in den Weg von sine schöne Reis' smeten
wiren. »Warum sind wir nicht in Adelsberg die Nacht ge-
blieben? Warum haben *andere* Leute die Höhlen besehn,
die *wir* nicht gesehn haben?« – Na, dat was denn nu doch
grad so, as hadd sei fragt: worüm sei nich vergangen Nacht
up dat Nurdkap seten hadden un hadden sick dor en poor
lütte Isborn infungen. – Herr Nemlich wüßte nämlich gewiß
von den Nurdkap vel mihr as von de Adelsbarger Höhlen;
hei stamerte also rute: hei hadd mit grötste Sorgsamkeit den
lütten Nössel un den lütten Cannabich un den lütten Petis-
kus studiert; äwer dorin wir von de Höhlen gor nich de
Red'. Den Bädeker hadd hei ok up de Reis' studiert, äwer

bet Adelsbarg wir hei noch nich dorin kamen. – »Warum haben wir Sie denn mitgenommen?« frog Mutter spitz, »warum haben Sie denn heute morgen meinen Sohn Poll nicht wissenschaftlich beschäftigt, anstatt ihn mit Kellnern und Hausknechten im Hause herumlaufen zu lassen?« Un dorbi kek sei Antonen an, as wull sei seggen: nu segg du ok wat – süs... Un Anton hadd sick dörch de driftigen Vermahnungen von sine leiwe Fru all so vel Lewensort beschafft, dat hei anfung: »Ja, für das viele Geld...« – Dunn brok mit einem Mal Helene in en Jubel ut, as de Tog üm 'ne Eck herümmer wendte: »Oh, oh! Da ist das Meer, da ist das stürmische Meer! Da ist Triest! Und hier unten, ach, seht doch!« – »Min leiw' Dochter«, säd de olle Dam un stek den Kopp bi ehren ut dat Finster, un de Ogen lücht'ten ehr, as wir sei noch ebenso jung as Helene: »Das ist Miramar.« – De olle Jahn kek en beten äwer de beiden henäwer, hei säd nicks, äwer't was, as wenn en Frühjohrsgruß em dat Gesicht küßt hadd. Allens was vergeten, wat em bedrückt hadd; dor lagg de schöne Welt, un in sinen Arm lagg dat schöne Mäten, wat em mal de ollen Dag' tau junge Dag' maken süll. – Un achter desen schönen Vörhang, den de drei seligen Gesichter utmakten, satt de Fru Groterjahnen in ehren grotorigen Zorn un de arme Herr Nemlich in dat nichtswürdige Gefäuhl von't föwte Rad an den Wagen un Herr Groterjahn in dat glückliche Bewußtsin: dit Mal hadd hei sine Fru Gemahlin mal wedder richtig verstahn. – Äwer sei seten all in'n Düstern un kregen nicks tau seihn. – Blot Paul was von den Knei von sinen Vader upsprungen un hadd sick tüschen de Kreolin von sine Swester un den ollen Jahnen sinen Pelz dörchdrängt, so dat hei grad mit sine lütte, stuwe Näs' äwer den Finsterslag räwer kiken kunn, un rep nu: »Helening, Helening! Dit is doch anners as in Warnemün'n.« Un as em de olle Jahn nu wider nah vör schow, dat hei't beter seihn kunn, rep hei: »Herr Jahn, Onkel Jahn! – Was Jochen Klähn woll dazu sagt!«
Jochen Klähn säd äwer in desen Ogenblick gor nicks, hei

satt an't Finster in de drüdde Klass', un as de Adriatische
See taum Vörschin kamm, smet hei so'n verlurnen Blick
dornah hen un säd vör sick hen: »Weit ick. – Kenn ick all!
– Ick bün jo en seebefohren Minsch, un wenn wat Niges
kümmt, lihr ick't all.« – Un as sei den Abend in Triest in
den Swarten Adler alltausamen inkihrten un hei Paulen up
den Ogenblick frod würd, säd hei: »Paul, *baben de Ird,*
dat's kein Kunst; äwer *unner de Ird,* dat versäuk di mal!« –

KAPITEL 7

Fru Jeannette un Ludwig Napoleon. – Fru Jeanette studiert 'ne Frag' un brött
'ne Äwerraschung ut. – Helene geiht ut un finnt up de Strat en stuwnäsigen
Schutz. – De Baron von Unkenstein trett up, äwer för't irst blot von achter. –
Helene un Paul fallen in't Water un sünd 'ne Tidlang verdrunken. – Jahn un
Jochen gabeln sei up, un Paul bedröggt sick gegen sinen Fründ frech. – Worüm
Herr Nemlich in de Barg' un Groterjahn mit en halw balbierten Bort in de
Straten herümmerlöppt un worüm hei taum irsten Mal in apenbore Weddersetz-
lichkeit gegen sine Fru utbreckt. – Hei will sick den Hals afsniden. – Mutter
kümmt mit ehre Äwerraschung tau Rum, sleiht äwer man halwweg' dormit dörch.
Herr Nemlich in Nöten. – Twei slagen up den Sack un meinen den Esel.

Fru Jeannette Groterjahnen was von de Natur tau groten
Dingen bestimmt, sei was mit 'ne Glückshuw' up de Welt
kamen. All in ehre irsten Kinnerjohren hadden alle Lüd',
Unkel Bors an de Spitz, prophenzeit, sei lewte nich lang',
denn sei wir tau klauk, un wenn de Prophenzeiung ok nich
indrapen was, de Grund, weswegen sei nich lang' lewen
süll, was dennoch en richtigen Grund, denn sei was würk-
lich sihr klauk, hadd von Jugend up en hellschen Drang
tau't Regieren un fung dorbi mit ehren leiwen Vatting un
Mutting tauirst an, indem dat sei sick doran tauirst inäuwte,
dormit dat sei in späderen Tiden en forsches Regiment up-
richten künn. – Sei hadd 'ne grote Ähnlichkeit mit Ludwig
Napoleonnen; sei hadd 'ne hellsche Phantasie, äwersten ut
den blagen Dunst, de in ehr tauwilen tau Höchten steg,
kristallisierte sick tauletzt 'ne ordentliche Frag' tausam, un
dese Fragen studierte sei denn mit allen Flit; sei hadd
ebenso gaud as de französische Kaiser ehre orientalische un

mexikanische Frag', ok ehre dütsche un Luxembörger, un läd ok dormit as hei tauwilen in den Nettel; äwersten dat schadete nich, sei was nu einmal as hei 'ne Fründin von Äwerraschungen, un dat Prestige wull sei absolutemang uprecht erhollen. Ehr leiw' Anton was, so tau seggen, ehre tweite Kammer, de ümmer dat man von ehre studierten Fragen tau weiten kreg, wat sei weiten süll. Vördem hadd dese Kammer dat Recht hatt, bescheidene Adressen an ehr tau richten, äwer dit Recht was mit Recht wegen Tiderspornis afkamen, as dunntaumalen de roden Strümp, ehr was blot dat Recht blewen, mit beschränkte Interpellationen sick tau behelpen, dat heit, sei hadd Antonen, as wir hei en ollen Hahn, de nicks as Undäg anricht'te, de ein Flücht afsneden, un wenn hei sick nu up den Wim von »authentischen Tatsachen« ruppe swingen wull, denn kreg hei in de Luft dat Torkeln un föll unsacht up sinen Meß wedder taurügg. Sei hadd ok ebenso as Ludwig Napoleon ehre Weltutstellung för Kunst un Kunstflit un Gewarw, de sei in de säbenteihn Kisten un Kasten un Schachteln mit sick führte un de Lüd' dormit in »besonderen Abteilungen« unner de Ogen gung.

An desen Abend hadd nu Fru Jeannette ein Afdeilung von ehre Weltutstellung deils up den Staul vör ehr Bedd, deils an en Rigel hängt, hadd dat Utstellungs-Gebäud' tau Rauh leggt, de Lichter dorin utpust't, dat Ganze sorgsam mit dat Deckbedd tauslaten, un't let nu so, as wir dat heilige Graww gaud verwohrt; äwersten dat let man so, denn selige Rauh was dor nich, allerlei Geister un Gespenster bedrewen in den blagen Dunst von ehre Phantasie ehr Unwesen, sei sunn up nige Fragen un Äwerraschungen för ehre Unnergewenen. – Tauirst wiren dat blot dämliche, poetische Phantasien, de in ehr upstegen, un sei brödd ut den blagen Dunst tauirst den markwürdigen, nigen Gedanken ut, 'ne Reis' wir eigentlich mit dat minschliche Lewen tau vergliken, de Anfang wir de Kinnertid, dat En'n dat Öller, un dat minschliche Lewen let sick ebenso gaud in Poststationen un Iserbahnhäw' indeilen as 'ne Reis'. Allmählich fung nu ut desen poetischen Urnebel sick de Frag' an tau kristalli- sieren, wat dat nich gaud wir, dat de Minsch sick up jeden gröteren Lewensbahnhof mal verpustete, sick mal ümkek un ut sine Lewenserfohrungen sick mal dat Fazit treckte. Dese Frag' beantwurtete sei mit ein einfaches, vernehm- liches »Ja«. Un de tweite Frag', de ut dese up natürliche Wis' geburen warden müßte: wat dat nich ok gaud up 'ne Reis' wir, von Tid tau Tid ut de Reis'erfohrungen dat Fazit tau trecken, würd ok mit »Ja« beantwurt't, un so kamm sei nu ok tau eine unverhoffte Äwerraschung för ehre Unner- dahnen. – Anton, Helene, Paul un Herr Nemlich süllen hir up de Triester Station afsluten mit de Flegeljohren von de Reis' un mit Dütschland un dat Fazit in Gestalt von Breiw' nah Meckelnborg inschicken, Paul sull äwersten uterdem noch Material för de Taukunft sammeln un en Dag'bauk führen. Na, för Paulen, de gewissermaßen dat demokra- tische Element hir vertrett, ward de Äwerraschung stark naug wesen, un wider hadd dat jo denn nu ok keinen Zweck. Wenn ick desen Verglik tüschen Ludwigen un Jeannetten man swack dörchführt heww, so möt mi de billige Leser dat tau Gauden hollen, denn de plattdütsche Sprak langt för de höhere Politik nich ut, un wi Meckelnbörger stahn mit Utnam von de Riddergaudsbesitters un weck Burmeisters man up hellschen swacke politische Beinen, as Gott un ganz Dütschland weit.

Fru Jeannette slep nu mit dese vörbereiteten Äwerraschun- gen in un slep so lang', dat Helene ehr dorin keinen Ge- genstand leisten kunn, dese stunn also ganz lising up, kek ut dat Finster, en wunderschöne Dag glänzte ehr entgegen, sei treckte sick an un gung lising ut de Dör; ehr tog dat in den Sünnenschin nah den frischen Seestrand.

Sei säd dat Stuwenmäten Bescheid von ehr Vörnemen, för den Fall, dat ehr Mutter nah ehr fragen süll, äwer as sei ut de Husdör von ehren Gasthof gahn wull, höll sei an; ehr föll dat swor up't Hart, wat sei nich unbedachtsam handeln ded, dat sei sick so allein in de wildfrömde Stadt herinner wagen ded; äwer de Sünn' schinte so hell, Jugend hett Glück, un Unschuld finnt allentwegen ehren Schutz; sei gung ut de Dör. Un as sei ut de Dör tred, süh dor, dor stunn ehr Schutz all parat! 't was man en lütten Schutz un hadd 'ne stuwe Näs' un Flaßhor, drog 'ne korte Jack un kek nipping un oltverstännig tau, wo en poor Arbeitslüd' Rillen in de Kalkstein-Flisen slogen, mit de de Straat afdämmt was. – »Paul!« rep sei, denn Paul was ehr lütte, unverhoffte Schutz, un de sprung nu heranner: »Lening, wo kümmst du all her? Kik mal hir! Dit's de verkihrte Welt: wenn't bi uns glatt is, denn maken wi de Pird scharp, un hir maken sei den Damm scharp, dat de Pird nich utglitschen.« – »Wie kommst du denn aber so zeitig schon auf die Straße? Ist Vater schon auf?« – »Ne, Lening, de snorkt noch un Nemlich ok.« – »Komm, Paul, wir wollen zusammen spazieren gehen und zusehen, daß wir an den Strand kommen.« – »Ja, kumm!« – »Aber, Pauling«, säd Helene, as sei wider gungen, un fot em an de Hand, »du mußt wirklich von nun an anfangen, immer hochdeutsch zu sprechen. Mutter wünscht das doch so sehr, und hier versteht kein Mensch das Plattdeutsche.« – »Ja, denn kann ich ja das auch immer tun, man bloß, daß Jochen Klähn immer plattdeutsch anfängt. – Lening, heute morgen habe ich mal en Spaß gehabt. Sieh, Nemlich steckte heute morgen seine Nase so aus dem Bett heraus, und da hab' ich mich 'ne Haar ausgerissen und hab' ihn die in das eine Nas'loch gesteckt und da immer ein bischen mit gewriwwelt, und da hättst mal sehn sollen, was er for Gesichter schnitt.« – »Aber, Junge, was machst du für Streiche!« rep Helene un ret en beten unsacht an sinen Arm, »wenn das Mutter nun wüßte! – Wer hat dich denn dazu wieder angestiftet?« – »Das hat mich Jochen Klähn gelernt. – Weißt, was Jochen sagt? Er weiß noch ein Mittel, das könnt' ich auch mal probieren, ich werd' mich aber wohl hüten. Süh, da nimmt einer sich des Nachts ein weißes Laken übern Kopf und hält sich en Licht vors Gesicht und

geht an einen andern sein Bett und winkt immer stillschwei-
gend, denn steht der andere in den Slaf auf und geht immer
hinterher, wo er ihn hin winkt. – Das hat Jochen Klähn mal
mit Adolf Groten gemacht, hat aber hellische Schacht dabei
gekriggt. Ja, aber ich werd' mich hüten.« – »Du solltest
dich nur überhaupt mehr vor Jochen Klähnen in acht neh-
men, der hetzt dich zu allerlei Unheil auf.« – »Ja, Helening,
weißt, was Jochen aber sagt? Der sagt, ich schünn ihm
immer lauter Undäg' an. – Aber da ist das Wasser! Das
schöne Wasser! Sieh, die Schiffe!« – Ja, dor lagg de schöne
Golf von Triest vör ehre Ogen, gräun as en Roggenfeld,
wenn't in't Bläuhen steiht un de lise Sommerwind doräwer
treckt, as wir de Adriatsche See unschüllig as en Weigen-
kind, wat nah den Storm von gistern lis' in den Slap sungen
was; un de Dünung how sick sachten up un dal, as wiren't
de Atentäg' von dat slapende Kind. Un rings üm de Weig'
hadd de Mutter frische, gräune, bläuhende Büsche steken
tau 'ne Freud' för dat Kind un tau säute Käuhlung; rings
üm dat Äuwer gräunten de Büsche un Böm, un witt glänzte
dat von de blagen Barg' herunner, 't was äwer kein Snei,
't wiren Mandeln un Kirschen. Un dat allens swemmte in
en goldenes Licht, un de frische Aten von de Welt spelte
mit den Morgennebel äwer de gräune Flaut un redte von
Regung un Lewen, un't was Ostermorgen.
Helene sach in de Welt herinner, as seg sei taum irsten Mal
ehre Wunner, ehre Ogen lücht'ten, un de Backen farwten
sick höger, 't was, as wenn in ehr ok Frühjohr würd un all
de seligen Schuer, de de Welt tau frischen Lewen upwecken,
sick in ehre Seel senkten, ok taum nigen Lewen. – Sei hadd
jo all oft dat Frühjohr seihn un dat Gottesgeschenk an ehr
junges Hart drückt, äwer dit was anners as süs, in so'ne
Pracht was ehr dat Geschenk noch nich entgegen dragen, un
ehr Hart was noch nich so willig west, all de Seligkeit as 'ne
Gottessaat in sick uptaunemen; nu hadd äwer de Leiw' den
Acker bestellt, un de Saat gräunte fröhlich an't Dagslicht. –
Ja, 't was Ostermorgen, un all de Klocken von de grote

Stadt klüngen, un de Schall bewte äwer dat Water un mischte sick mit de lichte Nebelschicht, de doräwer lagg. – »Ach, Lening!« rep Paul, un sei drückte ehren lütten Brauder faster an sick, as dankte sei Gott, dat sei einen hadd, in den sei dat Äwermaat von ehre Leiw' utgeiten künn. – Un sei gungen wider, un Paul hadd sick los makt un sprung as en Fahlen an den irsten Maidag in de Koppel herümmer un kamm wedder ranner: »Lening, komm bloß mal mit; da ist mal was! Da, wo die alten Weiber sitzen, da sind ganz rote Fische und grüne und blaue und solche snurrige Muscheln und andere Biester. Komm doch und sieh dir das doch an!« – »Nein, laß mich Paul! – Geh *du* nur und besieh dir das, ich will die Mole hier hinaufgehn und das Meer und die Gegend ansehn. Aber vergiß nicht, mich hier abzurufen, und merk dir's genau: da oben am Ende wirst du mich treffen.« Un Paul sprung von ehr up den Fischmark. – As Helene 'ne Tidlang an de Spitz von den Hawenbu stahn hadd un ehr glückseliges Hart un de glückselige Welt mit enanner heräwer un henäwer redten un kein En'n funnen in säuten Twisprak, läd sick 'ne Hand up ehre Schuller, un de olle Dam, de sick sülwst Tanten Line näumte, stunn an ehre Sid mit helle, lüchtende Ogen, as wenn dörch den grisen Regendag en warmen Sünnenstrahl breckt, un rep: »Min leiwe Dochter, wat seggen Sei? Wat seggen Sei tau de schöne Welt?« – »Guten Morgen!« säd Helene un drückte de Hand von de olle Dam. »Ach, ich weiß gar nicht, wie mir ist; so glücklich bin ich ja wohl noch nie gewesen.« – »Also ok. – Ja, ja! Sei sünd jung, min leiw' Dochter. – Bei mir mischt sich schon Trauer mit dem Entzücken; kein bitterer Schmerz, nein, nur ein tiefes Bedauern, daß ich dies alles nicht habe in der Jugend sehn können. Ick glöw, ick wir beter worden, ick wir en betern Minsch worden, wenn ick dat vördem seihn un genaten hadd; denn ich gehöre zu den Menschen, die da glauben, daß eine reine Freude uns unserm Herrgott ebenso nahe bringt als ein tiefer Schmerz. – Von de letzte Ort heww ick tämlich vel tau kosten kregen, von de Freuden weniger. Äwer, verstahn S' mi recht, ick will nich undankbor sin, 't is ümmer noch mihr, as ick verdeint heww, un uns' Herrgott weit am besten, wat en Minschen gaud is. – Wer weiß, wenn ich mit allerlei Freuden überschüttet wäre, ich wäre vielleicht ein leichtsinniges Frauenzimmer geworden, lichthartig bün ick noch. – Aber ich störe Sie in Ihren Betrachtungen und in Ihrem Genuß, und außerdem habe ich hier noch ein recht ernsthaftes Geschäft bei dem preußischen Konsul abzuwickeln, und da will ich denn...« Bumm! knallte en Kanonenschuß äwer de See heräwer. Bumm! folgte en tweite un en drüdde, de Pulwerdamp wölterte sick dick un swor äwer den glatten Seespiegel räwer, as wenn sick de Mort (Alp) up den säuten Slap leggt, un verflatterte tauletzt in lichte Wolken, as wenn sick de swore Angst tauletzt in lichte Dröm uplös't. Un up de twölw Kanonenschüss' von dat Schipp her antwurt'ten twölw Schüss' ut de Festung, un de olle Dam säd: »Seihn S', min leiwe Dochter, dat is en Franzos', de dor schaten hett, es ist ein Kriegsschiff, sehn Sie, mit der französischen Flagge; dat möt wat tau bedüden hewwen, ick möt doch mal fragen«; un sei gung an einen Matrosen ranner, de ok in Gedanken verluren äwer dat Bollwark kek. As sei wedder kamm, säd sei: »Allens heww ick nich verstahn, wat hei säd – de Minsch is en Italiener – äwer so vel weit ick, dat Schipp is 'ne französche Fregatt un hett den nigen Kaiser von Mexiko, Maximilianen, von Marseille herbröcht. Haben Sie schon ein Kriegsschiff gesehen? – Ne? – Wat meinen Sei, will'n wi uns en Boot nemen un mal nah den Franzosen räwer führen?« – »Ach nein, ich muß wohl nach Hause, und Paul ist noch nicht hier – und dann muß ich gestehen: der Kanonendonner ist mir in das feierliche Glockengeläut und in meine Festfreude recht unangenehm hineingefallen.« – »Dorin hewwen Sei recht; Kononendunner is nich angenehm, taumal wenn hei irnstlich meint is; aber darin haben Sie unrecht, daß Sie das Schiff nicht besehen wollen. Up de Reis' möt einer allens mitnemen, denn auch selbst das Störende und Unangenehme wird in der Erinnerung später eine Quelle von Vergnügen. Äwer, seihn S', dor kümmt Ehr lütt Brauder, dat oll lütt fröhlich Jüngschen.« – Paul kamm ranner: »Lening, hast's woll gehört? Sie haben mit Kanonen geschossen.« – »Ja, Paul«, lachte Helene un strakte em de willen Hor glatt ut dat Gesicht, » das mußte doch wohl jeder hören.« – »Un Lening, rat mal, wer woll hir is, hir up desen Damm.« – »Nun, wohl Jochen Klähn.« – »Ne, höger rup!« – »Der alte Jahn.« – »Noch höger rup!« – Denn weiß ich's nicht.« – »Der Ba–ron von Unken–stein! Sieh, da steht er. – Der da! Der mit dem braunen Überzieher und den dünnen, grauen Beinen, der uns den Rücken zukehrt.« – Ach Gott! wo würd Helenen tau Maud'; äwer kort fat'te sei sick un frog hastig: »Hast du mit ihm gesprochen?« – »Nein, gesprochen nich; aber ich habe ganz dicht bei ihm gestanden und ihm ins Gesicht rin gekuckt.« – Dat was doch wat Tröstlichs, de Baron wüßte so doch nich, dat sei hir was; äwer wenn sei taurügg an em vörbi gung, kunn hei sick ümdreihn un sei gewohr warden, sei wend'te sick also rasch tau Tanten Line üm un säd, sei wir bereit, mit ehr nah dat Kriegsschipp tau führen; Paul stimmte natürlich ut vullen Harten in, un't wohrte nich lang', dunn seten sei tau Boot, un de Fohrt gung nah dat Schipp.

'ne Bootsfohrt up 'ne glatte See bi schönes, warmes Weder is woll ein von de Ding'n, de den Minschen am besten tau Rauh weigt; äwer in Helene ehre Seel treckte de Rauh nich in, ehr Hart slog ängstlich hen un her, as wir't ne Duw', de de Häw jöggt; sei was von ehr leiw' Mutting sihr mit den Herrn Baron ängstigt worden, un nu kemen ehr de bangsten Fragen: Wo kamm de Minsch hirher? Wat wull hei? Würd sei em ut den Weg' kamen?

Up de französche Fregatt würden sei fründlich upnamen un herümmer wis't; Tanten Line besach sick allens ganz genau, as hadd sei in den Sinn, späder mal en Examen äwer de Sak aftauleggen, un Paul was up den besten Weg, dat Bugsprit entlang tau riden un in't Water tau fallen, wenn hei nich noch glücklich infungen worden wir; äwer Helene kek äwer Burd nah den Platz, wo de Mann stahn hadd, den ehr Paul wis't hadd; un as sei taurügg führten, bestunn sei mit groten Iwer dorup, dat sei wid von dor anleggen süllen. Dat geschach denn ok, un as de oll Dam gahn was, ehre Geschäften tau besorgen, un Helene allein mit Paulen tau Hus gung, säd sei: »Pauling, sag heute – bloß heute – nichts davon, daß du den Baron gesehen hast.« – »Ja, Lening, aber warum? – Du siehst ja so ängstlich aus.« – »Pauling, komm! Wir sind viel zu lange fortgeblieben; mein Gott, was wird Mutter sagen?« –

Mutter hadd nu äwer all so vel seggt, wovon sei gor keine Ahnung hadd; sei hadd ganz gaud slapen, bildte sick äwer in, sei hadd sihr slicht slapen un hadd Grund, verdreitlich tau sin. As sei nu Helene nich in de Stuw' gewohr würd, hadd sei Grund, *sihr* verdreitlich tau sin; sei lüd'te also för Gewalt an de Klingel, un as dat Stuwenmäten kamm un up ehr Fragen säd, dat junge Frölen wir all tidig an den Strand gahn, höll sei dit för en unschickliches, lichtsinniges Bedragen un för 'ne grenzenlose Rücksichtslosigkeit. Dat ganze Gasthus würd in Upregung versett, un as en Husknecht ut-seggt hadd, de lütt, jung' Herr wir mit de junge Dam tau-samen weg gahn, kamm de arme Fru up den ganz natür-lichen Gedanken, Paul wir in sine Unbännigkeit un Unver-stand in't Water follen, Helene hadd em rute trecken wullt, wir mit herinner reten, un nu lagg ehr un Antonen sin Er-ziehungs-Substrat deip unnen up käuhlen Grund, un sei sach de Minschen ganz düdlich, de mit Haken un Stangen dorbi waren, de Verunglückten an't Land tau schaffen. – Nu was dat denn ok wedder ganz natürlich, dat sei lud äwer ehr Kind! ehr Kind! tau schrigen un tau jammern anfung, dat Anton mit en halwbalbierten Bort un in swacke Bekle-dung tau ehr rümmer störten ded, un dat in Herr Nem-lichen, as hei dat Uhr an de Dör, de tüschen de beiden Stuwen was, leggt hadd un dat Schrigen üm de Kinner mit

anhürte, de Angst upsteg, wenn Paul verdrunken wir, künn
sine Stellung am En'n benahdeiligt warden, un dat hei ut
de Dör stört'te, üm wo möglich sinen Elewen noch nah-
dräglich tau redden. – Up de Trepp begegnete hei Jochen
Klähnen, den sine niedrige Stellung hei in sine Angst ver-
gatt un em taurep: Paul un Helene wiren beid' verdrunken,
un dormit lep hei ut de Dör up de Strat un ümmer wider
in sine Dodesangst, ümmer bargan, as wir de Adriatsche
See 'ne geographische Naturmarkwürdigkeit, de sick baben
up de Felsen un de Barg' breit makte. –
Jochen Klähn lep natürlich glik nah sinen Herrn un kunn
tauirst vör Schreck nich reden; äwer as hei man irst mit de
Redensort »Herr, weiten S' wat?« tau Rum was, kamm dat
anner fluggs achterher: »Paul un sine Helene sünd beid'
verdrunken.« – »Wat?« rep de Oll un sprung pil achter den
Koffedisch tau Höchten. – »Franz Nemlich hett mi't tau-
raupen un is nu jo woll hen un söcht 's«, säd Jochen ganz
blaß un stunn, as wir hei verbas't, vör sinen Herrn. –
»Kumm!« rep de un smet sick en Rock äwer, »kumm! Nah
den Strand!« – un so ut de Dör; Jochen em nah. – »Hüren
S', wo sei jammert!« rep hei, as sei an Fru Groterjahnen
ehre Dör vörbi lepen. – »Herr, ick glöw't nich, Paul is en
tau verstännig Minsch, de ward sick hir nich in frömden
Lan'n versöpen.« – De oll Jahn grep mit groten Schritten
stillswigends up de Strat ut. – »Herr, hei kann köpplings rin
schaten sin, ahn dat en anner oder hei sülwst dat gewohr
worden is«, säd Jochen, un nah 'ne Wil: »Herr, ängstigen
Sei sick nich! – Hei is jo nich so dämlich, hei ward sick woll
an wat begrepen hewwen.« – De oll Mann antwurt'te nich
un hürte ok nich; hei lep förfötsch wider. – »Hei kann sick
in en Kahn set't hewwen un hett sick dorin hen un her
wippt, dat hett hei vördem all oft dahn, un ick heww em
all ümmer seggt: Paul, säd ick, wenn di dat man nich mal
begrismult!« säd Jochen, as sei an den Strom kemen un hei
de Booten dor hen un her scheiten sach. – De oll Jahn stunn
still un kek sick üm; nahrends was en Uplop von Minschen

tau seihn, allens stunn ruhig oder gung sine Weg; hei wüßt
nich, nah wecker Sid hei sick wennen süll. Mit einem Mal rep
Jochen: »Herr, seihn S', dor hinnen, dor kümmt de Gast an
un sin Helene dorbi. Je, de süll sick versöpen! Ne, dor's hei
vel tau klauk dortau! Na, säd ick Sei nich ümmer, Sei süllen
sick nich ängstigen? – Ick segg man, Franz Nemlich hett mi
wat vörlagen. – Na, täuw man! Dat snid ick di all up dinen
Schalm!« – De Oll was stracks up de beiden taulopen, un as
hei an ehr ranner kamm, rep hei: »Lening, Lening, wat hew-
wen ji uns för Angst makt! – Gott sei Dank, dat sei un-
nödig west is!« – »Was ist denn . . .?« frog Helene un sach
bang' in dat upgeregte Gesicht von den Ollen. – »Sei glö-
wen all, ji wir't up't Water tau Schaden kamen.« – »Mein
Gott, ich habe ja ausdrücklich gesagt, ich wollte an den
Strand gehen; ich bin ja mit Paulen . . .«, hir brok sei in
Tranen ut, »ach Gott, ich bin ja nicht schuld daran!« –
»Kumm! Kumm!« säd de Oll un slog den Arm üm ehr, »'t
is gaud, dat't so aflopen is, äwer kumm! Din Mutter bangt
sick üm jug; un süh, dor hin'n kümmt din Vader all an.«
Jochen was wildeß up Paulen losgahn, sine Ogen lücht'ten
vör idel Freud'; äwer as hei an sinen jungen Fründ dichter
ranner kamm, set'te hei en hellsch verdreitlich Gesicht up:
»So geihst du gaud, Paul! – So bliw man bi! Makst uns so'n
Spermang, dat min Herr sinen Koffe stahn laten möt?« –
»Wat hest du denn?« frog Paul ganz frech. – »Wat ick heww?
Nicks heww ick; äwer ick heww di dat vördem all ümmer
seggt, du süllst dat ßackermentsche Wippwappen mit den
Kahn sin laten.« – »Ick heww jo ok nich wippwappt.« –
»Dat is schad', dat du't nich dahn hest, denn wirst du gaud
unnerdümpelt worden, un denn höddst du di vör't tweite
Mal. – Nu mak, dat du nah Hus kümmst, din Mutter, de
schriggt för Gewalt üm jug, un paß up, wenn du hir kein
natt Johr kregen hest, dor tau Hus kriggst ein.« – »Du büst
en rechten Schapskopp«, rep Paul un kek sick scheiw äwer
de Schuller, »wi hewwen jo gor nicks dahn.« – »So? – Na,
süh, dor kümmt din Vader all antaupusten. – Wo de oll

Mann sick bangt! – Äwer du leggst di jo woll ganz un gor up de rug' Sid.«

Un Herr Groterjahn kamm denn nu ganz uter Aten ranne un rep: »Um Gotteswillen, was macht ihr? Was macht ihr? Mutter ist in Verzweiflung« – »Ach, Vater, wir können nicht dafür, wir wollten nur den Morgen genießen«, rep Helene un föll den Vader üm den Hals. – »Ih, Vadding, wo ji jug hewwt!« kreihte Paul dormang, »wi sünd jo blot man nah dat Schipp hen west, wo de Kanonen schoten, un oll Unkel Jahn un Jochen hewwen uns jo all funnen.« – Herr Groterjahn kek sick üm, dor stunn sin oll Fründ Jahn, un dat de wegen sine Kinner hir up den Damm was, kunn hei sick licht tausamen rimen; sin Haß, de äwerall nich von Bedüden was un as en lack Fatt ümmer frisch wedder upfüllt warden müßte, tred as en lütt bescheiden Kind en Schritt rüggwarts, un de olle Gaudmäudigkeit makte sick as en stämmigen Kirl mit beide Ellbagen Platz nah vör; hei gung up Jahnen tau un säd: »Ich danke dir auch vielmal, Jahn, daß du ...«, stamerte hei achterher, »daß du meine Kinder gefunden hast«, äwer de Hand reckte hei nich nah em ut. – »Oh, dorför nich, Groterjahn, dat was en Taufall. – Adjüs, Helening! – Kumm, Jochen!« säd de Oll kolt, de sick woll en annern Sluß von de Red' vermauden west was, un gung mit Jochen af.

't is en jämmerlichen Kram mit den Minschen, wenn sine gaude Natur em den richtigen Weg wis't hett, up den hei för sick un för annere Lüd' tau en glücklich En'n kamen kann, denn stahn »Rücksichten und Verhältnisse« as Grabens un Slagböm em in'n Weg', un hei lenkt von de richtige Strat af. – Dit sünd nu äwer – bilöpig seggt – de beiden niderträchtigsten und liderlichsten Würd', de de hochdütsche Sprak utfünnig makt hett un de plattdütsche ok all munter tau bruken anfängt. Jeder Hallunk, de tau wat kamen will, hett »Rücksichten« tau nemen, un jeder Lump sitt in »Verhältnissen«, ut de hei sick nich rutewickeln kann. – Herr Groterjahnen keken in den Ogenblick, as hei warm würd un den ollen Fründ danken wull, de »Rücksichten« von wegen sine Gemahlin äwer de Schuller, un de Hän'n, de hei utrecken wull, wiren von de »Fomilienverhältnissen« ümtüdert. – Hei was hellschen falsch up sick sülwst, dat hei nich warm blewen was un dat hei sick as 'ne slichte Tass' vull Kamellentee hadd afkäulen laten, so dat kein Düwel sei dalwörgen kunn. Hei was hellschen falsch up sine Gemahlin, dat sei mit ehr Jammern un Jautern em unnödiger Wis' in 'ne »scheiwe Stellung« bröcht hadd – ok en gaud Wurd! –, un wenn hei ok minschliches Vadergefäuhl naug in sick hadd, dat hei sick in'n Ganzen sihr äwer dat Lewen von sine beiden Kinner freuen ded, so was hei doch tau sihr uter Pust un uter Rauh kamen, as dat hei nich tau den fasten Entschluß kamen wir, ditmal sine Fru ehren Unverstand irnstlich tau verwisen. – »Der Mensch soll sich nicht ängstigen!« säd hei, »ja, ich werde Mutter das ernstlich sagen: der Mensch soll sich nicht ängstigen!« – Tauletzt äwer würd em bi Helenen ehre Bidden und Klagen ganz weikmäudig, un Paulen sin dumme Snack münterte em up, hei küßte sine Kinner beid' un ümmer wedder, un as Paul sick nah dat Küssen vör em henstellte un säd: »Vatting, wo sühst du ut? Du hest di jo man halw balbiert«, lachte hei ok all, begrep sick äwer un säd väterlich: »Ja, daran bist du schuld, Paulus. – Merk dir das: der eine Mensch soll den andern nie in Unruhe versetzen.« – Un as sei in den Gasthof taurügg kemen, was hei ganz Leiw' un Lustigkeit äwer sin Glück, un hei treckte de beiden Kinner in sine Freud' in den Spis'saal herinner, un dat Vadergefäuhl flot bi em äwer, un hei frog: »Helening, willst du 'ne Flasche Champagner trinken? – Paulus, was willst du essen, Paulus?« – »Wedder Schill, Vatting, un so 'ne lütte braden Hahns.« – Äwer Helene drew: »Ach, kommt zur Mutter! Kommt!« – un 't kamm so bang' rut, dat Paul sine Gelüsten upstütten müßte un Vatern de ganze schreckliche Lag' un sin verwogene Entschluß wedder in't Gewissen schawen würd.

As sei in de Stuw' kemen, lagg Mutter up den Sofa; ehre
Nerven hadden sei ahn alle Fisematenten bi den Kragen
kregen un hadden sei dor verlangs hensmeten. Sei bangte
sick üm ehre Kinner; äwer eigentlich glöwte sei an ehre
eigene Angst nich recht, un doräwer was sei verdreitlich;
am verdreitlichsten was sei äwer doräwer, dat keiner dor
was, de Mitled mit ehre Angst von Rechts wegen hewwen
müßte, as taum Exempel ehr weglopen Anton oder de bei-
den verdrunkenen Kinner sülwst, denn dat Stuwenmäten
ut den Gasthof, wat vör ehr stunn, was taum Reinmaken
un Beddenmaken un nich taum Mitled meid't un ded blot
en Äwriges un Verstänniges, wenn dat ehr mit 'ne Buddel
von Hoff'schen Malzextrakt unner de Ogen gung, denn dit
Middel helpt gegen allens, ok gegen en poor verdrunkene
Kinner. – Helene stört'te in de Dör un föll bi dat swore
Lager von ehre Mutter up de Knei un klagte sick up't Irnst-
lichste wegen de Unrauh an, de sei in Unbedachtsamkeit
ehre Öllern makt hadd, un Paul stunn dor achter un makte
en Gesicht, wat so de Scheid' tüschen Lachen un de Furcht
vör en natt Johr höll, un säd: »Mutting, laß man sein! Wir
sünd jo nu wieder hier, und ich will nun auch ümmer hoch-
deutsch snacken.« – »Poll«, rep sin Mutter, »unverständiger,
gefühlloser Knabe! Du zerfleischest deiner Mutter Herz, ist
das gleichgültig und unbedeutend?« – »Das nicht«, säd An-
ton, denn em föll in, dat hei tau den fasten Entsluß kamen
was, sine Fru mal ordentlich Bescheid tau seggen; »aber die
ganze Geschichte war unnötig«, brummte hei so achter nah.
– »Was? Unnötig?« rep Fru Jeannette un bömte sick mit en
Ruck von den Sofa tau Höcht, dat ehre Nerven rechtsch un
linksch von ehr afföllen, as wenn't Spennwewen wiren, »ist
die Mutterliebe unnötig? Die Mutterliebe ist eine Tigerin,
die in der Gefahr ihre Jungen beschützt«; un dorbi makte
sei de Tigerin tämlich natürlich nah, blot dat sei Antonen
noch nich an de Gördel fohrte. – »Aber der Mensch soll . . .«,
rep Anton, ümmer fast in sinen Entsluß. – »Was soll er,
Anton? – Schweigen soll er, wenn aus der Mutter die Angst

um ihre Kinder spricht.« – »Aber der Mensch soll sich nicht . . .«, rep Anton un bet de Tähnen tausam, as hadd hei sinen Entsluß dortüschen un müßte em fastklemmen, dat hei em nich afhan'nen kamen ded. – »Was? Was?« rep Jeannette in grote Bisternis, denn Antonen sine Anstalten wiren so ungewöhnlich un fürchterlich, dat sei ganz blaß worden was un de Ogen afwennen müßte. Dese föllen nu up Helene, de sick vergews afmäuhte, sei tau Rauh tau bringen, un mit den Raup: »Mein Kind! Mein Kind!« stört'ten ehr de Tranen ut de Ogen. – So, *de* wir nu tau Rauh! Äwer in Antonen was jo woll de Bös' mit Hütt un Mütt un Hün un Perdün rinner fohrt; ahn alle Rührung un Gewissen stunn hei dor, stampte mit den Faut up de Ird un rep, as hei up de Dör tau gung: »Ich, ich . . . ich werde jetzt hingehn und mich endlich mal rasieren.«

Nu kreg Mutter dat äwer mit de Angst, Anton künn sick mit dat Balbiermetz den Hals afsniden; sei tröst'te sick nu frilich dormit, hei hadd vördem so wat seindag' noch nich dahn, äwer hei was ok vördem seindag' noch nich gegen ehr so uptreden, ein Mal wir't irste Mal. Sei säd dat frilich nich lud tau ehre Kinner, schickte äwer Paulen doch tau Säkerheit den Ollen nah, villicht dat de Anblick von sinen Leiwling em von so'ne Schanddaht taurügg höll; denn sei was 'ne sihr äwerleggte Fru.

As nu ut de Stuw' bian, wo Anton mit dat Balbiermetz handtierte, sick kein Jammern un Schrigen upsmet, würd Fru Groterjahnen denn ok ruhiger; Helene ded mit alle Leiw' dat Ehrige, üm ehre unschüllige Schuld vergeten tau maken, so dat Mutter sick allmählich up de Äwerraschung besinnen kunn, de sei den Abend vörher in dat Bedd utbrött hadd. – Sei kamm nu, as Anton un Paul sick taum Koffee infunnen hadden, mit ehre Reis'stationen un Lewensstationen un Fazittrecken un Breiw'schriwen tau Rum. – »Ja, Mutter, ja, ich will gleich schreiben«, rep Helene, »ich schreibe an Emma Regen und will ihr ausführlich melden, wie's uns bisher ergangen ist.« – »Gut, mein Kind«, säd

Mutter, »aber ich wünsche, daß du die Grundabsicht deiner Mutter berücksichtigst, daß du nicht bloß von den Reisestationen, sondern auch von den Lebensstationen berichtest, und daß du das Fazit ziehst.« – Ja, säd Helene, ok *dat* wull sei dauhn, so gaud sei kunn. – Äwer sei was ok de einzigste, de sick willig wis'te, in ehren Vader späükte de Bös' noch ümmer heimlich furt, sine Ogen wiren bi sine Fru ehre Äwerraschung tauirst ümmer gröter worden, un nahsten hadden sick dicke Schrumpeln doräwer leggt, un hei säd tauletzt falsch: »Ich weiß den Deuwel von Lebensstationen und weiß auch keinen, an den ich schreiben soll. Was mich passiert is, das erzähl ich nachher Ohmen un Sohmen un Drohmen in der Sozieteh.« – »Ja«, säd Paul un süfzte up, as wir em dörch de obsternatsche Erklärung von sinen leiwen Vader 'ne grote Last von den Harten namen, »ja, ich weiß auch keinen, und die Jungs erzähl ich das auch nachher«, un dit säd hei so drist, as hadd hei de faste Äwertügung, dat hei en rechten gehursamen Sähn wir, de sick sinen braven Vader as en hellüchtend Vörbild namen hadd un nu ok ümmer furt in sine Fauttappen wandeln wull. – Äwer hei kamm schön an. – »Du?« säd Mutter, »*du* sollst auch keine Briefe schreiben, *du* sollst von jetzt ab ein Tagebuch führen, und Herr Nemlich soll darauf sehen, daß es geschieht. – Wo ist Herr Nemlich?« – Ja, wo's Herr Nemlich? – Dat wüßt kein Minsch, Herr Nemlich sülwst nich, dat wußt blot de leiw' Gott, un de ok man, wenn hei mal taufällig up de allerbistrigsten Straten von Triest en Blick smet, denn't was 'ne gottverlatene Gegend. – Hir stunn de Herr Perzepter mit dat Gesicht an 'ne Muer, in so 'ne Ort von Bullenwinkel, un kunn nich rügg- noch vörwarts; vörwarts nich wegen de Muer un rüggwarts nich wegen en Hümpel Bedelgören, de em richtig as Frömden taxiert hadden un em nu noch 'ne Tax up den Geldbüdel leggen wullen, nahdem sei em in den Bullenwinkel rinner manöveriert hadden. – Herr Nemlich was tauirst in grote Verlegenheit, äwer't wohrte nich lang', dunn grep hei nah dat gründlichste Middel gegen so 'ne Lag': hei stellte sick mit den Puckel gegen de Muer, höll en por Krüzer tau Höcht un rep: »Aquila nero! Aquila nero!«, bet tauletzt so'n halwwassen Jung', de as en Orang-Utang in Zevilkledung utsach un ok de paßlichsten Gesichter dortau sned, sin Italjensch un sin Geld verstunn, sick tau em dörchdrängte un em nu mit Mul un Poten – gun Dag, Ap! – bedüdte, hei wull em nah den Swarten Ad er taurügg bringen. –

Na, dat geschach. – Herr Nemlich rückte mit sine Ihrenwach vör den Swarten Adler un kamm grad' tau de Tid, wo Fru Groterjahnen ehre Sehnsucht nah em utspraken hadd. Hir würd em nu von de Dam utenannerset't, dat hei hüt Breiw' schriwen müßt, an wen, wir ganz glik, äwer schriwen müßt hei, sei schrewen hüt all. – Dat was nu nich wohr, denn sei sülwst schrew nich wegen ehre Nerven, un Anton un Paul nich wegen pure Fulheit, sei wiren desprat un obsternat afgahn.

So schrewen denn nu blot Helene un Herr Nemlich, un – markwürdig! – beide slogen mit ehre Breiw' up den Sack und meinten den Esel; Helene schrew an ehre Fründin Emma Regen, de dicht bi Groten-Barkow as Erzieherin was, un meinte Korl Jahnen, de oft mit ehr tausamen kamm, un Herr Nemlich schrew an den ollen Köster Beerbom un meinte Munde. –

Un nu wir denn so wid allens will un woll, wenn ick blot den unpaßlichen Verglik mit den Esel nich makt hadd. – Na, ick denk, Munde un Korl Jahn warden mit mi in Gelegenheit sehn un mi dit Stück nich alltausihr äwel nemen.

KAPITEL 8

Wi gahn tau Water. – Wat weck Dickköpp in minen Vaderlan'n meinen. – Worüm de Herr Student Beyer äwer un äwer gel un gräun utsach un för en angahnden Sprüttenmeister gellen kunn. – De Herr Baron von Unkenstein, nu äwerst all von vören. – »Gun Dag, Hanning!« – Worüm Mutter sick ümmer de Näs' stöten ded. – »Bette! Bette recht sehr.« – Wat de Hauptmann Micheli för 'ne Niederträchtigkeit mit den Schellen-Ober utäuwt hett. – *Herr* Klähn. – Jochen un Paul verswören sick up dat Bucksprit.

Süh so, nu was allens besorgt, un de leiwe Fomili was bereit, up dat Schipp tau gahn, blot Herr Nemlich nich. Herr Nemlich *führte* nämlich un satt baben up de säbenteihn Kisten un Kasten un sach ut as 'ne Ort von Utteiknung, as 'ne Ort von goldenen Knop, den en Burmeister baben up sin Gebüd set't hett, trotzdem dat de Unnergrund en beten wackeln deiht. – Fru Jeannette triumpfierte an de Spitz mit en Sünnenschirm vull allerlei Troddelwark, Groterjahn gung en halben Schritt achter ehr, dormit dat hei den Schatten von den Schirm kreg, nich dat hei ehr den Vörtritt äwerall laten wull, denn hei was mitdewil in de Frömd' so sülwstständig worden, dat desen Morgen, as hei sine Stäweln up den Vörplatz stahn sach un herinhalen wull un sine Fru ehre Snürstäwel dorneben, hei den Afsatz von sinen Stäwel namm un – schändlich! –, ahn dat sei't wüßt, grad up dat Flag von den Snürstäwel drückte, wo de Likdurn von sine Fru satt. – Helene gung achter den Ollen her, wo smet sei de Ogen! Allens was ni, allens was schön! Sei kek den ollen, grisen Snurrer, de an de Eck stunn, dat olle, gele Zigunergesicht, wat bi ehren Appelsinenkorw satt, mit so' ne Leiw' an, as annere junge Damen blot bi würkliche Anbeders dauhn, de ok würklich wat achter de Hand hewwen. De ganze Fomili, as sei an den Strand hen gung, hadd so wat wunderschön Meckelnbörgisches an sick, as güng sei in ehr leiwes Vaderland en beten von Groten-Barkow nah Lütten-Barkow un von Lütten-Barkow nah Groten-Barkow äwer't Feld; sülwst de Hund fehlte nich, den besorgte Paul, de bald vörup, denn wedder taurügg lep, hir en Striptog nah den Fischmark makte un dor in en Appelsinenkorw rin kek.

– »Herr«, säd Jochen Klähn, de mit sinen Herrn achter de Gesellschaft her gung, »meinen Sei, dat hei dat ut reine, pure Wollust deiht? – Ne, dat deiht hei ut Milddähtigkeit, denn wenn hei so wat hett, denn giwwt hei mi ümmer wat af.« – So, nu will ick mal wat besorgen, wat ick sünst nich girn dauh, ick will mal, as de Hochdütschen dat näumen, »'ne Reflexion« maken, 't ward äwer sihr swack un en beten mit en Tägel utfallen: Weck Dickköpp in minen leiwen Vaderland sünd noch ümmer de Meinung, ick heww de Lüd', mine eigenen Landslüd', lächerlich makt, wenn ick lustige Geschichten von ehr vertellt heww; äwer wo? – Wenn ick Groterjahnen, sine Gemahlin, sine Dochter und Paulen so vör den Leser vörbi spazieren lat, dat jedwerein süht, dat is von meckelnbörgsche Ort, en Bild ut isernfastes Metall gaten, hett hir un dor sine besonderen Schrullen un Tacken, is äwer vergullt von en prächtigen Schin von Eigenort, heit dat slicht maken? – Desen gullenen Schin von Eigenort lat't jug äwer nich afschüren von de upverklorte Welt, hei is en seker Teiken, dat en Volk sick däftig un kräftig fäuhlt un dat't in den Stan'n is, sick mang de annern Völker mit den Ellbagen Platz tau maken, un wenn ok denn mal af un an wat passiert, wat för annere Lüd' lustig in de Ogen föllt.– As sei an dat Schipp kemen, föll ehr sülwst en lustigen Schin in de Ogen, denn up dat Deck seten en poor smucke, junge Burßen, jeder mit en bunten, blanken Käppel up den Kopp, so dat sei sick nich irst sülwsten för Studenten uttaugewen brukten, denn sei würden jeden dörch ehre Feddern künnig. Sei bedrewen sihr iwrig en ungewennt Geschäft, sei seten up platte Ird mit gekrüzte Beinen as de Türken un äuwten sick in't Roken un spelten all vörweg en beten Orient. Roken kunnen sei all lang', äwer ut 'ne türksche Waterpip tau roken, dat's keinen gemeinen Hund, dat's en finen Mops. – As der Groterjahnsche Fomili an ehr vörbi gung, blew Helene en lütten Ogenblick still stahn un kek den einen von ehr an, as wull sei seggen: »Mein Gott, wo sühst *du* ut? Un wo kümmst *du* her?« Sei gung äwer wider,

recht fröhlich in ehren Harten, denn't was 'ne fröhliche
Äwerraschung. De jung' Minsch hadd sei nich seihn, denn
hei was, wat jeder Minsch sin süll, iwrig bi sin Geschäft. As
äwer de oll Jahn mit sinen Jochen ankamm, sach de Herr
Student taufällig mal tau Höchten un sprung nu up, dat
heit, hei wull upspringen, 't gung äwer nich, hei tummelte
up, denn wecker Deuwel hadd em heiten, Orient tau spe-
len un sick de Beinen dow tau sitten? Dorbi hadd hei nu
den langen Slauch von de Waterpip in de Hand un sach ut
as en jungen, angahnden Sprüttenmeister, de sin Sprütt pro-
biert, blot dat *de* Water in de Sprütt hett, un hei hadd kein
Water in sin Waterpip, denn hei hadd sick irst up drög
inäuwt. – »Gotts ein Dunner! Herr Jahn, wo kamen Sei
her? – Kennen Sei mi noch?« – »Dausend noch mal! Sünd
Sei nich ...? – Wahrhaftig, hei is't! – Herr Beyer, wo ka-
men *Sei* hir her, un wo seihn Sei ut?« – »Ick bün up Stun'ns
bi de Frankonen in Jena, un wi dragen Gräun un Rot un
Gold.« – »Je, dat seih ick, Sei sünd jo gräun un gel äwer'n
ganzen Liw'; äwer Sei sünd jo doch Landmann un kein
Student?« – »Ick studier up Stun'ns Ökonomi in Jena.« –
»So? Na, hewwen Sei denn all utfünnig makt, mit wecker
Ort von künstlichen Meß einer am fixsten den Geldbüdel
klor makt?« lachte de Oll un schüddelte den jungen Mann
sine Hand recht von Harten. – »Ne, dat grad nich! – Äwer
seggen Sei mal, wat makt Korl?« –
Schad'! Wi hewwen kein Tid, länger dat Gespräk mit an-
tauhüren, denn wi möten von en anner Wedderseihn berich-
ten. Helene hadd den brawen, truhartigen Fründ von ehren
Korl glik herutekennt, trotzdem dat ut de düstere Land-
mannsrup en bunten Studenten-Bottervagel sick herute-
puppt hadd. – Sei was doräwer fröhlich, denn't is as en
Gruß, den de Taufall an uns bestellt, wenn wi in de Firn
en Minschen drapen, de wider nicks an sick hett, as dat hei
dat Leiwste kennt, wat wi up de Welt hewwen. – Ick bün
jo mal binah sülwst einen apenboren Vagelbunten üm den
Hals follen, wil dat hei ut dat Dörp was, wo mine leiwe

Fru buren is un tagen, denn ick stek dunntaumalen ebenso deip in de Leiw' as hei mäglicher Wis' in de Spitzbäuweri. Un wenn mi nu de Kirl bi de Gelegenheit den Geldbüdel ut de Tasch treckt hadd, denn wir ut Freud' woll Leid worden, woll ebenso rasch as bi Helenen, denn as sei sick ümdreihte von Korlen sinen Fründ, wer stunn vör ehr? – De Herr Baron von Unkenstein!

Helene hadd gor keinen Grund, sick tau verfiren, un dat sei't doch ded, möt jede Mutter von dat Kind ehr taum puren Unverstand anreken. – De Herr Baron was en sihr schönen Mann, hei hadd schöne swarte Ogen, de grad as bi de Krewt en beten wid ut den Kopp rute stunnen, sin Mund was so lütt, dat hei högstens för en Knoplock gellen künn, wat em en Snider von Gotts Gnaden midden in't Gesicht set't hadd, denn sin südwartsiges Gesichtsdeil was en beten tau lang geraden, un üm dit schöne Knoplock hadd em de sülwige Snider Frangen makt, de hei äwer in sinen Unverstand mit allerlei Smeerkram upwichs't hadd. – Kortüm, hei sach ut, as hadd min leiwe Fründ, de Aptheiker Dokter Grischow in Stemhagen – dunn lewte hei noch – den dämlichsten von alle Gardeleutnants namen, hadd em sauber in lütte Finzel sneden, hadd em in den Distellierkolben smeten, dreimal äwerdistelliert, denn up Buddeln tappt, twei Snidergesellen dortau gaten un verköfft em nu as Brekmiddel. –

Dat is scharpen Toback, ward männigein seggen, un ick segg't ok, äwer Mutter Groterjahnen was nich de Meinung, denn kum würd sei den Herrn Baron ansichtig, as sei ok up em los fohrte, un – hir möt ick nu seggen, dat Bildung doch wat Schönes is – hadd sick de Bildung nich so deip bi ehr infreten, sei wir em üm den Hals follen un hadd em küßt, nich üm ehrentwegen, ne! üm Helene ehrentwegen. – »Mein Gott, Herr Baron, Herr Baron . . .!« – »Aah!« – »Herr Baron, diese Überraschung . . .!« – »Aah!« – »Herr Baron, wie haben wir dies Glück . . .?« – »Ja, Glück«, säd Anton. – »Famos, aah!« – »Wie ist es möglich, daß Sie . . . – Herr Baron, hier – meine Tochter Ellen . . .« Dormit wull sei nu de beseggte Dochter vörstellen, äwer sei was dörch de Begegnung so in Upregung, dat sei sick in de Hän'n vergrep un stats Helene ehre Hand Paulen sine Knäwel tau faten kreg, un ihre sei sick dat versach, stunn de Slüngel vör den Herrn Baron, kek em von unnen an un rep: »Das ist der Herr Baron von Unkenstein. – Oh, ich hab' Ihnen gestern schon gesehen, Sie standen rückwärts mit en braunen Paletoh. Ich hab's Lening gleich gesagt, aber Lening wollt jo nich.« – Oh, du heillose Slüngel, rungenierst de schönste Begegnung! Dine eigene Mutter ehre Freud'! De Slüngel hadd't wüßt, Helene hadd't wüßt, un sei wüßt von gor nicks! – Äwer 'ne Fru, de würkliche Nerven hett un en beten Gall un en lütt Stück Lewer un en ganz Stück Bildung, de kümmt bald äwer 'ne Verdreitlichkeit weg, un Anton hülp düchtig dortau, hei flusterte ehr de sülwigen Würd' in de Uhren, de hei alle Abend säd bi Taubeddgahnstid: »Fat di kort! Fat di kort, meine teure Jeannette!« Un sei fot sick un fung an: »Herr Baron, diese Überraschung ...« – »Je, dat segg man mal«, säd 'ne fette Stimm achter ehr, »dat haddst du di doch woll nich dacht, Hanning, dat din oll Mutterbrauder ok mitreisen ded«, un Unkel Bors tründelte in den Kreis herinner. »Und das is Unkel Bors, und das is Unkel Bors«, rep Paul un danzte as en Wepstirt üm den Kreis herümmer. – »Ja, Hanning«, säd de oll Seepensieder, »süh, ick dacht ok so, din Geschäft hest du afgewen, dat besorgen de drei Jungens, nämlich Zamel slacht't de Ossen un liwert den Talg, un Adolf, den ick nu in min Geschäft inset't heww, gütt Lichter un kakt Seep dorut, un Birnhard, wat min Öllst is, de Kopmann, de set't de Sak in Zirkelatschon. Un dunn dacht ick so, sallst di ok mal en Plesir günnen, sallst dat Flag doch mal wedder anseihn, wo du tauirst brav wat verdeint hest, un wat ward din Swesterdochter Hanning sick freuen, wenn sei di tau seihn kriggt.« Dor was nu absolutemang nicks von tau marken. Hanning hadd vör Schreck de Arm an den Liw' dal sacken laten, un't was natürlich. Wenn einer de brennende

Zigar verkihrt in den Mund rin steckt, 't is eklich; wenn einer in 'ne Buddel mit Olewang rüken will un hei vergrippt sick un höllt sick 'ne Buddel mit Salmijakspiritus unner de Näs', 't is ok eklich; äwer gortauvel eklicher is't, wenn einer eben an so'n Baron raken hett, un't ward einen denn so'n ollen Seepenseider unner de Näs' stött.

Fru Jeannetten was denn ok tau Maud', as süll sei vör Schimp un Schan'n vör den Herrn Baron in de Ird sacken; von butwennig let sei sick dat nich alltausihr marken, äwer inwennig wrung sei de Hän'n un smet up Antonen en Blick, den Anton sick ganz richtig äwerset'te: »Nu stah mi bi, du olle Däs'bartel!« – Un Anton fung an: »Aber mein lieber . . ., äh . . ., lieber . . ., äh . . .« – »Ja«, säd Unkel Bors, »un an Sei, Herr Vedder, heww ick ok dacht, ick dacht, wenn Groterjahn nah Konstantinopel henkümmt, denn rönnt hei sick mit sinen dicken Kopp fast as en Oß, de mit de Hüren dörch 'ne Kleimwand will, möst man mit. – Un, Herr Vedder, verlaten S' sick ganz up mi, ick help Sei allentwegen dörch. – Mein Gott! Is dat nich oll Jahn von Lütten-Barkow?« Un dormit tründelte dat olle, lütte Ungedäum up Jahnen los, de jüstement mit sinen jungen gel-gräunen Fründ von Bottervagel an de Gesellschaft vörbigung. – »Wat, der Dausend!« rep de oll Jahn, »is denn hir de Kräpliner Johrmark up't Schipp, dat de oll Seepenseider, den ick ümmer sin Talglichter afköfft heww, hir rümmer späukt?« – »Je, dat seggen S' man mal! Äwer oll Lüd' sünd wunderlich, wenn't regent, denn führen s' tau Heu. – Un nu kik mal!«, un dormit fohrte hei up den bunten Studenten los, »Jung'-Herr Beyer! – Leiwer Götting nich mal, heww so oft mit Ehren seligen Herrn Vader tau dauhn hatt; köffte ümmer teihn Lispund Lichter mit enmal, was so gaud as bor Geld, un nu möt ick den Sähn hir in de Frömd andrapen, in so'n Uptog!« Un hei schüddelte vör Beduren mit den Kopp. »Na, 't schadt nich! Äwer't is grad so, as wenn sick ganz Land Meckelnborg hir tausam finnen will, nu fehlt blot noch, dat en Avkat hir wir.« – »Hir steiht ein«, säd 'ne ruhige Stimm

achter em. – De lütte Kirl fohrt' rüm as en Brummküsel un
schot up en lütten Mann los: »Also Sei sünd en meckeln-
börgschen Avkat?« – »Oh, bette, bette recht sehr! – Mit
unserer Macht ist nichts getan. Ja, ja, ich hab nicht die Ge-
walt; die Herrn Advokaten haben die Gewalt.« – »Äwer
Sei sünd jo doch kein Meckelnbörger?« – »Bette, bette recht
sehr! Thüringer – Kaufmann – Schwofel ist mein Name.«
– »Ne, hir, Olling!«, un en jungen Mann drängte sick an de
Gesellschaft heran. Ick denk, de Oll föllt up den Rüggen
vör idel Verwunnerung. – »Na, so slag Gott den Düwel
dod! Min eigen Avkat, Herr Speit! Herr Avkat Speit ut
Swerin, min eigen Avkat! Na, seggen S' mal, möt de Kirl
betahlen? – Gott bewohre! – Ick denk, hei sitt bet an den
Hals in mine Akten, un hei stangelt ok nah Konstantino-
pel. – Hüren S', Sei känen hir en gaud Wark stiften – wo
nennen Sei dat noch, wenn sick twei verdragen sälen?« –
»Sei meinen woll en Sühnungsversuch?« – »Richtig, Sei sälen
en Sühnungsversuch maken tüschen Herr Jahnen hir un
tüschen min Swesterdochter Hanning. Wo's Hanning?«
Äwer Hanning was nich mihr in Sicht. Helene hadd, as sei
de grote Upregung von ehre Mutter seihn hadd, sei rund
ümfaat un hadd sei de Kajütentrepp runne ledt: »Komm,
Mutter, komm, liebe Mutter, wir wollen unser Quartier
suchen.« – Dat was denn nu bald in de ein Damenkabin
funnen; äwer staats de Rauh, de sei söchten, funnen sei blot
de olle grise Dam, de sick up ehren lütten Reis'kuffert, den
sei in de hoge Kant stellt hadd, ganz hüslich inricht't hadd.
– »'t freut mi, min leiwe Dochter, dat wi tausamen logieren;
aber ich habe hier so meine Betrachtungen. Seihn Sei mi
an, ick bün drög as en Hiring, und von Krinolinen werden
Sie keine Spur bei mir entdecken, un doch bün ick unrauhig
in minen Gemäut, wo hir teihn Mánn – dat heit Frugens-
timmers – unnerbröcht warden sälen.« – Mutter Groter-
jahnen hadd wat anners in den Kopp tau nemen, as sick mit
den Drähnsnack von de olle Dam aftaugewen, ehre Nerven
verlangten 'ne Sofaeck, un unnerwegs hadden sei jo ok in

jeden Gasthoff dese funnen; äwer hir? Du leiwer Gott! Hir sach't jo ut as in den Laden von 'ne Putzmamsell, wo ümmer ein Schachtel äwer de anner steiht, dat wiren de Kojen, de ringsüm an de Wän'n fastmakt wiren. – »Meine Ruh' ist hin, mein Herz ist schwer, ich finde sie nimmer und nimmer mehr.« – Ne, sei funn sei nich; mit ehre Nerven kunn sei doch nich in de bäwelste Schachtel ruppe woltigieren, un as sei sick up de scharpe Kant von de ündelste Schachtel dal set't hadd, stödden ehre Nerven ümmer mit den Kopp gegen de bäwelste Schachtel. – »Hella, mein Kind, der Baron und nun der Seif . . .« Bautz – stödd sei gegen de Schachtel. – »Wat is, min leiwe Dochter? Is Sei wat passiert? Is Sei wat Verdreitliches passiert? – Wat seggen Sei von den Baron un von Seep? Hett de Kirl sick nich wuschen?« – »Nein, Tante Line, kommen Sie, helfen Sie mir, wir wollen Mutter hier auf das unterste Lager legen, Mutter ist krank.« – »Ja woll, min leiw' Dochter, nemen Sei dat Koppen'n, ick nem de Beinen. – So, nu schuwen Sei sei man sachten unner. – Un Sei, min leiw' Dochter, möten nu ganz stilling liggen, süs warden Sei sick baben de Näs' stöten. Ja, wie gesagt, knapp wird's hier werden.« –
Nu slog de Stimm von ehren Vader an Helene ehr Uhr, nu was't Füer up en anner Flag utbraken. – »Herr, das leide ich nicht!« rep ehr Vader. – »Aber Herr Jahn . . .«, was de Antwurt von einen Kellner. – »Der Deuwel ist Ihr Herr schlechtweg ‚Jahn‘; mein Name ist Groterjahn, und mit dem Herrn Jahn will ich nicht in einer Kabine schlafen, Herr Nemlich soll bei mir und meinem Sohn schlafen.« – »Herr Groterjahn, das geht nicht, der Herr, den Sie eben genannt haben, ist im Vorschiff untergebracht, wo alle jungen Herren schlafen.« – »Wo kümmt mein Herr zu slafen?« frog 'ne Stimm, de Helene för Jochen Klähnen sin estimieren müßte. – »Hir«, säd de Kellner. – »Das leide ich nicht!« rep Herr Groterjahn dormang, un Helene sprung tau Höcht, üm Unglück tau möten: »Vater, laß das; das kommt alles zurecht, und du, Jochen, setz deine Sachen vorläufig hierher, ich will

erst mit deinem Herrn sprechen.« – »Ja, Mamselling, minentwegent; äwer ick bün expreh von unsern jungen Herrn Korl dortau set't, dat ick minen Herrn verwachten sall.« – »Wo is din Herr?« – »Je, wo süll hei sin? Baben steiht hei un kickt mit den bunten Vagel in't Water rin.« – Un Helene sprung de Kajütentrepp in de Höcht: »Onkel Jahn, lieber Onkel Jahn, der Zufall hat es so gefügt, daß du mit meinem Vater in einer Kabine schlafen sollst, und das geht doch nicht.« – »Ne, min Döchting, dat geiht nich.« – »Willst du denn nicht mit einem andern Herrn tauschen?« – »Girn, min Döchting, wenn'ck man einen wüßt.« – »Ich wollte gerne«, säd Herr Beyer sihr orig tau Helene, »aber ich schlafe im Vorschiff.« – »Holt«, säd de Oll un gung up den lütten, fründlichen Kopmann ut Thüringen tau: »Mein lieber Herr, Sie haben ein so freundliches Wesen . . .« – »Oh, bette, bette recht sehr.« – »Daß ich Ihnen einen Vorschlag machen möchte, wollten Sie vielleicht Ihre Kabine mit meiner vertauschen? Sie kämen dadurch mit dem Vater dieser jungen Dame hier zusammen.« – »Oh, bette, die Damen haben immer die Gewalt, ja, ja, immer die Gewalt. – Und wie heißt der Herr, wenn ich fragen darf?« – »Es ist der Gutsbesitzer Groterjahn aus Mecklenburg.« – »Allewetschkäs'! Gutsbesitzer aus Mecklenburg, ja, ja, *die* haben die Gewalt.« – »Also können wir annehmen, daß Sie auf den Tausch eingehen?« – »Bette, bette recht sehr! Herr du meines Lebens, warum denn nicht?« –

Dormit gung de Gesellschaft denn nah de Kajüt dal, de oll Jahn gung an sinen früheren Fründ vörbi, rep Jochen un säd: »Bring' de Saken hirher.« – »Ja, mi's't egal, Herr, mi's't all egal; äwer Jung'-Herr Korl säd . . .« – »So. – Nu sett den Nachtsack hir man rinner un nimm den lütten Herrn sinen un drag em dorhen, wo Groterjahn slöppt.« – »Ja, dat kann ick jo denn ok dauhn, Herr, mi's't all egal; äwer lütt Paul seggt . . .« – »Nu mak, dat du dat besorgt kriggst, un denn kannst du *dinen* Kram besorgen, ick bruk di nu nich wider.«

Dat was nu düdlich naug, un Jochen was en uperweckten Minschen, hei verstunn glik, dat länger Reden nu nich mihr paßlich wir, hei drog de Saken in de anner Kabin un kamm just tau *de* Tid, as Herr Groterjahn anfung, sick mit den lütten thüringschen Kopmann tau berüken. – Groterjahn befunn sick in 'ne erhabene Stimmung, hei hadd en groten Sieg utfuchten, Jahn was utquartiert, un hei hadd sinen Willen kregen. – Dat passierte em nich oft, un't was, as wenn de Geist von sine Fru äwer em kamen wir, hei trak-tierte den lütten Kopmann up dat Gebildetste un Vör-nehmste, un wil hei sick dat nich anners denken kunn, as dat jeder Kopmann, de 'ne Reis' nah Konstantinopel maken ded, taum wenigsten Kommerzienrat wesen müßt, säd hei: »Freut mich recht sehr, Herr Kommerzienrat.« – »Oh, bette, bette recht sehr, ich bin der gemeune Mann – bloß Schwo-fel – Kommerzienrat? – Herr du meines Lebens! Na nu sehn Sie mal! Sie haben also auch schon in Mecklenburg davon gehört, Herr Grobian?« – »Groterjahn«, säd Groter-jahn. – »Oh, bette! – Na, nu sehn Sie mal, der Racker, der Hauptmann Micheli, macht mich zum Kommerzienrat; aber – Herr du meines Lebens! – mit unserer Macht ist nichts getan, er hat ja nicht die Gewalt – die Gewalt hat der Großherzog! – Ja, ja, der Hauptmann Micheli! Allerwetsch-käs'! Macht er mir neulich wieder so'n Spaß! Wir haben ein Kränzchen im Löwen, ein Kegelkränzchen, ich will nach Hause gehen, ich sag' also zu meinem Freund, dem Herrn Oberbürgermeister: ‚Herr Oberbürgermeister‘, sag' ich, ‚tu mir den Gefallen, gib mir mal meinen Hut her‘ – 's ist, wie Sie söhen, ein weußer – 's sind in ganz Eisenach eigentlich nur dreu weuße Hüte: Sr. Königlichen Hoheit tragen eunen, das heißt, wenn Sie da sind, der Herr O'Kelly tragen den zweuten und ich den drütten – 's sind allerdings noch meh-rere da, aber düs sind de bedeutenderen. – Also der Herr Oberbürgermeister gibt mir meinen Hut, ich setz ihn auf und gehe nach Hause, und nun sehn Sie mal! Als ich zu Hause komme, habe ich den Schellenober an dem Hut, hat mir der Hauptmann Micheli den Schellenober an den Hut gesteckt. – Na, nu sehn Sie mal, so machen sie's, ja, ja, so machen sie's. – Oh, ihr Männer, ihr Männer!« –

As dit Gespräk afhollen würd, stunnen Jochen Klähn und Paul vörn an't Bucksprit un redten ok en por vernünftige Würd' mitenanner. – »Paul«, säd Jochen, »süh so: nu liggst du mit dinen Vader un den lütten, utländischen Kopmann tausam, un ick ligg mit Franz Nemlichen in ein un de sülwige Koje, ick baben un hei unnen.« – »Je, so is't jo ok ganz recht, du hest jo ok in de Kösterschaul ümmer baben em seten.« – »Je, Paul, du büst en schönen Gast mit dine slichten Witzen! – Weitst, wat hei nu deiht? Nu nennt hei mi ümmer ,Herr Klähn'. – Herr Klähn, seggt hei, wir müssen auf Stun'ns hellsche Freundschaft miteinander halten. – Meinentwegent, segg ick, du möst dor unnen den Kopp man wohren, wenn ick utspuck. – Na, Paul, du geihst gaud!« rep hei mit enmal dormang, denn Paul was up dat Bucksprit ruppe hüppt un rutschte nu gemütlich dorup entlang. »Paul«, rep Jochen, »ick segg di, dat ward di begrismulen«, un dormit klatterte hei ok up dat Bucksprit un rutschte Paulen nah, »Jung', ick segg di, du föllst mi noch in dat Water, un denn seggt min Herr, ick hadd di möten süllt, un denn mag ick't Unglück gor nich seihn, hei jöggt mi jowoll von hir nah Land Meckelborg.« – »So«, säd Paul, as sei binah bet an dat bütelste En'n rutscht wiren, »Jochen, nu sitten wi schön allein, nu känen wi uns allerlei Heimlichs vertellen.« – »Ja, dat künnen wi, wenn't man nich so wacklig wir.« – »Jochen, hest du irst woll den Kirl seihn mit den brunen Paletoh?« frog Paul mit Flustern. – »Ja«, säd Jochen ebenso, »up den din Mutter los fohrte.« – »Ja, dat is hei. Süh, dat is de Baron von Unkenstein, un de mag Lening so girn liden.« – »Wat? – Din Helene? – Na, so geiht hei gaud! Dat glöw ick sacht! Dor sünd mihr, de *de* liden mägen; ick ok; äwer denn sallst du seihn, denn ward hei sei ok woll frigen willen. Frag' du ehr man mal.« – »Ne, sei seggt mi süs allens, äwer dit seggt sei mi nich.« – »Paul«, säd Jochen un flusterte noch sachter, »denn will ick di wat seggen: uns' Korl will sei ok frigen.« – »Wat? Korl Jahn?« – »Ja, *uns'* Korl«, säd Jochen un lachte so swinplitsch, »sei meinen ümmer, ick bün so dumm. – Je«, säd hei un lachte noch heimlicher un nick-köppte so vergnäuglich, »wer mi för dumm verköfft, de ..., un dit kann jo doch en oll Wiw mit en Stock fäuhlen. – Ne, Paul, un denn is uns' Korl doch en ganz annern Kirl as des' oll Pipenbuck.« – »Ja, dat is hei, un ick mag Korl Jahnen girn liden.« – »Na, denn sünd wi uns jo ganz einig, dat wi sei tausamengewen willen, un denn willn wi uns hir leiwerst man glik beid verswören, dat wi den Baron ümmer von din Helene afmöten willn un em ümmer allerlei Scha-wernack andauhn.« – »Ja, dat willn wi!« rep Paul ganz lud ut. – »Paul, du büst jo doch einen gottlosen Slüngel«, flusterte Jochen, »dat hüren jo weck. – Süh, ick heww em irst all schön schawernackt, as ick an em vörbi gung.« – »Na, wat hest denn dahn? Hest em stött?« – »Ne«. – »Hest em knepen?« – »Ne.« – »Hest em mit 'ne Nadel prickelt?« – »Ne, ick spuckt' em up den Stäwel.« – »Herunter von dem Bugspriet!« rep 'ne utländische Stimm, un ein von de Schippsoffizieres stunn dor un makte en hellsch borborsches Gesicht. – »Kumm, Paul, de Kirl brukt Irnst«, säd Jochen un red rüggwartsig taurügg, un Paul mit em.

KAPITEL 9

Von en Weigenkind un von en Risen, von en Königssähn un 'ne Scheperdochter. – Wo de oll Jahn sinen Korl sinen Gegenbuhler tau seihn kriggt un Jochen achter de Trepp sitt un rohrt. – Wat sick de Herr Paster dormit to bemengen hett un dat Jochen sine olle Mutter in witte, ledderne Hosen as Ridknecht vör de Gräwin upriden sall. – Storm; un bi Jochen geiht de jüngste Dag an. – Und das soll ein *Vergnügen* sein! – Paul höllt en Ball mit de Spuckbeckens. – De oll Dam ward anfucht't. – Wo is Unkel Jahn?

De Damper lagg up weike Wellen un let sick weigen, as wir hei en Kind, äwer inwennig sus'te un brus'te dat in em, as leg en Ries' up sinen Lager, de Murd up Murd in de Welt begahn hadd un nu in den Slap stähnte, as wenn de

368

Mort em riden ded. – Endlich gung de Fohrt los, un vörn an den Bug fung dat an tau flustern un tau snacken, un ut dat Snacken würd en Gesang, un de Wellen krüs'ten sick un deilten sick un foten dat Schipp üm, as wiren sei lustige Kinner mit witte Blaumenkräns' in de Hor, de Kringel-kranz-Rosenkranz danzten; un hinnen up dat Deck stunnen de Reisenden un keken henäwer nah dat schöne Triest mit sine witten Hüser un gräune Böm, mit sine witten Barg' un sin gräunes Water, un Däuker weihten dörch de Luft taum Afschid von 'räwer un 'näwer, un de Weihmaud treckte in de Seelen von de Minschen, as wir't en Afschidnemen up Nümmerwedderseihn, as leg de schönste Deil von ehren Lewen achter ehr, un wat nu kamen süll, wir vull Bangen un Ängsten. Ach, wo männigeinen, de von desen Strand in de Welt herinne segelte, mag dit Bangen un Ängsten drapen hewwen, mäglich noch wat Slimmeres; von twei Minschen äwer weit dat de Welt, von Maximilian un Charlotte, achter dat Stüer lagg dat schöne, ruhige Miramar, un äwer den Vödderstewen winkte ut wide, ut newlige Firn 'ne Kai-serkron, un dortüschen lagg de unergründliche See, ebenso unergründlich as Taufall un Schicksal. –

Ok Helene stunn up dat Achterdeck, un Paul hadd sei üm-fat't, un sei kek in irnsthaften Gedanken nah den Strand räwer, de ümmer schöner würd, je wider sei in de See ke-men: Minschenwark gung unner, un Gotteswark gung up. Ehre Gedanken wiren irnsthaft, äwer sei wiren doch licht un hell un swewten äwer Barg un Dal dörch en goldenen Dag as de Sommermetten un wewten Triest un Lütten-Barkow tausam, un sei verbunn sei in ehren Gedanken mitenanner, as trugte sei en Königssähn mit 'ne Scheper-dochter tausam, un wenn ehre Leiw' so wat farig kreg, wor-üm süll sei denn nich up ehr un ehren Korlen sin Glück bugen? Un de olle Jahn kamm nah ehr ranne un säd: »Le-ning, ick heww hüt morgen en Breiw ut Lütten-Barkow kregen un sall ok velmal grüßen, un, Paul, hir is en Breiw an minen Jochen – ick weit nich, wo de Bengel wedder steken mag, du wardst dat woll weiten –, den hett för de oll Klähnen uns' Paster schrewen, giww em den.« – Paul sprung furt, un de Oll säd wider: »Ja, Korl lett di velmal grüßen.« – »Ach, Onkel Jahn, ich habe wohl vielen Mut und viel Vertrauen; aber werden die Eltern es wohl jemals zugeben?« – »Min Döchting, wat Gott tausamfügt hett, sall de Minsch nich scheiden; un mi kümmt dat grad so vör, as wenn uns' Herrgott sine Hand an jug leggt hett, nich, as wenn hei so wat Besonderes gegen jug utäuwt un jug bi de Hor tausamtreckt hadd, ne, sin Winken is still un einfach west, un dat is för mi en Teiken, dat dat von em kümmt. – Un du magst di woll wunnern, dat ick achter den Rüggen von dine Öllern di gegen ehren Willen girn tau 'ne Swigerdochter hewwen will, un wenn du in Vermägen un in Stand nich mit minen Jungen tausamstimmtst, denn würd ick mi woll häuden, mine Fingern dormang tau steken, so äwer ästimier ick allens, wat dor entgegen steiht, as 'ne pure Dummheit, as en Stein, den den nahrschen Pötter sin Brauder uns in den Weg smeten hett, un den smiten wi woll wedder rute.« – Helene wull dorup wat inwen'n, kamm äwer nich dortau, denn de Herr Baron von Unkenstein strahlte mit ein in't Og' geknepenes Glas up sei los, un sei rep: »Ach Gott, der Baron!« – »Wer is denn *dat*?« frog de oll Jahn, kreg äwer keine Antwurt, denn de Baron was all tau neg', un as hei noch mal indringlicher fragen wull, kamm hei dormit ok nich tau Platz, denn up em stüerte pilgrad' Tanten Line los: »Gun Dag, min leiw' Herr Jahn.« – »Freut mich sehr, gnädigstes Fräulein«, kumpelmentierte sick de Herr Baron heranner un let den Kiker ut dat Og' fallen, »ich habe Sie und Ihre liebenswürdige Frau Mutter gesucht, wie . . ., auf Ehre wie . . ., wie . . .« – »As en por Knöpnadeln«, säd Tanten Line. – »Wahrhaftig ja, ja sehr richtig! – Bitte, gnädigstes Fräulein, mich vorzustellen.« – Helene müßte nu woll, also: »Herr Baron von Unkenstein – Herr Jahn – Fräulein . . .« – »Tanten Line«, föll Tanten Line in. »Ich muß Sie schon mal gesehen haben, Herr Baron;

äwer't is doch woll nich mal mäglich, vörneme Bekanntschaf-
ten heww ick meindag' nich hatt, und Sie müßten denn ein-
mal in Wismar gewesen sein.« – »Durchaus nicht«, säd de
Herr Baron un dreihte sick snubbs üm un got up Helenen en
ordentlichen Regen von feine Redensorten herunner. – De
oll Jahn hadd vörhen seihn, wo Mutter Groterjahnen up
den Herrn Baron losfohrt was, hei hadd Helenen ehre Ver-
legenheit seihn, un hei wüßte ganz genau, dat Mutter mit
ehre Dochter hoch heruter wull, dat sei't *unner* en Baron
nich ded, un em steg allmählich de Gedank up, dit künn
mäglicher Wis' de Mann sin, mit den sin olle, gaude Korl
mal en Häuhnken tau plücken kreg, un Tanten Line makte
'ne halwe Wendung üm den ollen Jahn herümmer, dat sei
den Herrn Baron wedder in dat Gesicht kiken kunn, un säd
dunn so halwlud' vör sick hen: »Un *seihn* heww ick em *doch*
all mal!« – Nu kamm Paul ansprungen: »Onkel Jahn, weißt,
was Jochen Klähn sagt, als er den Brief gelesen hatte, er
sagt, es wär' ihm so rührsam, un nu sitzt er vorn im Schiff
achter die Tepp un rohrt.« – »Ih, wat hett hei denn wed-
der? – Sin oll Mutter ward doch woll nicks taustött sin, dat
süll mi denn doch led dauhn«, un somit gung hei stracks
nah vör. – Helene benutzte de Gelegenheit, sick von den
Herrn Baron los tau maken, un Tanten Line stakte achter
an un säd tau sick: »'t is mi grad so, as wenn ick 's Abends
in 't Bedd ligg un kann mi up en Namen nich recht be-
sinnen.« –

»Na, wat is *di* denn?« frog de oll Jahn sinen Jochen, as hei
em achter de Kajütentrepp funnen hadd. – »Je, Herr, mi is
vel, mi is gor tau vel«, säd Jochen, un de Tranen lepen em
düller ut de Ogen. – »Din Mutter is doch gesund? Wat?« –
»Ih, de Ollsch fehlt nicks, de sinnt jo woll dor ordentlich
up, dat sei mi in Unverlegenheiten setten will, un denn! –
dat de Herr Paster sick tau so'ne Saken hergewen deiht!« –
»Na, wat is denn?« frog de oll Jahn un schüddelte em. –
»Je, Herr, ick sall Ridknecht warden bi den Grafen tau
Bartelshagen.« – »Un doräwer rohrst du?« lachte de oll

Jahn. – »Ja, Herr, Sei hewwen gaud lachen. Wat fragen *Sei* dornah, wat ick Ridknecht bün oder nich; äwer mi kann dat nich egal sin, dat ick Sei hir so in de Frömd' un in de Not steken laten sall. Wat würd uns' Korl woll seggen, wenn ick Sei hir so verlaten ded.« – »Du büst jo woll rein unklauk«, säd de Oll un strakte em äwer de Flaßhor, »meinst du, dat du hir so slank weg von't Schipp gahn kannst un Ridknecht warden? – Ne, nu möst du uthollen, bet de Reis' tau En'n is.« – »Ja, dat is mi denn ok ganz egal, un uns' Korl hett mi jo dat up den Kopp anbefahlen, dat ick vör Sei upkamen sall, un dat Ganze kümmt jo blot von den ollen Dutzen-Didrich her, de hett de Ollsch dat in den Kopp set't, un sei hett jo all ümmer dorvon red't, dat sei dat mal erlewen wull, dat ick mit witte, ledderne Büxen vör de Gräwin upriden süll; äwer dat sick de Herr Paster dortau hergewen deiht, mi so'n Elend tau maken . . .!« – »Wo *is* denn hir Elend? Du bliwwst bi mi, so lang' du willst, ick jag' di nich.« – »Na, denn is't jo ok all gaud, Herr, denn kann de Ollsch minentwegen sülwst Ridknecht warden; ick bliw bi Sei un bi Paulen!« rep Jochen un sprung un dreihte sick nah Paulen üm un säd: »Un du büst mi en schönen Gast, Paul, dat du glik henlöppst un dat vertellst.« – Un Paul fot em rund üm un säd: »Ih, wat, Jochen, nu is't jo all gaud«, un tog em an de Schanz, un dor keken sei hen-äwer nah de Küst von Istrien un segen mit de annern Stadt nah Stadt kamen un verswinnen, bet de letzte Spitz' achter ehr versackte un sei herute stüerten in de apenbore See. – Un't was Abend worden, un allens söchte de Rauh.

De annere Dag was nich so as de irste; was de Dag vörher west as en säuten Leiwskuß mit Lachen üm den schönen Mund, denn was des' as en gestrengen Herr, de mit kruse Stirn sine Knechts harte un kolle Befehle tausmitt un von Inwendungen nich recht wat weiten will. Hart un kolt brus'te de Bora von Nurden äwer de See, un de Wind fläkerte nu von Urt tau Urt, bet hei tauletzt dat Schipp grad' in de Tähnen herinne pust'te. De Schippsmannschaft kek vel nah den Hewen, still, as wüßte sei recht gaud Bescheid; de Kaptain stunn baben up de Galeri von den Radkasten un hadd kein unnütze Würd' för de taudringlichen Fragen von de Gesellschaft; de Kellners lepen herüm un makten fast, wat losbännig was, un de Reis'gesellschaft makte blasse, lange Gesichter un söchte stille Fläg' up, wo sei wat afmaken kunn, wat sick süs in gaude Gesellschaft nich recht afmaken lett. – De Abend kamm heranner, ein jeder kröp in sine Koje as de Snickermus in ehr Hüschen, de Bülgen slogen äwer dat Vörschipp weg, fauthoch stunn dat Verdeck unner Water, un dorunner lagg Franz Nemlich un stähnte grote Stücken, hei was ok gor tau krank, un äwer em lagg Jochen Klähn un hadd sinen Kopp nah afwärts bögt un säd: »Lat du dat man sin, Franz, dat giwwt sick allens; dit's en Äwergang, säd de Voß, as sei em dat Fell äwer de Uhren trocken; äwer indessen dennoch – ick bün en seebefohren Minsch, mit Fritz Swarten un Ketelhaunen, äwer so wat is mi meindag' noch nich passiert. – Äwer wat lur' ick hir? – Ick süll mi nah minen Herrn ümseihn«, un as hei sick so halw tau Höchten richt't hadd, kamm en Stot, un hei fohrte ut de Koje, as wir hei mit Pulwer rute schaten, un föll up en Disch, un von den Disch up de Ird, un rep: »Franz Nemlich, nu nimm di in Acht, ick ligg hir ünner di!« Un nu torkelte hei dor rümmer un ret sin Beddtüg ut de Koje un platzierte sick ünner den Disch un säd: »Ick will den Deuwel! Ick bliw hir unnen liggen«, un 'ne rechte forsche Bülg' got de Kajütentrepp dal un dat äwer em weg un smet en por losbännige Stäul un anner Geschirr gegen den Disch un em up den Liw', un hei rep wedder: »So, nu geiht jo woll de jüngste Dag los! Denn möt'ck äwer bi minen Herrn sin«; un hei krawwelte sick de Trepp in de Höcht. –

Un dor wiren vele up dat Schipp, de glöwten, dat de jüngste Dag anbreken ded, un sei legen stilling un leten allens äwer sick ergahn. – Groterjahn lagg ok mit den Kopp ut sin Lager ruter, un ümmer kamm *ein* Schuß nah den *annern* bi em tau Platz, un achter jeden stähnte hei ganz weikmäudig: »Und das soll ein *Vergnügen* sein!« – Un de lütte, fründliche Kopmann ut Thüringen ded em fründlich dorin Gegenstand, un't was 'ne schöne Swineri. Un dat Schipp knackte un knasterte, as süll de oll Kasten ut de Faugen gahn, un de Bülgen bröllten, un de Storm ras'te, un de lütte Kopmann stähnte dormang: »Herr du meines Lebens! – Ja, der hat die Gewalt! – Mit unsrer Macht ist nichts getan.« – Un Groterjahn, de in de Richtung von den Kil langs lagg un nu ganz erbärmlich von de ein Sid up de anner smeten würd, jammerte: »Herr Kommerzienrat...« – »Bette – Hup! Hup! – bin bloß der gemeune Mann, aber ein sehr unglücklicher.« – »Sie können wohl lachen, Sie werden doch nicht so schauderhaften hin- und hergesmissen.« – »Bette, Herr Grobian, ich seh' nicht ein, warum ich lachen sollte, stellenweis sind meine Füße bis an den Boden und stellenweis mein Kopf – Hup! – Hup! – Oh, das hat die Gewalt!« – »'ne *Vergnügungs*reise soll das sein!« rep Groterjahn wedder dormang, un unner de beiden ollen, armen Wörm danzten de Spuckbecken un allerlei anner Geschirr rümmer, as höllen sei en groten Ball, un bian, in de Kajüt, slogen de Laternen in dusend Stücken, as müßten sei Musik dortau maken un wiren de Muskanten up den Ball; un ümmer unverdraten lepen de italjenschen Kellners rümmer un hülpen hir un stürten dor, un keiner up dat ganze Schipp was so fidel as Paul, de eben von en dägten Stot upwakt was un nu rep: »Weitst wat, Vatting? – Ick bün ganz gaud tau Weg'. – Weitst, wat'ck nu dau? – Nu treck ick mi an un seih tau, wat Lening un Mutting maken, ick weit, wo sei slapen; dor hängt 'ne Gardin vör, dor kann ick mit ehr dörch reden.« – Schön, Paul! Din Will is gaud, Paul, äwer nimm di nicks vör, denn sleiht di nicks fehl; süh so! nu liggst du jo all dor un danzst mit de Spuckbeckens rümmer, as haddst du sei di eigens taum Walzer upföddert, un de lütt Kopmann röppt: »Herr du meines Lebens!« Un Herr Groterjahn stamert: »*Vergnügungs*tour!« Un Paul röppt:

»Vatting, weitst wat? Hosen heww'ck all an; äwer nu de Stäweln!« – Bautz! – Dor föll wat. – Ja, 't was Paul, de in de Kajüt rinner follen was un nu in't Tründeln kamm un ut de bütelste Eck heräwer kreihte: »Vatting, weitst wat? – Den einen Stäwel heww ick nu ok all an.« – Un Paul kreg ok den tweiten an, un as hei man irst in sine Stäweln stunn, dunn stüt'te un stamerte hei sick den Disch entlang nah de ein Damen-Kabin, de up jensid von de Kajütentrepp lagg, un rep dörch den Vörhang: »Helening! – Helening! – Was macht ihr, du un Mutter?« – Un nah en beten schow sick en Arm dörch de Gardinen un Helene kek rute: »Ach, Pauling, Mutter ist gar zu krank, sie will durchaus aufs Verdeck gebracht sein, und ich glaube selbst, daß frische Luft ihr gut tun wird. – Wo ist Vater? Kann *der* nicht helfen?« – »Ne, dor denk nich an; Vatting un de lütt Kopmann sünd beid' heil un deil intwei.« – »Ach Gott, und Mutter ist gar zu krank. Wo ist Onkel Jahn? – Wenn *der* doch hier wäre!« – Dormit gung Helene in de Kabin taurügg, dormit dat sei ehre Mutter räuken un plegen wull. –

Ja, Mutter was krank, sihr krank, un de ganze Kabin was in en sihr bedräuwten Taustand, un von Minut tau Minut un von Stun'n tau Stun'n hadd dat taunamen, un de Fru Starostin ut de Moldau, de sick man swack mit de dütsche Sprak behelpen kunn, stähnte: »Oh, ich armes, feiges Mensch, was muß ich fahren auf Wasser! – Oh, die Sturm, die Sturm!« – Un Herminie, de italienische Cameriera, de sick ok man swack mit de dütsche Sprak behelpen kunn un ut Gnad' un Barmhartigkeit von de Damen bi sick upnamen was, antwurt'te: »Oh, nicht *Sturm*, dies sein bloß groß *Wind*.« – Klapp! flog dat lütte runne Kabinenfinster up, un de See sus'te in en mannsdicken Strahl herinne. – »Dat ward jo utverschamt!« rep Tanten Line, denn sei hadd sick mit de Cameriera in desen natten Segen deilt, un sprug up, so gaud, as dat mit ehre ollen, stiwen Knaken gahn wull, un hülp Herminie dat Finster dicht maken. – »Da bin ich doch recht naß geworden«, säd de oll Dam un kröp in ehr

Nest, wat ok schön anfucht was. – »Sie sich wohl nicht fürch-
ten?« frog de Fru Starostin. – »Ne, min leiw' Dochter, fürch-
ten nich! Äwer natt bün ick worden. – Nein«, säd sei, as
ehr infõll, dat de, de man knapp mit dat Hochdütsch be-
wandt was, mäglicher Wis' gor kein Plattdütsch verstahn
künn, »ich fürchte mich nicht; ich habe in Triest mein
Testament bei dem preußischen Konsul niedergelegt, denn
mein bißchen Vermögen steht im Preußischen, und seit der
Zeit bin ich ganz ruhig in meinem Gemüte.« – Un wedder
flog dat Finster up, un wedder sus'te de See herinner, un't
was, as wenn dit all tau de Unnerhollung von de Damen
anstift't würd, dat sei nich up den Drögen kamm. Un mit-
dewil würd denn nu de Dag ok all gragen, un dunn kamm
Paul un rep Helene, un as de beiden noch mitenanner
redten, fõll wat de Kajütentrepp dal, un as dat unnen an-
kamen was, stähnte dat grote Stücken un rappelte sick tau-
letzt tau Höchten un säd: »Gott bewohr uns! Dat spelt jo
woll hir mit einen Kuhl-Säg'?« – Un Paul frog: »Jochen,
büst du dat?« – »Un dat mit Recht«, säd Jochen. »Äwer,
Paul, wat deihst du hir? Kannst du nich in din Lock liggen?
Du büst jo woll schir grad' so as min Herr? De sitt ok
baben un steckt de Näs' in den Wind un kickt in de Bülgen
rinner. – Herr, segg ick, kamen S' runner un leggen S' sick
tau Bedd. Meinst, dat hei wull? Sei verküllen sick hir, segg
ick. Dummes Tüg! seggt hei. – Ja, segg ick, Sei hewwen
gaud reden; äwer ick krig nahsten de Schell von unsen Korl.
Dunn jog hei mi weg, un ick heww de ganze Nacht achter
den Schornstein seten, dat ick em in't Og' behõll. Einmal
steg dat ok bi mi so'n beten tau Höchten, äwer ick verbet
mit dat. – Na, äwer Paul! As de beiden Segel äwer Burd
gungen un de halwe Schanz vörn wegreten würd un de
Koje, de up den Radkasten stunn, un as de Bülgen all in
den Füerrum slogen – je, markst wat? – süh, dunn würd
mi doch ok gräun un gel vör de Ogen, obschonst ick en see-
befohren Minsch bün mit Fritz Swarten un Ketelhaunen.
Äwersten dat ick den ollen, utländschen Kaptain noch

ümmer baben mi up de Galeri rümmer hausieren sach, süh, dat höll mi, un ick würd denn ok gewohr, dat sei wennen deden, un nu führen wi munter nah Triest, oder wo't oll Lock heit, wedder taurügg, denn dat möt ick weiten, wil dat ick en seebefohren Minsch bün. – Nu, dat de Dag an tau gragen fängt, hett sick de Wind leggt, äwer de Bülgen gahn, hest mi nich seihn! – Du büst jo en Fründ von Schockreipen un Wippwappen, gah man ruppe, von *de* Ort kannst dor baben naug krigen.«

Paul was en lütten, tapfern Slüngel, äwer as Jochen em dit so recht indringlich vertellte, fung't em doch an so'n beten tau gräsen, hei verget äwer doch Helenen ehren Updrag wegen Muttern nich un frog: »Is de oll Jahn noch baben?« – »Wat du fröggst, Paul! – Je, *dei! Dei* fürcht sick nich, *dei* sitt dor, stiw as en Pal, *dei* rüggt un rögt sick nich un deiht jo grad', as wenn hei't Ganze kummandieren möt.« – »Na, denn kumm!« Un dormit klatterte dat lütt Jüngschen de Kajütentrepp tau Höchten. – »Na, du geihst gaud, Paul!« säd Jochen. »Wo? Du fängst jo woll nu ok all an?« Un hei klatterte achter em her. –

Baben haspelten sei sick an dat Gelänner von 'ne fastnagelte Bänk entlang bet nah dat annere En'n, wo de oll Jahn in sinen Pelz deip in Gedanken satt un in de swarten Bülgen herinnerkek, de sick in ehre rauhlose Hast mit de witten Huwen äwerstört'ten, as wiren sei de hastigen Pulssläg' von en Hart, wat in rauhlosen Iwer un unverstahne Wut dornah tracht't, sick sülwst tau Schan'n tau maken, un allens in de eigene Düp mit sick rinner ritt, wat sick em entgegen stemmt. – »Unkel Jahn«, fung Paul an; de Oll antwurt'te nich, hei was wid weg, sine böse Stun'n was äwer em kamen, de wille Waterweust hadd sei in em weckt, un up jede düstere Bülg' was en swarten Gedanken em entgegen swemmt. – »Unkel Jahn«, säd Paul wedder un led em de Hand up de Schuller, »leiw' Unkel Jahn, Helening seggt...« – »Wat? Wat?« frog de Oll un kek em an mit en por Ogen, as wir allens, wat süs achter un in dese Ogen

lagg, in Keden un Ban'n slagen un wid weg in trostlose
Länner bannt. – »Helening seggt . . .« – »Wat? Wat will
Helening?« Un langsam lös'ten sick Keden un Ban'n, as wir
en Bannwurd utspraken, un de Gedanken kihrten ut de
Weusten taurügg, un in dat Og' speigelte sick dat Verständ-
nis von't Lewen üm em her. »Wat will Helening?« – »Mut-
ting is so krank un will an de frische Luft bröcht warden,
un Vatting kann sick sülwst nich helpen, un nu frögt Hele-
ning nah di.« – De oll Mann was nu ganz wedder tau sick
kamen, hei stunn up: »Kumm, min Sähning, kumm! Un du,
Jochen, kumm ok mit.« Dormit gungen sei de Kajütentrepp
dal. Helene würd raupen; sei gaww den Ollen de Hand:
»Lieber Onkel Jahn, willst du nicht Mutter aufs Verdeck
tragen helfen?« – »Ja, min Döchting, recht girn, wenn sei't
man von mi annimmt.« – »Ach, sie ist so krank, sie wird
dich gar nicht einmal kennen.« – »Na, Jochen, denn kumm!«
säd Jahn un fot nu Fru Jeannette unner de Arm, un Jochen
bemengte sick mit de Beinen, un so gung de Reis' nah
baben. Hir würd sei up de Bänk leggt, un Helene un Paul
möt'ten sei dor, dat sei nich runner scheiten ded. – Tanten
Line was ok mit kamen.

KAPITEL 10

De oll Dam as 'ne Mus in 'ne Dis' Heid'. – Café Bombay! – Gravoso. – All die
kleinen Kikelhähnchen versoffen! – Gottlob! Mutter fängt doch all wedder an
tau schellen; sei nimmt de Tägel wedder in ehre Hand. Paulen sin Dag'bauk;
Jochen helpt em dorbi. – Mutter giwwt sick tau 'ne Brügg her. – Meckelnborg
möt 'ne Republik warden. – De frien Republikaner un de östreichischen Sklawen.
– Worüm de olle Dam keine frie Republikanerin warden will. – Herr Nemlichen
geiht en Licht up, un Munde kickt äwer ehren Vader sinen Swinskaben nah
Zwiebelsdörp henäwer.

Jochen Klähn hadd ganz recht vertellt: dat Schipp was up
den graden Rüggweg un slenkerte mang de Bülgen, dat
Jochen halwlud tau Paulen säd: »Paul, weitst, wo mi tau
Maud' is? Mi is, as set ick tau Lütten-Barkow in dat Ader-
borsnest up de Weitenschün un kek nu mal eins up de ein
Sid dat Schündack dal un denn mal up de anner Sid.« – Un

378

Tanten Line säd: »Und Sie, mein lieber Herr Jahn, sind die ganze Nacht hier oben gewesen? Worüm hewwen Sei mi dat nich seggt? Un worüm bün ick so dämlich west un heww mi dor unnen inspunnen laten?« – »Je«, säd de Oll, »beter is beter. Hir baben wiren Sei doch woll schön natt worden.« – »Dat sünd wi dor unnen ok, wir haben auch unser Teil empfangen.« – »Weiß Gott«, säd de Oll, de nu gewohr würd, dat sin oll Reis'kumpan schön begaten was, »Sei sünd jo klatschennatt, Sei känen sick jo up den Dod verküllen. Kamen S' her!« Un dormit treckte hei sick sinen Pelz ut, un wat Tanten Line ok för Sperenzen makte, sei müßte rinner in de warme Hüll. Un nu satt dat oll Worm dor as de Hiring in den Rockeluhr un kek baben ut den rugen Kragen as de Mus ut de Dis'-Heid', un dorbi kek sei so irnsthaft un fierlich in dat wille Waterwesen üm ehr rümmer, un as de Sünn blaudrod achter swarte Barg' langsam tau Höchten steg, folgte sei de Hän'n un säd vör sick hen: »Erhaben! Erhaben!« – Un de Minschen würden still, un de Bülgen bröllten un broken sick, äwer de schümigen Kämm wiren rosenrot anfarwt, as hadd de ewige Leiw' Rosenbläder äwer de wille Wut streu't, dat sei tau Rauh kamen süll. Un ok Helenen ehr bleikes Gesicht was rosenrod anstrahlt, un ok sei folgte de Hän'n, un ehr erlös'tes Hart stamerte en Dankgebet: ja, nu was de Gefohr vöräwer, Gottes Sünn stunn an den Hewen, un de grüßte dat junge Minschenhart un predigte von den Urquell von allen Gnaden.

Un nu kamm denn so middewil allens, wat sick jichtens up de Beinen noch hollen kunn, up dat Deck heruppe krapen, un dat fröstelte un huhlwakte dor herüm, denn nah 'ne dörchwakte Nacht is dat bi Sünnenupgang, as wenn dat in den minschlichen Liw' ok mit allerlei Gruseln tau schummern anfängt, un nu rögte sick ok tau rechter Tid Signor Vincenzio, wat de Oberkellner up den »Bombay« was, un kamm mit en groten Pott vull swarten Koffee andragen un rep: »Café nero! Café Bombay!« – Un alltausamen langten nah dat erquickliche Gedränk, blot Paul wull nich, dat smeckt' em tau bitter, säd hei. Äwer Jochen Klähn säd em gehürig Bescheid: »Süh, du süllst di wat schämen, Paul, dat möt ick di doch schir tau 'ne pure Säutmüligkeit anreken; wi drinken jo all' von den Koffe, un kik mal de olle, klauke Dam an, wo nührig sei dorin drinkt, un *dei* is doch so vel öller as du. Ick wull, du wirst man mal en vier Wochen bi min Mutter in de Kost, de würd di woll anlihren. Ick wull mal kein dick Arwten eten, ‚Leckertähn‘, säd s', ‚magst ok gräun Sep?‘ Un dunn kreg s' mi tau faten un proppt mi de dicken Arwten in den Hals, un ick müßt sluken, ick müggt willen oder nich.« –

Nu würd denn äwer ok de meisten, as sei sick de Havari up dat Schipp ansegen un as sei de Inseln un Klippen üm dat Schipp rümmer gewohr würden, recht düdlich klor, in wat för 'ne grote Gefohr sei de Nacht äwer swewt hadden, denn't was 'ne gruglich gefährliche Küst, un blot den ollen, ümsichtigen italjenschen Kaptain was dat tau verdanken, dat noch mal de Sünn äwer so vele Minschenlewen upgung. – Ümmer dichter würden de Klippen; äwer ok ümmer stiller würd dat Water, un as sei in den Hawen von Ragusa, Gravoso, inlepen, was't, as wiren s' in en Landsee.

Hir kamm denn nu allens up dat Deck tau Rum, un ok de Kranken würden ruppe bröcht. Herr Groterjahn würd grad-äwer von sine leiwe Fru leggt, so dat sei sick in de bedräuw-ten Gesichter seihn kunnen, un sei fierten en recht weihmäu-diges un stillswigendes Wedderseihn. Herr Nemlich würd von Jochen Klähnen ranner slept un sackte in einen Dutt tausamen, as hei 'ne Bänk tau faten hadd. De Herr Baron von Unkenstein satt up en Feldstaul un kek stiw vör sick hen, as hadd hei Helene un alle Weltlust vergeten, un wir in deipe Betrachtungen äwer't minschliche Elend versun-ken; de lütte thüringsche Kopmann glitschte up dat natte Deck ut un set'te sick hellschen unsacht dal, un as hei sick wedder tau Höcht rappelt hadd, kek hei sick dat Flag an un säd in sine ungeheure Höflichkeit: »Bette, bette recht

sehr!« Un nu satt hei up dat Vörschipp vör den Hauhner-
kasten mit en Gesicht as en Likenbidder un jammerte: »Herr
du meines Lebens, all die kleinen Kikelhähnchen versoffen.
– Oh, ihr Männer! Ihr Männer! – Ja, ja! – Mit unsrer
Macht ist nichts getan.« Un dicht bi em was Unkel Bors ok
up dat gliwwrige Deck utglitscht un satt nu mit den Puckel
gegen den Hauhnerkasten, un't was ogenschinlich, dat hei
gor nich markte, woans hei ümmer denn un wenn von unnen
up't Frisch anfucht't würd, un bi em lagg verlangs in de sül-
wige Sauß en ollen Pollak un stähnte: »Jach ich liege, jach
mir gut ist, jach ich stehe, jach mir schlecht ist.« – Un
t'En'ns den sinen Kopp satt wedder Herr Gumbert, wat
Antonen sin Genäwer bi Disch was, un säd blot: »Schauder-
haft! – *Schau-der-haft!*« – Ja, 't was 'ne recht glückliche
Reis'gesellschaft, de tau Gravoso an desen gesegneten Dag
utschippt würd!
An den Lan'n verhalten sick de Kranken ok bald un ver-
dorten sick so wid, dat sei nah Ragusa gahn un führen kun-
nen. – Fru Jeannette kamm ok allmählich sowid äwer En'n
un tau Besinnung, dat sei ehren Anton en staatschen Vers
doräwer maken kunn, dat hei ehr in ehre Not nich bistahn
hadd. Herr Nemlich kreg Schell, dat hei de Nacht äwer
nich bi Paulen west wir, un Paul kreg Schell, dat hei nich
bi Herr Nemlichen west wir, un as sei vör dat Gasthus tau
Ragusa in en Lehnstaul satt un de oll Jahn taufällig dor
vörbi gung, steg in ehr so'ne düstere Erinnerung up, as
hadd sei in de vergangene Nacht den ollen Jahn seihn un
de hadd sick mit ehr jichtens wat tau dauhn makt. –
»Hella, mein Kind«, frog sei Helene – baff! – vör den
Kopp, »wer hat mich diese Nacht aufs Verdeck getragen?«
– »Ach Gott, Mutter, quäl dich darum nicht! – Die frische
Luft hat dir wirklich gut getan, und wenn du mit mir dort-
hin an den Fels gehen wolltest, wo die Wellen sich so
schrecklich schön brechen, würde dir bald wieder ganz wohl
werden.« – Äwer Mutter Groterjahnen let nich locker, ehr
wiren de Tägel von dat Regiment in de letzten viruntwin-

tig Stun'n ut de Hän'n follen, nu rapte sei sei äwer wedder
up un tog sei stramm an: »Ellen, mein Kind, ich will wissen,
wer mich getragen hat.« – »Nun, dann muß ich es dir sagen:
Onkel Jahn hat dich hinaufgetragen, ich habe ihn durch
Paul darum bitten lassen.« – Hadd Mutter nu en Gefäuhl
för dat Klassische hatt, denn hadd sei nu ehr »Antlitz ver-
hüllen« müßt, so äwer schoten mal wedder Blitzen ut ehre
Ogen, un sei rep: »Meine Kinder, meine eigenen Kinder
konspirieren gegen mich mit dem Feinde unseres Hauses.« –
»Ja, Helening«, säd Anton, de nu von Rechts wegen ok wat
seggen müßte, »der Mensch soll mit dem Feinde...« –
»Schweig still, Anton, *du* bist daran schuld! Wie kannst du
dulden, daß *der* da« – un sei wist'te up den ollen Jahn, de
in de Brandung rinner kek un ehr ganz unschüllig sinen
breiden Puckel taukihrte – »wie kannst du dulden, daß der
da Hand an deine Gattin legt?« – Anton wull seggen, hei
hadd ehr jo doch nicks tau Leden dahn, un Helene säd: »Du
solltest dem alten Manne danken, Mutter, daß er dir bei-
gestanden hat, und *bereitwillig* beigestanden hat.« – Äwer
Mutter wull nich danken, un as sei mit ehren Zorn un Gift
noch wider üm sick rümmer spillunken wull, kamm ehr tau
sinen Unglück Paul vör Ogen, un ehr föll in, dat hei ok en
Verbreker was un dat sei bi em ok de Tägel antrecken
müßte: »Poll!« rep sei, »hast du gestern dein Tagebuch ge-
führt?« – Paul verfirte sick nicht slicht, hei stürte grad' up
sinen Fründ Jochen los, de ganz in de Neg' mit den Puckel
gegen en Bom stunn, un wull den tau wat anstiften oder
sick von den tau wat anstiften laten; hei antwurt'te also mit
'ne Gegenfrag': »Aber Mutting, wo kann ich en Tagebuch
führen, wenn ich beinah alle Augenblick versaufen soll?« –
Helene hadd ehre Mutter bi de Frag' sihr nipp ankeken.
Anton hadd en Lud von sick gewen, den hei uttaustöten
plegte, wenn hei Inwendungen maken wull, un Mutter sach,
dat sei bi desen Fisch up allerlei Graden stöten würd, sei
fot also de Tägel en beten loser un frog: »Hast du überhaupt
schon mit dem Tagebuch begonnen?« – Paul murrte vör sick

hen: wo hei denn schriwen süll, up dat Schipp künn hei doch nich schriwen, un en Tintfatt hadd hei ok nich. Helene bed för Paulen, dat Mutter em dat Dag'bauk schenken süll, un Vader Groterjahn säd, hei hadd in sinen Lewen kein anner Dag'bauk führt as den Wochenzettel von den Kurnbähn, un den Vurtel von en Dag'bauk seg hei gor nich in. Mutter antwurt'te em dorup sihr spitz: sei wull keinen ungebild'ten Minschen ut ehren Sähn upfäuden un Poll süll sick in dat Wirtshus Tint un Fedder un Poppier gewen laten un mit dat Dag'bauk snart anfangen. Herr Nemlich stimmte dormit in: en Dag'bauk wir en Bildungsmiddel; Paul smet em dorför en trotzigen Blick tau un treckte af as de düre Tid un schow sick sachten in de Dör von dat Wirtshus herin. Hei wir äwer woll so gaudwillig nich gahn, wenn em Jochen Klähn achter den mütterlichen Puckel nich plinkt un winkt hadd, dat hei för sin Part wat in den Schild' führte.

Jochen folgte em denn nu ok un säd: »Paul, du büst en ollen Has', wat makst du dor en sur Gesicht tau, dat is jo 'ne Kleinigkeit, ick help di dorbi.« Un as nu Schriwtüg un en stilles Flag anschafft was, säd Jochen wider: »Paul, schriwen möst du sülwst; ick schriw 'ne sihr schöne Schriwwt, un dat künn sei denn marken; äwer ick will di't diktieren, as uns' Köster ded.« – Un Jochen fung an: »Kurzes ..., hest du dat? – Mein Gott, Paul, wat makst du för 'ne ,K'? So möst du 'ne grote ,K' maken«, un hei schrew em ein vör. »Na, man wider! – Dagebuch – mit 'ne ,D' – von Paulen. Hest du dat?« – »Ja, Jochen, äwer worüm ,kurzes'?« – »Paul, du büst doch en rechten Schapskopp, sälen wi denn en ,langes' schriwen? Dor ward uns jo Tid un Wil lang bi; ick heww taum wenigsten kein Lust, den ganzen Dag hir tau sitten un mi tau termaudbasten.« – Dit sach Paul denn ok in, un de beiden Schriwwtstellers arbeit'ten denn nu förfötsch wider, un Jochen höll dorup, dat Paul widlüftig schriwen süll, dormit dat dat Schriwwtstück gröter utseihn würd, kunn't äwer nich hinnern, dat Paul baben linksch anfung un binah unnen rechtsch uphürte, wil dat kein Lineal tau Hand was. Un as allens farig was, las Jochen vör, as folgt:

Kurzes Dagebuch von Paulen.

Triest, den ersten Osterdag: Diese Stadt ist voll von viel Volk, auch voll Snurrers, welche aus kleine Kinder und alte Weiber bestehen. Diese haben den Herrn Studenten Beyer for einen vornehmen Fürsten estimiert, indem er eine bunte Mütze und einen bunten Rock anhatte, dieses hat er mich nemlich erzählt. Den Mittag hat Vating wieder Fische gegessen, sie haben aber so gesmeckt, as wenn die Dirn die Öllamp in die Sauß gegossen hat. Wir andern aßen Rinderbraten. Wir haben auch ein Kriegsschipp besehen, die alte Dam hat uns das angeschünnt, und Helening hat viel Schelt von Mutting gekriegt; ich aber auch. Vating un Jochen un der alte Jahn haben sich aber sehr gefreut; Vating wollte einen Buddel Schipander zum besten geben. –

Triest, den zweiten Osterdag: Herr Nemlich hat viel Schelt gekriegt, weil daß er noch nicht gepackt hätte. Ich habe auch wieder Schelt gekriegt, weil daß ich auf den Fischmark gelaufen war, daß ich da die erbärmlichen wilden Seetiere besehen wollte. Des Mittags haben wir nichts gegessen, indem daß wir schon vormittags auf das Schipp mußten; es nennt sich »Bumbi«. Vating ist aber still weggegangen und hat uns stehen gelassen un hat heimlich in ein Wirtshaus Frühstück mit warme Bratkartoffeln gegessen, un Mutting hat ihn auch dafor orndlich ausgescholten. Auf das Schipp haben wir getroffen 1) Jochen Klähnen, 2) Unkel Borßen, 3) Unkel Jahnen, 4) den Herrn Studenten Beyer, 5) einen Herrn Avkaten, 6) den Herrn Baron von Unkenstein, den Mutting ganz allein leiden mag, und 7) einen kleinen Komerzionsrat aus Thüringen, der Vating immer den alten und mir den jungen »Grobian« benennt, indem daß er »Groterjahn« in seine Sprache nicht sagen kann. Die Nacht hat sich ein grauwelliger Sturm erhebt, und die Bülgen haben man immer so über das Schipp geslagen. Vating und der kleine Komerzionsrat haben jämmerlich gestähnt, denn das ist die Seekrankheit, und ich habe man knapp die Stiebel angekrigt. Unkel Jahn un Jochen haben Mutting oben rauf getragen, und Vating hat heute Schelt gekrigt, daß er das gelitten hat. Die alte Dam sah mal putzlistig aus in Unkel Jahnen seinen Pelz.

Ragusa, den Dag nach Ostern: Nu sind wir hier. –
»Ja«, säd Jochen, as hei tau En'n lesen hadd, »'t is richtig: nu sünd wi hir.« – »Je, Jochen«, säd Paul, »hir müßt woll eigentlich noch en beten wat achter an.« – »Dat seih ick mit mine Insichten nich in, Paul; mi dücht, din Mutter kann dor woll mit taufreden sin. – ‚Wi sünd nu hir', dat känen wi schriwen; äwer wat uns hir nu noch wider passieren deiht, dat känen wi *nich* weiten. – Wi künnen frilich woll noch en beten up en vörweg schriwen, ‚ich habe heute wider Schelt gekriggt', denn dat du de kriggst, dat's gewiß; äwer du kannst ok mäglich Schacht krigen, un denn stimmt dat nich. – Ne, nu drag dat Poppier man hen nah din Muttern; ick ward mi in de Husdör stellen un mal Obacht gewen, woans ehr dat woll gefallen deiht.« –

Paul bröchte denn nu ok sine Mutter dat Schriwwtstück un hadd dat all vörweg in't Gefäuhl, dat hei woll en natt Johr krigen würd, äwer't süll gnedig afgahn: Mutter namm in deipe Gedanken em dat Poppier ut de Hand, kek't gor nich an un set'te ehre Unnerhollung mit den Baron von Unkenstein un Helenen furt, denn sei was in 'ne Haupt- un Staatsakschon begrepen, sei wull, as sei tau sick sülwst säd, »ein innigeres Verständnis« tüschen de beiden anstiften, un so gaww sei sick denn mit ehren swacken, kranken Liw' tau 'ne Brügg her, up de de beiden sick entgegen gahn un en Verdrag sluten kunnen. – De Herr Baron danzte denn nu ok lustig mit de uterwähltsten Kumpelmenten up de Brügg vör, äwer Helene wull nich. Was dat nu, dat sei de Brügg nich trugen ded, oder was dat, dat sei den ollen Jahn, de ehr ut de Firn ümmer so nahdenklich ankek, nich vör den

Kopp stöten wull, genaug, sei dreihte sick snubbs üm un
wend'te sick an Herr Nemlichen: wat hei nich so gefällig
sin wull un sei en beten dörch de Stadt begleiten un up dat
olle Sloß dor baben; sei wull doch mal de Gegend un ok
dat Volk sick anseihn. Natürlich! Versteiht sick! Herr Nem-
lich sprung mit beide Beinen tau Höcht; äwer hei kek doch
hellschen unsäker nah de Fru Prinzipalin henäwer – »ob
sie mir nichts gebeut?« – Mutter was tau swack, as dat sei
mitgahn kunn, un de Herr Baron was tau klauk mittaugahn,
denn hei wüßte, wer de Dochter krigen will, möt't mit de
Mutter hollen, hei blew also un fädelte sinen Faden in Mut-
ter ehre Nadel in.

Helene un Herr Nemlich gungen af. Herr Nemlich wad'te
bet an de Knei in luter Entzücken rümmer, nich wegen de
Stadt un de Gegend, ne, wegen de Begleitung un de Utteik-
nung. – Taufällig wüßte hei ut den lütten Cannabich, dat
Ragusa öltlings 'ne Republik west was un dat Montenegro,
wat hir ganz dicht bi leg, so tau seggen noch ein was, un so
höll hei Helenen 'ne grote Vörlesung doräwer, wat 'ne Re-
publik eigentlich för en Geschäft wir, un kamm tau den
Sluß, Meckelnborg müßt ok 'ne Republik warden, un't wir
gor nich mihr so wid dorvon af, 't wir up den besten Weg
dortau, denn den Landdag hadden sei jo all, un hei un Korl
Bennewitz un Krischan Schult un Ferdinand Schröder had-
den dat all vör säben Johr seggt, as sei noch gor nich mal
up't Seminar west wiren. – Helene hadd nich vel von dese
Weisheit profentiert, sei hadd stumm in de Brandung rinne
keken, de sick Well up Well, as wir jedwereine en Kīl,
tüschen de Felsen dörchbängte un sick denn mit ehren wit-
ten Gischt in vulle Wut gegen de ollen Törm von dat Fe-
stungswark tau Höchten bömte, as wir sei dortau beropen,
dese ollen Teiken von vergahne Macht uttaulöschen un
wedder mal tau bewisen, dat kein Minschenwark, so fast
dat ok gründ't is, vör de Gewalt von de Natur bestahn
kann. – So'n Anblick weckt Weihmaud un Trurigkeit in de
Minschenbost, un as dat junge Mäten sick afwen'nte tau

rauhigere, stillere Utsichten, wo kein Wut un Strid towten
un Sünnenschin dräwer lagg, sprok sei warm un weik tau
Herr Nemlichen, de nu ok mit de meckelnbörgsche Repu-
blik flüssig worden was, un frog em nah sin Öllern un ehren
Husstand, un't kamm dit all mit so vel Mitgefäuhl rute,
dat Herr Nemlich ümmer deiper in dat Entzücken rinner
sackte. – Sei gungen up dat olle Sloß un keken up Jensid
räwer, wo kahle, nackte Barg in den prallen Sünnenschin
steidel tau Höchten stegen, un Tanten Line, de all sörre den
ganzen Morgen de Gegend afströpt hadd, stunn ok all hir
un kek des sülwigen Wegs doräwer un kamm ranner un
säd: »Min leiwe Dochter, seihn Sei, dor achter de Barg',
dor liggt nu dat oll, lütte Land Montenegro, und, sehen Sie,
da zieht ein österreichisches Kommando langsam den Berg
hinauf – de mit de witten Röck mein ick –, un de Landlüd',
de dor in den bunten Upputz den Barg herunnerkamen, dat
warden woll weck von de Montenegriner sin.« – »Oh«, rep
Herr Nemlich, »das sind die freien Republikaner, sehn Sie,
mein Fräulein, wie kühn sie einherschreiten, und sehn Sie,
wie die Sklaven der Gewalt, diese östrechschen Soldaten,
dort gedrückt und mühsam herumkriechen!« – »Ja, min leiw'
Herr«, säd Tanten Line recht ruhig, »de einen lopen barg-
dal, un de annern klattern bargup. – Un sehn Sie dort oben
woll das kleine Häuschen? Dat is de östreichsche Wacht-
posten, dor möten dese frien Republikaner an de östreich-
schen ,Sklaven der Gewalt' all ehr Scheitgewehr afgewen,
dormit dat sei hir unnen in de Stadt kein Elend anrichten
känen. – Aber wir wollen uns diese freien Republikaner
doch mal in der Nähe besehen.« – Dormit gungen sei nu
unnen in de Straten von de Stadt. –
In eine Sak hadd denn nu Herr Nemlich recht; 't wiren
prachtvulle Kirls, breitschullerig, mager un rank, nicks as
Knaken und Sehnen, un »kühn« genaug gungen sei dor rüm-
mer, villicht en beten tau »kühn«, denn ut de brunen Ge-
sichter un swarten Ogen von Herr Nemlichen sine republi-
kanischen Bräuder lücht'te so wat Besonders herute, wat

Herr Nemlichen so slicht geföll, dat hei ümmer dorup be-
dacht was, tüschen sick un so'n Montenegriner Brauder de
oll Dam tau platzieren. De gung ganz drist dor mang rüm-
mer un säd tau Helenen, indem dat sei up en Hümpel von
smutzige, gruglich häßliche Wiwer wis'te, von de 'ne jede
eine swore Last up den Puckel slepte: »Min leiwe Dochter,
wo geföllt Sei dat? Ick glöw, wi bliwen, wat wi sünd, wir
lassen uns nicht einrangieren in die Reihen dieser Republi-
kanerinnen«; un wend'te sick an Herr Nemlichen: »Das ist
hier das sogenannte schöne Geschlecht.« – Un as sei nu
wider gungen, hadden sei ok bald en stattlich Geleit von
Snurrers un Prachers üm sick, gesunne, starke Kirls, de blot
einen apnen Schaden hadden, nämlich en groten Grugel vör
de Arbeit. – Sei gungen an 'ne Kirch vörbi, un Tanten Line
säd: »Ich bin heute schon in der Kirche gewesen, ich wollte
Gott für unsere Rettung danken; äwer dor bün ick schön
ankamen, mine Andacht is mi von de Örgel rein wegspelt
worden. – Nun, ich habe wohl gelesen, daß der König
David auf Psalter und Geigen gespielt hat und daß er in
einem leinenen Leibrock vor der Bundeslade getanzt hat;
äwer en Schottschen ward hei doch woll nich spelt un danzt
hewwen, un dit, min leiw' Dochter, was en würklichen
Schottschen, den de Örgel anstimmte. Ich mußte aus der
Kirche hinaus, ich konnte es nicht aushalten.«
Tauletzt kemen sei denn nu wedder tau dat Flag, von wo
sei utgahn wiren, tau dat Wirtshus, wat vör dat Dur von
Ragusa lagg; sei segen ok de Städ', wo Mutter vördem mit
den Herrn Baron seten hadd; äwer Mutter was nich mihr
dor, un de Herr Baron ok nich. – Mutter hadd bi Weg' lang
ehren Anton upgawelt un was mit em ut jichtens einen ver-
dreitlichen, äwer gewiß vernünftigen Grund nah Gravoso
un von dor up dat Schipp taurügg führt. – Paul hadd ok mit
süllt, was äwer tau sinen Glücken nich tau finnen, un dit
was sihr natürlich, hei gung Muttern wegen sin Dag'bauk
ut den Weg' un satt ogenblicklich baben in so'n utländschen
Plantanenbom – dit was em nämlich ganz wat Nigs, hei

hadd in so 'ne Ort noch nich seten –, hadd sick de Tasch vull lütte Stein un Muscheln steken un smet nu ümmer dormit nah Jochen Klähnen, de mit den Puckel an den Bom stunn un sick nu des Dods verwunnern ded, wo de Wind von desen utlännischen Bom Muscheln schüdden künn. – Oll Vatter Jahn was ok nah Gravoso taurügg gahn un hadd unnerwegs de Bekanntschaft von einen ollen Schippskaptain makt, de gaud dütsch sprok un sick in einen wunderschönen Goren in Gravoso tau Rauh set't hadd; un as Helene mit Tanten Line un Herr Nemlichen an desen Goren vörbi gung, kamm oll Unkel Jahn dor herute mit en por wunderschöne Rosenstrüz: »Da, Tanten Lining, Sei krigen de witten, un du, min leiw' Lening, du kriggst de roden!« – Herr Nemlich kreg nicks, hadd äwer all vel tau vel Schönes kregen, un as hei nahsten vören wedder up dat Deck satt, gung em doräwer en wunderbores Licht up. – Ja, dat lücht'te em hell un klor in de Ogen: Helene was in em verleiwt. – Worüm . . .? – Un hei frog jede enzelne Well, de an dat Schipp späulte, un hei frog de ganze Landschaft rings herüm un jeden enzelnen Bom, de dorin stunn – worüm hadd sei süs den Herrn *Baron* verlaten un *em* sick tau de Begleitung uterwählt? – Worüm hadd sei so deipsinnig in Gedanken dor stahn, as hei sine Ansichten äwer de meckelnbörgsche Republik utspunn? – Worüm hadd sei so weik un warm tau em spraken? – Wat hadd sei nah sinen Vader un nah sine Mutter tau fragen, wenn sei nich anners blot weiten wull, in wat för 'ne Fründschaft sei dörch de Frigeratschon rinne kem? – Worüm hadd sei ümmer, as de oll Dam so'n beten spitz gegen em würd, fründliche Anred' an em hollen? – Worüm? Worüm? Worüm? – Un dese »Worüms«, de set'ten sick so fast bi em, as wiren't Zwibeln un Kohl, de hei den Middag eten hadd. – Hei kek wid äwer de schöne Landschaft weg, un dor hinnen bugte sick 'n schön Paleh up, un hei stunn dorin mit Helene up en hogen Balkan: »Dies alles ist mir untertänig.« –
Ach, de arme Munde! – Sei satt in desen Ogenblick in de

Kösterkäk tau Groten-Barkow un schrabte Räuben tau't Abendbrod un kek up ehren leiwen Vader sinen Swinkaben, un wenn sei achter desen wat Schönes tau Höcht stigen sach, denn was't de Hülpslihrerstäd' tau Zwiebelsdörp.

KAPITEL 11

Wo de Herr Baron mit enmal en groten Grugel vör't Water kriggt. – Anton köfft Helene von em fri. – Unkel Bors makt en grot Geschäft in Fettossen. – De Herr Baron fängt an den helligen Dag an tau späuken. – Woans Fru Groterjahnen ehre Rach an ehren Anton utlett un sick dorbi en Snuppen halt. – Worüm Anton bi den Baron sin Spel-Spill mit sick sülwst in Twispalt kümmt un Unkel Bors em dorin nahfolgt. – De oll Jahn markt Müs', un sin Jochen stellt Unkel Borßen för Paulen as Ogenspeigel up. – Worüm de Herr Wilhelm August Schwofel den Titel »Kommerzienrat« woll verdeint hett.

Den drüdden Dag süll denn nu de Reis' wider gahn, äwer vele von de leiwen Reisenden hadden einen stillen Grugel vör Wind un Water kregen un wiren ogenschinlich mit *dese* Inrichtung von unsen Herrgott man slicht taufreden. – Vör allen was de Herr Baron von Unkenstein slicht dorup tau spreken; hei wull nich mihr mit un säd unsen ollen, gauden Anton dat, hei säd, as hei man von den östreichschen Herrn Leutnant Grafen von Zittmannsdörp hürt hadd, den hei sihr gaud ut früheren Verhältnissen kennte, as hei sick dunntaumalen einige Johren in Wien uphollen hadd, un de noch en ollen Dutzbrauder von em wir, so gung kein Iserbahn un kein Post von Ragusa nah Triest; hei müßte nu frilich tau Water wedder taurügg, äwer kein teihn Pird' treckten em up dit Unglücksschipp wedder ruppe, hei wull in Ragusa bliwen bet tau de gaude Johrestid un denn sin Lewen wagen. Uns' oll ihrliche Anton was sine Fru gegenäwer man einfoltig tau taxieren; äwer annere Lüd' gegenäwer was hei hellschen plitsch, hei sach denn nu ok glik in, dit wir 'ne schöne Gelegenheit, üm Helene ehrentwillen den Baron los tau warden un achter Mutter ehren Rüggen sinen Willen dörchtausetten un ehr en Schäw tau riten, denn wenn hei ok nich wull, dat Jahnen sin Korl sine Dochter

390

hewwen süll, so süll de Baron sei ok nich hewwen. Hei
wull woll, dat sine Dochter en *Eddelmann* kreg, äwer *desen*
nich, denn *de* höll dat tau stiw mit Muttern, un em let hei
linksch liggen un behandelte em nich as taukünftigen Vater,
so dat hei vörutsach, hei würd ok bi *den* as föftes Rad mit-
lopen möten. – Hei säd also: dat wir recht! Un hei sülwst,
Anton, würd ok dorbliwen, wenn hei man künn, so äwer,
as de Has' lep, müßte hei sin Lewen up de Wag' leggen un
sick för sine Fomili opfern, denn sin Fru blew nich taurügg,
sei hadd en tau hochwogenden Geist. – Ja, säd de Baron,
dat wir so wid all recht schön, äwer hei wir dor nich up in-
richt't, hei hadd dat Geld för de Fohrt jo betahlt, un dat
wir jo nu verluren; hei hadd woll noch extra Geld, äwer
dat reckte nich för so'n langen Upentholt, hei wir also in
'ne ogenblickliche Verlegenheit, wat Anton em nich so'n
föftig Luggerdur vörscheiten künn? – Na, Anton hadd doch
schir mit en Dummbüdel kloppt sin müßt, wenn hei dese
Sak nich richtig befunnen un nich wüßt hadd, dat en Baron,
wenn hei jung is, sick nich velmals in 'ne ogenblickliche Ver-
legenheit befinnen süll, dat heit blot in 'ne *ogenblickliche*,
un dat dit en natürlichen Taustand wir, ok dat dese Ort
nich anners as mit Luggerdurs reken künn. – Dortau kamm
nu noch, dat hei würklich sine leiwe Helene vör den Baron
wohren wull; hei hadd nu vörher all a seggt, hei säd nu
also ok b, gung hen un halte de föftig Luggerdur; de Baron
schrew em 'ne Schuldverschriwung up Ihrenwurd, un somit
was de Geschicht gaud.

De Herr Baron gung nu up't Schipp un wull dor blot noch
sine Saken afhalen. As hei bi dit Geschäft an de Häuhner-
kasten vörbi gung, satt Unkel Bors dor grad un fauderte de
Häuhner, denn dit nützliche Geschäft hadd hei äwernamen,
hadd ok sine Tid to Ragusa gaud dortau anwennt, frischen
Vörrat von dit lütt Veih inköpen tau helpen, un nu plegte
hei sine Leiwlinge. –

Unkel Bors satt in deipen Gedanken, mit en Mal fäuhlte
hei 'ne Hand up sine Schuller, hei kek tau Höchten, de Herr

Baron, mit den hei in Antonen sine Gesellschaft all öfter spraken hadd, stunn – baff! – vör em. – Wenn den Minschen up en Sturz so wat vör Ogen kümmt, denn süht hei de Sak taum pricksten un genauesten, nahsten kann einer noch so vel kiken, von de ein Sid un von de anner Sid, de Sak ward em ümmer schämeriger vör de Ogen, je länger hei kickt, de irste Anblick gaww em dat Bild am dütlichsten. – So gung dat Unkel Borßen ok in desen Ogenblick; hei sprung pil in En'n un rep: »Dat di der Deuwel ... Ick möt Sei vördem all mal seihn hewwen. – Sünd Sei mal up den Kramermark tau Kröplin west?« – »Nein.« – »Oder tau Nigen-Bukow?« – »Nein.« – »Oder tau Dobberan?« – »Das könnte möglich sein; ich bin wenigstens oft in Dobberan gewesen, vorzüglich zur Zeit des Pferderennens. – Wissen S'« – dit Wurd hadd hei sick all von en östreichschen Grafen, de mit up dat Schipp was, anwennt – »ich hatte damals die beiden Güter Groß- und Klein-Zopelow. – Famose Güter – sehr gut; aber nicht gelegen, keine Jagd; verkauft – 450 000 Taler. Bei Schwerin wieder ankaufen, steh schon im Handel, erwarte alle Augenblicke den Zuschlag.« – »Wahrhaftig! Süh, nu kik mal einer!« rep Unkel Bors, »ick bün ok ut Swerin, ick heww dor drei Sähns wahnen, einen Slachter un en Seepenseider un en Kopmann.« Un nu schot em 'ne Spekulatschon dörch den Kopp, denn so kort hei ok man von Liw' was, sine Gedanken wiren lang un wid vorutsichtlich in de Taukunft. »Herr Baron«, säd hei un halte 'ne Breiwtasch taum Vörschin, de butwennig recht schön fett von Talg un Seep un inwennig recht schön fett von Poppiergeld was, un grawwelte dor en por Korten herute, »seihn S' hier! Dit is min Adolf, min Jüngst, den ick nu min Geschäft äwergewen heww, bi den känen Sei Ehre Seep un Ehre Lichter krigen, un dit is min Birnhard, min Kopmann, hett allens, schir allens: Zucker un Koffee un Zyrob un Hiring – schir allens! Un dit is min Slachter, min Zamel, kann Sei de Fettossen afköpen un de Swin, köfft ok Hamel, wenn sei gaud sünd.« – »Ja, wissen S'«, fung de Herr Baron an, denn

392

hei hadd den Meckelnbörger ganz afströpt un den Öst-
reicher antreckt, denn süs hadd hei, as Unkel Bors, sine Red'
mit »Seihn S'« anfangen müßt, »wissen S', mein Leben nicht
exponieren, kurze Bekanntschaft leider abbrechen, hier blei-
ben, in diesem Loch, Ragusa, die gute Jahreszeit abwarten.
Fatale Geschichte! Wechsel auf Konstantinopel, augenblick-
liche, häßliche Verlegenheit«, un dorbi rew hei sick de Hor
vörn up den Kopp, as günnte hei de por ollen Wörm, de
dor noch kümmerlich wussen, nich mal de Städ'. – »Ja, seihn
S', Herr Baron, 't is en fatal Stück, wenn einen dat lütt
Geld knapp ward; 't is mi ok oft so gahn«, säd Unkel Bors
un stek sin Breiwtasch bi Sid. – »Wissen S'«, fung de Baron
wedder an un redte nu ganz vernünftig as en annern Minsch
– Geschäftssaken ledden den Minschen ümmer in de Läus'
von dat gewöhnliche Lewen taurügg – »vielleicht könnten
wir schon jetzt unsere Geschäftsbeziehungen beginnen, viel-
leicht könnten Sie mir einen kleinen Vorschuß von ein paar
hundert Talern machen; wir könnten ja später, wenn Ihr
Sohn die Ochsen kauft, wieder zurückrechnen.« – »Ja, seihn
S', Herr Baron«, säd Unkel Bors un knöpte sick vörn den
Rock tau, denn hei was en vörsichtigen Geschäftsmann, »dat
wir woll so, äwer je dennoch – Dunnerwetter! – ick möt Sei
vördem doch all mal seihn hewwen.« – »Möglich«, säd de
Baron, langte in de Tasch un let Antonen sine föftig Lug-
gerdur so verluren dörch de Fingern lopen, »Sie scheinen
keine Lust zu dem Geschäfte zu haben, wissen S', ich
komme am Ende hiermit auch aus. – Empfehle mich Ihnen.«
– »Holt! Stopp!« rep Unkel Bors, denn hei was woll en vör-
sichtigen, äwer, as ick all seggt heww, ok en vörutsicht-
lichen Geschäftsmann, un as hei nu sach, dat de Baron doch
Geld hadd un kein Snurrer was, un bedachte, dat hei eigent-
lich doch en ollen Bekannten von em was, ok dat sin Herr
Sähn Zamel mal en grotes Ossengeschäft mit em maken
künn, dunn höll hei dat för 'ne Dummheit von sick un för
'ne Sün'n gegen sinen Sähn Zamel, wenn hei nich den Herrn
Baron mit en por hunnert Daler an sine Fomili ankedte.

»Hir sünd sei«, säd hei un halte de fette Breiwtasch wedder rute; »äwer en lütten Wessel, wenn ick bidden darw.« – De was denn nu bald schrewen, un de Baron namm en rechten trurigen Afschid von em; un hei set'te sick wedder vör den Häuhnerkasten un kek stiw herinner, un vör sine vörut-sichtlichen Ogen würden de ollen lütten, hochbeinigen, ma-gern Kreturen, de dorin seten, ümmer gröter un fetter, bet sei tauletzt tau idel Fettossen würden, un Herr Sähn Zamel drew dormit nah Swerin herinner un hängte einen nah den annern an den Haken un slog dat gele Talg von binnen nah buten rute, dat de Lüd' doch segen, wat passieren ded; un Herr Sähn Adolf smörte un bradte mang dat Talg rüm-mer as 'ne fette Gaus üm Martini ut, un Herr Sähn Birn-hard schickte ümmertau, ümmertau Zucker un Koffee un Hiringstunnen nah den Herrn Baron sin Gaud herute, ok Spiritus, wenn't verlangt würd; un hei sülwst reis'te denn rute nah den Herrn Baron un halte ümmertau, ümmertau vel Geld, denn de Geldsaken von de drei Geschäften hadd hei sick för sin Part vörbehollen. – 't geiht noch nicks äwer so 'ne rechte Vörfreud'! –

De »Bombay« dampte ut den Hawen von Gravoso rute; Fru Jeannette stunn mit Helene hinner dat Stüerrad, un Helene kek nah de wille Küst un nah de düster-swarten Barg', de sick dor achter in de Firn tau Höchten smeten, un dachte an de willen, stolzen Gesellen, dei dor ehr Wesen hadden, un de Ogen würden ehr fucht, sei wüßt nich, worüm; äwer en Hart, wat vull Leiw' is, is licht rührt, un wenn sei ok keine Seel missen süll, de ehr dor leiw worden was, so was ehr de Gegend doch leiw worden, un dat mag jo woll för en war-mes Hart naug sin. – Nich wid dorvon stunn de oll Jahn mit Tanten Line, hei kek ok nah de Küst räwer in irnsten Gedanken, hei dachte ok an den ollen Einsiedler von Schippskaptain, wo de so still vergnäugt in sinen schönen Goren seten hadd, un hei makte sick en Gliknis tüschen den un tüschen sick un süfzte deip up. Ja, so hadd hei sick in de besten Stun'n sine Taukunft dacht un sin Öller, dat Hus un den Goren hadd hei jo ok; äwer... Ach, wenn hei *so* afsluten künn mit dat, wat eins west was, äwer... – Tanten Line sach, dat hei sick mit swore Gedanken slog, sei dreihte em üm un wis'te nah vören: »Nun fahren wir nach Korfu«, un nu vertellte sei von de schöne Insel, un dat verleden Johr de junge Kaiserin von Österreich dor wahnt un sick Gesundheit halt hadd, un vertellte von de ollen grichschen un venetianischen Tiden un bröcht em up annere Gedanken. – Un nu gung Anton mit Herr Nemlichen un Paulen an ehr vörbi, un Paul lep up den ollen Jahn tau un säd em gun Dag, un Herr Nemlich kek Antonen an, wat hei woll grüßen ded, denn wull hei ok, un Anton was in Verlegenheit, wat hei *süll* oder wat hei *nich süll*, un slog en Middelweg in: hei fot an den Haut, treckte em äwer nich, hei kek Jahnen an un säd Tau Tanten Line: »Jetzt fahren wir weiter, mein Fräulein.« – »Ja«, was de Antwurd, »dat marken wi nahgradens ok, Herr Groterjahn.« – Un Anton säd: »Poll, komm! Mutter wartet auf uns.« – Dit säd hei sihr lud, dormit dat Mutter dat ok hüren süll. – Mutter hürte dat nu woll; äwer sei hadd ok den halwen Gruß von Antonen seihn, un sei frog em sihr spitz, as hei an ehr ranner kamm: sörre wecker Tid hei denn mit den ollen Jahn up den Grüßkummang stünn. – Anton hadd sick hir nu schön verdeffendieren künnt: Grüßen wir 'ne blote Höflichkeit, de wider nicks tau bedüden hadd, un sin Gruß hadd blot de oll Dam gullen, un wat hei sünst nich noch för klauke Inwennungen hadd maken kunnt, äwer hei versmadte jedweder Utflücht, hei hadd en tau schönen Trumpf in de Hand, un hei spelte em sine leiwe Jeanette grad in't Gesicht: »Der Herr Baron von Unkenstein läßt sich euch bestens empfehlen; er ist in Ragusa geblieben.« – »Wat?« oder beter »Wie? Wo? Wen? Was?« – dese Fragen, de min oll Fründ, de Timmermeister Penkun an jedwereinen bi jedweine Gelegenheit richten deiht, schoten dörch Fru Groterjahnen ehren Kopp, ehr sackten die Hän'n an den Liw' hendal, un sei sülwst sackte up en Feldstaul dal, as wir sei en Klackeierkauken, den de Käksch hadd in de Asch fallen laten. All ehre Pött wiren intwei, allens, wat sei dese Dag' äwer planisiert hadd, was in Ragusa hacken blewen, un blot den trurigen Trost hadd sei, dat sei mit ehre frühern Ansichten äwer de Falschheit und Slichtigkeit von de Mannslüd' in den Rechten wir. – Up Helenen makte de Nahricht en ganz annern Indruck, un – schad', dat wi't seggen möten – sei wis'te för 'n gebildetes junges Mäten sihr wenig Gefäuhl, denn, stats mit ehre leiwe Mutter in de Trurigkeit Weddbahn tau jagen, fung sei an, in utgelatene Lustigkeit mit Herr Nemlichen ehren Spaß tau bedriwen, so dat Herr Nemlich gor nich wüßt, wo em geschach, äwer doch dat selige Gefäuhl hadd, de glücklichste Ogenblick in sinen ganzen Lewen wir dese, wo mit em Spaß drewen würd. – Anton stunn dorbi as brave Vader, äwer as slichte Ehmann un slichte Christ, denn hei hägte sick nich allein äwer de Freud' von sine Dochter, hei hägte sick ok äwer de Weihdag' von sine Gemahlin. –

För gewöhnlich hett uns' Herrgott äwer de Raud' all in de Hand, wenn hei so 'ne apenbore Niederträchtigkeit süht, as Anton hir begung, un den Herrn Gaudsbesitter süll't denn ok nich schenkt warden. – As sin Hägen so recht in't Bläuhen stunn un so'n rechtes fettes Lachen üm sinen Mund un ut de tausamgeknepenen Ogen spelte, was dat mit enmal, as hadd em einer dat fette Lachen mit en Swamm von den Mund wischt, un de lütten Ogen würden grot un ümmer gröter, bet tauletzt so vel Witts in't Og was, as wiren sei ut Eierschell makt, un en Grugel schudderte em dörch de Knaken. Un hei hadd woll gauden Grund dortau: dor kamm wat de Kajütentrepp tau Höcht, Stuf för Stuf schot dat länger un dütlicher em in de Ogen un up dat Deck herupper, bet de ganze Baron von Unkenstein lewenslänglich mit sinen natürlichen Liw' un sinen natürlichen Kniper in de Ogen dor stunn un nu anfung, an den hellichten Dag' mang so vele Minschen un up de apenbore See herümtauspäuken un grad up sine Gesellschaft los tau gahn. – Knapp würd Mutter dat Gespenst gewohr, as sei ok up un up em

los sprung: »Mein Gott, Herr Baron, wo kommen *Sie* her?«
– »Gar nicht fort gewesen.« – »Ich meine«, un hir smet sei
Antonen einen schrecklichen Blick tau, »Sie wollten in Ra-
gusa bleiben.« – »Bloße Idee – aufgegeben – liebenswür-
dige Gesellschaft nicht verlassen« – hir kreg Mutter un He-
lene en Diner; Anton un Herr Nemlich nich. – Anton was
nu up den Feldstaul dalsackt un satt nu dor as Klackeier-
kauken Nummer twei; de Baron gung up em tau, gaww
em de Hand un drückte sei em recht bider – Anton dachte:
recht frech –, as müßte hei em äwertügen, dat hei von
Fleisch un Bein wir. Helene hadd sick rasch fat't, sei grüßte
den jungen Herrn sihr von Firn, gung up Herr Nemlichen
tau un födderte em up, mit ehr up dat Vörschipp tau gahn,
un – weiß Gott! – Herr Nemlich ded't un ded't girn. –
Nu hadd Mutter denn so vel tau seggen un tau fragen, ehr
Klapper- un Plappermähl hadd so vel Äwerwater kregen,
dat sei för't Irste an Antonen sine irnstliche Bestrafung
wegen den Schreck, den hei ehr injagt hadd, noch nich den-
ken kunn, un de olle gaude Gaudsbesitter hadd nu 'ne recht
rauhige Stun'n fiern kunnt, wenn em drei Fragen nich üm-
mer as Bremsen üm den Kopp summt hadden: Wat ward
nu ut min Lening? Wat de verfluchte Kirl min föftig Lug-
gerdur woll in de Tasch hett? Un wat de verfluchte Kirl
de föftig Luggerdur mi nu woll weddergewen ward? –
Vörn bi den Häuhnerkasten satt ok ein, de sick dat Späuk
sihr genau betrachten ded, hei bögte sick bald rechtsch un
kek *so* dörch, un hei bögte sick bald linksch un kek *so* dörch,
un as Helene an em vörbigung, frog hei: »Lening, is dat
würklich de Baron, de mit Hanning dor reden deiht?« –
»Ja, Onkel.« – Dunn dreihte sick Unkel Bors ratsch üm un
kek wedder de ollen, hochbeinigen Häuhner in den Kasten
an un säd vör sick: »Schöne fette Ossen sünd dat! – Wenn
de Jungs dit Stück nu so tau weiten krigen, sei nemen mi
jo de Geldgeschäften af. – Man jo nicks seggen, süs lachen
mi noch de Häuhner ut, un all de Lumpen up dat ganze
Schipp warden kamen un willen Water ut minen dummen

Sod dragen. – Äwer so dumm bün'ck doch nich, dat ick hir kein Müs' marken süll. – Wat? Hei will in Ragusa bliwen un brukt Geld dortau, un nu is hei hir? – Na, täuw!« – Korfu kamm in Sicht. De Insel lagg dor, schön as en italjensches Gedicht von Goethe, äwer up Löschpoppier drückt, denn äwer ehr legen grise Nebelwulken, un as de Gesellschaft an't Land steg, dunn was Quatsch unnen un Quatsch baben, un so'n schönen, dreidrätigen Regen fisselte kunterbirlich up ehr dal. – Anton wull *üm*kihren oder taum wenigsten *an*kihren un säd, wenn hei dat wull un sick dörchregen laten wull, denn hadd hei nah Groten-Barkow gahn un sick bi'n Meßwagen henstellen kunnt, denn dor würden s' woll up Stun'ns bi't Meßführen sin. – Äwer, grad as wenn sine leiwe Fru ordentlich dorup lurt hadd, nu brok dat Gewitter äwer em los; dat slichte Weder, de Ümstand, dat de Herr Baron nicht mit an't Land hadd wullt un dat Poll mal wedder ahn Erlaubnis sine eigenen Gäng' besorgen ded, hadden sei in den richtigen Verfat set't, üm Antonen dat düdlich tau maken, dat sei em noch ümmer an den Strick hadd. – Hei kreg nu tau weiten, wo rücksichtslos sin Bedragen west was, as hei ehr den Afgang von den Baron anzeigt hadd, sei säd't em grad in't Gesicht, sei wir de Meinung, hei hadd ehr dat derowegen so unverbläumt vör den Kopp seggt, dat sei sick taum Dod verfiren süll, un nu müßt Anton denn mit, Barg' up un Barg' dal, dörch Dick un dörch Dünn. – Hir künn nu einer glöwen, dese Strapazen wiren gegen Muttern ehre Natur west, sei wir man weiklich; ja, dat was sei sünst ok, äwer wo dat up ehr Regiment ankamm, dor was sei 'ne Jungfru von Orleans un 'ne Brunhild un 'ne Kriemhild in eine Person, denn schonte sei ehren armen gebrecklichen Körper nich un nich Strümp un Schauh un Unnerrock. – Vorwärts gung sei, Helene an ehre Sid, Anton, mit den Strick üm de Hürn, folgte, un achter den tüffelte Herr Nemlich her, den Rockkragen in de Höcht slagen, denn hei hadd keinen Regenschirm, un verhürte sick den lütten Cannabich: »Korfu, Insel, früher Korkyra, ehemals auch Drepane genannt, der Küste von Epirus gegenüber; viele halten sie auch für das Land der Phäaken, von denen Homer sagt – von denen Homer sagt – Homer sagt.« – Wider kamm hei nich, denn Herr Gumpert kamm ehr entgegen, un Anton brummte em an: »Na, wie ist's denn da oben auf das alte Sloß?« – »Schauderhaft!« antwurt'te Herr Gumpert un gung wider. – Annere von de Gesellschaft, de taurügg up't Schipp gungen, kemen ehr entgegen mit de Nahricht, 't wir dor baben gor nich dörch tau kamen, nicks rührte Muttern – vörwarts! – Paul, natürlich mit Jochen Klähnen, kamm ansprungen mit en groten Struz vull natte Blaumen un drückte sei sine leiwe Swester in de Hand, wohrschinlich dormit dat sei doch en Grund hadd, sick en Por nige Hanschen köpen tau känen: »Da, Lening!« – Hei würd von Muttern arretiert, un wenn Jochen Klähn ok noch so winken un plinken ded, 't hulp nich, 't gung nich. – De oll Jahn un Tanten Line kemen ok taurügg, un Tanten Line wadte up Fru Groterjahnen los: »Min leiwe Dochter, kihren S' üm! Es ist nicht durchzukommen.« – »Ja, Mutter«, säd Helene, »laß uns umkehren, du kannst dich auf den Tod erkälten.« – »Hella, mein Kind, du kommst mit!« – »Ick kihr üm«, säd Anton plattdütsch un steinpöttig, »ick will den Deuwel un mi Snuppen un Hausten halen; ick ward so all en por Gläs' Krock drinken möten, wenn'ck up't Schipp kam«; un dormit dreihte hei üm: »Paulus, komm!« Dor gung hei hen mit Paulen, Herr Nemlich gung achter Helenen her. – Mutter bewerte vör Frost un vör Ärger; äwer dennoch – vörwarts! – bet sei bet an de Enkel in den Leim stunn un sick gewen müßt. – »Mit unsrer Macht ist nichts getan!« hadd de lütt thüringsche Kopmann woll seggt. –

As sei sick taum Taurüggweg bequemen müßt, hadd sei noch dat Vergnäugen, Antonen in den schönsten Freden mit den ollen Jahn un de olle Dam vörupgahn tau seihn. – Oh, Anton! Anton! Du büst en Aftrünniger, du lettst din beteres Deil in den Stich, wat nich deilt warden darf, hest du deilt; du büst doran schuld, dat dine leiwe Fru von nu an –

so tau seggen – up *einen* Bein dörch de Welt hinken möt! –
As Mutter up dat Schipp kamm, müßte sei sick in ehre
Schachtel von Koje wedder inpacken laten, ehre Nerven
spektakelten nich slicht in ehren armen Liw' herümmer, un
en Snuppen treckte langsam un seker as en allgemeinen
Landregen an ehren Gesundheitshewen tau Höchten. He-
lene was sorgsam üm ehr rümmer; äwer Anton kümmerte
sick gor nich üm sine Fru. – Na, wi willen nich tau hart
äwer Antonen afurteln; as hei up dat Schipp taurügg kamm,
was em wat passiert, wat ok woll jeden Minschen alle an-
nern Gedanken ut den Kopp slagen würd. –
As hei unnen in de Kajüt kamm, satt dor 'ne nüdliche Ge-
sellschaft, de sick wegen dat Regenweder un de Langewil
mit en lütten einfoltig Spel-Spill von Rechtsch un Linksch
de Tid verdriwen ded. – De Baron hadd Bank upleggt, un
vör em lagg allerlei lütt Geld, un en lütten Stapel von Lug-
gerdurs stunn patzig dormang. – »Dat sünd min föftig Lug-
gerdurs«, säd Anton vör sick hen, süfzte deip up un kek mit
en rechten hartlichen Sluck deip in sin Glas Krock herin. –
»Wer hält?« – »Ich halte die Hälfte.« – »Ich halte das
Ganze.« – »As gewinnt, Sieben verliert.« – So gung dat nu
an den Disch herümmer, ümmer de Reih nah. – Nu kamm't
an Antonen. »Herr Groterjahn, halten Sie?« frog de Baron
ganz frech. – »Ich spiele nicht«, säd Anton trotzig. Hei hadd
den Dag äwer all so vele Schanddahten gegen sine Fru ut-
äuwt, dat hei nu ok nich noch sick gegen sine Kinner un ehr
taukünftiges Vermägen versünnigen wull. Dat was hei ehr
schüllig, un hei kek leiwerst tau. Äwer ok dese unschüllige
Unnerhollung süll em tau 'ne Pin warden. – Jeder ordent-
liche Taukiker bi'n Spill nimmt, ahn dat hei sick dor wat bi
denkt, sine Parti gegen oder för den einen un den annern
Speler. – Anton hadd allen Grund, gegen den frechen Kirl
von Baron tau wunschen, äwer de Luggerdurs, de up't Spill
stunnen, wiren nu wedder sin; wat süll hei nu in so 'ne Ver-
legenheit dauhn? So drad hei sick för sin eigen Geld inter-
essierte, gaww hei sick tau 'ne heimliche Rüggstärkung för

den infamen Kirl her, un stimmte hei in sine Seel gegen desen, denn smet hei – so tau seggen – sine eigenen schönen Luggerdurs up de Strat. – Na, alltaulang' süll dese abscheuliche Pin nu nich duren, uns' Herrgott brukte en Inseihn un makte de Sak kort af: den gauden Anton sine Luggerdurs gungen af as de warmen Semmel, de letzten por Plüggen händigte sick en Graf ut Böhmen in, un Antonen sine Rach was stillt, was äwer'n bäten dür mit föftig Luggerdur betahlt. – Äwer nu kik mal einer! De ßackermentsche Kirl, de Baron, halt ut sin Taschenbauk twei Hunnertdalerschins rute. – Süh, dacht Anton, de Racker hett jo doch anner Geld, hei kann di am En'n doch noch betahlen. –
Achter den Baron sin Staul stunn Unkel Bors un spelte ok den Taukiker. – So lang' dat üm de Luggerdurs gung, was hei ganz taufreden, ja, hei freute sick ordentlich, denn de noble, glikgültige Ort un Wis', mit de de Herr Baron sin Geld verlur, güllen em för den besten Bewis, dat hei't mit en riken Mann tau dauhn hadd; äwer as nu sine beiden Hunnertdalerschins tau Platz kemen, kamm hei in de sülwige Lag', in de Anton eben west was; un de Baron, grad as wenn hei sick dorup prekavierte, de beiden ollen Gesellen up ehre eigenen Gerichte tau nödigen, frog em ok ganz frech: »Mein Herr – äh – äh« – so 'n vörnehmen Baron kann de Namen nich recht behollen – »wollen Sie halten?«
– Dat de Mann, de noch vör Korten so vertrulich mit em west was, dat hei em anpumpt un dat grote Fettossengeschäft mit em makt hadd, nu sinen Namen nich mal wüßt un em »äh – äh« näumt hadd un sine beiden schönen, sur verdeinten Hunnertdalerschins so lichtsinnig up de Wahl läd, müßte em doch argern, un hei säd: »Dank velmal! Von allen Gerichten möt en nich eten. – Ick ward doch nich min eigen Geld hollen!« – Dit Letzte brummte hei so halw vör sick hen, un dormit dreihte hei sick üm un gung af. –
Keiner hadd up den ollen Unkel sine Reden Obacht gewen, mäglich, dat s' ok keiner mal hürt hadd, blot einer hadd tau dicht bi em stahn, as dat hei dat Brummen von

den Ollen hadd äwerhüren künnt, dat was de oll Jahn, un as Unkel furt gung, gung hei em nah un frog em: »Seggen S' mal, Herr Bors, wat wullen Sei mit ,dat eigen Geld hollen' seggen?« – »Oh«, säd Unkel verdreitlich, as hadd em einer up de Tehnen peddt; äwer mit ein Mal würd hei falsch, as hadd de em ok grad up de Likdürn drapen, un rep: »Un is dat nich schändlich, Herr Jahn? – Sei weiten ok, wat sur verdeintes Geld heit, un min is sur verdeint, un so'n Bengel, so'n Baron, de smitt dormit rümmer, as hadd ick't up de Strat funnen?« – »Na, hewwen Sei em denn dat leihnt?« – »Wat wull ick nich? – Sei kann ick dat woll seggen, Sei hewwen ok Jungs, Sei warden't nich an mine drei vertellen, denn Sei weiten, dat wi den Respekt bruken.« – »Na, kennen Sei denn den Baron?« – »Kennen? – Wat wull'ck em nich kennen! – Ick heww 'n grad nich ut de Döp böhrt, äwer hei is jo ümmer üm min Swesterdochter Hanning so klew 'an as de Flisen an de Flaumen, un de ward sick mit en unbekannten Minschen nich afgewen, denn sei was jo all in de Weig' so klauk, dat uns' Herrgott sülwst sick doräwer wunnern möt, dat sei äwerall grot worden is. – Un denn hett hei jo de groten Gäuder in de Dobberaner Gegend verköfft un will sick jo nu in de Sweriner wedder anköpen, un an minen Slachtersähn Zamel will hei jo all sine Fettossen verhandeln, un up dat Geschäft hen heww ick em jo de tweihunnert Daler vörschaten.« Hir süfzte Unkel, äwer nah desen Stotsüfzer lachte hei so ingrimmig: »Un dei verspelt hei nu!« – »Na, hüren S' mal, oll Fründ«, säd Jahn, »mit de Gäuder in de Dobberaner Gegend, dat's woll Wind, denn ick bün jo sülwst ut de Gegend un weit von keinen Baron von Unkenstein, un mit de in de Sweriner Gegend ward dat woll jüst so sin, dat müßten wi Landlüd' in Rostock jo sünst weiten, denn de Gäuderhandel is bi uns jo de dägliche Unnerhollung, un so warden denn woll Ehre Fettossen noch in den Man rümmer grasen. – Ne, oll Fründ, ick fürcht, Sei sünd vör de unrichtige Smäd west.« – »Gotts ein Dunner!« rep Unkel, »denn gah'ck hen un blamier den Kirl vör de ganze Gesellschaft!« – »Dat laten Sei hübsch bliwen, süs warden Sei taum Schaden den Schimp noch austen.« – »Denn gah'ck nah minen Avkaten, de hir up dat Schipp is.« – »Dat dauhn Sei minentwegen.« – Un Unkel gung.

Wat de em nu Trost baden hadd, weit ick nich, ick weit man, dat nah 'ne Wil Unkel wedder vör den Häuhnerkasten satt un so stiw un sinnig doräwer kek, dat Jochen Klähn tau Paulen säd: »Süh, Paul, dor sitt din Unkel Bors nu wedder still un andächtig as en frames Kind un sorgt för dat lütt Veih un deiht nümms wat tau Leden; dor süllst du di en Ogenspegel an nemen! Äwer staats dessen rangst du allentwegens rümmer; nu kik mal, wo din Hosen wedder utseihn! Wenn din Mutter dat süht, denn giwwt dat wedder wat.« – In de Kajüt sach't ok man so gadlich ut as mit Paulen sine Hosen, taum wenigsten bi weck von de Spelers, un wenn ehre Mutter dat seihn hadd, denn hadd dat ok woll wat gewen. – De Herr Baron hadd de beiden Hunnertdalerschins richtig an den Mann bröcht, hei was upstahn un säd, hei wull sick baben up't Deck de Fäut en beten verpedden – mit de Fäut meinte hei sinen Arger –, de annern folgten em, un as sei ruppe kemen, segen sei em ok dor, äwer nich gahn, ne, stahn. – Hei stunn mit den lütten thüringschen Kopmann achter't Stüerrad tausam un redte ogenschinlich so christlich un indringlich up em in, as wir hei den lütten Herrn Kopmann sin Bichtvader un wull em dat Gewissen rühren wegen all den lütten Profit, den *de* sick sin Lew'lang bi't Inmeten un Afwägen makt hadd. – Sin Bichtkind was äwer leider sihr tag, dat wull nich tau Gott, denn wenn de Spaziergängers in de Nahwerschaft von de beiden kemen, denn hürten sei blot ümmer den lütten Kopmann seggen: »Bette, bette recht sehr, Herr Baron, bette«, un dat wiren sine Anstalten all. – Herr Wilhelm August Schwofel was en äwermaten höflichen un gefälligen Mann, hei wadte in de Höflichkeit un Gefälligkeit unbeseihns bet an de Knei herinner, äwer wider nich, hei hödd sick verdeuwelt, dat

em dat Water nich in de Hosentasch rinne lep, wo hei sinen
Geldbüdel drin hadd. –
Mi dücht, so'n Mann as hei hadd den Titel Kommerzienrat
woll verdeint – von Antonen un Unkel Borßen kann natür-
lich in desen Hinsichten gor keine Red' sin.

KAPITEL 12

Ithaka. – Weck seihn vel, un weck seihn nicks. – De oll Dam vertellt 'ne Ge-
schicht. – Jochen arretiert Paulen, un Herr Nemlich höllt en Vördrag, den kein
Minsch glöwen will. – Wat de meckelnbörgsche Insel Poel dat »Land der Phäaken«
is. – Anton schämt sick nich, sine Fru vör Ogen tau kamen, nimmt dat Bitt mang
de Tähnen un ward stüerlos. – De Herr Baron ward drister un redt sogor von
sinen erbärmlichen Harten. – Jochen Klähn stift't Paulen tau wat Slichtes an, wes-
wegen denn Paul ok tau Bedd bröcht ward. – Tanten Line un de oll Jahn, un dat
irnsthaft. – Kap Matapan.

Den annern Dag führten sei an 'ne Insel vörbi, de utsach as
en groten, risigen Reis'kuffert, de unverseihns in de See fol-
len was, mit en hogen Deckel, von den all de Hor afschürt
wiren, un unsere beiden meckelnbörgschen Landlüd', Gro-
terjahn un Jahn, kemen stillswigend in Gedanken mit ehren
Ansichten äwerein: wo dat mäglich wir, dat so'n Land in
de Welt assistieren künn, wo sick nich mal Buck un nich mal
Snuck dorup ernähren künn; äwer in de Schippsgesellschaft
gung de Red' hen un her: »Ithaka, das ist Ithaka, Ithaka.«
Allens was niglich, allens drängte sick an de linke Burd un
kek henäwer nah de olle nakte Insel, as wir dor gräune
Wald un gräune Wisch tau seihn un Gorens un Feller un
frische Borns un Beken, de von de Höh' as Sülwerfaden,
Fall up Fall, herunnerstrudelten bet in de blage See. – Weck
segen nicks, weck segen dit all un noch mihr, sei segen dor
schöne, herrliche Minschen wandeln in Königspracht un
Heldendracht, olle Manns in grise Weisheit un strewige
Jünglings in smidige Kraft, leiwe Frugens in Sittsamkeit un
helle Jungfrugens in Rosenkräns'. – Sei kennten sei all; en
olle Dichter hadd mal von sei vertellt un warme Grüß' an
ehr junges Hart bestellt, un dunn segen sei staats de olle

404

dumpige Schaulstuw', de ebenso kahl un leddig vör ehren
Ogen lagg as nu de verwunschene Insel, ok en Bild von 'ne
selige Insel un von prächtige Minschen, un dit Bild, wat sei
in ehren jungen Johren wid ut de Firn heräwer lüchten se-
gen, dat strahlte ehr nu an Urt un Städ' entgegen, so warm
un so hell, as wir't de pure Würklichkeit. –
De olle grise Dam hürte tau de, de dit all segen, un ehre
Ogen füllten sick mit Tranen, un Helene stunn bi ehr un
slog den Arm üm sei, un as de olle Dam dat warme Mit-
gefäuhl von dat junge Mäten gewohr würd, dunn föll sei
ehr üm den Hals un weinte bitterlich. Up de annere Sid'
stunn de Herr Baron, hadd sick de Lorjett in dat Og'
klemmt un kek sei an mit en spöttsches Lachen, wat de
Dummheit upset't, wenn ehr wat Unverständlichs vör de
Ogen kümmt. – »Kommen Sie«, säd Helene, as sei dit Gri-
nen sach, un treckte de olle Dam von de Städ' furt un leddte
sei an 'ne Bänk, wo de oll Jahn in Gedanken satt; hei hürte
nich tau de, de dor dräben wat anners segen as kahle Felsen
un unfruchtbore Barg', hei hadd sick dräwer verwunnert,
wat de Lüd' doran segen, un was in sinen Gedanken dor-
äwer tau den Sluß kamen, up de Insel künn mägliche Wis'
öltlings mal wat passiert sin, wat de Gesellschaft so in Up-
regung bröchte, äwer wat? – dat was sinen Ogen verborgen.
– As hei nu sine olle Fründin so ganz intwei sach, rückte hei
neger an ehr ranne un frog recht indringlich: »Wat is, Tan-
ten Lining? – Wat is passiert, Helening?« – »Ich weiß nicht,
Onkel.« – »Ne«, säd de olle Dam un fot sick allmählich bet
tausam, »Sei weiten't nich, min leiwe Dochter, Sei känen't
ok nich weiten; ick glöw', dat weit ok up Stun'ns kein
Minsch mihr, de dor lewt, as ick allein. – 't is all' lang her.
– De Anblick von de Insel hett mi nich so rührt, ne! blot
dat, wat mi dorbi inföll. – Ach, ick bün en olles, unverstän-
niges Frugenstimmer, dat mi so wat noch in ollen Dagen
äwernemen möt! – Aber, mein lieber Herr Jahn, wir weinen
ja am Grabe unserer Freunde und Geliebten, warum sollte
unser Herz nicht trauern, wenn's all seine Hoffnungen und

405

Wünsche für immer zur Ruhe bestattet hat? – Ne«, rep sei, »nich för ümmer! – Wir glauben an ein Wiedersehen unserer Geliebten in reinerer Gestalt, warum sollte das Herz nicht auf die Auferstehung seiner Hoffnungen und Wünsche bauen, auch in reinerer Gestalt!« – Helene fot sei üm un tog sei sacht an ehr Hart un kek nu bang' äwer sei räwer nah den ollen Jahn, un sei hadd woll recht, ängstlich tau sin, denn äwer den Ollen was bi de Würd' von Tanten Line sine swarte Stun'n kamen. Düster satt hei dor un kek up *ein* Flag. – »Onkel Jahn«, säd Helene un reckte em ehre frige Hand hen, »das ist ein tröstlicher Glaube.« – De Oll nickte mit den Kopp un kek vör sick hen. – »Dat freut mi, min leiw' Dochter, dat Sei *so* denken, dat Sei in Ehren jungen Harten all *so* denken. – Ach, bei mir hat das länger gewährt, und es ist eine lange Geschichte, dat heit, för mi is sei lang, för annere Lüd' mag sei kort naug wesen, un wat Besonders is sei äwerall nich. – Ja! – In meinen jungen Jahren lebte ich auch wie manche andere in den Tag hinein – ja, min leiwe Dochter, ick bün ok mal jung west, und die Leute sagten, ich wäre ein recht hübsches Mädchen. Ich hatte aber einen entfernten Verwandten, de säd dat *nich* von mi, äwer ick fung em an tau jammern, dat min Lewen so in de Rappus' gahn süll. Er war ein Philologe und bereitete sich in meiner Vaterstadt zu einem schweren Examen vor; hei hadd keinen Ümgang, blot in min Öllernhus kamm hei, und dann erzählte er des Abends bald von diesem und bald von jenem aus der Geschichte, von dem ich nie etwas gehört hatte – denn, min leiwe Dochter, wat lihrte dunn en junges Mäten! – Ick würd niglich, ick freute mi up den Abend, wenn hei kamm, ick gung nich mihr in de fröhlichen Mätensgesellschaften. – Na, eines Abends erzählte er denn von dem Trojanischen Krieg und den Irrfahrten des Odysseus und von der Treue der Penelope, er wurde immer begeisterter, seine Augen leuchteten, un hei was en schönen Mann. – Mi würd so markwürdig tau Maud', un ick brok in Weinen ut, dunn stunn hei up un strakte mi äwer de Hor, un den annern Morgen schickte hei mi de Äwersettung von Johann Heinrich Voß von den Homer. – Un ick las un las – ach, ick heww sei woll teihn Mal lesen! – Ach, wat dorin stunn, was so schön, un denn – sei kamm von em! – Ja, min leiwe Dochter« – hir drückte sei Helene an sick – »ich verfiel in den alten Irrtum, Güte und Mitleid für Liebe zu halten. – Mit de Tid müßt hei mi woll wat anmarken, hei kamm nich wedder, hei schrew en korten Abschiedsbreiw an mine Öllern un reis'te af, un nah einige Tid hürten wi denn ok, dat hei sick mit en anner Mäten verspraken hadd. – Das war für mich eine Zeit der Verzweiflung, un swor heww ick mi dunn an unsern Herrgott versünnigt: ick kunn't nich begripen, ick kunn't nich faten, dat en Hart vull reine Leiw' so allein dörch de Welt gahn süll.« – »Ick ok nich«, säd de oll Jahn düster vör sick hen. – »Ich war dem Wahnsinne nahe«, redte Tanten Line wider, »alle meine Gedanken drehten sich um einen Punkt, meine Seele wurde schwindlig; dunn gaww äwer Gott in sinen Gnaden, dat de oll Paster, bi den ick taum Beden gahn was, up mi upmarksam würd, hei kamm, hei sprok tröstliche, christliche Würd' tau mi, hei drückte mi de Bibel in de Hand un säd, dit wir de Weg, den süll ick wandeln. – Ick ded't, ick las, up jede Sid stunn ,Entsagen', un ümmer wedder ,Entsagen!' – ach, un ick kunn't doch nich! – In mir war Kampf und Streit, und um mich her war auch Kampf und Streit: die Freiheitskriege waren ausgebrochen, und meine Angst üm em was grot; äwer ick müßt mi seggen: hei entseggt jo doch ok, hei höllt doch ok noch wat anners för wichtiger as de Leiw' un dat hüsliche Glück. – Mein Gemüt ward ruhiger, und als er nach dem Kriege geheiratet hatte und mit seiner jungen Frau zum Besuche zu uns kam und diese in ihrer Schönheit und Güte mir entgegentrat, dunn, min leiw' Dochter, müßt ick mi seggen: ,De is vel beter, as du büst', un ick gung in mine Kammer, föll up de Knei un slog mi an de Bost un säd: ,Line, Line! Wenn du doch so 'ne Leiw' för em hest, wo kannst du wünschen, dat hei di erwählt hadd?' – Un min leiwe Dochter, dunn hadd ick wunnen!« – Helenen wiren bi de Vertellung von ehre olle Fründin de Ogen fucht worden, sei hadd woll de warmsten Würd' tau de olle Dam reden müggt, äwer för den Ogenblick drängte de Sorg' för den ollen Jahn allens taurügg', sei stunn up un treckte em von sinen Sitz tau Höcht: »Komm, Onkel, komm *auch* mit!« – De Oll kek ehr stier in't fründliche Og', hei let sick äwer tau Höchten trecken un folgte. – »Wollen aufs Vorschiff gehen; es sieht sich dort so schön weit hinaus, 's ist, als wenn man in glückliche Zukunft blickt, und wenn heute die Wellen auch noch so hoch gehen, morgen wird's besser«, un dorbi strakte sei mit ehre weike Hand ümschichtig de Bakken von de beiden Ollen, as wull sei Kinne-Led mit Mutte-Hand trösten.

As sei vörn ankemen, begegnete ehr Jochen Klähn, de Paulen an den Kragen faat hadd un mit em furt slepte: »Dat helpt di nu all nich! Din Vater hett dat nu einmal seggt, ick sall di bringen, un süh, dor kümmt nu ok din Helene.« – «Was soll er, Jochen?« frug Helene. – »Je, nun seihn S' mal! Franz Nemlich sall Herr Groterjahnen dat hir von dese olle verwunschene Insel erklären, un dat sall hei mit anhüren, dat hei dor nahsten Bescheid von weit, un dat will hei nich.« – »Nein!« rep Paul un wend'te sick an Helene, »was Herr Nemlich da sagen kann, das weiß ich schon, das haben wir all schon beim Herrn Subrektor gehabt, von Odysseussen und Telemachen und all die andern, und da brauch ich nicht hinzugehen.« – »Na«, säd Jochen un nickte Helene tau, »süh dor! Nu hüren Sei't! – 't is einen gottlosen Slüngel. – Sin Vater ...« – »Ja, Paul«, föll Helene irnsthaft in, »Vater hat's nun einmal gesagt, und du gehst gleich auf der Stelle.« – »Oh, Lening ...« – »Nein, auf der Stelle!« Dormit gung sei af. – »Sett di in kein Unverlegenheit«, säd Jochen un fot em wedder in den Kragen, »parieren möst du. – Ick wull blot, du wirst ein acht Dag' bi min Mutter, de würd di't bibringen. – Wenn ick mi noch so schön in den Dörp rüm driwen ded un minen Lust doran

hadd un ick süll nah Hus kamen, meinst, dat s' mi rep? Ne,
sei fläut't mi blot. Denn stun s' in de Husdör un fläut't up
ehren ollen hollen Kuffertslätel, un Gnad mi Gott, wenn'ck
nich kamm. – Nu kumm!« Un Paul folgte. – »Süh«, säd Jo-
chen, »dat du vel kläuker büst as Franz Nemlich, dor strid
ick gor nich gegen, äwer . . ., wo sädst du noch? Wo heit
de Kirl, de hir up de Insel west is?« – »Dat was en König,
de heit Odysseus.« – »En König? – Na, wenn hei nich mihr
hatt hett as dese Insel, denn hett hei ok man en hellsch
smallbackt Regiment führt. – Ne, Barlin, dat's för 'n König
doch en annern Snack! Un denn so'n karjosen Nam! – Ick
glöw nich, dat Franz Nemlich sick so'n bunten Namen ut-
denken kann; äwer di will'ck wat seggen, süh, nu kannst du
di din Dag'bauk alleine schriwen, ick help di nich mihr,
denn du büst mi denn doch tau klauk. – Hir!« rep hei, as
sei an Vatern ranne kemen, »hir, Herr Groterjahn, is de
Vagel! Hei wull nich recht, un wenn sin Helene nich . . .« –
»Ja, Vater«, föll Paul in, »aber das weiß ich ja schon all.« –
»Paulus«, säd Herr Groterjahn irnsthaft, »wenn *ich* – *ich
selbst* in meinen alten Tagen mich belernen lasse, so wirst
du doch woll auch zuhören können? Der Mensch soll immer-
zu lernen.« – Jochen nickte Paulen tau, as wull hei seggen:
süh, dat schadte nicks. – »Nun?« wennte sick Herr Groter-
jahn an Herr Nemlichen. –
Herr Nemlich hadd wildeß in'n Stillen sine Uhr uptagen,
nu stödd hei den Parpendikel an, un nu gung't los: »Ithaka,
von den Türken Teaki genannt, eine kleine Felseninsel
zwischen Kephalonia und der Küste, mit dem Vorgebirge
Neïon und dem Hafen Rheitron, einst das Reich des Ulys-
ses . . .« – »Nein«, rep Paul dormang, »er heißt Odysseus.« –
Jochen lachte un plinkte em tau: so wir't recht. – Herr Gro-
terjahn kek irst Paulen un nahsten Herr Nemlichen an:
»Woher weißt du das, Paulus?« – »Der Herr Subrektor hat's
uns so gesagt.« – »Im Cannabich steht ‚Ulysses'«, säd Herr
Nemlich. – »Na«, säd Herr Groterjahn, »das hat nu woll
weiter nicht viel zu bedeuten, dieser kann möglicher Weise

en Sohn von dem andern König sein; in Preußen heißen sie ja auch bald ‚Friedrich‘ un denn ‚Friedrich Wilhelm‘ un denn man slechtweg ‚Wilhelm‘. – Na, man weiter!« – Herr Nemlich gung nu von de Geographie tau de Geschicht äwer un fung an: »Wenn wir uns nun diesen Ulysses betrachten, so stellt sich uns zuerst der Trojanische Krieg vor, von dem der Herr Professor Petiskus uns in seinen Werken berichtet. – Ulysses war ein Sohn des Laërtes und der Anticilia und war König von Ithaka und den umliegenden Gegenden. Die Geschichte dieses Heroen ist mit manchem Fabelhaften durchwebt.« – »Ja«, säd Herr Groterjahn, »Lügen sind woll viele damang.« – »Ja, Herr«, föll Jochen ganz drist in, »un wat anner Lüd’ nich lagen hewwen, dat lüggt Franz Nemlich dortau.« – Dor würd nu nich up hürt, un Herr Nemlich vertellte nu von den Trojanischen Krieg, un’t gung in sine Ort ganz glatt weg, blot dat Paul af un an mit sine vörluden Kunterversen dortüschen schot, wo Jochen denn ümmer äwer dat ganze Gesicht lachte, mit den Kopp nickte un ok woll hen un wenn säd: »Dat’s recht!« un sin leiw’ Vader sick äwer sinen klauken Sähn freu’te. – Bi de Geschicht von dat hölterne Pird schüddelte uns’ Gaudsbesitter hellschen mit den Kopp, säd äwer: »Na, ’s schadt nich, ’s sind ja doch man Läuschen.« Un as nu de Vördrag up de Irrfohrten von den Ulysses kamm, un dat de twintig Johr durt hadden, dunn wackelte sin Glowen düller, un as Herr Nemlich von de Penelope vertellte, dat sei twintig Johr up em täuwt hadd un up keine nige Frigeratschon hadd ingahn wullt, säd hei: »Na, in die Jahren ist sie denn doch auch schon gewesen, indem daß sie schon einen erwachsenen Kronprinzen gehabt hat«; äwer as Herr Nemlich tauletzt vertellte, woans Ulysses sin Rik wedder gewunn un dat hei mit den »göttlichen Sauhirten« Kumpanischaft makt hadd, dunn was’t all. – »Herr«, rep Groterjahn, »nu hören Sie auf! – Ja, ich hab’ allmeindag’ gerne solche Märchens gehört, zum Exempel, wie ein Schneidergesell König geworden ist; und wenn’s nicht wahr ist, so ist die Menschenmöglichkeit doch da. Aber daß sich ein König so gemein machen sollte und – so zu sagen – mit en Schweinehirten Brüderschaft machen sollte, das mag der Deuwel glauben. – Herr, ich bin kein König, bin nicht einmal Großherzog, bin bloß meckelnburgscher Rittergutsbesitzer auf Großen-Barkow; aber mein Schweinehirt bleibt mir vor der Tür, und wenn er sich gut geschickt hat und meldt mir, daß die eine Sau en Dutzend oder so 'rum Ferkel gekriegt hat, denn kriegt er en Schnaps und en Butterbrot, und damit Boston! – En Schweinehirt ist auch en Mensch, das weiß ich, aber ein Unterschied unter die Stände muß sein, und wer was dawider sagt, ist en verfluchter Demokrat; und weiter will ich nu nichts wissen, nu hören Sie auf.« – »Nu ist's auch aus«, säd Nemlich sihr geschlagen. »Nur wollt' ich mir noch mit Ihrer Erlaubnis die Bemerkung erlauben, daß ein sehr gelehrter Herr Doktor die Behauptung gemacht hat, daß Ulysses auf seinen Irrfahrten auch nach Meckelnburg gekommen ist und daß das Land der Phäaken, wo sie so gut gelebt haben, eigentlich unsere Insel Poel bedeutet.« – »Hm!« säd Groterjahn, »Poel? – Möglich wäre das: die alten Bauern da auf Poel, die leben nicht schlecht. – Ich weiß noch von meinem Vater her, daß sie fünf Kart – fünf Scheffel Weizen gespielt haben, und das zu 'ner Zeit, wo der Scheffel vier Daler zweiundzwanzig Schilling gekost't hat. – Ja, das kann immer möglich sein.« – »Herr!« rep Jochen un wull sick ümmer dod lachen, »hei lüggt Sei wat vör. – Wo? Ick heww jo en Mutterbrauder up Poel wahnen, un de is oft bi min oll Mutter west un hett uns vel von dor vertellt; äwer dat dor so'n Ströper von König ankamen is, dat hett hei seindag' nich seggt. – Ne, Franz Nemlich lüggt, un sin gelihrte Dokter lüggt ok.« –

Jochen hadd nich en Spir Gefäuhl för dat, wat sick schickt; un woher süll hei dat ok hewwen? Kumpelmentierbäuker wiren em seindag' nich in de Hän'n follen, un wenn hei mit sin vörludes Wesen bi sinen ollen Herrn tau Rum kamm, denn hadd de woll mit den Kopp schüddelt, hadd't äwer

leden. – Herr Nemlich hadd velen Sinn för de Schicklich-
keit, hei wis'te also Jochen ganz gehürig in sine Scheiden
un Grenzen taurügg; Jochen antwurt'te unbescheiden wed-
der, un so würd dat denn tüschen de beiden ollen Schaul-
kameraden en so nüdlichen un lewigen Strid, dat Anton, de
ok velen Sinn för dat Schickliche hadd, dat nich länger för
pa·send höll tautauhüren, üm sick den Respekt nich tau ver-
gewen; hei gung af nah sine leiwe Fru dal. – Paul slog
sick nu ut natürlichen Wedderwillen gegen sinen Herrn
Lihrer un ut olle Fründschaft för Jochen ganz up desen
sine Sid un bödd dat Füer ümmer bet an, so dat bi Jochen
tauletzt de »Schapsköppe« un de »dummen Bengels« as Fun-
ken herümme flogen un Herr Nemlich ehr ut den Weg' gahn
müßt, wat hei mit de Redensort »Jedes Band zwischen uns
ist zerrissen« besluten ded. –
Anton was frömden Strid ut den Weg' gahn, üm den eige-
nen unnen bi sine leiwe Jeannette tau finnen. –
Fru Groterjahnen was von ehren natten Spaziergang mit
drei sihr unbequemen Dingen taurügg kamen: mit en Snup-
pen in den Liw', mit Arger in den Harten un den fasten
Vörsatz in de Seel, bi Antonen de Tägel so stramm antau-
trecken, dat em seindag' nich wedder infallen süll, ehre
Gesellschaft gegen den ollen Jahnen sin un de oll Dam ehr
tau vertuschen. Anton hadd nu frilich dat unheimliche Ge-
fäuhl, dat hei sick man gadlich wegen sin Verbreken def-
fendieren würd; äwer von sine Fru ehren Vörsatz un de
Middel un Weg', de sei inslagen wull, hadd hei nich de
Nagelprauw von Ahnung. – As nu Helene ehre Mutter tau
Bedd bröcht hadd, ret hei in sinen hellen Drang von Mit-
led un minschliches Gefäuhl de Gardinen von de Damen-
kabin von enanner, müßt äwer wegen sinen Sinn för Schick-
lichkeit wedder taurügg, denn in de Kabin wiren grad en
por junge Damen in ehren däglichen Geschäft, sick en por-
mal ümtaukleden, begrepen. – Hei gung, täuwte 'ne halwe
Stunn' un kamm wedder; 't was noch ebenso, hei sach up
den irsten Blick, sei wiren noch lang' nich farig. – Hei kamm

wedder un wedder – sine Fru rekente em dit ut natürlichen
Grün'n tau sinen Nahdeil an –, un as hei so twei Stun'n
lang Storm up de swacke Gardin lopen hadd, drung hei tau-
letzt in dat Heiligdaum in un stunn an't Bedd von sine Fru. –
Dese hadd nu wildeß naug Tid hatt, ehren Slachtplan tau
maken; hei was sihr einfach, äwer nicks weniger as einfältig:
as Anton rinne kamm, makte sei in den Bedd 'ne korte Wen-
nung nah rechtsch, dreihte em den Rüggen un kek stiw an
de Wand. – Anton frog, wo't ehr güng. Sei antwurt'te nich.
– Anton säd: so 'n Snuppen wir wat Gauds, de brök 'ne
annere, swore Krankheit den Kopp af. Sei antwurt'te nich.
– Anton säd: in ehre Städ' würd hei en por Gläser Krock
drinken. Sei antwurt'te nich. – Tauletzt gung hei in 'ne
deipe Bedenklichkeit af, nich wegen ehre Krankheit, ne,
wegen de Zornutbruch, den hei sick vermauden was; denn
dat wüßt hei, wenn sick de Zorn bi ehr verset't hadd, denn
was't grad so, as wenn en Gewitter nich äwer 'n See kamen
kann, dat steiht fast un möt sick mit Dunner un Lüchting
irst utladen, bet denn tauletzt de Regen in Gäten gütt; denn
ward de Natur wedder ruhig. –
As Anton nu tau sine leiwe Jeannette in de Kabin kamen
was – hei was all etzliche Mal dor west, was äwer nich an-
namen –, makte sine leiwe Fru wedder 'ne halwe Wennung
in ehren Bedd, ditmal äwer nah linksch, un kek nu den Sün-
ner grad in dat Angesicht, un jedwerein kunn't seihn, dat
sei den Verteidigungskrieg upgewen hadd un nu mit Pau-
ken un Trumpeten up den Angrep losgahn wull. – Nu be-
denk mal einer, wat de Fru för 'ne Krasch' hewwen müßt,
wenn sei von den Bedd ut den groten, dicken Anton an-
gripen wull; äwer sei ded 't: »Schämst du dich nicht, mir so
vor Augen zu kommen?« Dat was ehr irste Kanonenschuß,
hei sus'te an Antonen vörbi un drop nich, denn Anton kek
sick von baben bet unnen an, wat hei wat an sick hadd
oder wat heit wat *nich* an sick hadd, woför hei sick schämen
müßt, un as hei nu sach, dat sine Kledungsstücken in alle
Ordnung wiren, säd hei sihr käuhl: »Nein.« – Nu brok't

äwer bi ehr los, sei feuerte ut all ehre Batterien, un't Dunnerweder kamm äwer em. – Hei hadd keine annere Dekkung as blot de Würd': »Fat di kort, mine leiwe Jeannette, fat di kort!«, denn hei hadd dat unangenehme Gefäuhl, achter de Gardin künn 'ne ganze Gesellschaft stahn un dese Gardinenpredigt mit anhüren; de Sak' sülwst was em hellschen glikgültig. – Nu set'te sei sick äwerst in ehre Beddschachtel äwer En'n, dat de Sak mihr Nahdruck kreg, un achter jeden Blitz, den sei los schot, folgte de Dunner achter her: »Hast du nicht mit dem alten Jahn gesprochen?« – Allens kann äwerdrewen warden, nich allein dat Reden äwer eine Sak, ne, ok dat ewige Fragen nah ein un de sülwige Sak. – Antonen stunn dit Gefrag' nah den ollen Jahn all bet an den Hals, hei was gor nich mihr so'n ruhigen, gehursamen Ehmann, as sine leiwe Fru sick dachte, hei was all längst, ahn dat sei't gewohr worden was, ut de Sträng' slagen, un as Mutter em nu mit de Pitsch von ehre Fragen ümmer up ein un dat sülwige Flag drop, namm hei't Bitt mang de Tähnen, fung an tau bucken, ret dat Geschirr intwei un ehr de Tägel ut de Hän'n, un – heidi! – gung hei, slankweg de Kajütentrepp tau Höchten, puste mit wide Nüstern dreimal üm dat Deck herüm, as wir't 'ne gräune Weid' un hei wull sick so recht äwer sine Freiheit freu'n, höll tauletzt bi den ollen Jahn an un frog: »Wie geht's dich, Jahn?«, wat so vel heiten süll as: »Nu's mi allens ganz egal!«

Dat wohrte äwer nich lang', dunn kamm Mutter up't Deck; nah dat scharpe Gewitter was en sachten Tranenregen bi ehr utbraken, un as sei nu baben stunn, höll sei ehren fuchten Snuwdauk in de Hand, as wir't en Tom, womit sei Antonen wedder infangen wull; äwer de Fangeltom sackte ehr ut de Hand, as sei em mit den ollen Jahn up de gräune Weid' tausamen grasen sach; sei vertwifelte an ehr Vörnemen, denn tüschen ehr un em wiren gor tau vele Grawens, un de wiren all frisch afburd't un upsmeten.

In desen bedräuwten Taustand funn Helene ehre Mutter,

un as sei knapp anfungen hadd tau fragen, wat ehr schaden ded, kamm de Herr Baron dortau un makte de gewöhnlichen, langwiligsten Redensorten, de hei hüt äwer mit ganz ungewöhnliche Hitt un Hilligkeit bi Helene antaubringen söchte. – Wir Fru Groterjahnen nich in so 'n kümmerlichen Taustand west, so hadd sei woll dorup regardiert un hadd hir un dor en beten nahhulpen, so äwer kann ehr keiner dat verdenken, wenn sei för desen Ogenblick mihr an dat »zerrissene Verhältnis« as an dat »neu angeknüpfte Verhältnis« dachte. – De Herr Baron hadd also, wil Herr Nemlich nich begäng' was, ganz fri Feld. Hei hadd sick bether woll en beten an Helene ranne slängelt un sick allmählich en beten drister ranne swenkt, 't was äwer ümmer so west, as hadd hei en heimlichen Grugel, düdlich mit de Sprak herute tau rücken, hei hadd Helene blot de schönsten Stun'n mit sinen dämlichen Drähnsnack stahlen, un wider hadd dat keinen Zweck; hüt äwer fung hei mit den Anfang an un redte so kläglich von sinen Harten, dat Helene dachte, 't müßt en jämmerlich Ding sin, wat hei unner de linke Westentasch harbargte, un gewiß hadd sei in ehren frischen, fröhlichen Sinn sick allerlei Spaß mit den verdrögten Povist erlauwt, den hei up dit Flag unnerknöpt hadd, wenn ehr nich dat Bedenken upstegen wir, ehr leiw' Mutting kunn ut ehren ogenschinlich bedrängten Taustand upwaken un sick wedder mit de Regierungsgeschäften bemengen. Mit ehre Mutter äwer sick in so 'ne Saken äwer den Faut tau spannen, dorvör hadd sei eine kindliche Schu, sei würd also en beten unruhig, un't was, as wenn sei sick nah Hülp ümkiken ded; un de süll ehr denn ok warden. –

Dat brennte nu mal wedder in unsere meckelnbörgsche Gesellschaft an allen Ecken, ok bi Jochen Klähnen fung't all an tau swälen, dicke Qualm steg in sinen Bregen up, äwer hell Füer wull noch nich tau Höchten blucken, hei kunn sick ok keinen Vers dorup maken: up de eine Sid stunn Groterjahn mit sinen Herrn tausam un redten ganz christlich mit enanner, dit was en unnatürlichen Taustand; up de anner Sid stunn, wat *sei* was, de Groterjahnen, kek stiw un stramm nah de beiden hen un rögte nich Hand un Faut; des' Taustand was noch unnatürlicher. – Hei kek bald nah de *ein* Sid un bald nah de *anner* Sid un dreihte den Kopp bald linksch un dreihte den Kopp bald rechtsch, un bi dit Dreihn, bi dat hei up de Läng' hadd düsig warden müßt, kamm em Paul vör de Ogen. – »Paul«, säd hei, »süh, kik, dor steiht din Vater mit minen Herrn tausam un reden so unschüllig mit enanner as en por nigeburne Kinner. – Wat seggst du?« – Bi Paulen fung't ok an tau roken: sin Vatting ded dat nu sülwst, wat hei em so streng' verbaden hadd. – »Paul«, säd Jochen, »wunner di noch nich! 't kümmt noch stripiger, süh, kik, dor steiht din Mutter, kickt dat mit an un rögt nich Hand un Faut. – Wat seggst nu?« – Paul säd nix, hei dreihte ok mit den Kopp linksch un rechtsch, un't rokte düller; tauletzt säd hei: »Un kik, Jochen, min Helene kickt hir räwer nah uns, un wat süht sei ängstlich ut!« – »Heww ick ok all bemarkt, denn ick sitt hir all 'ne gaude Virtel-stun'n; du sallst seihn, dat is wegen den ollen knakschäligen Baron, un wat hest du mi tausworen, as du up den ollen Bucksprit dor rümmer redst, du wullst di ümmer tau rechter Tid dormang steken? Nu gah hen un spuck em ok mal up den Stewel.« –

Paul gung denn ok in de redliche Absicht, Jochen sinen Rat tau befolgen un den Baron so velen Schawernack antau-dauhn, as hei jichtens uptauwennen hadd, un dit was en ganz Deil. As hei neger kamm, reckte Helene em de Hand entgegen un treckte em an ehre Sid, hei ded ok ganz glimp-lich, läd sinen Kopp an ehr Hart un kek so unschüllig unner ehren Arm rute as en Nestküken, wat unner de Flunken von sin Mutter sitt. – Mit den Baron sine Redensorten was dat denn nu vörbi, mit utdrückliche Würd' kunn sin jäm-merlich Hart nich mihr tau Helenen ehr reden, hei müßte sick up Telegraphieren inschränken un wull in *de* Ort Pau-len as Drat tau dat Hart von sine Swester vernutzen, denn dat *de* vel von den Brauder höll, hadd hei all bemarken kunnt. – »Wahrhaftig! Auf Ehre! Ein netter Knabe!« säd hei. – De »Knabe« paßte Paulen äwer ganz un gor nich; nah sine Meinung was en »Knabe« so'n lütt Worm, wat noch in de Kinner-Pi herümmer löppt un noch wat mit de Raud achter 'n Speigel kriggt, hei säd also patzig: »Selbst ein Knabe!« – »Paul!« rep Helene, »wirst du ungezogen?« – Äwer de Herr Baron was so gnedig, dit gor nich tau esti- mieren, hei säd: »Wir werden noch gute Freunde. – Nicht wahr?« un läd sine Hand up Paulen sinen Kopp; *de* äwer slog dornah un wehrte sei af. – »Paul!« rep Helene, »gleich bist du artig!« – »Nein, Lening«, rep de Slüngel, »ich laß mir aber nich von jeden in die Haar fassen!« Un dorbi kek hei nah Jochen Klähnen räwer, wat *de* woll dortau menen ded. – De was denn nu sihr taufreden mit em un nickte em ümmer tau: so wir't recht, so süll hei man bibliwen! – Un hei ded't ok un würd ümmer unbescheidener.

So'n Jungshaß hett för gewöhnlich en beten wat sihr Ludes an sick, taum wenigsten makt hei mihr Larm as »die junge Liebe«, un wenn Mutter dese ehr Flustern ok äwerhürt hadd, den Utbruch von den Haß müßte sei hüren. – Sei kamm also ranne: »Poll!«, äwer von de anner Sid kamm Anton ok ranne: »Paulus!« – »Gleich kommst du runter und gehst zu Bett!« – »Ja«, säd ok Anton, »gleich kommst du runter und gehst zu Bett!« Denn hei hadd dat Gefäuhl von sine Schanddahten un wull mit sine Fru Freden sluten, un wir't ok up Kosten von sin eigen Kind. – Paul müßte mit; Mutter gung vörup, un Vater achter drin, as sick dat gehürt, un säd: »Paul, der Mensch soll gehorchen lernen. Mutter hat's nun einmal gesagt, und dunkel wird's nun auch schon.« –

Nu hadd de Herr Baron denn wedder fri Spill bi Helenen; äwer't wull nich recht wat dorut warden, denn jedes Mal, wenn sick sin jämmerlich Hart äwergewen wull, treckten sick up de Neg' en por lange Uhren tau Höchten, de eigent- lich Jochen Klähnen sin oll Mutte in Meckelnborg hürten, denn ehr leiw' Sähn was 't, der sine Anstalten hir bedriwen ded. – Hei hürte eigentlich nich up dat Achterdeck, äwer't wull all düster warden, un denn hadd hei sick ok mit up dat Bucksprit versworen, un dormit verdeffendierte hei sick vör sick sülwst. – Nu kamm äwer de olle Dam, un de ehr Mundwark lös'ten sine Uhren af. – »Seihn Sei, mine leiwe Dochter«, rep sei all ut de Firn, »dese Klüft' un Grün'n un Felsen un Barg', dat is Messenien! – Oh, da hat man auch einmal gestritten, furchtbar gestritten, und wenn ich in früheren Jahren, zur Zeit der Freiheitskriege, die Zeitung las, dann sind mir immer die messenischen Kriege eingefallen. – Ja, min leiw' Dochter, von de Franzosen was dat up uns grad so afsehn as von de Spartaner up de Messenier, äwer – gottlob! – wi sünd kein Heloten worden, denn wir hatten mehr als *einen* Aristomenes auszuspielen, und die Franzosen waren auch gerade keine Spartaner. – Ach Gott! Dat hett hei mi all dunn vertellt. – Kamen S' mit nah de anner Sid räwer; ick vertell Sei dat dor.« – Helene makte den Baron so 'n verluren Diner tau, namm den Arm von de olle Dam un gung mit ehr. –

As sei nu allein stunnen un henäwer segen nah de düstern Barg' mit ehre willen Felsenklüft' un herunner up de swarte Ionische See, de sick hir un dor witt tau Höchten krüs'te, as wiren olle Erinnerungen mit en Sarkdauk taudeckt un sei bömten sick unner dat Leilak tau Höchten, dat sei helle Kun'n gewen wullen von ollen Tiden, dunn kemen langsame Tritten heranne, un 'ne sachte Stimm frog: »Darw ick ok tauhüren, Tanten Line?« – »Ja woll, min leiw' Herr Jahn.« – Un nu vertellte sei von de messenischen Krieg' un von Sparta so düdlich un lewig, as hadd sei sülwst mal mitspelt in dit Truerspill, un dat junge Mäten un de oll Mann hürten tau, as wiren sei en por Kinner un seten wid baben in'n Nurden in de Kinnerstuw' vör en gläugniges Abenlock un buten brus'te de Storm dörch de Nacht un de olle Kinnerfru vertellte ehr Geschichten. –

»Ach Gott!« ret sick Helene tauletzt los, »ich muß hinunter zu Mutter, sie wird schon böse sein, daß ich so lange ge-

wartet habe. – Dank! Dank! Gute Nacht! Gute Nacht!« –
Nu stunnen de beiden Ollen allein, un Jahn säd: »'t was
schön, Tanten Line, un de Minsch, de dit allens weit, ward
sick ok vel dorut entnemen känen, ick bün äwer tau olt
dortau. Mine jungen Johren sünd hengahn mit Sorgen för
den Ogenblick, un as ick de äwerwunnen hadd, dunn drop
mi dat Schicksal. – Ne«, säd hei nah 'ne Wil, »Ehre Ge-
schicht von hüt nahmiddag hett mine Seel mihr drapen as
de Ding'n, de hir vor Johren passiert sünd, de was so, as
güng sei mi an – un sei geiht mi ok wat an!« säd hei hastig,
»denn hüren S'!« – Un wat hei seindag' nich dahn hadd, hei
vertellte sin Unglück un läd den Taustand, in den sine Seel
geraden was, so gaud, as hei't kunn, klor vör ehre Ogen. –
»Un«, slot hei, »Sei hewwen dat verwunnen, un ick kann't
nich.« –
Wo warm un weik sprok de olle Dam tau em, sei predigte
nich up em in, sei wis'te em ut ehr eigen Lewen nah, wo en
ihrlich Gottvertrugen sick endlich lohnen ded, sei rückte em
lis' vör den Sinn un läd't em an't Hart, wat uns' Herrgott
em all laten hadd; »un«, säd sei, »min leiw' Herr Jahn, sünd
unsern Herrn sine Gnaden dormit all? Wat hewwen Sei för
'ne Utsicht up Glück, wenn Sei irst dit junge Mäten, wat
eben von uns gahn is, Ehre Swigerdochter nennen!« – »Ja,
ja; ick hoff dat ok, ick hoff, dat de olle, kindische Strid tau
En'n kamen ward; äwer min Gemäut is tau unruhig, as dat
ick den ganzen Segen ümmer vör Ogen hewwen künn.« –
»Denn lesen S' in de Bibel, Herr Jahn.« – »In de Bibel? –
Sei säden doch sülwst, dat dor up jede Sid blot ,Entsagen!
Entsagen!' stünn.« – »Ja, so kamm't mi vör, as ick in de
wille Gähr was, as de Leidenschaft ut mi sprok, nahsten
heww ick äwer funnen, dat för dit ,Entsagen' uns en groten
Trost baden ward. – Gottes Weg' sünd wunderlich, wi
känen sei nich begripen, äwer sei führen den Minschen, de't
ihrlich meint, tauletzt doch tau'n seelig End.« – »Kap Mata-
pan!« rep en Matros' ehr tau, de an ehr vörbigung. – »Seihn
S'«, säd de olle Dam, un wenn't heller west wir, hadd Jahn

up ehren Gesicht en fröhlichen, fründlichen Tog schämern
seihn, »Gottes Weg' sünd wunderlich. – Wo hadd ick mi
vör en Johr noch drömen laten kunnt, dat ick dat bütelste
En'n von Europa tau seihn kreg! Un nu doch! Un gun
Nacht, Herr Jahn!« –
't is wat Wunderbores üm de Red' von 'ne olle Fru, de sick
en jung' Hart bewohrt hett; sei spreckt tau uns un unsere
willen Gedanken sacht as en Weigenlid. Denkt mal an jug
eigen olle Mutter! – Den ollen Mann was so wundersam
weikmäudig tau Sinn worden. Unner em slog de düstere
See woll noch in groten Bülgen un swarte Flauten bömten
sick tau Höchten, äver baben an den ruhigen Hewen spannte
de Man in den irsten Virtel sinen goldenen Bagen, un von
den Hewen heraf weihte en warmen Südwind un spelte in
sin grises Hor. – Hei müßte bitterlich weinen. –

KAPITTEL 13

Wat de Dardanellen en por türksche Prinzen sünd. – Gleiches von Gleichem läßt
Gleiches. – Jochen set't Paulen sin Dag'bauk en Strämel an, den kein Düwel
verstahn kann. – Paul un ick stimmen as Schriwwtstellers akkerat tausamen. –
Unkel Bors in vullen Glanz. – Fru Groterjahnen un Paul as Venus un Amor. –
Helene sall absolutemang wegen ehre Bildung in den Harem von Omar Paschah;
sei will nich, äver Mutter will; Anton sleiht sick in't Middel, kümmt dorbi ut
allen Verfat, so dat hei luter verkihrte Antwurten giwwt. – Wat in de Türkei ok
en Tierquälerverein besteiht. – De olle Dam springt mit beide Bein in den
Dreck. – De Bugurludagh un de aseatschen Hun'nkamellen. – Mutter streckt dat
Gewehr, sei is lütt worden un Anton grot.

An den hütigen Dag gung de Reis' nu snurstracks mang de
grichschen Inseln dörch grad up de Dardanellen los, de bi-
löpig seggt – nich, as weck Lüd' glöwen, de iwrig de Zei-
tungen lesen, en por türksche Prinzen sünd. Ne, 't sünd en
por lütte, äver hellschen boshafte Festungen, de sick gen-
äver liggen un all vel Elend anricht't hewwen. –
Herr Nemlich kunn nich in de beseggte Verwesselung ge-
raden, denn hei satt unnen in sine Koje un äwerhürte sick
sine Lex ut den lütten Cannabich äver de Dardanellen un
Konstantinopel un wat dor süs noch bi rümmer bammelt. –

As hei dit farig hadd, bunn hei sick sin gaudes, warmes Halsdauk af, sned dat in lute lütte Strämel un säd vör sick hen: »Dor kann ick ok mit deinen«; denn hei hadd bemarkt, dat de Baron en Band üm den Hals drog, wat sei up Stun'ns en Slips näumen, un nu wull hei em ok dorin Gegenstand leisten. – Un nu set'te hei sick hen un neihte un sömte, denn dese Kunst hadd hei von sinen Vader, den Köster, lihrt, de eigentlich von Geburt en Snider was, sei was em anarwt; hei äuwte sei äwer ut Bescheidenheit blot in'n Verborgenen ut. – Na, bi de Ort Lüd', de ehr Brod in'n Sitten verdeinen, as Snider un Schauster un Schriwwtsteller, stellen sick bi dat Geschäft allerlei Gedanken in. – So denn ok bi em; äwer wenn einer glöwt, dat hei sick dormit inkommodiert hadd, sei äwer See un Land bet nah Meckelnborg tau de arme Munde tau schicken, denn sitt hei sihr in Bisternis. Ne, dat hadd hei bequemer, hei schickte sei blot bet tau Helenen, un dor hadden sei de Hüll un de Füll tau dauhn. – Ja, worüm hadd sei em ümmer utteikent, worüm hadd sei sick ümmer mit ehre Red' an em un nich an sinen Gegenbuhler wendt? Worüm hadd sei *em* ümmer upföddert, mit ehr tau gahn, un sein Dag' nich den Baron? Dat müßt wat up sick hewwen. – Un worüm süll't ok nich? – Hadd hei nich oft in de Zeitungen lesen, dat sick en Eddelfrölen mit en Kannedaten von de Theologie verspraken hadd? Un stunn nich en börgerlichen Gaudsbesitter in den sülwigen Verhältnis tau en Eddelmann as en Semerist tau en Kannedaten? Un wenn hei nu den börgerlichen Gaudsbesitter von den Eddelmann subtrahieren ded un den Semeristen von den Kannedaten, stimmte denn de Reknung nich? – »Woll«, säd hei, »denn Gleiches von Gleichem läßt Gleiches, und wenn's nicht ganz stimmt, denn ist bei mir noch ein Überschuß.« – Dormit dat hei äwer ganz seker gung, tellte hei de Sak an de Knöp von sinen Rock af, un dorbi befunn sick dat denn, dat de olle, truge Rock, up den hei sick all etzliche Johren hadd verlaten müßt, ümmer ja säd, hei müggt von unnen oder von baben anfangen. – Hei bunn sinen käuhlen Strämel

Slips mit en staatschen Knuppen üm den Hals, gung up't Deck un frür; ok sine heite Erwartung up Helenen frür allmählich in, sei kamm nich, denn't was en grusiges Weder. De meisten von de Gesellschaft blewen unnen in de warmen Kojen, un de von ehr, de up't Deck gahn wiren, wiren verdreitlich, un von 'ne »Vergnügungsreise« was wenig tau seihn. – Herr Gumpert kamm ruppe, stek de Näs' in den Wind: »Schauderhaft!« un gung wedder runner. – De lütte thüringsche Kopmann rew sick de Hän'n: »Wir müssen uns drin finden, mit unserer Macht ist nichts getan«, un ded dat sülwige. – Unkel Bors kamm ruppe mit 'ne rode Beddeck äwer de Schullern, de achter em her slepte, as wir hei en römschen Triumphator, den en dämliche Snider in de Krümp kregen hadd, un hei wir nu inlopen, un sine natürliche Läng' wir tau 'ne unnatürliche Dick tausam schreut. Hei lep in 'ne Ort von Zuckeldraww nah de Häuhnerkasten, besorgte hastig sin Veih un säd dorbi: »De Welt hett sick dreiht, de Welt hett sick dreiht, wat heww ick vördem hir sweiten müßt un was doch noch nich so kumplett as nu.« – »Unkel«, rep Paul, as hei em vörbi un de Trepp wedder dal lep, »bliw doch hir!« – »Will den Deuwel«, was de Antwurt. – »Paul«, säd Jochen Klähn, »süh, du büst doch süs ümmer so klauk un hest mi von de warme Gegend vertellt, wo wi hen kamen; so, nu warm di an de warme Gegend, ick sett mi wildeß hir an den warmen Schorstein.« – »Dat kann ick ok«, säd Paul un set'te sick bi em. »Un dat dat hir süs warmer sin möt as hüt, dat kannst du all an de groten Dire seihn, de hir üm dat Schipp rümmer spaddeln, dat sünd Delphinen un stahn *ok* in min Naturgeschicht, de ick von Vatting taum Wihnacht kregen heww.« – »Heww ick ok all bemarkt«, säd Jochen, »un ick heww mi all wunnert, wo de Lüd' hir tau Lan'n de Beister woll fangen. Wo? De möten jo doch jede Wad' un jedwer Angelgeschirr intwei riten. Äwer ick heww mi so dacht, din Mutter künnst du doch en grotes Vergnäugen dormit maken, wenn du ehr de Beister so in din Dag'bauk rinner setten dedst.« – »Von dat Dag'-

bauk swig man ganz still, ick heww hüt morgen all Ver-
dreitlichkeiten naug dorvon hatt.« – »Hest Schacht kregen?«
– »Ne, dat grad nich; en por Mulschellen heww'ck kregen.«
– »Von din Muttern?« – »Ne, von Vatting sülwst. – Hei's
hellschen falsch hüt morgen.« – »Hm«, säd Jochen un satt in
Gedanken, »dor möt ick mi doch wedder äwer wunnern, denn
as ick di gistern säd, dat ick mi doräwer wunnern müßt, dat
de beiden so indrächtig tausamen stunnen, dunn dacht ick,
dat dat tüschen de beiden up en Verdrag rute lopen würd,
un dat sei dor ehre Lust an hewwen würden. Un bi minen
ollen Herrn is't ok so, de hett denn ok hüt morrn so velen
Spaß mit mi bedrewen, dat ick mi ordentlich doräwer heww
wunnern müßt; un nu möt ick mi doch wunnern, dat dat bi
dinen Vater nich ebenso is.« – »Ach, 't is all wegen dat oll
dämliche Dag'bauk.« – »Paul, folg du oll Lüd': hüt is hir
doch nicks tau seihn, kumm runner nah min Koi, will'n dor
dat Dag'bauk wider schriwen, denn hest du nahsten in Kon-
stantinopel Respüt.« – »Ja, wat sall ick man schriwen?« –
»Ih, dat fin'nt sick. – Kumm du man nah min Koi.« – »Dor
kümmt Herr Nemlich hen.« – »Den will'n wi woll utlüch-
ten. – Noch is hei jo doch baben.«
Hir gung denn nu Paulen sine Schriftstelleri mit Jochen sin
Hülp flott von statten, un dat Dag'bauk namm sick unge-
fihr so ut:

Fortsetzung:

In Ragusa blieben wir drei Tage, indem wir uns alles be-
sahn. Hir stehen viele Ölbäume und auch östreichsche Offi-
ziern; auch habe ich hier Montegriner gesehen, indem diese
von den Bergen herunter in die Stadt zum Verkauf kommen,
sie sind noch wild. – Von Ragusa fuhren wir nach Korfu,
welches eine Insel ist und auch in der Geographie steht. –
Diese soll für gewöhnlich sehr schön sein, was wir aber nicht
zu sehen kriegten, indem es regnete und wir in dem tiefen
Lehm hacken blieben, worauf Vater sagte, es wäre gebor-
ner Weizenboden, und Mutter nachher den Schnupfen
kriegte. – Von hier fuhren wir nach Ithaka, welches auch

eine Insel ist, von welcher der Herr Subrektor uns schon in Rostock viel erzählt hatte, auch von Odysseussen und die andern, den Herr Nemlich immer Ulysses nannte, indem er Vater das erklären sollte, was ich aber schon wußte. Vater hat das aber nicht all geglaubt und Jochen Klähn auch nicht, nämlich von der Insel Poel, weswegen er sich derentwegen mit Herr Nemlichen beinah geprügelt hätte.

»Paul«, säd Jochen, »dat strik doch leiwerst wedder ut, dat künn doch wen tau lesen krigen un künn glöwen, ick makte nicks als Stänkeri.« – »Ne«, säd Paul, de bi sin Schriftstelleri ok mihr för't Schriwen as för't Striken was, »dat möt. Äwer ick will wat dortausetten, dat du nich in Verlegenheit kümmst«, un hei schrew wider: »Jochen hatte aber recht.« – »Na, büst du nu taufreden?« – »Ja, denn is mi dat denn nu wider ok nich entgegen.« – Un Paul schrew wider: »In der Nacht fuhren wir um das Kap Matapan herum, welches ich aber nicht zu sehen kriegte, indem Vater und Mutter mich zu Bette jagten, und welches das auswendigste Ende von ganz Europa ist, welches hier nemlich aufhört und auf der Landkarte an der andern Seite nach obenhin erst wieder anfängt.« – »Paul«, säd Jochen, »du weitst, ick bün en seebefohren Minsch un möt dat weiten; du seggst: ,fuhren wir um das Kap Matapan herum', du möst seggen: ,kemen wir in Sicht', so hürt sick dat.« – »Je, ick heww doch nicks tau seihn kregen, ick müßt jo dor unnen in'n Düstern liggen.« – »Schadt nich! Äwer jedes Ding will sin Recht hewwen.«

Paul ännerte denn nu sine Schriwwt un schrew wider: »Heute ist uns nun nichts weiter passiert als einige Biester von Delphinen, welche sich um das Schiff herum tummelten, weswegen sie auch Tummler heißen; die Matrosen nennen sie auch Meerschweine. – Es sind dies aber andere, wie Karl Beselin wie Karninchens in einen Kasten hat; sie haben keine vier Beine, sondern Fische.«

»So!« säd Paul un läd de Fedder hen, »nu weit ick nicks wider.« – »Ih«, säd Jochen, »'t is jo nu ok naug; äwer wullst du woll nich noch en lütten Strämel von den Baron un din

Helene mit infleiten laten?« – »Ick ward mi woll häuden!«
rep Paul, »min Mutter würd en schön Gesicht dortau maken.«
– »Paul«, säd Jochen, »du büst doch süs ümmer so klauk! –
Ick möt mi doch wunnern, dat du meinst, dat ick di in Un-
verlegenheiten bringen ward, dat du mit klore Würd' uns'
Verswörung un, wat wi süs noch weiten, upschriwen sallst.
Ne, dat möt so fein stellt warden, dat *kein* Minsch dat
marken kann, wat wi eigentlich meint hewwen. – Schriw du
man, ick will di diktieren: Auf die ganze Reis' – hest du
dat?« – »Ja.« – »Hat sich ein Gewisser – mit einer Gewissen
bemengt – hest du dat?« – »Ja, äwer ...« – »Lat doch! Dat
kümmt noch vel bistriger. – Bemengt – bemengt; abersten
sie hat ihn veracht't un hat sich ümmer an einen andern Ge-
wissen gerichtet – hest du dat?« – »Ja, äwer wer sall dat
sin?« – »Un dat weitst du nich? Un geihst hir up dat Deck
herüm un markst nich, dat dat Franz Nemlich is?« – »Ja,
äwer ...« – »Schriw wider, Paul! – Dieser Gewisser stickt
sich ümmer rot an, und seine Augen sehn ümmer so glorig
aus, wenn die Gewisse mit ihm spricht. – Hest du dat?« –
»Ja, äwer hest du dat markt?« – »Schriw wider: Sie hat
nichts davon gemerkt und ihn nicht estimiert; aber zwei
Gewisse haben es gemerkt und sich versworen, daß ein Ge-
wisser in Meckelnborg ihr zur Frau haben soll. So! Nu mak
en Punktum, un mi süll doch wunnern, wenn din Mutter
oder süs en anner Minsch hir dull oder klauk ut warden
süll.«
Paul was de Anhang tau sinen Dag'bauk nich ganz mit, em
slog – grad as mi – dat Gewissen, dat hei sine taukünftigen
Lesers eigentlich bedreigen ded: sin Dag'bauk süll eigent-
lich – so was dat Afkamen mit Muttern – nicks wider sin
as 'ne Reis'beschriwung, un nu mengte hei allerlei annern
Kram dor mit rinne, un düstere Schatten stegen – grad as
vör mi – vör em up, höllen em de Fust vör de Näs' un
säden: »Täuw, du Racker! Wat gellen di de Lüd' an un ehre
Leiwsgeschichten? Hürt dat in 'ne Reis'beschriwung? – Du
hest uns blot tau vertellen von Land un Water, von Kirchen

un Städer un von de Inwahners, un wovon sick de redlich ernähren, un, wenn't hoch kümmt, von't leiwe Veih, wat dor begäng' is, un von dat, wat up de Feller waßt; kannst ok schriwen, wo vel Lohgarwers un Seepenseiders in 'ne Stadt sünd, un wat dat süs noch för allerlei Nutzbores giwwt.« – Un Paul ward seggen – grad as ick: »Kinnings, slaht mi nahsten, irst lat't mi seggen: dortau bün ick tau dumm, dat krig ick nich farig«, un wenn hei all up Universitäten Institutionen hürt hadd, hadd hei tauset't: ultra posse nemo obligatur, wat up dütsch heit: von en Ossen is nich mihr as Rindfleisch tau verlangen; un dorüm möt ji denn ok bi Paulen un mi in Gelegenheit seihn. Dorüm makt uns kein scheiw' Gesicht tau, wenn wi von Konstantinopel blot dat vertellen, wat uns paßt: dat de Gesellschaft bi nachtslapende Tid ankamm, dat sei an den annern Morgen dat guldne Hürn vör sick liggen sach, un dat de Anblick von desen Hawen un de ganze Stadt *so* was, dat woll nümms em seindag' vergeten ward. – Ja, seindag' nich vergeten ward! As de ganze Gesellschaft up einen Hümpel was, treckte sei in fierlichen Uptog, äwer ahn allen Staat, denn't was kolt, un de meisten hadden äwer ehren Glanz enen grisen Ümslageldauk smeten, nah den östreichschen Konsul sinen Hus'. Ein jeder hadd wat Besonders, up wat hei regardierte, un jeder hadd sin Gedanken för sick, un wenn dese Gedanken all in Musik set't un lud worden wiren, denn hadd Konstantinopel de schönste Katten- un Janitschorenmusik tau hüren kregen, de all seindag' de Minschen de Uhren verdöwt hett. – Up dat Konsulat was för de Gesellschaft en grichschen Dollmetscher as Führer mitgewen, de se in de för ehr bestimmten Quartiere bringen süll. Dat was denn nu sowid recht gaud, äwer nu drängte sick allens üm den Kirl rüm, un de dumme Kirl glöwte jo nu woll, dat hei Gott weit wat för en grotes Dirt wir, un höll dor 'ne ordentliche Predigt, as wir hei de Apostel Paulus, de tau Athen vör dat Volk von den unbekannten Gott redte. – »Dat's all dumm Tüg, un bang' maken gelt nich!« rep 'ne fette Stimm von achter her, »de Hun'n dauhn keinen Minschen wat, wenn ehr man keiner up den Schwanz un up de Beinen peddt; äwer denn biten uns' tau Hus ok.« – Allens dreihte sick üm un kek Unkel Borßen an, de dit spraken hadd. – »Bullebülderi« un so wider, un so wider rep Unkel Bors den Dollmetscher up türksch tau, wat so vel heiten ded: »Lägen verbidden wi uns, un ick ward uppassen.« De Grich treckte denn nu ut Hochachtung sine Mütz vör Unkeln, un de ganze Gesellschaft treckte sei in Gedanken mit. »Wat?« frog dat unner enanner, »dese olle, einfoltige Mann, de sick up de ganze Reis' blot mit Häuhnerfaudern afgewen hett, de kann türksch?« Un as nu gor tau Rum kamm, dat hei in Konstantinopel, so tau seggen, tau Hus was, dunn let allens den Grichen stahn un dreihte sick üm den lütten, dicken Middelpunkt von Unkeln sine Perßon. –

So geiht dat in de Welt: wenn einer man – un stünn hei up de ündelste Tram von de grote Minschenledder – so vel Geduld hett, dat hei up den richtigen Tidpunkt täuwt, wo hei mit sine Weisheit tau Rum kamen darw, denn sleiht hei dörch. – Unkel hadd dese Kunst verstahn un was dörchslagen, sogor bi sine Swesterdochter Hanning, denn de let Antonen sinen Arm fohren, drängte sick dörch den Hümpel, kreg Unkel sinen Arm faat't un säd: »Komm, Onkel!« Denn nah sinen groten Erfolg in de türksche Sprak schanierte sei sick gor nich, em vör alle Lüd' as Mutterbrauder antauerkennen. »Und du, mein Kind«, rep sei Helenen tau, »nimm den andern Arm von Onkeln und achte auf das, was er sagt. Vor allem achte auf die hiesige Baukunst. – Es ist schade«, säd sei tau Unkeln, as sei mit em an de Spitz von de Gesellschaft vörup trecken ded, »daß ich Hella nicht Privatstunden in der Baukunst habe geben lassen.« –

Unkel gung nu de Stufen nah Pera ruppe vöran un vertellte von allen Dingen, de ehr upstödden. – De lütte thüringsche Kopmann stek männigmal sine Näs', as künn hei mit de hüren, tüschen Helene un Unkeln un säd denn: »Ja, ja, der Herr Bors weiß Bescheid, der hat die Gewalt.« – Up de

annere Sid tüschen sine Fru un Unkeln stek af un an Anto-
nen sinen Kopp, dat hei ok wat profentieren wull, un as
ehr 'ne grugliche swarte Gestalt mit en witt verbünzeltes
Gesicht entgegen kamm, de utsach, as wull sei Kinner gru-
gen maken, frog hei: »Wat 's dat?« – »Dat's ein von Ehre
schönen Türkinnen, Herr Vedder.« – »De heww'ck mi ok
ganz anners dacht«, säd Anton tau den lütten Kopmann. –
»Ich auch«, was de Antwurt, »oh, ihr Männer! Ihr Männer!«
– »Schauderhaft!« säd Herr Gumpert, hei meinte äwer nich
de türkschen Frugens, hei meinte den Stratendamm, denn
hei hadd Likdürn. – Herr Nemlich drängte sick an Helenen
ran, un Jochen Klähn säd tau Paulen, de mit em vörup
lopen was: »Paul, dat süll mi doch wunnern, wenn du noch
nicks markst, kik Franz Nemlichen mal an! – Nu!« rep hei
un stunn still, »un nu kik di mal de beiden ollen Törken an!
De beiden Kirls dragen hir en Mählenstein de Stufen ruppe.
Ick heww doch Franz Blocken seihn, dat hei sös Schepel
Arwten nah den Bähn ruppe dragen hett; äwer Mählen-
stein...?« – »Dat sünd armensche Lastdrägers«, rep Unkel
em tau, »taum Führen is hir dat nich, hir ward allens dra-
gen.« – »Dat bemark ick!« rep Jochen un schot vöräwer,
denn em was 'ne ganze Ladenutrüstung, de vir Kirls dörch
de enge Strat drogen, in't Genick fohrt. –
De oll Jahn hadd sine olle Fründin, Tanten Line, unner 'n
Arm un was so fidel un lustig un makte so velen unschülli-
gen Spaß mit ehr, un sei wedder mit em, dat sin Jochen, as
hei sick von sinen Stot verpust hadd, tau Paulen säd: »Paul,
kik minen ollen Herrn mal an! – De Lüd' säden vördem,
dat wir mit em nich richtig; ick segg äwer, dat is nu mit em
nich richtig; ick würd mi gor nich wunnern, wenn hei up
sine ollen Dagen de olle Dam noch frigen ded.« –
De Gesellschaft deilte sick nu, ein Part würd in dit, dat
anner in en anner Gasthus unnerbröcht. Unsere Bekannten,
mit Utnam von den Herrn Baron, würden all in *ein* Gasthus
inquartiert, blot Fru Groterjahnen un Helene kregen ehre
schöne, bequeme Wahnung gradäwer bi 'ne östreichsche

Putzmakerin, vörn nah de Strat herute. – Ach, wat was Helene glücklich! Sei was up einige Tid den Baron los un kunn nu up de Hauptstrat von Pera herafseihn, wo alle Drachten un Völkerschaften von Europa un Asien sick stödden un drängten, wo vörneme türksche Haremsdamen in sülwerbeslagene Kutschen binah ahn Sleuer seten un olle, ihrwürdig utseihnde Paschahs up lütte, dralle, arabische Pird bedächtig de Strat entlang reden, wo fränkische Frugens in helle, sidene Kleder tüschen de swarten Späukgestalten von türksche Frugens sick licht dörchwünnen, as Blaumengirlanden an Gefängnistrallingen; ehr was tau Sinn, as wir ehr tau Gefallen en groten Maskeradenball anstellt. –

Ja, hir gaww't wat tau seihn von den Höchsten bet taum Sidsten, hir kunn sick einer in de heil'ge Sophienkirch henstellen un de ut *einen* Stein hau'ten Säulen anseihn, de de Kaiser Konstantin von den Dianentempel tau Ephesus un von den Apollotempel tau Delphi tausamen slept hett, un wenn hei en beten von Inbillungskraft hatt hadd, denn hadd hei en grot Stück von de grichsche Geschicht vör sick liggen seihn; oder hei kunn sick ok den irsten besten ollen türkschen Daglöhner oder Kameldriwer nemen un sick den sinen Kaftan anseihn, un wenn hei denn ok en beten Inbillungskraft hatt hadd, denn hadd hei em ok ut de enzelnen bunten Flicken 'ne ganze Geschicht von den Puckel aflesen kunnt. Hir kunn sick nu ok ein jeder utwählen, wat hei vör allen seihn wull; de ein lep in den Bazar, de anner red üm de Stadtmuern, de drüdde besach sick dat olle Serail un de virte Tophane, un wo de Gesellschaft sick wedder tausam finnen müßte, as bi dat Beseihn von de Sophienkirch un von den Soldan sin niges Theater oder bi den Ritt von den Soldan in de Moschee un de Fohrt up den Bosporus, hadd ein jeder för sick tau regardieren, dat hei sick üm de annern blitzwenig kümmerte, un wenn sick dat ok all recht schön vertellen lett, so bringt uns dat in uns' Geschicht nich einen Schritt wider, denn de Leiwsgeschichten stunnen hir in Kon-

stantinopel vullstännig still as 'ne Stubenklock, von de de
Gewichte afhängt sünd; ok stimmte dat Weder slicht tau
Leiwsgedanken, denn't was gruglich nattkolt, un wenn de
Minsch bet an de Enkel in den Stratensmutz waden un up
de Beinen regardieren un up den Taurop von de Lastdrä-
gers hüren möt, dat heit ut den Weg' gahn sall, denn hürt
hei in so 'n Larm verdeuwelt wenig von dat, wat dat Hart
tau em sprekt. –

So taum Exempel stunnen bi den Soldan sinen Ritt in de
Moschee uns' beiden verleiwten jungen Herrn, de Herr Ba-
ron un Herr Nemlich, wid af von Helenen un früren in den
Sneiregen, de von baben dal fisselte, Herr Nemlich an den
Hals wegen den nigen Slips, de Herr Baron an de Fäut
wegen de Glanzstäweln. Anton stunn ok wid af von sine
leiwe Fru un sach sick vör allen de lütten arabischen Schim-
mels an, de von de Leibgard reden würden. De lütte thü-
ringsche Kopmann taxierte in de Geswindigkeit de goldne
Tömung von de Paschah-Pird' un den groten Demantstirn,
den de Soldan up de Bost drog, un rep ein äwer't anner Mal:
»Oh, ihr Männer! Ihr Männer! – Ja, der Sultan hat die Ge-
walt!« Herr Gumpert säd: »Schauderhaft!«, meinte äwer
nich den Soldan, meinte dat Weder dormit, un Jochen Klähn
säd nix un wunnerte sick. Unkel Bors stunn tau Fru Gro-
terjahnen ehren Arger wid af von de Gesellschaft un hadd
sick, indem dese Uptog nicks Nigs vör em was, de Rock-
slipp vull Stuten köfft un fauderte nu stats de Häuhner de
willen Hun'n, grad as wir hei en ollen, verkledten, framen
Muselmann, denn de erbarmen sick in dese Ort äwer dat
hungrige Veih. De olle Dam hadd sick vörher bi den grich-
schen Dollmetscher nah de Reihenfolg in den Tog erkun-
digt un kunn nu den ollen Jahn un Helene Omer Pascha
un Fuad Effendi un de annern vörnemen Paschahs wisen.
Fru Groterjahnen, de nah lange Dag' Paulen mal wedder
habhaft worden was, stellte sick, dat sei beter seihn, ok mäg-
licher Wis' beter seihn warden künn, mit ehren Sähn up en
Postament von 'ne Gorenmur, un de beiden hadden nu,

wenn *sei* de nimodsche Kreolin un den Regenschirm *nich*
hatt, un *Paul* sinen Flitzbagen *hatt* hadd, för en Standbild
von Venus un Amor gellen kunnt. De Soldan müßte sei
denn ok woll so hoch taxieren, denn as hei vörbi red, kek
hei sei stramm an, läd dunn de Fingern up de Bost un makte
ehr as Muselmann sin Kumplement; dat Snuwdauk smet hei
ehr äwer nich tau. – Dit is denn nu noch bet up den hütigen
Dag för ehr en reinen, schönen Quell von säute Erinnerun-
gen, un wenn Anton nich will, wat sei will, denn süfzt sei
irst, un denn kriggt hei't tau hüren. –
So vergungen de fiw' bet sös Dag' tau Konstantinopel. –
Fru Groterjahnen hadd in dese ganze Tid vorzüglich up
Helene ehr Andringen ehren ollen Mutterbrauder in't Strick,
dat hei sei ümmer ledden un allens wisen müßt. – Hei, Gro-
terjahn, was ganz von Herr Nemlichen sine Erklärungen
afsprungen un hadd sick meistens ümmer an de olle Dam
wendt, wenn em wat düster vör de Ogen was, un dat was
binah ümmer de Fall. De olle Dam hadd denn nu ok Mit-
led mit em, dat hei dor nich as Blin'nkauh rümmer lep, un
so kamm't denn, dat hei ok ümmer mit den ollen Jahn tau-
samen was, un wil Fru Groterjahnen ehre Upsicht un Re-
giment fehlte, würden de beiden findlichen Bräuder tau-
letzt so ümgänglich mit enanner, as wenn vördem nicks pas-
siert was. –Groterjahn was noch en beten blöd un unseker,
Jahn äwer schanierte sick gor nich un bedrog sick so, as
wahnten sei beid' noch tau Groten- un Lütten-Barkow, un
sine Windhun'n hadden seindag' nich de Pagelunen dod
beten. –
An den letzten Dag makte de olle Dam, de in ehre dädige
Unrauh de Bekanntschaft mit einen dütschen Baukhändler
makt hadd, den Vörslag, wat sei nich unner Anführung von
desen fründlichen Mann mit ehr nah de asiatische Sid, nah
Scutari, räwer un von dor ut den Bugurlu-Dagh bestigen
wullen. – De oll Jahn was dorbi glik up den Platz, un ok
Anton was dat taufreden, indessen glöwte hei denn doch
dat sine ehelichen Verhältnisse schüllig tau sin, dat hei sine

431

Fru dese Extratuhr anzeigte un sei dortau ebenfalls upföd-
derte. – Hei gung also räwer nah ehr Quartier. –

All up de Trepp hürte Anton sine leiwe Fru ehre Stimm,
sei predigte mal wedder, un wil Anton dese Wolldaht all
so oft genaten hadd un sin Gewissen in desen Ogenblick
nich ganz fri was, denn hei hadd eigentlich vor, sine Fru de
Reis' up den Barg so nattkolt un dreckig uptaudischen, dat
ehr de Lust dortau vergahn süll, wull hei sick all up de
Flucht begewen, as sine Jeannette ut de Stuw' kamm un von
den Süll taurügg rep: »Und, mein Kind, dabei bleibt es,
und ich werde mich sogleich an den Unternehmer und den
Kapitän wenden.« – De Flucht was Antonen nu afsneden,
hei müßt in't Füer, un dat dat heit hergahn würd, kunn hei
an sine Fru gewohr warden. – »Was ist denn los?« frog hei,
as hei in de Stuw' kamm un Helene ganz benau't un be-
dräuwt sitten sach. – »Es sind Frauenangelegenheiten, An-
ton, und am besten ist es, du kümmerst dich nicht darum.«
– Nu was äwer Fru Groterjahnen seindag' süs nich gegen
Helene hastig, dit müßte em also doch upfallen, un hei fung
an: »Ja, aber . . .« – »Ach, Mutter verlangt . . .« föll Helene
in. – »Mein Kind«, föll nu wedder Mutter in, »wenn deine
Mutter es für passend hält, deinen Vater in unsere Unter-
redung einzuweihen, so wirst du ihr das Wort lassen. – Die
Sache ist diese: unsere Wirtin ist Modistin und hat die Lie-
ferungen für viele Paschahdamen, so auch für den Harem
von Omer Pascha. Nun ist sie auf morgen nachmittag dahin
bestellt und hat sich freundlich erboten, mich und Hella
dahin mitzunehmen. Ich habe das dankbar angenommen,
und nun macht mir mein Kind Einwendungen dagegen.« –
»Ja, aber«, fung Anton wedder an, »das Schiff . . .« – »Ich
weiß, was du sagen willst, Anton: das Schiff soll schon
heute abend abgehen; aber ich werde mit dem Unternehmer
und dem Kapitän sprechen, und diese werden nicht so rück-
sichtslos gegen mich sein, wie du es gegen mich bist, Anton.
– Und sollten sie es doch sein, so bleiben wir hier – es blei-
ben viele von der Gesellschaft hier und fahren mit einem

andern Dampfschiff nach. – Diese Gelegenheit zur Bildung meiner Tochter werde ich mir nicht entgehen lassen, und was kann für eine zukünftige Gattin bildender sein, als der Anblick dieser durch Männerroheit entwürdigten Geschöpfe in den Harems? – Mein Kind wird sich ein Beispiel daran nehmen; sie soll es besser haben als ich, sie soll nicht so entwürdigt werden wie ihre unglückliche Mutter.« – Nu was sei, as Anton markte, in dat richtige Fohrwater, un hei hadd nu woll Pahl treckt, wenn em Helene nich tau sihr jammert hadd, hei fot also up't Frisch wedder nah: »Meine liebe Jeannette, der Mensch soll . . .« – »Bleib mir mit deinen Gemeinplätzen vom Leibe!« unnerbrok em sine Fru, »sie mögen für Paulen passen, für mich sind sie nicht.« – »Mutter«, rep Helene, »liebe Mutter!« un sprung up un fot ehre Mutter üm, »ich weiß, du meinst es gut mit mir; du meinst es besser, als ich es verdiene; aber bedenke doch, was uns in den fremden Verhältnissen für Unannehmlichkeiten passieren können, und wir sind ohne allen Schutz.« – »Schutz?« frog Mutter un richt'te sick in En'n, »bist du nicht im Schutze deiner Mutter? Und Unannehmlichkeiten? – Wenn der Großsultan selbst deine Mutter mit Achtung grüßt, so werden sich sein Untergebener, Omer Pascha, und dessen Frauen wohl hüten, sie anders als mit Auszeichnung zu empfangen.« – Dorgegen let sick nu gor nicks seggen, ok Anton verzagte dorup, äwer mit Ingrimm wegen de Unmäglichkeit; hei fot den Drücker, gung ut de Dör, un de Ingrimm slog bi em dörch, hei stek den Kopp wedder taurügg dörch de Dörenritz un rep roh un plattdütsch: »Un dat Schipp geiht hüt abend, un wi führen mit dat Schipp.« So! Nu hadd hei sinen Trumpf utspelt; äwer dese Anstrengung hadd em so in Upregung verset't, dat hei sick noch gor nich recht besinnen kunn un dat hei luter verquere Antwurten gaww, denn as de olle Dam em frog: »Na, min leiw' Herr Groterjahn, Sei führen also mit?«, säd hei: »Dat Schipp führt hüt abend.« – »Nein, mein lieber Herr Groterjahn, das kleine Dampfschiff, welches uns von der Galatabrücke nach Scutari bringt, fährt in einer halben Stunde.« – »Un nah Omer Pascha sinen Harem sälen sei *nich*!« – »Wer will denn in den Harem? Wi willen jo up den Bugurluh-Dagh«, lachte Tanten Line. – »Un Helene sall dor *nich* hen.« – »Mein Gott, was is dit? – Wenn ehr lütt leiw' Lening mit will, worüm *sall* sei denn nich? – Nu kamen S' äwer; 't is de höchste Tid.« – Na, tauletzt un tauletzt würd de arme Groterjahn denn doch so ruhig, dat hei äwersichtlich vertellen kunn, wo't em gahn was. – »Ehre Dochter is en lüttes verstänniges Mäten«, säd Tanten Line. – »Un mine Fru?« frog Anton argwöhnsch, denn em gung dat ok so as männigen annern Ehmann, wenn hei mit sine Fru tausam was, stred hei sick mit ehr, un wenn hei mit annern tausam was, stred hei för ehr. –

De oll Jahn un Jochen Klähn un Paul, de sick up eigene Hand an Jochen anslaten hadd, wiren all vörup, un de beiden folgten nu. – De Damper gung bald af, un ick segg nicks von dat eigene Gefäuhl, wenn de Minsch taum irsten Mal den Faut in einen annern Weltdeil set't, ick will blot seggen, dat de dütsche Baukhändler up allens schön upmarksam un den Dollmetscher maken ded.

De Gesellschaft führte nu dörch Scutari, wat in Verhältnis vel stärker von Türken bewahnt ward as Konstantinopel un wo sei noch vel strenger up ehre ollen Gebrüke hollen as dor. – In den einen Einspänner satt de oll Jahn, Jochen un Paul, in den annern Tanten Line, Groterjahn un de Baukhändler. As sei ut de Stadt un von den Damm wiren, föllen de Räd' deip in den Leimweg, un de olle türksche Fuhrmann sprung von sinen Sitz runne un knedte bet an de Enkel in den Leim, dat hei sin lütt, tanger Pird dat lichter maken wull. – »Dat freu't mi doch recht«, säd Groterjahn, »daß so'n Türk doch ein christliches Erbarmen mit sein Veih hat.« – De Baukhändler lachte. – »Was lachen Sie?« frog Anton. – »Herr Groterjahn, wenn die Türken nicht mehr Erbarmen mit ihrem Vieh hätten als die Christen, denn hätte unser Fuhrmann wohl schon lange die Peitsche zur

Hand genommen, aber wie Sie sehen, führt er gar keine mit sich.« – »Das wär' der Deuwel!« säd Anton, »womit treibt er denn das Pferd an, wenn's stätsch wird?« – »Hören Sie nicht, wie er mit ihm spricht?« – »Na, was sagt er denn?« – »Schön, mein Apfelchen, schön, meine kleine Rose! Du kommst durch! – Nur Mut, mein Apfelchen! Nachher gibt's goldene Gerste.« – »Hören Sie, das ist mir doch sehr bemerkenswert, denn haben Sie hier auch wohl einen Tierquälerverein, wie in Meckelnburg. – Neulich noch hat der, was der Öbberste von ihnen ist, Polonius aus Swerin, an mich geschrieben, was ich nicht auch in Rostock so einen einrichten wollte, ich habe aber man noch so viel was anders zu tun.« – »Einen solchen Verein kennt man hier nicht, die gute Behandlung der Tiere liegt bei den Türken in der Religion.« – »Hm«, säd Anton, »das habe ich mir nicht gedacht, ich habe die türkische Religion für eine recht blutgierige gehalten.« – »In mancher Beziehung würden wir als Christen wohl nicht mit derselben tauschen können, aber an der gebotenen Freundlichkeit gegen die Tiere könnten wir uns immer ein Beispiel nehmen, und wie Sie sehn, unser Türke kommt mit freundlichen Worten weiter als ein mecklenburgscher Knecht mit der Peitsche.« – »Ja, wahrhaftig!« säd Anton, »ein mekkelnburgsches Pferd hätte in diesem tiefen Weg schon den Zug versagt.« – »Un denn laten wi uns as Christen«, frog de oll Dam, »hir von dat arme Dirt dörchslepen? Un schämen uns nich vör den Türken, de dor nebenbi wadt? – Holt!« rep sei, un as de Türk dit nich verstunn, rep sei »Purrr!« un makte den ollen Burßen so 'ne wunderbore Teiken un Maföken tau, dat de all allein ut reine Verwunnerung doräwer de Lin antreckte. »So!« säd sei un sprung ut den Wagen un stunn ok glik bet an de Enkel in den Leim; de annern folgten nah, ok de ut den annern Wagen; un nu gung denn ein Waden dörch de deipen Weg' un ein Klattern dörch Steinbrüch un äwer Felsen los, dat dat Water unnen in de Stäwel un von den Kopp as Sweit dallep. – Tanten Line makte äwer allens tapfer mit dörch. –

Un nu stunnen sei baben up den Barg; de Baukhändler hadd ümmer beden, sick nich ümtauseihn, äwer nu dreihte hei Tanten üm, un dor legen denn nu vör ehren Ogen all de Herrlichkeiten von dese Welt, nich as sei de Düwel unsern Herrn Christus wis'te taum Verlocken, ne! as sei uns' Herrgott den Minschen wis't, dat hei sine »Werke« un sine »Stärke« erkennen mag. – Ja, dor, wo de beiden för de Minschheit wichtigsten Irddeils sick scheiden, dor hett de Herr sine Hand vull Pracht un Herrlichkeit updahn un hett sei utschütt äwer Land un Meer, dor hett hei 'ne Brügg spannt vull Licht un Farwen as de Regenbagen, wo von de *ein* Sid de Religionen räwer treckt sünd, dat de Wildheit tamm würd, un von de *anner* Sid Maud un Kraft, dat de Fuhlheit niges, frisches Lewen kreg. – Ja, dor lagg Konstantinopel as en groten Halwring, den sine En'ns dat blage Water bespäulte un den sinen höchsten Rüggen düster swarte Barg' infaat'ten, mit all sine breiden Kuppeln un spitzen Minarets, un jeder Stein von ehr redte von dat, wat öltlings mal hir geschehn was. – Dreih di rechtsch herüm! – Dor liggt de Bosporus! – Ja, wi Dütschen känen stolz sin up unsern Rhein, dat wi em hewwen, un noch stolzer dorup, dat wi em uns nich nemen laten! Äwer wat is de Rhein mit sine Borgen un Sagen gegen dit Water, an den sinen Burd mal Grichen un Perser un Römer un Venetianer un Türken, alle Völker ut unsere Welt, streden un leden hewwen? Wo Gottfried von Bouillon mit sine Krüzfohrers sin Lager slog un de Soldan Mohammed sin Pird up den Altor in de heilige Sophienkirch sin Fauder gaww? – Kikt wider; kikt wider! – dor liggen de beiden türkschen Festungen Rumeli- un Anadoli-Hissar so breitspurig genäwer, as hadd sick dat Türkenvolk dormit för ewige Tiden up dit Flag fastsetten wullt; äwer kikt wider! Dor achter liggt dat Swarte Meer, wat den Namen mit de Daht hett, un dor achter – stahn de Russen. – Un nu kikt nich wider, denn dor achter swenkt sick 'ne Fahn dörch de Luft, wo uns' Herr Christus up *malt* is; hei hett äwer nicks dorbi tau dauhn, denn hei leggt sine

Hän'n woll leiwer up dat Volk, wat an Muhamet glöwt, as up dat, wat mal einen Iwan geburen hett. – Dreih di üm! – Nah linksch üm! – Dor liggt dat Marmormeer, de Propontis, süs in Licht un Rosenglanz, hüt äwer in deipen Schatten, un swart, as wiren't Likensarks, swemmen de Prinzeninseln dorin, un sünd sei't nich? – Dor begröwen de verkamenen, von de jitzige Welt verdammten Grichenkaiser ehre Döchter. – Schöne Döchter! – Un sei begröwen s' grad so as unsere meckelnbörgschen Eddellüd' ehre Döchter in Kloster Dobbertin un Malchow un dachten ok nich doran, dat en warmes, lewiges Hart slicht mit 'ne Reknung stimmt, de »zur Ehre des Hauses« upricht is. – Äwer kikt wider! Dor strahlt jug in witten Sneiglanz de kleinasiatsche Olymp entgegen! Hoch! Hoch! Dat hei jug mal erinnern kann an den annern in Grichenland, wo mal öltlings Götter up wahnten. – Ja, seiht en jug mal an, lang an! Un denn lat't jug mal von den Baukhändler ümdreihn, dat ji achter jug seiht. – Wat? – Dor liggt de Weust! De Weust in rosenroden Schin! – Uns' Herrgott hett sei in sinen Gnaden verklärt, un Abraham hett dorin wandert, un Moses hett de Gesetztafeln dorin dat Volk wis't, un Christus hett dorin den Düwel äwerwunnen. – Ach, all dat Schöne rechtsch un linksch, worüm sick Völker streden hewwen, wo Minschen up Minschen henslacht würden, dat allens packt nich so, as wenn einer dit Flag süht, worin ein einsame Minsch wandelt in Gedanken, de tau Gott willen. –
Tanten Line stunn un kek un kek, bet ehr dat Water in de Ogen stunn un sacht dal drüppte as en Mairegen, unner den sine Wolldaht allens gräunt un bläuht tau unsern Herrgott sin Pris un Ihr. Dat wiren frame Tranen un unner ehren Segen bläuhten gaude Dahten tau Höcht, denn ehr warmes Hart was so kräftig un brav, dat em en frames Swelgen nich genäugen kunn, ehr Gefäuhl würd glik tau 'ne Daht, de sei an Minschen äuwen müßt. – »Ach«, rep sei ut, »dat is rührend, hir möt jedweder Minschenhart rührt warden! Und wer hier steht und dies sieht und dann noch Haß gegen

seinen Bruder im Herzen trägt, de is nich wirt, dat em so 'ne Gottesgnaden äwerkamen.« – »Sei hewwen recht«, säd de oll Jahn an ehre Sid un gung in deipen, gauden Gedanken von ehr furt up Groterjahnen tau, de en beten afsid stunn, ok in gauden Gedanken. – »Groterjahn«, säd hei, »Anton! – As du noch en unbedarwten, jungen Minsch wirst un Hülp bruktest un Hülp verlangtest, heww ick dunn nich tru un ihrlich vör dinen Tun stahn un Unglück möt't, dat dat nich in din Feld kem?« – »Dat hest du dahn«, rep Anton, mit den dat Hart weglöp, un slog in Jahnen sine Hand, »dat hest du dahn as en truen, ihrlichen Fründ.« – »Un is dat nich 'ne Sün'n«, frog de oll Jahn, »dat wi uns dörch pure Kinnerien, denn sörre en por Dag' seih ick de Sak so an, hewwen utenanner bringen laten? – Ick was schuld doran; äwer du möst mit mi in Gelegenheit seihn, ick was nich fri, ick lagg in sworen Banden.« – »Ne, ick was schuld«, säd Anton, »äwer ick was ok nich fri: du weitst mit mine Fru..., un nu hett sei dat mit dinen Korl un uns' Helene utfünnig makt un hett sick dat mit den Baron in den Kopp set't, un...« – »Lat dat, Anton! Dat steiht up de Taukunft. Nebenzwecken heww ick nich bi desen Schritt, den ick di entgegen kamen bün, mi is allein dörüm tau dauhn, dat du keinen Zorn mihr gegen mi in den Harten hest.« – »Ne, dat heww ick nich; äwer nu kik mal mit mine Fru...« – »Ick weit allens, wat du seggen willst, Anton, ick will di ok kein Ungelegenheiten mit din Fru maken, gah du minetwegen as vördem still an mi vörbi; ick weit jo nu, wo di üm't Hart is«, säd de Oll un gung. –

Anton wüßt ok, wo em üm't Hart was, em was tau Sinn, as wir dörch Jahnen sine letzten Würd' em en Zentnerstein von de Seel namen, denn bi all de Freud', de in em von wegen den Verdrag sprok, sprok ok ümmer de Angst vör sine Fru mit, em was, as stunn sei achter em un säd ümmer: »Schämst du dich nicht? Schämst du dich nicht?« – 't is recht jämmerlich, recht erbärmlich, dat de Minschen, wenn uns' Herrgott einmal ehre Harten rührt, dat sei fri äwer un in

enanner fleiten känen, unsern Herrgott ehre lumpigen
»Wenn« un »Äwer« in den Weg smiten un dat schöne Got-
tesgeschenk glik in den Smutz von de Ird herunnertrecken! –
Ut den Himmel, in den sick de Gesellschaft rinne keken
hadd, süll sei denn nu ok wedder up de Ird taurügg treckt
warden, un dit besorgte Paul. – Kinner, taumal Jungs,
hewwen för 'ne schöne Gegend in'n Groten un Ganzen un
von den Indruck, den sei up dat Gemäud makt, noch keinen
Verstand; dat Enzelne in de Natur: en Gewitter, en hogen
Fels, en Waterfall, en schönes Pird, en groten Bom, packt
sei ebenso as de öllern Lüd'; äwer't is, as wenn so 'ne un-
bännige Jungsseel irst von de Johren, wo de Leiw' in den
Harten bläuht, tomrecht makt warden möt, dat sei willig de
Herrschaft von de Natur üm ehr rüm äwer sick anerkennt
un dese sick ruhig in sick speigeln lett. – Paul hadd sick ok
de Gegend beseihn, so gaud as einer; äwer't wohrte nich
lang', dunn was hei iwrig dorbi, allerlei utländsche Blau-
men tau säuken, un't was en ollen, gauden Jung, denn hei
wull sine Swester Lening dor 'ne Freud' mit maken, un
dorbi stödd hei denn up en Busch von Hun'nkamellen. –
Wiß un wohrhaftig, 't wiren Hun'nkamellen! – »Jochen,
kik, hir stahn Hun'nkamellen.« – »Ja, Paul, dorför möt ick
sei ok taxieren.« – »Ja, wo kamen denn uns' Hun'nkamellen
hir nah Asien hen?« – »Ja, Paul, dat Takeltüg ward sick vel
an Asien kihren! – Wo dat einmal Ort hett, dat schaniert
sick gor nich. – Weitst woll noch vör drei Johren up jugen
frischen Klewerslag tau Groten-Barkow? – Min Mutter
seggt, de kann einer ümmertau up den Kopp pedden, je brei-
der warden s', de sünd noch düller as Unvertred'.« – »Vat-
ting, Vatting«, rep Paul un lep up sinen Vader tau, »hir
stahn ordentliche, natürliche Hun'nkamellen!« – »Paulus,
der Mensch soll den andern Menschen in einer schönen Ge-
gend nicht in der Natur stören.« – »Ja, Vatting, äwer nu
möt wi doch nah Hus, 't is de höchste Tid, wi sälen jo tau
Klock vir up't Schipp sin.« – »Ja, wahrhaftig, du hast recht«,
säd de Oll un kek nah de Klock. »Wir müssen nach Hause«,

rep hei de annere Gesellschaft tau. Un mit trurigen un sehnsüchtigen Harten nemen sei Afschid von dat Flag, un't was, as wenn dörch de Seelen en schönen Gesang tönte, vull Erinnerungen un Weihmaud, un ümmer wider, ümmer wider ut de Firn, bet hei tauletzt verhallte un sturw un de Seelen in Truer let üm dat, wat west was. – Oh, worüm so bald, worüm so bald! –

Paulen was nu grad nich so tau Sinn, hei vermißte Jochen Klähnen un rep: »Jochen, kumm doch!« – »Glick«, rep Jochen un purrte up den Barg in de Ird herüm. – Äwer't wohrte nich lang', dunn kamm hei ansprungen mit en Hun'nkamellenbusch, den hei mit Wörteln rute purrt hadd: »Da, Paul, den nimm di mit.« – »Wat sall ick dormit?« – »Wat du dormit sallst? – Den sallst du di in Groten-Barkow up't Feld planten.« – »Ih, dor hewwen wi naug von dat Tüg.« – »Paul, wat büst *du* dumm! – Süh, wat kann dat nich för en Stolt för di sin, wenn du in ollen Dagen mal dat ganze Feld vull Hun'nkamellen hest, un din Nahwers kamen un lachen di dormit ut, un du kannst seggen: lacht ji man, dat sünd keine gewöhnlichen, dese sünd von de aseatsche Ort.«

Paul namm ok richtig den Busch, säd äwer nicks, denn dortau was kein Tid, un wat hei nahsten den Busch in Groten-Barkow inplant't hett, so dat sick dor en sorglichen Landmann mit frische Hun'nkamellensaat versorgen kann, weit ick nich; ick weit blot, dat dat nu tau Faut un tau Wagen äwer Hals un Kopp nah den Bosporus dal gung un dat sick hir twei un twei in so 'n smallen, spitzen, türkschen Kahn set'ten, den sei »Kaik« näumen, un dorin nah Konstantinopel henäwer flitschten; denn dei Dinger scheiten so flink und so licht äwer dat Water hen as de Swälken in de Luft. As Anton mit Paulen tau sin Fru ehr Quartier kamm, trippelte Herr Nemlich dor buten vör de Stubendör up un dal, un binnen höll Fru Groterjahnen wedder en groten Palawer, un mankedörch blaffte Unkel Borßen sine Stimm dortüschen: »Dat geiht nich, Hanning«, und »wi möten tau Schipp«, un »mak doch keine Sperenzen!« – »Was ist los?« frog Groterjahn Herr Nemlichen. – »Die gnädige Frau wollen nicht aufs Schiff, sie wollen in den Harem.« – »Ih, so soll doch...«, rep Anton un gung in de Stuw', un dat nich mit vele Manier, denn hei hadd sick ut de Pust lopen, un allens, wat hei säd, bullerte hei nu herute, as wir hei in de höchste Wut. – Mutter verfirte sick dägern vör Antonen sine Ort un Wis', Unkel stunn em tapfer bi un rep up türksch ut dat Finster nah en Lastdräger, un Helene, de vörsorglich allens packt hadd, läd sick up dat instännigste Bidden. Noch höll Mutter wacker Stand gegen alle drei; äwer as de olle Türk noch dortau ruppe kamm un Unkel em mit »Büllebülderi« un so wider sine Befehle gaww un hei nu mit Kisten un Kasten afslepte, dunn würd ehr de Äwermacht tau grot, dunn streckte sei't Gewehr, halte ehr Snuwdauk ut de Tasch, fung an tau rohren un kreg't mit de Nerven. – Helene fot sei üm un wull sei trösten, sei weinte äwer den ganzen Weg nah't Schipp, sei was tau sihr slagen, nich dat Upgewen von den Harems-Besäuk was't, ne! sei fäuhlte, dat up dit Slachtfeld ehre Macht braken was. Oh, wat hadd de verwünschte Reis' ut ehr makt un ut Antonen! Wat sei ehr unner de Fäut wegtreckt hadd, hadd sei Antonen an't Koppen'n taugewen, sei was lütt worden un hei grot, de Fahn, de sei hadd sacken laten, swenkte hei in de Luft, »und roh«, säd sei vör sick hen, »setzt er den Fuß auf den Nacken der Besiegten«, sei hadd nich mal mihr de Kurasch', dit lud tau seggen. –

KAPITTEL 14

Troja, Troja! – Was ist's mit diesem Troja? – Helene un Helehne. – Wat öltlings emanzipiert was un wat nu emanzipiert is. – Dat Rätsel von Wulf un Kohlkopp un Lamm. – Fräulein Helene, ich liebe Sie. – Wo de grote Slang' achter Herr Nemlichen her krüppt. – Wo Jochen irst Dütsch mit Herr Nemlichen un nahsten Italjensch mit den Matterosen un den Kellner redt. – Paul up en Kamehl. – Wo Jochen sin Zigahrenstummel blew un wo hei tauletzt ut 'ne türksche Waterpip rokt.

't wohrte lang', ihre dat Schipp in Fohrt kamm, un allens was verdreitlich, dat einen nich von den Kaptain de Tid

an den Lan'n günnt was, de hir nu mit Äwerburdkiken ver-
trödelt warden müßt. De ein wir noch so girn einmal üm
de Sophienmoschee, de anner üm de Achmetmoschee, de
drüdde up den Atmaidan herümmer gahn, de virte hadd
noch wat in den Bazar tau köpen vergeten, un de föfte durte
doräwer, dat hei hir up't Deck mit luter Lüd' tausam stünn,
de hei alle Dag' tau Berlin oder Wien seihn kunn, wildeß
hei up de Galatabrügg allerlei Mordskirls an sick hadd
vörbigahn laten künnt, Tscherkessen un Arnauten, Grichen
un Perser, Kreter un Araber, swarte un witte un gele un
brune un gräune. – Na gegen de Nacht hen gung't denn
wider, un bi't Morgengragen wiren de Dardanellen passiert,
un nu gung't an de kleinaseatsche Küste entlang. De Dag
was för so 'ne Reis' schön, de Hewen stimmte in sinen
Wessel von Sünnenschin un Regenschuer ganz gaud mit de
bunte terretene Küst un de Inseln, de dor herümmerlegen,
un de Wolkenschatten, de denn un wenn äwer de Gegend
flog, let den Sünnenschin up de Spitzen von de Sneibarg'
heller lüchten un wid äwer de Schatten henstrahlen, as wir
hei en Sänger ut de Vörtid, de, von Gott entzündt, de Er-
innerung an olle, mächtige Dahten in de Uhren von en
düsteres, verkamenes Geschlecht sung. –
Un grad so as vördem bi Ithaka gung't hir von Mund tau
Mund: »Troja, Troja, Troja!« –
»Was ist das mit diesem Troja?« frog Anton Herr Nem-
lichen, de bi em stunn un all lang dorup luerte, dat hei fragt
würd. – »Ja, das ist...«, fung Herr Nemlich denn nu sine
Litanei wedder an un vertellte, wat em ut den lütten Petis-
kus tauflaten was. As hei äwer bi dat hölterne Pird an-
kamm, dreihte sick Anton falsch üm un brummte em äwer
de Schuller tau: »Diese alten Läuschen haben Sie mir bei
der andern Insel schon mal erzählt, glauben Sie, daß ich so
dumm bin, so'n Snack zu glauben?« – Dormit gung hei af. –
Helene hadd dorbi stahn, as de arme Minsch so vör den
Kopp stött würd, ehr jammerte dat, un sei wendte sick an
em: »Erzählen Sie *mir* das, Herr Nemlich.« –

Herr Nemlich was sihr kränkt, hei was ebenso empfindlich as jeder annere junge Minsch, de vel weit un sine Weisheit nich an den Mann bringen kann; äwer *dese* fründlichen Würd' ut *desen* fründlichen Mund verset'ten em mit einen Slag ut dat irdische Trübsal in dat Himmelrik, as dat ok woll annere junge Lüd' passiert wir. – Hei fung also wedder von vörn an, äwer en ganz Deil anners. – Wat hadd sine Vertellung för en Tog! Wo smet hei sick up! Wo swucht't hei sick mit Redensorten tau Höchten! De Leiw', de em in den Harten still upkimt was, makte em tau'n lütten Homer – man en ganz lütten; äwer 't was doch einer. – Un wenn hei von de schöne Helena vertellen ded, de hei ümmer »*Helehna*« näumte – 't kunn jo sin, dat hei drist naug was, dat mit Afsicht tau seggen, 't kunn jo ok sin, dat hei 't blot in puren Unverstand ded –, denn lücht'ten sine Ogen un schinten Helene grad in't Gesicht. – Un as hei nu mit sinen Vördrag farig was, dunn makte hei noch tauletzt 'n schöne Nutzanwennung un säd: »Sie sehen, mein Fräulein, daß diese grichsche Helene durch ihre Schönheit viel Elend angerichtet hat, wie auch der Herr Professor Petiskus sagt; was er aber nicht sagt und was *ich* sage, ist, daß unsere meckelnburgschen Helehnen ebensoviel anrichten können.« Dorbi würd hei rod, makte en Diner, fot sick mit de rechte Hand tüschen West un Vörhemd, as hadd em dor 'ne Nadel steken, un gung as lütte Paris mit en groten Kopp un grote Fäut nah de annere Sid von den Schippsburd. – Helene kek em ganz kunsterniert nah: Herr Nemlich was so recht sonderbor west, sine Nutzanwennung so stripig, dat sei all beduren wull, em tau de Vertellung upföddert tau hewwen; äwer sei kamm nich dortau, denn Tanten Line kamm up ehr tau un wis'te mit hell lüchtende Ogen räwer nah de Küst: »Seihn S', min leiw' Dochter! Das ist der Tumulus des Achilleus; sin Grawwmal, min leiw' Dochter; äwer wat dat wohr is, weit ick nich.« – Un nu redte sei in ehre Ort wider von all dat, wat sei vör sick segen, von Simois un Skamander, de sei *nich* segen, un von Tenedos, dat up de rechte Sid lagg, un wischte so den Indruck von den Uptritt, den Helene eben hatt hadd, ut ehr Gedächtnis, un Herr Nemlich hadd up de Ort ganz ümsüs Paris un Helena spelt.

Helene müßte nu nah unnen gahn, dat sei ehre Mutter rup halte, denn Fru Groterjahnen was noch in so 'ne desprate Lun, dat sei woll zurnig up ehr leiwstes Kind worden wir, wenn dat nich allens dahn hadd, wat dat ehr an de Ogen afseihn kunn. De arme Fru was sihr tau beduren, sei kunn sick in den Ümswung, den de Sak namen hadd, nich finnen, un dorbi hadd sei tau ehren Unglück Verstand naug, vull-stännig intauseihn, dat sei nah allen Kanten hen deposse-diert was, dat sei seindag' nich wedder ehr schönes Rik in Scheiden un Grenzen taurügg erobern würd un dat ehr nicks anners äwrig blew, as Antonen hir un dor mal denn un wenn en lütten Stein up den Weg von sinen Triumpfwagen tau smiten. – Dit wull sei denn ok ihrlich dauhn, denn dat was sei ehren früheren Ruhm schüllig. Sei säd äwer nicks von ehren Vörnemen, un as Helene runne kamm, satt sei dor mit tausamknepene Lippen, as wir sei 'ne Portmoneh von en Gizhals un wull nich, dat ehr kostbore Inholt för jedwereinen up de Strat smeten würd. Blot as sei mit ehr Kind de Trepp nah't Deck ruppe gung, dunn lös'ten sick för den Ogenblick de Knippen von de Tasch, un deip un dump kamm't ut den Grun'n tau Höchten: »Ich füge mich in alles. – Mein Los kenne ich; aber mein Kind will ich vor einem solchen bewahren.« – Un dunn kamm noch wat von »Lö-win« un »Junges« achter drin, wat tworsten nich ganz tau verstahn was, wat äwer doch sihr irnstlich meint sin müßte, denn as sei up't Deck un de lütte höfliche Kopmann ut Thü-ringen ehr mit en fründlichen Gruß entgegen kamm, grüßte sei em nich wedder un kek em mit so 'n Por fürige Ogen an, dat hei taurügg prallte un ganz ängstlich säd: »Bette, bette! Bette recht sehr!« un ehr nah kek un mit den Kopp schüddelte: »Ja, ja! – Oh, ihr Männer, ihr Männer! – Ja, die Frau Grobian haben die Gewalt!« – Baben stellte sei sick allein, fastslaten, in Slachtordnung, up, un sülwst Helene, de ehr den einen Flügel decken wull, würd detaschiert, denn sei was tau tapfer, as dat sei en Hülpskur nödig hadd. –

»Seihn Sei, min leiwe Dochter«, säd de olle Dam, as Helene wedder an ehre Sid stunn un ein von de schönsten Turen up de ganze Reis' ehr vör Ogen lagg, »dit is Lesbos, un hir, de Fels, de sick hir in de See rinne treckt, dat is de Leukadische Fels, von den sick mal 'ne gewisse Person, mit Namen Sappho, wat 'ne Dichterin west sin sall, grad as Lowise Brachmann von den Gibichenstein bi Halle, in dat Water rinner störrt't hett. – Sei seggen, dat sall ut Leiw' gescheihn sin. Glöwen Sei dat nich, min leiw' Dochter; dat möt 'ne snurrige Ort von Leiw' west sin. Die wahre, reine Liebe zerstört nicht, sie erhält, sie pflanzt und pflegt und wartet fromm und demütig die Zeit ab, wo das Gepflanzte seine Früchte bringt. – Un nu denken S' sick en Frugensminsch, wat mit 'ne Leier in Arm von baben in dat Water rinner springt. – Na, wi dörben uns up Stun'ns ok nich vel doräwer monkieren, denn nu springen jo weck Frugenslüd' all mit de brennende Zigahr in't Water. – Sei nennen *de* Ort emanzipiert. – Minentwegen! Ick bün ok emanzipiert, mi hett dat Schicksal up minen eigenen Kopp stellt; äwer derowegen rock ick doch kein Zigahren un gah ok nich tau Water. – So 'ne Emanzipatschon, min leiwe Dochter, is en slicht Geschäft, ick rad' Sei nich dortau.«

Je wider dat Schipp vörwartskamm, desto schöner würd de Insel: en riken Kranz von Zitronen- un Pommeranzen- un Ölböm treckte sick üm den Faut von hoge Barg' bet an de blage See, un ut dat düstergräune Low' lücht'ten witte Städer un Dörper herute, un hoch äwer de fruchtbore Küst howen sick wild un terreten steile Barg' tau Höchten un reckten de witten Sneispitzen in En'n. De höchste von ehr ward ok Olymp näumt, denn in Grichenland was dat öltlings Mod', dat jede Landschaft ehren eigenen Provat-Olymp hewwen müßt, un't was dormit binah ebenso wid tau as up

Stun'ns bi uns, wo nu ok all binah jeder Schriftsteller sinen Provat-Parnaß hett, up den sine Spitz hei sick mal denn un wenn setten deiht un von dor mitledig up dat Gekrauwel von dat annere Wormtüg herunner kickt. –

Den Abend smet dat Schipp Anker in den Hawen von Smyrna, un wil dat taum Landen tau späd was, müßte sick de Gesellschaft bet taum annern Morgen güllen. Dunn was't äwer dorför ok en groten Upstand, un allens drängte mit Gewalt un Hast, dat dat tau Boot kamm; ok Fru Jeannette was hüt vermorrntau tau rechter Tid up den Platz, un Paul rep sinen trugen Fründ Jochen von't Boot ut tau: »So spaud di doch, Jochen, un kumm! Hir is noch en Platz för di.« – »För ditmal *nich,* Paul!« rep Jochen von dat Schipp herunner, »ick möt mi doch wunnern, dat du dat nich gewohr worden büst, dat min Herr sick vörgistern up den ßackermentschen Barg' de ein Stewelsahl afreten un gistern den ganzen Dag dorup herümmer lumpt hett. Dat's mi denn doch äwer tau respektierlich, ick will em't oll Ding, so gaud as't geiht, wedder fastmaken.« –

Ja, 't Gedräng was grot un de Hast ok, un ok bi Fru Groterjahnen, denn as sei an't Land kamm, hadd sei ehr Handbauk von Moritz Buschen äwer dat Morgenland vergeten, un as Helene sei doräwer trösten wull un ehr säd, sei süll man mitkamen, de annere Gesellschaft würd woll Bescheid weiten, un denn wir jo dor uterdem noch en Führer, frog sei ehre Dochter ganz spitz: wat *sei, ehr Kind,* ehr Vergnäugen doran hewwen wull, dat *sei, de Mutter von dat Kind,* mit 'ne Bin'n vör de Ogen in 'ne frömde, aseatsche Stadt herümlopen süll. – »Mutter«, rep Helene, »dem läßt sich ja leicht abhelfen, ich fahre zurück und hole das Buch.« – »Ja, wahrhaftig!« knarrte dor wat los, »und *ich* werde – äh – äh ...« – »Danke! Danke!« säd Helene tau den Herrn Baron, de sick dese Mäuh gaww un sick dese Ümstän'n maken wull, »Herr Nemlich, nicht wahr? Sie sind so freundlich, mich zu begleiten.« –

Oh, Helene, Helene! Wat büst *du* dumm! – Hest du meindag' nich von dat Rätsel hürt, wo en Lamm un en Kohlkopp un en Wulf äwer dat Water führt warden sälen? Worüm führst du nich mit den Kohlkopp von Baron? Worüm trugst du den Wulf Nemlich? – Hei hett di! – Kik, wo hei di ankickt, as du Lamm mit em nah dat Schipp räwer führst, wo fast, wo seker! – Un Herr Nemlich was nu sine Sak ok seker: Helene hadd de Nutzanwennung von gistern verstahn un hadd sick hüt all em in de Arm smeten, un de Wulf lachte äwer't ganze Gesicht un wis'te de witten Tähnen, Paris entführte Helena! Un an den Äuwer stunn de Baron un Menelaos un de Kohlkopp in eine Perßon un tröst'te sick dormit: ick holl't mit de Mutter! –

Lamm Helene sprung de Trepp unner dat Deck dal, dat Bauk tau halen, Wulf Nemlich folgte, un unnen in de Kajüt, wo up Stun'ns keine minschliche Hülp aftauraupen was, stellte hei sei, un staats sei nah ungebildte Wulfsort an de Gördel tau packen un tau wörgen, föll hei as gebildte Wulf vör ehr up de Knei un rep: »Fräulein Helene, ich liebe Sie, ich liebe Sie! Gott allein sieht . . .« – Weg was sei, de Trepp tau Höchten, rin in dat Boot, un dat Lamm was borgen. –

Äwer't was en ollen, schönen Gott, de dat mit anseihn hadd, achter de Gardin hadd hei sin göttlich Gesicht vörsteken un hadd en Stewel in de Hand un kamm nu taum Vörschin: »Na, du makst di gaud, Franz Nemlich! So bliw man noch en Strämel bi! – Ick ward mi nu mal vör di henstellen un ward so dauhn, as wir ick Helene, un denn kannst du jo din Lex wider seggen, du hest sei jo woll ebenso as de annern utwennig lihrt.« – Herr Nemlich was upsprungen un lep nu in de Kajüt herümmer, mit de Hän'n vör't Gesicht, sine Backen brennten, sin Hart äwer noch vel mihr. »Gemeiner Kerl«, rep hei. – »Dat seggst *du*, Franz Nemlich! – Süh«, was Jochen sine Antwurt, de sihr ruhig un halw mitledig tau Rum kamm, »ick heww di ümmer för dumm taxiert; äwer ick möt mi äwer mi sülwst wunnern, dat ick di noch wid unner'n Pris taxiert heww: du büst jo dämlich.« –

Herr Nemlich rönnte de Trepp nah't Deck tau Höcht; Jochen gung ganz sachting achter em her. Franz Nemlich kunn em nich entgahn. – Jochen was as ein von de groten Slangen, de ehren Row langsam, äwer seker, ümmer Toll för Toll, äwersluken. – Herr Nemlich was up't Vörschipp lopen; 't wohrte nich lang', dunn kröp dese Slang' an em ranner un säd: »Ja, kik du man, Franz Nemlich! – Süh, dor swemmt uns' Helene hen, un wi beiden sitten hir as en por Maikäwers, de in't Water follen sünd un Gott danken, dat sei noch en Ruhrhalm tau faten kregen hewwen.« – Herr Nemlich dreihte sick von em af, hei kamm sick gor nich as en Maikäwer för, hei höll sick in desen Ogenblick för en Galeerenslaven, de mit en wohren Scheusal, mit en Afschum von de Minschheit up ein Bänk smädt was un wid äwer dat Water weg alle Glückseligkeit liggen sach. – Hei lep nah't Achterdeck. – Jochen kröp em langsam un seker nah. – »Franz Nemlich, süh, ick heww di seggt, du büst dämlich. – Büst du dat nich? – Wo kannst du dine Hand nah uns' Helene utrecken? Süh, du hest mi't all oft unner de Näs' rewen, ick wir man en Bedeinter, un du höllst di jo woll för so'n recht klauken Perfesser ut Rostock, de sick blot unnen an de Fingern tau strippen brukt, dat hei de Weisheit up Buddeln trecken kann. – Dat schadt em äwer nich, Franz! – Dämlich büst du nu einmal west, dat's gewiß, äwer wi hewwen doch einmal in de Schaul up de sülwige Bänk seten un hewwen uns jo ok denn un wenn mal in aller Freud' un Fründschaft mit enanner schacht't, un süh, dat set't unner dat Fell so'n säutes, mitlediges Smolt an, so dat ick nich anners seggen kann as: Franz Nemlich, du jammerst mi!« – »Dat hest du gor nich nödig, mi tau seggen.« – »So? Also up *de* Ort? – Na, denn möt ick di en beten drister und stripiger kamen.« – Hir richt'te sick Jochen so hoch in En'n, dat hei binah as ein von de Perfessers in Rostock utsach. – »Schämst du di nich, Franz Nemlich? – Irst löppst du den ollen, ihrlichen Köster Beerbom dat Hus in wegen Munde un settst dat Mäten allerlei in den Kopp wegen Zwiewelsdörp, un knapp büst du äwer de meckelnbörgsche Grenz, denn sleist du üm? – Oh, ick heww ok ümslagen: ick heww in Berlin 'ne ganz annere Ansicht von Apen un Boren kregen un hir von de Törken; äwer dat ick up den Infall kamen bün, dörch 'ne Frigerat-schon en Gaudsbesitter tau warden un up den Landdag tau kamen, dat is mi in de Seel nich infollen. – Na, de Land-dagsherren würden sick äwer ok sihr tau di freuen.« –

Herr Nemlich lep up't Vörschipp, Jochen natürlich achter em her: »Franz Nemlich, bedenk di de Sak irst ordentlich, wat du Landstand warden willst. – 't is up Stun'ns ok nich mihr so; un denn denk mal an de gaude, leiwe Munde, un wat würd dat woll för en Elend warden in unsern ollen Köster Beerbom sinen Hus'. – Ja, kik du man! – Dor leggt uns' Helene eben an. – Oh, du Schapskopp!« – Herr Nemlich kek stiw un starr nah den Punkt, wo de letzt Funken von Helene verglummen was. – »Ja«, säd Jochen, »'ne schöne Gegend is dat hir, äwer dat heww ick nu ok all lihrt – ick lihr't all! –, de schönste Gegend helpt uns nicks, wenn wi nich mit uns' Gewissen in'n Kloren sünd«, un de oll Jung' würd gor tau irnsthaft utseihn. »Süh, Franz, ick bün man en dummen Bengel, man en Bedeinter; äwer, as ick all seggt heww, du jammerst mi. Worüm? – Wil dat du nah de Duw' grippst un den lütten Sparling ut de Hand lettst. – Du süllst de Grappen laten un di mit den lütten Sparling en Nest in Zwiewelsdörp bugen.« – »Ich muß ans Land!« rep Herr Nemlich, »ich muß ans Land!« – »Wenn du möst, Franz Nemlich, denn helpt dat nich, un ick ward mal mit einen von de Matterosen reden.« Un dormit gung hei up einen von de italjenschen Schippslüd' tau, slog em up de Schuller, reckte den Dumen so äwer dat Water räwer, wis'te up dat Schipps-boot und halte för so en halben preußschen Daler Piaster rut. – Dat verstunn de brave Mann, un Jochen kamm an Franz Nemlichen ranner un säd: »Allens besorgt! Ick heww up ital-jensch mit em spraken. Süh, dor liggt dat Boot! Un nu kumm!« –

Sei führten an't Land; äwer, as sei anleggt hadden, was dor

ok nich 'ne Spur von de Gesellschaft tau hüren un tau seihn. – Je, wat nu? – Herr Nemlich was tau sihr slagen, as dat hei sick vel üm ehre Verlatenheit kümmern süll, sine Gedanken floten in en bisterigen, unbestimmten Newel tausam, un blot ein Punkt kek dorute, de was dorför ok in en rechtes schönes, helles Licht stellt: du hest en schönen dummen Streich makt! – »Ich muß und muß das Fräulein sprechen!« rep hei. – »Dat du noch mihr dummes Tüg maken wullst!« säd Jochen, »äwer Franz Nemlich, du jammerst mi, un wenn du mi verspreckst, dat du di wedder an den ollen Köster sine Munde ranner swenken willst, denn will ick mal seihn, wat wi de Schauw nich updriwen känen. – Wenn ick blot irst Paulen habhaft warden künn. – Na, täuw mal! De Markür hir in dat Wirtshus is en Italjener, hei redte irst mit den Matterosen, un Italjensch kann ick all en beten. – Kumm mal mit!« – Hei gung nu an den Kellner ranner, namm de Fust un slog em ganz sachten dormit in't Genick, blot üm em upmarksam tau maken, langte in de Tasch un drückte em en por Piaster in de Hand; kek üm sick herüm, as söchte hei wat, makte dunn 'ne Bewegung mit de beiden Hän'n in de Run'n un treckte mit de Achseln, wat so vel heiten süll, hei wir sihr in Verlegenheit, denn hei seg hir keinen Minschen, wis'te dunn mit de Hand rechtsch un linksch, ret dat Mul up un kek den Kirl grad' in't Gesicht, wat de Frag' bedüden süll: »Wo sünd sei blewen?«, säd äwer, üm de Sak em noch düdlicher tau maken, lud: »Dumme Hund, hest mi nu verstahn?« – Un de brave Italjener verstunn em. »Canaglia!« säd hei, stek äwer dat Geld in de Tasch un wis'te nu mit de Hand gradut un denn rechtsch un denn linksch un denn wedder ümschichtig anners, un Jochen nickköppte em tau un fung an, nu ok fragwis' tau wisen, un dunn nickköppte de Italjener wedder, un so redten sei mit enanner, un tauletzt säd Jochen: » So, Franz Nemlich, nu kumm! In dit oll Lock weit ick nu ok all gaud Bescheid.« –

Un Jochen gung nu tapfer vöran, gradut de Strat entlang, un as hei tau En'n was, stunn hei still un säd: »Ja, Franz

Nemlich, wenn'ck em recht verstahn heww, denn müßten wi uns nu ok woll mal eins linksch swenken.« – Un dicht an sine Sid säd 'ne Stimm': »Liebe Schwester, es sind Deutsche – lauter Deutsche –, und dies sind Plattdeutsche.« – »Wo, Deuwel!« rep Jochen. – »Mein Gott!« rep Herr Nemlich, un beid' keken sick üm, un dor stunnen in de Husdör twei öllerhafte Mätens, so sauber un so rendlich in swarte wullene Kleder, mit en slohwittes Dauk äwer den Kopp, un keken sei so fründlich an un so vull Freuden, as wiren sei olle Bekannte, und Jochen säd: »Na, Madamming, Deutsche sünd auch mit mang, wir sünd aberst en Meckelnbörger.« – Un de beiden Damen säden, so vel sei wüßten, wiren dat jo doch ok Dütsche, un nödigten sei fründlich rinne in ehr Hus, un Herr Nemlich kamm in en gebildetes Gespräk mit ehr, un dor kregen sei denn nu tau weiten, dat ehre drei Swestern von den Rhein her, ut Kaiserswerth, hir ut pure Minschenfründlichkeit för Christen un Heiden, Juden un Törken 'ne Schaul up ehre eig'ne, swacke Hand upricht't hadden, un dat Gottes Segen nich utblewen was. – As sei nu noch gewohr würden, dat de beiden ollen dummen Jungs hellschen in Verlegenheit wiren, woans sei ehre Gesellschaft wedderfinnen süllen, schafften sei ehr en Führer an, en ollen Wiener Bierschenken, un as Jochen sick mit den bespreken wull, verstunn hei kein Wurd und säd: »Franz Nemlich, wi Meckelnbörger, seggen sei jo, sünd ok Dütsche, un dit will jo nu ok sick för en Dütschen utgewen, äwer ick verstah kein Wurd; hir kannst *du* di mit behewwen, mit de Italjener ward *ick* farig.« –

Un nu gungen sei mit den ollen braven Wiener nah de Brügg, wo de Kamehlen beladen warden, un Jochen säd: »Wenn wi Paulen drapen, denn drapen wi em hir, denn hei is sihr för Veih.«

Un richtig! Dor was Paul mang en Hümpel von Bedowinen-Arabers un satt baben up en Kamehl, so reis'farig, as süll't nah Mekkah un Medinah losgahn. – »Gott bewohr uns, Paul«, rep Jochen, »du schanierst di doch gor nich.

– Wo kümmst du up dat Beist heruppe?« – »Ick bün ruppe klattert.« – »Wat sädst du denn tau de Kirls?« – »Ick säd nix, ick gaww ehr en Drinkgeld.« – »So«, säd Jochen tau Franz Nemlichen, »nu kann de all Törksch. – Wo sünd denn nu de annern?« – »Weit nich, Jochen.« – »Na, denn kumm run, mit uns, süs verlöppst du di.« – Un sei gungen nu butwarts von de Stadt an de Barg' tau Höchten, indem dat de olle Führer sick nah den Weg befragt hadd, den de Gesellschaft namen had. – As sei nu so de Barg' tau Höchten stegen in den schönsten Sünnenschin un de Stadt un de blage See mit ehre Inseln un rechtsch un linksch noch högere Barg' tau ehr räwer keken mit so 'ne klore Farw', as wenn sei dörchsichtig was, un Herr Nemlich mit en deipen Süfzer still stunn, dat hei sin armes bläudiges Hart dormit käuhlte, dunn stunn Jochen ok still un säd: »Paul, süll di dat woll nich wunnern, dat hir in den Prillmand de Tüften all bläuhn? Un kik mal: de Gasten steiht all in Ohren! – Wenn'ck dat min Mutter vertell, denn glöwt sei mi jo dat nich; äwerst du hest dat jo nu ok seihn.« – »Jochen«, rep dat von widher, »Jochen Klähn!« – »Wat sall hei? Hir hängt hei!« rep Jochen taurügg. »Sall ick mi nu woll nich wunnern, Paul, dat sei mi in desen Gegenden ok all kennen?« – »Jochen, hir!« rep dat wedder. – »Gott bewohr uns, dat's min Herr, un dor sitt hei baben mit de olle, grise Dam! – Nu kumm!« – Dormit smet Jochen sine Zigahr weg, denn dit Geschäft hadd hei ok all lihrt – hei lihrte allens –, dormit hei sinen Herrn mit Anständigkeit unner de Ogen kem, un wull nu eben bargan, as Paul rep: »Ne, Jochen, nu kik!« – Un dor was würklich wat tau kiken: twei so 'ne brun angelopene Kreter- un Araber-Jungs un ein wat stiwere Muhrenjüngling hadden sick dor in den krusen Poll un plückten sick de Feddern ut un slogen sick üm Jochen sinen Zigahrenstummel, bet de swarte Muhr Herr dorvon würd un Jochen sinen Stummel vör sinen sichtlichen Ogen upfret. – »Gott, du bewohre!« rep Jochen, »Franz Nemlich, wenn wi vördem beswören wullen, dat wat wohr un wiß wir, denn säden

wi: ick bün en ewigen Deuwel un Füerfreter. – Dor hest
nu einen. – Swart süht hei ut as de Düwel, un Füer frett hei
– frett 'ne Zigahr up, as wir't en Zuckerstengel.« –
As de Gesellschaft nah baben tau den ollen Jahn an den
Barg ruppe klatterte, säd Jochen ümmer vör sick hen: »Wo
de sick woll wunnern ward! Wenn'ck em dat vertell, hei
glöwt mi jo dat nich; äwer – Gott sei Dank! – Paul is min
Tüg'.« Un as hei nu baben tau sinen Herrn un de olle Dam
kamm, säd hei: »Herr, mitbröcht heww ick em *nich*.« –
»Wen, Jochen?« – »Den Stäwel, Herr. – Äwer besorgt
heww'ck em ordentlich: ick heww irst Ehren witten Strump
antagen un den Stäwel doräwer, un wo de witte Strump
dörchschinte, dor heww ick Wichs upsmert, so dick, dat
einer hellschen nipp taukiken möt, wenn hei seihn will, wat
Stäwel un wat Strump is. – Äwer einen annern heww'ck
uns mitbröcht, hir!« – un dormit slepte hei den ollen Wiener
Bierschenken ranner – »de sall hir nu gauden Bescheid wei-
ten, äwer, Herr, glöwen S' em nich, hei möt sick ümmer bi
annere Lüd' befragen, un wer Deuwel kann den Däs'kopp
verstahn? – Herr, ick frag den Kirl, wo dit oll Lock heit,
dunn seggt hei: ,Smyrna' – Smyrna? Is dat en Nam för 'ne
Stadt? – Ne, Tessin un Penzlin un Malchin, dat lat'ck mi
gefallen, äwer Smyrna?« Un dormit gung Jochen af un re-
sonnierte noch inwendig, grad as so'n ollen, trugen Hof-
hund, de dat Bleken besorgt hett un sick nu noch nich ganz
tau Rauh gewen kann, dat em sin Geschäft von en annern
afnamen is. –
Un dit was gescheihn: Tanten Line hadd de Aflösung äwer-
namen un hadd sick mit den ollen »Bruder meiniges« – denn
de olle Wiener was eigentlich en Kroat – in en dütsches un
düdliches Verständnis begewen, un de olle Burß hadd sovel
begrepen, dat hei de Gesellschaft von de Barg' wedder
runne in de Törkenstadt un denn in de Grichenstadt bet
taurügg in den Hawen führen süll, wo de Franken wahnen.
– Na, dit geschach denn nu; äwer hir was dat doch en
beten anners as in Konstantinopel, wenn ehr dor 'ne Törkin

begegnet was, denn hadd sei ehr drist ankeken, un sei ehr ok, un de schönen Törkinnen hadden ehr ok woll männigmal en leiwliches, scheiwes Mul tau makt un de Tung' utreckt un ehr den fründschaftlichen Gruß »Giauri!« tauraupen; äwer hir was't anners, hir dreihten sei ehr de Achtersid tau un stellten sick mit dat Gesicht in 'ne Eck, un Jochen säd gaudmäudig tau sinen ollen Schaulkameraden: »Franz Nemlich, kihr di dor nich an, sei schanieren sick blot, un du denk blot an den Köster sine Munde.« –

So kemen sei denn nu an en törksches Koffehus vörbi, un Tanten Line rep: »Wir müssen alles sehn. – Hier gehn wir hinein!« Un dormit stakte de olle tapfere Dam dörch en hellschen dreckiges Vörhus dörch un rep: »Kommen Sie nur mit!« Un as de Gesellschaft sick dor dörchslagen hadd, stunn sei up en wunderschönen Hoff, de mit Marmor utleggt was, wo en käuhlen Springbronnen sprung un wo de schönsten Böm in hellen Bläuhen stunnen. – Ach, 't was en Gruß von unsen schönen, dütschen Frühling! – Un dor legen en por olle, ihrwürdige Törken un fierten ehren »Kef« un rokten Toback, villicht ok en beten Opium dormang – wer weit't –, un twei Grichen satten dor un spelten Tarock un kregen sick af un an dorbi in de Hor un tusten sick – äwer de grötste Äwerraschung was doch för de Gesellschaft: dor satt de bunte Bottervagel von Jenenser Franken, Herr Beyer, un Herr Gumpert un rokten Toback ut 'ne Waterpip. –

»Wie geht's Ihnen, junger Freund?« säd de olle Jahn un gaww den Bottervagel de Hand. – »Wunderschön«, säd Herr Beyer, denn hei was einer von de glücklich situatisierten Lüd', de seindag' nicks fehlt, wenn sei gaud mit Eten un Drinken besorgt sünd. – »Und Ihnen, Herr Gumpert?« frog Tanten Line. – »Schauderhaft!« was de Antwurt, un dat blasse Gesicht sach ganz nah de Antwurt ut. »Der Herr Beyer hat mich dazu überredet, ich soll aus einer türkischen Wasserpfeife rauchen, und da soll ich den Rauch immer in die Lunge hineinziehen. – Zigarren rauche ich ja alle Tage; aber dies . . .« – »Herr«, säd Jochen un drängte sick en beten

nah vörwarts, »Zigahren, dat heww ick nu all lihrt« – un hei
kek äwer de rechte Schuller räwer – »Paul, du swig ganz
still! – Un wenn Sei't verlöwen, Herr, denn bring' ick em
dat Ding in den Gang', hei hett keinen Togg- un keinen
Sogghaken.« – Un dormit set'te sick Jochen hen un rokte
ut de Waterpip, un as Herr Gumpert sei nich weddernemen
wull, rokte hei tapfer wider un säd tau Paulen heimlich
bisid: »Paul, wenn min Mutter dit so mit anseg, wat würd
sei sick wunnern, dat ick nu ok all up törksch roken kann.« –
De Gesellschaft würd nu up desen schönen Hoff so munter;
de oll Jahn was so fidel, as wenn hei sinen Apen Zucker ge-
wen hadd, hei spaßte mit Herr Beyern, un de bunte Botter-
vagel let mit sick spaßen, Paul stunn tüschen sine Knei un
lachte em ümmer hell in't Gesicht, un nu Tanten Line! – De
olle Dam was rein ut Rand un Band vör luter Freud' un
Wollbehagen, ehr Hart slog gegen de ollen, mageren Rib-
ben, as müßte dat dor nah lange Johren mal dörchspringen
un sick as en Kind mal in Bläuten un Blaumen herümmer
wöltern. – Äwer sei hadd ok Ursak dortau, den Jochen
Klähn satt ehr genäwer un kek ümmer nah de beiden ollen
Türken räwer, de ehren »Kef« besorgten, un makte den mäg-
lichsten Versäuk, ehr allens genau nahtaumaken, un as he
wull hei nu up de Letzt sinen ihrlichen, braven Christen-
glowen afswören un »All Illalah Muhamed resoul Al-
lah!« raupen. – Wat ut en meckelnbörgschen Buerjungen
allens warden kann! – Äwer nicks is vullkamen in de
Welt, keine Freud' unvergällt, achter de fröhliche Gesell-
schaft satt Herr Gumpert mit dat blasse, türksche Tobacks-
gesicht: schauderhaft!, un achter em stunn oll »Bruder mei-
niges«, mit en Gesicht so suer as dat Wiener Bier, wat hei
hir vördem verschenkt hadd – denn hei hadd noch kein
Drinkgeld kregen –, un nu müßte de allerfröhlichste Gesell
von de ganze Gesellschaft, Paul, noch en Stein in de klore
Bek von de Fröhlichkeit smiten: »Ach, wenn Helening doch
hir wir!« – »Ja«, säd de olle Jahn, »wenn *de* hir wir.« –
»Ja«, säd de olle Dam un stunn up, »wenn *de* hir wir! –

Äwer wi möten furt, wi möten gahn! Dat Schipp geiht af.«
– »Ja, ja!« rep allens un gung an de köpperne Schal, de an
den Springbrunnen hängen ded, un drunk un smet einen
dankboren Blick up dat Flag, wo sei mal ut vullen Harten
froh west wiren. – Blot Jochen Klähn säd heimlich tau Pau-
len: »Paul, 't paßt mi nich ganz. De oll Dam hadd woll
recht, wi möten tau Schipp, un sei is kläuker, as ick sei vör-
dem taxiert heww; äwer ick was in den besten Togg, un
dat versäuk di mal, so 'n Ding irst in den Swung tau brin-
gen.«

KAPITEL 15

Athen, un wat de Piräus oder Warnemün'n schöner is. – Worüm de olle Dam
en Dolch tau sick steckt un Herr Beyer un Unkel Bors nich an't Land willen. –
De olle Dam hofft up 'ne lütte Revolutschon, un Jochen Klähn schellt up de
Sniders in Athen. – Woans sick Sparta von't Schipp ut utnimmt. – Methone. –
Was war's mit diesem Pythagoras? – Anton vertürnt sick mit Herr Nemlichen
dägern äwer de Seelenwanderung. – Herr Nemlich sall sick tau Abend de
Harmonie der Sphären up't Botterbrod smeeren un en scharpen Käm dorup
drinken. – Korfu taum annern Mal. – Jochen wünscht, dat sine olle Mutter bi
em in't Gras leg. – Venedig. – De meckelnbörgsche Gesellschaft will sick hir
verpusten, ok Herr Gumpert bliwwt hir.

Also wedder up dat Schipp, dörch dat Ägäische Meer, hen
nah Athen!
Ja, wenn ick nu so'n uterwählten, klassischen Dichter wir,
denn stellte ick nu den einen oder den annern ollen Bekann-
ten, as Herr Gumperten oder minetwegen ok Unkel Bor-
ßen, oder wenn't ok man Jochen Klähn wir, achter dat Stüer-
rad von dat Schipp un gew em 'ne Lyra in de Hand, dat
hei sin Vergnäugen doran hadd: »Arion war der Töne Mei-
ster« un so wider, »Delphine waren nachgezogen«, äwer
mine ganze klassische Bildung is mi mit dat sure Kommis-
brod up de preußschen Festungen so versurt worden, dat ut
säutes Smolt ranzig Fett worden is, un so was't denn woll
ut jichtens einen annern Grund bi de ganze Gesellschaft,
denn wenn ok en ganzen Hümpel von Delphinen üm dat
Schipp herümmer spillunkten – de de Matterosen up klas-
sisches Dütsch »Meerswin« benäumen – so hadd doch kei-

ner up dat ganze Schipp, sülwst Paul nich, dat irnstliche Verlangen, sick up den nattkollen Puckel von so 'n wateriges Sängerroß tau setten un dor Lyra up tau spelen. – Annere Tiden – annere Lüden! – Äwer nich blot annere *Lüden,* ne, ok annere *Bedüden.* – Dit kunn de Gesellschaft recht seihn, as sei an Euböa vörbi führte – wat hadd de Tid un de verkamenen Minschen in dese Tid ut de Kurnkamer von Athen makt! – Ick heww all mal den Verglik mit de Lünebörger Heid' makt, bi Gelegenheit von den Karst, äwer so wenig, as de Verglik dor paßte, paßt hei hir. Dor, in de glückseligen Gefilden von Gifhorn un Celle, bläuht frilich ok nich vel wat anners as Heidkrut, äwer de Minsch kann sick doch an de roden Blaumen freu'n, un wer en beten von Inbillungskraft hett, kann sick mit sine Minona dorinne leggen un von Fingal un Vater Ossian drömen; hir sall hei't woll bliwen laten, denn dat durntackige Tüg von Akazienstrüpp giwwt en slicht Lager för den Drom un för de Leiw' af. – Un nu wider, dor liggt Sunium, dat heit, dor stahn söß verlatene Säulen, de trurig herunner kiken in dat ewige Meer, as wiren sei Likenstein, unner de eine ganze Geschichte begrawen liggt. – Man wider! – Dor is Ägina, dor 's de Piräus! – »Paul«, säd Jochen Klähn, »dit, seggt jo de oll Dam, sall jo woll nu noch ganz wat Besonders sin; kann ick just nich finnen: Warnemün'n is mi leiwer. – Un nu kik dit Volk an, wo sick dat hir mit de Kahns üm dat Schipp drängt! – Wo? Dat is jo grad, as wenn wi hir enzeln up de Aukschon bröcht warden sälen.« – Un nu man rin in den Kahn, un denn man rin in den Wagen! – »Tanten Line, was stecken Sie da zu sich?« frog Helene. – »Blot en lütten Dolch, min leiw' Dochter.« – »Warum das?« – »Mi tau wehren, min leiw' Dochter. – As ick in Konstantinopel lesen heww, hewwen de braven Nahkamen von Aristidessen hir tüschen den Piräus un Athen vör acht Dag' en französchen Kaptain un twei Mann gefangen namen un in de Barg' slept, und ich will mich nicht gefangen geben; irst will'ck mi wehren.« – »Herr Beyer«, rep de olle Jahn, »willen Sei nich mit?« – »Ne. – De verdammte Kirl von Unnernemer hett uns all so oft bedragen, un nu hett hei dat wedder so inricht't, dat hei dat Middageten sporen will, dat schenk ick em nich.« – »Ick ok nich«, säd Unkel Bors. – De Herr Baron dacht jo woll ebenso, un en Stückener dürtig annere ok; sei wullen irst mörgen an't Land.

Un nu Athen! Un nu de Akropolis! – Un hir hadd sick nu Fru Jeanette Groterjahn up dat Popoläum in ehre Kreolin hensetten un as nimodsche Niobe dat Höwt verdecken künnt, un sei hadd recht dahn: dor wiren de Fauttappen tau seihn von de groten Grichen, von Perikles bet up Demosthenes, un dor stunn dat Parthenon as 'ne blasse Jungfru, de von eine schändliche Hand üm ehre Kleder un ehre Ziraten berowt is. – Nich de Tid hadd ehre dristen Hän'n doranner leggt; 't was de freche Hand von de Minschen, un von *de* wedder nich so sihr de Hän'n von de willen Goten un Türken, ne, *de* von de gebildetste Utgeburt von unsere hütige Tid, von de Kunstsammlers, von den schottschen Lord Elgin un sine annere Röwerban'n. – Un hir kann einer dat verstahn, wenn Lord Byron seggt: »Quod non fecerunt Gothi, hoc fecerunt Scoti!« –

Un nu dat Volk! – Gaude Lüd' un ok so'n, de't weiten känen, wil dat sei lang dorunner wahnt hewwen, hewwen mi seggt, dat de gemeine Mann ebenso gaud as annerswo ihrlich un tru is; äwer wat sick hir vörnem schellen lett, dat's denn so 'ne Rass', an de sick einer Hän'n un Fäut warmen kann, de de Düwel ut Afgunst un Raffigkeit tau einen Klump tausam backt un nahsten mit 'ne Sauß von Niderträchtigkeit begaten hett. – Mit so'n Ministerium in Athen hett dat ungefihr de sülwige Bewandnis as vördem bi uns Jungs up den Turnplatz: einer stiggt up den Swewbom, denn kümmt de anner un sleiht em stracks herunner, denn kümmt de drüdde un sleiht den annern runner, un so geiht dat Spill ümmer wider, recht fix un mit en forschen Gang. Blot mit den Unnerscheid, dat wi Jungs uns vörher nicks in de Tasch steken kunnen, ihre wi von den Swewbom slagen würden. –

Na, mit de Königs schint jo dat ok all so'n förfötschen Anfang tau nemen. –

»Min leiw' Herr Jahn«, säd Tanten Line tau den ollen Mann, as sei 's Abends unner einen swartblagen Hewen un grote Stirn, de vel schöner lücht'ten as bi uns in den Nurden, dörch de Äolusstrat gungen, »ick bün mäud', wat hir in den einen Dag tau seihn was, dat heww ick seihn. Wat meinen Sei, will'n wi nich in uns' Gasthus taurügg gahn? – Sei sticken sick 'ne Zigahr an, un wi setten uns en beten mit Helening up den Balkong, un wenn uns' Herrgott uns günstig is, denn günnt hei uns 'ne lütte Revolutschon; dat Weder is dortau andahn, un nah de Zeitungen hett dit Ministerium all gaud acht Dag' äwer de Tid regiert, för'n jedes virteihn Dag' in'n pohlschen Bagen berekent.« – »Herr«, säd Jochen, de bedächtig un tru achter den ollen Jahn herpeddte, »dit's en snaksches Lock. – Ick lat mi hir in den einen Kraug en Glas Win gewen wegen den Stohm, de mi up de Bost fallen was, weiten S', wo dat smeckt? – As Bramwin un Tarpentinöl, wo wi in Lütten-Barkow bi de Klabensük de Ossen mit insmeerten.« – »Ih, Jochen, sei hewwen sick villicht in de Buddel vergrepen.« – »Dor strid ick gor nich gegen, Herr; äwer mit de Sniders hir!« –»Wat hest denn mit *de*?« – »Ick för min Part nicks nich, Herr; äwer dat oll lütt Wormtüg von wrampige Rakruten, wat dor in de hellblage Mondierung rümmer exieren müßt – Gott bewohr uns! wo sach dat jämmerlich Volk ut: 'ne Matt Achterdeil un en Schepel Büx. – Herr, wenn'ck dorgegen uns' Ort anseih, de will'n jo all dörch de Nat dörchplatzen as 'ne Kastan'n tau Frühjohrstid. – Ne, wenn ick hir so König wir – de verfluchten Sniders!« – »Na, Tanten Line«, lachte de oll Jahn, »Sei weiten so tämlich allens, dit weiten S' doch nich; dit weit *ick*.« – »Oh, ick weit't ok«, lachte de oll Dam em entgegen, »dat sünd de Uniformen von de ollen groten, dicken Bayern, die haben sie nun den kleinen Nachkommen der Helden von Marathon und Salamis angezogen.« – »Gott bewohre! – Sei weit allens«, säd de oll Jahn. – »Je, *dei*!« säd Jochen. –

Un as de Gesellschaft des Abends an den annern Dag wedder up dat Schipp stunn un de Fohrt unner de groten Stirn un den swartblagen Hewen üm Ägina herüm an de Küst von Argolis entlank gung, dunn was't, as wenn ok up den Unbedüdensten von ehr de Erinnerung 'ne lütte Slipp vull Weihmaud utschütt hadd, un allens keg rüggwarts, keiner nah vör, allens wull dat Land noch einmal seihn, wat in sine lütten, engen Scheiden un Grenzen 'mal so grot un so schön west was. Un villicht de Unbedüdenste von dat Ganze, wat Kunst un Wissenschaft bedröppt, was Unkel Bors; äwer hei hadd ebenso gaud 'ne Erinnerung an Athen as de annern, un hei säd tau sine Swesterdochter: »Hanning, ick denk noch ümmer an den Dag, as ick hir taum irsten Mal von den Piräus nah de Stadt as Handwarksburß mit den Ränzel up den Puckel rinner wannern ded. – Leiwer Gott! – Ick was dunn ok man noch so'n lütten Setter un was ok nich gröter, as ick up Stun'ns bün; äwer ick hadd doch den Gratz un de Driwwt, vorwärts tau kamen; äwer – du leiwer Gott! – dor schaff mal einer wat vör sick, wenn dat Volk sick nich wascht un kein Seep brukt un nicks brennt as Öl. - Ne, ick gung unner de Türken nah Konstantinopel, un dor is't mi gaud gahn.« – Arme Unkel! – Nich wil du mal en *verkihrten* Trumpf utspelt hest, ne, wil du dinen *letzten* Trumpf utspelt hest, din beten Türksch, wat hir nich mihr gelt. – Dine Swesterdochter hett di as 'ne utgedrückte Zitteron bi Sid smeten, denn sei hett den Herrn Baron fat't, oder de ehr, un sei kiken di beid' an, as wirst du so 'n lütten, fetten Schampinjon-Poggenstaul, de äwer Nacht upschaten is, in den äwer des Abends de Maden all kamen sünd. – Ne, du gah hen un denk an dinen Smeerkram tau Swerin, un wenn du di en Vergnäugen maken willst, denn kannst du ok an all de fetten Ossen von den Herrn Baron denken. – Ne, wi drei, Mutter, de Herr Baron un ick, hewwen wat anners up dat Tapet, wi hollen weisen Rat äwer den Herrn Baron sinen endlichen Andrag: wat hei nich ... un worüm hei nich ... un dat hei in den negsten Dagen ... villicht in Venedig ... auf die Erfüllung seiner Wünsche ..., das heißt, ohne Zwang auszuüben, hoffen dürfte. – Un Mutter seggt: wat *sei* dortau dauhn künn ..., äwer ehr Kind wir tau indolent un Anton tau obsternat un ..., äwer wat sei dortau dauhn künn ..., äwer Venedig? ... Sei hadd den Bodden unner de Fäut verluren, sei müßte irst as de berühmte Ris' Antonius – so näumte sei em – vaterländisch-meckelnbörg-schen Grund unner ehre Beinen fäuhlen, ihre sei ehren eige-nen Antonius, de sick up de Letzt as 'ne Ort von Herkules upsmeten hadd, besigen kunn. – Un ick, as de drüdd in den Rat, segg: Essig! – Kikt juch doch mal üm: dor steiht Helene un hett den Kopp an de olle Dam ehre Bost leggt un klagt ehr ehr Led, dat sei nu den letzten Notanker, Herr Nemlichen, verluren hett, un de olle Dam seggt, sei süll ehren Haken in ehr Holt anslagen, dat wir olt un tag' un höll wat. – Un dicht dorbi steiht Groterjahn mit Jahnen, un Groterjahn seggt tau Jahnen: »Wo is dich, Jahn?« – Un Jahn seggt: »Mi is, Groterjahn, as hadd des' Reis' ut mi en ganz annern Kirl makt.« – Un Groterjahn seggt tau Jahnen: »Mich ist es auch so, Jahn.« – So, Fru Jeannette, dor stek din Finger mal tüschen! – Un achter up de Bänk seten noch twei, dat wiren de beiden Verswurenen von dat Bucksprit, un Jochen Klähn säd tau Paulen: »Paul, dor in Barlin, in den Apenkasten, in den Goren, dor heww ick bemarkt, dat de en Ap den annern ümmer an den Start fast höll un em gor nich los let, so dat sei ümmer tausam wiren, un so kümmt mi dat ümmer mit din Mutter un den Baron vör.« – »Du Schapskopp, du! Wo kannst du min Mutter mit en Apen in en Verglik stellen!« – »Paul, ick möt mi doch wunnern, dat du so dumm büst! Du büst doch süs so klauk! – Mein ick din Mutter mit den Apen? – Ick mein jo blot den Baron.« – Un gegen all dese wullst du di upbömen, Jeanette Groterjahn? – Armes, swackes Gefäß! – Sei warden di den Bodden in-slagen, dat du lack wardst un dine Macht un Herrlichkeit druppwis' in den Sand löppt, bet du in den Sünnenschin von annere Lüd' Glück knakendrög dorsteihst, bet du röppst:

»Kinnings, üm Gottes willen, füllt mi en beten wedder up, ick müggt ok girn min beten Plesier hewwen!« –

Un nu gung de Vullmand up, un sin Licht läd sick so vull un so weik up Meer un up Inseln un up de Küst un up den Wald von Argolis, wo mal in ollen Tiden Agamemnon, »Haupt der Koalition«, tau Mykene, wat dunnemals Paris was, de trojanische Frag' studierte. – Äwer – »doch des Kummers schwarze Wolke trübte seinen Herrscherblick, von dem hergeführten Volke bracht' er wenige zurück«, womit Schiller nah minen dummen Verstand woll Mexiko meint hett. – Ja, so weik un so vull schinte de Man, dat uns' braven Meckelnbörger sick ankeken un mit Koppschüddeln sick frogen: wat dit woll ehr eigen olle Stirnbarger Mäning wir, unner den sinen Schin sei sick mal verleiwt un verlawt hadden. Un in desen Twifel gungen sei tau Bedd. –

Den annern Morgen, as de Dag gragte, stunn de olle, tapfere, grise Dam all wedder up't Deck un kek linksch nah de Venusinsel Cythere räwer un säd tau sick: »Mit di heww ick nicks tau schaffen, ick will mal rechtsch nah Sparta räwer kiken, wat ick dor woll wat gewohr ward', wat mi an de olle Tid erinnert.« – Un langsam kamm en fasten, sworen Tritt de Kajütentrepp tau Höchten, un licht un behend folgte en annere, un de olle Jahn un Helening treden an de olle Dꞏm heran, un Jahn säd: »Segg ick't nich? Dor is sei all wedder!« – »Worüm nich? – As wi hir dunn vörbi führten, was't düstere Nacht, un ick heww nicks tau seihn kregen; na, vel ward't ok ditmal woll nich warden, gewiß noch weniger as tau Athen. – Hir, Herr Jahn«, un dormit gaww sei den Ollen ehr Kikglas, »kiken S' mal dörch – wat seihn Sei?« – »Wat ick seih?« frog de Oll un schüddelte mit Lachen den Kopp. »En ollen Torm seih ick, den sei bi uns ,Fangeltorm' näumen, en por olle, hölterne Schuppen un üm de herüm en swacken Hümpel Schap, un wenn ick doräwer von hir ut mine Meinung afgewen sall, denn kann ick sei ok nich höger taxieren as de in de Lünebörger Heid'.« – »Peuple sauvage, nommé Haidsnuck«, säd Tanten.

»Leiwer Gott, wat is ut dit Land worden! – Sollte einer wohl denken, daß die Menschen aus einem Lande, worüber Gott hier im schönen Süden seinen Segen mit vollen Händen ausgeschüttet hat, ein solches gemacht haben, wie wir's nur im hohen Norden, in den schottischen Hochlanden, wieder finden?« – »Na, dor sünd Sei doch nich west?« frog de oll Jahn. – »Ne, min leiw' Herr Jahn, aber ich habe einen Lieblingsdichter, dat is Walter Scott, de hett mi vel von dat Hochland vertellt, un nu weit ick dor ganz gaud Bescheid.« – »Und das ist Ihr Lieblingsdichter? – Meiner auch«, rep Helene, un de Ogen lücht'ten ehr, »und wenn Sie die beiden Länder miteinander vergleichen, denn können Sie's mit den Völkern ebenso: Räuber sind hier, und Räuber waren da, und – wie ich gelesen habe – gibt's hier auch Clane wie im Hochland.« Un as sei dit seggt hadd, würd sei füerrod, as hadd sei unbescheiden ehre Weisheit tau Mark bröcht, un wendte sick af un gung up de annere Sid von den Schippsbuerd un kek räwer nah Cythere. – »Sei hett recht«, säd Tanten Line. – De oll Jahn stunn en Ogenblick in Gedanken un dreihte sick dunn snubbs üm un säd: »Tanten Line, Sei weiten, wovel ick von dit lütt Mäten holl, un worüm ick so vel von ehr holl; äwer ick müggt, dat sei en einfach Kind blew, dat sei nich alltauvel wüßte un dat sei mi nich in de Fauttappen von ehre Mutter peddte, denn de is mi denn doch tau klauk.« – »Hm«, süfzte de olle Dam, »ja, de Mutter weit von velen Dingen tau reden, äwer sei weit allens halw, un wenn de junge Minsch – Nemlich heit hei jo woll? – sick en Frugensrock antrecken wull un sei sick Hosen, denn süllen Sei lang' raden, wen Sei vör sick hadden. – Ne, min leiw' Herr Jahn, Ehr Helening weit vel mihr, as sei seggt, un dorup kümmt dat an. – Bi'n Mann kann dat all recht verdreitlich warden, wenn hei äwer allens in't Blage rinne redt; aber bei einer Frau wird es geradezu scheußlich, wenn sie die halbverdaute Speise wieder von sich gibt. – Ne, min leiw' Herr Jahn, bi dat lütt Lening is dat nich so, sie war angeregt durch die Erinnerung an ihren Lieblingsdichter und platzte mit einer richtigen Bemerkung heraus, un nu dat sei't dahn hett, is ehr dat schanierlich, un sei wendt sick von uns af. – Twintig Johr un säbentig Johr is en Unnerscheid: wi ollen Jumfern känen mit allens tau Rum kamen, ahn dat wi nödig hewwen, uns de Mäuh tau gewen, rod tau warden.« – De olle Jahn gung von ehr furt tau sin Helening und sprok sachte, fründliche Würd tau ehr. –

»Café nero! Café Bombay!« rep dat, un dormit würd dat gewöhnliche, dägliche Lewen von Berlin un Wien up dat Schipp verset't. – »Methone!« rep de tweite Kaptain, as sei an 'ne lütte Festung vörbi führten, de wid in de See rinner schawen was. – »Was?« dreihte sick Anton kort üm un wull sick an den Kaptain wennen, äwer den hadden all annere mit Beslag belegt, denn de armen Schippsoffiziers un Matterosen, de Dütsch künnen, wiren tau keine Stun'n ehres Lewens seker, sei würden von de Schippsgesellschaft as Maikäwers traktiert un würden Stück för Stück un Bein för Bein allmählich tau Dod' quält. Denn dat, woför wi as Jungs en rechten, gehürigen Puckel vull von uns' Öllern kregen, nämlich för de Dirquäleri, wenn wi Fleigen un Maikäwers de Beinen utreten, dat näumen sei up Stun'ns »Forschungstrieb« un »Wißbegierde«, un de Ollen freuen sick doräwer un seihn in so 'n fiwjöhrigen Slüngel all en lütten Humboldt. –

Antonen föll nu in, dat hei gor nich nödig hadd, frömde Lüd' tau fragen, hei hadd jo sinen Provaterklärer, Herr Nemlichen, de dorför betahlt würd. – Äwer wo was Herr Nemlich? – Herr Nemlich hadd sick in de letzten Dagen bi sine Prinzipahlität gor nich seihn laten: Anton hadd em nich verlangt, Paul ok nich; vör de Fru Groterjahnen ehre Klaukheit hadd hei en heimlichen Grugel, un de, de em süs noch ümmer de Stang' hollen hadd, Helene, gung em ogenschinlich ut den Weg'. – Anton drop em denn tauletzt up dat Vörschipp, wo hei sick mang Tau- un Segelwark rinner pusselt hadd, as wir hei nu mit sin vergangenes, lichtfariges

Bottervagel-Lewen affunnen un wull sick nu för en niges Lewen verpuppen. – »Sagen Sie mich mal«, frog de Prinzipahl, »was is das mit diesem Ding da?« – Herr Nemlich wickelte sick ut sine anfungene Verpuppung rute un säd: »Methone, eine kleine, unbedeutende Festung, die kein Wasser hat, berühmt als Geburtsstadt des Pythagoras.« – »Py...? Py...? – Wie heißt der Kerl? Und was war's mit diesem Kerl?« – »Pythagoras war ein berühmter Schulmeister im Altertum, der eine eigene Schule gestiftet hat.« – »Also 'ne Provatschule«, säd Anton. – »Ja, und er verbot seinen Schülern, große Bohnen zu essen.« – »Also was wir Saubohnen nennen. – Na, hören Sie, es ist doch markwürdig, sehr markwürdig, daß die Schulmeister in alter Zeit justement solche Grappen gehabt haben als unsere auch. – Na, Art läßt nich von Art.« – »Ja«, säd Herr Nemlich en beten verlegen, »und denn hat er auch einen Lehrsatz gemacht, und als er den ausfündig gemacht hatte, da opferte er hundert Ochsen.« – »Was? – En Provat-Schulmeister hundert Ochsen? – Herr, glauben Sie, daß ich dumm bin? – Sie fangen schon schön wieder an: da mit das Pferd und hier mit die Ochsen!« – »Herr Groterjahn, ich sage bloß, was ich weiß, und mit dem Lehrsatz hat das seine Richtigkeit.« – »Na, das will ich mich denn auch gefallen lassen, denn Sätze machen die ßackermentschen Schulmeister auch heut und diesen Tag noch. – Was machen die verfluchten Kerls so'n Rittergutsbesitzer for Ärger! – Sie wollen sogar klüger sein als ihr Herr.« – Herr Nemlich säd nicks dorgegen, hei treckte blot mit de Schuller un säd: »Und denn hat dieser berühmte Pythagoras noch zwei Dinge erfunden: erstens die Seelenwanderung und zweitens die Harmonie der Sphären.« – »Na, nu halten Sie man an!« rep Anton un kek in de blage Luft un ret dat Mul up, grad as en Karpen, de tidlewens unnen up den Grund in den Slamm rümmer wäuhlt hett un nu taum irsten Mal ut den Dik in de frische Luft rinne snappt, »Seelenwanderung! – Was meinen Sie mit dieser Seelenwanderung?« – »Je«, säd Herr Nemlich un würd ut natürliche Bescheidenheit ümmer lütter, »es ist ein sehr schwieriges Thema; aber es heißt ungefähr: wenn zum Exempel ein Tier stirbt, so fährt die Seele von dem Tier in ein neugeborenes Kind.« – »Also so herum! – Na, nu will ich Ihnen sagen, das ist weiter nichts als die niederträchtigste Demokraterie. – Also, wenn ich zu einem Ochsen von Tagelöhner sage, der allens verkehrt macht: Kerl, du bist ein Ochs; denn stellt er sich vor mir hin, nimmt gar keinen Hut ab und sagt: davor kann ich nicht, in mir ist mal eine Ochsenseele hineingefahren, und will der Kerl niederträchtig sein, denn sagt er: und die Seele von meinem Kammeraden auf der Hott-Seite, der is in Ihnen hineingefahren. – Un nu prügel mal einer so'n Kerl! Denn nimmt sich so'n Kerl en Avkaten an, und dieser Kerl von Avkat beweist am Ende, daß die beiden Ochsenseelen in uns hineingefahren sind. – Herr, Sie..., Sie frag ich nicht mehr. – Ihre Harmonie – wie heißt's noch? – Sphären, die schmieren Sie sich heut abend aufs Butterbrot, und da trinken Sie en scharfen Kümmel drauf. – Mit Ihnen bin ich nu auch fertig.« –

Gegend Abend kamm Zante in Sicht, un den annern Morgen steg de Gesellschaft taum tweiten Mal tau Korfu an't Land, un allens gung nu dörch de Stadt tau Höcht up de Barg'. Dor lagg dat blage Meer, un tackige Halwinseln un Spitzen un Felskanten un olle venetianische Muren un Törm sprüngen dorinner vör, as wenn dit oll Gewes' wedder jung worden wir un müßt mal as jung' Mäten in den Speigel kiken, wo't ehr laten ded; un dor lagg de schöne Goren, wo sick mal de junge, leiwliche Kaiserin von Östreich Freden un Gesundheit halt hett, un wat wi in den Nurden mit Mäuh un Not in heite, dunstige Driwhüser tau halwe Kräpel upfäuden, dat wuß hir fri un frank ut Gottes Hand tau Höchten in den blagen Hewen un gaww sinen Dank as Wollgeruch an de weike, warme Luft af. – »Tanten Line«, rep Helene, »dies ist ein Stück Himmel auf Erden.« – »Ja, min leiw' Dochter, hett sick baben loslös't un is hir in't Wa-

ter follen.« – »Paul«, rep Jochen Klähn un rekelte sick mang
Zinthen un Akzischen, »rönn mi nich ümmer vör de Ogen
rümmer, du verdarwst mi de ganze Utsicht, legg di hir bi
mi dal un kik di dat mal an. – Dit's en annern Snack as
dunn, as wi hir in den deipen Leim rümmer knedten as de
Fleigen in den Honnig. – Ick glöw, so wat hewwen sei in
Barlin nich mal. – Kik, süs hest du ümmer de Appelsinen
in en Korw seihn, un dor bammelte en oll Wiw an, un hir
sitten s' natürlich an de Böm. – Paul, dit schriw in din Dag'-
bauk, un dor mak drei Krüzen bi! – Gott bewohr uns! Wat
min Mutter woll säd, wenn sei hir bi mi up den Rüggen leg:
de Ollsch let jo woll Doden upstahn.« –
Äwer dat Schipp gung wedder furt, un de tücksche Adria
kihrte sick nich an den sehnsüchtigen Blick, den männigein
taurügg smet up dat Stückschen Himmel, sei bröchte wedder
Storm un Ungemack, un as tauletzt de Gesellschaft halw
rädert un ganz seekrank in Venedig ankamm, säd Anton:
»Jahn, wo is es mit dich? – Unsereins hat doch Rücksichten.
– Meine Frau will hier mit Helenen 'ne Zeitlang Akademie
studieren und die Baukunst betrachten und ich mich en
bischen verpusten, un Unkel Bors will das nämliche, denn,
wie er sagt, ist er von unten auf rädert.« – »Je, Groterjahn,
ick heww ok kein Lust, mit dat Schipp wedder nah Triest
taurügg tau führen un de sülwige Tour taurügg tau maken;
ick bliw ok 'ne Tidlang hir, un min olle Fründin bliwwt
ok hir.« – »Is woll 'ne alte, pläsierliche Dam?« – »Ja, Gro-
terjahn, pläsierlich is sei, för mi is sei äwer mihr, ick heww
noch meindag' nich en Minschenkind kennen lihrt, wat so'ne
Gewalt up mi utäuwt hett as dit olle, einfache Frugenstim-
mer.« – »Denn is sie woll eine von die, die Romanen ma-
chen, als Burmeistern Müllern seine Tochter aus Neubran-
denburg, die sich ja, wie meine Frau sagt, ganz und gar
auf diesem Fache gesmissen hat.« – »Dat glöw ick nich, Gro-
terjahn, dortau is sei vel tau bescheiden. – Ick glöw sogor,
sei les't nich mal en Roman.« – »Denn laß dir sagen, Jahn,
denn ist sie auch man ungebildet. – Meine Frau sagt, wer

nicht mit der Zeit vorangeht und die neuesten Produkte liest, verdient gar nicht mal den Namen ‚Mensch‘, womit sie mir eigentlich meint; aber – du lieber Gott! – bei meinen vielen Geschäften, ich kann nicht dazu kommen. – Aber – apropoh – wo wohnst du?« – »Ick wahn mit de oll Dam bi einen Dütschen mit Namen Schwarznagel.« – »Hm«, säd Anton, »Swarznagel, ja, das scheint mich en deutscher Namen zu sein; wir wohnen in einem italjenischen, entweder heißt er ‚Lina‘ oder ‚Luna‘; so herum ist es, ich muß mich aber genauer darnach befragen.« – »Wahnt de Baron ok dor?« frog de oll Jahn. – »Hm«, haust’te Anton un kek den Ollen so en beten unseker an, »warum fragst du darnach? – Hat er dich auch angepumpt?« – »Dat nich, Groterjahn, ick frog blot üm din lütt Helening ehrentwegen.« – »Das nehm ich dich gut, Jahn, und – siehst du – bloß um ihn loszuwerden, habe ich ihm Geld gepumpt, denn er steckt mit meiner Frau immer unter einer Decke, und ich habe das so ins Gefühl, da kann ein großes Malheur aus entstehen, wenn sie zusammen was ausbrüten. Hat mich aber nich geholfen, denn der Kerl sitzt hellschen klew’ an. – Unkel Borßen ist er auch mit allerlei Aussichten auf fette Ossen unter die Augen gegangen und hat ihn auch übern Löffel balbiert.« – »Weit ick«, säd de Oll. »Wo wahnt Herr Bors?« – »Wohnt auch bei einem Deutschen mit Namen Bauer, und da wohnt auch unser Tischnachbar, der Herr Gumpert, der ümmer ‚schauderhaft‘ sagt.« – »Na, gun Abend, Groterjahn.« – »Gun Abend, Jahn. – Na, wir reden noch miteinander.« – Un jeder gung in sin Quartier. –

KAPITEL 16

Worüm up den Nigen Mark tau Rostock sülwerne Teelepel stahlen warden, up den Markusplatz tau Venedig äwer nich. – Worüm Herr Gumpert nich mihr »Schauderhaft!« seggt. – Herr Gumpert, sluten S' des Nachtens ok Ehr Dör tau! – De Palast Pesaro. – De Rialta un de Jud' Shylock. – Dat Pund Eddelmannsfleisch taunächst den Harten un de arme Herr Nemlich. – Worüm bemengt sick de Herr Baron mit venetianschen Damast? – Tanten Line hett wat vergeten, besinnt sick äwer. – Herr Gumpert is unglücklich doräwer, dat sin Fründ en Lock in de Tasch hett. – Jahn schriwwt an sinen Korl, un sin Korl schriwwt an em.

In Venedig gung nu jede Partie von de Gesellschaft ehren eigenen Weg, sei müßten sick äwer oft drapen, denn up den Markusplatz was dat Café Quadri, wo de östreichschen Offizieres ehren Verkihr hadden un wo meistendeils dütsch redt würd, so 'ne Ort von Angelpunkt, üm den sick de ut enanner sprengte Schippsgesellschaft dreihte. – Hir vör de Dör satt denn nu nah gaud acht Dag' eines Abends de oll Jahn mit Tanten Line un sinen Jochen üm einen Disch herümmer un eten en Glas mit Is, wat Jochen irst ümmer puste, as wenn't em tau heit wir. – Jochen was mittewil dörch de Reis' in en sonderboren Taustand verset't worden, hei was ut Rostock as Bedeinter afreis't; äwer hei hadd Tid un Ümstän'n gaud utnutzt, un dat hadd den Anschin, as güng hei stark dormit üm, as en jungen Herr wedder dorhen taurügg tau kamen. – De oll Jahn hadd in sine Gaudmäudigkeit em de Tägel hellschen lang scheiten laten, un wenn nu de Bedeinter von vördem sine Schülligkeit ok tru ded un sinen Herrn up alle Tritten folgte un uppaßte, so gung em dat doch binah grad so as jennen ollen meckelnbörgschen Pächter, de mal tau den Herrn Drosten un den Herrn Amtmann säd: »Je, mine Herrn, wo lang is't her? Dunn stunn ick bi Disch achter'n Staul un müßt upwohren, un nu bün ick Pensionor un sitt mit de Herrn an 'n Disch.« –

»Jochen«, säd de oll Jahn, »gah mal nah den dütschen Kellner un segg em, wi wullen en beten hir up den Platz herümmer spazieren, hei süll herkamen un süll de sülwern Teelepel in Sekerheit bringen, de känen hir jo stahlen warden.« – »Herr«, säd Jochen, as hei von sinen Updrag tau-

rügg kamm, »weiten S', wat hei seggt? Lassen Sie man ge-
ruhig stehen, seggt hei, stahlen wird hir überall nicht. – Na,
doräwer möt'ck mi äwer doch wunnern; dor süll einer mal
tau Rostock up den Nigen Mark sülwerne Teelepel stahn
laten, wo de woll blewen?« – »Ja«, säd de Oll, »Tanten
Line, dit's ok würklich sonderbor: bi uns, wenn von Italje-
ner de Red' is, denn heit dat ümmer: Spitzbauben un Rö-
wers, un nu hir…« – »Ja, wohr is't«, säd Tanten Line,
»äwer sörre gistern abend weit ick den Grund. – Ich spreche
nämlich gerne mit unserer Wirtin, die eine sehr verstän-
dige Frau ist, denn aus Volkesmund wird manch Geheim-
nis kund, un dor hett sei mi denn gistern vertellt, dat hir in
Venedig dat Gesetz gelt, wer einmal hier auf dem Markus-
platz gestohlen hat, darf nie wieder den Platz betreten, un
weil dies nun so ziemlich der einzige Platz ist, wo einer sick
de Beinen en beten verpedden kann, so hött sick ein je-
der.« –
»Guten Abend«, säd 'ne fröhliche Stimm achter ehr, un as
sei sick ümdreihten, stunn Herr Gumpert vör ehr. – Mein
Gott, wat was ut Herr Gumperten worden! – Weg was dat
bleike Gesicht, weg was de Verdreitlichkeit, de wil de ganze
Reis, em as en grises Spennwew' äwerspunnen hadd, un hei
sach so fidel un krägel ut as en ollen Junggesell von virtig
Johren, de sick 'ne Brut von achtteihn anhandelt hett. –
»Na«, säd Tanten Line, »Sie sind ja gar nicht wiederzuer-
kennen. – Nich wohr, min leiw' Herr Gumpert? Hir is dat
nich schauderhaft«, un dorbi smet sei so'n dankboren Blick
up den Marmorplatz, de von dusend Lichter belücht was,
as wir't en wunderboren Ballsaal, wo de Danz glik losgahn
süll – de Musik was all dor, un't swewte un wewte porwis
up un dal, as wir't de Anfang von 'ne Polonais', de alle
Völkerschaften von Europa hir upführen wullen.– »Nein«,
säd Herr Gumpert mit so 'n rechten, frischen Swung, »ich
bin hier sehr zufrieden, ich habe seit gestern einen Freund
gefunden, einen wahren Freund.« – »So?« säd de olle Dam,
un einer kunn't ehr anseihn, dat sei sick äwer Herr Gumper-

ten sin Glück recht von Harten freu'te. »Wem der große
Wurf gelungen, eines Freundes Freund zu sein, un so wider;
un wer is denn dat, wenn ick fragen darw?« – »Ach, Sie
kennen ihn gewiß auch, es ist der Herr Baron, der Herr
Baron von Unkenstein, der auf dem Schiff so viel mit der
andern meckelnburgischen Familie verkehrte; man sagt ja,
und er leugnet es auch nicht, und darum kann ich auch wohl
darauf nachreden, daß die freundschaftlichen Beziehungen
durch eine Heirat...« – »Ach, so herüm«, föll em Tanten
Line in't Wurd, »na ja, wi weiten't all. – Also, *de* is dat!«
– »Ja, er wohnt mit mir Stube an Stube, und wir haben noch
gestern abend bis gegen ein Uhr vertraulich zusammen ge-
sessen, und da hat er mir denn sein ganzes Herz ausge-
schüttet. – Ein edler Mensch!« – »Ih«, rep de oll Jahn, de
tauirst gor nich up dat Gespräk Obacht gewen hadd, äwer
bi den Namen von den Baron verdeuwelt hellhürig worden
was, »de wahnt jo in de Luna.« – »Hat er auch«, säd Herr
Gumpert, »er hat sich aber mit dem Wirt in der Luna ver-
unwillt und ist nun ins Hotel Bauer gezogen.« – »So?« frog
Tanten Line en beten sihr käuhlhaftig, »hett sick verun-
willt? – Ja, so wat kümmt jo öfter vör, un de Gastwirts
sünd jo unner Umstän'n nich sauber, un de in de Luna mag
jo woll grad so'n Renommeh hewwen as vördem de Post-
meister in Krossen.« – »Ja, er soll sehr grob sein. – Sie
kennen den Herrn Baron nicht, wollen Sie mir nicht erlau-
ben, daß ich Ihnen denselben vorstelle?« – »Ne, min leiw'
Herr Gumpert, von allen Gerichten möt en nich eten, dank
vel mal. – Wi hewwen hir so vel Nigs tau seihn, dat uns
nah nige Bekanntschaften nich gelüsten kann«, säd de olle
Dam un dreihte sick mit en Ruck nah em üm, dat sei em
grad in 't Gesicht seihn kunn, un frog: »Sei sluten doch des
Nachts, wenn Sei tau Bedd gahn, von binnen regelmäßig
Ehr Dör tau?« – »Ja, aber was...?« – »Oh, nicks, min
leiw' Herr Gumpert. – Ick heww blot up dat Schipp de Be-
kanntschaft von den Doktor Wille ut de Sweiz makt, der
ein braver Mann ist, der ein *sehr* braver Mann ist, un de

hett mi seggt, dat hei Ehr Öllern kennen ded, un dat sälen rike Lüd sin, un dor heww ick mi denn so dacht, de würden ehren Sähn woll nich anners up Reisen schicken, as wenn sei em vörher ordentlich spickt hadden; und wo das Aas ist, da sammeln sich die Adler, un in so 'n Gasthof giwwt dat männigmal snurrige Vägel, ok Adlers. – Sei kennen doch den Doktor Wille? – De is dat mit de velen Smissen in't Gesicht, den sei up dat Schipp den Spitznamen le Balafré gewen hewwen un von den de Dichter Heine vertellt, dat sine Frün'n sick nich blot in sin Stammbauk, ne, ok in sin Gesicht inschrewen hewwen.« – »Ja, aber ich weiß nicht...« – »Is ok nich nödig«, säd de olle Dam un fot Jahnen unner den Arm un gung mit em af, »de Hauptsak is, sluten S' man ümmer Ehr Dör tau.« – Sei gungen nu noch 'ne Tidlang mit Herr Gumperten tausam up un dal un säden sick dunn gun Nacht. –

Dat kunn woll en drei, vir Dag' späder sin, dunn kamm den ollen Jahn sin Wirt, Schwarznagel, tau em un frog, wat hei un de olle Dam Vergnäugen doran hadden, de innere Inrichtung von so'n ollen venetianischen Palast tau beseihn, hei wir von eine Fomilie ut de Luna dortau bestellt, dat hei ehr den Palast Pesaro wisen süll – denn de Mann was nebenbi ok noch Frömdenführer –, un de Palast un sine Inrichtung stünn ogenblicklich taum Verkop, un so künn ein jeder em beseihn, un de Sak wir ahn vele Ümstän'n. – Na, de beiden ollen Lüd' langten denn tau, as wir de Palast Pesaro en warmen Semmel, un as sei nu mit Jochen Klähnen vör de Luna up un dal gungen, dat sei up de anner Gesellschaft täuwten, un sick nicks Slimmes vermauden wiren, strahlte Fru Jeanette Groterjahn in Samt un in Sid ut de Husdör, un Anton tüffelte achter her.

As Fru Jeanette den ollen Jahn un de olle Dam sach, dreihte sei sick snubbs üm un frog den Führer, sei hadd doch nah ehre Meinung em för sick un ehre Fomilie bestellt un wo denn dese frömde Gesellschaft dortau kem. – Herr Swarznagel was denn irst in 'ne lütte Verlegenheit, äwer so 'n

Frömdenführer weit sick ümmer tau helpen, hei säd: as hei
hürt hadd, wir de gnedige Fru 'ne Meckelnbörgerin, un
wil sin Inliggers ok Meckelnbörger wiren, so hadd hei sick
dacht, dit paßte tausam. – »Das paßt mir aber *nicht*!« rep
Mutter; äwer dunn schow sick de olle dicke Anton dortü-
schen un säd sihr ruhig: »Mich paßt es aber, und wenn die
beiden mitgehn, denn werd ich viel mehr Plaisir haben, als
wenn ich mit dir allein geh.« – Un de lütte, säute Helene
kamm un strakte ehre Mutter äwer dat Gesicht, un Paul
rönnte an ehr vörbi un fohrte up Jochen Klähnen los, un
Anton säd: »So, nu man zu!« – »Zum Hotel Bauer!« rep
Mutter. – »Wo so?« frog Anton. – Un Mutter makte ein
Gesicht, as wir sei 'ne regierende Fürstin, un frog so spitz,
as wir sei 'ne Schausterfruh, de ehren Mann up unrechten
Wegen bedrapen hadd: »Wenn *du* deine Freunde um dich
hast, warum soll ich *meine* nicht auch um mich sehen? Wir
holen dort den Herrn Baron ab.« – »So«, fläut'te Anton,
»also *diesen* wieder?« – Helene schuddderte sick ordentlich
un fot ehren Vader unner den Arm, un de säd recht weih-
mäudig tau ehr: »Dich ist es auch wohl nicht recht mit? –
Aber du weißt, Mutter hat jetzt wieder das Regiment, denn
seitdem sie vons Schiff ist, fängt sie ganz nüdlich wieder
an.«
Na, de Herr Baron würd afhalt, Herr Gumpert kamm mit,
un de Gesellschaft gung in den Palast Pesaro. – Hir was nu
jedes Bild, *jede* Kasten, *jede* Staul mit 'ne Nummer un mit
den Pris verteikent, un ein jeder demokratische Lump kunn
nu de aristokratischen Herrlichkeiten för fiw norddütsche
rodbackige Sülwergröschen köpen. – »Ein jämmerliches
Ende!« säd Tanten Line. »Sehn Sie mal den Kanal entlang.
Diese drei Paläste gehören der Taglioni, die hat sie sich
mit ihren Beinen erworben.« – »So«, säd Anton un knöpte
sick de Hosentasch fast tau un smet so'n forschen Blick up
sine Fru, »du smeißt mir so 'ne sonderboren Augen auf all
die Kisten un Kasten, die hier aus alter Zeit stehen. Ich
kaufe nichts nich! Das können wir viel billiger bei Piep-

Smidt in Neubrandenburg kriegen.« – Anton was de reine Opposition! –

»Meine Herren«, säd de Führer, »nun gehn wir über den Rialto.« – »So?« säd Anton, »*der* ist das«, as wir de Rialto 'ne Ort von Fründschaft von em, up den sine Bekanntschaft hei sick all lang' freut hadd. – »Ja«, säd de Führer, »und hier auf der Brücke sehn Sie Verkaufsbude an Bude, und hier soll auch der berüchtigte Jude Shylock früher hinter dem Ladentische gestanden haben.« – »Shylock?« frog Anton, »en snurriger Name for en Juden, bei uns heißen sie alle Moses oder Levin oder Jakob oder so herum.« – »Es ist dieses der berühmte Jude«, säd Herr Nemlich, de sin Brod as Erklärer nich ümsüs vertehren wull, »der nach den Gesetzen das Recht hatte, sich von einem vornehmen Edelmann ein Pfund Fleisch zunächst bei dem Herzen bei lebendigem Leibe aufzuschneiden. Ich habe es selbst gelesen.« – »Herr«, rep Anton, brunrod vör Zorn, »wollen Sie mich zum besten haben? – Wollen Sie, daß ich Ihre verdammten Lügen glauben soll?« – De arme Herr Nemlich! – Helene kunn em nu nich sülwst mihr tröstlich tau Hülp kamen, sei läd ehre Hand up den Arm von den ollen Jahn un bed mit en Blick up Herr Nemlichen: »Onkel Jahn...« – De oll Jahn verstunn dit ok glik, gung an Groterjahnen ranne un säd: »Groterjahn, oh, Groterjahn, lat doch; de Mann hett 't jo gaud meint, un wenn de Geschicht nich wohr is, denn is hei jo doch tauirst dormit anführt.« – Na, Anton was kein Unminsch, sine Hitz was verflagen, un hei säd tau Nemlichen: »Na, lassen Sie man. Wenn ich's auch nicht glaube, so bin ich doch nicht bös darüber.« –

Wildeß dit up de ein Städ' passierte, süll up 'ne anner Städ' von den Rialto noch wat Snurrigeres passieren. – Jeannette Groterjahn, de Herr Baron, Herr Gumpert, Helene un de olle Dam wiren mit den Führer wider gahn, un as sei an 'ne Baud vörbi gungen, säd Herr Gumpert: »Meine Damen, sehn Sie mal, was für reiche Seidenstoffe hier ausliegen.« – Jeannette kek mit hellschen begehrliche Ogen de Herrlichkeiten an un wis'te up en Stück kostboren Damast: »Oh, sehn Sie mal, Herr Baron!« – »Ja, meine Gnädige, das ist aber auch von der allerschwersten venetianischen Seide, davon kostet die Elle gewiß drei Taler. – Ich habe nur einmal . . .«, hir snabbte hei af un würd äwer un äwer rod. – »Herre Jesus!« rep Tanten Line un slog sick mit de Hand vör den Kopp, un as de Gesellschaft sick nah ehr ümdreihte, sach sei blot noch de Rüggsid von de olle Dam, de snurstracks up den ollen Jahn losstürte. – »Sie hat wohl etwas vergessen«, säd Helene. – »Ich finde es aber doch sehr unpassend, uns so zu verlassen«, säd ehre Mutter un fot den Herrn Baron unner den Arm un gung mit em vöran. –

»Tanten Line, wat is Sei?« frog de oll Jahn, »wat iwern Sei sick? – Hett Sei wen wat dahn?« – »Ne, ne«, was de Antwurt. – »Mein Gott, Sei sünd jo ganz blaß; so reden S' doch.« – »Hir nich, hir nich! – Ick glöw, dit is en grotes Glück. – Min leiw' Herr Jahn, will'n von de Gesellschaft furt, will'n uns 'ne Gondel nemen, denn will ick Sei 't vertellen.« – »Oh, ick heww Tid tau täuwen«, säd de Oll un winkte 'ne Gondel 'ranne, un as sei dorinner seten, frog hei: »Na?« – »Dat's kein Baron, dat's en Kopmannsdeiner.« – »Wat?« frog de Oll hellschen iwrig, »meinen Sei den Baron von Unkenstein?« – »Densülwigen.« – »Tanten Line«, säd de oll Jahn, »Sei sünd 'ne klauke Dam, äwer dat kläukste Hauhn leggt männigmal doch in den Nettel, süllen Sei hirbi ok woll en beten in Bisternis geraden sin?« – Tanten Line vertellte nu ahn alle Hitz un Upregung den Ümstand vör de Baud' mi dat siden Tüg un slot ehre Red: »Herr Jahn, Sei weiten, dat ick de ganze Reis' äwer ümmer seggt heww, ick müßte den Baron all in minen Lewen mal seihn hewwen, ick wüßt em man blot nich hentaubringen. – Äwer so as hei von dat siden Tüg anfung, un wat de Ehl dorvon kosten ded, dunn wüßt ick sin Flag, wo hei henhürt: hei hett vör en Johrener vir oder fiw bi den Sidenhändler Kölzow in de Wismer in Konditschon stahn, den ick dunn taumalen grad gegenäwer wahnte, un ick will Sei ok seggen, wo hei heit:

hei heit Bössow. – Lieber Herr Jahn, wer verfällt darauf, zu Triest in einem Baron einen Ladendiener aus Wismar wiederzufinden? Un nu hett sick de Racker noch so'n vörnemen Bort stahn laten un hett sick en Kniper tauleggt un hett sick 'ne Sprak anwennt, as wenn en Apenpinscher gnurrt. – Nein, mein lieber Herr Jahn, ich irre mich nicht, ich habe ihn zu oft in der Tür stehen sehn un heww mi oft naug äwer em argert, dat hei jedes junges Mäten ehren lütten verdreihten Kopp dörch sine Kumpelmenten noch verdreihter maken ded.« – »Wenn dat *so* is«, säd de Oll, »denn möt hir wat gescheihn, hir kann süs en Unglück ut entstahn. – Weiten Sei nich genau, wo lang' de Groterjahns hir noch bliwen un wecke Tuhr sei taurügg nemen willen?« – »Wider nich genau as dörch dat, wat mi Helening seggt hett, un de säd, en teihn, twölw Dag' wullen sei hir noch bliwen un denn wullen sei äwer Verona un Tirol wedder nah Hus.« – »Na, wenn de't seggt, denn ward't ok woll so wesen. – De Ollsch künn frilich en Impaß dorin maken, denn sei hett ehre Mucken, un sei springt von de Stang' af, äwer wo't up ehr Plesier ankümmt, dor höllt sei tanger wiß.« – «Na, wat will'n *Sei* denn?« – »Tanten Line«, säd de Oll un grifflachte so'n beten, »Sei sünd so'ne olle, klauke Dam, nu will ick mal seihn, wat Sei dit Radels woll raden.« – »Na, will'n seihn«, säd Tanten. –

Den Nahmiddag let de oll Jahn sick Schriwgeschirr up sin Stuw' bringen un slot sick in, hei müßte also woll wat sihr Heimlichs vör hewwen. – Keiner kreg dat tau weiten; äwer wat wi Schriwwtstellers un Redigörs von de Zeitungen un Berichterstatters sünd, drängen uns in jedweder Geheimnis in, un as de oll Jahn sick taum Schriwen henset'te, kek ick denn ahn dat hei't ahnte, äwer de Schuller un las sinen Breiw. – Hei schrew:

Mein lieber Karl!

Steck Dir mal alsogleich 500 Taler in preußischem Papiergeld in die Tasche, denn das steht hier augenblicklich sehr gut, und mach Dich reisefertig, und denn fahre mit den beiden Vorderpferden von unserm Kutschgespann – denn die sind am fixesten zu Bein – nach Wismar. – Ich weiß wohl, daß Du in der hildesten Frühjahrssaatzeit bist; aber das hilft nicht, Gustav muß das besorgen. – In Wismar gehst Du zu dem Seidenhändler Kölzow – der Mann kennt mich von früher her und ist ein freundlicher und gefälliger Mann –, grüß ihn von mir und frag ihn, was er nicht vor ohngefähr vier, fünf Jahren einen sogenannten Handlungskommis mit Namen Bössow als Ladendiener gehabt habe und wo dieser Mensch woll geblieben wäre. – Und wenn er Dir darüber Auskunft gegeben hat, dann gehe zu dem Potografen, Herrn Kälke, und frag ihn, was er Dir nicht eine Potografi von diesem Bössow verschaffen könnte; ich wollte sie ihm gut bezahlen, und wenn Du diese hast, denn schreibe mir dies alles ganz genau und schicke mir den Brief poste restante hierher nach Venedig; ich hole mir ihn dann selbst von der Post. – Dann setzest Du Dich auf die Eisenbahn und fährst Tag und Nacht nach Verona in Italien und logierst in Colomba d'oro, woselbst Du bleibst und mir Nachricht von da gibst, daß Du angekommen bist. – In diesem Gasthofe treffen wir uns, und alles wird gut werden, mein lieber Sohn. – Die Geschichte ist bunt, aber ich habe unterwegs eine alte Freundin errungen, und die ist zu klug, als daß uns was fehlschlagen könnte. – Näheres erfährst Du perßönlich von

Deinem treuen Vater Joachim Jahn.

Venedig, den so und so vielten. Das Datum weiß ich nicht, denn wir leben hier in den Tag hinein wie die wahren Taugenixe.

As hei dit Schriwwtstück farig hadd, bröchte hei't sülwst up de Post, un as hei sick nahsten Tanten Line upsöchte, sach sei an sine Minen un sin ganzes Wesen, dat hei recht sihr mit sick taufreden was. – Sei freute sick doräwer, frog em äwer nich, denn wenn sei ok allens girn weiten müggt, so was sei doch grad nich niglich. –

In de irsten vir, fiw Dagen was de oll Jahn sihr ruhig un
fröhlich, hei bummelte ahn alle Wedderred' tau Faut un tau
Gondel in de Stadt un de Ümgegend herümmer, grad as dat
Tanten Line inföll. – Äwer wo sei ok hen gungen, de Gro-
terjahns dropen sei nahrends. – Un dat hadd sinen gauden
Grund: Fru Jeannette hadd einen so'n ollen halwangefulten
un ganz mit den Dummbüdel kloppten Burßen upgawelt, de
sick Perfesser schimpen let, und hadd em för Helene ehre
Bildung in Lohn un Brod namen. – Dit oll Worm hadd denn
nu gegen so un so vel bor Geld verspraken, en ordentlichen
Kursus in de Kunst mit Helene dörch tau maken, un wil dit
Wurd Muttern vör allen Dingen geföll, was hei annamen
worden. – Knapp gragte de Morgen, denn rep Mutter: »Mein
Kind, wir müssen uns rasch anziehen, wir müssen den Kur-
sus beginnen.« Un denn gung't nu los, denn gung't mit stre-
wige Schritten nah de sogenannte Akademie, wo de Perfes-
ser all up sei täuwte, un Anton kursierte hellschen verdreit-
lich achter her, äwer man bet tau den groten Saal, wo de
schönsten Biller von Titian hängen, nich grad dat de 't em
andahn hadden, ne, dor stunn en groten, weiken Diwahn,
up den set'te hei sick, schimpte tauirst inwendig up all de
Perfessers un ehren Drähnsnack, denn vör allen up sine Fru
un ehre Bildung, beruhigte sick denn bi Lütten un slep tau-
letzt sanft un selig in. –
Desto öfter dropen uns' beiden ollen Reis'kumpans Herr
Gumperten un den Herrn Baron, ok Unkel Borßen, wenn sei
de Piazetta entlanke gungen, denn dor stunn Unkel Bors ge-
wöhnlich mit den Puckel an 'ne Säul den halwen Dag spa-
zieren. – Un wenn denn de beiden ollen Lüd' den Weg ent-
lanke gungen, denn kunnen sei all von firn seihn, wo de olle
Knaw' sick freute, en minschlich Angesicht un noch dortau
en meckelnbörgsches tau seihn, un wenn denn Tanten Line
tau em säd: »Gun Dag, Herr Bors, mein Gott, sünd Sei noch
hir?« – denn was de Antwurt: »Wat sall ick dauhn? Wat sall
ick maken? – Sall ick hir aftrecken as de Katt von den Du-
wenslag un mi dat Mul afwischen un seggen: gesegnete Mal-

tid, Herr Baron? – Wer weit, de Kirl kann jo doch mäglicher Wis' noch betahlen. – Tweimal heww'ck em all mahnt, denn kümmt hei mi äwer ümmer mit de verfluchten Fettossen, un dat letzte Mal säd hei, sin Fründ, Herr Gumpert, würd dat gewiß för em in Ordnung bringen. – De hett Geld, dat weit ick, denn uns' Gastwirt, Herr Bauer, hett mi unner de Hand vertellt, dat hei von em dusend Daler in Verwohrsam hett. – Äwer wat helpt mi dat, de Mann is mi jo nicks schüllig, wo kann ick den anfaten? – Herr Jahn, dauhn S' mi den einzigen Gefallen – ick bün en ollen Fründ von Sei – nemen S' sick mi as Ogenspeigel un borgen S' den Kirl kein Geld, hei kann Sei mäglich ok mit Fettossen unner de Ogen gahn.« – »Na, ick denk«, säd de Oll, »ick ward mi woll häuden. – Äwer Sei wullen jo mit Ehren Avkaten reden, wat säd denn de?« – »Ja, wat säd hei? – Hei säd, wat ick glöwte, dat de Avkaten dortau in de Welt set't wiren, dat sei de Dummheiten von aller Lüd' wedder grad maken süllen. – Dor meinte hei mi mit. –Äwer nu kiken S' dor! – Dor kamen s' beid wedder an, Herr Gumpert un de Herr Baron. – Oh, du verfluchte Karnallg', du steihst mi all bet an den Hals!« –
Äwer nich ümmer was de Herr Gumpert mit den Herrn Baron tausam: einmal, as de oll Jahn mal wedder nah de Post lopen was, dat hei en Breiw von sinen Korl afhalen wull, wat hei in den letzten Dagen däglich en por Mal ded, drop hei up den Rüggweg Herr Gumperten allein. – Up Herr Gumperten sin Gesicht was ogenschinlich wedder »Schauderhaft!« tau lesen. – De Oll was gaudmäudig, hei bed also den jungen Minschen, hei süll mit em kamen, Tanten Line set vör't Café Quadri, un dor wullen sei denn tausam 'ne Taß Koffe drinken. – Herr Gumpert ded't; äwer as sei bi Tanten Line ankamen deden, stunn de oll Dam up un säd fründlich tau Herr Gumperten: »Mein Gott, Herr Gumpert, was fehlt Ihnen? – Sie waren in der letzten Zeit so fröhlich, un nu seihn Sei wedder ut as en Pott vull Müs'. Wo haben Sie denn Ihren Freund?« – »Freund? – Na, was

heißt Freund? – Ich dank für solche Freunde!« – »Wat? – Hewwen Sei sick mit em äwer 'n Faut spannt?« – »Das gerade nicht; aber sehn Sie, das ist 'ne karjose Geschichte: wenn ich mit ihm ausgehe und laß mir 'ne Tasse Kaffee geben, denn läßt er sich auch eine geben, und denn sagt er, ich soll für ihn auslegen.« – »Na«, smet de oll Jahn hen, »dat's doch ok kein Gefährlichkeit.« – »Nein, *das* nicht, aber sehn Sie, dann kommt er und sagt, ich soll ihm so viel dazu geben, daß es einen Gulden macht, sonst vergißt er es.« – »Süh«, säd Tanten Line, »up so vel Gewissenhaftigkeit heww ick den Herrn Baron gor nich mal anseihn.« – »Ja, sehn Sie, wenn ich ihm den nun gegeben habe, dann kommt er nach kurzer Zeit wieder und fordert sich den Gulden noch einmal, er hat den ersten verloren, er hat ein Loch in der Tasche.« – »En Lock in de Tasch!« rep Tanten Line, »laten S' em dat doch tauneien.« – »Hüren S' mal, Herr Gumpert«, säd de oll Jahn, »sörre einige Tid heww ick de beste Meinung von de Minschen; äwer desen hir würd ick mi doch en beten von den Liw' hollen.« – »Das sagt Herr Bauer auch. Herr Bauer sagt, mein Freund ist von dem Wirt in der Luna rausgeschmissen worden, weil er nicht hat bezahlen können. – Es ist ein großer Spektakel gewesen, bis zuletzt die Frau Groterjahn für ihn bezahlt hat.« – »Denn laten Sei ehr: de Fru is olt naug, de möt nahgradens weiten, wat sei tau laten un wat sei tau dauhn hett; Sei sünd äwer en jungen Mann, de de Welt nich kennt, un so einen möten wi Ollen beraden. – Ick segg Sei, maken S' sick von den Kirl los.« – »Das kann ich nicht.« – »Worüm denn nich?« – »Nein, er ist zu freundlich zu mir; er hat sich heute morgen dazu erboten, er will mit mir auf eine Stube ziehn.« – »Gott bewohr uns!« rep Tanten Line, »willen Sei denn abs'lut, dat eines Morgens Ehr Uhr un Ehr Geldbüdel un Ehr Kledagen fläuten gahn sünd?« – »Das sagt Herr Bauer auch. Herr Bauer sagt, so was ist hir in Venedig gar nicht ungewöhnlich.« – »Na, denn hüren S' doch up den Mann! Un nu will ick Sei wat seggen: nu gahn Sei nah den Kirl

hen un seggen Sei em, dese Dam hir un ick, wi hadden Sei
den Rat gewen – hei ward uns woll kennen –, Sei süllen
sick von em los maken, un dat wullen Sei denn ok, un wenn
hei wider wat wull, denn süll hei sick an uns wennen, wi
wiren dortau in'n Stand, em Ogen un Uhren en beten up-
tauknöpen.« – »Das kann ich nicht.« – »Worüm denn nich?«
– »Er ist zu freundlich zu mir, er hat mir gestern abend noch
angeboten, er will die ganze Reise durch Italien mit mir
zusammen machen.« – »Na, denn reisen S' mit Gott«, säd de
Oll, »wen nich tau raden is, den is nich tau helpen«, un
ratsch dreihte de Oll sick üm un fot Tanten Line unner den
Arm un gung mit ehr den Markusplatz dal. – »Tanten Line«,
säd hei, »nu weit ick gewiß, dat Sei recht hewwen: dat is
kein Baron, dat is ein Swindler.« – »Je, äwer de arme junge
Minsch!« – »Vörlöpig is hirbi nicks tau maken; äwer wi mö-
ten up de beiden en Og hewwen.« –
So vergungen denn wedder etzliche Dag', de Oll lep üm-
mer wedder nah de Post; äwer tauletzt kamm hei mal recht
fröhlich tau Hus, hei hadd en Breiw in sine Bosttasch, un
mit den gung hei denn up sine Stuw' un slot sick dor in un
las:

Mein lieber Vater!

Den herzlichsten Gruß an Dich, mein treuer Vater! Oh,
wenn Du wüßtest, wie oft und wie redlich und sehnlich ich
an Dich und das Schiff gedacht habe, welches Euch nach
Konstantinopel geführt hat! – Alles, was Du mir geheißen
hast, habe ich nach Kräften besorgt. – Ich habe den Herrn
Kölzow aufgesucht, der in freundlichster Weise mir Ant-
wort auf Deine Fragen gegeben hat. – Ja, er hat vor unge-
fähr vier Jahren einen Ladendiener, mit Namen Bössow, in
seinem Geschäft gehabt. Der Mann ist – wie er sagt – zu-
erst durchaus zuverlässig und brauchbar gewesen, da hat er
sich aber einmal Urlaub, um seine Eltern zu besuchen, er-
beten, ist aber nicht zu diesen, sondern nach Dobberan ge-
reist und hat – wie Herr Kölzow nachträglich erfahren –
dort an der Bank gespielt und eine für ihn sehr bedeutende

Summe gewonnen. Seit *der* Zeit hat er das Geschäft durchaus vernachlässigt, hat hie und da herum gespielt, hier in diesem alten, ernsthaften Wismar selbst Bank aufgelegt und hat diese Geschichten so weit getrieben, daß Herr Kölzow die Kondition ihm hat kündigen müssen. – Was weiter aus ihm geworden ist, weiß man nicht genau, Herr Kölzow meint aber, er habe gehört, daß er sich später in Hamburg und Altona als Spieler herumgetrieben habe. – Bei dem Photographen, Herrn Kälke, war die Erkundigung etwas schwieriger. – Er wußte freilich ganz genau, daß er die Photographie des jungen Mannes aufgenommen habe, aber die Platte war verloren gegangen, und da hieß es denn nun, an wen der Herr Bössow seine Photographie hier in Wismar vielleicht verschenkt haben könne, und dabei erinnerte sich der Herr Kälke, daß vor einigen Jahren das Gerücht gegangen sei, daß Bössow mit der sehr schönen Putzmacherin Tz... in Verbindung stehe, wenn *eine,* so müßte *diese* eine Photographie von ihm besitzen. Ich ging also zu diesem jungen Mädchen – Vater, Du weißt, daß ich niemals mit Putzmacherinnen Bekanntschaft gemacht habe, und deshalb war ich auch sehr befangen – zumal das Mädchen eine überaus liebliche Erscheinung war, schön, sehr schön, aber dabei einfach in Wesen und Worten. – Als ich bei ihr mein Anliegen vorbrachte, stand sie von ihrem Arbeitsstuhl auf, ging an eine Kommode und holte dort unter Flor und Gaze und verblichenen Rosen und zerbröckelten Kränzen ein Stammbuch hervor, schlug es auf, sah lange auf ein Blatt, nahm dann eine Photographie daraus hervor und sagte: »Nein, Herr, er ist mein verlobter Bräutigam, und er hat mich belogen und betrogen und hat mich dann schändlich verlassen; aber dennoch – und obgleich Sie ein ehrliches Gesicht haben und ich nicht glauben kann, daß Sie mit dem Bilde Mißbrauch treiben werden –, dennoch kann ich mich nicht von demselben trennen. – Aber hier bei dem Konditor G. ist ein Mädchen in Kondition, die besitzt auch ein Bild von ihm, und die wird das ihrige leichter hergeben.« – Und damit setzte sie sich wieder auf ihren Stuhl und kramte zwischen Zeugflicken und künstlichen Blumen herum und warf auf mich einen langen, traurigen Blick; den Blick vergeß ich zeitlebens nicht. – Vater, Vater, was Du auch vorhast, richt die Sache *so* ein, daß das arme Mädchen nicht noch unglücklicher wird.

Mit der anderen Mamsell ging's besser. Sie reichte mir mit Lachen die beiliegende Photographie und fragte, was ich mit dem Lumpen wolle, schenkte mir dann für mein Geld ein Glas Bischof ein, und ich ging mit meinem Geschenk von dannen. – Heute abend mit den letzten Zuge fahre ich ab, und wenn Du diesen Brief erhältst, werde ich wohl schon in Verona in dem bezeichneten Gasthofe sein. – Jedenfalls schreibe ich gleich nach meiner Ankunft von dort an Dich. – Und nun ein baldiges, fröhliches Wiedersehn! Grüße brauche ich Dir wohl nicht aufzutragen!

Lebe bis dahin wohl!

Dein treuer Sohn Karl Jahn.

»Ja«, säd de Oll, as hei de Photographie ankek, »dat is hei. – Leiwer Gott! wat hadd hir för en Elend ut entstahn kunnt! – Un dat allens blot, wil 'ne Mutter mit ehre Dochter höger herut will, as dat vernünftig un paßlich ist.« –

Nah ein por Dag' kamm denn ok ein Breiw von sinen Korl mit de Nahricht, dat hei in Verona richtig ankamen wir. – »Tanten Line«, frog de Oll, »hewwen Sei nich hürt, wennihr führen Groterjahns af?« – »Äwermorgen, min leiw' Herr Jahn, Helening hett mi't gistern seggt. – Ach, sei was so unglücklich: de Baron führt ok mit.« – »Schönen Baron«, säd de Oll. »Kiken S' hir!«, un hei wis'te ehr de Photographie, »dit heww ick ut de Wismer schickt kregen, dat is dat Bild von Ehren Ladendeiner Bössow.« – De oll Dam bekek sick dat Bild genau un frog dunn: »Na, heww ick nu recht?« – »Sei hewwen recht, un wenn't Sei so paßt, denn führen wi äwermorgen ok.« – »Minentwegen«, säd de olle Dam.

KAPITEL 17

Tau den fastset'ten Dag was bi de beiden ollen Lüd' allens
tau de Afreis' parat, dunn säd de Oll mit einem Mal: »Tan-
ten Line, mit den irsten Tog känen wi nich reisen, wi reisen
mit den tweiten; ick heww noch wat vergeten, un dorbi mö-
ten Sei mi helpen, dat dat in de Reih kümmt.« – »Natürlich«,
säd Tanten Line, »un wat is denn dat?« – »Frugenskram, ick
will so'n beten Putzkram för Frugenslüd' köpen.« – »Doch
woll kein Mützen un Spitzen un Kragens?« – »Ne, 't sall
en Halsband sin un en Armband.« – »Na, dor wen'n Sei sick
denn doch äwerst an de Unrechte. – Ih, ja, ich kann wohl
sagen, was mir gefällt; aber was der Mode jetzt gefällt, da-
von weiß ich nichts.« – »Sei sälen ok man seggen, wat *Sei*
geföllt. – Ick denk, wi gahn. – Un Jochen, du gah hen un
säuk di unsen ollen Gondelführer, un denn dragt dat Ge-
päck in sin Gondel, dat wi glik führen känen un den twei-
ten Tog nich verpassen. – Du kennst den Burßen doch?«
– »Oh, Herr«, lachte Jochen, »Italjensch kann ick jo all, un
kennen dau'ck em ganz genau: mit Vörnamen heit hei ,No-
vanto' un mit Vadersnamen ,Quattro'.« – »Na, denn mak
dat.« –

As de Inkop in einen Juwelierladen up den Markusplatz
besorgt was, gungen de beiden ollen Lüd' nah de Piazetta
un set'ten sick in ehr Gondel, wo Jochen all up ehr täuwte.
Novanto Quattro führte los, den Groten Kanal entlang
nah den Bahnhof hentau. – Knapp wiren sei up de Hälft in
de Gegend von den Rialto, dunn sus'te ehr dor 'ne Gon-
del mit twei Räuders vörbi, un wer satt dorin? – Herr
Gumpert. – »De möt't ilig hewwen«, säd de Oll, »will ok
woll mit den Tog furt un hett sick in de Klock verbistert.« –
As sei up den Bahnhof ankemen, lep Herr Gumpert dor up
un dal. – »Guten Tag, Herr Gumpert«, säd Tanten Line,
»wenn Sie auch mit diesem Zug wollen, denn sind Sie viel
zu früh gekommen.« – »Wo will'n Sei denn hen?« frog de

oll Jahn. – »Ich? ... Ich will nach Verona.« – »So? – Ih, denn reisen wi tausam.« – »Wo haben Sie denn Ihren Freund?« frog Tanten Line. – »Meinen Freund?« frog Herr Gumpert, un dorbi lachte hei so gelbunt in sick rinne, »mein Freund ist auch in Verona; der Kellner in der Luna hat mir gesagt, er ist heute morgen mit der Groterjahnschen Familie dahin abgereist.« – »Herr Jesus!« rep Tanten Line, »dat is jo en wohres Glück för Sei, denn laten Sei em doch dor; wat jagen Sei denn achter Ehr eigen Unglück her?« – »Nein, das kann ich nicht, ich habe noch ein paar Worte mit ihm zu sprechen.« – De Ollsch säd nicks, äwer sei makte ein hellschen argerliches Gesicht un knöpte un bünzelte mit Sleufen un Knuppen an ehren ollen Arbeitsbüdel rümmer, as süll de för de Taukunft dat unvermeidliche un unuplösliche Schicksal vörstellen. – Dunn kamm Jochen an un meldte, dat Gepäck wir besorgt un hir wiren de Baljetts. »Herr«, säd hei, »denken S' sick mal, de ein Kirl hir wull all uns' un de Dam ehr Saken utpacken, un ick wull all grad anfangen un mit em reden un hadd ok all en italjensches Achtgröschenstück in de Fingern, dunn fängt de Kirl mit enmal an, Dütsch tau reden. – Na, ut Freud', dat ick hir en Landsmann drap, gaww ick em denn dat Achtgröschenstück, un weiten S', wat hei seggt? – ,Reisen S' mit Gott!' seggt hei, ,Sie haben keine steuerbare Sachen', un denken S' sick, de Kirl hett gor nich visentiert.« –
De Tog gung af, Herr Gumpert führte mit de beiden ollen Lüd' tausam; hei was äwer sihr still, un up sin Gesicht stunn wedder tau lesen: »Schauderhaft«. –
Gegen Schummerabend kemen sei in Verona an. – As sei vör de Colomba d'oro höllen, säd Jahn: »Jochen, besorg', dat uns' Gepäck tausam von den Wagen kümmt, un Sei, Tanten Line, gahn S' in de Gaststuw', ick ward för Sei 'ne Taß Kaffee bestellen un ward dat Quartier besorgen.« – De oll Dam wull irst Inwennungen maken, sei wull dat besorgen; äwer Jahn led't nich, un as hei de grote Husdel entlang gung, begegnete em en Kellner, de Dütsch verstunn, un

as hei den frog, wat hir nich sörre vir, fiw Dag' en jungen Mann ut Nurddütschland loschierte, un de all anfung: ja, dat wir woll de up Nr..., dunn stört'te dor wat de Trepp hendal, un Korl fot sinen Vader rundting üm un rep: »Vatting, Vatting, wat ick mi freu, dat ick di wedder seih! – Vatting, Vatting, wo is di de Reis' bekamen?« – »Gaud, min Sähn, sihr gaud! – Nu kumm äwer nah din Stuw' rup; ick heww di wat allein tau seggen.« –

As sei baben wiren, kunn Korl sick nich länger hollen, de Tranen stört'ten em ut de Ogen, un hei frog mit bewerige Stimm: »Vatting, wo steiht min Sak?« – »Min Sähn, dat weit uns' Herrgott am besten; äwer so vel wi Minschen weiten, steiht din Sak gaud.« – »Vatting, ick heww sei seihn.« – »Wen, Korl?« – »Helene. – Ick was vördem all up den Bahnhof, wil dat ick glöwte, du würdst mit den irsten Tog kamen; du wirst nich dor, äwer *sei* was dor mit ehre Öllern un Franz Nemlichen un denn mit den Minschen, von den ick di de Photographie heww anschaffen müßt. – Wat heit dit all?« – »Dat kriggst du all tau weiten, Korl. – Hewwen sei di seihn?« – »Ne, ick stunn ganz von firn un kreg sei ok man tau seihn, as sei in den Hotelwagen stegen, un as ick dor hen lep, führte de Wagen af.« – »Loschieren sei hir?« – »Ne, up den Wagen stunn ,Torre di Londra'.« – »Dat is gaud. – Nu will ick di äwer mal wat seggen: nu fat di mal in dine Unrauh. – Du weitst, ick würd di meindag' nich bedreigen, un ick segg di, du hest kein Ursak, di tau beängstigen. – Ick will hüt abend hir mal minen Spaß hewwen, un dortau möst du mi verhelpen.« – »Vatting«, säd Korl un kek den Ollen so 'n beten unseker an, *»du Spaß?«* – »Ja, min Sähn, so is mi up Stun'ns tau Sinn.« – »Gott segen di«, rep de olle truhartige Jung un föll sinen Vader an de Bost, »denn is't gaud, denn weit ick, denn is allens gaud! – Wat sall ick dauhn?« – »Nicks wider, Korl, as du geihst runner in de Gaststuw', dor wardst du 'ne olle Dam finnen, mit de vertellst du di wat, seggst äwer *nich*, dat du min Sähn büst, un wenn ick ok dortau kamen süll, denn kennst du

mi nich. – Hest du't verstahn?« – »Ja, Vatting, äwer
wat...?« – »Ick segg di jo, ick will minen Spaß hewwen.« –
»Na, denn man tau!« rep Korl un küßte sinen Vader, »wenn
du *so* gesunnen büst, denn denk ick, ward ick min Unge-
duld mit Fragen ok woll 'ne Tidlang törnen känen«, un
dormit gung hei in de Gaststuw' dal. –

Unnen in de Gaststuw' satt Tanten Line bi'n Koffepott;
ehr was ogenschinlich ganz behaglich tau Sinn, un wenn ehr
wat fehlen ded, denn was't de oll Jahn; sei wüßt nich, wo
hei blewen was, äwer sei tröst'te sick dormit, hei wir all tau
olt, as dat hei sick von en Krabbenwagen äwerführen laten
würd, hei würd woll kamen; un in dese Hoffnung stippte
sei ehren Kringel in den Koffe – jedweder richtige olle
Jumfer stippt. – Nu gung de Dör up, sei dreihte sick üm – ne,
dat was de oll Jahn nich, dat was en blaudjungen Minsch,
den de Gesundheit un de Fröhlichkeit ut Backen un Ogen
strahlten; äwer hei was wat drist, hei set'te sick ehr grad
gegenäwer, makte ehr en Diner tau un fung en Gespräk
mit ehr an. – Dit Gespräk was nicht witzig, was nich gelihrt,
was ok nich, wat sei up Stun'ns intressant näumen; äwer in
den frischen Jungen sinen Harten, dor bläuhte dat, hei was
as en jungen Appelbom, de de rosenroden Bläder von sine
Blaumen linksch un rechtsch üm sick streut, so dat Tanten
Line tau sick sülwst säd: en smucken Jung', hett äwer woll
en Glas Win drunken. – Äwer mit de Tid würd sei hell-
hüriger: »Mein Gott!« rep sei, »Sie sind ein Norddeutscher,
vielleicht ein Hamburger Kaufmann?« – »Nein, ich bin ein
Mecklenburger.« – »So? En Mecklenbörger Kopmann?« –
»Ne, en Landmann.« – »Na, dor hürt allens up! – Dor is
irst de oll Groterjahn, denn de oll Jahn, denn de jung' Herr
Beyer, un nu Sei ok noch, dat's doch grad', as wenn de
meckelnbörgschen Landlüd' hir liken.« – (Herr Beyer was
nämlich ok mit den sülwigen Tog ankamen.) – Dunn gung
de Dör up, un de oll Jahn kamm rinner. – »Herr Jahn!« rep
Tanten Line, »hir is en Landsmann von uns un en Kolleg'
von Sei.« – »So?« frog de Oll un set'te sick verdreitlich en

En'n von de beiden af. – »Hm«, säd Tanten Line vör sick hen, »wat *den* nu woll wedder is! – Na, lat em, hei ward sick woll wedder besinnen.« – Un sei snackte lustig wider mit den jungen Minschen: de Oll satt en beten in den Schatten un regardierte mit Uhr un Og' up allens. – Nah 'ne Wil stunn hei up un säd: »Tanten Line, ein Wurd«, un leddte de olle Dam in 'ne Eck rin un säd: »Wat hewwen S' sick dor nu wedder upgawelt? – Dat is jo so'n richtigen meckelnbörgschen Strom.« – »Herre Jesus! Herr Jahn, wo kamen Sei mi vör? Dat is jo so'n lütten nüdlich n, frischen Kirl, un dor is ok nich de Spir von unnützes Wesen an.« – »Na, denn gahn S' man wedder nah em hen.« – »Ja, dat dauh ick ok, den lat ick mi *nich* verachten.« – De Red' gung wedder lustig wider, de Oll satt up de Lur, un wer weit, wo lang' dat noch wohrt hadd, dunn schickte uns' Herrgott un – wer weit – ok de Düwel karrte Jochen Klähnen in de Dör rinne: »Herr, dit Por Stäweln . . .« – baff! let hei de Stäweln in de Stuw' rin fallen, ret dat Mul up un stunn dor as en Ölgöz: »Herr . . .! Herr . . .! Dat's jo uns' Korl! – Ja, dat's uns' Korl!« – un nu up Korlen los: »Jung' Herr! Jung' Herr! Wo kamen Sei in dit verfluchte Lock her?« Un dorbi müßte hei sick de Ogen wischen un rep ümmer ein äwer't anner Mal: »Wo? Dor möt ick mi äwer doch wunnern! Wo? Hir kümmt jo woll Pingsten un Ostern up *einen* Dag?« – Tanten Line kek den Ollen so recht pfiffig an un säd: »Ja, Herr Jahn, ditmal hewwen S' mi mal richtig anführt, un dit Radels heww ick *nich* raden.« – »Ja, Tanten Line«, säd de Oll fröhlich, »dat möt ick ingestahn, en Spaß wull ick mi mit Sei maken, äwer« – hir würd hei sihr irnsthaft utseihn – »kiken S' up de anner Sid von't Bladd, dor warden Sei groten Irnst up stahn seihn. – Ick kenn keinen Minschen up de ganze Welt, den ick mihr tautru, dat hei in den Minschenharten tau lesen versteiht, as Sei, un dor wull ick girn weiten, wat *Sei* von den Jungen höllen, ick wull weiten, wat min Korl ok woll dat leiwe Mäten wirt is. – Na, Sei hewwen spraken, tau sinen un minen Glück spraken, un nu ward ick mi kein Gewissen dorut maken känen, wenn ick mi vullends mit de Sak wider bemeng'.« – Korl fot sinen Vader üm, un Tanten Line läd em de Hand up de Schuller un wull wat seggen, dunn brok Jochen Klähn los, den de Oll ganz ut de Obacht laten hadd: »Herr, segg ick't nich? Uns' Korl is doch en ganz annern Kirl as de olle knak-schälige Swepstock von Baron! – Ick un Paul hewwen uns ok beid' för unsen jungen Herrn verswuren.« – »Wat deihst *du* hir?« frog de Oll argerlich. – »Herr«, säd Jochen recht tauversichtlich, »in so 'ne Saken is vör minen Ogen nicks verborgen. Dat weit ick all. – Un seihn S', mi is up de Reis' ok männigmal de Lus äwer de Lewer lopen, wenn ick den Kirl . . .« – Hir snappte hei af, denn achter em gung de Dör up, un Herr Gumpert kamm rinne, un dat hadd hei in sinen Gefäuhl, de hürte nich tau de Fomili un in den sin Bi-sin dürwt von so wat nich redt warden. –

De Red' kreg nu 'ne annere Wennung, de Oll let sick von Meckelnborg vertellen un von den Stand von de Winter-saat, un Korl von de Reis', un as sei all tau Bedd gahn wul-len, dunn puste dor wat in de Dör herinner, un rinner ku-gelte Unkel Bors, un achter em stakte so'n langen Kirl von italjenschen Frömdenführer un höll Unkeln, so tau seggen, an de Rockslippen faat't. – »Gott bewohr uns!« rep de lütte Talglümmel von Seepenseider, »schafft mi den verfluchten Kirl von Liw': sörre vir Stun'n rönnt mi de ßackermentsche Kirl mit sine langen Bein ut Pust un Aten.« – »Na, na, Herr Bors, besin'n S' sick«, säd Jahn, »wat is Sei denn?« – »Ick säuk *Sei* jo un dese Dam sörre vir Stun'n as 'ne Knöpnadel. – De Minsch will jo doch unner Minschen sin.« – »Na, wo sünd Sei denn west?« frog Tanten Line. – »Ja, wo bün ick west? In Londra bün'ck west, bi min Swesterdochter, bi Hanning«, hir lachte Unkel Bors hell up, »un dor hett mi Helening seggt, dat Sei hir hüt ok herkemen.« – »Na, wor-üm sünd Sei denn dor nich blewen?« frog Tanten Line wi-der. – »Dor blewen? – Ne, de *Minsch* will taum *Minschen,* un min Swesterdochter is kein *Minsch,* dat is en *Unminsch.*

– Wat? As ick dat gaud mein un ehr en lütten Wink mit
en Tulpenstengel gaww, dat de Baron en Swindler is un dat
hei mi mit sine verdammten Fettossen tweihunnert Daler ut
de Tasch rut lockt hett, dunn ward sei groww un wis't mi
de Dör? Un dat *so,* dat dat den ollen lütten Jungen, ehren
lütten Paul, *so* jammern ded, dat hei mi rund ümfaten würd
un em de Tranen in de Ogen stun'n? –Un dat Anton sülwst
mit de Bein an tau trampsen fung? – Ne, Hanning, ick bün
en ollen Seepenseider, un din seel Vader was en Pötter, un
en ihrlichen Kirl was hei, un wenn du din Dochter an so'n
Herrn Baron verkopslagen willst – na, minentwegen! Ick
heww di gaud naug raden.« – »Na, so hastig geiht't denn
doch woll nich los«, säd Jahn un läd sick in sinen Staul tau-
rügg, as wull hei't ruhig aftäuwen. – »Dorup verlaten S' sick
nich, Herr Jahn! – Hanning seggt, sei hett 'ne Idee – wat
dat is, weit ick nick; äwer't ward woll nah dat sülwige hen-
stangeln, wat wi Lunen un Schrullen un Mafökens näumen
– un dor hett sei nu vördem mal en Bauk lesen, dor hett in-
stahn, dat hir öltlings mal wat mit en jung Mäten passiert
is – ick weit nich – de ollen Nams! – Mi is äwer, as wenn
sei ‚Jule‘ säd, un dor sall jo hir noch dat Sark dorvon tau
seihn sin – dor hett s' den ganzen Weg äwer von redt – un
dor sall jo nu morgen früh Klock elben de richtige Verla-
wung vör sick gahn. – Sei seggt, ‚daß es für ihr Kind und
zukünftigen Swigersohn einen unauslöschbaren Eindruck
machen soll‘. – Anton seggt, hei will nich; äwer wat An-
ton hüt seggt, is morgen nich wohr. – Un Sei sälen seihn,
dat Unminsch von Swesterdochter kriggt dat farig un kihrt
sick nich an dat olle leiwe, lütte Lening un nich an den
Swindel von mine Fettossen.« – »Na«, säd Herr Gumpert,
un hellschen giftig sach hei ut, wat süs gor nich sine Ort was,
»lassen Sie sein! Lassen Sie! – Ich bin morgen um elf Uhr
auch da; ich hab' auch noch ein paar Worte mit dem Herrn
Baron zu sprechen.« – »Je, wat sall dat helpen«, säd Unkel
Bors, »wenn min Swesterdochter Hanning sick wat in den
Kopp set't, denn ...« – Korl sach sinen Vader en beten

sihr beängstlich an; de Oll satt ruhig dor un plinkte em ganz
behaglich tau. –

Nu kamm Jochen Klähn in de Dör rinner, de mit den ital-
jenschen Führer vörher rute gahn was, un säd: »Nemen S'
nich äwel, Herr Bors, äwer de Kirl will nu Geld hewwen.«
– »Schaffen S' mi den Kirl von den Liw'! De Kirl hett mi
binah dod makt.« – »Dat's 'ne Kleinigkeit«, säd Jochen,
»langen S' man in de Tasch herin un halen S' en por Block-
stücken rut, denn red' ick mit em.« – Na, Unkel müßte nu
ran, von Handeln was hir woll nich vel de Red', un de Ge-
sellschaft, mäud' as sei was, gung utenanner. Vader un Sähn
slepen äwer tausam, un dor würd noch vel hen un her redt
in dese Nacht vull Sorgen un Bedenken. –

Ja, un Sorgen un Bedenken wiren nich blot in de Colomba
d'oro, sei späukten de Nacht dörch ok in den Torre di Lon-
dra, un üm dat Bedd von de arme Helene gung't dull her.
– Fru Groterjahnen hadd mit ehre Dochter noch nich gradut
spraken, wat sei bi Antonen denn doch för nödig hollen
hadd; äwer sei hadd so vele lütte Anspelungen makt, dat
Helene gaud naug marken kunn, worup de Sak zielte. Un
dese Anspelungen danzten de lange Nacht dörch üm He-
lene ehr Bedd rümmer, as wiren't Hampelmänner, de bald
lütt wiren un bald grot würden, so dat kein Og' vull Slap
ehr tauflot. – Un as nu de goldene Morgen an den italjen-
schen blagen Hewen tau Höchten treckte un de Larm von
dat dägliche Gewarw sick von de Strat ut vernemen let,
dunn was woll dat Späukwesen von ehre Beddstäd' furt
schüchert; äwer nu drängte de Würklichkeit mit fürchterliche
Angst up ehr in, sei sprung up, smet sick en Morgenkled
äwer un stört'te in de Stuw' von ehren Vader rinner. – An-
ton was all up un stunn vör den Speigel un balbierte sick. –
»Vater!« rep dat leiwe Kind in de schreckliche Unrauh,
»lieber Vater! Was will Mutter eigentlich? – Ach, ich bin
ihr ja von Jugend auf gehorsam gewesen und habe immer
getan, was sie von mir verlangt hat; aber das *kann* ich nicht,
und das werd' ich *niemals* tun!« – Anton läd dat Balbier-

metz bi Sid, wischte sick den ingeseepten Bort af, fot sin lütt
Döchting üm un drückte dat ängstliche Kind an sin grund-
ihrlich Hart un säd: »Laß man! Laß man, mein lieb Döch-
ting! – Süh, ich hab' auch ümmer getan, was deine Mutter
von mich verlangt hat, aber dies tu ich auch nich! So'n Kerl
wie der Baron soll mich meinlebstaglang nich Swigervater
schimpfen.« – Dunn rögte sick dor wat in den Bedd, Paul
was bi dat Wurd »Baron« upwakt, rew sick de Ogen un rep
ut de Küssen rut: »Vatting, weitst, wat Jochen Klähn seggt?
De seggt, de Baron is en groten Schapskopp.« – Nu was de
Red' tüschen Vader un Dochter tau En'n; Helene sackte up
en Staul tausam; äwer de Vader bögte sick äwer ehr un flu-
sterte ehr in de Uhren: »Wenn heut deine Mutter spricht,
denn sollst du auch gewahr werden, daß du einen Vater
hast, der auch sprechen kann.« –
Gegen Klock teihn satt de Groterjahnsche Fomili mit den
Herrn Baron in de Arena, un wo vördem mal unschüllige
Christen in ehren truen Glowen mit wille Dire striden müß-
ten, dor müßte an desen Morgen ok ein unschüllig Hart
gegen de wildsten Gedanken anstriden. – Äwer, wat's
dor? – Wat is dor grad' gegenäwer? – Dat is de olle Dam,
dat is de olle Jahn! – Äwer wer is dor bi em? Wer is dat
mit de lockigen, blonden Hor? – Ach Gott! Un de Tranen
stört'ten ut dat Og' von dat unschüllige Kind, ne, nu kunn
nicks mihr verdorben warden, dit was de Finger von unsen
Herrgott, de ehr winken ded tau Glück un tau selige Rauh.
– De Lüd' vertellen sick, dat sick in so 'ne Arena de willen
Dire bögt hewwen vör 'ne unschüllige Jungfru, un't möt
woll wohr sin, denn de willen Gedanken, de slimmer sünd
as de willen Dire, bögten sick vör de lütte, säute Helene, un
fröhlich as en Kind un stolz as 'ne Königin gung sei von
dannen. –
Mutter hadd sick den mäglichst dämlichen Führer anhan-
delt, de äwer en beten östreichsches Dütsch verstunn, un
quälte nu dat arme Worm mit Romeo un Julie. – »Ja«, säd
de olle Burß, »mit Romeo und den Montecchis ist das hier

alle geworden, von denen weiß kein Mensch mehr was, aber Julie und die Capuletti ..., kommen Sie hier gefälligst mit mir.« – Un dormit bröcht hei sei in 'ne Ort von Anspannung, wo Pird' un Ossen un Esel truhartig tausam stun'n, un säd: »Sehn Sie, dies ist das Paleh der Capuletti, da sehn Sie die Mütze in Sandstein ausgehauen, das ist ihr Wappen.« – Mutter stunn dorvör un kek dat Ding an as de Kauh dat nige Dur, un Anton säd: »Paleh? – Na, hören Sie mal, wenn jede Krugwirtschaft en Paleh is, denn haben wir in Mecklenburg auch was von Palehs aufzuweisen.« – Anton säd dit so giftig, dat dat ogenschinlich was, hei wir wedder in de forscheste Opposition. – »Mein Kind!« rep Mutter un fot den Herrn Baron unner den Arm, »nimm den andern Arm von dem Herrn Baron, wir gehen jetzt zu dem Sarge Julias.« – »Nein, Mutter, wir versperren dann den Leuten die Straße, ich gehe hier mit Paulen und – Herrn Nemlich.« – Dit kamm so'n beten tägerig herute, äwer dorbi smet sei so einen fründlichen, vergewenden Blick up den armen Semeristen, as blot en leiwes Mätenhart in ehr gründliche Unschuld up en jungen Minschen utstrahlen laten kann, de mal 'ne Dummheit makt hett. –

De oll Führer bröchte sine unnergewene Gesellschaft von de Ossen- un Esel-Station nah en por annere dreckige Häw', un as sei de glücklich up't Lopbredd passiert hadden, leddte hei sei in einen Goren. – En Lustgorn was dat nu grad' nich, ne, 't was dat, wat wi en Kohlgorn näumen, wo bi Kohl un Räuben Zipollen un Burre wassen un wo vör allen Dingen de Knuwwlock sinen Däg' hadd, kortüm, 't was en sihr nutzbores Grundstück. – Mutter was en beten vör den Kopp slagen. – Je, Jeannette Groterjahn, ick kann di nich helpen, dit is nich dat irste Mal, wo sei di Mus'dreck stats Peper gewen, ick fürcht äwer, dat kümmt noch stripiger. – »Wir gehn hier bloß durch«, säd sei tau ehre Gesellschaft, »und dann wird uns der Führer das Grabmal Julias zeigen.« – Je, säd de olle Burß nu, dat wir so 'ne Sak, von en Grawwmal wir äwerall kein Red', wat hir wis't würd, wir blot dat Sark; un dit hir, säd hei, wir dat. Dormit wis'te hei up en ollen Watertrogg, de wegen de velen Ritzen un Sprüng' un Löcker so wenig dicht höll, dat hei sine Lewensupgaw' vullstännig verfehlen ded, denn wenn de brave Gärtner, den Trogg un Grundstück hüren ded, em wegen sinen Inholt taum Begeiten en beten antappen wull, hadd dese lichtfarige Gesell sine Gnaden un Gaben an de ringsüm befindliche Ird verswennt, de sick dorför dankborlichst in Dreck verwandeln ded. – »Na«, säd Anton, »dies ist denn doch auch die Sache nicht wert«, un dreihte sick üm, as wull hei gahn. – »Tritt näher, Anton«, säd Mutter, »kannst du denn nicht sehen? Dies ist eine alte Antiquität von Marmor«, un as sei nu mit gauden Bispill vörangahn wull, stunn sei mit enmal bet an de Enkel in den dankbaren Bodden. Dit hadd sick Fru Jeannette ok en beten anners dacht, sei zupfte denn ok taurügg, fot sick äwer bald, denn wenn sei ok tau Water swacke Stun'n hadd, so hadd sei doch en gewaltigen Geist, so drad' sei wedder up den Drögen stunn. – Sei säd: indessen – dit wiren Nebensaken, dorüm wir sei nich hir; hir süll en inniges Fomilienverhältnis fiert warden, un de Tid wir de richtige, un de Städ' wir de richtige, denn Julia, Julia – dit säd sei twei Mal –, de arme, unglückliche Julia – dat was nu dat drüdde Mal – hadd hierin as ein von de Welt malträtiertes Geschöpf legen, un dorüm hadd sei *dese* Städ' wählt, dat ehr Kind, ehre Dochter, sick hiran en Ogenspeigel nemen un sick bileiwe nich so unglücklich maken süll as de arme Julia – dat was nu't virte Mal. – Drei Mal is recht, dat virte Mal en Schinnerknecht. – So kamm't denn nu ok hir: bi Antonen bömte sick wat up. – »Wenn hier ein Fomilienverhältnis abgehalten werden soll, denn bün ich als Vater auch noch da«, rep hei. – »Anton, du schweigst«, säd Mutter ruhig un bestimmt, »du weißt, Hella ist mein Erziehungssubstrat, Paulen kannst du meinetwegen verloben zu jeder Zeit und mit wem du willst. – Und was weißt du denn überhaupt von Julia?« – Dat was denn nu wedder so 'ne dämliche Frag', de Antonen grad' in't Ge-

sicht rinne slog, hei wüßt den Deuwel von Julia. Äwer hei
was indessen dennoch in'n Vörsprung vör sine Fru, denn
wenn de ok wat von Julia'n wüßt, so was dat, wat sei wüßt,
doch idel verdreihtes Tüg. – Sei hadd nämlich en pormal
de Oper »Romeo un Julia« seihn un hadd sick doräwer freut,
wo nüdlich sick de beiden jungen Lüd' up den Schot seten
un sick den ganzen Abend küßt hadden – ganz unschüllig,
denn Romeo was 'ne verkledte Frugenspersohn. – Von dat
wunderschönste Gedicht, wat enmal *ein Minsch* den *annern*
Minschen taum Brudgeschenk gewen hett, dorvon wüßt An-
ton nicks, dorvon wüßt Jeannette nicks, un de einzige, in de
ehren Harten dat Gedicht mal lücht't un gläuht hadd, stunn
dor un hadd de Hand in ehren lütten Brauder Paul sine
Hand leggt – sei grep nah en Strohhalm –, un dor stunn sei
bald rod un bald blaß un smet up ehren Vader den Blick,
den de Landmann tau Sommerstid, wenn Weiden un Fel-
ler versengt sünd, an den Hewen vull Wulken smitt: »Ach,
breck los, breck los, du schönes Gewitter! Lat dat minet-
wegen blitzen un dunnern, äwer mak uns fri von de swaule
Luft un giww Regen, Regen, dat de Natur wedder rauhig
un frisch ward.« –
Mutter stunn dor as 'ne olle Götzenpreisterin ut de Vörtid,
sei hadd den einen Snürstewel wid vörstreckt, un dat let
just so, as wull de, obschonst in keinen rendlichen Taustand,
de Wichtigkeit von de Sak in't richtige Licht stellen. – »Tre-
ten Sie näher, Herr Baron«, säd sei. – De Baron ded ehr
den Gefallen. – »Komm her, mein Kind.« – Helene würd
blaß, ehre Hand tuckte in Paulen sin, un dat lütte Jüng'-
schen smet sick ehr entgegen un rep: »Du sallst nich! Hele-
ning, du sallst nich!« – Helene smet en trostlosen Blick up
ehren Vader: breck los, du schönes Gewitter! – Un't brok
los: mit Blitz un Dunner un Stormwind un Hagel rasterte
dat Muttern grad in de Finstern rinner. – »Sei sall nich!«
rep Anton, »sei is ebenso gaud *min* Kind as *din* Kind. Ge-
gen ehren Willen sall ehr kein Mann upnödigt warden, un
wenn hei teihnmal en Baron is.« – Mutter was in desen be-

denklichen Ogenblick de *reine* Groterjahnen, en beten mihr smet sei den Kopp achter äwer, de Snürstewel stunn indessen fast up sinen Platz, un »bewußt un groß«, as Goethe up den ollen Blücherten sin Postament tau Rostock schrewen hett, säd sei: »Tritt näher, Hella.« – »Dor sall doch ein Dunnerwetter!...«, fung Anton an, dunn säd 'ne Stimm, de achter'n lütt Buschwark herute kamm: »*Ruhig, Anton! Ut dese Verlawung sall nu un allmeinlewsdag' nicks warden.*« – Un achter den Busch kamm de oll Jahn, grad' as vördem de oll Ziethen, herute un an sine Sid Tanten Line un achter *de* Herr Gumpert un Unkel Bors un achter *de* Korl Jahn un Herr Beyer un tauletzt Jochen Klähn mit en Gesicht, ebenso »bewußt un groß« as de Groterjahnen ehr: wat dit bedüdt, weit ick all! –

So, nu was't mit den Groterjahnschen Fomilien-Kongreß tau En'n, justement grad so as dunntaumalen mit den Wiener, as de *oll* Opolium ut Elba dörchbreken ded. – Hir äwernamm Unkel Bors dit Geschäft, hei brok tüschen den ollen Jahn un Tanten Line dörch un fohrte up den Baron los: »Sei verdammte, smeerige, ranzige Kirl! – Sei will'n en Baron sin? – Wo sünd mine tweihunnert Daler? – Wo sünd mine Fettossen?« – Un achter *den* brok Herr Gumpert los, as dunntaumalen Jochen Mürat achter den ollen Opolium, blot dat hei nich as Mameluck verkledt was, un rep: »Sie wollen ein Freund zu mir sein und stehlen mir meine goldene Uhr? –Oh, ich hab' wohl gesehn, wie Sie in der Westentasch rum gefuschert haben, und hier ist sie«, un dormit treckte hei em de Uhr ut de Rocktasch rute, »hier ist sie! – Schauderhaft! – Herr Bauer sagt...« – »Still nu!« säd de oll Jahn un drängte sick tüschen de beiden, »Herr Gumpert, Sei hewwen vörlöpig Ehre Uhr wedder, wi möten hir nu äwer Rekenschaft afleggen, dat hir nich von einen Baron, ne, dat hir von einen gewöhnlichen Swindler de Red' is. – Fru Groterjahnen«, hir gung hei an sine olle, ingefleischte Findin ranne un höll ehr en Bild vör de Ogen, »is dat nich dat richtige Bild von *den* Minschen, den Sei sick taum Swi-

gersähn utsöcht hewwen un de sick Baron schellen lett? Dit
is dat Bild von den Kopmannsdeiner Bössow ut de Wismer
un is von den Potografen Kälke, un de Mann kümmt dorför
up. – Fru Nachborin, Sei hewwen vel Schuld, äwer ick ok.
– Sei känen hir seihn, wat bi en Haß rute kamen kann; ka-
men S' her«, hir höll hei ehr de Hand hen, »slagen S' in,
will'n mal seihn, wat bi de Leiw' rute kümmt.« – Äwer
Jeannette slog nich in, sei hadd ehre beiden Hän'n nödig,
ehr Angesicht tau verdecken, ehr was tau Maud' as Welling-
tonen in de Slacht von Waterloo – »ick wollte, es wäre Nacht
oder die Preußen kämen« –, un unner de Preußen verstunn
sei en lütt Stück Hewen, wat dal fallen süll un de ganze
Geschicht begrawen. – Un Helene hadd sick an ehres Va-
ders Bost smeten un weinte de bittersten un doch trostvull-
sten Tranen. – Tanten Line was an de Groterjahnen ranne
treden un strakte un eiete mit ehr rümmer: »Min leiw' Doch-
ter, Sei süllen sick in desen Ogenblick nich so unglücklich
fäuhlen, Sei süllen Gott danken, dat dit Unglück an Sei vör-
bi gahn is.« – Dat was recht still worden nah desen Storm,
un Jochen Klähn flusterte recht beklummen Paulen tau:
»Paul, wat heww ick di ümmer seggt? – Dit kümmt anners
as mit de sel Fru. – Ja, wenn wi uns dunntaumalen nich
up dat Buckspriet verswuren hadden, wat hadd't för Elend
gewen künnt!« –

Un in dese swaule Still stunn dor dat unselige Minschen-
kind, wat in Durheit un Gewissenlosigkeit de Hand nah
den schönsten Pris utreckt hadd un nu vör Schimp un Schand
in de Ird sacken müggt. – Ja, wer kann di doräwer weg-
helpen? – Hei kek keinen in't Gesicht, hei hadd de Arm in
enanner slagen, as wir hei up allens gewärtig, un kek blaß
vör sick up de Ird dal, as hadd hei unner de Ird mihr tau
säuken as unner unsern Herrgott sinen blagen Hewen. – De
oll Jahn gung up em tau: »Herr Bössow, glöwen S' nich, dat
dat, wat ick dahn heww, ut Rachsucht scheihn is; en Ver-
gnäugen is dat nich för mi west, Sei hir as Bedreiger un
Spitzbauw hentaustellen, äwer üm dat Glück von dit leiwe

junge Mäten was dat mine Schülligkeit, dat ick mine Hand
in dese Slichtigkeiten herinner stek. – Ick will mine Hand
äwer noch in 'ne annere Sak herinner steken, de mi mihr
Vergnäugen makt – Korl, min Sähn, giww mi mal min
Breiw'tasch her! – Seihn S', Herr Bössow, wenn wi Sei hir
nu so lopen leten, denn müßten Sei furt bedreigen un steh-
len, blot üm dat beten lumpige Lewen uprecht tau erhol-
len, bet Sei tauletzt vullstännig för den Galgen rip wiren.
– Dat sälen Sei äwer *nich*! Un wir't ok man blot dessent-
wegen, dat Sei mal in dat unschüllige Og' von dit leiwe
Kind seihn un dese true Hand drückt hewwen. – Hir sünd
tweihunnert Daler, de nemen Sei un reisen dormit nah
Meckelnborg oder Pommern, äwer in keine grote Stadt, nich
nah Rostock, dor sünd wi Fetthamel un spelen dor forsch
mit Rechtsch un Linksch, säuken S' sick dor 'ne Konditschon
un fangen S' grad up dat Flag wedder an, wo Sei dunn-
mals uphürten, as Sei taum irsten Mal nah Dobberan an de
Spelbank reis'ten.« –

De unglückliche Minsch namm dat Geld, hei kek den Ollen
nich grad in't Gesicht, hei kek em so von de Sid an, hei säd
nicks, hei dankte nich un wull eben furt gahn, dunn trün-
delte Unkel Bors bet nah vör un frog: »Wo bliwen äwer
min tweihunnert Daler?« – »Herr Bors«, säd de oll Jahn,
»ick denk, dor, wo Ehre Fettossen blewen sünd. – Äwer
laten S' desen Mann Tid, ok de ihrlichste Kirl möt männig-
mal üm Tid bidden, dat hei sine Schülligkeit nahkamen
kann. – Un dese Mann is ihrlich, von dese Stun'n an is hei
en ihrlichen Kirl, un en Hundvott unner uns is *de*, de von
desen Mann äwerall mal wat Slichts vertellt. Ji annern
wardt woll doräwer swigen – Paul un Jochen, hürt ji? –
Äwer Sei, Herr Bors, Sei künnen am En'n mal wegen de
tweihunnert Daler dat Mul upriten – ick bidd Sei, dauhn
S' dat nich, ick schick Sei süs de drei Jungs äwer'n Hals,
un de Ort würd Sei bald von de Geldgeschäften losbännig
maken.« –

De arme Sünner kek nu den ollen Jahn grad in't Gesicht,

drückte em de Hand, säd äwer nicks un smet en Blick in de Rund' up Helene un up de Fru Mutter. – Helene hadd em den Rüggen taukihrt – ut Taufall –, äwer Mutter gaww em up sinen Afschiedsgruß einen Blick taurügg, in desen Blick känen sick alle Barons deilen, de en börgerlich Mäten blot wegen ehr Geld frigen willen, un denn hett jeder noch sin gaud Deil. – »Paul«, säd Jochen, as de unselige Kirl furt gung, »ick heww mi ümmer wünscht, dat ick den ollen Swekspohn so mal allein hadd, dat ick em dor mal eins so bi Weg' lang en Stückener drei oder vir in't Gnick gewen künn; äwer meinst du, dat ick in desen Ogenblick dortau kapawel wir? – Ne, min oll Mutter säd ümmer: Jochen, du büst tau weikmülig.« – *Un hei was gahn, de Minsch,* villicht en *nigen* Minsch! –

As de Groterjahnen ehren scharpen Blick vull Haß un Gift up den unglücklichen Ladendeiner verschaten hadd, kamm de Schimp äwer ehr, dat sei sick von so'n Minschen an de Näs' hadd rümmer ledden laten, un 'ne grote Swackmäudigkeit deckte sick äwer ehre Seel, dat sei von nu an woll de Sorg' för Helene ehr Glück in annere Hän'n afgewen müßte, sei läd de Hän'n äwer ehre Ogen, Helene fot sei üm un weinte an ehren Hals', de olle Dam hadd de Hand up ehre Schuller leggt, un sei stamerte: »Mein Kind, mein Kind, ich bin nicht schuld, ich wollte nur *dein* Glück. – Oh, wie hatte ich mir das schön gedacht! – Ich wollte dich aus dem Staube des gemeinen Lebens in die Familie derer von Unkenstein emporheben, die Poesie sollte eurer Verbindung die rechte Weihe geben, hier an dem Grabe Julias sollte der Bund geschlossen werden, und nun...« – Helene säd nicks, äwer de olle Dam namm dat Wurd: »Min leiwe Dochter, wenn Sei sick dat so schön dacht hewwen, dat grad up dit Flag de lütte Helene ehr Glück tau Stan'n bröcht warden sall, denn känen Sei dat ümmer noch. Seihn S' hir«, dormit gung sei nah Korl Jahnen ranner un bröchte em an de Sid von Helenen, »seihn S' hir, dit is kein Baron, de sick nahsten as Swindler utwisen ward, dit is en jungen, frischen Minschen, de Farw höllt, un dat weiten Sei am besten, denn Sei kennen em all von lütt up an. Worüm willen Sei dat Glück von Ehre Dochter nich an dese true Hand un an dit gesunne Hart knüppen?« – »Fru Groterjahnen«, säd de oll Jahn un tred ranner un reckte ehr de Hand wedder hen, de sei äver nich sach: »Wi sünd unverstännig west un hewwen in desen Unverstand dat Gaude, wat uns' Herrgott uns baden hett, true Fründschaft un gaude Nahwerschaft, mit Fäuten von uns stött un hewwen dorför Haß un Findschaft inwesselt – en slichten Tusch! – Laten S' den Grull fohren, un de ollen, gauden Tiden warden mit dat Glück von unsere Kinner ok wedder äver uns kamen. – Kamen S' her, slagen S' in!« – De Groterjahnen rögte sick nich, Helene hadd ehre Mutter losloten un weinte an Korlen sinen Harten. De stunn strack un stur dor; äver de Tranen lepen em ok de Backen dal; hei fung an: »Fru Groterjahn...«, kamm äver nich wider, denn nu was Anton neger ranner kamen; äver knapp fung hei an: »Liebe Jeannette...«, dunn sackten de Hän'n von sine Fru ehre Ogen, sei kek em fast an, un en Wedderschin von vergah'ne Hoheit un Herrlichkeit flog äver ehr Gesicht, sei smet den Kopp taurügg, as wir sei en Slachtroß, wat taum Dod' drapen dor liggt, äver bi den Ton von de Trumpet noch mal tau gaude Letzt stolz den Kopp upböhrt, un ehr Blick sprok: »Du Worm! – *Ok du*, Worm?« – Äver Anton let sick nich verblüffen, un Jochen Klähn flusterte Paulen tau: »Paul, nu kümmt de Sak taum Swur.« – Un Anton fot up't Frisch nah: »Liebe Jeannette, sieh dir doch das Bild an, ist dich das nicht rührsam? – Sieh, seit ihren jungen Jahren lieben sie sich schon, Lütten-Barkow un Groten-Barkow liegen dicht zusammen, durch ihre Zusammenkunft und ihre wechselseitige Hand würden die beiden Güter auch in *eine* Hand zusammen kommen, denn unser Paul hat große Anlagen zum Studieren – meinetwegen Avkat oder auch Doktor. – Ich achte dies für einen Fingerzeig Gottes, und, liebe Jeannette, der Mensch soll solche Fingerzeige...« – »Laß mich, Anton«, säd sei un gung stolz

500

as 'ne Königin up dat Por los, denn sei hadd in't Gefäuhl, de Geschicht künn ahn ehr tau Stan'n kamen, un sei hadd denn blot nahdräglich ja tau seggen, so wull sei äwer nich aftreden, sei läd de Hand up Helene ehren Kopp: »Mein Kind, du hast gewählt, deine Mutter gibt dir ihren Segen.« – »Paul«, säd Jochen Klähn, »ick kann mi nich helpen, äwer ick möt rohren. – Ick heww din Mutter unner ehren Pris taxiert; kik blot dese Anstalten!« – Äwer Paul hürte nicks dorvon, hei was up sin Swester los sprungen, hadd sei üm-fat't un rep: »Helening, Helening!« Dat was *sin* Segen. – Nu wull Anton as Vader ok wat dortau dauhn; äwer Jahn kreg em unner den Arm fat't: »Lat dat sin, Anton; nu lat din Fru. Du hest nahsten Tid un Gelegenheit naug, din Dochter tau begrüßen. – Nu lat din Fru, sei is up gauden Wegen, wenn du di äwer dor mang mengst, künn sick ehr Stolz wedder rögen, un dat wir slimm.«

Un de Gesellschaft gung taurügg nah Groterjahns ehren Gasthof; dat junge Por gung vörup, selig bet in't deipste Hart, un Helene smet den dankborsten Blick up dat Flag, wo sick ehr Schicksal taum Gauden wen'nt hadd, un up den ollen Ossentrogg, as wir hei en Glückspott, ut den sinen Grun'n sei mal unner Fürchten un Hoffen dat grote Loß treckt hadd. – De oll Jahn gung up Fru Groterjahnen tau un böd ehr den Arm, sei kek em schu von de Sid an un makte en Gesicht as en Patschent, de 'ne bittere Medizin in-nemen sall; äwer wat möt, dat möt; sei hadd a seggt, sei müßt nu b seggen, sei namm den Arm, kek em äwer wider nich an un redte ok nich. – Desto mihr redte dat folgende Por: sinen Segen hadd Groterjahn up Jahnen sinen Rat an sick hollen, äwer sin Glück? – Ne, dat gung nich, dat bul-lerte so man in'n Vullen ut em rute, un dorbi stödd hei Tanten Line ümmer mit den Ellbagen in de Ribben un höll de frie Hand för den Mund un lachte heimlich un wis'te up Jahnen un sine leiwe Fru. – Un dorup folgte Herr Nemlich mit Herr Beyern, sei paßten äwer nich tausam: Herr Beyer was utgelaten lustig un rep denn un wenn äwer de ganze Gesellschaft räwer: »Korl Jahn!«, un wenn sick de denn ümkiken ded, denn nickköppte hei em tau, hei hadd sin Sak gaud makt; äwer Herr Nemlichen sin Wesen hadd sick äwer 'ne sachte Swermaud leggt, männig stille Süfzer steg in em tau Höchten, un hei sach ut as en milden Harwstabend, wenn de Sünn Afschid nemen will un en lisen Wind dörch de affollenen Bläder russelt. – Dorup kamm Herr Bors un Herr Gumpert, un tauletzt makte Jochen Klähn un Paul den Sluß, un Paul frog: »Jochen, wat seggst du *nu*?« – »Paul, dat fröggst du woll! – Freuen dau'ck mi äwer unsern Korl un din Helene, denn dat is en natürlichen Taustand; äwer wunnern dau'ck mi ok äwer minen Herrn un din Muttern, denn dat's en unnatürlichen Taustand.« –

Nah annerthalben Stun'n satt de ganze Gesellschaft up de Isenbahn, un de Fohrt gung nah Nurden tau in't gelobte Land Meckelnborg, blot Herr Beyer reis'te noch irst en beten nah Mailand un Herr Gumpert taurügg nah Venedig tau sinen Herrn Bauer; ok von Unkel Borßen hadden de Reisenden nich vel, hei führte drüdde Klass' un loschierte des Nachts ümmer in allerlei verdächtige Harbargen, un as Groterjahn em doräwer Vörstellungen makte, säd hei: »Sei hewwen gaud lachen, Herr Vedder, Sei hewwen kein drei Jungs, de Sei up de Fingern kiken. – Ne, ick möt up den Schalm von de tweihunnert Daler so vel as möglich sporen.« In den Wagen seten nu Jahn un Groterjahn tausamen un hadden ehr Taschenbäuker rute treckt, un de anner Gesellschaft hürte mal denn un wenn enzelne Würd' as: Obligatschonen un Hypotheken un von dat Kaptal, wat bi *den* stünn, un von dat Kaptal, wat *dor* indragen was, un as sei in München ankamen wiren, säd Groterjahn tau sine Fru: »Jahn ist doch ein hellschen nobler Kerl, sieh, da hat er sich nun erboten...« – »Das will ich gar nicht wissen, Anton, aber das sage ich dir, komm mir nie vor die Augen, wenn du nicht noch nobler bist als er; das verlangt unsere Ehre.« – Un nu gung denn tüschen de beiden ollen Knaben

en ordentlich Weddbahnjagen in de Großmut un Noblig-
keit los, so dat de beiden jungen Lüd' mit ehre Insettung
woll taufreden sin kunnen, un as sei in Rostock ankemen,
dunn was allens klipp un klor: Korl un Helene süllen Gro-
ten-Barkow hewwen un süllen dor wahnen, un Korl süll
Lütten-Barkow mit bewirtschaften, bet Gustav so wid wir,
dat hei't äwernemen künn. – »Äwer nu noch Paul?« frog de
oll Jahn. – »Oh, den laß man!« säd Groterjahn, »du sollst
sehn, Paulus studiert Avkat.« – »Na, dat glöw'ck noch nich«,
säd de Oll, »hei ward ok woll Landmann warden; äwer bet
dorhen ward ok woll Rat!« –
»Je, Tanten Line«, säd de oll Jahn, as sei tau Rostock ut den
Wagen stegen, »hüt un morgen möten Sei denn nu woll bi
mi vörleiw nemen, denn in'n Wirtshus warden Sei hir doch
woll nich wahnen willen, dat dauhn Sei mi doch woll nich
tau Leden. – Jochen, besorg' de Dam ehre Saken nah unsen
Hus'; wi gahn vörup.« – Nu würd de Groterjahns en schö-
nen Adjüs seggt, un as sei in den Ollen sin Hus kamen wi-
ren, ret de Oll Finstern un Dören up und säd: »Hir is't gor
tau beklummen, willn nah den Goren gahn; äwer de ward
ok schön utseihn!« – Dorin hadd hei nu äwer nich recht
raden, denn Gustav hadd en Gärtner ranner kregen, un dat
schöne Frühjohr lachte ehr ut den Goren sauber un rendf-
lich entgegen. – »Seihn S', Herr Jahn«, säd de olle Dam,
»hir bläuhn de Kirschböm ok all; sörre dat wi in Venedig
west sünd, hett uns de Kirschenbläut nich verlaten.« – »Täu-
wen S'«, säd de Oll, »setten S' sick hir en beten in de
Lauw', ick kam glik wedder.« – Un as hei wedder kamm,
kamm hei nich allein, hei kamm mit 'ne annere olle Dam
unnern Arm, olt un stöwig un hadd 'ne verschatene rode
Mütz up un 'ne düstergräune Kreolin an, un bürtig was sei
ut Ungerland un stammte ut dat edle und widlüftige Ge-
schlecht derer von Buddeln. Un hei namm ehr de rode
Mütz af un nödigte sei, en Diner vör Tanten Line tau ma-
ken un Hals tau gewen von dat, wat sei up den Harten
hadd. Un hei namm en Glas un stödd an dat anner an un

säd: »Tanten Line, ick bring' Sei den Willkamen! – Sei sä-
den eben, de Kirschenbläut hadd uns up de letzte Reis' nich
verlaten, Bläuten von unsen Lewen äwer hewwen uns all
lang' verlaten, wo wir 't, wenn wi in de ollen Dagen uns
nu nich mihr verleten? – Sei hewwen keine negeren Ange-
hürigen, Platz hewwen wi naug hir in den Hus', un bequem
sall Sei dat inricht't warden. – Kamen S' her, slagen S' in!«
– Tanten Line kek em irst so 'n beten fragwis an; sei was
äwer kein von de ollen, zimperlichen Jumfern, de irst vel
Sperenzen maken, ihre sei ja seggen, sei slog frisch un fröh-
lich in un säd: »Ick bliw' bi Sei.« – Un de Sak was afmakt,
un en nigen Bund was slaten, un de schöne Frühjohrsdag
un de olle ungersche Dam redten en Würdken dormit in,
un twei olle Harten wiren jung worden. –
As sei den annern Morgen tausam seten un Jochen den
Koffe rinner bröcht, säd sin Herr: »Jochen, wi passen nu
woll nich länger tausam: du büst up dese Reis' sülwst so 'ne
Ort von Herr worden, un dat paßt mi nich; dat best is woll,
wi gewen uns ut enanner.« – Taum groten Glücken hadd
Jochen dat Koffegeschirr all up den Disch set't, süs hadd
hei't in de Stuw' fallen laten, hei stunn dor verbomt un
verbas't un stamerte: »Herr, Herr! Wat heww ick Sei tau
Leden dahn?«, un de Tranen stört'ten em ut de Ogen. –
De Oll stunn up un läd em de Hand up den Kopp: »Nicks
hest du mi tau Leden dahn, min Sähn, un so is dat nich
meint. – Süh, ick möt mi up Stun'ns stats en Bedeinter en
Deinstmäten hollen, un 'ne Schört un 'ne dreistückige Mütz
würd di doch woll nich recht paßlich sin. – För di is äwer
all sorgt, ick heww mit Korlen spraken, du sallst nach Lüt-
ten-Barkow un sallst dor de Wirtschaft lihren. – Ick weit
woll, dat hett süs kein Ort, un de Respekt de litt dorunner,
wenn en Daglöhnerkind äwer de annern Daglöhners kum-
mandieren sall; äwer hir is dat anners: de Lüd', de du
kennt hest un de di kennt hewwen, sünd nah Amerika, un
de du von nu an unner di hest, kennen di un din dummen
Streich von vördem nich, un so denk ick, ward dat denn

woll gahn; äwer Mäuh möst du di gewen, un in Schriwen un Reken möst du up't Frisch wedder nahfaten.« – »Herr, schriwen kann'ck un reken ok, un dat anner lihr'ck ok all«, un de Ogen lücht'ten em, äwer mit en Mal würd hei trurig, »äwer, Herr, Sei sall ick laten, Herr?« – »Dat lat man, du wardst mi oft naug tau seihn kriegen.« – »Na, denn is mi't ok all egal! Gott bewohre! Wat min oll Mutter woll seggt? – *De* wull ut mi en Ridknecht maken, un nu ward ick jo woll mit de Tid noch gor en Entspekter!« –

In den Hus' bian würd an desen Morgen ok 'ne Aflöhnung hollen: Herr Nemlich kreg sinen versprakenen Duzöhr, un as Mutter em den riklich uttahlt hadd, stek em Anton in de Freud' von sinen Harten noch en Fiwuntwintig-Dalerschin in de Hand, dat süll dat Plaster sin up de velen Löcker, de em unnerwegs sine Growwheit slagen hadd. – Herr Nemlich kamm den Abend bi den ollen Köster Beerbom richtig an, un ick segg nicks von Munde ehre Freud' un von de Fründlichkeit un den Stolz, mit den de olle brave taukünftige Swigervader em upnamm, ick will blot vertellen, dat hei dörch gaude Vörsprak von den Herrn Paster richtig de Hülpslihrerstäd' tau Zwiebelsdörp kregen hett. – Na, dor sitt hei denn nu noch, äwer ganz allein, denn taum Frigen is de Städ' *nich*, indessen dennoch, as ick man in dat Rostocker Dag'blatt lesen heww, hett hei de sekere Utsicht up 'ne schöne Lihrerstäd', un denn sall Hochtid warden. – Von sine Reis' nah Konstantinopel vertellt hei girn un schön, hett äwer doch veles so dägern vergeten, dat hei sick gor nich dorup besinnen kann, so taum Exempel sinen Fautfall tau Smyrna, von den hei Munde nich mal wat vertellt hett. – Hei hett äwer up de Reis' doch vel lihrt, hei hett sick sörre den Fautfall männigerlei irnstlich dörch den Kopp gahn laten un hett inseihn, dat dat Lesen von Eugen Szüh den Kopp ihre düsiger as klorer makt, un is gewohr worden, dat de Minsch ut de Bäuker allein wenig lihrt, un wenn hei ok den Lütten Petiskus un den lütten Cannabich un den lütten Nösselt utwennig weit. – Hei hett sick ganz up sin Schaul

smeten, un wenn hei sick dor mäud' arbeit't hett, denn hand-
tiert hei tüschen Immenrümp un Bomschaulen herümmer. –
Ja, wenn hei so bibliwwt, un dorför ward Munde woll sor-
gen, denn ward de brave, ihrenwirte Stand, tau den hei
tellt, mit Freud' un Stolz em tau sick reken un ward em un
mi dat nich äwel nemen, dat hei etzliche dumme Streich
makt hett un dat ick sei vertellt heww. –
De Hochtid von Korlen un Helene is lang' west, sei wah-
nen, glücklich dörch Sorgen för enanner, gesund dörch Flit
un beleiwt dörch Minschenfründlichkeit, tau Groten-Bar-
kow. – Jahn un Groterjahn un Tanten Line reisen oft dor-
hen un freuen sick äwer dat Glück, wat dor gräunt; Paul
kümmt denn mit. Mutter führt ok woll mal hen, äwer man
sprangwis, sei lett sick leiwer von ehr Kind besäuken; sei
is woll taufreden mit dat Ganze, indessen is ehr dat doch
sihr entgegen, dat *sei* de Sak nich infädelt hett, dat *sei* den
Piler nich *spitzt* hett, den sei tauletzt doch mit so velen
Glanz *afscheiten* ded. Einen Trost hett sei äwer, sei hett
dörch de Sorg' för de Utstüer, wotau natürlich Anton üm-
mer ja seggen ded, all dat strittige Land wedder taurügg
erobert, wat sei up de Reis' verluren hett, sei is wedder de
reine Ludwig Napoleon, dat heit, wenn hei de Rheingränz
irst wedder hett. –
Männigmal, wenn sei tau forsch regiert, löppt Groterjahn
in'n Horen nah Jahnen rümmer un klagt den sin Led. – »Ih«,
seggt de oll Jahn denn, »Anton, du süllst Gott danken, dat
sei di de Geschäften afnimmt.« – »Geschäften? – *Meine*
Geschäften nimmt sie mich doch nicht ab. Ich hab' so viel
Geschäften! – Da haben sie mich nu wieder zum Vorstand
in der Sozieteh gewählt, kann's aber nicht annehmen, hab'
keine Zeit dazu.« – Wenn't äwer mit dat Regiment tau dull
ward, denn geiht Tanten Line tau Fru Jeannette rümmer
un bringt de Sak in de Reih, denn vör *de* hett Fru Groter-
jahnen en hellschen Respekt, un *de* is ebenso allmählich ka-
men als Antonen sin vör ehr. –
En por Johr nah de Reis' würden in 'ne Middelstadt von

Pommern twei Breiw' up de Post gewen, de ein was addressiert: »Herrn Jahn, Partikulier zu Rostock«, de anner »Herrn Bors, Seifensiedereibesitzer zu Schwerin, hierin 75 Taler.« – As de oll Jahn sinen Breiw upmakt un em lesen hadd, reckte hei em Tanten Line hen, de Ogen wiren em fucht worden, Tanten Line las em, sei fot den Ollen unner'n Arm un gung mit em in den Goren, un de beiden Lüd' fierten einen glücklichen Dag. – As Unkel Bors den Breiw' upmaken ded, was sin Sähn, de Kopmann, dorbi un besach dat Kuvert: »Mein Gott, Vatting, wo kriggst du ut *de* Stadt Geld schickt?« – »Kümmert di dat wat? Ick denk, min Geldangelegenheiten besorg ick sülwst«, säd de Vader un gung in de annere Stuw' un las den Breiw tau En'n un säd vör sick hen: »Weiß Gott, de Kirl is ihrlich, un wenn't Glück gaud is, kam'ck am En'n noch tau min tweihunnert Daler.« –

Desen Sommer was Paulen sin Subrekter bi mi, ick frog em, wat Paul woll taum Studieren kem, hei lachte un schüddelte den Kopp: »Paul Groterjahn ist ein guter, braver Junge, aber zum Studieren kommt *der nie*, er wird Landmann.« – Un dat is nu von dat ganze Lid dat

En'n.

Anhang

DÖRCHLÄUCHTING

Zugrunde gelegt wurde:
Olle Kamellen, sechster Theil. Von Fritz Reuter. Dörchläuchting. Sechste Auflage. Wismar, Rostock und Ludwigslust. Verlag der Hinstorff'schen Hofbuchhandlung. 1873.

Verglichen wurde:
Olle Kamellen, sechster Theil. Von Fritz Reuter. Dörchläuchting. Wismar, Rostock und Ludwigslust. Verlag der Hinstorff'schen Hofbuchhandlung. 1866.

Alle Auflagen tragen diese Widmung:
Damit er sich daran etwas verlustiren und vermüntern möge, habe ich diese heitere Geschichte meinem lieben Freunde, dem Dr. Julian Schmidt, in herzlicher Liebe und unwandelbarer Freundschaft gewidmet. Fritz Reuter.

Der Text der Ausgabe letzter Hand weist eine Fülle von kleineren Fehlern und Versehen, an einigen Stellen auch einige Verbesserungen auf, die alles in allem jedoch keine inhaltlichen Veränderungen zur Folge haben. – Unsere Durchsicht machte sich hier in besonderem Maße die Ergebnisse der Textkritik der Ausgabe von Seelmann und Brömse zunutze.

DE MECKELNBÖRGSCHEN MONTECCHI UN CAPULETTI
ODER DE REIS' NAH KONSTANTINOPEL

Zugrunde gelegt wurde:
Olle Kamellen. VII. Theil. De meckelnbörgschen Montecchi un Capuletti oder De Reis' nah Konstantinopel. Fünfte Auflage. Wismar, Rostock und Ludwigslust. 1873.

Verglichen wurde:
Olle Kamellen. VII. Theil. De meckelnbörgschen Montecchi un Capuletti oder De Reis' nah Konstantinopel. Zweite Auflage. Wismar, Rostock und Ludwigslust. 1868.
Ausnahmsweise wurde beim Vergleich die zweite Auflage des Werkes herangezogen, da, wie schon in der Ausgabe von Seelmann und Brömse dargetan wird, die Ausgabe letzter Hand mit der Erstauflage nahezu identisch ist, während die zweite bis vierte Auflage eine Reihe von Besserungen aufweisen. Die Abweichungen sind jedoch inhaltlich nicht nennenswert.

Ferner ist dies zu berücksichtigen: Die Hinstorffschen Ausgaben nach der 7. Auflage von 1877 brachten an einigen Stellen Ergänzungen von Worten und Satzteilen, die Seelmann nach Müller als Interpolationen erklärt und nicht in seinen Text aufnimmt. Sie stehen im Originalmanuskript, sind bei der Korrektur der Erstausgabe von 1868 aber offensichtlich von Reuter selbst gestrichen worden. Nur eine von ihnen (Seite 494 unserer Ausgabe) läßt auf ein Versehen des Druckers schließen, da das Einschiebsel durch die folgenden Worte gefordert wird: »Un de Tid wir de richtige, (un de Städ' wir de richtige,) denn Julia . . . hadd hierin as ein von de Welt malträtiertes Geschöpf legen, un dorüm hadd sei dese Städ' wählt . . .« Der Passus wurde in unseren Text aufgenommen.

Ferner hat Reuter in der 2. Auflage von 1868 den hochdeutschen Schluß seiner Anmerkung zu »situatisiert« (siehe unsere Anmerkung zu Seite 454) ins Plattdeutsche übertragen, worin dann die 3. und 4. Auflage der 2. folgen. Die 5. Auflage von 1873 hat dann wieder den hochdeutschen Schluß.

512

Erläuterungen

DÖRCHLÄUCHTING

Obwohl bei den Erläuterungen dieses Bandes prinzipiell so verfahren wurde wie in den anderen Bänden, ergaben sich für »Dörchläuchting« einige Besonderheiten.

Seiner Gewohnheit entsprechend, erwähnt Reuter im Text eine Reihe von Verwandten, Bekannten oder Gönnern; man sollte sie in dem Buch wiederfinden, und dieses sollte dadurch an lokalem Kolorit gewinnen. Daß auf diese Weise stadtbekannte Zeitgenossen auf eine längst historisch gewordene Stoffebene zurückversetzt wurden, störte den Dichter nicht. Es handelt sich u. a. um Reuters Spielgefährten Karl Nahmmacher, den Neubrandenburger Mitschüler und späteren Geistlichen Karl Wendt, den Uhrmacher Zachäus (Merker), den Kaufmann und Kapitän der Schützenzunft Hagemann, den Schlachter und Schaffner der Schützenzunft Stoll, den Freund Medizinalrat Dr. Brückner, den Freiherrn »Ferdinand der Erste« von Maltzan, bekannt als »Nante Maltzan« und Gründer eines »höheren Taubenvereins«, und um Fritz Lange, zu Reuters Zeit Besitzer der Gaststätte am Nemerower Holz. Hier werden zu den von Reuter zitierten Zeitgenossen nur dann Erläuterungen gegeben, wenn das Verständnis des Textes es wünschen läßt. Ebenso wird bei den geographischen Details der Stadt Neubrandenburg und Umgebung verfahren.

7 *up den Band trecken* – wie Marionetten.

8 *Perfesser Kohlrauschen sine Tabellen* – »Geschichtstabellen«, ein Schulbuch. Der Generalschuldirektor Friedrich Kohlrausch in Hannover, dem Reuter die »Stromtid« gewidmet hatte, lobte später auch »Dörchläuchting«, es sei darin der »Triumph des Humors«.

8 *Macintosh* – Regenmantel.

8 *Doktor Bernhard Keller* – Chirurg und Zahnarzt, gehörte zu Reuters Neubrandenburger Bekanntenkreis.

8 *'O Holzenburg, o Holzenburg, du Segen für Neubrandenburg'* – 1849 hatte man dem konservativen Literaten Stolzenburg eine Katzenmusik (»O Stolzenburg, o Stolzenburg, du Esel von Neubrandenburg«) gebracht und ihm die Fenster eingeschlagen.

8 *Jakob Bendschneider* – zu Reuters Zeit Polizist in Neubrandenburg.

10 *Adolf Fridrich, de Virte sines Namens* – A. Fr. IV. (1738–92), Herzog von Mecklenburg-Strelitz, 1753 für volljährig erklärt, nachdem im Jahr zuvor sein Vater, der Herzog (Prinz) zu Mirow, und dessen Bruder, der Herzog Adolf Friedrich III., gestorben waren und der Herzog von Mecklenburg-Schwerin sich Vormundschaft und Regentschaft gewaltsam hatte aneignen wollen. Nach einem Aufenthalt in Greifswald war er bis 1756 auf Reisen, vor allem in Frankreich. Danach trieb er einen derartigen Aufwand, daß schließlich 1772 eine Reichskommission die Tilgung seiner Schulden veranlassen mußte. Er war ein Mann ohne besondere geistige Fähigkeiten, jedoch gutartig und von einer Jovialität, die ihn unter den patriarchalischen Bedingungen seines Zwergstaates populär machen konnte. Indessen spotteten später die Untertanen über seine Wunderlichkeiten, zum Beispiel über seine Furcht vor Gewittern und vor Frauen oder über seltsame Neigungen, wie seine Freude an dem Ärger, den er den Kammerfrauen mit einer Wasserspritze zu bereiten liebte. Bei Unwettern ließ er sich zur Beruhigung den naturkundigen Konrektor Bodinus aufs Schloß kommen. (Der Glaskäfig auf Flaschenhälsen ist natürlich Reuters Erfindung.) Man erzählte sich Anekdoten über ihn noch zu Reuters Zeit.

10 *grawe Grund* – grober Grund, die tiefere Erdschicht, die beim Pflügen aufgedeckt wird.

11 *Rodump* – Die Rohrdommel läßt während der Paarungszeit gern einen brüllenden Ton hören, der wegen seiner Seltsamkeit und Stärke oft zu abergläubischer Furcht Anlaß gab. Ihr plattdeutscher Name (auch »Iprump«) ist diesem Ton nachgeahmt.

12 *wo hau't dat äwer ut mit dat Geld?* – wie sieht es (schlägt es) aber mit dem Geld aus?

12 *Landdrosten* – Amtshauptleute, Verwalter des landesherrlichen Grundbesitzes, des Domaniums.

12 *... sich unter seiner Nase spuken lassen soll* – Dörchläuchting spricht missingsch, wenn er sich in Positur setzt.

12 *à la Pompadour* – nach der die Mode bestimmenden Gräfin P., der Mätresse Ludwigs XV.

12 *up de Bisid* – auf der rechten Seite als Handpferd.

13 *in de hillste Meßführertid* – Er hat's eilig mit dem Mistfahren.

13 *de preußsche Kawel* – die Grenze nach Preußen.

14 *Korydon* – gemeint: Korridor.

14 *Bellmandür* – Entstellung von Belvedere, wie Asmannsfähre von Atmosphäre (»Onkel Jakob und Onkel Jochen«) oder Pädejochen von Pädagogium.

15 *»Cela me convient!«* – (frz.) etwa: »Das gefällt mir!«

16 *»Marlborough s'en va-t-en guerre«* – das Marlborough-Lied (John Churchill, Herzog von M., engl. Heerführer im Span. Erbfolgekrieg). Vgl. Onkel Toby in Lawrence Sternes »Leben und Ansichten Tristram Shandys«; das berühmte Lied wurde auch in Deutschland (»Ein Fähnrich zog zu Felde«) gesungen und oft in der Literatur erwähnt. Indem Dörchläuchting es hier in Onkel Tobys Art pfeift, verleiht er sich einen kriegerischen Glanz.

17 *Sähn von den Prinzen von Mirau ...* – Die folgenden Sätze hat Reuter fast wörtlich aus Ernst Bolls »Geschichte Mecklenburgs mit besonderer Berücksichtigung der Culturgeschichte« (Neubrandenburg, 1855–56) übernommen: »... der Sohn jenes ‚Prinzen Mirau‘, mit dem König Friedrich schon als Kronprinz

auf gutem Fuße gestanden und ihn zur Zielscheibe seines Witzes gemacht hatte ... Herzog Adolf Friedrich III., welcher zwar bedeutende Schulden, aber keine Kinder hinterließ.« Reuter schöpft auch im weiteren häufig aus dieser Quelle.

18 *an den Schapschinken* – ans Gewehr.

21 *up den Bähn* – im ersten Stock.

21 *Konrekter Äpinus* – Heinrich Friedrich Bodinus (1738–1813) studierte in Leipzig und wurde 1766 Kantor und bald darauf Konrektor in Neubrandenburg. Bodinus, dessen Andenken ebenfalls noch zu Reuters Zeit lebendig war, galt als sinnige, harmlose Natur und als musikalischer Träumer, war jedenfalls wohl nicht der kräftige, solide Mann, als den Reuter ihn in der Gestalt des Äpinus hinstellt, indessen war auch er ein Franzosenhasser. Vgl. Anm. zu S. 29.

23 *sick tau Kopp seihn* – sich etwas überlegen, seine Gedanken zusammennehmen.

24 *Kantusch* – (poln. kontusz) Jacke mit weiten kurzen Ärmeln.

27 *as 'ne Säg in'n Judenhus'* – sehr unpassend; strenggläubige Juden essen kein Schweinefleisch.

27 *Keller* – der Ratskeller, in dem auch Reuter verkehrte.

27 *Hofrat Altmann* – Friedrich Georg Naumann (1761–1838), ebenfalls Advokat in Neustrelitz, wurde als erfolgreicher Geschäftsmann von dem finanziell bedrängten Herzog immer mehr in Anspruch genommen, verlor nach dessen Tode aber seinen Einfluß und wurde schließlich Sekretär der Neubrandenburger Hagel- und Feuerversicherungsgesellschaft.

28 *Schanilg'* – (frz. chenille) Mantel.

28 *dreikantigen Haut* – der dreispitzige »Napoleonshut«. Der Ausdruck »Pust-de-Lamp-ut« (bei Brinckman in »Anno Toback«: »Puhste-lampuht«) rührt von jenen Hütchen her, die man auf Lampenzylinder setzte und die ursprünglich die Schmuckform eines Dreispitzes hatten.

29 *wenn ick mal hül will un hei hott* – rechts und links wollen, verschiedener Meinung sein; hül! und hott! sind eigentlich Zurufe an die Zugtiere.

29 *Jehann Heinrich Voß* – Johann Heinrich V. (1751–1826) erzählt in seinen »Erinnerungen aus meinem Jugendleben« von Bodinus-Äpinus: »Bald nach meiner Ankunft besetzte man die erledigte Lehrstelle mit einem würdigen Kantor, nachmaligen Konrektor Bodinus, dem außer dem Gesange eine neue Schulordnung in zehn jener Lehrstunden nicht nur Lateinisch, sondern auch etwas Profangriechisch aus Plutarch, »Von der Erziehung«, und etwas Naturgeschichte zu lehren vorschrieb. Zu den Singstunden fügte der tonkundige Mann für die Kirchenmusik noch freiwilligen Unterricht im Violinspielen und Paukenschlagen ... Man begreift, daß nach acht dumpfen Lehrstunden des Tages die heitere Stunde des Gesangs und der Musik bei unserm Bodinus ein Labsal war.«

33 *De olle Jurist Cujaz* – Jacques de Cujas (1522–1590), frz. Rechtsgelehrter.

34 *propter opus, opes, opem* – (lat.) wegen der Sache, des Geldes, der Versorgung.

34 *Avkat Kägebein* – Gerhard Friedrich Kegebein (1737–1813), Advokat in Neustrelitz ohne eigentliche Praxis, im Alter als geistesschwach unter Kuratel gestellt, verfaßte »Fabeln, Erzählungen und geistliche Lieder«, die er 1792 im Selbstverlag herausbrachte. Einige dieser Gedichte übernahm Reuter wörtlich, andere machte er für seine Zwecke zurecht oder ahmte sie täuschend nach.

35 *Invitatio zur Redute* – Einladung zum Tanz. Die folgenden Gedichte sind von Kegebein übernommen.

37 *»Die auf den Backofen geschobene Schöne«* – sprichwörtlich: »auf den Backofen geschoben« wird die ältere Schwester, wenn die jüngere heiratet.

37 *nonum prematur in annum* – (lat.) Neun Jahre bleibe es verborgen (Horaz, Ars poetica, V. 388).

38 *en Bild von Lessing* – Bodinus kann in Leipzig wohl mit Lessing bekannt geworden sein, wegen des Altersunterschiedes aber nicht mit ihm studiert haben.

38 *en Landsmann von Sei* – Johann Lauremberg (1591–1659), be-

kannt durch seine vier derb-satirischen Scherzgedichte in nieder-
deutscher Mundart.

38 *ollnmodischen* – volkstümlich aus almodisch: alamodisch; hier
aber im Sinne von albern, altmodisch gebraucht.

39 *So'ne hocherlüchtete Red'* – nach Laurembergs »Van Almo-
discher Poesie und Riemen«.

41 *Cicero de officiis* – »Cicero über die Pflichten«. »De officiis« ist
eine jener Schriften, in denen Cicero (106–43 v. d. Z.) den
Römern die Philosophie der Griechen vermittelte und die noch
im 18. Jh. in Deutschland zum humanistischen Bildungsgut
gehörten.

43 *dat Hexen lihren* – im geheimen etwas abzumachen haben.

44 *wat nahkümmt, bitt de Wulf* – Die zurückbleiben, beißt der
Wolf; die letzten taugen nichts. – Weiter unten, auf Seite 235,
heißt es entsprechend: de ollen Propheten sünd dot, un de
nigen bitt de Wulf.

45 *Synceren* – Der poetische Zeitgeschmack des 18. Jh. gibt der
Geliebten gern einen klassisch-idealen Anstrich, was hier dem
Fräulein Salzmann widerfährt.

50 *Ad locus!* – (lat.) statt ad loca: auf die Plätze!

50 *sub praeclusione* – (lat.) unter Androhung von Strafe.

52 *Nihila* – (von lat. nihil: nichts) »Keine«.

53 *beatus possessor* – (lat.) glücklich der Besitzer; eigentlich Mehr-
zahl, beati possidentes: glücklich die Besitzenden; ein alter
Rechtsgrundsatz, der auf Matth. 13, 12: »Wer da hat, dem
wird gegeben«, zurückgeht. So auch bei Schiller, Wallenstein:
Sei im Besitze, und du wohnst im Recht.

53 *en fleigen Merkur up de holländschen Tobackspaketen* – Auf
der Etikette der alten holländischen Pfundpakete war so ein
fliegender Merkur abgebildet; der Götterbote trug einen
schlangenumwundenen Heroldstab, den Caduceus.

55 *Kirschii cornucopiae* – A. Fr. Kirschii Cornu-copiae sive Lexi-
con Latinum et Theodiscum; dieses »Füllhorn« war ein im
18. Jh. vielgebrauchtes Wörterbuch.

57 *en qualité* – (frz.) in der Eigenschaft (als).

57 *Chose là ist von der boulangère* – (frz.) Diese Sache ist von der Bäckerin.

58 *in de Provat* – Privatunterricht zur Aufbesserung des Lehrergehalts.

59 *Pourquoi?* – (frz.) Warum?

65 *Scherwenzel* – Kartenspiel mit Bube (Wenzel) und Neun als höchsten Trümpfen.

68 *set't den Herrn Konrekter 'ne Klemm up* – eine Klammer aufsetzen: in Bedrängnis bringen; man setzte unruhigen Pferden beim Beschlagen eine Klammer auf die Nase, dann hielten sie still.

70 *magister matheseos* – der Satz des Pythagoras.

70 *Non omnia possumus omnes* – (lat.) Nicht alles können wir alle. (Vergil.)

72 *Stutenwochen* – Flitterwochen.

72 *scharwackeln* – hin und her rütteln; wohl eigenwillig aus scharwerken (Frondienst tun) und wackeln gebildet.

80 *up en ful Pird bedrapen* – jemanden auf einem faulen (fahlen?) Pferd betreffen; bei einer Lüge oder Selbsttäuschung ertappen, auf einem schlechten Wege sehen.

81 *Kofojum* – Kolophonium, Bogenharz für die Violine.

82 *in Tillyn-Tiden* – noch zu Reuters Zeit in Neubrandenburg sprichwörtlich; Tilly eroberte die Stadt 1631 und hauste dort verheerend mit seinen Kroaten.

83 *klennern* – im Kalender nachschlagen.

84 *Pontak* – Bordeaux.

85 *utuhlen* – mit der Handeule (Puschel) abstauben.

85 *nervus rerum gerendarum* – (lat.) das Geld. – Eigentlich »Tatennerv«, aber schon im Altertum für Geld gebraucht.

85 *rutestüpt* – Das »Herausstäupen« war ein Fastnachtsbrauch.

85 *Heitweckens* – heiße Milchsemmeln mit Mandelfüllung.

86 *Kaneilsbork* – Kaneel, Zimtrinde.

86 *dreimal is recht, dat virte Mal en Schinnerknecht* – Sprichwort; das Urteil wird erst nach dreimaliger Vorladung gesprochen.

86 *Störe niemals bei dem Mahle . . .* – Diese und die folgenden Verse, ausgenommen die Widmung auf Seite 188–189, sind von Reuter im Kegebeinschen Geist gedichtet.

90 *Niklotten sine Tiden* – Von dem Obotritenfürst Niklot (gest. 1160) leiteten die mecklenburgischen Herzöge ihre Abstammung her.

94 *schot em dat Blatt* – er fuhr zusammen.

95 *Vagelbunten* – Eindeutschung von Vagabunden.

97 *Bäcker Schultsch* – Die Bäckerfrau Schulz (1738–1810) soll eine Tochter des Böttchers Holz gewesen sein, wäre damit also eine Schwester von Dürten Holzen, wenn diese Gestalt nicht frei erfunden wäre. Ihr resolutes Wesen ist historisch, sie hat in der Tat dem stets borgenden und nie zahlenden Herzog den Kredit gekündigt.

98 *Paciscenten* – Vertragspartner.

99 *Hollänner* – Milchpächter, die man sich zur Einrichtung einer rationellen Milchwirtschaft zunächst aus dem Ausland kommen ließ. Der entsprechende Name, auch Schweizer, blieb dann den Melkern.

107 *Swinhäuden* – Verdrehung von Swimnis: Ohnmacht.

107 *Spektakel* – Schauspiel, Aufsehen, Gespött.

109 *'ne hellsche Kus' uttrecken* – einen gewaltigen Backenzahn ziehen: schwer schädigen.

114 *dat transatlantische Kabeltau* – Das erste, 1858 gelegte Kabel übermittelte noch sehr unzuverlässig.

114 *Blondin* – Charles B. überschritt am 30. Juni 1859 auf einem Seil die Niagarafälle.

118 *Flederpaddik* – Holundermark.

119 *Wederstange*n – Blitzableiter; in diesem Fall sind es achtzehn.

120 *hüt is Fridag* – Volkswitz mit Freitag: freier Tag.

123 *ut Ticktacken ward Burrjacken* – aus Neckerei wird Prügelei, aus Scherz wird Ernst.

520

124 *Strid üm de Schäp* – Homer, Ilias, 13. Gesang, V.1 und 2: Zeus, nachdem er die Troer und Hektor bracht' an die Schiffe, hieß sie nunmehr bei jenen in Arbeit ringen und Elend rastlos fort ... (Joh. H. Voß)

124 *Δαιμόνιε* ... – Homer, Ilias, 6. Gesang, V. 407–411: Trautester Mann, dich tötet dein Mut noch, und du erbarmst dich nicht des stammelnden Kindes, noch mein, des elenden Weibes, ach, bald Witwe von dir, denn dich töten gewiß die Achaier, alle daher dir stürmend! Allein mir wäre das Beste, deiner beraubt, in die Erde hinabzusinken ... (Joh. H. Voß)

127 *propter barbam et staturam* – (lat.) wegen Bart und Größe.

127 *»Pastores edera ...«* – (lat.) Vergil: Schmückt, arkadische Hirten, den werdenden Dichter mit Efeu, daß vor Neid dem Kodrus die Eingeweide zerbersten. (Joh. H. Voß)

130 *de Macbethen* – Lady Macbeth in der 1. Szene des V. Aktes.

137 *dat Gewitter afschriwen* – das Gewitter durch schriftliche Formeln bannen.

138 *Diem non perdidi* – (lat.) Den Tag habe ich nicht vertan. – Der römische Kaiser Titus soll, als ihm einfiel, daß er an diesem Tage noch niemandem etwas Gutes getan hatte, ausgerufen haben: Amici, diem perdidi – Freunde, ich habe einen Tag verloren.

139 *c'est son père et sa mère et, si vous voulez, monsieur le duc* – (frz.) es ist sein Vater und seine Mutter, wenn Sie wollen, der Herr Herzog. (Der Satz erklärt sich weiter unten.)

139 *von Postpoppier* – Wegen der hohen Postgebühren benutzte man extradünnes Briefpapier.

139 *en ce cas* – (frz.) im gegebenen Falle.

139 *un monstre* – (frz.) ein Ungeheuer.

142 *as wenn't up Buren regent* – sprichwörtlich für starken, andauernden Regen. (Auch in: De Reis' nah Belligen, Kap. 43.)

143 *Mis as Mus* – eins wie das andere; die Lockrufe für die Katze werden für die Katze selbst genommen; es läuft also aufs gleiche hinaus.

155 *mit Mai* – mit Birkengrün.

160 *tau de Uhl (maken)* – zum Gespött (Uhlenspeigel, Hanswurst) machen.

162 *'ne olle Nuß* – saumseliger Mensch (wie Jochen »Nüßler« in der »Stromtid«).

173 *bläudigen Gröschen* – Die kleineren Silbermünzen hatten einen Kupferzusatz und nach längerem Gebrauch ein entsprechendes Aussehen.

175 *Korb* – Die Gedichte Kegebeins erschienen 1792 im Selbstverlag, also nicht bei Korb und nicht zu der Zeit unserer Erzählung.

176 *in den Tee tau setten* – eine Berliner Wendung: bei jemandem zum Tee geladen sein, bei ihm in Gunst stehen. Sie geht wohl auf die »ästhetischen Tees« der zwanziger bis vierziger Jahre zurück.

177 *un de Konrekter hadd de Parti verluren* – Die Vergleiche sind dem Damespiel entnommen.

180 *de ßackermentsche Pantüffelmaker up den Sankt-Jürrn* – Bei der St. Georgskapelle, an der Stelle des früheren St. Georgshospitals, wohnten die Pantoffelmacher, die auch zu Erntefesten aufspielten. – St. George wurden zur Zeit der Kreuzzüge in vielen Städten für die Aussätzigen gebaut. Der Neubrandenburger ist nach Franz Boll 1308 gegründet worden.

180 *Swäkspohn* – kümmerlicher Mensch; eigentlich: Spahn, halbierte Weidenrute zum Korbflechten.

184 *ut den Kropp rute* – Der »Kropf« ist der Abfluß des Tollensesees.

186 *Reproschen* – (frz. reproche) Vorwürfe.

188 *de Lieps* – südlich vom Tollensesee gelegener und mit ihm durch einen Graben verbundener kleinerer See; Jochen Strasen, der »Admiral«, ist der Fischer.

188 κεατῆφι, βιῆφι – Reuter hat den Anfang von Äschylus' »Prometheus« im Sinn gehabt, wo die Hephästosknechte Kratos und Bia Prometheus an den Felsen schmieden, und damit eine Homer-Stelle verwirrt (Ilias, 21. Gesang, Vers 501), wo die Wörter κρατεῆφι, βιῆφι stehen.

193 *»Von Pharao«* – »Fanfare«.

199   *as Buck* – als blinder Passagier.

207   *unsen braven Paster Bollen* – Reuters Freund, der Präpositus Franz Boll (1805–1875), Bruder des Historikers Ernst Boll. Siehe auch Bd. 7, Anm. zu S. 582.

222   *Friedrich Franz* – (1756–1837, Großherzog von Mecklenburg-Schwerin) Es handelt sich um denselben – freilich idealisierten – jovialen Fr. Franz, der auch in Brinckmans »Kasper Ohm un ick« eine Rolle spielt. Die Posten, die »nicht recht stimmen wollen«, betreffen den Umstand, daß der unverheiratete Herzog kein vorbildliches Familienleben führte, was Reuter hiermit bemängelt.

232   *Schwanenbund an der Tollense* – gemeint: ein Dichterbund an der Tollense; Sude und Nebel sind Flüßchen im südwestlichen und mittleren Mecklenburg; in Güstrow an der Nebel lebte John Brinckman, auf den Reuter hier wohl anspielt.

233   *Putscheneller* – (ital. pulcinello) Hanswurst und Spaßmacher im Marionettenspiel.

233   *Grawes un Langkork* – Volkseindeutschung von Graves: weißer Bordeaux, den Böttcher Holz gar mit dem mecklenburgischen Städtchen Grabow in Verbindung bringt. Langkork ist die Bezeichnung für einen besseren Rotwein.

241   *vergrisen un vergragen* – alt und grau werden; verkümmern und verkommen.

243   »Σὺ δέ μοι πότνια μήτηρ« – zurechtgemacht aus Homers »Ilias«, 6. Gesang, Vers 429: Du bist mir werteste Mutter.

246   *eine Disperation für seine Desperation* – Dispensation von seiner verzweifelten Lage. – Der Herzog macht sich über Holz, der die Fremdwörter verwechselt, lustig.

249 *Gisbert Friherr von Vincke* – Reuter hatte von Vincke, einen literarisch passionierten Regierungsbeamten, der Novellen in Versen und Shakespeareübersetzungen schrieb, 1865 bei einer Badekur in Laubach kennengelernt. »Der Verkehr mit Ihnen war zweifellos unsere Jugendblüte in Laubach«, schrieb er dazu. Die Widmung zur »Reis' nah Konstantinopel« knüpft an Vinckes tröstende Hilfe bei dem Hexenschuß an, der Reuter damals quälte. Als Vincke Reuters Meinung über seine eigenen Dichtungen hören wollte, ließ sich Reuter nur ungern dazu herbei, die »zarten Vincken-Küchlein auf den Seziertisch zu legen«. Vgl. auch Namenverzeichnis in Band 8.

251 *Spill* – der Kopf der alten Warnemünder Westmole, auf der ein Gangspill stand.

251 *Sunium* – Südspitze Attikas.

251 *Krewt* – Krebs, Spottname der ursprünglich rot uniformierten Rostocker Stadtsoldaten.

251 *Up- un Dal-Sprung* – sein ein und alles. In »Läuschen un Rimels«: Up- und Neddersprung.

252 *Professer Elwersen sine Institutschonen* – Chr. Fr. Elvers' (1828–1841 Professor der Rechte in Rostock) Einführungskolleg in das römische Recht.

252 *'ne »Allgemeinheit«* – Vereinigung der Burschenschafter; die Constantisten und Vandalen waren ältere Verbindungen und Landsmannschaften. Ob Reuter je einer »Allgemeinheit« angehört hat, ist fraglich.

252 *Sir John* – Falstaff in Shakespeares »König Heinrich IV.«.

252 *Korlshoff* – Karlshof, Vergnügungslokal vor dem Petritor.

252 *Pastor Knitzky* – Ludwig Knitschky, 1836–53 Pastor in Groß-Varchow bei Stavenhagen, war alter Jenenser Burschenschafter; er versuchte Reuter schon in Rostock für seine Verbindung zu gewinnen, dieser aber wollte »sich die Sache erst mal in Jena ansehen«.

253 *bi Schleuders* – Besitzer des »Hôtel de Russie« am Neuen Markt.

253 *Professor Fritsche* – Franz Volkmar Fritzsche (1827–1887, Professor der klassischen Philologie in Rostock) war 1863 anläßlich der Verleihung der Ehrendoktorwürde an Reuter in nähere Beziehung zu dem Dichter getreten. Reuter zeigt ihm hier auf seine Weise seine Dankbarkeit.

253 *Fetthamel* – Spottname der wohlhabend gewordenen Landwirte, die als Rentiers in der Stadt lebten. Weiter unten klassifiziert Reuter sie scherzhaft nach dem Linnéschen System: caper ovinus pinguis, genus: homo, Linné – Fetthammel, Art: Mensch.

253 *de Hyksos* – Hirtenvölker, die um 1500 v. d. Z. in Ägypten einfielen und das Alte Reich zerstörten.

253 *de Herakliden* – das Königsgeschlecht der Dorier, die 1104 v. d. Z. in den Peloponnes einwanderten,

253 *Termins- un Pingstmarks-Tiden* – Die Wochen nach Antoni (17. Januar) und Johanni (24. Juni) waren die herkömmlichen Termine für den Geldverkehr.

254 *Societé* – früher Gesellschaftshaus in der Alexandrinenstraße, Steintorvorstadt, in der zu Reuters Zeit viele Rentiers wohnten.

254 *Sonne* – früher Gasthof am Neuen Markt, mit einem Kellerrestaurant, dem »Tunnel«.

254 *Coupons* – Zinsscheine bei Wertpapieren; gegen die abgeschnittenen Coupons wurde Vermögensrente (Zinsen) gezahlt.

255 *fruges consumere natus* – (lat.) dazu geboren, Feldfrüchte zu verzehren.

255 *up de Wracksid (sitten)* – jemandem zur Last fallen.

255 *»Über die Schlechtigkeit der Menschen...«* – fingierter Titel.

255 *Strandlöper* – einer, der am »Strand«, dem Warnowufer, an dem die Schiffe liegen, spazierengeht.

256 *Senator Blanken* – Dr. Blank, seit 1863 Kriminalrichter und Senator in Rostock.

256 *Rechtsch un Linksch* – ein Hasardspiel.

258 *Semerist* – Seminarist, seminaristisch ausgebildeter Lehrer.

258 *nahvertollen* – Beim Eintritt Mecklenburgs in den Deutschen Zollverein 1868 mußten ausländische Waren nachverzollt werden.

258 *Snurrerwohr* – Bettelvolk.

258 *misera contribuens plebs* – (lat.) das armselige steuerzahlende Volk.

263 *Justizrat Schröder* – aus Treptow, Freund Reuters. Vgl. auch Namenverzeichnis in Bd. 8.

269 *de nich Hül noch Hott weit* – der nicht links und rechts kennt; von hül! und hott!, Zurufe an die Zugtiere.

272 *äwer dat popelt sick so* – Klähn hat nur die Endsilben von Konstantinopel behalten.

273 *de Binners* – Garbenbinder, die hier ihren traditionellen Gruß darbringen.

275 *Mutte* – Dialektform von Mutter.

277 *bi't Mergeln* – Düngen mit Mergel.

277 *ward dat mit de Stallfauderung so glatt nich gahn* – weil es an Klee fehlt (äwer de Klee is all weg).

278 *Kinnjespopp* – Weihnachtspuppe.

285 *periculum in mores* – (lat.) statt periculum in mora: Gefahr im Verzuge; »in mores« hieße: in bezug auf gutes Benehmen.

287 *Meß-Kurn* – ein aus der Vorreformationszeit stammender Brauch; Kornabgabe an den Pastor, eigentlich Zins für Meßgottesdienst.

288 *Munde* – Rosamunde.

289 *Upvijolen* – (von frz. viole: Geige) aufputzen. Im 5. Kap. steht im selben Sinne: upklavieren.

289 *hött noch mit sinen väterlichen Segen rümmer* – wie der Schäfer seine Schafe am Weizenschlag vorbeitreibt und sie nicht hineinläßt.

289 *Eugen Züh* – Eugène Sue (1804–1857), Hauptvertreter des frz. Zeitungsromans; »Der Ewige Jude«, »Die Geheimnisse von Paris«, »Die Sieben Todsünden«. Wird von Reuter öfter abwertend erwähnt.

289 *Stin-Durtig* – Christine-Dorothea.

290 *de »Schallerin« . . .* – Gestalten aus Sues »Geheimnissen von Paris«.

291 *uns' Tanten Schäning* – Reuters Tante Christiane Ölpcke.

526

295 *den großen Franzosen Dumas* – Alexander Dumas der Ältere (1802–1870); »Die drei Musketiere«, »Der Graf von Monte Christo«.

297 *Sgr.* – Silbergroschen.

298 *Ströper-Kuß* – »Landstreicherkuß«: im Vorübergehen, halb gestohlen.

298 *Duzöhr* – (frz. douceur) kleine Verehrung, Erkenntlichkeit, Trinkgeld.

298 *redte lud' mit sick sülwst von den groten Christoffer* – redete, als ob ihm nichts geschehen könnte. – Wer St. Christophs Bild, z. B. in der Kirche, gesehen hatte, dem konnte an diesem Tage nichts mehr widerfahren, der durfte also von Gefahren, denen er entgegenging, dreist reden.

299 *»Kleine Weltgeschichte für Töchterschulen...«* – Die hier erwähnten Schulbücher, wohl Auszüge aus größeren Werken ihrer Verfasser, werden sich in Reuters Bibliothek befunden haben.

301 *as Schiller seggt...* – Xenien, »Sonntagskinder«: »... Ach, was haben die Herrn doch für ein kurzes Gedärm!«

301 *up de Uhlenflucht* – eigentlich die Abenddämmerung, die Zeit des Eulenfluges. Hier ist aber die Zeitdauer, also ein kurzer Besuch, gemeint: nach Brehm fliegt die Eule am Tage nur ganz kurze Strecken.

302 *wie hoch ist der Berg Sinai?* – Hier pflegte man zu ergänzen: »denn auch das weiß man nicht genau«.

303 *lütt Aschenpüster* – Aschenbrödel.

308 *petistmusselinen* – aus Batistmusselin; dieses Baumwollgarn war billiger als echter Batist.

312 *»Hoff'schen Malzextrakt«* – Hoffs Malzextrakt und Daubitz' Kräuterlikör wurden in den sechziger Jahren in den Zeitungen angepriesen, der letztere vorzugsweise gegen Hämorrhoidalbeschwerden.

316 *Kröplin* – Kröpelin, Kleinstadt in Mecklenburg.

317 *»Schill«* – Zander. Weiter unten: Sannat und »Fogasch« (ungar. fogas) sind ebenfalls Zanderarten.

318 *Popoläum* – Propyläen.

318 *propulace* – (frz. populace) Bevölkerung.

324 *de Wismer* – Wismar.

325 *Fischfahrer* – Fuhrmann, der Fische über Land zum Verkauf
fährt, hier in das benachbarte Städtchen Sternberg.

327 *Siemerling* – gemeint: Semmering. Siemerling war Reuters
Freund und Berater in Finanzfragen.

334 *de oll Oberstleutnant von Bülow* – Christian Dietrich Karl von
Bülow (1767–1850), Offizier der mecklenburg-schwerinschen
Garde, nahm 1850 seinen Abschied als Oberst. Als Reuter ihn
als Festungskommandanten in Dömitz kennenlernte, war er
also erst 71 Jahre alt. Die mittlere seiner fünf Töchter war
Reuters »Festungsliebe«.

335 *Das ist eine der ödesten Gegenden in ganz Deutschland* – ge-
meint: in Deutschland und Österreich.

335 *de Bora* – stürmischer kalter Fallwind der nördlichen Adria.

335 *unlanniges Stück Ird* – aus Unland (unbrauchbarem Boden)
bestehend.

336 *Assesser* – Assessor, hier in der ursprünglichen Bedeutung:
Beisitzer.

337 *up den Jüchstock smeten* – störrisch geworden.

339 *Miramar* – »Seeblick«, Schloß bei Triest an der Adriaküste.

340 *Ludwig Napoleonnen* – Napoleon III., Louis N. Bonaparte
(1808–1873), Neffe Napoleons I., nach der Februarrevolution
1848 mit den Stimmen der von der Konterrevolution irrege-
führten Bauern Präsident der frz. Republik, 1851 durch Staats-
streich Diktator, 1852 Kaiser. Seine Außenpolitik brach nach
anfänglichen Erfolgen (1854–1856 Krimkrieg, 1859 Öster-
reichisch-Italienischer Krieg) im Deutsch-Französischen Krieg
1870–1871 zusammen.

341 *as dunntaumalen de roden Strümp* – Reuter meint hier nicht
die Kleidung der frz. Deputierten, sondern eine allgemeine
Modenänderung, die Mitte der sechziger Jahre eingesetzt
haben muß.

341 *Weltutstellung* – Pariser Weltausstellung 1867.

342 *mit Utnam von de Riddergaudsbesitters un weck Burmeisters* –
Die mecklenburgischen Landstände setzten sich aus der »Ritter-

528

schaft«, den Rittergutsbesitzern, und der »Landschaft«, den Vertretern der Städte, zusammen.

345 *an den irsten Maidag* – wenn die Pferde zum ersten Mal auf die Weide gelassen werden; die Tiere sind dann sehr lebhaft.

346 *Kaiser von Mexiko* – Erzherzog Maximilian von Österreich wurde 1863 Kaiser von Mexiko. 1864 fuhr er von Schloß Miramar nach Mexiko, wo er 1867 von den siegreichen Republikanern hingerichtet wurde.

355 *Bullenwinkel* – Sackgasse, enge, entlegene Straße; eigentlich: Stall des Stadtbullen.

356 *»Aquila nero«* – für: Schwarzer Adler.

356 *gun Dag, Ap!* – Sprichwort: He is'n Minsch von Mul un Poten, gun Dag, Ap!

356 *in Gelegenheit seihn* – Nachsicht üben.

360 *Frangen* – gemeint: Bärtchen.

360 *Dokter Grischow in Stemhagen* – Apotheker in Stavenhagen, Freund Reuters; ihm widmete der Dichter die »Reis' nah Belligen«.

361 *Zamel* – Samuel.

365 *Allewetschkäs'!* – Alle Wetter! (Ale Wetschken noch emol, nach Kleemann, Beiträge zu einem nordthüringischen Idiotikon, Quedlinburg 1882.)

366 *der Hauptmann Micheli* – In der »Festungstid« kommt ein Major von Martini vor, der in Wirklichkeit Michaelis hieß. Hier ist es umgekehrt: Hauptmann a. D. Martini, hier Micheli, war Bezirksadjutant des Landwehrregimentes 94 in Eisenach. Reuter erzählt hier offenbar Selbsterlebtes. Der Goldene Löwe lag nicht weit von der Villa des Dichters. Auch O'Kelly gehörte zu seinem Bekanntenkreis.

368 *Pipenbuck* – Pfeifengestell.

369 *Sommermetten* – Altweibersommer.

376 *Kuhl-Säg'* – Schweinchen in der Grube, ein Kinderspiel, bei dem der Ball in eine Grube geschlagen wird.

379 *as de Hiring in den Rockeluhr* – ein vom Herzog von Roquelaure 1715 eingeführter weiter Reisemantel. In »Kurze Be-

schreibung meiner Reise durch großer und kleiner Herren Län-
der« bezeichnet Reuter diese anschauliche Redensart als
Lieblingssentenz seiner Tante Christiane Ölpcke.

379 *Dis'-Heid'* – Flausch, Werg.

384 *grauwelliger Sturm* – mißratene Übertragung von plattdeutsch
gruglich.

386 *»ob sie mir nichts gebeut«* – aus Schillers »Gang nach dem
Eisenhammer«.

398 *kunterbirlich* – kontinuierlich.

401 *de letzten por Plüggen* – das letzte bißchen Geld; Plüggen sind
eigentlich die kleinen Holznägel, mit denen man Schuhe besohlt.

402 *as de Flisen an de Flaumen* – wie die Fetthäute am Bauchfett.

406 *in de Rappus' gahn* – verlorengehen.

407 *taum Beden* – zum Konfirmandenunterricht.

409 *smallbackt* – »schmalbackig«.

410 *Anticilia* – Antikleia.

411 *fünf Kart – fünf Scheffel Weizen* – Beim Fünfkartenspiel
wurde die verlorene Karte mit einem Scheffel Weizen bezahlt.

426 *ultra posse nemo obligatur* – (lat.) Über sein Können hinaus
ist niemand verpflichtet.

427 *»Bullebülderi«* – nachgeahmtes Türkisch.

427 *Pera* – von Europäern bevorzugte Vorstadt Konstantinopels.

429 *Tophane* – Vorstadt von Konstantinopel.

430 *Omer Pascha un Fuad Effendi* – die Namen des Feldmarschalls
und des Großwesirs.

435 *Polonius aus Swerin* – der Notar Livonius, der an der Spitze
der mecklenburgischen Tierschutzvereine stand.

437 *Iwan* – Iwan der Schreckliche (1530–1584).

439 *Unvertred'* – Wegetritt (Polygonium aviculare L.), ein Pflänz-
chen, das nicht knickt, wenn man darauftritt.

446 *Handbauk von Moritz Buschen* – Lloyds »Illustrierte Reise-
bibliothek, Teil 6. Der Orient. III. Die Türkei. Reisehandbuch
von Moritz Busch«, Triest 1860.

451 *ehre drei Swestern von den Rhein her* – In Kaiserswerth lag
das Diakonissenhaus, dessen Filiale die »Schule für Töchter
aus gebildeten europäischen und einheimischen Familien« in
Smyrna war.

454 *»Giauri!«* – Ungläubige Hunde!

454 *Kef* – Siesta.

454 *einer von de glücklich situatisierten Lüd'* – Reuters Fußnote:
»Ick weit recht gaud, dat dit schöne Wurd nich ut Meckeln-
borg stammt, äwer wil't ein Leiwlingswurd von den Herrn
Kommerzionsrat Schwofel is, so habe ich den Wortschatz deut-
scher Nation damit zu bereichern gesucht.«

455 *hei hett keinen Togg- un keinen Sogghaken* – er kann nicht
richtig ziehen und saugen.

455 *»All Illalah Muhamed resoul Allah!«* – Allah ist Gott und
Muhamed sein Prophet.

457 *Ossian* – Der schottische Dichter Macpherson (1736–1796)
hatte mit seinen Liedern über den Helden Fingal, die er als
Werke eines legendären gälischen Sängers Ossian ausgab, Ein-
fluß auf Herder und den deutschen »Sturm und Drang«.

458 *Lord Elgin* – E. erwarb eine kostbare Sammlung griechischer
Kunstdenkmäler, die seit 1814 als »Elgin Mables« im Britischen
Museum stehen. Der von Byron paraphrasierte Spruch »Quod
non fecerunt Gothi, hoc fecerunt Scoti« (Was die Goten nicht
getan haben, das haben die Schotten besorgt) fand sich schon
auf einer Gipswand im Erechtheion, die an der Stelle einer
von Elgin mitgenommenen Karyatide aufgerichtet war.

459 *mit de Königs schint jo dat ok all so'n förfötschen Anfang tau
nemen* – 1862 war König Otto I. von Griechenland abgesetzt
worden.

459 *in'n pohlschen Bogen* – in Bausch und Bogen.

459 *de Uniformen von de ollen groten, dicken Bayern* – Otto war
ein bayrischer Prinz.

461 *de berühmte Ris' Antonius* – gemeint: Antäus, der aus der
Berührung mit seiner Mutter Erde Kraft schöpfte; Herkules
konnte ihn nur dadurch besiegen, daß er ihn hochhob. – Der
andere »Antonius« ist Anton Groterjahn.

462 *»Haupt der Koalition«* – Reuter vergleicht Agamemnon und seine trojanischen Kriegspläne mit der Koalition Frankreich–England und Napoleons III. Expedition nach Mexiko.

462 *»doch des Kummers schwarze Wolke...«* – aus Schillers »Siegesfest«.

462 *ehr eigen olle Stirnbarger Mäning* – Nach einer Volkserzählung verließ ein junger Mann zum ersten Mal sein Heimatstädtchen Sternberg in Mecklenburg. Als er am Abend in einer anderen Stadt betrübt durch die Straßen ging, weil ihm alles so fremd vorkam, sah er plötzlich den Mond und rief erleichtert: »Ach, dor is jo ok uns' Stirnbarger Mäning!«

462 *»Peuple sauvage, nommé Haidsnuck«* – »Ein wildes Volk, Heidschnuck genannt«. Die Angabe, daß ein französischer Schriftsteller die Heidschnucken für eine wilde Völkerschaft gehalten haben soll, ist wohl eine Erfindung. Bei Voltaire, Madame de Stael und dem Geographen Balbi, denen der Irrtum zugeschrieben wurde, findet sich nichts dergleichen.

466 *Hott-Seite* – rechte Seite (von hül! und hott!).

467 *Zinthen un Akzischen* – Hyazinthen und Narzissen.

467 *Burmeister Müllern seine Tochter aus Neubrandenburg* – die Romanschriftstellerin Luise Mühlbach (1814–1873), die eigentlich Klara Mundt, geb. Müller, hieß.

471 *de Postmeister in Krossen* – von einem dortigen Postmeister wurde erzählt, er habe eine polnische Gräfin mit den Worten »Sie alte Schachtel!« unsanft in den Wagen geschoben und dafür eine Disziplinarstrafe von 60 Reichstalern erhalten.

472 *le Balafré* – der Vernarbte.

472 *de Dichter Heine* – Vgl. »Deutschland. Ein Wintermärchen«, Kaput XXIII.

473 *Taglioni* – Maria Taglioni und ihre gleichnamige Nichte waren berühmte Tänzerinnen. Reuter erwähnt die Taglioni schon im »Gräflichen Geburtstag«.

474 *Shylock* – der jüdische Wucherer aus Shakespeares »Kaufmann von Venedig«.

477 *Colomba d'oro* – Goldene Traube.

484 *Novanto ... Quattro* – Klähn hält die Bootsnummer (94) für einen Namen.

486 *»Torre di Londra«* – Turm (Tower) von London.

495 *dat wunderschönste Gedicht* – Shakespeares »Romeo und Julia«.

496 *de oll Opolium* – Napoleon I.

497 *Dit kümmt anners as mit de sel Fru* – Sprichwort im Sinne von: anders als beabsichtigt.

Inhalt

Copyright © 1990 by Konrad Reich Verlag Rostock
Alle Rechte vorbehalten
Unveränderter Nachdruck der Ausgabe von 1966/1967
Typographie: Walter Schiller
Einbandgestaltung und Kassette: Rudolf Grüttner
Gesamtherstellung: Clausen & Bosse, Leck
Printed in Germany
ISBN   3-86167-003-8
Band 6 3-86167-009-7